山海之庆

七英俊 著

第 一 册

全2册 开篇

CTS 湖南文艺出版社
HUNAN LITERATURE AND ART PUBLISHING HOUSE

博集天卷
CS-BOOKY

·长沙·

香者，
捣麝成尘，
薰薇注露，
是谓万物之骨
山海之灰。

目录

风雨大作，穿过四面耸立的群山，依然狂乱劈面。

山路湿滑泥泞，有人在走，有人在爬，有人在滚。

他们披着黑熊皮或白山羊皮，头顶兽面，偶有一片裸露在外的皮肤，全生着溃烂的疮。腐臭的脓血混入雨水，再落入泥中，不分彼此。

有些人连耳、鼻、手、足都快烂没了，仍像是感觉不到疼痛般，一路边爬边拜，口中狂热地高呼着："见我——长生——见我——长生——"

漫山遍野人挤着人，像蠕动的蛆，朝着山谷低洼处汇聚。

在这片奇景中，有两道人影就略显突兀了。

他们也以兽皮斗篷遮住全身，正跟随着这群烂人走向山谷，同时努力避开旁人的接触。走在前面的那一个戴着狮子面具，从镂空处露出一双警醒的眼睛。

在他们四周，普通山峦背后，一座座光秃秃的白色山峰在暴雨中巍然静默着，正好围成一圈——直到朝上看去，才会发现那些山有肩膀，还有头。

那是一座座天柱般的石像，山岳大小的身躯似乎身着曳地斗篷，没有刻画出四肢，脑袋的部分则高高隐入了上空的雨云中。

"一、二、三……"戴着狮子面具的人默数了一圈，一共十座巨像。

他突然反应过来："这雕刻的是十觉者？不会真的凿出了脸吧？连我们都还没见过所有觉者，这群疯子怎会得知祂[1]们的长相？"

1　觉者身份的人称代词，同"他"。

他身后，戴着狐狸面具的同伴漫不经心道："应该没有脸吧。"

雨水在山谷里积成了一片湖，此时湖水暴涨，像翻腾的墨。

烂人们在水边架起一堆堆的柏树枝，也不知他们朝上面泼了什么，竟在雨中生起了火来。众人又祭出被五花大绑的牲畜和其他活人，一股脑儿推进火里。

那些活人身上没有烂疮，或许是因此遭了排挤，在火中与牲畜一道尖声悲号。烂人们继续朝火中倒入香粉，汹涌的香味盖过焦煳味，随着一股股黑烟冲天而起，升入了云气中。

烂人们的呼声愈发高亢……

巨响。

从山上传来的巨响淹没了一切动静。

那些白山突然缓慢地移动起来，伴随着大地的震颤，十座巨像徐徐弯下腰，俯视着僵住的人群。

——那是十张怎样的脸呢?

非同寻常的体积使它们脱离了美丑的范畴，无论是华艳如梦的，还是阴森如鬼的，甚至那几张很难说是人脸的，被如此放大到极致，都只剩可怖的神性。

有人当场活活吓到断气，也有人呆立几秒后彻底癫狂，一头磕进泥水中，声浪在巨像间回荡："见我! 长生! 见我! 长生! !"

戴狮子面具的人还没被吓死，但也快了。

他惶然地抓住理智的尾巴，大声自语道："我要做什么来着? 对了，可以记住那些觉者的样貌……"

雨水眯了眼睛，他颤抖着揭开面具，抹了一把脸，混在人群中悄悄抬起头。

就见一只遮天蔽日的脑袋几乎垂到了自己头顶，空洞的白色双目正对着自己。

戴狮子面具的人什么声音也发不出来。

他与这张脸对视了仿佛足有一辈子那么久，终于从喉间挤出变了形的声音："林远。"

"嗯？"戴狐狸面具的人应道。

戴狮子面具的人抬手一指："……这不是你吗？"

戴狐狸面具的人也略微揭开面具的一角，露出一双凤眼，朝着那张巨脸眯了眯："嗯，好像是我。"

林远在同伴见鬼似的瞪视下笑了笑："此事说来话长。"

八苦

第一卷

像预兆，
又像指引。

山海之庚

林远

八苦其一

折云宗的人在事后回想，最早的预兆应该是那几只白鹤之死。

折云宗的人在事后回想，最早的预兆应该是那几只白鹤之死。

一夜之间，宗府莲池里养的每一只白鹤都被整整齐齐地分成了两半——不是上下两半，而是左右两半。仿佛有一柄吹毛断发的巨刃，比着尺子从它们的双眼之间斩下，不偏不倚，两半尸体完全对称。

小弟子们一边干呕一边埋葬它们时，忽然惊慌地发现，宗府原本养了六只白鹤，但这些尸体却能拼成十二只。

他们将那些白鹤全部烧成了灰。

怪象并未终止，反而蔓延到了宗门之外。永宁城里风雨如晦，草木枯萎，官府接的命案一宗叠一宗，七日内堆积了数百宗。

城中人人自危，皇帝龙颜大怒，连下数道勒令严查的圣旨，却仍旧迟迟不见凶手落网。

更可怕的是，所有死者在被送去仵作处之后，便再也不会运出来，就连亲人都不能得见尸首。而见过尸首的目击者呢，却全都三缄其口，躲在家里闭户不出。

想来死相不会太寻常。

七日之后，天忽然放晴了。永宁城中万花怒放，香飘千里，掩盖了连日的血腥。

——然而那一天才是一切真正的开始。

所有人在事后努力回忆过，林远在那一天都干了些什么。

好像……他先是被宗门长老以"欺辱同门"之名关了禁闭，然后又逃了禁闭。

那天的阳光很好，透过海棠花枝，在折云宗的回廊里叠出一层层摇曳的薄影。林远穿过回廊时，花影就成了他那身青衣上倏忽变幻的纹样。

林远懒洋洋地道："分你一口也不是不行，但你得有点表示。"

跟在他身后的马尚眼巴巴地盯着他手中的油纸包，拖起了长腔："林师兄——"

"别用那腔调恶心人。"林远边走边打开纸包，往嘴里丢了一条小酥鱼，"这么浓的味道，我可是把命都赌上了才偷买进来的，岂能白白分你？"

那炸酥鱼的鲜香骤然出现在清净无味的折云宗，犹如空谷中的一声炸响。马尚当场一个激灵，馋得抓耳挠腮，胖脸几乎皱成了一个标准的圆："没钱了，我真没钱了！堂堂林师兄，还缺这点钱不成？"

"不要你的钱，要你替我办件事。"

"什么事？"

"以后我每次关禁闭，你都想法子带饭过来，再捎本闲书解闷。这事办好了，零嘴少不了你的。"

"……你这是打算住在禁闭室了？"

林远正要回答，忽然听见一阵纷沓的脚步声。他扭头一看，只见几位衣冠楚楚的长老正奔跑而来。

马尚忙道："林师兄快躲！"

结果那些长老却看都没看他们一眼，也不曾踏入回廊，像火烧屁股一般匆匆奔远了。

林远面色微微一沉，收了笑意。

能让这些老骨头如此失态的，总不是寻常事，或者说，不是寻常人。

他将油纸包塞给马尚："赏你了，回去吧。"

"全……全给我？"

林远却已经朝长老们消失的方向走去。

马尚回过神来，连忙劝他："你可别再让长老瞧见了，要是他们发现

你逃禁闭，又要——"

林远头也不回地摆了摆手，顺手折了一枝伸入回廊的海棠。

众所周知，折云宗有三奇，一是大，二是无味，三是宗主。

因为这是大周第一香宗。

天下香道盛行，主要是因为十觉者的存在。

诸天神佛不知凡几，但传说中在人间走动的仅有十尊法座，被称为十觉者。谁也不知祂们是从何时降临于世的，只知祂们是超凡脱俗的不死之身，洞察天机，法力无穷。

觉者各据一方隐世修行，几乎不在俗世露出真容，只在战乱之时出手拯救众生，一指之力可抵千军，一念之间可肉白骨。

而祂们早已辟谷，只接受三种供养：香、酒、乐。其中又以香为最重。

据说，祂们不炼丹药，却会焚香辅助修行。因为丹药从口至腹，只能化作粪便，归于尘土；而香却无形无色，非实非虚，脱于法相之外，直通精魂之中。

受觉者的影响，家家户户无不藏香，诗礼祭祀无不燃香。无论文人商人，人人衣冠芳馥，腰间的沉檀脑麝随四季轮换。

尽管于凡人之躯，闻香的效用仅止于清心静气、调理气血，从来修不出什么神通，但依旧拦不住他们竞相攀比，比财富，也比品位。

于是香宗的地位超然。

只有从几大香宗修习出师的弟子，才能被称为制香师。这些人不仅嗅觉万里挑一，还对千余种香料的特性如数家珍，能调制出最高雅清和的味道。每出香品，王公贵族必然趋之若鹜。

而折云宗作为所有香宗之首，宗府自然奇大无比。在都城永宁这寸土寸金之地，犹能建得深阁琼楼，曲径通幽，胜似神仙洞府。

等林远追出回廊时，那几位长老早已不知所终。

他并不着急，站在原地深吸了一口气。

折云宗的第二奇，便是偌大的宗府，完全没有一丝杂味。这里的弟子要学香、制香、品香，便需时时洒扫通风，就连园林中都只栽种海棠这样气味极淡的植物，以免干扰嗅觉，影响判断。

——所以林远只需深吸一口气，就能遥遥嗅到西轩的香炉燃起来了，点的还是上上品的沉香。

林远暗暗磨了磨牙。

长老们果然是赶去西轩见贵客了。至于见的是谁……多半是李相月又来讨要那邪门玩意了。

与他的猜想一致，西轩大门紧闭，门外不知何时围了一圈持刀侍卫，都穿着千牛军的乌金铠甲。这千牛军是皇家禁军，微昂着傲慢的脑袋，鹰隼似的目光正在来回巡视。

林远在那目光撞上自己之前及时停住了脚步，猫下腰钻进了树丛里。他一身青衣，恰好完美融入了草木间。

西轩他熟得很，因为长老们常在这里关门议事，而他常来这里挨训领罚。来的次数多了，甚至摸清了每一寸土地。

林远随手将海棠花枝插到耳后，绕进一片假山，趴下爬过两个洞，再直起身时，西轩的后窗近在眼前。

身后的千牛军一无所觉，还背对他站着岗。

林远蹑手蹑脚地走到后窗下，在窗纸上戳出一个洞，朝里窥去。

屋内，上首处坐了个大宦官，穿着黑色大氅，毛领一直遮到鼻尖，露出半张苍白艳丽、雌雄莫辨的脸，身后还有宫女递茶伺候。

不是李相月那厮又是谁。

李相月接过茶水啜了一口，尖细着嗓子道："听闻廖宗主突然抱恙，现在如何了？"

几位长老恭恭敬敬陪坐着，气还没喘匀。为首的楚长老道："多谢中官挂怀，宗主尚在卧床静养，怕把病气过给贵人，不能来迎，万望恕罪。"

窗下的林远绷着脸，心想：下一句就该进入正题了。

他这念头刚转完，李相月就满面歉意地道："廖宗主有疾，咱家本不该叨扰，可惜皇命在身，不得不来讨人嫌地问上一句：他何时能复原那

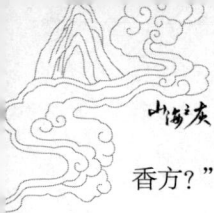

香方？"

长老们交换了一下晦暗的目光。

七日之前，就是这个李相月来到折云宗，带来了一张泛黄薄脆、残缺虫蛀、瞧上去有几百年历史的古香方，以及一个造型古朴的黑玉盒子。

李相月屏退旁人，宣读了皇帝的旨意：着折云宗秘密修复此香方，不得外泄。

当时折云宗的人便为难道："这香方上的字迹多处残损，早已辨认不清，即使靠猜测将之补全，也未必是原来那副……"

"谁说要靠猜测？"李相月打开那黑玉盒子，露出了里面的一小撮深色粉末，"这是残存的香品，如今仅剩这么一点了。但想来以廖宗主之能，定能在这点香粉耗尽之前，分辨出每一种香料。"

见他如此郑重其事，长老们站在旁边，出于好奇悄悄吸了口气。

下一秒，所有人不约而同地变了脸色。

那味道……

与其说是"香味"，不如说是"臭味"更为贴切——不，它又不仅仅是单纯的臭味，仔细辨认的话，其中确实有植物的辛辣清直，却混杂着混浊的血腥气。除此之外，还有某种更为诡异、更为不祥的芳烈之气，让人仅仅是闻上一闻，就觉一股黑气顺着脊柱直蹿上头顶。

饶是与香料打了大半辈子交道的长老们，也从未闻到过如此古怪的味道，全凭修养才忍住了掩鼻的冲动。

为首的宗主面色苍白，但仍旧礼数周全地领旨谢恩。

第二日，他们的宗主就病倒了。

忆及当时的景象，楚长老硬着头皮道："这……还请中官恕罪，实在是那香方残损严重，香粉又太过罕见，所以有些困难……"

李相月将茶杯搁在桌上，发出重重一声响。

长老们随之齐齐一抖。

李相月笑吟吟地抬起眼："诸位该不会是在推辞吧？正是因为此事困难，才交给你们办呀。"

长老们："……"

楚长老几番挣扎，大着胆子试探道："若……若是这香方有些典籍记载可查，复原起来或许会快些。"

"没有典籍，没有来历。"李相月道，"楚长老，一个聪明人会知道该问什么，也会知道不该问什么。折云宗有今日的地位，全凭圣恩隆眷，可莫使陛下寒心啊。"

他望着满头冷汗的几位长老，亲切地问："三日之后，咱家再来时，就能带香方回宫了吧？"

窗下的林远深深皱起眉，指望长老们能再打上几句太极。岂料这群老东西一听李相月搬出皇帝的名头，便吓破了胆，唯唯诺诺道："中官尽管放心，我等领会了。"

林远拼尽全力忍住了一声冷笑。结果笑声虽没发出来，气息却仍是加重了些许。

下一秒，千牛军怒道："什么人?!"

转瞬之间，林远脖颈上就架了两把横刀，被推到了李相月面前审问。

长老们一见是他，脸都绿了。

李相月问："这是何人啊？"

楚长老看上去恨不得亲自掌掴林远。

他艰难地道："回中官，此子顽劣不堪，折云宗定会严惩不贷。"

"严惩？"李相月笑道，"长老是不是忘了咱家说过，此事乃是绝密，不得外泄？"

他起身走到林远面前，伸出两根冰凉的手指捏住林远的下巴，左右端详了一下："长得倒是俊俏，可惜了。"

林远眨了眨眼。他生着一双上挑的凤目，眼珠黑白分明，似比常人灵动，按照长老的话说，就是"滴溜溜乱转的贼眉鼠眼"。尤其是抬眼看人的时候，眸中的狡黠与锋锐显得他跟这片地界格格不入，是纯粹世俗的造物。

李相月只与他对视一眼，便问："你是谁家的孩子？"

侍卫握刀的手紧了紧。

——折云宗这种风雅出世却又日进斗金的地方，大半弟子都是清贵出

身，但林远看着不像。李相月问起他的门第，那就是已经动了杀念，在确认此人杀不杀得起了。

一位长老抹了把汗，小声道："这位是……廖宗主唯一的徒弟。"

李相月："？"

那长老又道："他侍奉在宗主身边，复原香方一事，他原本就是知情的。"

李相月更仔细地看了林远一眼。这一回连林远都能看出他在想什么：他在琢磨宗主的徒弟怎会是这副德行。

楚长老："喀，应该都是误会，是吧，林远？"末尾几个字是从牙缝里挤出来的。

林远顿了顿，笑道："中官恕罪，是师父抱病不能来迎客，派我来……献花致意。"

说着他从耳后取下那枝只剩一半花瓣的海棠，客客气气地捧给了李相月。

李相月："？"

林远无辜地看着他。

几位长老都屏住了呼吸。

李相月肉眼可见地权衡了几秒，终于假笑着伸手，慢吞吞地接过了海棠："原来如此，那还真是误会了。"

李相月走了，却留了一群千牛军驻守在折云宗门外，美其名曰："兹事体大，在咱家带走香方前，要确保折云宗的安全。"

楚长老大气不敢出地将他送走，折云宗大门一关，便暴喝一声："林远，你这孽障！"

要说折云宗哪个弟子最得长老们的青睐，恐怕有几个人选可以争一争。但要问哪个弟子获得了长老们空前一致的恨，那必然是林远无疑。

这林远岂止不沾门第，根本就是个来路不明的乞儿。十年之前，七岁的他蓬头垢面地出现在折云宗大门外，操着一口土到掉渣的乡音，险些被当场撵走，却通过考试拜入了宗门。

仿佛还嫌事情不够骇人听闻，不久之后，这厮又成了宗主的徒弟。

承了这等天降大运，换作任何有教养的弟子，早就受宠若惊、如履薄冰了。林远倒好，一朝小人得志，再也不把规矩放在眼里，三日一逃学，五日一犯上，恨不得将禁闭室当成自家卧房。

楚长老又将林远拎回西轩，骂道："那宫中贵人也是你惹得起的？你这种人找死就算了，可别殃及宗门！"

林远望着他。楚长老最恨的就是他这双眼睛，即使不言不动，单凭一个眼神也能传达出十分的情绪——而在面对他时，这情绪通常是无声的嘲讽。

偏偏林远还要用最恭谨的语气回话："弟子不敢。弟子方才过来，只是因为见师父抱病这么多日，却没有一位长老前来探视，心中有些奇怪，想看看究竟。"

楚长老："……"

林远如今说话早已没了乡音，吐字圆润，嗓音清亮："是因为各位闻过了那香粉的味道吗？还是因为各位看到了那些白鹤？"

几位长老的目光都有一瞬的游移。

要从那残存的香粉里分辨出每一种用料，有时需挑出一点香粉熏烤加热，有时则是沉水分离。但无论如何，都避不开反复嗅闻。

结果从第一日起，廖宗主就肉眼可见地消瘦憔悴了下去，脸色越来越差。到后来索性闭门不出，送去的食水都被原封不动地退了出来。长老们看在眼中，都心下犯怵，怀疑那所谓香粉其实是某种奇毒，一旦吸入体内就会中毒。

所以没人敢去探病，只是每日派一个小弟子前去送些进补的汤药。说来是关心他的病情，其实也是一种无形的催逼，问他何时能备好香方，应付官里。

更骇人的是，在折云宗接下这桩委托的第一夜，宗府莲池里养的白鹤就以怪异万分的情状死去了。

此事越是诡异，他们就越是刻意回避，不愿提及。此时林远却满不在乎地掀了遮羞布："各位长老对那香粉似乎颇为忌惮呀，怎么方才却如此爽快，拍着胸脯应了李相月的三日之期？"

长老们老脸讪讪，嗫嚅道："黄口小儿也敢妄言，白鹤之死跟香粉有什么关系？近来本就到处都不太平……"

"难道你要说，永宁城里那些命案也是区区一点香粉造成的？"楚长老轻蔑地看着林远，"况且修复香方本是皇命，你想抗旨不遵，害了宗门吗？"

林远面露震惊与感动："啊，楚长老处处为宗门计，真是深明大义，催人泪下。那不如就由楚长老亲自去修复那香方吧？"

楚长老："……"

楚长老脸色由青转红，由红转紫，伸手颤颤巍巍地指着林远："你你你——你今日逃禁闭在先，惹贵客在后，现在就将你数罪并罚！"

林远无所谓地耸了耸肩，心想着方才嘱托马尚送饭真是太英明了，这不就用上了。

结果楚长老一声冷笑："看来关禁闭对你没用，不上刑是不能让你长记性了。"

旁边一位长老讶异地张了张嘴，迟疑道："楚师兄，这林远虽然可恶，但毕竟是宗主的……"

楚长老一摆手："不必说情，去取刑具来。这等屡教不改的贱骨头，想来是娘胎里带出来的劣根性，不敲碎几根骨头是正不过来的。"

林远笑了。

林远轻声道："楚长老看人太准了，弟子出身乡野，确实生性粗鄙。当年初来乍到时，连大家说话都听不懂，走两步都怕脏了这仙宫似的路……"

他笑得愈发羞涩："这么多年来，也唯有楚长老的一言一行，常使弟子倍感亲切，仿佛遇到了老乡呢。"

楚长老的脸色已经由紫转黑了，上气不接下气道："上刑，快，快上刑。"

林远见他如此，心中突然生出一个念头：再补几句，说不定能直接把他送走。

于是他满脸无措地道："长老消消气，其实有一件事，弟子多年以来一直想问，又怕长老不愿提及。是这样的，弟子幼时，村子里有一户宰猪的，可巧也姓楚，脸都是这么长条长条、紫红紫红的。不知长老祖上……"

可惜人还是差一口气没送走。

就在林远被拖往刑凳的时候，西轩大门忽然"咚咚咚"地响了几声。

楚长老扭头怒道："谁啊！西轩的门也敢敲！"

门外静了一下，传来一道雪光般清冽的声音："楚长老，是我。"

一位长老觑了一眼僵住的楚长老，走过去打开了门，见礼道："宗主。"

香方

八苦其二

> "这还是你第一次嗅到'黑色'的气味吧？"

廖云觉走进西轩，环顾了一周，就像没有看到那刑凳和被制住双臂的林远，淡然道："听说宫中派人来了？"

廖云觉时年二十有七，在一众长老之间，他年轻得近乎刺眼。

折云宗有三奇，廖宗主就是第三奇。

折云宗能排在香宗之首，廖宗主就是最重要的原因。

即便在万中无一的制香师中，也仅廖云觉一人能得"百年不遇"之名。他少年出师，名扬四海，上达天听。这些年里，只要看见贵人们的华盖在折云宗门前排出十里，那就是廖宗主又制出新的香品了。

但对平头百姓而言，比起复杂艰深的工艺、千金难求的香丸，更出名的还是他的风姿。

有人说即使用不起折云宗的香，单看廖云觉的容光，也会觉得天人感应、灵台清明、达神明而通幽隐了。

"……是李相月来催问，现在已经走了。"楚长老心不甘情不愿地放开了林远，"宗主身体好些了吗？"

廖云觉点了点头:"好了许多,有劳楚长老差人送药。"

长老们面露喜色,连声道:"那真是太好了。""宗主应当是前阵子太过劳累才病倒的。""如今不仅宗主痊愈,天也放晴了,永宁城里也太平了,看来种种怪象果然跟那香粉没关系!"

楚长老正色道:"宗主既已康复,复原香方之事还需多费心啊。方才李中官说,三日之后必须交出香方。"

"三日。"廖云觉重复了一遍,从语气中听不出丝毫喜怒。

他说话的神色与林远截然不同。如果说林远一看就跟折云宗八字不合,那廖云觉便是折云宗的化身:端然、整肃,缺乏表情的面容甚至可以用"洗练"形容。他似乎情绪寡淡,又似乎一直在从很高的地方俯瞰人间。

就连楚长老对着他都摆不出长辈架子,只能故作语重心长道:"宫中催得这样紧,我们这些老骨头若能出力,早就出了。实在是此事特殊,只有你一人能胜任啊。"

他说得半真半假,但最后一句又是事实。

廖云觉此时就是他们唯一的救命稻草,所以每个人都刻意无视了这根"稻草"尚未恢复的病容。

楚长老:"三日之后,行吗?"

廖云觉想了想,尚未回答,林远突然不咸不淡地轻笑了一声。

他不笑还好,这一笑又往楚长老尚未熄灭的怒火上浇了一桶油。楚长老登时竖起眉毛:"顺带一提,宗主,林远方才一直躲在窗下偷听,被发现了还——"

"喀,喀。"廖云觉面无表情地捂住嘴咳了两声,原地摇晃了一下。

楚长老:"?"

林远瞬间领会,惊呼道:"师父!"小跑几步过去扶住了他,"师父,你怎么了?"

廖云觉摆了摆手,倚着林远道:"我身体不适,先行一步了。"

"哎呀,那我快些送师父回去休息。"林远搀着他就往门外走。

长老们:"……"

折云宗的宗主之位向来不问长幼，能者居之。偏偏制香大半是凭天生的悟性，有些人熬到白头也制不出神来一笔的香品。比如楚长老，虽然一把年纪，熬成了长老之首，但从廖云觉横空出世之日起，他便知道，自己与宗主之位注定无缘。

幸好廖云觉生性淡薄，并不是会与他别苗头的性子，让他的日子还算舒坦——除非涉及林远。

楚长老深呼吸了几次，站在原地按捺着火气道："那香方——"

廖云觉脚步一顿："我会备好的。"

一离开西轩，林远便放开了廖云觉，笑道："多谢师父相救。"

"嗯。"廖云觉目不斜视，走得稳稳当当，语气还是那样平淡，"你偷听也就罢了，怎么还被捉住了？"

林远立即维护自己的偷听水平："捉住我的可不是长老们，而是千牛军。"

"千牛军来了？"

"是啊，那李相月好狠的手段，催个香方还要带上禁军，还堂而皇之地将他们留在宗门外守着，就差往大门上贴个'欠债'的封条了。也不知那鬼香方究竟有何用处，让宫里做得这样绝……"

廖云觉放慢脚步，偏头看了一眼道旁的莲池。

白鹤的尸体早已被焚烧，连飘落在水面的羽毛都被打捞干净了。但那池水涟漪间，仿佛还泛着隐隐的血色。

他望着莲池，低声问："李相月说了那香方的来历吗？"

"没有，长老问了，但他一个字都不肯说。"林远听出廖云觉语声中的凝重，也跟着压低了嗓音，"师父？"

廖云觉没再说什么，径直领着他回到自己房间，关上门窗，才转过身来开口道："香方已经复原完了。"

林远蒙了几秒。

"……何时的事？"

"今晨。"

林远的脸色更不好看了。

廖云觉开始复原香方的那日，突然病倒，白鹤死去，异象连连；廖云觉完成香方的早晨，身体痊愈，风停雨歇，万花怒放。

这一切同时开始又同时结束，怎么会有这么诡异的巧合？但要说其中存在某种因果，却又显得荒诞不经。

——除非……

"师父，我有一件事想告诉你。"

"什么？"

"那香粉……"林远组织着语言，"那香粉在我闻来，是黑色的。"

廖云觉认真地望着他："这还是你第一次嗅到'黑色'的气味吧？"

"正是如此。我形容不出来，但它映入我的神识里，就是一片盘旋的浓黑之色，像是……像是一个把人吸进去的旋涡。"林远不受控制地打了个寒噤。他不敢想象廖云觉一连嗅闻了七日，会是什么感受。

"坐吧。"廖云觉抬手去提茶壶，林远连忙抢着倒了两杯茶。他端起其中一杯暖在手心里，这才觉得寒意被驱散了些许。

其实，他还隐下了一些话，没对廖云觉说。

比如，他之所以想把复原香方的事推给别人，是因为在白鹤死去的第二日，替廖云觉研墨时，在其指缝里看见过血色。但廖云觉本人却像是失忆一般一无所觉。

后来永宁城里命案频发，林远开始有种荒诞的畏惧。他怕那些怪象的始作俑者，是自己最不愿猜想的人。

入夜之后，雷雨又至。廖云觉锁上房门，不吃不喝地守着香方。林远实在放心不下，陪在他的书房里，听着滚滚雷声枯坐了整夜。

然而廖云觉并未踏出书房一步，永宁城中却还是不断有人死去。

什么样的因果能将"香"与"天降异象"联系在一起呢？想来想去，其实只有一个合理的答案。

"师父，宫中如此强硬地索求一张来路不明的香方，若只是为了给皇帝闻个乐子，实在有些说不通。我怀疑下令来催这香方的人不是皇帝，而是……"林远抿了抿唇，"那一位。"

折云宗坐落于天子脚下，此间制出的香品大部分直接供入了宫。这些香品的数量，其实早已远超帝王贵胄的日常所需。

所以虽然官里没有明说，但坊间早有猜测，它们其实是给觉者的供养。

十觉者隐世修行已久，人们只闻其名不见其身。但大周举国一直信仰着其中一位——有第一觉者之称的医巫闾尊者。这医巫闾尊者在百姓心中的地位甚至在皇帝之上，是大周不老不死的守护神。都说凭借着祂的庇护，大周才有如今的太平盛世。

无人知晓医巫闾尊者具体在何方，能面见祂的只有历代皇帝。不过传言之中，祂一直在深宫静修，顺便福泽天家。

廖云觉指尖轻点桌面，似在思索。半晌后，他问："你是觉得，这香方对'那一位'有些特殊的功用？"

"对。其实宗门里那群老狐狸，多多少少也这么猜测过吧。"林远嘲讽道，"只是无人敢提罢了。"

他很清楚"不敢提"背后的原因。如果折云宗出产的香品真是给医巫闾尊者的供养，那折云宗如今的尊荣，也是仰仗祂的青睐。祂想要什么香方，折云宗赴汤蹈火都得奉上。

不过，如果那些凶残的异象是祂造成的，目的是什么？那诡异的黑色香味，又在其中扮演了什么角色？

林远问："师父已经复原了香方，从香方本身能看出什么端倪吗？"

廖云觉缓缓摇了摇头。

他又沉思了一会儿，似是下定了什么决心，从怀中取出一张对折过的笺纸："小远，香方交给你保管。"

"啊？我？"林远诧异地伸出手又缩回，有些不敢接。

廖云觉道："我要出宗门一趟，去调查点东西。这香方就由你藏着，别对长老们提起，等三日后李相月来取时再交出去。"

"师父要走？"林远终于接过了这烫手山芋，却更加不解了，"这玩意如此棘手，为何不早点交出去，永远摆脱它？"

廖云觉只道："有些事需要确认。"

他不愿细说，林远也就无从追问。

林远瞪视着手中的笺纸，犹豫着道："那我有两个建议。"

"请讲。"

"第一个，这香方由我贴身带着也不妥当，师父不如送进库房，放进吞金匣里吧。"

所谓吞金匣，是折云宗库房深处的一只宝箱。如果直接打开盖子，其中就会射出无数暗器。只有知晓其中关窍的人，才能在打开之前拨动正确的机关，安全取出其中的宝物。而拨动机关的方法，只有极少几人知道。

廖云觉点头："也可，但长老们不知道香方已经复原完成，我此时去库房藏东西，恐怕会引起他们的注意。"

"我去吧，师父传授过的开箱法子，我还记着的。"林远道，"第二个建议，师父要出去的话，别走正门。要是被千牛军看见，少不得要跟踪你。"

"那要从哪扇门走？"

林远一笑："等我带路。"

一切议定，林远便先去了库房。

库房门口有弟子轮番值岗，这会儿值岗的几人里恰好有马尚。马尚一见林远便喜道："林师兄，你没被长老抓住啊？"

"你林师兄是那么大意的人吗？"林远敷衍道，"炸酥鱼有没有给我留几条？"

马尚愣了愣，挪开了目光："啊，这……"

林远笑骂："没良心的。"举步就要往里走。

马尚想起自己的职责，连忙捧起一本簿子："林师兄，你进库房是要取什么、放什么啊？得先写一下。"

"不放什么，取点曼陀罗粉，你替我写吧。"林远张口就来。

"哦，行。"

库房里昏暗无光。为了避免香料失火，这里不设灯烛，仅凭一点天光照明。弟子们早已习惯了摸黑存取香料，也都熟悉其中的布局。

林远径直往库房深处走去，确认摆脱了门口几人的视线后，才偷偷点着了火折子。

"吞金匣……吞金匣……在这里。"借着摇晃的火光，他蹲下摸到了角落里一只蒙尘的黑箱子。那箱子上雕着一只巨大的貔貅，围绕着貔貅还有八根金条，分布于八个方位。貔貅大张着口，就像要吞金而食一般。

林远回忆着廖云觉教的法子，握住貔貅，按照巽、艮、乾的顺序转动了三次。最后一次停住时，只听箱中传来"咔嗒"一声闷响。

他这才打开吞金匣，从怀中取出香方，正要放进去，却鬼使神差地停了一下。

林远再度回头确认了一眼，然后抖开笺纸，借着火光看去。

纸上是廖云觉清楚的笔迹，第一行写着三个字——"筮予香"。

林远心道：原来这鬼东西叫筮予香。

再往下读，纸上的文字却迥异于寻常香方，一眼扫去，先入目的不是香料，而是地名。一行行的全是"某某地之某某香"，有大周境内的，也有远方小国的，似乎对每一种香料的产地都有严苛要求。

"'宿河'……宿河国不是早就灭亡了吗？这香方到底有多少年历史了啊？"林远暗暗咋舌，"'宿河之……'"

"林师兄，你找到曼陀罗粉了吗？"门口的马尚尽职尽责地喊道。

林远迅速合上笺纸放入匣中。"找到了！"

他朝门外走去，路过某一排木柜时顺手拉开一格抽屉，抄起一只瓷瓶。待走出大门，他将瓷瓶朝马尚晃了晃："曼陀罗粉，我先拿走了。"

"师兄慢走。"马尚狗腿地道。

藏完香方，林远带着廖云觉绕到宗府的角落，指着一处狭窄的木门，道："这是仆役倒垃圾用的小门，从这里出去，外头肯定没有千牛军守卫。"这可是他平时溜出去买零嘴的秘密通道。

廖云觉换了身不起眼的布衣，负手看了看门，又看了看林远。林远躲避着他的目光，殷勤地抬起门闩，推开了木门，露出外面一条泥泞小巷："喀，师父出去时小心脚下。"

廖云觉没有多问，平静道："多谢。长老若是找我，你就说我为了

复原香方，出去调查了。这几日我不在，你表现规矩些，别再被抓现行了。"

"放心吧，我心里可明白了。哎，师父——"

廖云觉一只脚已经跨了出去，闻言又回头看向他。

林远无法解释方才那一瞬间的心慌，只得笑道："保重身体。"

廖云觉也扬了扬嘴角："嗯，你也是。"

林远一直目送着廖云觉走出巷子，才重新合上木门，往自己的卧房走去。

他一路低头沉思着香方的事，又是猜测师父要去哪里，又是担心外面会不会有什么危险。

等他惊觉不对劲时，那"不对劲"的东西已经近在咫尺了。

——是气味。

一丝丝，一缕缕，灰暗里带着阴冷的青。这是他在折云宗从未闻到过的气味，轻微却又突兀。

有一个陌生人，跟在他身后，离得很近，很近。再近一步，就可以动手了。

林远的心跳陡然加快，步履却丝毫不乱，脑中飞快地计较着。周围有什么？自己手中有什么？有什么东西可以助自己逃过一劫？

他猛然转身，一步跨入旁侧一间小香室里，反手"砰"地合上门。

房门未及上锁，便被来人一脚踹开，险些撞到他脸上！

就在这一瞬间，林远已经从怀中取出瓷瓶，拔开瓶塞，猛地朝来人撒去！

那人刚刚踹开房门，兜头盖脸就是一把粉雾，根本避之不及，吸入了一大口。

曼陀罗粉需用瓷瓶保存，是因为如果不慎大量吸入，人就会晕眩麻痹、浑身无力。对方轻敌之下猝不及防，猛地呛咳起来，越是呛咳就吸入越多。

林远浑身发抖，见来人手中握着一把匕首。恐慌到了极点，反而凭空生出了一股胆气，他屏住呼吸扑了过去，从对方力道松懈的手中夺下了那把匕首，捅进了对方的胸口。

那人倒下了。

林远这才后退两步，大口大口地喘息着，望向来人的脸。

他先看到了一双噩梦般熟悉的眼睛。

——像是饱蘸浓墨一笔勾成的凤眼，眼珠轻轻一转，必然顾盼神飞。此时却只含着错愕之色，呆滞地瞪着他。

再往下去，由鼻梁至唇角，每一处转折，都如他揽镜自照。

对方长着他的脸。

孪生

八苦其三

什么真相？报什么仇？她是谁？

四目相对，林远震惊到头脑一片空白。

对方吐出一口血来，低头握住了插在自己胸口的匕首。

林远被惊得一跳。对方看了一眼伤势之后，却又松开了手，似乎已经放弃了自救，躺回原地苦笑了一下："我似乎并未发出任何声音，你如何能察觉？"

林远："……你是谁？"

对方自己想明白了："嗅到的？你这鼻子果然厉害。"

林远简直要发狂："你到底是什么东西，怎么会长得跟我一样?!"

"我叫李四，是你的孪生兄弟。"对方平静道，"我来此地是为了杀你，然后换上你的衣服，冒充你去取走篓予香的香方。既然命丧于此，那也算是天意，就不带走了。你我二人中，死一个足矣。"

空气中那阴冷的杀气正在消散，取而代之的是另一种味道——死亡的味道。

林远瞪视着李四，胸口剧烈起伏。这人已经要死了，自己却还对他

一无所知，不知道他为何认识自己，也不知道他为何要杀自己。

李四又吐出一口血，强行提气道："但我不是唯一来的人，外头还有更多杀手在等着。等不到我的信号，他们马上就会进来强抢。时间不多了，你听我说……"

他的声音越来越低，林远不自觉地上前一步想要听清，却又猛然顿住脚步，提防有诈。

李四不以为意，只直视着林远，一字一句道："你的出身全是假的，你会来到永宁，进入折云宗，都是他们的安排。这是从我们出生就布好的局，一切都是为了筮予香。"

"'他们'是谁？为何会知道筮予香？"

"他们是八苦斋。"

林远还想追问"八苦斋又是什么"，门外却突然传来一阵喧嚣，有兵刃相撞声，还有人们的奔逃尖叫声。

一群杀手已经攻破了千牛军的防卫，闯入了折云宗大门，正在展开一场血肉横飞的屠杀。

这些八苦斋的杀手全以黑布蒙面，又戴着黑色兜帽，连眼睛都藏在阴影里，一声不吭，见人便砍。可怜折云宗弟子哪里见过这等阵仗，没跑出几步就成了堆积的尸体。

千牛军守卫从门外追了进来，高声呼喝着想要御敌。

林远从小香室门口探出头去，远远望见有千牛军守卫从杀手背后一刀砍下，那杀手却连头都不回便一侧身，堪堪避开了刀刃。与此同时，他身旁的同伴亦是头都不转，回手一剑，恰好将那守卫的脖颈刺了个对穿。

这些人的身法……已经不能用区区"诡异"二字形容，简直像是浑身都长了眼睛！

他们身上穿的只是布衣，手中使的也只是寻常兵器，但对上精兵强将的禁军，却如砍瓜切菜一般，杀得对方毫无还手之力。

千牛军守卫也逐渐发现了不对劲，迅速改变战术，四五人围堵住一个杀手，刀枪如雨，从四面八方同时攻出。那杀手终于避无可避，被砍成了几段，脑袋与尸块滚落于地。

紧接着，让林远浑身血液凝固的一幕发生了。

他站在局外，看得清清楚楚。那落地的脑袋滚了两圈，蹭掉了蒙面的黑布，忽然大张开嘴，一口咬住了千牛军守卫的脚踝，撕下一块肉来。

千牛军守卫惨呼一声，踉跄倒地。

那脑袋龇着牙嚼了几下肉，一口咽了下去，却没有身体能承接，又从喉管里漏了出来。

其余尸块一拥而上，上半截身子挥舞着兵器，下半截身子蹬着双腿，三两下结果了此人的性命。

那千牛军守卫到死都双目圆睁，像是恐惧到了极点。

杀了他的尸块们却还没有消停的意思，又活蹦乱跳地冲向了下一个目标。

林远猛然缩回脑袋，虚掩上了小香室的门，语无伦次地颤声道："他们……怪物……难道你也……？"

李四摇摇头："我不是。他们是赵部的，我是李部的。"

他的声音更虚弱也更急促了："我能教你如何救下折云宗。八苦斋若我不到筮予香的香方，就会掘地三尺，屠你满门。但就算得到香方，他们照样会杀了所有人灭口，尤其是你师父，以免他再把香方写给别人。所以，你只剩一个办法……"

他喘息一阵，断续道："你必须……带着他们找到筮予香的香方，然后，当着他们的面，毁掉香方。你要将这件事伪装成一个意外，你能做到的，用吞金匣……"

林远浑身一震："谁告诉你的？吞金匣是谁告诉你的？"

宗门中有叛徒，在朝外传递消息！

李四咳出一口血沫，气息奄奄，已经顾不上理会林远了，好像在筛选最重要的内容说出来："扮作我，现在就扮作我。他们会以为是我杀了你，而不是你杀了我……"

林远站在原地没有动，脑中一片混乱。

李四焦急起来，挣扎着道："你想……灭门吗！"

林远其实不在乎折云宗里的大多数人。

但他在乎的那么几个人，又全都在这里了。他在世上举目无亲地活了十七年，折云宗对他来说，就已经是最接近"家"的存在。

林远盯着李四，心道：别的先不管，这人如果要害我，有这工夫早就动手了，没必要对我说这些。

外头的嘈杂声响渐渐止歇，挡道的人已经被清干净了。接着，脚步声响起，远处有人嘶哑着嗓子说道："分头去找。"

八苦斋来了。

若被那群怪物发觉自己杀了李四，自己就再无活路！

林远咬了咬牙，三两下除了自己的青衣，又蹲下去扒李四的黑衣。

李四望着他将彼此的衣物对换，眼中流露出一丝欣慰，用气声道："别怕。我很好假扮的……少看少说，当个木头人即可。"

林远抖开黑衣时，从中掉出了一册薄薄的本子。

李四："收起来……这玩意，能帮到你……"

林远按下心中无数纷乱的念头，用最快的速度穿好衣服，藏好本子，又拆开发髻，照着李四的样子披散一半，同时低声问："假如我真能蒙混过去，并且成功毁掉了筮予香的香方，接下来又会如何？"

"他们会……带走你。"

"带我去哪里？八苦斋？"

李四点了点头。

林远替他换了发型，正要收回手，却突然被他握住了手腕。

李四的手冷得像冰，力道却全不似垂死之人，攥得林远腕骨都开始作痛："去……八苦斋……弄清真相……报仇……为我们，也为她……"

"什么真相？报什么仇？她是谁？"

李四的目光却已经开始涣散，喃喃道："来不及了……靠你……自己了……"

门外，脚步声渐近。

李四缓缓放了林远的手，胸膛用尽全力起伏着，正在吸入此生最后几口空气。

还有时间，还能问最后一个问题。可心头的疑惑又何止万千？

该问什么呢？问什么才能逆转局势？什么样的答案，才能护佑他走上此后的路途？

林远半跪在地，麻木地望着李四，双眼几乎与对方一样空茫。他忽然意识到，这是他与孪生兄弟的第一次相见。

他俯身问道："咱俩谁是兄，谁是弟？"

李四睁大了眼睛。

林远解释道："他日给你立碑，也好刻字。"

李四虚弱地笑了。

他说："我觉得……你是……弟弟。"

林远摇头："我觉得我是兄长。"

"……也行。"

李四的笑容随着最后一息缓缓消散。

赵十五厉声道："等找到李四那家伙，定要他好看。"

跟在他身后的赵十六应道："到现在都没冒出来，李四这是怎么了？"

他们方才等在折云宗外，过了约定的时间，依旧不见李四发出的信号。李四任务失败，没能冒充林远偷出香方，他们便只能杀进来强抢。

赵十五冷笑道："那废物，总不至于连个不会武功的家伙都杀不了吧。别管他了，一间一间搜，逮着人就逼供，总能问出香方在哪儿。"

"是！"

众人一连踹开两间小香室的门，都没瞧见活人。正待继续，旁边一间小香室里突然走出一个面无表情的人。

"哟，这不是李四嘛。"赵十五冷嘲道，"林远呢？"

林远拼命抑制住身体的颤抖，心中不断默念着李四说的"少看少说，当个木头人"，垂着目光指了指房内："杀了。"

赵十五走进去踢了踢地上的尸体："为何耽搁这么久？"

林远顿了顿，半真半假道："他撒了一把香粉，拖住了我。"

赵部众人怒骂起来："一把香粉也能把你拖住？""废物玩意，害死我们好几个兄弟！"

林远低着头，一句都不辩解，心中却寻思：所以那些会动的尸体，

并不是真的"没死"？

赵十五左右一瞧，从小香室的案上端起灯盏，将灯油全数浇在了尸体上，一把火点燃了他的衣料。

火焰一瞬间就吞没了李四的脸。林远眼观鼻鼻观心，无动于衷地站在一边。

赵十五问："他死前招了没有？"

"招了。"

"香方在哪里？"

林远沉默地指了指库房的方向。

"那还不快走！"

吞金匣

八苦其四

他现在是李四，所以他对这匣子里的杀机一无所知。

一众黑布蒙面的杀手离开火光熊熊的小香室，朝着折云宗库房赶去。

一路上都是横尸于地的弟子。有人还剩一口气，双眼圆睁着，死死地瞪着走在最前面的林远。

林远目不斜视地领路。

他不能看向自己的同门，哪怕是多看一眼，恐怕也会招致身后这群怪物的怀疑。

他也不能分心思考，自己在小香室里留下的东西会不会被火焰吞噬。

他将全副心神凝聚起来，用于扮演李四。李四是个杀手，所以他的身姿必须利落，脚步必须轻盈。李四的胸襟处还留着匕首刺出的血洞，幸而在黑衣上不太显眼，但他必须留意用长发遮挡。李四说……

李四说，只有一个办法能救下折云宗，就是带这些人找到筮予香的香方，然后当着他们的面毁掉香方，还要将此事伪造成一场意外。

真假难辨的话语，庞杂无序的信息。他像风暴中的一叶孤舟，被洪流卷起推向浪尖，分不清东南西北，只能凭直觉判定方向。

而他的直觉是相信李四。

"那就是库房吧。"赵十五朝前方一指。

林远点了点头，脚步突然停顿了一下。他看见那群值岗的弟子非但没有逃走，反而举着扫帚、铁锹等物，守卫在大门前。

这群天真的蠢货听见远处的打斗声，还以为宗门进了贼，于是各自抄起家伙，要保住那些价值连城的库存。直到贼人带着满身血气杀到眼前，他们再想挪动脚步却已太迟。

林远身侧掠过几道黑影，八苦斋的杀手如闪电一般扑了过去，眨眼之内将这群人撂倒于地。

赵十六并不急着下杀手，一脚踩在马尚背心，逼问："篁予香的香方藏在哪里？"

"什么香方，那是什么东西……"马尚拼命挣扎，目光突然对上了林远，愣了一愣，急忙大喊，"林师兄救我！"

林远一步步朝他们走去，心中麻木地默念：扮演李四，毁掉香方。

"林师兄？"马尚回过神来，声音开始颤抖，"你为何跟他们走在一起？"

毁掉香方，用吞金匣。

另一个被踩在地上的弟子恨声道："你还不明白吗？林师兄已经投敌了！"

"不可能……"

林远脚步不停，径直越过了这群人，走进了库房大门。马尚磕磕绊绊的辩解声戛然而止。

赵十五跟了上去，不耐烦地撂下一句："不用问了，这几人派不上用场。"

赵十六会意，脚下缓缓施力。

林远的身后传来胸骨碎裂的闷响。

不要去听，不要去想。不要加快脚步，也不要放慢。

林远将舌尖抵在齿间，用力一咬，满嘴腥甜。

他举着火折子，假意在库房深处翻箱倒柜，弄出很大的动静，试图盖过外头的哀号声。

等那些哀号归于寂静，赵部的耐心也已经耗尽："你到底问没问出那东西藏在哪里？"

"找到了。"林远摸了摸吞金匣，"据林远所说，应该就是这个。"

赵十五伸手就去开箱子。

林远望着他的背影，无声无息地屏住了呼吸。

赵十八却突然道："头儿，小心有毒。"

赵十五抬起的手一顿，退了两步，转而指使林远："你，去把它打开。"

林远迈步上前。

由他来做这件事，一切会更加天衣无缝，却也更艰难。毕竟，人若是明知脚下是什么陷阱，就很难泰然落下那一步。

但他此刻不能当林远了。

他现在是李四，所以他对这匣子里的杀机一无所知，毫无防备。

他的呼吸没有丝毫颤抖，伸出去开箱的手也不曾停滞。他背对着众人闭上眼睛，掀起箱盖，全身的肌肉都在衣衫之下绷紧，硬是将自己钉在原地，直到——

"咻咻"连声，被错误打开的箱子里，无数暗器同时射出，破空而至！

站得最近的林远只来得及举臂护住要害，瞬间就身中了十余支冷箭。他身后赵部的人飞快闪避，奈何距离过近，还是纷纷中招。

赵十五臂上一痛，看也不看，反手将冷箭拔了，又挥刀替同伴挡掉了两枚暗器。这都是小事，牺牲一两个人也不打紧，只要……

他视线一转，突然瞳孔一缩。

只见林远身中暗器，委顿倒地之际，举着火折子的手指脱力般一松，火折子直直落向了吞金匣——

赵十五猛然冲去，将林远踹到一边，自己伸手去扑灭火苗。岂料匣中暗器竟还未放完，又射出几枚飞针。

赵十五目眦欲裂，一矮身躲开飞针，再想去抢出香方时，恰好看见那薄薄的笺纸被烧完最后一角，散作黑蛾一般的碎片，灰飞烟灭。

林远躺在地上，已经成了血人。

赵十五回身一脚，险些踹断他的气。

"香方没了。"赵十五强作冷静，对众人宣布，"任务失败了。"

那一刹那，林远虽然耳中嗡嗡作响，视野忽明忽暗，却莫名地感觉到一阵死寂笼罩了这间库房。

这些杀人不眨眼的怪物僵在原地，仿佛被某种极致的恐惧攫住了心脏。

半晌，才有人捂着伤口跳起来："还没结束，我们可以去抓廖云觉，让他重写一份！"

"对，这么久都没找到，他一定是躲起来了。"

"或者从偏门逃了！要不要兵分几路去搜？"

林远心头一紧，却听赵十六从门口探头喊道："来不及了！我上房顶看了，千牛军有一批增援在往这里赶，还有一批往城门去了，怕是要封城！"

众人同时唾骂起来。吞金匣里窜出的火焰开始从箱体往两旁蔓延，却无人理会。

赵十五的目光转向林远，忽然道："是你。"

数十道目光同时射向林远，像要在他身上再开出一些血洞。

"是你这个废物一次次失手，害我们都要受罚。"赵十五的语声中有一种压抑到极致的暴怒。他抬脚踩上了林远的脸，足底慢慢施力。

林远的整个脑袋都向大地陷去，头颅剧痛，几欲在重压之下爆裂开花。他竭力呼吸着，心念飞转。李四说香方毁去之后，这些人会将他活着带走，但李四显然高估了他们的理智。

他还不能就这样死去。他必须保住这条命，用一句话——

"我方才……看到了……"林远几乎无法张嘴，从牙缝里挣扎着出声，"香方上……的字……"

就在林远的脑袋即将炸开之际，那只脚挪开了。

"香方上写了什么？"赵十五问。

林远却没再睁开眼，顺势将头一歪，装作昏死了过去。

赵十五又踹了他一脚："给我醒来！"

"头儿。"赵十七拦了一把，指了指林远身下那一片骇人的血泊。任何人再这么流血，都会很快变成人干。

赵十五深吸一口气，随即被浓烟呛了一下。

折云宗积累了数百年的宝贝藏品，从油亮的香木到干燥的香粉，全是易燃物。那火焰转瞬间蔓延开去，库房里黑雾弥漫，满室光影如魍魉流窜。

赵十五命令众人离开，转身时权衡了一下，终于下令道："把李四带出去。"

有人粗暴地折断了林远身上的箭，将他架了起来。

林远已经感觉不到痛了，浑身飘飘然如堕云雾，连带着眼前的火宅也被热浪扭曲。他依稀看见马尚瞪着灰白空洞的眼珠，燃烧的香粉在狂舞，草木的尸骨发出恶鬼般的焦臭，模糊了人间与炼狱的界线。

如果就此朝着那片黑暗沉没下去，会不会再也醒不过来？

林远提了一口气，强行撑开沉重的眼帘。他正在被架着走出折云宗，前后都是撤离的杀手。

更远处的回廊尽头，有一个弟子的身影正提着水桶，朝库房的方向飞奔过去。八苦斋无人再去发难，看来已经彻底放弃了这次任务。

林远心下稍宽，一时松懈，意识便像秤砣似的直直坠入了黑暗之中。

人濒死的时候，大约连最模糊的记忆也会重新浮现。

在林远的印象里，自己的人生是从一步踏入折云宗后才开始的。那一步之前的七年岁月，都隔着一层朦胧的雾气，看不清，也不想看。

结果此时这一坠，却直接跌入了那段光阴里。

那时候的他，身边不存在什么孪生兄弟，只有一对农户父母。父母总是很忙，忙完春种忙秋收，即使田间无事，他们也不着家。有时一连十天半个月见不到人，只留给林远一些吃食，保证他饿不死。

幼时的林远无人陪伴，便自己去爬树冒险，嗅闻各种野果与花朵，躺在田埂间眺望远处那一座无名雪山，想象着什么时候可以飞过去。

他那时还以为人人都能看见气味的颜色。

父母从不教导他，所以他连话都说不利索，更不可能知道那些花果草木的名字。最初烙入他记忆中的，除了气味便是颜色。

紫色花朵的香味，那便是紫色的；晒熟的稻谷的味道，就是金黄色的。天地间种种香味与臭味，映入他的神识中，都是织毯般的鲜彩。

直到七岁那年，一群村民聚集在林远家门口，告诉他，他父母赶着牛车翻进河里，溺死了。

"这村里没你的亲戚了，赶上歉年，也没有余粮接济你。但你父母以前提到过，你在外头还有个远房表叔，你不妨去投奔他。"

林远懵懂地问："要去哪里？"

"永宁。"

永宁，那是大周的都城，传说中受医巫闻尊者亲自庇佑的神仙地界，又岂是一个野孩子能活下去的地方？

但当时的林远并不懂这些，只是问："我表叔叫什么？"

村民报了个名字，跟他连姓氏都不一样。可见这亲戚即使是真的，也确是一表三千里。

林远又问："到了永宁，我要如何与他相认？"

村民面面相觑，都露出哂笑。一个人说："你父母没留下什么信物，这样吧，让村口的秀才写一封信，将这事说一说，你把信带给他吧。"

林远终于懂了，这些人只是想尽快甩脱自己罢了。

后来他孤身上路，背着一袋干粮，走了一天才走到附近的城镇，当晚就被乞儿抢走了所有口粮。

他又冷又饿地蜷在街角，开始怀疑自己会不会死，又觉得既然横竖都是死，走着死总好过躺着死，于是爬起来继续走路。

他那时七岁，对都城有多远完全没概念，只觉得连天边的星星也是能走到的。

再后来呢？他好像当过小偷，当过乞儿，也给人当过马童。四处求爷爷告奶奶，讨一口吃食。颠沛半年之后，也不知怎的，竟真让他辗转到了永宁。

林远当时瘦小得像一只泥猴，凭着丰富的流浪经验躲在一辆牛车里，混进了城门。

他从货物的缝隙间朝外望去，只觉得连车轮掠起的尘土都是芬芳的。酒气与香气绵绵浮空，紫陌红尘，拂面而来。

大周的都城，黄金铺地，宝树开屏，花灯如昼，犹如天女在云絮里小憩时做的甜梦。

泥猴林远叉腰站在永宁的街头，认定自己天生红运，逢凶化吉，日后定是这世界上最厉害的人。

带着这样的自信，他站到了折云宗大门外。

很快便有人出来逐他。林远起初见那少年唇红齿白，衣衫飘逸，还以为是什么人物。直到对方举起手上的扫帚，打野狗似的驱赶他，他才意识到，对方只是个扫地门童。

林远取出贴身藏着的书信。他这一路被偷被抢，自己也偷过抢过，身上的衣服都不知道换了几轮，唯独这封信还是保存完好的。

他将书信递给门童，赔笑道："我是来投奔远方表叔的。"

门童上下打量他，勉强问了一句："你表叔是谁？"

林远道："廖云觉。"

门童冷笑一声，当场将那信纸撕成了碎片："滚！"

撕开梦境的是一阵剧痛。

林远陡然被从黑甜梦乡中拽回现实，耳边有一声惨叫的余响，他过了几秒才知道是自己发出的声响。

有人正在挖出嵌入他肉里的箭头。见他被痛醒过来，动手的人瞥了他一眼，手下未停，又挖出了几个残留的箭头。紧接着，烈酒朝他的伤口浇了下来。

林远双眼一翻，又昏了过去。

这一回却昏得不太彻底，他依稀能感觉到伤处被抹上药膏，又被布条紧紧缠了起来。

似乎过去了很久，又也许只是片刻，他的神志艰难地回笼，隐约察觉自己是躺在一处火堆边上的。

身旁有人在说话："他那衣服都成筛子了，烧了吧。赵十八，把你的衣服脱了给他。瞪我做什么？他要是冻死了，回头挨首领责罚的还不是我们？"

"头儿，这废物就打算这么昏迷一路，倒要我们伺候他吗？"

"哼，倒是打得好算盘，料定我们只能带他回去复命。他最好是真的记住了香方，否则……"

有人往他身上粗暴地裹了件衣服。林远身体时冷时热，不受控制地打着摆子。

嘴里被塞入了一颗辛辣苦涩的药丸，他知道这是救命的东西，极力咽了下去。

看来这些人已经逃出了永宁，正带着他赶回八苦斋。只是不知那八苦斋究竟有多远。

不过，他们烧了他原本的衣服，倒是不用再担心胸口那个血洞被发现了。林远苦中作乐地暗笑了一下。

他已经很久很久没有回忆过七岁以前的事情了。若不是李四突然出现，他恐怕永远不会察觉其中的异样。

李四说："你的出身全是假的，你会来到永宁，进入折云宗，都是他们的安排。"

如今一想，那对农户夫妻真是他的父母吗？那些村民真的相信廖云觉会是他的远亲吗？年仅七岁的他居然能顺利到达永宁，真是因为运道奇好吗？

往昔种种，全被打碎成了水中月影。

林远昏昏沉沉，但或许是强烈的求生欲使然，又或许是心里还有很多谜团和牵挂，意识总会挣扎着浮出那片黑暗的水面。

很难计算时间的流逝。有几次他醒来发现自己躺在颠簸的马车上，

又有几次是在黑暗的山洞里。

去八苦斋的路途似乎比想象中遥远。林远浑身的伤口愈合得十分缓慢，到后来还化了脓，让他发起了高热。那些人又气又怕，只能加速赶路，一路上不耐烦地将他搬来搬去，像搬一只脏兮兮的包袱。

这么重的伤势并非全无好处。似乎所有人都默认他伤成这样，肯定陷入了昏迷，根本不可能有清醒的时候。这就给了他机会撑开一线眼帘去偷看。

他看见了很多东西。

首先是这群杀手的长相。

林远现在明白他们戴兜帽是为了遮掩什么了。与李四不同，赵部这些人一个个额平脸宽，满头发辫，看上去迥异于中原人。更稀奇的是，他们的眼睛是绿色的——不是那种鲜艳的翠绿，只从某些角度偶尔闪过一道幽幽绿光，像是夜视的野兽。

其次，逃出来的这一批杀手都是活人，那些乱蹦的尸体已经不见踪影。

林远不知道那些尸体究竟是何时真正死去的。好像在离开折云宗的时候，就没瞧见它们了。

他还偷听到了一两句对话："这次行动没人露出过脸吧？""没有，死去的兄弟们也都当场烧掉了，不会留下痕迹的。"

听起来，这八苦斋虽然作风蛮横，却很不想在世间留名。如今回想，也确实从未听说过这样一个诡异的组织。

只有一样东西，他始终没看——李四留下的本子。

李四曾说，这玩意能帮到他。

林远害怕被赵部这些人搜身，早在穿上李四衣服的时候，便将那本子分解成了两沓薄薄的纸页，塞到了两只鞋底。后来赵部的人一次次地将他脱光了换药，但果然没动过他的鞋。

本子虽然保下来了，他却从未找到过机会，在赵部众人的眼皮底下偷看。

况且，他也没有力气挪动身躯了。

林远的状态每况愈下，清醒的时间越来越短，呼吸也越来越艰难。不仅是赵部那些人，就连他自己都开始怀疑自己能否撑过这一关。

直到这一天，赵十五的声音像是隔着水面，朦朦胧胧地传来："到了。"

"头儿，前面怎么走？"

赵十五沉默了一下，带着某种怨气道："还能怎么走？做个轿子，把他扛上山！"

林远被抬下马车时，突然从混沌中惊醒了一瞬。

某种东西唤醒了他，如同穿过漫长岁月的遥远回声。是什么东西如此熟悉……他迟钝地思考着，挣扎着抬眼看去。

在他们面前，有一座奇峰突起，高耸入云，鸟飞不过。从半山腰起云遮雾罩，无路攀缘。再往高处，便只有一片皑皑积雪。

啊，想起来了。

熟悉的是气味。风的气味，草木的气味，这一片土地的气味。

这座山……就是他幼时在田埂间，日复一日眺望过的那座雪山。

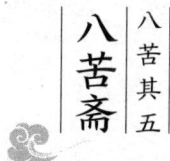

八苦斋　八苦其五

这个知悉所有机密的叛徒，这个害死了所有人的叛徒……到底是谁？

慈悲山坐落在北地某处鸟不生蛋的地方。得名如此，是因为没有人会进这座山狩猎。

传说那半山腰的云雾里藏着魑鬼，进去的人十死无生，一个都不会回来。久而久之，猎户樵夫连靠近这座山都不敢了。

——这传说自然是为了遮掩八苦斋的存在。

山上终年不散的云雾确实困死了很多人，但若能破解云雾里的阵法，就会看见盘踞其中的八苦斋，犹如白色宣纸上的一团浓黑墨点。

林远并未被这一关困住。他躺着进了八苦斋。

有人将他抬到床上，撕开了他身上连着血痂的纱布，查看那些已经开始腐烂的伤口。片刻后，一把匕首在火上烤过，剜去了创口的腐肉。

林远凹陷的脸颊白中泛青，躺得很安详。

那人将伤口重新上药包扎，又往他嘴里灌了些药，末了评价道："伤势太重，路上又耽误了治疗，现在凶险了。"

"能活吗？"赵十五问。

"这脉象不好说，得看他的运气。"那医者以为林远在昏迷中感觉不到，拿指尖戳了戳他的腹部，"你看这里，这么深的口子，即使捡回一条命，以后……"

林远默默听着。

没人知道林远竟然还醒着。从他微弱的气息中察觉不出，从常理上也推断不到。

他确实奄奄一息，痛得死去活来，却已被抽去了最后一丝力气，连一声惨叫都发不出来。偏偏这具身体或许是在幼年流浪时适应了各种疼痛，并没有那么容易昏过去。

况且他知道已经进了龙潭虎穴，有意维持意识清醒，还能偷听到身旁之人的对话。

他想听听自己会落下什么残障。

赵十五："以后？"

医者："丹田算彻底毁了，武功尽失，余生也无法修习。"

林远："……"

林远心想：还有这种好事？

他原本还在担心万一活下来了，以后被派出去打架杀人，自己要如何假装会武，这下问题直接迎刃而解。

那医者却狐疑道："你确定这废物还有必要救吗？"

第三个声音突然响起："李四不能死。"

有人走了进来。医者与赵十五齐声见礼道："首领。"

那被称作首领的人道："无论用多少药，这条命必须救活，至少要让他活着受审一次。他若是死了，整个钱部一起问责。”

医者显然震惊了一下，语调立即郑重起来：“属下一定尽力。”

那首领的声音听上去很是滑腻，就像嗓子里含着一块猪油：“赵十五，等李四交代了香方，再清算你们这次该领的罚。”

“……是。”

说话声与脚步声都渐渐远去。

林远心想：我还有睁开眼睛的力气吗？

他这样想了，也这样试了，结果确实张开了一条缝，但眼前全是一层层的黑影，重重叠叠，什么也看不清楚。

他没有放弃，凝神盯着，这回依稀辨认出了几道离去的背影，当中一道奇胖无比，浑圆的身躯活像一只滚动的肉球，衬得四肢都像挂在上面的摆设。

林远实在没想到八苦斋的首领会是这么个胖子，顿时被乐到了，可惜牵动不起嘴角，只能在心里挖苦两句。

四下随之安静下来，房内没有留人。

不过，那胖首领说了如此重话，八苦斋定会倾尽全力救治他，想必很快还会有人过来——而且，他的鞋子不可能一直穿在脚上，被脱掉也只是时间问题。

林远闭目攒了一会儿精神，又想：我还有力气藏好李四的笔记吗？

那医者送走了胖首领，刚回到房间就是一惊。

就在他离开的这片刻间，林远身上的伤口似乎全部崩裂了一遍，绷带全被脓血染成了红色，就连鞋袜也松动了，歪歪斜斜地挂在脚上。

医者连忙冲过去探他的鼻息，所幸还有气。医者又试探着唤了几声“李四”，再掀起他的眼皮，却见他双眼翻白，已是彻底不省人事了。

医者完全猜不出发生了什么事。难不成这李四方才垂死抽搐了一次？

他这回不敢怠慢，拿出了伺候祖宗的态度，仔仔细细为此人擦了身，换上一身干净衣物，又盖上了被子。他亲自守在榻边定时喂药，即使离

开，也会让钱部其他人来换岗。

钱部拿出了最好的药，不要钱似的给林远内服外敷，生怕他没报出香方就死了。

数日之后，林远虽然仍是昏睡不醒，但伤口的情况已经稳定下来，高热也退了。

钱部上下总算松了口气，不用时刻守着这孙子担惊受怕了。值岗的人也能偶尔出去解个手，开个小差。

医者刚掩上房门，林远便慢慢睁开了眼睛。

他刚从一个很长很长的梦中醒来。梦里起初只有漫天的大火、黑色的烟雾，后来不知怎的他却开始杀人，没完没了地杀人。有时用剑，有时用匕首，锋刃上淌着滴落不尽的血，一线一线，汇入雨中。

那情景十分古怪，他甚至能清晰地记起自己的一招一式，还有对手惊慌躲闪、最后倒在剑下的模样——他杀的人好像总是一些老弱病残。

都说日有所思，夜有所梦，但自己竟有如此变态的幻想，还是让他吃了一惊。

不对，现在不是纠结这个的时候。

自己应该失去过一段时间意识，当务之急是确认那东西还在不在原处。

林远将手伸到枕头底下，一路摸到床褥边沿，探进去寻找了一番，最后从床褥之下抽出了一沓纸张。正是他昏迷之前拼尽全力塞进去的，李四的笔记。

林远将纸张攥在手里，挣扎着撑起上身。

这是一间狭小逼仄的卧房，东西很少，说是家徒四壁也不为过。目之所及除了几身黑衣，便只有一把剑、一把匕首、暗器若干。那黑衣和匕首都有些眼熟……

他忽然意识到这应该就是李四的卧房。

门外隐约传来说话声，隔的距离太远，听不真切。

林远侧耳听了一会儿，确认医者还在外头与人说话，便悄悄翻开了那一沓纸。

纸上是一些凌乱的草图和笔记。

林远大略一翻，先翻到了一只眼睛。斑驳墨痕间，那看上去不太像是人类的眼睛，而像是某种兽目，瞧上去甚为阴森恐怖，但又难以判断品种。

眼睛下方还写了两个意味不明的小字：啼氏。

再往后翻，纸上绘制的赫然是八苦斋的地图。

这八苦斋依山而建，看似连成一片，在地图里却被分为了四个建筑。由上至下分别标注了赵、钱、孙、李四部，甚至连一个个房间都依次标注了赵子、赵丑、赵寅、赵卯等人名。其中有些房间不知为何被圈上了红圈。

还有数处虽有红圈，却无人名。例如钱部深处的一道长廊、赵部西侧的一块空地，还有整张地图最高处，凌驾于赵部之上的一片空白区域。

再之后就没有图画了，只有一些草草写就的文字。其中有几页都是陌生的姓名，也无任何注释。

看起来，李四似乎私下调查过八苦斋，这笔记是他写给自己看的备忘录。或许他也曾试图弄清自己真正的身世，还有这组织隐藏的秘密。可惜林远看得一头雾水，完全弄不明白他发现了什么。

不过，以后或许会一步步地弄明白。

林远正想将笔记重新收起，视线一晃间，突然停在了其中一页。

他好像看见了折云宗。

确实是折云宗的地图，一连七八页，画得甚至比八苦斋的更加详尽。林远一眼扫过其中的细节，只觉头皮发麻。

这熟悉的程度，就如同李四亲自踏过折云宗的每一块地砖，摸过每一寸墙壁。有些房舍连室内的布置都被画了出来。不仅如此，不少弟子的姓名后头，甚至标注了同窗间取的诨号。

李四是怎么知道这些的？

林远不相信他真的潜入过折云宗——如此详尽的记录绝非一日之功，而如果有外人不断混进来，以自己的鼻子，不可能这么多年一无所觉。

林远指尖微微发颤，仿佛被某种预感驱使着，找到了库房那一页。

李四清楚地画出了库房布局，还在角落里用朱笔标了一行："吞金匣，转貔貅三次，巽、艮、乾。"

林远的脸色已经难看到了极点。

所以李四不仅知道吞金匣，还知道如何打开它。

是谁告诉他的呢？

折云宗内部，知道吞金匣的人不超过十个，而掌握开匣之法的人，理应只有历代宗主。前任宗主死前将之传给了廖云觉，廖云觉又告诉了弟子林远。林远没对任何人提起过这事，而廖云觉也委实不像多嘴的人。

难道，前任宗主曾经透露给那些长老过？难道长老之中，藏着一个里通外敌的叛徒？

林远先想到的就是一直与廖云觉不对付的楚长老。然而，也有连楚长老都不知道的事。比如廖云觉已经复原了香方，林远又去库房藏匿了香方。

长老们都不知情，但八苦斋却掐准了时机，恰好在那一日闯进来抢夺。而李四临死之际，也准确地说出了"吞金匣"。

这个知悉所有机密的叛徒，这个害死了所有人的叛徒……到底是谁？

除了叛徒的身份，还有一个人让林远百思不得其解，那就是李四。

李四明明早已记下吞金匣的打开方法，却显然没有告诉八苦斋其他人。从那日库房里赵部之人的反应可以看出，他们对匣中射出的暗器都毫无提防。正因李四的瞒报，林远才有了销毁香方的机会。

这令他不禁怀疑，李四早就有了反心。即使那日自己没能反杀李四，李四也未必会老老实实带赵部去取出篆予香的香方。

而且，林远如今回想起来，李四死前最后那一番话里，没有浪费任何一口气，一字一句都是能助自己保命的关键线索。

就仿佛——他从一开始就不希望自己死去。

那日动手之时，毫无武功的自己竟然轻易得手，难道是因为李四曾有过犹豫与不忍？

可是，素未谋面的兄弟之间，真的能凭空结出生死相托的情义吗？

林远侧头朝窗外望去。外头是茫茫一片大雾，苍白的云雾散漫卷舒，偶尔能透过雾气薄处望出去，看见山下暗色的树林与远处连绵的田野。

幼年的自己在田埂间遥望这座雪山时，李四就已经在山上了吗？他那时就知道自己的存在吗？他是否也曾站在窗边俯望过山下？

七岁那年自己被赶出村子、孤身跋涉向永宁时，世上会不会有这样一个人，一个真正的家人，在牵挂着自己？

如今随着李四的逝去，一切都成了不解之谜。

而且，无论李四是怎么想的……他都是被自己亲手杀死的。

门外的说话声突然变大了。

林远用最快的速度将李四的笔记塞回了原处，闭上眼睛继续装睡。

说话声越来越近，是熟悉的滑腻嗓音："……一直没醒吗？"

"回首领，李四一直在恢复，但毕竟受伤甚重……"

有人推开了门。林远努力将气息压制得微弱而绵长，同时凝神静听。他知道自己掌握的信息越多，接下来的风险就越小。

那胖首领正问着："还需几日？"

钱部的医者道："这实在说不准。若是他心中惧怕责罚，宁愿一睡不醒的话……"

那胖首领冷笑一声："那就用烙铁叫醒他！"

"……是。"医者有些迟疑，心里琢磨着人都这样了，烙铁是会把他唤醒还是把他送走？

胖首领沉默了片刻。

医者等了半天没下文，不安地问："赵子首领？"

胖首领深吸一口气，轻声道："折云宗如今被禁军护得严严实实，赵部的人寻不到破绽，再这样下去，香方就要被别人捷足先登了。"

听到此言的林远暗中松了口气。

看来暂时不用担心宗门了。宫里竟然调动重兵看守，足以说明对箓予香的香方是何等看重。

但是，一旦廖云觉重新交出香方，那些禁军恐怕也不会继续驻守在

折云宗。

廖云觉当日不在宗门，能不能猜出无妄之灾因何而起？他会察觉到身边存在叛徒吗？

林远离去时，并非全无后手。在李四死去的那个小香室里，他在角落墙壁上蘸血留了一行字："交出箓予即死。"

当时他已经怀疑宗门内部有人泄密，因此故意写得歪歪扭扭、语焉不详。如果别人瞧见那行字，只会以为是闯入者留下的威胁。

只有廖云觉能认出来，那是林远刚学书写时的字迹。

林远只能祈愿那行字没被大火烧去，廖云觉能看懂他的用意，迟一些交出香方。

但此时那被称作赵子的首领继续道："若是抢不到香方，啼氏就会发怒。你知道啼氏发怒的后果吗？"

啼氏。

林远脑海中晃过一只墨迹斑斑的兽眼。

医者打了个寒噤："属下一定让李四醒来。"

"嗯。"

"他醒来之后，"第三个声音拖着长腔加入进来，"你立即问他几个关于八苦斋的问题。"

医者呫摸了一下，仍旧不解其意。连赵子也问："赵丑，你这是什么意思？"

那第三个声音很是干瘪，连语气都像是被榨干了，平平淡淡地道："李四应该知道，这次的任务有多重要。但他竟然办砸了……比起惩罚他，我倒想先确认一下，这是不是真正的李四。"

赵子："你的意思是……"

"我的意思是，他毕竟有一个孪生兄弟。"

林远的心脏狠狠一跳。

赵丑慢条斯理道："他二人唯一的区别是李四会武，而林远不会。可他这伤口不偏不倚，恰好废了丹田。"

一只皮包骨头的手伸过来，隔着布条戳了戳他腹部的伤口。林远顿时痛出了一层冷汗。

那只手又如铁钳般夹起了他的手腕。

赵丑道："他的脉象这么弱，是因为丹田已废，还是因为从一开始就没有武功？"

当年

八苦其六

半晌，林远听见少年道："我来教你吧。"

林远已经坚持装晕至今，此时立即决定再晕几天。

那赵丑已经怀疑他的身份了，林远却完全猜不到对方预备拿什么问题来验他。这要是一个答不上来，他直接魂归西天，也不必担心以后了。

这段时间他倒是牢牢记住了偷听到的只言片语，但凭这么点信息，显然不足以冒充李四。眼下唯一可能助他度劫的东西，就是床垫下那一沓笔记。

夜里，一俟房内无人，林远便偷偷翻出了李四的笔记。

为免钱部的人突然冲进来，他背对着房门侧躺在床上，每次只将一张纸藏在袖子中，堪堪露出几行，借着昏暗的烛光反复诵读。直到牢牢记住，才又挪出下一行。

李四在地图上几乎标出了八苦斋所有的人名地名。唯有关键一事，林远翻遍笔记也找不到线索——折云宗里泄密的叛徒。想来这答案对李四来说太过简单，没有必要特意记下。

可如今林远顶了包，万一八苦斋的问题恰好是"我们的眼线是谁"，他该如何应对才能活命？从折云宗长老里随便蒙一个？不，他们也可能买通了哪个弟子，甚至是暗中窥伺的洒扫仆役……

林远试图回想宗门中有哪个人看自己的眼神格外不对劲，结果死活选不出来。折云宗里看他不顺眼的人，数都数不过来。

毕竟从他进门的第一天，就几乎把所有人都得罪了。

七岁那年他初至永宁，在被折云宗的门童举着扫帚赶跑之后，又在大门外徘徊了整整七日。有管事的听说此事，出来询问过，刚听他说到自己是"廖云觉的远亲"，就摇摇头进去了。

林远觉得古怪，在街上四处打听，终于有多嘴的小贩搭理他了："你不要命啦，跟谁都敢攀亲戚？那廖云觉……你想当他哪边的远亲？皇帝那边的，还是驸马那边的？"

林远吓了一跳："他是……"

更多的好事者你一言我一语地教育他："他呀，是徵阳公主的独子，论辈分还是当今圣上的外孙呢！虽说徵阳公主不受宠又死得早，皇帝也不差他这一个外孙，但毕竟是皇亲，瞎认亲是要掉脑袋的。"

"从驸马那边倒还有可能攀一攀，但驸马死得也早。廖云觉双亲皆无，听说自幼便被送到折云宗清修，孤僻得很，这些年都没什么人见过他。就算突然冒出来一个'远房表侄'，想来他也不会给什么好脸色。你呀，死了这条心吧。"

"小兄弟，那折云宗里的苍蝇下的都是金蛋蛋，扔个爆竹进去能炸出八个王孙公子，你想碰瓷，不如换个目标试试？"有人看热闹不嫌事大地怂恿道。

林远："……我没碰瓷。"

路人们哈哈大笑着散了。

林远独自站在原地发呆。

听完这"远房表叔"的来头，他就已经明白村里人是骗他的了。但此时他已经离开了半年，父母留下的田舍肯定早就被人占了。天大地大，他要去何处容身呢？

林远茫然地望着折云宗高高的围墙。这地方很大，很漂亮，在永宁城里似乎地位超然。如果住在这里面，每天一定有吃不完的肉饼。

林远日日求见，日日被轰走。直到七日之后的清晨，折云宗门前突然热闹非凡，来了无数车马。衣着华贵的公子小姐、书生打扮的少年男女，甚至还有被父母牵在手中的幼童，都在门前等着。

林远一打听，才知道这一天是折云宗一年一度开门收徒的日子。制香师身份高贵，对富贵人家非嫡非长、不承袭家业的子女来说，折云宗是个绝佳去处。但想拜入折云宗，必须通过极其严苛的考试，每年过关者寥寥无几。

等他反应过来的时候，自己已经站在了队伍的末尾。

片刻之后，大门洞开，几个门童出来迎客，引着考生鱼贯而入。一见林远，门童便下意识地举起了扫帚："你——"

"考试，我是来考试的。"林远严肃道。

既然是制香的地方，想必试题也跟气味有关。自己从小就喜欢嗅嗅闻闻，万一蒙对了呢？

门童愣了愣，回头去征询主事的弟子。那主事弟子看了林远一眼，目光里混杂着怜悯和隐藏极深的鄙夷，微笑着点了点头。

林远随众人一道在堂间就座。那弟子朗声道："今日的考试只有一道题，答对者就可以拜入折云宗。"说着取出一只金盅，让考生依次上前嗅闻。"这金盅里有一枚香丸，名曰夜雪。"

有考生敬畏地问："是今年品香会上夺魁的那个夜雪吗？"

"不错，是由廖师叔亲手所制的。"那弟子语气略带倨傲，"香方尚未公开，就连门中弟子都不知晓。"

廖云觉的名字，连贩夫走卒都知道，在香宗内更是无人不知。

几大香宗之间每年都会办一场品香会，美其名曰切磋交流，其实都铆着劲互争高低。

廖云觉自幼拜老宗主为师，十五岁时第一次跟随老宗主参加品香会，到今年已经连续三年夺魁。三次所制的香品"幽都""正因"和"夜雪"全被供进宫中，收入藏香阁，得圣上亲口称赞"百年不遇"。

如今老宗主病重，虽然廖云觉年仅十七，但所有人都知道，下一任宗主除他之外不作他人想。折云宗得此天才，更是人人与有荣焉。这主事弟子看上去与廖云觉年纪相仿，但口称"师叔"，似乎也丝毫不觉得局促。

林远好奇地凑上前嗅了嗅，金盅中的夜雪静静散发着幽寂的味道，

如月出孤山，清角吹寒。

主事弟子又命人摆出五十只琉璃盅，每盅都盛着一枚小小的香丸，除了颜色深浅略有不同，大小形状都完全一样。

"这五十只琉璃盅中，只有一只盛的是夜雪。诸位若能找出那一只，便算是通过了考试。"

于是所有考生使出浑身解数，来来回回地研究那些琉璃盅。

有人拼命吸气，闻到最后鼻子都失灵了，不得不从怀中取出炭粉深吸几口。还有人自诩机灵，另辟蹊径，找出与夜雪颜色最相近的香丸，将琉璃盅的编号写在字条上，交给了主事弟子。

那弟子翻看着字条，眼中闪过一丝不易察觉的讥诮。

折云宗的考题怎会如此容易？这些香丸被事先处理过，真正的两枚夜雪颜色并不一样。

恰在此时，林远也交上了字条，上面歪歪扭扭地描了个编号。

主事弟子对这个混进来的小乞儿已经容忍到极限了，收了字条就想开口送客。岂料无意间一瞥字条，面色大变。

他厉声问："你是如何找到的？"

林远："啊？"这意思是他答对了吗？可这人为何不喜反怒？

主事弟子见旁人都诧异地望了过来，这才压低声音，继续质问："你为何会觉得这一枚就是夜雪？"

七岁的林远被众人瞪得有些紧张，脱口道："我看……"

话说到一半，他忽然又觉得不应该将"我看得见气味的颜色"这种奇怪的事告诉他人，改口道："我觉得这香味有些苦，又感觉很干净。我没读过书，不知如何形容，只知道它闻着妙得很，其余四十九枚与之相比，那都是花下的泥巴，比不得的。"

他说话还带着乡音，努力挤出一个真诚质朴的笑容。

主事弟子的脸色更难看了。

其余四十九枚，是宗门给他们弟子出的题，让他们照着夜雪仿的。

这些弟子大多数出身清贵，又个个天赋过人，能将千余种香料倒背如流。因此无一不是心高气傲、目无下尘，又怎能忍受被这小乞儿嘲讽？

主事弟子当即冷笑一声，喊来几个监考的师兄弟，将林远带到无人处，问他："你偷看了谁的答案？老实交代，我们不为难你。"

林远吃了一惊："我没偷看啊！"

"还敢嘴硬？你方才明明说漏嘴了！你看到了什么？"

"我没有。"林远固执道，"况且，我若不是凭自己的本事找到的答案，那就算想抄，又怎会知道抄谁的才能抄对？"

主事弟子竟然被他驳得张口结舌，半晌才怒道："牙尖嘴利，倒是会说！"

"师兄。"一个年纪略小的弟子道，"要不然等到考试结束，让这家伙再找一遍？若是找不到夜雪，那他就是作弊了。"

"可以。"主事弟子与林远异口同声。

主事弟子："？"

一个时辰后，考试终于结束了。几个监考弟子送走其他考生，又将眼睛蒙着黑布的林远带回堂上，取下黑布，道："找吧。"

林远望着那五十只琉璃盅，端起第一只闻了闻，就知道它们的顺序被重新打乱了。他不以为意，仍旧一只一只地找了过去。岂料越是嗅到后面，眉头皱得越紧。

主事弟子冷笑道："怎么，这回找不出了？"

林远没有回答，慢吞吞地嗅完了最后几只琉璃盅，才道："这里面没有夜雪。"

几个弟子哈哈大笑："果然是个骗人精，还好被我们师兄揪出来了。"

"这些琉璃盅里没有夜雪，但我知道另一枚夜雪在哪里。"林远说。

主事弟子脸色微微一变："还在胡言乱语……"

就见林远抬起一只手，直直指向了他："在这位师兄的袖子里。"

其他几个弟子也有些诧异，将信将疑地望向主事弟子："师兄？"

主事弟子的脸色红一阵白一阵。

他方才见林远如此自信，确实有些担心这土包子真是个天才。须知

制香这一行，固然可以随着岁月积累经验，但有些东西却是可遇不可求的——比如天赐的鼻子。

主事弟子实在不想让这下贱的小鬼进来跟自己做同门，于是临时起意，偷偷将真正的夜雪藏入了袖口，将它换成了一枚普通香丸，想着等赶走林远之后再偷偷换回去，便可保万无一失了。

结果这厮的鼻子竟如此好使，连他袖子中的东西都能嗅出来！

"你……"主事弟子骑虎难下，心里盘算着：现在把人扛起来丢出去，还来得及吗？

就见林远转向了其他几个弟子："你们若是不信，不如也去闻一闻，琉璃盅里有没有夜雪。"

主事弟子眼前一黑。

此事如果闹到长老面前，自己一定会挨责罚。他想到此处，只得强行挤出一个笑来："你答对了！"

他将袖子中的香丸亮了出来，若无其事道："你第一次言行有失，这是为了再给你一次机会，特意设下的考验。你既能通过，也算是勉强有资格拜入折云宗了。只是以后要勤勉自律，莫走歪门邪道，方可留在宗门中。"

林远难以置信地看了他几秒，最终道："哦，我知道了。"

林远如愿进了折云宗，并在入学的第一天就发现，所有师兄师姐都厌恶自己。

教蒙学的先生让他们背诵香料的名字，林远却既不识字也说不好官话。有师姐见状主动教他，却故意说成怪腔怪调的乡下土话。等先生抽查到林远，一听他报出答案，所有人便笑得前仰后合，以此为乐。

后来林远发现，当日监考的几个师兄对他考试时的表现绝口不提，却将他说的"其他香丸都是花下的泥巴"这一形容添油加醋、大肆传播，生怕有人不知道他区区一个乞儿，竟敢在入学之前就骂遍师兄师姐。

林远也找蒙学先生说过主事弟子调换香丸之事。但当初在场的几人不约而同地矢口否认此事，只说林远是满口谎话的骗人精。

林远实在不懂他们怎会结成如此牢固的联盟。

当时他猜测，那是因为他们都视自己为犬彘。过了几年，他意识到了世上还有家族之间的牵扯。再后来他回忆此事，却觉得那是少年人对天敌的直觉，或许从他指向主事师兄的袖口之时，他们就已经感受到了未来自己会带给他们的威胁。

蒙学先生都是宗门里混不出头的老人，谁也不想管这等破事，只当林远是空气里一缕令人不快的味道，挥挥手就散了。

林远在折云宗待了一个月，连廖云觉的衣角都没见到过。

他才知道进了宗门只是第一步，这些蒙学上的弟子，连师父都没拜。只有表现优异者，才能正式拜师，被培养成下一代制香师。如果学习几年后表现不佳，即使留在宗门，也只能去处理杂事。若遭先生厌弃，甚至只能卷铺盖走人。

而他从进蒙学的那一天起，就一直是表现最差的学生。

毕竟他连字都不识，许多功课都不能完成。蒙学先生教的都是自幼习字的高门贵子，根本没遇上过如此土包子，更没耐心教他认字，只打发他向同窗请教。至于同窗，哪儿有人愿意教他？等待他的只有冷嘲热讽与恶意捉弄。

林远在流浪的日子里什么苦都吃过，皮糙肉厚，并不把这点小孩的把戏放在眼里。他知道示弱只会让自己陷入更不堪的境地，所以嘴皮子倒是越来越利索，反唇相讥的功力越来越深，几次把同窗活活气哭。

后来找他麻烦的人少了，可是嘴上功夫并不能让他留下来。

终于有一天，蒙学先生当众发怒："这都多久了，还不会写香方？限你一日之内写出来，否则就将你逐出宗门，折云宗不养不识字的废物。"

林远只能默默寻找折云宗的书房，想找出一本教人识字的启蒙书来——虽然他觉得折云宗里多半没有这样的书。

他七转八转，总算绕进了一处摆满书的房间。那"书房"里不仅有书，还存了不少香丸。但林远只想着折云宗的书房里有香也不稀奇，并未发现蹊跷。

他不识字，也不知道那些都是什么书，看到高处有一本画着图案的，便踮起脚去取，却不慎打翻了一大盒分格摆放的香丸。

馥郁之气如繁花纷乱，转瞬间零落了一地。

林远知道惹了祸，趁着没人发现，连忙深吸一口气，拼命让自己冷静下来。他闭上眼睛，开始用力回忆刚才惊鸿一瞥之下，自己"看"到了哪些香味。

第一列似乎是粉色，然后是青色、白色……

照着记忆，他将散落的香丸分门别类，一列一列地摆放回了原来的格子里。

聚精会神地做完这一切，他才惊觉身后有人的气息。

林远猛地回头，就看到一个少年站在门口，面无表情地望着自己，已经不知道望了多久。

林远吓得一个激灵。那少年只看着他不说话，林远被找碴惯了，顿时倒退一步，随时准备进入战斗。

对方终于开口了："你是新来的弟子吗？"

林远想了想，这句话似乎没有敌意，于是老实回答："是。"

对方还是站在原地望着他："香盒，给我看看。"像是一句理所当然的吩咐。

林远自知理亏，只能捧着香盒走到门边，递给了他。

少年低头检查香盒，看了很久。林远不禁琢磨自己是不是哪里摆错了，又或是将哪颗香丸摔出裂纹了。要是对方告到先生那里去，自己该如何应对？哦，不用应对了，即使逃过这一劫，明天自己也一样会被逐出宗门……

少年看了半天，问："怎么做到的？"

林远："？"

少年略微抬眼："你是怎么记住香丸原本在哪一格的？"

林远此时才发现他神清骨秀，姿容极美，却又缺乏表情，看上去与其他人很不一样。林远说不出所以然来，只觉得此人虽然站在自己面前，却像是在从很高、很冷的地方俯视着自己。

林远愣了愣，莫名嗫嚅起来："就……就是闻出来的。"

少年点点头。

林远开始觉得这次的来敌不比寻常，都过这么多招了，自己竟还没有摸清对方的路数。他想先发制人："那个，是哪里出错了吗？"

"没有。"对方道，"好厉害。"

林远："？"

林远这辈子被人夸奖的次数，一只手都数得出来。刚来的时候有师姐夸过他，他受宠若惊了半天，才发现对方是在嘲讽。

这人会不会也在憋着嘲讽？林远决定以不变应万变，咧出一个天真无邪的笑："我还差得远呢，哪里赶得上师兄你？"

对方听见"师兄"这称呼，顿了一下，才道："你年纪还小，有此天赋已是难得，不必与我相比。"

他指了指屋内的座席："坐吧。"

这人每说一句话，都是天然上位者的态度，似乎这个房间原就属于他。他问："你叫什么名字？在跟谁修习？"

林远一一作答。

少年听见先生的名字，表情终于轻微地动了动："那是蒙学啊。你还未拜师吗？"

林远这回终于确定了，对方是真的不知道他，也对蒙学弟子间的矛盾一无所知。

这人能拥有这样一间书房，莫不是已经拜师、在跟着宗门长老修习的那种厉害角色？

林远的脑中突然转过一个主意。

他当场将五官皱成乱七八糟的一团，哽咽道："我明天就要被赶走了。"

也不等对方询问，他就开始自诉悲惨的身世：父母早逝、孤苦无依，入学考试时就被师兄冤枉欺辱，连先生也不相信自己……一边说着，还一边搓揉眼眶，手下使了大力，硬是搓出了几滴眼泪。

少年听到蒙学先生的威胁，问道："就没有一人教你写字？"

"没有。"林远又开始描述师兄师姐如何仗势欺人，而自己柔弱无助，

只能半夜躲在被窝里思念死去的娘。

他说得绘声绘色，哭得激情澎湃，却听不见对方的任何回应。

林远从指缝里偷看出去，只见少年正若有所思地望着自己，那一点点表情称不上喜怒哀乐，更像是在……审视分析着什么。

林远只觉被他那一眼洞穿了三魂七魄，忍不住将指缝又合上了，心虚地问："师兄？"

对方轻声问："你在世上可还有亲人？"

"没有了。村里人说我有个远房表叔叫廖云觉，让我千里跋涉来寻他，我到了永宁才知道他们是骗我的。"

半晌，林远听见少年道："我来教你吧。"

师父　八苦其七

> 林远私下里觉得，自己上位不只靠天分够高，也靠嘴巴够毒。

林远万万没想到，自己还没开口，对方竟然主动上钩了。

他都不知道世上竟有如此的好人，当即跪地磕了个头，抱着对方的腿连声喊恩人。

对方默默后退："不必如此。"

林远生怕他反悔，立即道："那师兄先教我'香'字如何写吧，这是功课的第一个字。"

"写字？"少年却似是想了想，才道，"也可。"

林远刚拿起笔就意识到这件事比想象中困难得多。他能记住形状，那笔握在手中却不听使唤，墨迹歪歪扭扭，忽轻忽重，犹如鬼画符。

对方却似早已料到这情况，并没说什么，耐着性子教他一笔一画地临摹。到夜色四合，还唤上餐食，邀他一起吃了。

林远自己都不好意思了，觑着他的脸色问："师兄还有事要忙吧？"

"无妨，你不是明日一早就要交吗？"

少年一直教他到深夜。

林远捧着终于写完的香方，自知不太可能遇到第二个这么傻的好人，只想抱紧大腿不放手，眼巴巴地望着他："师兄大恩大德，实在无以为报。敢问师兄大名？我如今一无所有，但求每日为师兄扫地添茶，做个书童。"

少年这回没应下，只是说："先去休息吧。"

"可是……"

"你不必担心。"少年自身情绪寡淡，对别人的情绪却极其敏锐，一语道破了他的心声，"我还会教你的。"

林远忐忑地走了，一路牢牢记住路线，想着明天就来扫地献殷勤。

翌日一早，林远到学堂上时，发现自己的案上已经放了一份香方，字迹工整，没有署名，看不出是谁写的。

他举目四顾，同窗都聚在一起三三两两地聊着天，没人回应他的目光。

林远猜测或许是昨天那个好人，却又觉得对方已经教了自己写字，不必再多此一举。而且这份功课虽然写得认真，却有几处错误，不会是那人的水平。

过了一会儿，先生来了，一来便问林远："你写出香方了吗？"

林远想了想，还是将自己完成的那份递了上去。

先生果然看得大皱其眉，斥责他墨迹歪斜。林远死猪不怕开水烫，低头认了。先生又读了一遍香方，发现居然没有错误，当下也不便再发作，摆摆手让他坐回了原位。

林远知道自己逃过一劫，至少今日是不会被赶走了。

几个同窗大失所望，伸腿便要绊他。林远敏捷地躲过了，抬眼冲他们嗤笑一声。

蒙学先生视而不见，清了清嗓子开始讲课："今日——"

他的声音戛然而止。

林远尚未发觉异样，低头落座，就听先生战战兢兢地问："云……云

觉怎么来了？"

门边的少年看了一眼呆若木鸡的林远，又移开了视线，客客气气道："来听先生一堂课。"

这一堂课，从蒙学先生到座中学子，每一个人都如坐针毡。

先生取出十余种沉香，照本宣科，讲了这沉香根据结香之树是死是活，分为生香与熟香；按照产地树种，又可进一步细分。末了唤上学子一一嗅闻，要他们说出每一种的不同之处。

一群学子想在廖云觉面前表现，都绞尽脑汁憋出一些高雅的词，什么"此香味严而彼香味浮"，什么"此香婀娜而彼香骄矜"。

那先生一边听着，一边时不时地瞥一眼廖云觉，见他微微低头，立即呵斥道："狗屁不通！实在辨不出来，可以承认自己不会！"

轮到林远上前了。

他自从意识到后排坐着的是谁，便全程正襟危坐，连背影都写满了尊师重道。此时也想拿出看家本领，无奈胸无点墨，只能闻出所有沉香都是蜜色的，只是浓淡与冷暖不同。

林远指了几种："这几块较暖。"

那先生又看一眼廖云觉，见他抬头望着林远，立即拊掌夸奖道："好啊，言语朴素却一针见血。你们这些人，以后是要当制香师的，可不是文人骚客！"

林远严肃道："先生过誉了，弟子惭愧。"

一个刚被训了一顿的师兄忍无可忍，待他回座时又偷偷绊他。林远看得分明，躲也不躲，结结实实摔了个狗啃泥，门牙在唇上磕出了血来。

他爬起来拿手背一擦血迹，凄然一笑，似是早已习惯，默默回座了。

师兄："？"

课后，廖云觉径直走向了蒙学先生。

学子们不敢打扰他们说话，都默默离开了。只有林远磨叽着不肯走，假装在整理桌案，想偷听一二。

结果还没听出个头绪，就见廖云觉朝他走了过来。

廖云觉道："走吧。"

"啊？"

"你该不会以为我说'教你'，只是教写字吧？"

林远呆滞在原地许久未吭声。廖云觉看了他一眼，奇道："不愿拜我为师吗？"

"好……好的。"

林远抱起自己的小书袋，跟在廖云觉身后，一只手偷偷抓住廖云觉的衣角，像一只小猫一样楚楚可怜地探头探脑，越过停步围观的师兄师姐，对每个人都投以恶意的微笑。

第二年，老宗主病逝，廖云觉成了新的折云宗宗主。

林远也一跃变成了宗主大弟子——而且，直到十年后离开的那一日，他都是宗主唯一的弟子。

这十年里，林远长成了折云宗一霸。每日除了跟着师父读书学香，余下全部精力都用在了气死长老这件事上。

他捉鸟摸鱼斗蛐蛐，逮着机会就溜出宗门去听戏看杂耍，打上三两小酒，再抱一包蜜饯归来，被抓到现行时，衣上还沾着郊外刚开的桃花。

幽静的宗门里每天最大的动静，就是长老训斥林远的声音。

廖云觉对此睁一只眼闭一只眼，状被告到跟前了，也只淡淡说一句："小孩子的确贪玩，我会管束的。"

但他从来不管束。

宗主大弟子如此上不得台面，同门自然避之不及。但廖云觉当上宗主之后，接纳了更多天赋过人的寒门子弟。那些小孩与林远身世相仿，很快玩到了一起，成了混世魔王身后的小跟班。

小跟班之一马尚曾经崇拜地问过他："林师兄，你每天这么……勇猛，怎么不见廖宗主生气？"

"他像是会生气的人吗？"林远笑道。

"那也不见他对别人如此容忍呀。像先前那个被赶走的师兄……"

林远从第二年就再也没见过当时考试的主事弟子。后来他才知道，廖云觉当上宗主之后亲自主持了一场审问，最后以其心术不正、品行不

端为由，将那弟子逐出了师门。

"宗主对林师兄真是偏心到了骨子里啊！咱要是也有一个如此护着自己的师父，就过上神仙日子了。"小跟班们纷纷感慨。

"那也是有原因的。"林远语重心长道，"说来你们可能不信，我学习非常刻苦。"

小跟班："？"

论刻苦，他在折云宗当然是排不上号的。

林远其实也暗自琢磨过，廖云觉怎会对自己另眼相看。

他渐渐发现，自己这个师父在折云宗里活得很孤独。

这并非因为廖云觉拒人千里，相反，他身为宗主，待人端方有礼，挑不出一点错处。

但林远后来一一嗅了他那三年夺魁的香品。第一年的幽都犹如利刃分水，至清至寒，不沾丝毫人气，倒暗藏了三分鬼气。第二年他便超越了自己，正因气度恢宏，疏旷悠远，完全洗去了杀伐之气。最后是夜雪，似山河冰封一片纯白，烦恼尘垢，本来无相。

世人弄不明白这香是如何做的，更不明白一个少年，何来如此冷寂的心性。他像是活在一方无瑕无垢的净琉璃世界里，能与天地草木之灵对话。这世界是敞开的，但旁人攀登不上，也无法踏足。

林远忍不住问廖云觉为何收自己为徒，得到的答案是："我教的东西，别人也听不懂。"

林远吃惊了："我有那么聪明？"

廖云觉："……"

林远忽然明白了，自己成功拜师，是因为复位了那一盒香丸。

可惜，他虽然仗着天赋异禀的鼻子，识香、品香都极顺畅，但轮到自创香方的时候就没那么出众了。

换句话说，如果将每一份香品都比作一本书，林远能读懂他人的鸿篇巨制，自己所写的却只能算差强人意。

也许对廖云觉而言，能被偶尔"读懂"就已经很难得了吧。

不过林远私下里觉得，自己上位不只靠天分够高，也靠嘴巴够毒。

廖云觉本人自幼被当成折云宗的未来，一言一行都按照宗主的标准培养。据说就算是在那些长老的记忆中，也寻不出他闯祸的记录。后来当了宗主，愈发滴水不漏，他走路的时候连一根发丝都不会乱飘，更别提出口之言了。

但嘴上不说，也不代表心里不想吧？

在林远看来，宗门里值得嘲讽之人实在太多了。师兄师姐的段位太低，那些道貌岸然的长老才是个中翘楚。熬到一把年纪，宗主之位坐不上，却又不甘心放权，每逢宗门大事，必然端坐正堂，倚老卖老，口沫横飞。他们只想将年轻的宗主高高架起，当一面迎风招展的招牌。

廖云觉对此不置一词，林远却一见他们的嘴脸就忍不住戳穿。

他早已顽劣得尽人皆知，也就不用顾及名声，想嘲便嘲，想笑就笑，最喜欢看长老们气得发疯却骂不出脏话的样子。

每当他这样干的时候，廖云觉总会巧之又巧地路过现场，拿一些紧急任务将林远遣开。

事后虽然廖云觉无甚表情，但林远就是莫名觉得师父心情不错。

所以他认定自己这张嘴，一定吐出过师父心里的句子。

林远之后，廖云觉再未收过别的弟子。

能拜宗主为师，日后便有望继任宗主之位。这道理人人都懂，不仅弟子们前仆后继，就连许多长老——例如楚长老——都不断暗示，将自己的子女推到他面前。廖云觉却以天赋不够为由，谁也不收。

楚长老等人大感愤恨，一个乞儿出身的土包子，凭什么当拦路石？于是他们纷纷给林远使绊子、出难题，试图证明他天资平平，不堪重任。结果越是接触，却越是发觉林远的厉害。

长老们暗暗心惊之余，又都心照不宣，对林远的水平只字不提，只是热衷于挑他躲懒偷吃的错处，以证明朽木不可雕。

要说长老中谁最恨林远，除了被他嘲讽最多的楚长老，便是孙长老了。

原因无他，当初那个被廖云觉逐出宗门的主事弟子，正是孙长老的得意门生。孙长老扳不倒廖云觉，便将这笔账算到了林远头上。

林远十五岁那年，廖云觉力排众议，带他参加了品香会。

那一年的品香会由禺城的香宗做东，林远所制的香品小山青虽未夺魁，倒也博得了一众好评。林远有些兴奋，加上久未出远门，当夜便溜出去走街串巷。

或许因为幼时饿过肚子，林远总是很馋，尤其喜欢吃香辣重口之物。禺城恰好以小吃闻名，林远大喜过望，从街头吃到了巷尾。

等他带着一身辣油的味道回到客栈，便被守株待兔的孙长老逮了个正着。

孙长老以此大做文章，骂林远野性难驯，在别的香宗面前丢尽了宗门脸面，不配当宗主弟子。

他话音刚落，廖云觉便去当地酒楼开了个雅间，邀请与会的所有宗主吃火锅。

廖云觉相邀，别的宗主没有不去的道理。

第二天众人相别时，现场总飘着一股若有若无的火锅味。

回到永宁，林远还是被拉到西轩，挨了长老们的轮番训斥，最后又被关了禁闭。

深夜，廖云觉亲自来给他送饭，绝口不提长老的反应。

十五岁的林远已经明白了很多事，譬如这次长老罚的是自己，报复的却是廖云觉，争的则还是那点权力。

他心中愧疚，低头道："师父别送饭了，我知错了，愿意领罚。"

廖云觉问："你错在何处？"

"我给了他们打压师父的借口。"

廖云觉不语。

林远愈发低落："师父还是多收几个徒弟吧。长老说得没错，我确实天生野性难驯。小时候我装得可怜，是骗了你，其实……"

廖云觉道："你不是野性难驯，你只是害怕。"

林远心中一紧。

廖云觉无悲无喜，双目却像是清明到极处的镜面，将人心方寸之地映得纤毫毕现："我们初见时你就在害怕。那些孩子欺辱你，或许自以为是在玩闹，却不知你是在竭尽全力背水一战。有靠山的孩子，无法想象你离开宗门，就没有归处了。"

见他僵立在原地，廖云觉扬了一下嘴角，问："现在过得开心吗？"

"……开心的。"

"开心就好。"廖云觉道，"别的事，都不用管。你现在也是有靠山的人了。"

——当时的林远还不知道，仅仅两年之后，有靠山的日子就又结束了。

如今想来，在折云宗无忧无虑的岁月都是偷来的。

从那对农户"父母"突然横死，他被村民骗去永宁，一路逢凶化吉如有神助，直到他进入折云宗，接近廖云觉……这一切的背后，全都是八苦斋的安排。

李四死前曾告诉他，一切都是为了筮予香。

可是，难道八苦斋从一开始就知道，未来会有一份残损的筮予香的香方被送进折云宗，交给廖云觉复原？难道他们将林远早早送去那里，只是为了多年之后，能让孪生兄弟李四冒充他去偷香方？

这设想简直荒诞到可笑的地步。但一想到那香方出现以来的种种诡异之事，林远就笑不出来了。

如果照这个思路推测，倒是可以缩小叛徒的范围。八苦斋花了那么大力气才把他塞进折云宗，所以那些明着打压他、驱赶他的人，反而不太可能是八苦斋的势力——比如那个考试时动手脚的主事弟子，还有楚长老、孙长老之流。

反过来说，如果有人暗中帮助他继续留在折云宗，则肯定有大问题——这样的事情林远只能想起一个，就是蒙学那会儿，他的案上突然出现了一份写好的功课。可惜他当时没去查是谁放的，如今却连蒙学上有哪些人都记不清了。

思来想去，关键问题只有两个：筮予香是什么鬼东西，以及宗门叛徒是谁。

而要查出这两个答案，他就一定要先挺过八苦斋的审讯。

或许是因为默记李四的笔记太过耗神，林远又做了一个光怪陆离的梦。

梦中的他又在杀人。没完没了地出招，没完没了地索命，倒在脚下的尽是一些老弱病残之辈。到后来不知怎的，却出现了一个人的背影。

那是一个奇胖无比、浑圆如肉球的背影，他记得这人叫赵子……自己似乎是在通过一道门缝朝里窥视……赵子脱掉了衣服，后背赘肉的缝隙间，露出了一个诡异的刺青。状如眼睛，却不似人眼……那是一只野兽的眼睛。

突然，赵子转过头来，用猪油般滑腻的声音喝道："什么人?!"

林远猛地朝后退去。

梦里景物更换，他在暴雨里与一个陌生人接吻。

那是一个面无表情的少女。她的嘴唇微微发着抖，比雨水更冰冷。这时他意识到她在流泪。

他的情绪十分奇怪，仿佛在抽身旁观，又仿佛投入其中，心中澎湃着悲凉与恨意……他松开了她，听见自己冷静的声音："如此结束吧，对你我都好。"

少女转身离去，步入了黑暗的雨幕中。

他心中突然升起一股无由的恐慌，只想追过去抓住她，否则一切都会来不及……他猛然冲向黑暗，却一头撞出了梦境，喘息着睁开了眼。

钱部的医者正坐在榻旁，直勾勾地看着他。

"你终于醒了?"

林远咽了口唾沫，心跳如擂鼓。

他装晕终于装到了尽头，看来钱部已经起了疑心，才会守在这里观察他!

那人冷笑了一声："这一觉睡得倒是香甜。赵部的首领让我问你几个问题。"

来了。

这一关还是到来了。

林远竭力维持着木然的表情，平淡地点了点头。

钱部的人盯着他："这里是哪里？"

林远："……八苦斋。"

"八苦斋一共有几部？"

"赵钱孙李四部。"

"嗯，孙部在哪里？"

林远思索了一会儿，抬手指了个方向。

钱部的人点点头，没再说什么，起身出了房门，似乎是去通报首领了。

林远无声无息地长出了一口气。

片刻之后，那人又回来了："首领还要亲自审问你。李十一会带你去刑房。"

林远心中无数念头飞转，面上却不动声色，只是吃力地爬了起来，朝外走去。

门外站着一个少女。

她与他一样是杀手装扮，生着一张冷冰冰的小圆脸，像个秀丽的人偶，一双眼睛又圆又大、黑暗无神，也像是涂上的漆。

见林远出来，她略点了一下头，便转身走开了。

走出几步，她又转头看了林远一眼，似乎在问他为何不跟上。

林远："……"

他默默跟了上去，心里开始思索自己何时有了梦中预知的能力。因为刚刚梦见的陌生少女，转眼间居然出现在了面前。

审讯

八苦其八

林远茫然地想：我将来真的会变成一个畜生？

少女带着林远，一路逐级而下。

林远满身的伤口尚未愈合，仍旧缠着无数布条，加上卧床多日，浑

身的关节都僵硬了，此时步履无力而迟缓。这少女虽是来押送他的，却很有耐心，并不出声催促——仔细一想，她到现在都没发出过任何声音。

林远暗暗分析着此人是谁。

钱部的人叫她李十一。林远在李四的笔记里看见过这个名字。地图上标出了她的房间，还画上了红圈。那是李部唯一一个红圈。

李四为何关注此人呢？是她身上有什么疑点，还是……

林远偷偷瞟向李十一，发现李十一漆黑的眼睛也在默默看着他。林远一时都不知该做何表情了，脸绷得险些抽筋。

最关键的是，自己在梦里居然吻了她。

然后她居然哭了。

然后自己居然说了一句特别绝情的话。

如此离谱的事情若是曾经发生过，林远不可能毫无印象。但那梦中的人却又真真切切地出现在了现实中。

既非记忆，又非妄想，那么……只能是预兆。

难道将来的自己，不仅会杀死很多老弱病残，还会偷看赵子的裸体，最后还要对这个李十一始乱终弃?!

林远腿一软，猛然扶住墙才站稳。幸好他一直走得踉踉跄跄，李十一并未起疑，还伸手扶了他一把。

林远只觉得被她握住的地方皮肤都要起火了。

不，自己再怎么也不会变成那样的畜生吧。别的不说，自己丹田已经废了，断不可能还去习武。

楼梯继续向下延伸，似乎已经通到了地底。

林远眼前渐渐弥漫起了一层肮脏的绛色。这颜色并非来自墙壁地板，而是来自气味。越接近刑房，空气中的血腥与腐烂味就越是浓郁，几乎凝成了实体，从他眼前滴溅下来。

刑房大门前站着两道身影，似乎在等待他。一个奇胖，一个奇瘦，共同点是都丑得出奇。

林远纷杂的思绪顿时全部清空。

眼前这两人才是他混进八苦斋以来最大的考验。从现在开始，只要说错一个字，他便会万劫不复。

他低垂着眼睛，低声道："首领。"

"嗯。"赵子用滑腻的嗓音应了一声，"进去跪着吧。"

刑房里暗无天日，只有一盏油灯，将一列列刑具拖出黑黢黢的暗影。

林远目不斜视地跪下了。他知道自己的眼神与李四截然不同，此刻只能控制着眼珠一动不动，来维持木讷冷漠之态。

一双肥如象足的脚迈进了他的视野。赵子站在他身前，问："昏了这么多日，可算舍得醒了？"

林远低着头惜字如金："属下无能。"

赵子嗤笑一声："当日的任务，你怎会被林远拖住？"

"……属下跟踪林远，正要动手，却被他抢先撒了一把粉末，当即手脚发软，费了一番工夫才杀了他。"

赵子眯了眯眼："再怎么废物，你也不至于被一个不会武功的家伙提前察觉吧？难道他还能听出你的气息？"

林远想说"或许是他嗅到了气味"，话到嘴边又咽了回去。他现在是李四，李四不会知道原因。

他木然道："属下并未泄露气息。"

"你的意思是，你自己都不知道他是如何发现的？"

林远又不吭声了。多说多错，自己越是笨嘴拙舌、寡言少语，反而越安全。

倒是一旁的赵丑干巴巴地道："若非影子，就是气味。那些家伙的嗅觉，可能超出了我们的想象。"

林远面无表情："惭愧。"

赵子显然对这个答案很不满意，又问："还有那个藏香方的匣子，你事先不知道它设了机关吗？这么多年，你从没看见过林远使用它？"

林远顿住了。

这是什么鬼问题？

"看见"指的是什么？李四真的出入过折云宗？八苦斋派去的眼线就是李四本人？

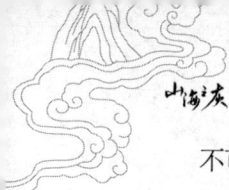

不可能啊，自己在宗门内待了那么多年，从未嗅到过李四的气味！

林远生怕自己神色有异，将头垂得更低了。

赵子却不依不饶："一次都没见过？"

林远的眼前浮现出李四笔记中，那一行白纸黑字的"巽、艮、乾"。他硬着头皮答道："没有见过。"

赵子幽绿的眼珠从肥肉的缝隙里死死盯着林远。

"若不是听赵十五说，你自称看见了香方，我们也不会留你一命。说吧，那筮予香的香方上写了什么？"

林远沉默了一下，语气平静无波："属下只在那筮予香的香方燃尽之前瞥见了一眼，第一行写的是'宿河之某某香'。往下几行，似乎也是些地名。"

"什么地名？"

林远缓缓摇头。

"就这些？"赵子的语气慢慢改变，"你苟活到今日，敢拿这些来敷衍我们？"

他猛然抬手，林远只觉得一股凌厉的杀气扑面而来。

那赵丑却在这时也抬起一只枯枝似的手。

"等一等，留着他还有用。"

赵子皱眉道："留他作甚？林远已死，这李四也就没有价值了，八苦斋不养废人！"

赵丑却道："我有一计，或许可行。不过在那之前……"他眯着眼睛看向林远，"我还需再确认一次，你是李四，还是林远。"

赵子奇道："你不是已经让钱部那小子验过他身份了吗？"

赵丑缓步走近，捏着林远的下巴迫使他抬头，端详起了他的脸。

林远被迫回视过去，发现赵子和赵丑虽然长得极端，但其实与赵十五等人一样额平脸宽，而且，眼睛里偶尔也会闪过野兽似的绿色。

赵丑却突然问了个不相干的问题："你们当场就烧了林远的尸体吗？"

林远只能据实回答："是。"他亲眼看着李四被火焰吞没。赵部的人当时一路杀一路烧，就连死去的弟兄都当场烧了，没有留下任何痕迹。

赵丑又问："你们离开折云宗时，有人瞧见你的脸吗？"

"没有。"林远记得很清楚，自己当时只远远瞧见回廊尽头，有一道弟子的身影提着水桶冲向了库房。离得那么远，彼此的面容都辨认不清。

"既然如此，"赵丑慢吞吞地说，"那今日便留你一命。"

林远跪着没动："多谢首……"

赵丑忽然五指如钩，挖向了他的眼珠！

这一下来得太过突然，连赵子都没反应过来。

千钧一发之际，林远做了一个怪异的动作。

他上身猛地后仰，同时右臂一抬，仿佛是循着本能以攻为守，袭向了赵丑。

赵丑分手抓住林远的右手腕，林远便觉一阵剧痛，再也不能寸进。与此同时，赵丑的另一只手已经抠进了他的眼眶。

林远猛地回过神来，停在原地纹丝不动了。

他双目充血，通红一片，却硬是压下了躲避的冲动，摆出一副任人宰割之态。

赵丑也停下了动作。

整个刑房一片寂静。

半晌，赵丑收回双手，点了点头。

林远喘着粗气，眼前一片金星乱冒，泪水流了满颊。

谁也不知道，此刻内心震动最大的人就是他自己。

他是怎么使出那反击动作的？！他跟香料打了十年交道，可从未发现过自己还有什么武术天赋！

不对……刚才的动作，总有一种莫名的熟悉感。就好像他在某时某地，已经重复过无数次类似的动作了，以至于那习惯深深刻进了骨与肉之中，不假思索便会使出来。可是，在哪里呢？

——哦，在那些没完没了杀人的怪梦里。

林远大受震撼。

所以那梦境……真是在预示未来？

赵子已经面露钦佩之色："老弟，还是你心思缜密啊，我怎么没想到还有这法子能验真假？"

言语可以作假，身体的本能反应却不能。虽然这反应慢了些许，但考虑到此人重伤无力，也属正常。

赵丑笑了笑："这样我们便都可放心了。李四，你可知我为何要留你一命？"

林远还有些愣怔："属下不知。"

"折云宗被大火烧毁，廖云觉重伤不起，宣称自己受到惊吓，暂时复原不出香方了。那些禁军只能日日守着，等他慢慢想。"

林远心中一突。

折云宗的火没扑灭吗？廖云觉怎会受伤？

不对，起火时廖云觉并不在场，他应该只是假装受伤。他看懂了自己在墙上的留言吗？还是凭本能猜出了处境危险，因此决定拖着时间，换取宫中的保护呢？

无论如何，只要那香方只存在于他的脑子里，便没有人敢伤他性命。想到此处，林远心下稍安。

赵丑继续道："廖云觉明明早已复原了香方，却隐下不提。而且他当日根本就不在折云宗，何来负伤之说？我们怀疑廖云觉演这一出戏，是为了瞒过所有人，偷偷制出篆予香再将之独吞。"

林远面上没有任何反应。

赵丑道："也罢，就给你一个将功赎罪的机会。现在林远的尸体毁了，折云宗不会知道他已死了，只当他失踪。从今日开始，你需要好好学习怎么扮演林远，待时机成熟，再回折云宗去。"

林远木讷地问："扮演林远？"

"没错，这回可不只是混进去偷东西那么简单。你要骗过廖云觉，哄他将香方交给你。"

林远走进这刑房时完全没有料到，自己不仅能全须全尾地离开，还能带走几条天大的好消息。

他极力让脚步不要过于轻快，免得被身旁的李十一看出端倪。

他成功骗过了这几个丑八怪。

八苦斋竟然要将他送回折云宗。

自己必须努力活到回去的那一天……

"你的伤怎么样了？"一道声音突然传来。

林远转头看去。身旁只有李十一面无表情地走着路。若不是四下无人，他都不能确定这句话是她问的。

"……好多了。"林远谨慎地说。

李十一不再说话，似乎只是心血来潮，随意一问。但从他们见面以来，这还是她说的第一句话。

一个双眼都黑暗无光的杀手，会心血来潮地关心别人的伤势吗？

林远想起李四笔记里那个郑重的红圈，忽然有种奇怪的感觉。他正想说服自己只是错觉，就听李十一极轻地补了一句："回来就好。"

……不是错觉！

李十一跟李四不是普通关系。

李十一似乎已经信了他是李四。

自己的梦境似乎能预示未来。

梦里的自己，在对她始乱终弃……

林远茫然地想：我将来真的会变成一个畜生？

楚灿娥
八苦其九

他倒想看看八苦斋打算如何教他扮演自己。

林远看着李十一，一个字都憋不出来。

他不知道李四和李十一走得有多近，在李十一面前是什么表现，也不知道李十一有多了解李四。

此时自己该用什么语气，对李十一说什么话，才能不露出马脚？

林远沉默的时间越长，心就越是往下沉。这回她肯定已经起疑了吧。他逼着自己张开嘴，刚想赌一把，说一句"多谢"，还没来得及开口，就见她自顾自地转身离开了。

竟是完全没有等待他的回答。

林远独自回了卧房，心中忐忑难安，总疑心李十一那一转身，其实是跑去赵部告发自己了。

李四的卧房里空无一人，钱部的人已经走了，只留了一堆伤药在桌上。林远结束了装昏，再也享受不到别人的伺候，只得龇牙咧嘴地撕开身上包扎的布条，为自己换了药。

药换到一半，突然有个人过来传了句话："赵丑首领命你下午去求死牢。"

求死牢这个名字，林远在李四的地图上见过，就在刑房不远处，看名字就能猜到其功用。只是不知八苦斋要将什么人在里面关到求死不能……

慢着，不会是他自己吧？李十一真的告发他了？

林远试探着问："首领可有其他指示？"

"让你去听课。"那人说完，不耐烦地走了。

听课？

林远想起了赵丑那句"你需要好好学习怎么扮演林远"，心脏落回了原处，甚至有点想笑。

他倒想看看八苦斋打算如何教他扮演自己。

八苦斋依着慈悲山而建，李部在地势最低处，正对着进山的阵法，也就是那一片茫茫大雾。

整个李部落针可闻。林远起初以为这里没什么人，直到午时有人过来放饭，他跟着去领了，才发觉人其实不少。这些家伙年纪不一，最大的似乎已过不惑，最小的还是十岁出头的孩子。共同点是神情冷淡、寡言少语，谁也不与谁搭话。

林远在人群中瞧见了李十一，李十一却一眼都没望向他。

那种气氛，就仿佛只要露出一丝活气，就触犯了某种规矩。

林远也默默领了食物，回房吃了，味道与猪糠无异。幸而他还记得幼时饥一顿饱一顿的感受，与之相比，猪糠也能下咽。

午后，林远循着记忆中地图上的标示找到了求死牢。

这求死牢建在地面上，却比地下的刑房更加昏暗。因为从里到外设了三重牢门，风丝不透，固若金汤，保管这里的囚犯除了求死别无出路。

打开最后一层牢门后，里面只能靠灯烛照明，气味也更是"感人"。林远吸入第一口气时险些晕过去，咬牙憋了半天，才说服自己继续呼吸。

一个被五花大绑的人形正躺在角落里。

微弱的烛光下，依稀能看出是个衣衫褴褛、伤痕累累的纤细女子。林远瞥了一眼，莫名地觉得那身影有一丝熟悉。

为他开门的看守道："这是赵部抓回来的人。折云宗现在被禁军护得密不透风，他们守了数日才逮到一个落单的，也没审出什么来。首领说多留她一段时日，要她教你扮演林远。"

看守说着走过去，揪着女子的头发将她拎了起来。

"如何，认识吗？"

林远站在原地望着她。

他认得这张娇美的脸。楚灿娥，楚长老的长女，天赋在一众长老的子女中算是出色的，自幼受到万千宠爱。楚长老多年来一直想把她塞到廖云觉门下。

林远第一次与她说话，还是刚上蒙学的时候。那一日蒙学先生教他们调香，林远连香料之名都念不出来，却全凭感觉混合了丁香、麝香和荔枝壳，制出了一小撮简单却颇有风韵的香粉，头一回得了先生的夸奖。

课后，他突然听见楚灿娥道："看不出来啊，这小师弟竟是个人才。"

林远没想到同窗嘴里居然会冒出好话，受宠若惊道："不敢不敢，师姐若是想学这味香，我可以教你的。"

他话音刚落，同窗弟子们便哄堂大笑。有人一边笑一边指着他道："他居然真信了，他还想教楚师姐！"

林远望着皮笑肉不笑的楚灿娥，这才明白她说那句话，只是为了讥

笑自己。

不过，那是他最后一次期待同门的善意，也是楚灿娥等人最后一次从嘴上占到便宜。

林远在折云宗的最后一天，也见到了楚灿娥。

当时他正带着几个小跟班趴在草丛里捉蛐蛐，远远瞧见她走了过来，身边照常环绕着一群人，每一个都是锦衣玉带、光彩照人。

楚灿娥身后还跟着一个十四五岁的粉衣少女，是她的妹妹楚瑶光，正向她贺喜道："阿姊今年被选去参加品香会，真是喜事一桩。"

另一个师弟忙不迭地接话："是啊，楚师姐实至名归，定会为我折云宗博得美名。哪像前两年那个林远，仗着宗主的关系，非要抢那名头，到头来不仅没夺魁，还丢尽了宗门脸面！"

林远挑起眉。

那头众人纷纷附和，只有楚瑶光噘了噘嘴，道："你夸我阿姊便是，何必提别人？"

"就是，那名字说出来都脏了咱们的耳。"

林远饶有兴致地听着，身边的小跟班们却忍不下去了，从草丛里跳起来骂道："喂，你们说的什么屁话！"

林远这才直起身。

楚灿娥瞧见他时脚步一顿，轻轻冷哼了一声，转头就走。也不知是自视高贵，不屑于口角之争，还是这些年来终于学会了躲开林远的嘴。

楚师姐不说话，自然有师兄替她找场子："我道是哪儿来的野狗在此刨泥，这不是林远吗？怎么，今年没法去品香会上丢人现眼了，把自己气疯了？"

林远一直受廖云觉单独教导，其他弟子并未亲眼见过他制香。在长老们的有意引导下，他在众人眼中更是成了不学无术、偷鸡摸狗之辈。

他的小山青固然未在品香会上夺魁，但除了廖云觉，能在十五岁就夺魁的少年天才本就绝无仅有。换作楚灿娥去，其实也毫无希望。然而这群人都有意忽略了这一点，望着林远的目光里只写着三个字：你不配。

说到底，还是恼恨他霸占了宗主唯一弟子的位置。

林远可太喜欢这样的目光了。对他来说，证明自己不重要，气死别人才最重要。

他眨了眨眼，一把按住暴跳如雷的小跟班们，笑道："是啊，上次回来我便对长老们检讨过了。在丢人这件事上，小弟确实经验不足，怕是得另请高明。对了，不知他们今年请了哪位高明啊？"

楚灿娥："……"

那师兄结结巴巴，还在想词："楚师姐才不是……"

楚灿娥已经带头走远了，扬声道："与他废话作甚！"话语间仿佛斥责的不是林远，而是非要给林远开口机会的同伴。

那师兄脸色发青，连忙追着楚灿娥走了。

那群人转瞬间走了个干净，最后只剩一个高挑少年端端正正地站在原地，一板一眼地放话道："你们翻弄草地之事，我会禀报长老。"

林远"扑哧"一声笑了出来。他记得这人好像叫陆让，在自己离开蒙学之后才进入折云宗，所以无甚交集。只听说近年他在学子中风头正劲，又谨遵礼法，很得长老们的青睐。

果然"得长老青睐"的人，最终都会物以类聚。

林远笑道："哦，我准了，你去吧。"

陆让嘴角抽了抽，果然去找楚长老告状了。

等楚长老问明前因后果，听说爱女吃亏，果然以此大做文章，给林远扣了个"欺辱同门"的罪名，罚他去关禁闭。

林远满不在乎，熟门熟路地逃了禁闭。接着就跟踪着一群长老，偷听到了他们与李相月的谈话，藏好了箩予香的香方，送走了廖云觉。

再后来……八苦斋就来了。

想不到再次相见，已是在如此情境下。

林远打量楚灿娥时，楚灿娥也睁开了青肿的眼睛，瞧见一个一身黑衣、苍白清瘦的少年站在自己面前。

楚灿娥早已没了昔日的骄傲神色，满目空洞麻木。对视了数秒，她憔悴的双目才骤然圆睁，面容也跟着扭曲了："林远！你这个卑贱小人、无耻叛……"

看守一鞭子抽断了她的骂声，又问林远："认得她是谁吗？"

林远面无表情，心中却计较着：他们为什么觉得李四会认得楚灿娥的脸？

就算有眼线提供折云宗所有弟子的名字，李四若非亲眼所见，又怎能将名字与脸一一对应上呢？

林远怕自己不知内情，一味否定会引起怀疑，谨慎地说："是林远的师姐。"

"那就行，你让她教你吧。"

楚灿娥还在嘶哑地怒骂："他们说是你给这群畜生带的路，是你放火烧毁折云宗的，我还不信，没想到你真的跟他们是一伙的！你这忘恩负义的小人，你想害死我们也就罢了，连廖宗主竟也——"

看守又是一鞭子下去，楚灿娥惨叫着缩成了一团。

林远却从未如此希望她继续骂下去。

赵丑说折云宗大火、廖云觉重伤，竟是真的吗？

林远随八苦斋的人离开之时，明明瞧见了远处有人赶去救火。要知道香宗最怕的就是走水，四处都设了救急的水缸，门中弟子更是个个都训练有素。能让火势蔓延到烧毁宗门的地步，其中必然出了非常可怕的差错。

还有，那场大火又怎会殃及根本不在宗门的廖云觉？

当着看守的面，林远用尽全力才遏制住追问楚灿娥的冲动，摆出无动于衷的表情。

楚灿娥心中恨极。

自从宗门被烧毁，大部分同门被父母接回了家，但也有很多弟子生于斯长于斯，折云宗就是唯一的住所。楚灿娥就是其中之一。她自幼在折云宗长大，如今家园变为一片焦土，叫她如何不惶恐？

更痛苦的是，宫中虽然赐了住所安置他们，却又派了禁军里三层外三层地守着，美其名曰保护折云宗，行的却是圈禁之实。楚灿娥偷听到了父亲与其他长老的只言片语，才知道那些家伙是在监视他们，因为宗主手上扣着某样他们要的东西。

偏偏廖云觉一直卧病不出，所有弟子都惶惶不可终日。明明是第一香宗，如今却连香料都触碰不到。

长老们交涉许久，禁军才终于松口，同意放弟子出门采办香料。

楚灿娥想为父亲分忧，主动领了采办的任务。没想到刚刚离开禁军的视线，就被这群野蛮人劫掠了过来。

她在此地受尽刑讯折磨，眼前的林远却毫发无损。这卑劣的叛徒，果然是养不熟的白眼狼，她一定要让他付出代价……

"林远是怎样的人？"

楚灿娥过了一会儿才意识到眼前之人问了一句什么。

又僵了一会儿，她才反问："什么意思？"

"林远平时说话是什么神气？"林远说着，脑中突然冒出了一个点子，"我从现在开始模仿他，你且描述一下。"

楚灿娥望着对方的脸，眼中满是不可思议。直到看守再度举起鞭子，她才瑟缩了一下，不管不顾道："你……他……他最是阴阳怪气，知道怎么气人！"

林远低下头去，似乎努力酝酿了一会儿，歪起一边嘴角，扯出一个极度欠揍的笑来。

林远："如何？"

楚灿娥："……"

直到此刻，她才开始思索：此人可能真的不是林远。

不是因为他那浮夸的假笑，而是因为他投下来的目光，太冷漠，太疲惫。这眼神不属于林远，倒像是属于一个历经劫难的灵魂。

难道折云宗失火那天，带路放火的人真的不是林远，而是此人？那真正的林远又到哪里去了？

……死了吗？

半晌，她才压抑着颤抖道："笑得不太像。"

林远的笑容瞬间烟消云散，又变回了木头人。

他当然不能一上来就学得太好，至少得保留一点李四的神气。他望着楚灿娥，平淡道："你且当我是他，对我说句话。"

楚灿娥嗫嚅了半天说不出来，最后终于勉强撑起一点气焰："你……你脸色这么臭，是还没学会洗脸吗？"

林远又低下头酝酿了一阵，语气平静无波："过奖了，比不上师姐。"说罢再度征询地望着楚灿娥，等她点评。

楚灿娥摇了摇头。

林远："那……突然见了腌臜之物，一时没忍住，见谅？"

楚灿娥又摇头："还是不够阴阳怪气。"

林远一脸陷入沉思的表情："那他会如何说？"

"他……他会说他确实没洗脸……"

林远面无表情地等待着。

楚灿娥继续道："因为他家人从小教导他，家里的井水很珍贵的，见有头有脸的人才需要洗，见没脸没皮的就省一省。"

一旁的看守"扑哧"一声，竟然被逗乐了。又见林远毫无反应，只好悻悻地收住。

林远心想：还挺了解我。

他最擅长杀敌一千，自损一万。将所有攻讦之词通通笑纳，顺势借题发挥，将对方拉下泥潭。往往能将人气得发疯，自己却不痛不痒。

不过如今进了这龙潭虎穴，全身的功力再也发挥不了分毫。

林远装模作样地练习了几遍楚灿娥给的台词，最后对看守道："我回去揣摩一下，明日再继续。"

他脸上还保持着一丝奇怪而别扭的微笑，仿佛仍在适应新表情。

他方才便想明白了，只要自己从现在开始"投入学习"，便可以名正言顺地逐渐做回自己了。随着时间推移，他表现得越是不像李四，反而越是合理——是八苦斋要求他务必以假乱真的嘛。

看守点了点头，打开了牢门。林远脚步一顿，又状似不经意地加了一句："此女眼下还有用。"

看守嗤笑道："放心吧，咱下手都有数，不会打死的。"

　　林远的话也只能说到这儿了。他对楚灿娥虽说不至于幸灾乐祸，但也实在无力相助。如今自己都朝不保夕，贸然救她只会死得更快。

　　楚灿娥掌握着许多他不知道的信息。林远很想从她嘴里套出廖云觉的情况，但不能急于一时，必须等待看守放松警惕的时机。

　　林远总疑心那场大火与隐藏在宗门内的眼线有关。若自己不能查出那个叛徒是谁，廖云觉身边就永远有个隐患。即使被禁军重重保护，也随时会有难防的暗箭。

　　而且，这个眼线越想越是诡异。折云宗收弟子极为严苛，就连他自己当年都费了九牛二虎之力才考进去。八苦斋这种鬼地方，竟有本事将人塞进折云宗吗？若他们真能培育出一个混得进折云宗的人手，又何必多此一举养大林远呢？

　　种种线索自相矛盾，让人如堕五里雾中。

　　林远对那个叛徒原本是纯粹的憎恨，此刻居然多出了一丝欣赏。能藏得这么深，恐怕是个强敌。而对强敌最大的尊重，就是弄死他。

蝴蝶　｜八苦其十

　　　　他没想到这一双月亮还会沉落在八苦斋的猪圈里。

　　翌日清晨，林远是被李部的人摇醒的。

　　那人手中提着扫帚水桶等物，不由分说地塞给了他："李四，你既已能起身活动了，便继续轮值吧。"

　　林远按下错愕，拎着扫帚在"直接发问"和"自己乱找"之间抉择了一下，开口叫住了对方："我有些昏头了，今日该去何处打扫？"

　　那人木然道："你这些时日倒是躺得舒坦。去李部二层。"

　　林远身上的伤口好不容易才结了痂，此时一抬一抬胳膊又开始渗血。

　　他本以为这是对自己任务失败的惩罚，没想到一路行去，只见李部所有人都早早出了门，正在朝八苦斋各处赶去。有人洒扫，有人种地，还有人在喂牲畜。

原来这李部对八苦斋来说，就是一群最底层的奴隶。难怪其他人动辄骂他废物，险些都舍不得拿药救治他。

林远慢吞吞地打扫这些人的住所。李部的人似乎都没有财产器物可言，房间一处比一处空旷。接近晌午时，他终于走到了最后一个房间，这回门却是合上的。

林远犹豫了一下，推门看了看。

床上躺着一个男子，脸色惨白，汗出如浆，像是发了什么急病。听见他进门的动静，对方挣扎着撑开了眼睛，遍布血丝的双目没有焦点，甚至看不出求生之志，只有深不见底的绝望。

林远的嘴唇动了动，又闭紧了。他迟疑的当口，门外路过了一个李部的人，朝这边瞥了一眼，却像是什么都没有看到一样，收回目光走远了。

于是林远也收回了目光，自顾自地扫起了地。

男子在旁边颤抖个没完。离得近了，能嗅到此人身上残留着一股微弱而陌生的味道，像是血味，又掺杂着腐烂的气息。

不知为何，这气味映入他的神识里，呈现出的是一摊幽暗混浊的绿色。乍一闻令人作呕，几息之后，又渗出一股难以言喻的冰冷恐怖之意。

林远不自觉地屏住了呼吸。

他不知道这是什么生物的脓血，但总之……不像是人的。

下午，他又去了求死牢。

楚灿娥好像已经接受了他不是林远的说法，脸上的恨意尽数变成了茫然和恐惧。

整个下午，林远都在一本正经地求教"如何成为林远"。直到最后临走时，才状似不经意地问："你说折云宗有人称林远是叛徒，廖云觉也信了吗？待我去假扮时，要如何取信于他？"

他问这话是在旁敲侧击，想打听廖云觉的现状。

楚灿娥低头道："我不知道。"

"你不知道？"

楚灿娥瑟缩了一下："宗主受伤后一直不曾露面，我们都见不到他……"

旁边的看守凉凉道："要帮忙吗？"

林远："……不用，老兄省点力气。"

看守笑道："倒不费力，只是之前赵部想撬开她的嘴，已经用尽了法子，我得构思一下新花样。"

林远瞥了一眼楚灿娥身上的血迹，老实巴交道："那她可能就是真不知道了。老兄还是收着点，回头人没了，还要遭首领怪罪。"

看守没趣地哼了一声。

由此，林远正式开始了上午打杂、下午学习的卧底生涯。

他有生之年从未活得如此沉默过，整个人像是被钉进了一口棺木里，时间长了，只觉得口舌都要生锈。唯独在求死牢当林远时，才能释放一下自我。

每隔一段时间，赵子赵丑就会过问一次他的学习进度。林远有意控制着，不能一下子太像自己，以免引起怀疑；又不能转变得太慢，以免他们放弃这条路。

好消息是，至少他能知道师父目前是安全的。因为只要八苦斋仍指着他去当卧底，就说明廖云觉还没有交出香方。

做李部的脏活累活也有好处。以他的身份，根本不能在八苦斋内自由行走，也唯有借着去各处轮值干活之机，才能打探到一些信息。

他很快弄清了八苦斋的四部。

赵部是一群杀手，宽脸，绿眼，在八苦斋中地位最高，面对其他人时总是颐指气使。其中又以赵子、赵丑、赵寅、赵卯为四首领。但在这四人之上，似乎还有一个更高的存在。

林远从未见过那个存在，其他人似乎也畏惧于直呼其名。他只能从赵部的人偶尔的窃窃私语中，窥知一个模糊的音节——啼氏。

至于这个"啼氏"是男是女、是人是鬼、长什么样、现在何处、为什么需要篁予香……他一概不知，只是有一些猜测罢了。

除去赵部，其余三部都是中原长相。

钱部负责制药，似乎也负责制毒，身上永远散发着五花八门的草药的味道。

孙部人最少，但无论男女，一概姿色过人。他们不常出现在八苦斋内，大约是利用美色执行某些特殊的任务去了。

相比之下，李部反倒毫无特点。

林远观察了很长时间，这里男女老少皆有，容貌与身手都参差不齐。他们很少离开八苦斋，即使领命出去杀人，似乎也只是跟在赵部后面清理杂碎。

无论怎么看，这都只是一群杂役。八苦斋的"八苦"仿佛全由他们受了，平时被人呼来喝去，住的是陋室，吃的是猪糠。也难怪他们一个个苦大仇深，脸上从来没有笑模样。

后来他找到了李部的特点。

李部总是会有人像当日那个男子一样突发急病。昨日还一切如常的家伙，再见时就已经半死不活地躺在床上打摆子了。这些人的身上总是残留着一丝冰冷的血气，像腐败的绿色沼泽。

这急病没有规律可言。林远自己从未发过一次病，却有人三不五时就倒下一次，到后来瘦得只剩一把骨头，眼睛里蒙着一层白翳，如同行尸走肉。

每个人都对此熟视无睹，一副早已习惯的样子。就仿佛……这急病也是他们必须履行的职责之一。

林远疑惑过他们为什么不逃。很快，他就得知了原因。

是月十五，突然有钱部的人送来一只药箱，道："来取这个月的解药吧。"

李部的人鱼贯而上，挨个儿接过一枚赤色的药丸，全都当场吞了下去。

林远不动声色，也领了一枚送入口中，却压在了舌头底下，回房之后才吐了出来。那药丸只有红豆大小，他细细一嗅，有五六种药材，却都不是他接触过的植物。

　　钱部的人说，这是这个月的解药。看来李部的人都服过某种毒，这药丸对他们来说是必须每月一服的。

　　林远当时还猜测过，如果不服用解药会发生什么。会得那种急病吗？

　　结果第二个月圆之夜，赵子亲自押着几个五花大绑的人来到李部，高声道："都看着，这就是试图叛变的代价。"

　　李部所有人围成一圈，沉默地注视着那几人虚弱地叫骂。月上中天时，那几人在他们面前七窍流血，齐齐咽了气。

　　他这才知道，不服用解药的人，连得急病的机会都没有。

　　所以，李四才会不得不听令去刺杀自己。

　　尽管如此，李四还是在他们的眼皮底下偷偷做了那么多笔记，又在死前交给了自己。

　　李四比他更恨八苦斋。这样想的时候，林远奇异地感到了一丝宽慰。

　　林远没有服过毒，自然也不需要解药。但他还是决定藏好每个月的解药，以防万一。

　　到第三个月，林远作为洒扫仆役，已经走遍了八苦斋不少地方。但李四地图上标了红圈的那三处，他却至今没能踏足：钱部深处的那道长廊、赵部西侧的那块空地，还有整张地图最高处的空白区域。

　　或许李四之所以将这几处画上红圈，就是因为发现了这些地方从不允许闲人进入。

　　林远有心前去查探一番，又担心打草惊蛇，始终不敢妄动。

　　直到这日，终于来了机会——他被派去清理猪圈了。

　　林远早就观察过，从高处望去，那猪圈与赵部之间，只有一小片树林拦着。只要钻进树林，就能看见赵部西侧那块空地。

　　等他摩拳擦掌地到了猪圈，才发现这里不只有自己一个人。李十一已经在铲地了。

　　林远心里犯起了嘀咕。

　　在有意无意的回避下，过去的三个月里，他再未与李十一单独照过

面。这其实很容易，毕竟在李部这种地方，想跟谁独处反而是难事。没想到今日不巧就赶上了。

李四死前曾说，冒充自己很容易，当个木头人即可。林远进入八苦斋后，大部分人确实把他当空气，似乎根本就没注意过李四是什么样的人，自然也发现不了细微的违和之处。

然而，眼前的少女却不是那些人之一。

有这么个危险人物，李四当时怎么不多交代两句呢？

林远咽了口唾沫，又开始纠结该如何打招呼。

李十一动作不停，侧头看了他一眼，那目光仍旧像人偶般黑暗无神："那半边归你。"

林远："……嗯。"

他遇到的上一个表情如此匮乏的人，还是少年时的廖云觉。但廖云觉当时给人的感觉是生于云端，未染红尘。这李十一却像是刚从幽冥出来的，那双眼睛一扫，便让人心里一寒。

林远背对着她，走过去拿起了自己的铲子。

猪已经被赶到角落里单独围住了，留下一片狼藉的地面，米糠、泔水与粪便都混在垫草里，积了不知多久，臭气熏天。他这些日子里嗅到了这辈子最丰富的臭味，已经练得十分平静了。当下他学着李十一的样子，将垫草连着污物一并铲出去，预备挖坑掩埋。

林远虽然已经适应了八苦斋的杂役，但清理猪圈却是头一遭，动作远不及李十一熟练。此时不由得打起全部精神，只为了让自己看起来麻利一些，再麻利一些……

以至于铲着铲着，他突然发现自己一直一言不发，而且已经铲进了李十一的区域。

林远顿了顿，偷瞄了她一眼。

李十一没什么反应，还朝旁边让了让，似乎并不觉得李四这种表现有什么奇怪的。

林远悄然松了口气。两人合作还挺默契，很快清扫干净了猪圈的地面，又搬进一捆捆新的垫草铺开，气味终于好闻了一点。

这会儿他缓缓回过味来了，自己对李十一回避至今，也不见她起疑，这本身似乎就能说明一些事情。

他还未理清思绪，忽然一眼瞧见猪圈角落里，栅栏上结着一层灰白的蛛网，蛛网间还缠着一只蝴蝶。

林远盯着蝴蝶看了几息，思绪飞转。八苦斋坐落于常年积雪的慈悲山上，一眼望去连绿色都见不到。在这种高度的地方，为何会突然冒出一只蝴蝶？蝴蝶总是在追逐花木的。

那蝴蝶黑色双翅上各生着一枚浑圆的金色斑点，还会随光线变化熠熠生辉，像两轮小小的圆月——正是他最熟悉的模样。

林远心中陡然升起一阵不快。

折云宗只种海棠，而海棠花开时总会引来这种蝴蝶。林远最皮的那几年，带着跟班们拿兜网捉过蝴蝶，关在琉璃瓶里，比谁捉的最大最好看；又拿白纸灯笼，连花枝带蝴蝶一并罩住，放在书房案上观赏剪影，自觉文雅风流至极。

其时春和景明，花影叠粉，蝶翼镏金，恰能凑成一对花好月圆。

有一次，他忘了放走蝴蝶，直到廖云觉走进书房讲课时，他才举着灯笼冲到窗边。结果那蝴蝶半路就逃了出来，一整个下午都在书房里乱飞，在每种香料上流连忘返。

廖云觉起初想装作没看见，直到那蝴蝶在他眼皮底下兜了两圈，终于忍不住笑了出来："还挺活泼。"

他没想到这一双月亮还会沉落在八苦斋的猪圈里，困死在蒙尘的蛛网间。

简直像一个饱含恶意的预兆。

林远有意将手中的垫草丢过去，想掩埋这幅画面。岂料蛛网未被打落，那蝴蝶却微弱地挣扎起来。

他愣了愣，装作走过去铺草，拿脚尖拨弄了一下。蝴蝶挣扎得更厉害了，但近看之下，蛛网里里外外缠了好几层，如果不蹲下用手细细剥开，这家伙断无活路。

李十一抱着垫草，正在他旁边干活。

林远心里也有一只蝴蝶扑腾了几下，终于被摁死了。

他已经想明白了，李四临死时，并未特别交代要对李十一有什么不同的表现。如果这个细节会为林远招致危险，他应该不至于忘记。既然他没说，那就可以推断，他在李十一面前别无异状。

或许有一些不留痕迹的注视、一些极其隐晦的关照，但总体而言，还是一个木头人。

所以，自己更应该将这木头人当到底，决不能冒着暴露的风险做出什么反常之举。

林远将垫草一丢，将视线从蛛网上撕扯下来，转身道："我去打水过来。"

他提起水桶，沿着小树林往水井走去。

目前看来，虽然李四偷偷圈起了李十一的房间，李十一也会在无人时关心他两句，但这两人的表现止步于此。想来也正常，毕竟在八苦斋这种地方，只要还想活下去，都不会放任自己偷情。

如果只是一点似有若无的暧昧，那只要冷淡处理，任其慢慢消逝就行了。眼下这种处境，离李十一越远越安全。

但梦里的那个场景……

林远的沉思被一阵隐约的动静打断了。

声音是从小树林另一侧传来的。他猛地停住脚步，竖起耳朵听了一阵，有呼喝指挥声，还有拳脚打斗声，好像是有人在操练。

林远提着水桶回头看了一眼，从这里已经望不见猪圈和李十一了。而树林的另一边，就是赵部的空地。

这么大的动静，足以盖过自己的脚步声。不过，万一偷看被发现的话……

脑中这样想着，他的身体却已经动了起来，蹑手蹑脚地进入了林间。

林远从树枝缝隙间望了出去。操练的果然是赵部的人，领头指挥的还是两个熟面孔。

赵十五与赵十六站在台阶高处，口中不断发出短促的喝令，音节粗糙，不是林远所知的语言。在他俩面前的空地上，一群赵部的杀手被分为了两组，正在贴身肉搏。

紧接着，发生了最诡异的一幕。

只听赵十五一声令下，大半杀手取出一条白布，绑到头上，遮住了自己的眼睛。

赵十五与赵十六分别从怀中取出一只小瓶，揭开瓶盖，朝嘴里灌了些什么，霎时间浑身颤抖，表情都变得极度扭曲。随后，他们竟然也哆哆嗦嗦地蒙住了双眼。

是要练习听声辨位吗？

然而这两个指挥者并未加入战局，仍旧戳在台阶上，口中又喊出了痛苦而短促的音节。

那些杀手继续搏斗起来，状态丝毫不受蒙眼布条的影响——应该说恰恰相反，遮住眼睛之后，他们的动作越来越暴戾，没有一记攻击落空，拳拳到肉，仿佛恨不得将对手剥皮拆骨。

人人横冲直撞，如同失去了理智的野兽，全在搏命厮杀。就连台阶上的那两人，都喊得龇牙咧嘴，口沫横飞。

就好像所有人都不需要眼睛，就能看清一切。

——不，不对，不是所有人。

林远盯着那几个没有蒙住眼睛的杀手。那几人身在乱斗中，却仿佛不甚在意自身的安危，全在疯狂地晃动脑袋，暴凸的眼珠也在眼眶里颤抖着飞转。

林远正死盯着他们，就见其中一人突然被扑倒了。敌方的蒙眼杀手揪着他的头发，将他的脑袋往地上猛磕。

下一秒，另一个蒙眼杀手背对着这两人，以不可思议的速度倒着狂奔了过来。

林远仿佛在旁观一场荒诞的梦境。

那杀手全程没有转身，一脚朝后蹬去，踹飞了敌人。他四肢的活动幅度匪夷所思，看上去已经不太像个人类，更像是从人形中拆解出来的什么东西。

被他踹飞的那人翻滚了一圈，以头支地，倒立而起，以臂为腿，冲

回了战局。

林远死死捂着嘴，眼前突然浮现出了折云宗遭袭的那一日，自己偷看到的那一幕。那些背后长眼睛的杀手、那滚落于地却还在蹦跶着咬人的脑袋……

彼时彼刻与此时此刻重叠，一样混乱，一样癫狂。

唯一不同的是，上一回他被铺天盖地的死亡逼得无处可逃，而这一回，他终于看清了过程，也看清了全局。

一切都是从赵十五与赵十六喝下那瓶子里的东西开始的。

台阶下这些厮杀不休的家伙，无论有没有蒙住眼睛，都似乎只剩人形，失去了神志与思想。只有赵十五与赵十六不同。他俩还静静地站在原地，不知何时，连呼喝声都不再发出了。

但战斗却还在持续。战斗在受谁的指挥？

林远有一种说不清道不明的感觉，眼前虽然人数众多，但真正在操练的，其实只有那两个小头目。余下的，不过是棋盘上冲杀的黑白子，是他们手中的牵丝傀儡。

林远极缓慢地放下了捂嘴的手，吸入了一口悠长的气。

他嗅到了青草的味道、血与汗的味道……还有，那微弱残留的、沼泽一样腐败而混浊的味道。

不知道是什么生物的脓血。

总之不是人类的。

如果更用力地分辨，他甚至可以追溯这气味的来源。一路沿着台阶往上，直到赵十五与赵十六的怀中……

"什么人？"赵十五蒙着眼的脑袋转了过来。

林远转身就逃。

刚跑出几步，身体便被一股大力掀翻了。一个赵部的杀手将他按在地上，死死扣住了他的脖颈。对方没有蒙眼，眼白充血，双瞳深处绿光正浓，粗壮的五指同时施力。

"嗬……"林远拼命挣扎，气管里却进不了丝毫空气，"救……"

他仰面朝天，一片昏花的视野里，忽然飞过了一只黑色的蝴蝶。

它的双翅略有缺损，但金色的斑点熠熠生辉，像两轮升起的圆月。

对方的五指骤然松开。

赵十五已经走到了近前，慢吞吞地扯掉了自己脸上的布条。他的眼睛也充着血，望着林远的目光不太自然，仿佛有种极力压抑的残暴："李四啊李四。"

林远跪在地上咳嗽不止，眼角余光里，蝴蝶又轻快地飞远了。

"我上一次是不是说过，再让我抓到你偷看，你就会死？"赵十五问。

林远心念电转。上一次？自己从未到过这里，上一次被他抓到的人，只能是李四本人。

其他人也都围了过来，陆续取掉了布条，居高临下地望着他。

赵十五很遗憾似的说："看来有的劣种是不会长教训的。贱命一条，你自己都不珍惜，就别留了吧。"

林远咬了一下后槽牙，像要将喉间泛起的戾气重新咽下，冷静道："这条命对首领还有用。"

赵十六尖刻地笑了一声："拿首领威胁我们？你也配？"

"不敢，只是陈述事实。"

"好啊，"赵十五笑道，"首领只要你活着，没说要你齐齐整整地活着。我便没收了你的腿吧。"

赵十六大笑起来："那两条胳膊便归我吧！留一颗脑袋在脖子上就够了！"他一点说笑的意思都没有，话音刚落便扑了过来。

林远下意识地向后退去，又被绊倒在地。

破空声擦着他的耳际响起。几道银光一闪而逝，赵十六突然直挺挺地倒在了他面前。

林远僵硬地低头一看，只见赵十六的周身要穴上不知何时扎满了三寸长的银针，整个人动弹不得，只有脸涨得发紫，恨声道："你这贱婢——"

林远转身望去。

李十一站在他身后，手中扣着一把银针，纤细的身影比在场所有人都更像一尊傀儡娃娃，对着赵部众人，只是面无表情地歪了歪脑袋。

赵十五："都给我上！"

李十一抢上两步，挡在了林远面前，口中简短道："跑。"

啼氏

八苦其十一

不过是一群拴着绳的畜生。

对付一个李十一，赵十五居然好意思出动所有人！若非牢记着自己现在是李四，林远能原地放出三百句嘲讽。

但几招之后他就明白原因了。

赵部的移动速度已经快极，以他的眼睛只能捕捉到残影。但李十一的飞针，却连残影都没有留下。等到赵部的人一个个僵硬地倒下，林远才能看清他们到底哪里中了招。

简直是针无虚发。

一把飞针用尽，李十一面不改色，再度伸手入袖。赵部众人显然对她的暗器颇有忌惮，纷纷举起双臂护住要害，攻势竟缓了一缓。

被撂倒在地的赵十六目眦欲裂，口中再度发出了粗粝短促的音节，像伤兽的怒吼。

声音一出，众人神情猛地一变，像是失去了痛觉般齐齐扑来！

对方人数太多，距离也太近，连成一片的高大身影几近遮天蔽日。李十一却似有所忌惮，出招速度反而放慢了，脚下且战且退，很快被敌人逼到了近前。

林远早已跑去了一边。他看得清局势，这一战来得突然，李十一应该没有备够暗器。

他是真没想到李十一会冲出来。以她与李四的那点暧昧，值得她做到这种地步吗？难道对李部的人来说，那样的表现就已经是情至浓时了？

自己是伤是残都可以认，李十一却是被拖下水的。

"首领——！"林远突然扯着嗓子喊了起来，"他们要杀我——！"

他当然没指望赵部首领会出手相助，这一吼半是恫吓，半是挑衅，只为分走一半攻击，给李十一创造逃走的机会。

林远边喊边逃，突然身体腾空，一阵天旋地转，重重落到了地上。这一下摔得头昏脑涨，耳中尽是尖锐的嗡鸣声。他歪歪斜斜地爬起来，无暇回头去看追兵，只想继续往前跑，却又被揪着后领掀翻了。

身后之人围住林远，抡圆了拳头，一拳揍得他弓起身子，吐出了一口胆汁。

那几人还想再揍，身子猛然一歪，要穴都被钉上了几枚铁蒺藜。

出手的还是李十一。

李十一已经用完了针，此时又撒出了最后一把铁蒺藜，终于山穷水尽。贴身短打，她撑不过三招便被击倒在地。赵十五一声呼哨，众人同时扑了上去，又踢又踩。

骨骼碎裂的闷响传了出来，犹如噩梦的回声。

林远眼前陡然浮现出马尚那张死不瞑目的圆脸。

也是这群人，也是在这样刺眼的阳光下。

林远冲上前去。

他脑中混沌一片，不知道该干什么，也不知道能干什么，唯一一个清明的念头，是不能再让人死在自己面前。

他连滚带爬，从踢蹋间挪动过去，趴到了李十一身上。

李十一整个人蜷缩成一团，脸上却维持着人偶一般诡异的平静，黑如点漆的大眼睛直勾勾地望着林远。

林远用身体挡着她，背上霎时间落下了无数拳脚。

没有招数，也不挑角度，每一记攻击都直上直下，简单到了蠢笨的地步，他却无处可躲。

这是一场乏味的虐杀。除了赵十六饱含快意的呼喝声，甚至都没什么人发出声音，像兽群在专注地分食两只羊。

兽群不需要脑子，也不需要情感，仅靠蛮力就能碾碎他的骨骼，踏烂他的血肉。

那阴魂不散的浊绿的脓血味又弥漫开来。

林远的神志被剧痛撕裂，恶念从每一道缝隙里肆意疯长。心跳声震耳欲聋，滚烫的血直往天灵盖冲去，眼前渐渐只剩一片猩红。

剧痛没能催生恐惧，却催生出了极度的轻蔑。

不过是人皮底下蠕动的虫豸，不过是一群拴着绳的畜生。

只要夺过那绳索，勒住他们的喉咙——

寂静。

突如其来的极度寂静，连呼吸声也听不见了。

林远趴着等待了几秒，终于挣扎着抬起头，看到了令人费解的一幕。

一切攻击蓦然而止，眼前赵部的所有人，包括赵十五与赵十六，都凝固在原地，连眼珠都一动不动，仿佛凭空变成了雕塑。

只有林远和李十一还能转动脑袋，面面相觑。

发生了什么？

仿佛过去了很久，又或许只是几息之后，一道身影从天而降，落在了众人几步之外。

他很高，奇高无比，足足有一个半林远的身长。即使站在赵十五等人面前，也像一座高塔矗立着。塔顶的脑袋低了下来，平静地俯视着他们。

赵部的人突然又能动弹了，纷纷面露惧色，半跪行礼道："首领。"

林远和李十一也艰难起身，各自断了几根骨头，歪歪斜斜地半跪下来。

此人是赵部的首领之一，名叫赵寅。在八苦斋里，他露面不多，专门负责清理门户。

李部这种生存状态，总会逼出那么几个活够了的家伙，或为私情，或为仇恨，宁愿不服解药毒发身亡，也要叛离八苦斋。至于其他三部有没有这样的人，林远暂且不知。

这种时候，就轮到赵寅出场了。

没人知道他有多强，只知道有此人坐镇，八苦斋内部这么多年都没翻起过风浪。

赵寅环视了一周，心平气和地问："怎么回事？"

林远低头哑声道："属下打水清理猪圈时，不慎误入此处……"

"真是大言不惭！"赵十五愤然打断，"禀告首领，这李四有意偷看我们操练，已经不是第一次了！李十一与他是一伙的……"

赵寅挑眉："他们偷看你们操练——所以你们就施展能力围攻他们，是嫌人看得不够清楚？"

赵十五蓦然语塞，扫了赵十六一眼。赵十六面如土色地垂下头。

赵寅又问："方才怎么突然停下了？"

赵十五愣了愣，偷偷瞅了瞅赵寅的脸色，好半天才小心翼翼道："不是首领出手了吗？"

赵寅不知在想什么，没再接这个话，淡淡道："所有人自去领罚。"

赵十五等人不易察觉地僵了一下，互相搀扶着迅速退下了。

李十一仍旧跪在原地，林远也有样学样。赵部口中的"所有人"里，通常不包含李部的人。

赵寅也没有离开，站在他们面前，许久都未出声。

林远每一次呼吸都带得全身剧痛，冷汗浃背，渐渐无力保持跪姿，整个人摇晃了一下，双手撑地才勉强稳住。

他悄然望向赵寅，却见赵寅的目光正在自己和李十一之间来回打量。

见林远抬眼，赵寅便慢吞吞地走到了他面前，直到悬殊的高度差距让林远再也看不见对方的脸庞。

"那么……要如何处罚你们呢？"赵寅若有所思地自言自语，"两双不听话的眼睛，还是挖了比较安全……"

林远又摇晃了一下。他想开口将所有过错揽到自己身上，求赵寅放过李十一，却又怕适得其反。

他正绞尽脑汁想着措辞，就见面前之人弯下腰来，奇长的手指托住了自己的下巴，略微施力，迫使自己抬起了头颅。

赵寅与他对视着，双目深处闪着充满兴味的绿光。那神情很难形容，既不像是生气，当然也说不上高兴，只是带了几分奇异的深思。

片刻后赵寅放开了他，又去捏起李十一的下巴，冲她左右打量了一番。

当他最终出声时，语气平静无波："你们两人应该庆幸，自己的五官与四肢都还有些用处。"

他点了点李十一："正好，啼氏也许久未见你了。来吧。"

李十一面色惨白，一声不吭地站了起来，跟在赵寅身后。

赵寅带着她朝赵部的方向走去，经过林远身边时脚步一顿："至于你，去刑房领鞭子。"

林远领了结结实实的十下鞭子，好不容易愈合的背上又一次皮开肉绽。

但说实话，在见过刑房的其他刑具之后，他的处罚就显得轻描淡写了。十鞭子下去，他竟勉强还能走路——如果没有事先断掉几根骨头的话。

最后林远是爬回自己房里的。

上次钱部留下的伤药还剩了一些，但他的胳膊已经抬不起来，也够不到背后的伤口。用最后一点力气趴到榻上，他便再也动弹不得了。

说不清躺了多久，昏昏沉沉中，突然又被剧痛唤醒了。

窗外已是夜色深沉。房内多出了几个钱部的人，正不耐烦地嘀咕着检查他的伤，替他抹上了药，又将几个断骨处缚上了木板，这才离去。

林远又过上了躺着不干活的日子。

他趴在原地，默默心想：这八苦斋还真舍不得他这条命，似乎也不能允许他缺胳膊少腿。

想到这里，他顿时有恃无恐了，甚至还想再去剩下两个红圈处查探一下。

钱部深处的长廊里有什么？还有凌驾于八苦斋最高处的空白区域，似乎只有通过赵部才能到达。他们口中的啼氏会在那里吗？赵寅为何要带李十一去见啼氏？

当然，想去那种地方，"恰好路过、不慎误入"这种理由已经不够用了，他必须找到别的办法……

然而数日之后，当他能够下地行走，重新轮职洒扫时，首先看见了李十一。

李十一躺在自己的房间里，僵卧于床，双眸紧闭。

林远擦着桌子走近，又嗅到了那股浊绿的气味，若有若无，消散殆尽。

他从未见过如此痛苦的李十一。她的额上细细密密地渗着冷汗，毫无血色的嘴唇微张着，似乎连呼吸都十分艰难。情况与先前那些人的急病一般无二。

原来，李部的人每一次发病，都是因为去见了啼氏。

他们在那里经历了什么？拷问、酷刑，还是什么更可怕的事？

林远擦了桌子，又扫了地，动作拖得极慢。

终于，床上的李十一睁开了没有焦距的双眼，目光落在空茫处，也不知神志是否清醒。

林远瞥了一眼门外，确认无人，才悄声开口："……对不住。"

他没想到自己有一日也会像李四一样笨嘴拙舌。一想到李十一负伤领罚，本是为了李四，他更觉孽债累累。

等她有一天发现了真相，恐怕会恨不得置自己于死地吧。

李十一不言不动，似乎没听见。林远烧了一壶水，倒满一杯放在她榻边，见实在耽搁了太久，只得拿起扫帚离去。

刚走到门边，便听见一声微弱的低语："别再查了……"

李十一双唇微动着，却只吐出些破碎的气息，似乎并不是在对他说话，而是仍困在幻梦中。

林远屏息听着，许久才辨别出几个字："……永远不得解脱……"

林远默立在门边，微微垂眸，心中像有长风吹过旷野。

"可是，"他心想，"你放飞了那只蝴蝶啊。"

是夜，林远又做了怪梦。

他跪在一间暗室里，面前只燃着微弱的烛火。火光摇曳着，依稀映

出地面上繁复的涂纹，像某种古怪的阵法。

有什么东西要来了。

有什么东西就在他近前。

透过忽明忽暗的烛光，黑暗中伸出了一只长满瘤子的巨手。他想窥视对方的面容，视线却无法穿透那鬼火般摇曳起舞的烛光，双目如同直视太阳般刺痛……

他突然明白了自己在面对谁。

巨手缓缓按在他的额头上，印下冰冷黏稠的触感，是瘤子渗出的脓血。

"你看见了什么？"仿佛是耳边，又仿佛是无限远处，传来一声低沉的询问。

刹那间，难以言喻的尖锐疼痛刺穿了他，顺着他的骨骼爬向周身，如万虫啮噬，将五脏六腑蛀出密密麻麻的空洞……

他忍不住放声尖叫，却听不见自己的声音。只有那低语声带着摇撼神魂的回响："进入无咎境，告诉我，你看到了什么？"

林远险些以为自己醒不过来了。

他惊坐而起，大口喘着气，双目依然一跳一跳地作痛。

长满瘤子的巨手……嚏氏……无咎境……他脑中一片混乱，竟未发现自己坐在原地蜷缩成了一团，整个人不受控制地发着抖，仿佛有生以来第一次领教了"恐惧"的滋味。

这些怪梦预示的场景，究竟会在多久之后发生？

小山青　八苦其十二

想骗过廖云觉，这只能算是过了第一关。

"砰"的一声巨响震飞了林远脑中的千头万绪。有人踹门而入，径直道："李四，首领让我带你去见他们。"

林远倏然抬头，随即微微眯了眯眼。

来人是上回赵十五那个小队里揍过他的人之一，他记不清是赵十七还是赵十八了。此人站在门口，视线已经在林远空荡荡的卧房里扫了一圈，神情带上了不加掩饰的轻蔑："快点，别让首领等你。"

林远想了想，一边起身穿衣一边问："不知首领唤我去何处？"

"赵部。"赵十七恶意地微微一笑。

整座八苦斋依山而建，按照赵、钱、孙、李的顺序由上至下排布，赵部建在最高处，覆盖着终年不化的积雪，比起楼阁，更像一座尖顶圆塔。

林远随着赵十七拾级而上，很快记起当时赵寅带着李十一去见啼氏时，走的也是这条路。他抬头望去，赵部更上方，李四所绘的红圈处被昏暗的雪雾笼罩，影影绰绰间只见山体，已经看不见人造的居所。

刚刚做了个不祥的噩梦，转眼就被召上来，容不得林远不多想。

八苦斋还从未让他踏足过赵部的地界，为何今日突然来这一出？是要为他偷看赵十五训练的事秋后算账，还是抓住了别的什么马脚？

赵十七瞥了林远一眼，突然轻声道："听说，首领终于决定处理一些废物了。"语声中满是幸灾乐祸。这李四上回害他们所有人挨罚，他早已怀恨在心。

他等了几秒，却没有从对方脸上看到期盼中的反应。这李四充耳不闻，只是木头似的低头走路。

赵十七心中恼恨："喂。"

对方脚步一顿，茫然抬头问："对不住，你方才说什么？我没听清。"

"我说……"赵十七暗暗咬牙，狠话放第二遍还叫什么狠话？！这厮绝对是故意的！

"走快点！"他疾步越过了林远，迫不及待地走进赵部的大门，只想快些看见李四的下场。

在他身后，林远收了表情，目光既沉且冷。

赵部室内燃着火炭，温暖如春。

林远在一贫如洗的李部待了数月，走进赵部，才知道八苦斋并非处处都穷。圆塔内部的墙壁被锦缎覆盖，地上铺着金丝织就的华美绒毯，从室内打眼一看，倒像一顶巨大的圆帐。

明显不是大周人的风格。

高处金椅上并排端坐着四个人，身形像是商量好的，一胖一瘦一高一矮，凑了个团团圆圆。其中三个林远都已认识，剩下那个侏儒，他推测是赵卯。

赵十七带着林远走近时，那四人正在说话，听语气竟似争执不休。

"要我说就不用指望这废物了，直接去抢，再等下去什么也抢不到了！"侏儒赵卯尖声道。

赵丑缓缓摇头："不，廖云觉不是等闲之辈，就算把他绑来，万一撬不开他的嘴……"

林远眉峰微微一动。

赵子抓着一把枣子往嘴里丢，整个人像一摊流淌在躺椅上的肥肉，费劲地低头，瞥了站在原地的林远一眼，嗤笑道："你们瞧瞧这家伙的样子，像是能成事的吗？若廖云觉那厮想要独吞……"

"他若想独吞，更不会松口，我们硬来也没用，倒不如试试让李四博取他的信任。"最后开口的是赵寅。他坐着比常人站着还高，配上那低沉的声音，颇有一锤定音之势。

但赵卯并不服气："没时间了，想等这家伙将林远学到以假乱真，怕是慈悲山都要化为平地了！"

"李四。"赵寅转头。

林远眼观鼻鼻观心："属下在。"

赵寅道："你现在扮演一下林远。"

林远仍然僵立着没吭声，好像陷入了沉思。

赵十七旁观至此，见首领们竟还各有主张，尚未达成一致，忍不住煽风点火："首领请听属下一言，瞧这李四蠢笨不堪，送出去更是后患无穷，不如早些除去了事啊。"

"赵兄此言差矣。"

林远忽然直愣愣地开口。

"正所谓人贵有志，学贵有恒。属下确实曾自怨自艾，如此愚笨，活着也是浪费斋里的粮食，何不自行了断为首领分忧。但每每想到连赵兄都不曾放弃自己，还努力活在世上，属下又怎能早早失去希望呢？”

赵十七没想到他突然冒出这么长一段话，脑子转了一下才反应过来，勃然大怒：“你——”

这卑贱的李部之人竟敢折辱于他！赵十七面上青筋鼓起，眼白充血，脚下已不由自主地大步抢去，只想将这贱人的心脏掏出来。

林远缩了缩脑袋，仿佛突然意识到自己说了什么，面现惊慌，连忙找补道：“我是想说，赵兄才智双绝，犹自进取不怠，今日竟已会踹门了，相信再过十天半个月，学会敲门也不在话下……啊。”

赵十七的手离他的心窝只剩半寸，腕上却突然一痛，被什么东西击中在穴道上，半条手臂都酸麻软垂了下去。

他低头一看，地上多了颗枣子。

打出枣子的是赵寅。

“首领！”赵十七骇然跪下。

赵寅顿了顿，不紧不慢道：“不错。”

不错？什么不错？

赵十七如大梦初醒，缓缓抬头望向一旁的林远。

林远的站姿不知何时已经悄然舒展开来，也正低头看着赵十七，虽然没有笑，轻慢嘲讽的笑意却已经攀上了眼角眉梢。

简直像是……换了一个人。

“嗯，确实不错。”赵子又将一颗枣子丢进嘴里，拖着长腔道，“先前查问此人时，倒没见到有如此转变。”

他们定期查看李四的学习进度，这人虽然每次都有进步，但神情里还是脱不开属于李四的阴沉与拘谨。哪承想他今日会突然脱胎换骨？

甚至有点过于成功了。

赵子心中生出一丝疑虑，与赵丑对视了一眼。若不是赵丑早早验证了此人的武功招式，他这会儿几乎要怀疑李四究竟是不是李四了。

此时林远又已经切换回了李四的状态，木然道：“赵兄，得罪。”

赵十七：“……”

上首的四名首领交换着目光，似在做最后的考量。

林远方才也犹豫过，自己一直小心控制着转变的速度，让赵部每次查验时，只觉得是一个口拙的人在努力改变说话习惯。现在一下子演得太好，恐怕会引起怀疑。

但是，这些家伙显然已经在考虑将他当成废物除去了，此时再不拿出点实力，连活到明天都成问题。既然伸头一刀缩头一刀，不如搏一把。

他混入八苦斋这么久，承受能力早非昔日可比，收放自如地演完了一场，便冷静地站着等待那四人的决定。

赵寅先道："我觉得此子还能用。"

"但是首领！"赵十七急道，"李四此人不安本分，不守规矩，恐成大患！首领难道忘了他上次还偷看——"

"赵十七。"赵寅站起身来，犹如平地耸起一座高峰，冷冰冰道，"那件事我已处理过了。现在不守规矩的人是你。"

赵十七面如土色。

赵寅："去领罚吧。"

赵十七难以置信地看了看赵寅，又看了看林远，跟跄着走了。

赵丑也瞥了赵寅一眼，干巴巴地摇了摇干瘦的头："为李部惩罚赵部，恐怕不妥。"

赵寅重新坐下，面无表情："赵部也该敲打敲打。"

赵卯尖声开口："想骗过廖云觉，这只能算是过了第一关。"

林远愣了愣，礼貌地问："那第二关是？"

"你这次不是只去折云宗一天半日，而是要混在他们身边，直到拿到筮予香的香方，不可露出一丝破绽。关于制香，你这些年学得如何？"

林远再度停顿。听赵卯言下之意，仿佛李四真的学过制香似的。但他身在八苦斋，能找谁学制香？即使学了，恐怕也只涉皮毛吧。

林远模棱两可道："约莫能懂一些。"

"一些是多少？"赵卯转身唤人，"把那折云宗的小娘子带上来。"

楚灿娥很快被带了过来。

比起刚到八苦斋时，她已经面目全非。娇美的面容瘦脱了形，浑身散发着恶臭，双腿变形，似乎被打折过几次，只能挂在赵部的壮汉身上被拖上来。

这些日子以来，她一直蓬头垢面地蜷缩在求死牢的角落里。林远每次去见她，都发现她那污浊衣服上的血迹又新添一层，偏偏一条命还吊着。求死牢的看守，下手果然十分"有数"。

同时被搬上来的，还有一只硕大无朋的木箱。

林远眼神微动。即使隔着一层木头，他也能闻见那箱子里装的东西，是香料。

赵卯命人开了箱子，果然从草木到花实，五花八门的香料应有尽有。

赵卯对楚灿娥道："你，考一考李四，看他认识多少。"

楚灿娥跪坐在地，半晌没反应，被赵部的壮汉踢了一脚，才伸出一只颤抖的手，在那堆香料间翻找起来。

箱子中的香料都未经过加工，木块与树脂挤挤挨挨地堆叠在一起，还有蔫黄的花瓣混在其中，几乎被挤压成了泥。无数种味道粗暴地混在一起，犹如琴瑟琵琶各弹各的，形成了无比嘈杂喧嚣的香气。再加上楚灿娥身上的血气和臭味，以林远远超常人的灵敏嗅觉，几息之间，脑中就尖锐地剧痛起来。

林远悄然屏住了呼吸，眼前赤黄青紫，无数颜色喷溅又融化，让他几乎看不见对面的东西，也无法转动思绪。他眯起眼睛，努力盯着那只箱子，直到视野清晰起来。

原来招引蝴蝶的花木在这里。

林远在折云宗学了十年，熟知天下所有香料的产地，这箱子里摆的几乎全是当地不生长的植物。

更奇怪的是这种储存方式。水麝忌暑，婆律忌湿，每种香料都有各自的保存条件，不同香料间更应该分门别类，以免串味。而八苦斋这种毫不珍惜的储存方法，说明他们对香一窍不通——更何况，林远进入此地以来，也没从任何人身上闻到过熏香。

不喜欢，不讲究，不加工，却又大量囤积。

这说明什么呢？

楚灿娥有些恍惚地拈起一小块香木，手势优雅静婉，仿佛在这一瞬间又当回了折云宗的大小姐。她望着林远，木然问："这是什么香？"

是紫檀木。

但林远没有立即回答，慢慢上前接过香木，以双手拢住，闭上眼睛深深吸了一口气。

室内的气味太混杂，这般凑近一嗅，他方才彻底确认，雅正的紫檀香内还暗藏着某种湿润的味道。有另一样东西曾经跟这只箱子放在一起，离得很近，连气味都深入了其中。

不属于紫檀，也不是其他香料的味道。那是虚无缥缈的金色气味，唤起了恍如隔世的记忆。这气味曾经充盈在他的唇齿间，在他少时溜出宗门的日子里，一边打马走街串巷，一边潇洒地灌进嘴里，眼前就全是金色的光斑在晃动……

这箱子吐纳着酒气。

它曾长时间地与大量烈酒储存在一处。

这说明什么呢？

"是紫檀吗？"林远含混地问。

楚灿娥点了点头，又拈起一块降真木。

林远假意分辨，脑中却想着：……只能说明一件事了吧。

香与酒，这两件物事放在一处的景象，他曾见过无数次。最早是在七岁那年，他搭着牛车接近永宁，只觉得连车轮掠起的尘土都是芬芳的。

那是因为官道上有无数车马，运载着一箱箱的香料与酒坛驶向城里。驾牛车的老头面容黝黑，乐呵呵地道："都是给医巫闾尊者的供养，祈求尊者保佑的。我们可不认得这些花花草草，只好堆在一起了，不过听说永宁有厉害的制香师，会挑上等的香料制成香品呢！"

——十觉者法力无边，拯救众生。一指之力可抵千军，一念之间可肉白骨。这些神明一般的人物，只接受三种供养：香、酒、乐。

林远实在沉默了太久，赵子狐疑地问："这才第二种就认不出来了？"

林远如梦初醒道："似是降真……但属下不敢确认。"

"是降真。"楚灿娥低下头，又去翻找第三种。

林远望着她毫无血色的脸，心想：你也闻到了吧？你也在想我所想到的事吗？你也明白了盯上我们宗门的，是怎样的怪物吗？

八苦斋膜拜啼氏。

八苦斋恐惧啼氏。

这个称谓滚动在他们陌生的语言里，龟裂的音节自带兵气。他们永远不会大声说出这个名字，总是微弱地一带而过，仿佛不愿引来某种远古狂莽的怒意。

关于啼氏是什么人、为何需要箓予香，林远心中藏了一些隐秘的猜测，却无从验证。

直到今天，所有猜测终于得到了答案。

乱蹦的尸体、赵部离奇的攻击方式、八苦斋对箓予香异乎寻常的执着，还有梦里那可怖的仪式与巨大的身影……种种不似凡人的诡异之处，都有了合理的解释。

正如宫中索要箓予香的香方，是为了医巫闾尊者，眼前这个八苦斋抢夺箓予香的香方，也是为了另一个觉者。

啼氏对应的是哪一个觉者呢？按照大周的传说，所有挑衅过医巫闾尊者的觉者都成了祂的手下败将，早已沉寂了数百年之久。这个啼氏竟敢窥伺医巫闾尊者的囊中之物，打起了箓予香的主意，可见箓予香绝非凡品。

可这香方为何偏偏要交给廖云觉一个凡人复原呢？难道无所不能的觉者，也有做不到的事吗？

神仙打架，小鬼遭殃。区区折云宗，偏偏手握香方，夹在两个庞然大物之间，犹如巨浪里的孤舟。

想要保护折云宗，就必须赶紧对医巫闾尊者示警，让祂知道某个潜伏的敌人即将卷土重来，求祂出手护住廖云觉。

然而，林远与楚灿娥，离真相最近的两个人都被困在八苦斋。

林远心中惊涛骇浪的同时，楚灿娥却像是什么都没察觉，又像是已经虚弱疲惫到放弃了思索，只是机械地挑选香料，考问林远。

林远一连答了几种，恨不得全部答对，让赵部立即遣自己去寻廖云觉，所幸还维持了一点理智，刻意错了最后两题。

"错了，是白檀。"楚灿娥道。

赵子摸了摸三层下巴，问："李四，让这小娘子教你半个月，能学会多少？"

林远心中一跳。半个月。八苦斋突然如此着急，一定是廖云觉那里出现了变化。

"箱子里的属下都会记住，也能学会制香过程，只要不做太复杂的香品，不会让折云宗看出破绽。"他面不改色地夸下海口，同时盼望楚灿娥不要说什么多余的话。

有一瞬间，他看见楚灿娥眼中掠过了一丝讽刺，但她似乎太累了，没有出声反驳。

赵丑慢吞吞道："还有，上一次你潜入折云宗，却被林远提前察觉，很可能是因为气味。这一次可不能重蹈覆辙。"

他转向楚灿娥："林远平时佩香吗？"

楚灿娥沉默片刻，道："折云宗弟子衣冠不可熏香。但林远身上确实经常带着一种香味，那是他自己制的香，叫……小山青。"

要问他们这些折云宗人近年最讨厌什么香，非小山青莫属。

此香是林远十五岁时自创的，又经廖云觉略做改良，最终成品以沉香为底，白檀为辅，佐以特定比例的苏合、薰陆、玉兰与柏子。

其中柏子虽然用量最少，却是题眼所在。柏子一加，此香的颜色便如春山含笑，婉转青碧。清晨一熏，慵懒而鲜润的碧色便染上了袖口，仿如青衫少年打马过山，最是灵动不过。

林远一直觉得，若拿香来喻人的话，廖云觉是最清寂的白檀，自己便是最入世的柏子。

按照规矩，折云宗内不能熏衣冠，以免香味混杂，扰乱了制香时的判断。但他太喜欢小山青了，竟找出了一个规矩的漏洞，将它制成了香囊到处挂着。自己床前挂一只，长廊灯下挂一只，甚至往廖云觉的书房里也挂了一只，美其名曰：此香未成，尚需时时研究。

久而久之，楚灿娥想不熟悉小山青的味道都难。只要一嗅到，便会想起林远那双似笑非笑、不怀好意的凤眼。

可如今，那味道她已经许久没有闻见了。那个似笑非笑的少年，也已经死了……

"你将它制出来，让李四从今天就开始熏着。"赵丑道。

楚灿娥看了看箱子里的香料，却道："这里香料不全，还差两味。"

赵丑道："那你将香方写下来，我找人去寻。"说着命人呈上纸笔。

楚灿娥顺从地提笔，写道："沉香四两，白檀二两，苏合一两，薰陆八钱，玉兰七钱……龙脑七钱。"

林远垂在身侧的手指屈了一下，又猛然松开。

楚灿娥却无暇注意别人，写到"龙"字那一点，还洇开了一小团墨迹。她低着头，轻声道："就是这些，还需寻来玉兰和龙脑。"

楚灿娥把柏子报成了龙脑。

龙脑的味道冷冽、辛辣，极其醒神，跟柏子大相径庭。楚灿娥自小在宗门内长大，又亲自闻过小山青，不可能犯这么低级的错误。

她是故意的。

林远一瞬间就猜出了楚灿娥的想法——她也想到了八苦斋背后是觉者，而在她眼中，自己这个"李四"是一个即将被派去搅乱宗门的冒牌货。所以，这就是她想出的示警的办法。

若自己真是李四，带着错误的气味回到折云宗，折云宗人必然起疑，再一对质，多半能识破伪装。

楚灿娥写完香方之后就又怯弱地埋下脑袋，用瘦骨嶙峋的双手抱住了膝盖，一副好死不如赖活着的样子。若非知晓内情之人，说不定还真会被她这一番表现骗过去。

只有林远意识到，短短数月，曾经的骄纵大小姐，如今抱的已经是玉石俱焚的心了。

八苦斋的人问完楚灿娥，一定还会拿着小山青的香方，去找折云宗内部的那个眼线求证一番。而那个叛徒连吞金匣都知道，对小山青肯定也了如指掌，一定会指出香方的错处。

到那时，楚灿娥也会被杀死。

"李四？"赵丑突然拖着长腔问，"香方有什么问题吗？"

林远蓦然惊醒，躬身道："属下不知此香方，也不知有什么问题。"

"那你为何盯着她？"

林远不动声色地看着地面。

八苦斋去找那叛徒求证时，无论是将人唤回慈悲山，还是用书信往来，总会有些动静。如果自己足够机警，或许能捕捉到一点蛛丝马迹，寻出那叛徒是谁。

而楚灿娥无论如何都会死的。楚灿娥甚至是自己求死的，他只不过没有阻止。

"属下是想着，此女身上沤出的恶臭，会影响属下熏香的味道。"林远道，"还请首领让她洗个澡。"

叛徒 | 八苦其十三

残忍的花朵以女人为养料，在这黑暗之地肆意生长。

楚灿娥洗了数月以来的第一个澡，换了一身干净衣服。林远又以求死牢的气味太冲，不适合学香为由，将她换进了李部的一间空屋单独看押。

求死牢的几名看守也跟到了李部，皆是一脸不悦，嘟囔着抱怨大多数刑具都搬不过来。楚灿娥闭目躺在光秃秃的木板床上，像是没听见。

林远自然不指望她念自己的好。这点虚无的恻隐之心于事无补，无非是让她最后的日子稍稍有些体面。

凡人想抗衡觉者的力量，根本是蚍蜉撼树。与其发那种可笑的宏愿，不如实际一点。早些将此地的消息带给医巫闾尊者，才是保护宗门唯一的希望。

林远就此定下心来，每日去楚灿娥房中扮演一个初学之人。曾经粗糙的香料已经被碾磨成粉，一堆一堆地陈列在桌上。他便像在折云宗听蒙学课一般，跟着她认香、制香、品香，不快不慢地进步着。

除此之外的时间里，他都打起十二分精神，没日没夜地紧盯着山腰处的茫茫大雾。他希望八苦斋与眼线联络时，自己能捕捉到一道人影或是鸽影。

然而没有任何东西破开那面雾墙。没有人，也没有信鸽。更关键的是，楚灿娥始终没受到惩罚。

时间一天天地过去，一切平静如水，只有林远满腹疑虑。

深夜万籁俱寂时，他默默趴在窗边，咬着舌尖保持清醒。若有人要来的话，这几日就是最后的机会了。这种关头，他可不想让那些诡异的怪梦坏事。

如果他能挺住不睡……但眼帘实在太沉重了……

白雾之上，万千星辰缓慢轮转，将一切命运带往既定之所。

他举着一盏灯烛，在一条狭窄的走道里前行……

身后还有三个人，两个男人架着一个被五花大绑的女人。视野的高度不知为何比他习惯的低了不少，他的头顶只与他们的胸口齐平。

长廊七弯八拐，越往前走，光线就越弱，寒气从四面八方砭人肌骨。他能听见身后女人的挣扎声，还有男人的呵斥声。

一个男人吩咐他："去敲门。"

长廊尽头，是一扇黑色的门。

他的心脏跳得很快，手中烛光乱晃，双脚却如同灌了铅，将身体牢牢地钉在地上。直到男人呵斥着骂了一声"废物"，他才强迫自己上前去叩了两下门。

开门的是个光头，见到他们押过来的女人，眼皮也不抬地问："药人？"

身后的男人道："孕母。"

光头没再说话，后退一步，将他们让了进去。

他走进了地狱。

黑门后乱草疯长，没过了膝盖。每一根草茎上，层层叠叠、密密麻麻地生着肉质的尖叶。

芳草间横七竖八地躺着几个女人，都赤裸着身躯，被蜿蜒的草茎束缚在地——仔细看去，那些草茎不仅仅是缠绕着她们。

她们瘦弱得如同枯枝，腹部却鼓胀出惊人的弧度，看上去比足月的产妇还大。草茎将根系扎进她们的皮肉之中，绽出一簇簇紫色的小花。

残忍的花朵以女人为养料，在这黑暗之地肆意生长。

奄奄一息的女人们似乎对外界的一切都无知无觉，只盯着自己的肚子，有人双目泛红，血泪涟涟，仿佛腹中孕育着恶鬼；有人却似神志已失，不时发出银铃般的笑声……

光头将新送来的女人平放到地上，回身取了匕首与草茎，忽然转头望着他："你怎么还在这里？"

是了，他不属于这里，他必须出去。

他一步步地朝后退去，退入黏稠的黑暗中，那芳烈的花香阴魂不散地追了出来，耳边还能听见光头嘲弄的笑声："怎么，想阿娘了？"

黑暗将视野淹没……

"你走神了。"少女手中的银针抵住了他的脖颈。

他慌忙格挡，少女顺势跳开，淡淡道："对敌时也走神的话，会死的。"

阳光刺目，他们正在一片空地上演练，身周都是两两对打的人。

少女的身量与他一样矮小，生着一张酷似人偶娃娃的秀丽圆脸，羽扇般浓密的睫毛下，黑漆漆的眼睛直盯着他。

"你在想什么？脸色很差。"

他犹豫了一下，还是压低声音说了出来："想起了钱部那扇黑门。"

"别看，别想。"少女声音里有一种冰冷的断然，"你救不了她们。"

"我知道，可是……"

他应该赶紧离开了，再耽搁几秒，就会有什么无可挽回的事情发生。

"算了，我练完了。"他转身就走，却被少女伸手拉住了衣袖。

她浓黑的瞳孔里透出一丝担忧之色。他想捂住耳朵，或者捂住她的嘴，但一切都来不及了。

她的双唇一张一合："李四，你不能忘记，我们的阿娘都已经死了。"

林远猛然抬头，心跳如擂鼓。窗外已是白昼，阳光透过冰冷的雾气照射进来，如同幽魂的凝视。

门外陆续传出其他人开门的动静，李部众人开始了一天的劳作。

他一动不动地定在原地，许久才挪动着生锈的四肢起身洗漱。

水盆里倒映出一张与自己一模一样的脸。水面晃荡不休，那张脸也随之变形扭曲，好像连神魂都在被剧烈地摇撼。

林远提着扫帚水桶穿过人群时，看见了李十一。她的脸色还有些苍白，尚未从上一次急病中恢复。林远的视线越过众人，直直地望着她的面容，直到那张脸与梦中尚未长开的娃娃脸重叠在一起。

他的耳边又回荡起那一声低低的呼唤："李四。"

平地惊雷。

原来是这样，原来这才是真相。

梦里那些不是预兆，而是久远的记忆。只不过，他弄错了梦的主角。

是李四杀死那些老弱病残，是李四偷窥赵子背部的刺青，是李四匍匐在啼氏面前，还有……是李四在雨中与李十一接吻，又对她说出那句："如此结束吧，对你我都好。"

他不知道自己为何会梦见属于李四的记忆。但在一个觉者的地界里，发生什么都不算稀奇。

或许是因为林远的目光停留了太久，李十一突然抬眸，暗含警示地回望了他一眼，径自走开了。

林远收回视线，心想：这样一来，一切都说得通了。难怪自己对她若即若离，有时甚至有意回避，她也从未起疑。因为李四与李十一不是尚未开始，而是早已经结束。早已结束的关系，两人自然不会卿卿我我。

但李十一却为他硬抗赵部，似乎还念着旧情。

那么，李四对她呢？已经彻底放下了吗？为什么放下？与她劝说的那句"别再查了"有关吗？

他一点都不了解李四。不知道李四那厚厚的笔记是从何时开始记录

的，也不知道李四原本打算怎么对付八苦斋。

他更不知道梦中那个年幼的李四敲开黑门后，怀抱着什么心情。

——"怎么，想阿娘了？"

——"我们的阿娘都已经死了。"

林远低头机械地扫着地，李部的人从他身边经过，如行尸走肉，彼此都不会多看一眼。

自从李四杀入他的生命，将他过往的一切打碎成泡影，突发事件就一桩接着一桩。他要应对的太多，要顾虑的太多，每一步都走在万丈深渊之上——以至于直到今日，他才后知后觉地意识到，原来自己心里一直藏着一个愿景。

原来他进入八苦斋时，除了念着宗门与笙予香，也曾盼着能查到自己与李四的生母。

她是谁？为何会将亲生孩子送进这种地方？如果能再见一面，哪怕只能问她一个问题……

结果，真相就这样猝不及防地出现了。

孕母。

花丛间生不如死的花泥，流下血泪的眼睛，孕育恶鬼的腹部。

这就是他们的来处。

然后呢？那些孕母腹中的孩子为何诞生？他与李四为何诞生？

一切总该有一个目的。为什么要将他们一个送去折云宗，一个留在黑暗中？如此漫长曲折的十七年，仅仅是为了让李四有朝一日冒充自己去偷笙予香的香方吗？那也未免太过小题大做。

有什么关键的信息被他漏掉了。

他总觉得有一个最终的答案呼之欲出，只差空缺的一环，只差最后一点点。

如果自己能得到李四的记忆……那难道……李四也……

林远的思绪陡然一片空白，就仿佛内心深处有一只手，硬生生地拽断了这个念头，阻止他继续想下去。

不能那样想，否则一定会发生非常可怕的事情。

他满脸麻木，按部就班打扫完毕，朝关押楚灿娥的房中走去。该上课了。

无论发生什么，他都要走完最后这段路。因为与李四不同，他虽然没有了来处，却还有一个归处。他要回去，他也只能回去。

两日后，楚灿娥面前的桌上多了两味香料：玉兰与龙脑。

"他们将最后两味香料送来了。"楚灿娥道，"我教你制作小山青。"

林远看了看那一小撮雪白的龙脑，又看了看楚灿娥。楚灿娥衣裳齐整，未添血迹。

八苦斋竟到最后都没发觉她给的香方是假的。

为什么？

站在门口的一名看守冷不丁开口道："这是最后一堂课了吧？"他手中把玩着一条鞭子，眼中透出几分跃跃欲试——半月之期已至，楚灿娥教不了林远什么了，这个俘虏也就没有价值，可以随他们处置了。

楚灿娥也听见了看守的话，反应却很平静。死期将至，她的一举一动反而格外从容，硬是从那副枯槁身躯里重新撑起了几分香宗世家的气度："我来说，你来配。"

林远低头坐到桌前，按照楚灿娥的指示，用香匙依序取出香粉。

他心里仍在想着：为什么？那个扑朔迷离的眼线究竟是否存在？如果不存在的话，八苦斋怎能做到第一时间来抢篚予香的香方，李四又从何得知打开吞金匣的方法？可如果存在的话，八苦斋为何没有找那眼线求证小山青的配方？

林远握着香匙的手指突然停顿了一下。

八苦斋不是不想找，而是找不到。若能向眼线问询折云宗的情况，他们从一开始就不会将楚灿娥掳来。

其实这前后矛盾的情况，有一个简单的解释：那个眼线在折云宗失火之后，就与八苦斋切断了联系。或许是因为任务失败，畏罪逃走了，又或许是得了更大的好处，背叛了八苦斋……

缺失的最后一环已经近在眼前，他的脑中却陡然一阵剧痛。林远暗暗咬牙，控制着自己的表情。

该不会……该不会……

身后的看守唤了一声："首领。"

"嗯。"脱了水一般干瘪的声音响起。

林远微微回头，赵丑正背着手站在门口。他抬了抬下巴，示意林远继续，似乎是来查验最后的学习成果的。

赵丑相较于赵子，心思更密，脾气也更阴。林远看见来的是他，早已准备好的话语便在嘴边停顿了一下。犹豫几秒，还是决定试一试。

林远手上动作不停，不经意地问楚灿娥："说来，你们做过那么多香，有没有能杀人的？"

楚灿娥："……杀人？"

林远慢慢地配着小山青："我去折云宗时，被林远兜头撒了一把香粉，突然就全身麻痹了一下。你知道是怎么回事吗？"

楚灿娥想了想："那应当是曼陀罗粉，但仅靠嗅闻，大约死不了人。"

林远暗叹了一声。这个楚灿娥，也不知是听不懂自己递的话头，还是一点求生欲都没有。

他这话是专门问给赵丑听的。这些日子里他思考过，如果八苦斋发现了楚灿娥撒谎，有什么法子能救她一命。思来想去，只有一种可能，那就是让他们觉得楚灿娥还有利用的价值。

八苦斋专司烧杀掳掠，楚灿娥若声称自己能以香为毒，或许还能苟活一阵。只要活着，就还有希望。

林远决定再尝试最后一次，如果楚灿娥还是听不懂，那也只能算她命中该绝："那若是几种无毒的香料配到一处，有可能产生毒性吗？例如，让人发个急病，或是欲火焚身之类的……"

楚灿娥的眼中忽然闪过一丝明悟，斟酌着回答："这样的香方，确实也有。"

"那你会吗？"林远循循善诱。

楚灿娥："我……"

"别问了，她不会。"说话的竟然是赵丑。

楚灿娥有些慌乱地看了赵丑一眼，道："我自己没有制作过，但方子似是听过……"

"你没听过。"赵丑语气平平地戳穿了她，"折云宗视之为歪门邪道，根本不教这些。李四，你忘了吗？"

林远只觉得全身的汗毛都竖了起来。

犹如野兽听见了箭羽破空声，在玄而又玄的一刹那，他已预知了接下来发生的一切。

预知了，却无力更改，只能等待。

他僵坐在原地，只听赵丑继续道："这不是廖云觉亲口所言吗？"

逃亡 八苦其十四

百年不遇的廖云觉，天之骄子的廖云觉……为什么？

漫长的数秒间，没有任何人开口。死一般的寂静笼罩了狭小的房间。赵丑的话语像金铁相撞，兀自带着绵延不绝的回声。

林远与楚灿娥都凝滞在了原地。

啊，这一刻来临了。

但对于这一刻，他真的没有丝毫准备吗？

八苦斋如今联系不上眼线，是因为折云宗正被重兵看守；而大周之所以出兵看守折云宗，却是因为廖云觉声称自己受惊失忆了，需要时间恢复。

难道他不曾模模糊糊地想过，宗门里有一个最完美的人选，能与八苦斋里应外合，又能及时从中抽身，而不引起丝毫怀疑？

他怎会将这念头彻底抹去呢？

难道他不曾听赵部反复说起："我们怀疑廖云觉演这一出戏，是为了瞒过所有人，偷偷制出筮予香再将之独吞。""若廖云觉那厮想要独吞……"

他是怎么做到充耳不闻的呢？

廖云觉，廖云觉，廖云觉。

林远事先准备的台词已经被冲散到了九霄云外，他甚至忘了自己上一刻在说什么。从楚灿娥一片空白的神情来看，她的心情也是一样的。

最后林远终于想起赵丑还在身后，回身告罪道："是属下一时忘记了。折云宗似乎确实不教这些。"

他全凭着本能活动双手，在桌案上完成了剩余的步骤，见楚灿娥还在神游天外，只得微微提高声音提醒道："香粉配完了，能加蜜了吗？"

楚灿娥迟迟没有回答。她全身都在抑制不住地轻轻颤抖，仿佛见了鬼。林远等了几秒，忽然意识到她正难以置信地盯着他自己的手。

他的心脏下沉到了无底深渊。

——他方才方寸大乱，竟没注意到自己的手没去取龙脑，而是取了一小撮柏子，配进了小山青中。

李四是不可能顺手去拿柏子的。会拿柏子的，只有制作过真正的小山青的人。

楚灿娥那毫无血色的脸色竟然还能变得更糟，除了略有鼻息，她看上去已经是一个死人了。

不知过了多久，赵丑轻声问："你们怎么都不说话？"

此时此刻，林远唯一庆幸的就是赵丑站在自己身后，看不见自己的表情。

他的衣衫已经能拧出水来，心跳声密集到几乎连成一片，胸口都抽痛了起来。他呆呆地看着楚灿娥，张了张嘴，原想做点口型，向她解释些什么，最终却放弃了。

他能说什么呢？"我是好人？""我有苦衷？"

要解释的太多，时间却太短。楚灿娥已然看穿了他的真身，却完全不了解他的处境。即使了解了，恐怕也不会相信。

以折云宗弟子对他经年累月的偏见和敌意，楚灿娥纵使猜到他对八苦斋有所隐瞒，也只会当他居心叵测，另有所图。

更何况，如今她的死期已近在眼前，谁会在这种关头放过一个看不顺眼的人呢？

林远完全放空的思绪里，终于生出了一个念头：算了，就走到这一步吧。

楚灿娥的嘴唇颤动了一下："什么叫廖云觉亲口所言？我们宗主怎会与你们有联系？"

林远倏然抬眼。

"哦，你还不知道。"赵丑语带嘲弄，"但即使知道了，你又能如何呢？"

楚灿娥拍案而起，歇斯底里地冲了过去："你胡说！休想污蔑宗主！"

门口的看守都吃了一惊，没想到这只剩半条命的女子会突然发疯，随即熟练地举起鞭子迎上前。

林远没有回头，耳际传来皮开肉绽的声音。

楚灿娥惨叫连连，随即像是崩溃了一般痛哭出声。她完全放弃了反抗，躺在地上任人抽打，口中语无伦次地反复念着："那我撑到今日是为了什么……宗主都是叛徒……我是为了什么啊……"

赵丑面现厌烦，显然看够了这出闹剧，不耐烦道："李四，你学完了没？"

林远尚未调整好表情，楚灿娥竟跪爬过来，一把抱住了他的小腿，抬头哭喊道："求求你们，我确实杀不了人，但我会扫地做饭，我为你们做牛做马！我不想死了，我不想死了……"

林远低头与她对视了一瞬。楚灿娥娇艳的五官扭曲在一起，眼眶却是干涸的，没有一滴眼泪。

他艰难地咽了口唾沫，喉口干涩得如同被沙砾刮过。

楚灿娥本来已经是从容赴死之态，转眼间却不惜扮演一个贪生怕死之辈——她在将所有人的注意力吸引到自己身上，以掩护他刚才的失态。

在生命最后的时刻，她撕毁仅存的尊严，掩护他。

林远俯下身去，抓住了楚灿娥的手，一点点地将之从自己的小腿上掰了下来。

他听见自己平静的声音："回首领，小山青还有些细节不得要领，属下还需要再做一遍。"

"那早些做完，来赵部回话。"赵丑转身欲走。

"首领，"一名看守跃跃欲试地问，"那之后此女如何处置？"

赵丑脚下一顿，回头看了楚灿娥一眼："看在你还算听话的分上，这条命——就姑且留下吧。"

他嘴角掠过一丝诡异的笑意，对看守轻飘飘地留下一句："送去钱部黑门吧。"

楚灿娥露出一脸狂喜，对着赵丑的背影连声道："谢首领，谢首领！"

几名看守则面面相觑，待赵丑走远了，为首一人才啐了一口："敢情根本没打算留给咱们玩。"

"呸，白干这些日子。"另一人不怀好意地觑了楚灿娥一眼，"大哥，不如趁着还没送去……"

"你死了这条心！万一被首领发现，你是想拖累死我们吗！"

余下几人均是抱怨连连，甚至没有注意到房内那两人飞速交换的眼神。

他们只听见楚灿娥对李四道："方才龙脑放少了，这一次须得注意。"

一人回头骂道："别想着拖延时间！"

那李四连忙赔笑道："烦请几位大哥再等一刻，小弟一定速速完事。"

那些看守对楚灿娥失去了念想，兴味索然，又无首领在侧，便都犯起懒来，各自找了地方坐下了："快一点，哥几个等着收工。"

在八苦斋的看守眼中，那桌案上的每一堆香粉长得都差不多，闻起来也没什么区别。

所以他们自然也发现不了，林远手中正在选取的香料，与一刻钟前完全不同。

沉香、乳香、返魂香、白芷、小茴香……

楚灿娥挣扎着爬起来，坐回了他对面，默默看着他熟练地配香。

林远最后又加入了茉莉与蔷薇粉，略加搅拌后，将香粉倒在了小香炉内隔火用的银叶片上，口中问道："你闻闻，这次味道对不对？"

说着他用指尖从桌上捻了一撮龙脑，径直抹到了自己的舌下。

楚灿娥已经完全明白了他想干什么，咬了咬牙，依样画葫芦地含了一点龙脑。那白色的晶体在口腔中迅速融化，清凉辛辣的气味随之冲到了鼻腔，两人都被刺激出了一点泪水。

室内，香炉的炭火熏烧着银叶，浓郁的香味悄然散发出来。那是最最温煦缠绵的味道，仿佛在空气中抖开了一匹柔软的绸缎，将众人浑身包裹了起来。

几名看守很快觉得昏昏欲睡，如鸡啄米似的点着脑袋。桌案边的那两人还在念经似的交流着枯燥难解的词句，什么"火候""烟气""初品""尾香"云云。

闭一阵眼睛应该没事吧……

片刻之后，门口几人完全沉入了黑甜乡，甚至发出了低低的鼾声。

林远含着提神醒脑的龙脑，又往炉中续了一些香粉。这是香宗里尽人皆知的安神助眠方。

其实若是换作赵部的杀手在此，不太可能如此托大。但这些看守常年待在固若金汤的求死牢里，早已忘了犯人还有反抗的可能，才会让他侥幸得逞。

寂静之中，他与楚灿娥面面相觑，恍如隔世。

他们上一次这样对视，还是在折云宗。楚灿娥站在骄矜的学子间，听他们肆意嘲笑着林远。

过了许久，楚灿娥动了动嘴唇，无声地问："林远？"

林远微微点头："多谢。"这是谢她突如其来地相信了自己。

就连楚灿娥自己也说不清楚，她为何会相信林远。或许在地狱里待久了，不知何时就分得出人与鬼了。

她心里乱成一片，不知该先问哪个问题。但门口的看守不知何时就会醒来，他们必须抓紧时间，在炉中香味散尽之前结束这次对话。

她不再犹豫，悄声问："钱部黑门是什么地方？"

"里面是八苦斋的孕母，似乎还会变成一种花的养料。"林远也不假思索地给出了一个荒诞的回答。

楚灿娥瞳孔微缩。

林远不等她追问，已抢先道："楚师姐，我也有些事想问你。你在折云宗，可曾发现过我师父行为有异？"

楚灿娥缓缓摇头:"从未见宗主与什么可疑之人接触过,也未听父亲提起过。我父亲不提的话,那应当就是没有了。"

林远沉默。

楚灿娥却没时间陪他沉默:"你是怎么到这地方来的?他们为何信你?你想在这里做什么?"

"三言两语说不清。我想……"林远愣神了几秒,"我原想回去救他。"他的耳中仍在嗡嗡作响,更多的记忆不受控制地涌现出来。

最初的最初,那些村民引着他去永宁寻亲时,报的就是廖云觉的名字。

李四所知的一切绝密之事,廖云觉都恰巧知道——箓予香的香方提前完成的时间、藏香方的吞金匣、历代宗主相传的开匣之法。

八苦斋大开杀戒的那一天,廖云觉恰好离开了折云宗,与灾祸擦肩而过。他当时只说他有一些事情需要确认,甚至没给出一个像样的理由。

而自己就那么信了。

廖云觉……百年不遇的廖云觉,天之骄子的廖云觉,除制香之外无欲无求的廖云觉。

为什么?

"他们说,折云宗大火那天,我师父受了重伤。"林远问,"他当时是怎么受伤的,你们瞧见了吗?"

楚灿娥皱了皱眉:"说来有些蹊跷,他是在火势失控之后,才从外面赶回来的,他不听劝阻冲进了火里,似要寻找什么……那之后,只听父亲说他受了伤,闭门谢客,连宫里来探病的人都没见到他。那个李相月每次来时都很着急,但我不知原因。"

林远很清楚原因。

廖云觉宣称自己受惊失忆了,想不起箓予香的香方,让堂堂医巫闾尊者只能等他慢慢想。而有了医巫闾尊者的保护,遥远的八苦斋也拿他束手无策。

夹在两个庞然大物之间,却做到了全身而退。

独吞。

林远突然想到:廖云觉在复原箓予香的香方的那几日里,究竟感受到了什么，又领悟了些什么？他如此爱香，那筮予香对他的吸引力……

不，这中间还有说不通的问题。

内心深处有道声音在嘶喊，喊着一切并非如此。林远近乎可悲地绞尽脑汁，企图找出一个漏洞。

当然有漏洞。别的不说，如果叛徒是廖云觉，那么，当初将功课留在自己案上的人是谁？

——多年以前，蒙学先生下了最后通牒，威胁他再写不出香方来就滚出折云宗。翌日一早，他便发现自己的案上放了一份写好的功课。

他一直觉得那是八苦斋的眼线悄悄出手了，出于某种目的，要将他留在折云宗。原因无他，当时整个蒙学里都数不出一个向他示好的人。当他举着那份功课转头四顾时，满堂矜贵的学子，也无人回应他的目光。他们三五成群，谈笑风生，一如平常。

若不是别有所图，不会有人出手相助。

但廖云觉在前一晚已经亲手指导他写完了，根本不用多此一举啊！

林远像是抓住了救命稻草，忙问楚灿娥："当年蒙学上，你们中曾有一个人替我写过一份功课，你可知道是谁？我记得那字迹十分工整，但有几处错误，不知是不是故意……"

"我知道。"楚灿娥打断了他，"是我写的。"

林远过了一会儿才将这句话消化掉。

"……为什么？"

楚灿娥不是当年带头讥笑他的同窗之一吗？

对面的女子看上去比他更茫然："不为什么。"她的目光穿过他的躯体，投向虚空中，"一时兴起吧。突然觉得蒙学先生比你更讨厌。"

林远呆呆地看着楚灿娥，一时间什么都感觉不到，如同躯壳被抽去了血肉，只剩白骨支着一张皮。

他的嘴角动了动，依稀笑了一下。

他想起了七岁之前的那个"母亲"。

其实到他六岁那一年，那对"父母"已经不怎么出现了。他们总是有事离家，一走就是十天半个月。

一次，他偷偷跟着那对男女，结果撞见他们走进了深林里，与一群劲装打扮、神情冷峻的人碰头交谈。如今想来，他们应该是在向八苦斋复命。

林远一句话都没有偷听到，就被发现了。他们拎起他，将他丢回了家中，钉死门窗，留下十几日的口粮，然后再一次不知所终。

林远蹲在角落里数了十日的蜘蛛丝，逐渐觉得昏昏沉沉，身上发冷，倒头昏睡了过去。

再醒来时，已不知过去了多久。灶台上咕嘟嘟地煮着药，女人正用湿布巾擦拭他的额头。

林远颇有些受宠若惊："阿娘。"

女人没有应声，照顾着他喝了药，才说出两个字："睡吧。"

林远闭了眼睛，却不舍得睡着。耳边听见窸窸窣窣的动静，他偷偷将眼帘撑开一线，发现男人和女人正在收拾行李。

屋子里本就没什么物什，全被他们收进了木箱。很快，除了林远睡着的那床被褥，整个家都被搬空了。

林远不再装睡了，睁开眼睛默默望着他们。

男人开始将行李一趟趟地搬上牛车。女人留下来四处检查有没有遗漏时，才注意到林远的目光。两人沉默着对视了几秒，不知为何，林远突然就明白了：这次他们不会回来了。

女人犹豫了一下，走到床榻边，突兀地伸出手，摸了摸他的额头。

"快退烧了。"她说。

林远望着她五官平淡的面容，道："阿娘。"

他想说什么呢？他想懵懵懂懂地从她的双唇间乞求到一句什么呢？他自己也弄不清楚，他连说话都没学利索。

女人瞥了门外一眼，一瞬间神情仿佛有些茫然。她眨了眨眼，用极小的声音对他说："除了自己，谁也别信，知道吗？"

门外传来男人催促的声音。

"你长大了。"女人对七岁的他道，"以后……一定要勇敢。"

她短促地扬了扬嘴角，转身出门登上了牛车，再未回头看他一眼。

翌日，村民带来了他们真假难辨的死讯。

他想了很久很久，也不明白她为何要在最后说那几句话。直到某一年他对廖云觉提起此事，廖云觉淡淡道："恻隐之心。"

——是啊，他的师父一向洞察人心。那只不过是一阵轻若羽毛的恻隐之意，一次心血来潮的施舍，随夜风而来，又随朝露散去了。

如果未曾体会过那一点微末的善，他还不会知道自己曾经的苦。

可是，当时他并不在意。毕竟他已经得到了全天下最好的师父，过往的一切，又有什么好介怀的呢？

炉中的香味已经渐渐淡了。身后的鼾声骤停了一瞬，又接了上去。

楚灿娥的神情急迫起来："你若能活着出去，一定要……"

"楚师姐。"林远打断了她，"我放你走。"

楚灿娥愣住了："什么？"

林远已经站起身来："我看过地图，知道出去的路。如果有人追上来，你什么也别管，别回头，一直向前跑。如果能逃出去，你立即写信给楚长老，让他上书给宫里，请医巫间尊者诛灭啼氏。"

"等等，那你怎么办？"

"我？"林远笑了一下，"我替你争取时间。"

楚灿娥听出了他的死志，微微色变："你比我更有机会离开，他们不是急着送你回折云宗……"

"回折云宗，然后呢？"

楚灿娥沉默。

"由我去揭发廖云觉吗？"林远语调平和，"我已经没有斗志了。"

他的十七年人生，每一步都行进在别人的棋盘里。身份、父母、师父，全都是戏台上轮换的傀儡。他还要追寻什么，保护什么？

"我的人生，不活也罢。但你还有家人和友人。"林远拉起楚灿娥，"快走。"

楚灿娥被扯得跟跄了一下："我跑不快，我的腿断过，这样我们两个都得死……"

林远背对她蹲了下来，坚持道："上来。"

楚灿娥停顿了几秒，趴到了他的背上。

她低低的声音贴着他的耳朵响起："为什么要救我这种人？"

林远屏住一口气，从几名看守的身躯间穿过，然后加快脚步向前走

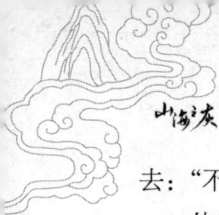

去："不为什么，一时兴起吧。"

他发现自己将楚灿娥的原话还给了她，不禁笑了笑："我如今一回想，那一份功课可能是我这辈子收到过的最真的东西。谢谢你，师姐……"

脑后骤然一痛，天旋地转。

林远倒在地上，楚灿娥却很快爬了起来，用最快的语速说道："此地只有我精通香道，你与看守都是被我迷晕的，我自己逃了出去，与任何人无关。"

林远挣扎着想爬起来，视野却渐渐昏黑下去。余光里，他依稀看见楚灿娥放下了手中的香炉，惨白的面容上双眸灼灼，犹如艳鬼。

方才她就是用这玩意砸了自己吗……

林远听见的最后一声话语是："活下去，保护好我妹妹。"

然后就只剩黑暗。

黑门 八苦其十五

一切与梦中的场景严丝合缝地重叠在一起。

步履声纷沓。

乱晃的火光穿透眼帘，映出一片明灭的红。

遥远的地方似乎有人在呼喝着什么，却像隔着水面般模糊……

"喂。"有人踹了他一脚。

林远猛地睁眼，从地上醒来。周围的一切喊声骤然清晰："往那边去了！""追上去，不能让她走漏消息！"……

踹醒他的人骂道："你们还有闲心睡觉？楚灿娥跑了！"

林远迅速站起身来，整个人晕头转向，手足都仿佛不是自己的。是因为脑后挨的那一下吗？

他勉强站稳，心中还在琢磨应对之词，就被那人揪着领子粗暴地朝前拽去："快追啊，废物！"

整个八苦斋倾巢而出，人流裹挟着他朝大门涌去。天色暗得很快，他昏过去之前还是黄昏，待他们从楼里冲出去时，暮色已经悄然降临。

众人点起了火把，林远听见有人高声指挥道："兵分几路去搜山，绝不能让她跑下山！"

看来楚灿娥自己找到了出路，跑出了八苦斋的大门。门外一片大雾弥漫，雾气中树影幢幢，那是八苦斋设在半山的阵法。若有猎户从外头误入，一定会迷失在阵中直到被困死；但若从里往外走，却是轻而易举。

林远跟随着身边的人跑出了这片雾气，终于头一次看见了外面的景象。眼前是一片茂密的丛林，地上只有人踏出的模糊小径。前几日下过一场雪，如今只剩零星残雪反照着火把的光。

有人喊道："找足迹——"

土地泥泞，混着融化的雪水，每一步踏上去都会留下深深的足印。

林远心一沉。八苦斋众人已经熟练地散入了林间，举着火把四处查看地面。

不及细想，他大步越过了身前的人，走到了队伍最前方："我去那边找找！"

"你连火把都没有，找什么？"被他推开的人问。

林远深吸了一口悠长的气，直到肺部作痛才停下。他想抢先找到楚灿娥，为她遮掩一二。然而不知是不是四周的火把烧得太旺，入鼻只有呛人的油脂味，捕捉不到任何楚灿娥的气息。

看来不是在这片，究竟在哪里？

他的脚步越走越快，最后开始狂奔。满山曳动的火光映着雪光，犹如冥府的灯火。

"喂——人找到了！"远处有人吼道。

楚灿娥拖着瘦骨嶙峋的身躯并没能逃出太远，被找到的时候，她正躲在一棵树上。

众人聚集在树下，看着为首几人将她强行拽了下来，一顿拳打脚踢。

"如何处置？"

"先砍下四肢给大家看个乐子？"

"都别动。"

赵十五越众而出，走到楚灿娥面前，居高临下地打量着她。

楚灿娥蜷缩于地，恶狠狠地瞪着每一个人，目光移动到林远身上，却像不认识他一般迅速掠开了。

赵十五似笑非笑道："首领吩咐了，抓到人后就送去钱部黑门。"

他身后赵部的人大失所望地抱怨起来："还生，生那么多怪物有什么用……"

"别说了。"赵十五随意地指了一下林远，"你，还有赵廿三，"他又指了个赵部的手下，"把她押过去。"

林远一愣。

赵十五竟把这任务交给自己？楚灿娥跑了，他没有怀疑到自己头上吗？还是在借此试探？

几个念头飞闪而过，他才后知后觉地意识到：自己已经没有坚持下去的必要了。

那一瞬间，他几乎笑了出来，大步上前，与赵廿三一道拖起了楚灿娥。

他们押着楚灿娥往回走去，林远刻意加快步速，与身后众人拉开了一段不长不短的距离。

快要接近八苦斋门口的阵法时，他突然松掉了手中的力道。

楚灿娥明显地愣怔了一下，随即毫不犹豫地猛然一挣。林远配合地松了手，另一侧的赵廿三则是猝不及防，没料到这女人还能爆发出如此大的力气，竟真的让她挣脱开去。

如果她还想逃，那自己就用这条命替她多挡一两个人吧。

——林远刚想到此处，就见楚灿娥伤痕累累的身体如一只扑火的蛾子，冲着旁侧的树干飞撞而去。

既然已无生机，她想主宰自己的死。

然而——

楚灿娥半路惨呼一声，赵廿三飞扑过去，拽住了她的一条腿。她被扯倒在地，犹自不断挣扎。赵廿三索性一刀砍进了她的小腿，回身喊道："还不来帮忙？"

楚灿娥腿上血流如注，又毫不犹豫地咬向自己的舌。结果赵廿三仿佛早有预料，抢先伸手捏住她的下巴狠狠一拽，将之卸脱了臼，又从身上撕下一块布塞进了她口中。

楚灿娥彻底挣扎不动了。

赵廿三这才收起刀。林远再度上前架起她。两人架着她走进了大门，在地上拖出一条长长的血痕。

赵廿三边走边骂："臭婊子，想死？哪儿有那么容易！你等着，等着看看什么叫生不如死……"

楚灿娥万念俱灰，一动不动。

林远目不斜视，机械地朝前迈着步子。

他终于进了钱部，一股苦药味扑鼻而来。

钱部独占一座楼，楼形奇扁，严丝合缝地贴着一面山壁，仿佛是从山体内部延伸出来的。林远当初看李四画的地图时，就疑惑过这么一座扁楼内部怎会有那样幽深的长廊。

直到此时朝里走去，他才明白这楼确实与山体相连，所谓长廊只是挖空了山腹，挖出了一条歪歪扭扭的通道。阴森寒冷的通道两侧各有一些紧闭的门，大约是储存药材之所。

长廊尽头，便是那扇黑门。

"你去敲门。"赵廿三对他道。

一切与梦中的场景严丝合缝地重叠在一起，分不清是现实还是噩梦的延续。

混浊浓郁的香味从那门缝里奔袭出来。燥热的花香，他在折云宗学过，依稀是百里香；可又混杂着令人作呕的腥气，让那花香都变了味道。这血光闪烁的诡异味道，他在哪里闻到过呢？

啊，想起来了。林远一边面无表情抬手叩门，一边心想：是那一次，廖云觉让他嗅闻那一小撮残余的筮予香粉时。

这花，是筮予香的香料之一吧。

黑门大开。馥郁的芳烈与血腥气同时扑面而来，直往他鼻腔深处钻去。门后一个苍老的光头男人皱眉望着他们："孕母？"

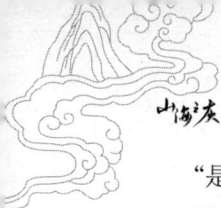

"是。"赵廿三道,"这一个特别烈,得快些动手。配种的带来了吗?"

那光头点了点头,退后一步,将他们让进了门。

门后是林远梦中的花丛。

林远学习辨识香草时,从未见过如此茂盛高大的百里香。长长的草茎没过了膝盖,尖形的密叶如獠牙般疯长。

与梦里一样,它们如活物般蔓延,与一些女人的肢体紧紧缠绕,乃至长到了一起,不分彼此。

她们对来人毫无反应,每一个都双颊凹陷,双目失神,仅仅是为了朝高耸的腹部输送养料而苟延残喘。有的笑容甜蜜,哼唱着令人毛骨悚然的童谣;有的已经一动不动,只剩肚子还在微微起伏。

角落里还坐着一个被五花大绑、蒙住眼睛的男人。

"把她拖过来。"光头道。

林远与赵廿三架着楚灿娥朝花丛中走去,脚步跨过了几个女人的躯体。

变形的花朵从她们的肚脐钻出、盛开,那邪门的花香几乎把空气都染成了绯红色。每一个高耸的腹部里,都孕育着与他一样痛苦而无谓的生命。

香气仿佛也攀上了林远的身体,拖着他朝无底的旋涡下沉。

他为何还要来此?他为何还在听令?

他们将楚灿娥平放到地上。尽管她已不再挣扎,赵廿三还是不敢放松,伸手牢牢地按住她,抬头道:"动手吧。"

光头应了一声,取出一把匕首,先从地上割断一根百里香,然后俯身下来,将匕首的尖端扎进了楚灿娥的肚脐。

楚灿娥的叫声被布团闷在喉咙里。

光头抽出匕首,一边将那草茎往血洞里放,一边道:"你去把那配种的带来。"

赵廿三起身朝角落走去,松了那男人身上绑的绳子,笑道:"过来,让你快活快活。"

他带着男人往回走,刚迈出一步,脚步就猛然顿住。

光头正捂着自己的脖子倒在地上抽搐。他的喉咙被开了一个口子,让他发不出声音来。

而他手中的那把匕首，此刻已经深深扎进了楚灿娥的心脏。

楚灿娥紧皱了不知多少日的眉头终于松开了，表情很是平静。

赵廿三的目光移向突下杀手的那个人。

对方背对着他，又走向了另一个女人，手起匕落，干脆利落。

林远知道自己为何要来此地了。

赵廿三一边抽刀冲向林远，一边怒吼："来人！"

他的刀法很好，而对方根本没有闪避。这一刀劈在对方的背上，砍出了森森白骨。

对方就像无知无觉，缓缓转身望着他。

赵廿三的眸中映出两簇鬼火似的绿光，表情微微一变，随即再度出刀。

对方仿佛没看见近在咫尺的刀锋，不退反进，匕首朝着赵廿三捅去。他的动作并不快，但赵廿三以为他至少会招架一下，竟没防着这同归于尽的匕首，待要再避，已然来不及！

刀锋嵌入了对方肩头。

而匕首扎进了赵廿三的脖子。

林远看也不看轰然倒地的赵廿三，又朝下一个女人走去。

黑门外的援兵赶了过来，一见门内这景象，顿时齐声怒吼，刀剑齐出，劈头盖脸地朝那叛徒攻去。

无数锋刃加身，林远站在原地不动。他胸口气血翻涌，心脏不知为何还在跳动，如声声羯鼓，震耳欲聋。

他反手拔出一把刺入自己身体的长剑，挥向自己面前的第一个人，一剑削掉了对方的脑袋。

八苦斋众人大骇！

他们再度围上，攻势愈发凌厉，力道愈发沉雄，舞动的兵器化作团团雪亮的光，罩得对方逃无可逃。

林远并不逃。

他完全不会武，关于李四那几招的记忆也已经模糊，因此出招毫无路数可言，又偏又险，让人根本猜不到他要攻向何处。

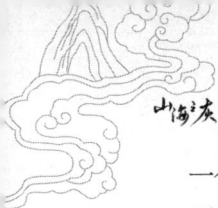

一个脑袋。

两个脑袋。

他自己已经受了不知多少处致命伤，耳边那恼人的心跳声也已经听不见了，倒是乐得清净。

他为何还能动呢？

三个脑袋。

四个脑袋。

血雨纷纷，泼溅在靡丽的花瓣上。

所有人都惊恐万状地看着面前这个叛徒。

他的每一截都还在战斗，杀得酣畅淋漓。就仿佛没有痛觉，又仿佛……这身躯只是牵丝傀儡而已。

有人终于意识到了什么，颤声道："看他的眼睛……"

"他……他用了神血？从哪里弄到的？！"

"这只是个壳！叛徒不在这里，他在哪里？快去找！"

"不，快去禀告首领，这里顶不住了……"

空气在扭曲。花香滂沱，幻觉迭生。

林远已经听不见耳边的声音，却又分明听见有人在温柔地说话。

"除了自己，谁也别信，知道吗？"

"开心就好……你现在也是有靠山的人了。"

"报仇……为我们，也为她……"

他笑出了眼泪。

他的两截肢体在地上滚动，手砍，脚踢，专攻众人的下三路。绝望的众人溃不成军，落荒而逃，却被追上去一一砍杀。

他的上半身从一具尸体手上夺下火把，一把投向了芳草丛中。

温暖的火焰蹿了起来，越来越高，越来越盛大。

火舌舔舐着此处每一场死亡，也舔舐着那些不会再诞生的生命。大火浩荡扫过，花香与血腥气，终于慢慢归为了焦味。

赵部。

赵寅站在窗前，缓缓抬眼。

群山在颤抖，仿佛正在经历一场浩劫。这震动无声无息，而又穿云裂石，犹如一首不平的悲歌。

山上的积雪簌簌而落，又被不知从何处刮来的狂风卷向了天际。

可怜蒙昧的众人一无所觉。

"变天了。"他饶有兴味地低声道。

"首领！"远处有人高叫着狂奔而来，"首领，钱部，叛徒……"

赵寅转了个身，微带着一丝不耐烦："来了。"

黑门后。

林远还在杀，杀得醉生梦死。他忘了自己是谁，也忘了身在何处，只觉得一生从未如此尽兴。他杀掉了所有憋屈，杀掉了所有懦弱，它们焦黑的碎屑被火焰托起，又从半空飞舞着落下，如同熔炉里的寒灰。

他还想杀下去……

这时他的头从自己的肩上掉了下去，咕噜噜地滚到了地上。

视野上下颠倒，他的头颅从下到上地望着来人。来人奇高无比，他混沌一片的意识里，依稀记起了对方叫赵寅。

他咧嘴欢笑，还想对着赵寅啐出一口。但这时赵寅出了刀，寒芒一闪而过，他的头颅便一分为二，连带着视野破碎成了两半。

然后，慈悲的死亡降下了帷幕。

一切都结束了。

无尽境

八苦其十六

尸体的皮肤露了出来，赵寅移近烛火去看了一眼——然后重重地跪倒在地。

"过来。"昏暗中，自头顶上方无限高处，传来一道低沉的声音。

林远朝前走去——

慢着，他为何还能走动？他的确已经死了，死成了好几块碎片，死得不能再死。

是到了阎罗殿吧？林远暗含希望地想。这一切终于结束了，如果可能的话，他想向阎王求个灰飞烟灭，别再投胎了。

然而，眼前的场景好像有点熟悉。

他隐隐觉得不妙，身体却不听使唤，兀自走向地面上那繁复的涂纹，缓缓跪倒在了阵法中心。

沼泽一般的浊绿味道弥漫在整个空间中，像兽类的脓血，闻之令人窒息。眼前有烛光摇曳，透过刺目的烛光，隐约可见其后虚无空间中存在的硕大阴影。

他的身体与意识仿佛互相分离了，身体颤抖不休，意识却恍然大悟。

哦，敢情这是又进入了李四的记忆。

还有完没完？

林远实在是累了，累到连思考都成了苦差。疲惫与厌倦渗透了每一寸灵魂，他麻木地望着眼前摇曳不休的烛光。

黑暗中，那啼氏的声音低沉到不可思议，不知是从什么器官发出的，甚至带着隆隆回响："予汝之力，可御血亲之目，见其所见，思其所思，忆其所忆。"

一只长满瘤子的巨手从高处缓缓垂下，覆盖在了他的额头上，瘤子渗出的脓血顺着他的眉心往下淌。那诡异的声音呢喃了一串音节，听上去莫名地令人生畏，仿佛远古巫祝的暗语。

"去吧，进入无咀境。"

下一个瞬间，他接触到脓血的皮肤好像烧起了炼狱的业火。

他的双眼猛然上翻，整个人抽搐起来。

视野忽然明亮。

他怎么回到了折云宗？

正午阳光洒落在书房外的仙鹤池上，池水中锦鲤曳尾，翻起碎金似的粼粼波光。

书桌对面的廖云觉正在提笔誊写香方。他身姿修长，眉目低垂，如同仙鹤注视着池中倒影，眼底有一丝遥不可及的冷淡。

林远呆呆地望着他。

廖云觉写了几行，蓦地抬眼看向他，温声道："怎么发起呆来了？"

林远支起脑袋，一张口，发出的是少年清亮的声音："师父，我前几日想照着香方仿制你的夜雪，却看见上面的香料除了标注着二两、三钱云云，还写着少许、适量……适量是多少？"

"你可以闻着我的香丸自己估量。"

"师父将香方写得如此含糊，是为了防止外人偷学？"

"怎么可能？"廖云觉被逗得露出一点笑意，"适量就是适量。树有南有北，有老有幼，每一棵都生得不同，每一勺香也浓淡有别，此香的三钱非同于彼香的三钱。正因如此，制香一事才不是人人照本宣科便能做的，而要依仗你我的鼻子。"

林远有点惊喜："我的鼻子也可以吗？"

"当然。你能看见香味的颜色，这可是连我都没有的天赋。"

林远低下了头。他很清楚自己的斤两。论嗅觉，他确实未逢对手；可说到制香，他想赶上百年难遇的廖云觉，恐怕下辈子也没可能。即使想要独创出什么一鸣惊人的香方，到头来一闻，依旧满是匠气，无非是照本宣科而已……

"对了，"林远忽然想起一事，"昨日在市井里，有个方士在兜售香品，那玩意我从未闻过。他说，有些香料混在一起，能产生毒性，还能催情，有种种偏门。为何我没学过呢？"

自己一直没有突破，会不会是因为折云宗教得太少了？

"小远。"廖云觉声音微沉，"你若是抱着这种心学香，此后都不会有进益了。"

林远吃了一惊："师父……"廖云觉很少说这么重的话。

"折云宗确实不教那些旁门左道，但你头脑灵活，未来若真想去找，总能找到的。只是你须记住，草木无正邪，人却有善恶。人心不正，这条路也走不远。"

"是我错了。"林远立即道。

廖云觉看了他一会儿，似乎想看穿他真实的想法，末了笑了笑："没关系，我知道你幼时无人引路，但来日方长。总有一天，你会做出最好的香。"

阳光消失。

他缓缓睁开眼，又回到了暗无天日的空间里。

尖锐而剧烈的疼痛，像细针汇成的巨浪一般淹没了他，又在他体内来来回回地穿梭，钻出千千万万个孔隙。

令人癫狂的痛楚中，头顶的声音隆隆地问着："你在无思境里看到了什么？"

他听见自己的声音，在悲号的间隙里气若游丝地说："我看见……我看见林远在跟他师父闲聊……林远想学以香为毒的旁门左道，廖云觉说折云宗不教那些，但没有动怒……"

"那两人可有什么异状？"

"没有。"他匍匐在地上，没完没了地打着摆子。

他慢慢闭上眼睛："他们听上去……很快乐。"

雾气涌上，眼前的空间归于空幻的虚无。

林远呆滞地面对着虚无。大雾无边无际，无穷无尽，他是飘荡其中的孤魂野鬼。

在一切结束之后，偏偏是在一切结束之后，他终于明白了。又或许，只是他一直不愿意明白。

为什么李四对折云宗的地形构造，乃至所有学子的姓名，都了如指掌；

为什么李四知道筮予香的香方已复原，也知道吞金匣，甚至知道开匣之法；

为什么八苦斋将他当作李四后，总问他有没有"看见"林远做这做那；

为什么赵丑会笃定地说那是"廖云觉亲口所言"；

为什么李四在初见之时，就仿佛对他无比熟悉，甚至放心地将一切托付给了他；

为什么他七岁那年，八苦斋要费尽心机地将他送入折云宗，塞到廖云觉身边；

为什么折云宗大火之后，八苦斋就失去了输送情报的眼线；

还有——最初的最初，他与李四是为何而生的。

"可御血亲之目，见其所见，思其所思，忆其所忆"。

所谓无咫境，原来是这种东西。

而所谓眼线……从来都不是廖云觉，也不是其他人。

他苦苦找寻的叛徒，他痛恨到欲除之而后快的叛徒，原来真是他自己！

林远笑得摧心剖肝，笑得歇斯底里。他也只能笑，因为死人的眼眶早已干涸，流不出一滴眼泪。虚空中无人听见他的笑声，也无人嘲弄他的命运。

他忍辱负重，苟且偷生，靠着一腔不知该指向谁的恨意支撑到最后，才发现所有祸患都是自己招来的。

若他不曾出生，若他不曾苦苦守在折云宗门口，若他不通过那场考试，若他不偶遇廖云觉……那么，世上根本不会有此一劫。

幸而他死了！他死得好啊！

还有什么结局比这更大快人心？

八苦斋机关算尽，也想不到他们的伟业会终结在他身上……

等等，不对。

对八苦斋来说，林远早已死了，还活着的是李四。而李四对他们来说，并不是不可代替的棋子，也不是唯一的选择。

赵部四个首领中，就有两个主张直接将廖云觉绑来拷问，逼他交出香方。如今自己死在了这里，那他们就只剩另一个选择了！

廖云觉。想到这个名字，他胸口的位置突然一片滚烫。

自己是叛徒，廖云觉却不是。自己的一切都是假的，只有廖云觉是真的。

他必须向廖云觉示警。即便这意味着要自陈叛徒的身份，斩断所有的情义，还将遭到八苦斋的追杀——那又有何关系？

他还不能死，他要回去。

他大口地喘息着，胸口那一点滚烫的血性像火在烧。他伸出手挥舞、抓挠，试图扯碎这无穷无尽的虚无，却连一点声响都发不出。

这时他再一次想起：自己分明已经死成了好几块，死得不能再死。

那种死法，就算是大罗金仙来了也束手无策吧？

雾气越来越浓重，绝望凝成了厚重的墙，从四面八方挤压而来，几乎挤碎了他的三魂七魄。

钱部。

黑门后七零八落的尸首已经被收殓入棺，预备天明之后埋葬。赵寅挥退了旁人，手执一盏烛台，挨个儿查看这些尸体。

碎得最彻底的就是那个叛徒——据属下汇报，此人当时就像害了失心疯，突然暴起一通乱杀。甚至受了多处致命伤，在身体断成几截后，他仍战斗不止。

那情景，很像是赵部用了神血之后的样子。

赵寅在尸块间翻找了片刻，找到了应该是背部的那一块，异常修长的手指一点点地揭开残存的衣物，动作缓慢而耐心。

如果将自己献祭给啼氏，背上就会生长出一道刺青，图案是祂的眼睛。赵寅自己背上就有这样一道刺青，赵子、赵丑与赵卯也有。

这是荣耀的痕迹，证明他们已经被啼氏认可，成了侍奉祂的神仕。祂曾用神识操纵他们，就像用丝线操纵傀儡那样，以他们的眼睛去注视，以他们的身躯去战斗。

但是近年来，啼氏已经鲜少直接操纵他们的身体了。通常祂只是将自己的神血交给赵部，让他们中的小头目自行担任操纵者。所以，即使在赵部，也很少有人能拥有这刺青。

而赵寅十分肯定，眼前这个叛徒不可能得到如此殊荣。

尽管如此，他依旧来了，而且要揭开这一层衣物。

就仿佛他的心中早有预感。

尸体的皮肤露了出来，赵寅移近烛火去看了一眼——然后重重地跪倒在地。

只见背心那块皮肤上，已然多出了一个焦黑的刺青，却与他们背后的图案有微妙的差异。那也是一只眼睛，却不太像兽目，更加端丽，眼形狭长上挑，几乎勾出了一丝笑意。

一只属于人类的眼睛直直地注视着他。

赵寅沉默地跪在地上，许久没有发出任何声响。

他抬起头，视线仿佛要穿透这山洞，望向天际。他喃喃道："祢[1]能感觉到吗？"

接着他短促地笑了一声："真是可惜，你恰巧不在。"

赵寅站起身来，毫不犹豫地将手中的烛台朝着那块皮肤按了下去。

焦煳的味道弥漫开来，很快与周围其他焦尸的味道混在了一起。此地发生的一切，已然无迹可寻。

林远在梦境里。

这一回不是李四的梦，而是他自己的梦。或许是实在受不了那空无一物的死境，他便逃进了这梦中。

"林师兄。"年幼的马尚牵住他的袖子，朝上指了指，"那四个是什么字？"

他们站在折云宗的正堂前。林远跟着抬头望去，堂上悬着一幅四字牌匾，写得龙飞凤舞，笔走龙蛇。马尚才刚识字，想辨认这玩意的确吃力。

"那个啊，写的是'天地为炉'，据说是某位师祖亲题的。"想当初他也是问了廖云觉才知道的。

"天地为炉？"马尚一脸懵懂，"什么意思？天地是个大香炉吗？"

林远笑道："也没说错。香炉里烧的香粉，说来也是用山海万物磨出来的，跟天地这大炉子差不多，一个意思。"

"啊？大炉子里烧的是什么？"

"是我们。"林远将了将不存在的胡须，用老学究的声音念道："'天地为炉兮，造化为工，阴阳为炭兮，众生为铜'。师祖题这四个字，大概是想说你我都是微尘，在这天地炉鼎中烧啊烧，烧完了一生才能熬出点香来。"

马尚肃然起敬："林师兄懂得真多。"

林远懒洋洋道："这是师祖所言，可不是我所言。若是我来题字，就不是这四个字了。"

"那你要写什么？"

1　觉者身份的人称代词，同"你"。

林远伸出食指，遥指着牌匾，一字一字道："把炉掀了。"

林远骤然惊醒。

室内一片漆黑，只有窗外隐约透入一丝晨曦。

他支起身体……身体？

他正躺在关押楚灿娥房内的地上，周围那些昏睡的看守则不知所终。他抬起双手看了看，又动了动双脚——全须全尾，甚至毫发无伤。

只有脑后被楚灿娥击中的地方还在隐隐作痛，证明着真正发生过的事情。

那么，他到底是从什么时候进入梦里的？他曾经冲出过这扇门吗？楚灿娥是真的死了吗？

"作为一个杀手，你是不是睡得太熟了些？"角落里有人心平气和地问。

林远猛地扭头。赵寅正立在角落，脑袋都快顶到了屋顶。

林远脖子后的汗毛竖了起来，单膝跪地道："是属下大意了。"

赵寅低头望了他一会儿，轻声道："你大约还不知道吧？昨夜，看押楚灿娥的看守之一突然疯了，他叫赵四五。疯癫之下，他在钱部大闹一场，杀了楚灿娥和所有孕母，又杀了八苦斋不少部下，最后才毙命于我刀下。"

林远瞳孔一缩。

"李四，在这期间，你就一直晕倒在地吗？"

启程

八苦其十七

此人若非突然疯了，就是另有密谋，再不然只能是暗恋自己了。

林远半跪于地，只觉得膝下的地板都在上下浮动，分不清楚哪些记忆是真，哪些记忆是假。面前的赵寅却由不得他细细思索，又逼问道："昨夜这里发生了什么？"

林远慢慢开口："昨日，楚灿娥在教属下制作小山青时，点上了一炉香，那香味入鼻，令人困倦难耐……"

"然后呢？你为何倒在这靠近门口处？"

林远硬着头皮编下去："属下昏昏欲睡时突然心生警惕，发觉楚灿娥正欲脱逃，便追了上去，无奈手足已经发软，被她用香炉击中脑后，便晕了过去。"

"连看守都没发现异常，你却发现了？"

"惭愧。"

"而你追出去时，却没顺带叫醒看守？"

"属下……属下当时不敢吸入更多香气，所以屏着呼吸，没法开口。"

林远咬了一下舌尖。他头脑还不甚清醒，这个临时编出的故事，连自己都觉得破绽甚多。

赵寅却没再追问下去。林远等了半天都听不见他发话，忽然被他伸手捏住下巴，被迫抬起头来。赵寅左右转了转林远的脑袋，仿佛在品鉴什么心仪的藏品。

……又来了。这厮为何这么喜欢托自己的脑袋？林远不明所以。

赵寅的目光落在他狭长上挑的凤目上，那视线几乎是在一寸寸地描摹他眼睛的形状。这深情的注视持续了很久很久，久到林远开始面露难色。

在发生了那么多咄咄怪事后，若有人告诉他八苦斋的首领之一是个断袖，他甚至都没力气惊讶了。

"你上回偷看赵部训练时，看到了他们用神血吧？"赵寅突然松手，打断了他的胡思乱想。

林远愣了愣，呆滞道："神血……"

他原想反问神血是何物，又想起赵部应该是视之为至高机密的，所以被偷窥了才会恨不得下死手。

结果赵寅竟然贴心地解释了起来："啼氏可御我族所有族人之身，以一己之志，操控万人之躯，见其所见，思其所思，忆其所忆，此为无间觉。祂也会将神血赐给我族之人，你上回见到的情景就是赵十五与赵十六服用了神血，在操控手下的人。只要操控之人的意念不断，即便手下死亡、破碎，躯体仍可战斗——就像赵四五昨夜那样。"

哦，原来那沼泽一般的浊绿气味是啼氏的血味。那绝不是人血能发出的味道……

等一下，赵寅为何要对他解释这些？

赵寅还在继续道："但若非我族之人，效力便会大打折扣。像李部的大周人，用神血能短暂地共享血亲的视野与记忆，虽远隔千里，亦无咫尺之差，此为无咫境。不过，李部的家伙每次受完神血，都会去掉半条命，而你嘛——"他又打量了林远一眼，"你这回倒挺精神。"

林远在脑中重复了一遍最后那句话，才蓦地反应过来："首领怀疑属下昨夜偷用了神血？可属下已无血亲在世，更何况属下只是大周人……"

突然，混乱的记忆争先恐后地涌入脑海。昨夜那仿佛不属于自己的手脚、莫名失灵的嗅觉、楚灿娥看陌生人的目光、变成了碎块的躯体……

原来从冲出这房间开始，整整一夜，他的意识都不在自己的身躯里，而是寄身于那个赵四五的身上！

可他根本没有接触到神血。

这么说来，他从进入八苦斋开始，就不断从梦中接收到属于李四的记忆，那也是无咫境吗？无咫境，可以不靠神血就发动，甚至跨越生死的鸿沟吗？

不，不只是无咫境。若如赵寅所言，昨夜那种情况已经不仅仅是共享视野的无咫境，而是只有赵部的人才能办到的无间觉了。

自己哪里来的这么大能耐？

赵寅点了点头，道："的确如此，能使用无间觉的只有我族的人，而能得到神血的只有赵部那些小头目。所以，我们正在赵部内部筛查昨夜没出现在大家面前的人，包括跟你晕在一起的那些看守。"

林远无声地松了口气。

赵寅话锋一转："但我突然想起，这怪事不是第一回发生了。上一回你与李十一去赵部讨打的时候，我刚一赶到，就看见那些人都僵在原地，动弹不得。你说，那是怎么回事呢？"

林远也想起来了。

那一次，赵十五等人的确突然顿住，像被施了定身咒。但没过一会儿，赵寅便从天而降，于是所有人都以为是赵寅出手，控制了他们的躯体——结果竟然不是吗？

既然不是赵寅，那么，那一次也是他干的？！

当时赵寅将他和李十一挨个儿打量了很久，原来是在找始作俑者！

赵寅当时或许尚未分辨出来，所以这一次才会立即跑到自己面前，再度确认。而自己干了什么呢？

林远心一颤。自己刚一醒来，就跟傻子似的疯狂检查双手双脚，那动作被角落里的赵寅看了个全套。

这反应，简直是生怕对方察觉不到。

林远已经绝望了，只有嘴还在自行工作："属下不知那一次是谁出的手。"

"你的意思是，有人在暗中出手救了你？赵部还会有人跟你有交情？"

"……属下不记得。"

赵寅怎么还不下杀手？

"属下……"林远已经辩无可辩，胡乱指了指自己的脸，"属下确是大周人。"自己应该是大周人吧。这脸型，这五官，哪里有一点额平脸宽的赵部的影子？

说起赵部的长相……

林远福至心灵，一下子懂了。怪不得赵寅几次三番紧紧盯着他的眼睛——赵部的人双眼里偶尔会闪过幽幽绿光，犹如野兽，使用神血后更是绿光大盛。赵寅肯定就是在找这个颜色，确认他的血脉。

他的眼睛绿了吗？

即使没有绿，赵寅也不差这一点证据了。八苦斋不会放过任何一个潜在的威胁，更何况是八苦斋这个专司清理叛徒的首领……

除非自己干脆搏一把，抢先杀了赵寅——昨晚那招到底是怎么用出来的，还能再用一次吗？

林远暗暗握拳，却不知该往何处发力。

"好吧。"赵寅转了个身，弯着腰走出房门，"我再去赵部好好筛查

筛查。"

林远："？"

这是什么发展？

"至于你，"赵寅慢条斯理道，"天明后去赵部回个话，然后就启程去潼丘吧。"

林远傻在原地。

"首领……潼丘？为何是潼丘？"他冲着赵寅的背影追问。

八苦斋明明说要将他送回去找廖云觉，那潼丘在西北边境，是西出祁关之前的最后一座城，与永宁根本是南辕北辙。

"因为廖云觉正在前往潼丘。"赵寅头也不回地留下一句。

林远仍旧保持着单膝跪地的姿势，直到赵寅的背影看不见了，才陡然瘫倒。

明明只过去了一夜，感觉上却比一百年更漫长。

一夜之间，无数疑问得到了解答，却又产生了无数新的谜团。关于八苦斋，他已经摸了不少底；可关于他自己，他还几乎一无所知。

还有这个赵寅是什么态度，也完全捉摸不透。

林远瘫坐在地，一动也不想动，直到太阳慢慢升起，门外传来些许动静，才一骨碌爬了起来，朝楚灿娥留下的那一桌香料走去。

只有一件事可以确定：他终于要离开这个鬼地方了。

片刻后，赵部。

侏儒赵卯尖声问："昨夜，看押楚灿娥的看守之一突然疯了，在钱部大闹一场，杀了楚灿娥和所有孕母，又杀了八苦斋不少部下。李四，在这期间，你就一直晕倒在地吗？"

林远："……"

林远开口便道："昨日，楚灿娥在教属下制作小山青时……"

他把对赵寅说过的故事又说了一遍，一回生二回熟，这回流利得多，还补充了一点细节："属下当时离香炉最近，最先察觉到香味不对，所以连忙闭气，才比看守多撑了一会儿。可惜被楚灿娥以香炉砸中，还是一直晕到了早上方醒。"

他说这些话时，赵寅连看都没看他一眼。

林远犹豫了一下，最终略过了赵寅清晨来看自己的事。他隐隐有一种奇怪的感觉：赵寅单独前来问自己那些问题，仿佛正是为了帮自己提前演练一遍这些对答。

不过，多半是错觉吧。毕竟从道理上完全说不通。

赵部四个首领互相对视着，又低声讨论了几句。林远隐约听见赵寅轻声道："……还是需要他去拿筮予香……"

最后他们似乎达成了一致，赵子转头问林远："小山青你准备好了吗？"

这个意思是已经揭过昨夜这篇了？

林远连忙从怀中取出早上刚制成的香丸："准备好了，属下打算下山后购置一个香囊，将这香丸随身带着。"

当然，香丸里的最后一味香料已经被他换回了柏子，否则他还真怕折云宗的人一照面就将他打成冒牌货。

瘦子赵丑点了点头，这才道出最终指令："你这便启程去潼丘寻廖云觉吧。"

林远已经消化过这个消息了，面上不动声色："廖云觉为何会在潼丘？"

赵丑道："他允诺以两年为期，直接把筮予香做出来，此时正亲自带队采集香料，已经在赶往祁关的路上了，看样子是打算出关。可恨上回打草惊蛇，他们这次学乖了，怕人抢香方，索性就没写出来，连官里都没拿到抄本。"

林远听着，心里计较起来。

廖云觉半年来都没有交香方，应是有所顾忌，可如今却又妥协了，是出了什么变故吗？

八苦斋前些日子突然着急忙慌，还考虑要将廖云觉掳来逼供，恐怕也是听见了风声，唯恐医巫闾尊者捷足先登。

赵丑又道："也不知那香方是怎么写的，看这架势，怕不是要到天涯海角去采。他们让廖云觉亲自出马，或许是因为除他以外，旁人即使拿了香方按图索骥，也没本事寻到。"

林远顿时明白了他们为何最终放弃了"掳来廖云觉"这个计划。

八苦斋原本只想抢了筮予香的香方，杀了折云宗所有人灭口，手握唯一一份香方，再去慢慢搜寻。结果他们发现连医巫闾尊者都依仗廖云觉去采香，便知道了即使手握香方也没用，那廖云觉非但不能杀，还得好好供着。

所以，自己的任务就变成了……

"首领是让属下潜伏到廖云觉身边，等他凑齐筮予香的所有香料，再抢过来吗？"林远心中冷笑了一声，"属下定不辱使命。"

没想到赵丑也冷笑了一声："想得倒美，哪儿有那么轻松的活计？你的任务是每找到一味香料，都偷出一份运回斋里。"

林远错愕道："每回都偷？那恐怕风险极高，况且属下孤身一人深入敌营，想运回来也分身乏术……"

"谁说你是孤身上路？"赵卯尖声问。

赵寅恰在此时打了个响指："我点了个人与你同行。"

林远转头一看，有人被响指召了进来。

李十一的脸色还泛着白，似乎尚未从上一回的无咫境仪式中痊愈，浓密睫毛下，一双乌沉沉的眸子空洞而不含感情地望着林远。

"李十一会与你同去，随时向斋里报信，香料也由她运回。你不耍花招，每月的解药便不会断。一旦你有异动，她若隐瞒不报，则与你同罪。"赵寅道。

林远更震惊了。

他惊讶的不是八苦斋不信任自己，而是赵寅点的人选。赵寅上回明明亲眼看见了自己与李十一又是共同违规，又是抱在一处挨揍，为何却偏偏点了她来监视自己？

而看其余三人的反应，却是毫无异议，仿佛对上次那事一无所知。

不会吧？赵寅连那件事也没告诉他们？

这回真的不能归于错觉了。现在只有三种理由能解释赵寅的行为：此人若非突然疯了，就是另有密谋，再不然只能是暗恋自己了。

见林远迟迟不语，赵寅挑眉轻声笑道："怎么，慌了？"

林远回过神来："属下要如何对折云宗的人解释自己失踪的半年，以及李十一的来历？"

"那是你自己的事。会编也得编，不会编也得编。折在哪一步，你就死在哪一步。"赵寅用三根奇长的手指拍了拍林远的脸，略微提高一点声音，"记住，稍有异动，我便亲自来取你项上人头。"

林远与李十一离开了赵部，朝马厩走去。路过钱部时，恰好瞧见那扁楼旁边的空地上，有数人正在刨土。

赵部的死者全被收殓进了棺椁，放置在一旁，预备埋进坟里入土为安。至于楚灿娥与黑门后那些孕母，则是挖开一个大坑，草草扔进去了事。

林远放缓脚步，运足目力朝那大坑中望去，底下是数不清的累累白骨。

他与李十一都沉默着，谁都没有发出任何声音。

林远在心里牢牢记住了这个大坑的位置，在那些人发现自己之前离开了。

午时，两人双骑破开白雾，飞驰下山。

林远直到跑到了慈悲山投下的阴影之外，才勒马回头望了一眼。大雾茫茫，八苦斋已然隐去了踪迹。

荒山古道，景致与他来时一样萧条，看不出四季轮回。半年之前他离开永宁时，折云宗里海棠正盛，如今那一方城里，想来已是一片秋色。

林远深吸一口气，扬鞭策马。

为了准备与折云宗众人重逢，他已经换掉了八苦斋的黑衣，穿上了与从前相似的青衫。衣袂临风一扬，恍然又是不知疾苦的翩翩少年，郊游归来，马蹄沾花。

李十一沉默寡言地与他并驾，此时不禁转头望了他一眼。

林远颇有些此地无银三百两地问她："像林远吗？"

李十一："……我可不知道。"

"也对，你没见过他。"

林远心里揣摩着李四会如何与她相处，说了两句就收住了话头。

她若发现自己不是李四，恐怕都不会等八苦斋动手吧？如今两人朝

夕共处，自己能隐瞒多久呢?

不过，最难的一关都熬过来了，这点麻烦也没什么可怕的了。

虽然不能直接回永宁去禀告医巫闾尊者，但只要与折云宗的人重逢，总会有机会道明真相，再借医巫闾之力除去八苦斋。

林远举目望去。此时此刻，他并不知道在灰冷的苍穹之外，尚有多少双崇高而可怖的眼睛盯着自己，亦不知前路还有什么在静静等待。只能看见一轮苍白的圆日，照着自己不断前行。

林远忽而想起七岁那年，自己双脚磨出了血泡，仅剩的干粮也被乞儿抢了。他在路中央呆站了一会儿，决定只要不死，就这么一路走去永宁。

那时不知世事，也不知人间的路有多长。只觉得凭这双脚，连天边的星星都是能走到的。

宿河

第二卷

林远也就罢了，廖云觉竟
也是如此疯狂的人吗？

山海之庆

陆让
宿河其一

有人说，林远已经死了。

再宽敞舒适的马车，坐了一个月，也会开始腰酸背痛。

地貌低平，从车窗可以一眼望到天边。天地之间灰黄一片，间或闪过一段段风蚀的岩石。唯独日落时，石壁在金红的夕照里燃烧，才从无尽的死物里显出几分生机来，不过看多了也就腻味了。

陆让放下车窗的布帘，瞄了一眼坐在对面的廖云觉。

廖云觉拢着一袭鹤氅，正在闭目假寐。这一路上，他大半时间是这样沉默着的，仿佛连那道身影都要湮没在沉默里。

"师父，"陆让试探着问，"要不要停车暂歇？"

廖云觉睁开眼。夕照在他眼底也只映出一星遥远的寒光，使得那目光像是从云端望下来的似的。

"不必。"他说完又合上眼。

陆让低下头去，有些气闷。眼前的廖云觉，与他印象中那个温润冲和的宗主大相径庭。

他身旁的楚瑶光却像是一无所觉，探头问道："好像快到了？"

"是，再行一刻，前方就进城了。"车夫答道。

他们用的是一支商队的名义，因此车夫都穿着布衣。然而他的背影魁梧挺拔，又说一口字正腔圆的官话，硬是从那身布衣里透出一股高人一等的骄气来。

堂堂千牛军，原是直属于天子的禁军，平日只在皇城效力。此番竟被派来乔装随行，说不上是保护他们还是监督他们——大约两者兼而有之。

陆让原本对此行充满了狂喜之情。试问天下制香之人，谁不想被廖宗主亲自带去采香呢？

廖云觉少年成名，当时年幼的陆让就听家中长辈频频提起，那是一个出身、才华、品行、气度无一不完美的剔透人物——总而言之，生子当如廖云觉。

陆让挤在兄弟之间默默听着，听得多了，便时常去摆弄家里的香炉。

陆家晚辈众多，且各有才华，陆让这个不起眼的庶子向来得不到什么关注。直到他无师自通地背出了一本香谱，才终于得了几句夸奖，又被送进了折云宗学习。

陆让知道这机会是自己挣来的，在蒙学里就时刻绷着一根弦，言行得体，进退有度，兼颇具天赋，还肯下苦功，不多时就成了诸位长老的心肝宝贝、宗门的模范门生。

陆让在蒙学里待了数年，始终拖着没有拜师。他心里只有一个目标，就是成为廖云觉的弟子。

那时廖云觉的出身已经不完美了。他是先帝的外孙，徽阳公主的独子，可如今女人坐江山，先帝的血统反而成了他的原罪。

但与此同时，他已是当世第一的制香师，声名更盛，天下无匹。由他经手的香品流水一般运入宫中，因此圣恩不减，反而愈得隆眷。折云宗有一个廖云觉，似乎就永远不会倒。

所以，廖云觉还是完美的。只要不是被廖云觉挑中，自己这"模范"就永远落下了瑕疵。

陆让左等右等，等到同期的好友都已拜师离开了蒙学，他却还孤零零地等在原地。

陆让不明白。

若是廖云觉无心收徒也就罢了，偏偏他一早收了个林远。

那林远分明是个嬉皮笑脸、油嘴滑舌的混子！陆让看不过眼，与他

交锋过几次，每次都被他那张嘴气得差点升天，再见此人顶着宗主弟子的名头招摇过市，愈发肺疼。

这心结越缠越紧，直到半年前，折云宗遭劫。

那场劫难不仅死了许多人，还烧掉了折云宗大半家底，数代积累的香方和无数珍奇香料毁于一旦。

林远也失踪了。关于他去了哪里，宗门众人有两种说法。有人说，林远已经死了，理由是在小香室里找到了一具焦尸，虽已不可辨认，但留有一片青色的衣角。又有人声称亲眼看见他当了叛徒，畏罪潜逃了。

最后折云宗还是为林远立了一座衣冠冢，陆让听说，是宗主拍板决定的。

自那之后，廖云觉称病不出，数月未再露面。

弟子们人心惶惶，每天议论的都是宗门还能不能延续。

宫中的态度也很暧昧，赐了住所安置他们，却又将他们"保护"起来限制出入。楚灿娥去偷听了楚长老密谈，回来后悄悄复述给他们听："宗主再这么失忆下去，宫里要等不及了……""谁敢开罪那一位？更何况是这等时候！""老夫真恨不得剖开他的脑子一探究竟……"

几个弟子讨论了很久，都猜不到宫里需要宗主恢复什么记忆。

再后来，楚灿娥出外采办，一去不回，楚长老一夜间苍老了十岁。

有弟子失踪，这住所的防卫顿时更紧了，连窗户也不让他们再开。

就在他们忍无可忍时，宫里等不下去了。

一日，重重兵马包围了此地，剑戟森森林立间，千牛军中郎将越众而出，宣读圣旨，传廖云觉进宫。

久未露面的廖云觉出现在了人前，看见他形貌的人都有片刻呆滞。廖云觉平静地整了整衣衫，孤身出门，上了为他准备的马车。

门中弟子偷望着他瘦削挺拔的背影，都瞧出了一丝风萧萧兮易水寒的意味。

但他又回来了。

再回来时，已是骅骝开道，十里车队相随，运来的全是一箱箱的赐礼。

同时来的还有那大宦官李相月，一张白狐似的俏脸上笑意盈盈，言说圣上日理万机，今日召见了廖云觉，才听闻折云宗走水的惨状。圣心不忍，特地着人为他们重建宗门。

全门上下欣喜若狂，连叹天无绝人之路，有宗主力挽狂澜于既倒。

紧接着，陆让听见了第二个好消息。

长老告诉他，廖云觉其实领了一道密旨，以两年为期，去采集某些特殊的香料——陆让终于知道了宫里索要的东西，名为筮予香。

他身边如今没有徒弟侍奉，因此由长老做主，给他定了两个新徒弟。

这两个名额，还是几位长老唇枪舌剑数日才敲定的。毕竟那可是御赐的差事，年轻弟子能有这一番历练，都是未来争取宗主之位的底气。

其中一个名额留给了楚长老之女。原本应该是楚灿娥，如今楚灿娥失踪，便换成了楚瑶光。

另一个名额，长老们在蒙学弟子里选中了陆让。

那一夜，陆让没睡着。

结果真正上路之后，他才发现，廖云觉的态度相当奇怪。

若是陆让和楚瑶光主动向他求教，他倒是会回答，但除此之外就三缄其口，丝毫没有传道授业的意思。

对于那非同小可的筮予香，他更是讳莫如深。以至于时至今日，陆让都不知道那是何物，又为何能让宫里如此紧张。

陆让实在想不通自己哪一点遭了师父厌弃，只能更加规规矩矩，毕恭毕敬。

每当这时，他便想起那短命的林远。原本以为自己已经替代了他，如今看来，人是死了，位子却还没空出来。

真是……令人费解。

车轮单调的辘辘声渐渐混入了喧嚣中，前方似有车马喧阗，往来不尽。陆让挑起窗帘一看，城门已近在眼前，其上高高挂着"潼丘"二字。守卫正在挨个儿检查入城旅人的文牒。

前面一辆马车上跳下一名高大男子，摆手示意车队稍候，自己上前

亮出了文牒。他面容微黑，眉目带煞，虽然衣着不显身份，但腰间悬着的横刀赫然以金银平脱了云虎之纹。

那守卫一见他亮出的东西，慌忙行礼："薛将军——"

千牛军中郎将薛淳英按住了守卫："低调行事。"他位高权重，说话自带一种斩钉截铁之势。

守卫连连点头，立即安排人手将车队引向驿站。

众人安顿下来后，薛淳英带了几名侍卫，陪着廖云觉等人走上了潼丘的街道。

天际已有烟紫色的雾霭笼罩下来，城内早早亮起了万家灯火。

陆让没想到在这边陲之地，还有如此繁华的地方。西域贸易之路总凑于此，一路望去全是各族旅人的奇异面孔。街市更是车水马龙，珠玉行、金银行、彩帛行、酒家食肆……应有尽有，还有在永宁见不到的古怪水果与叮当作响的器物玩具。

楚瑶光跟在廖云觉身后，边走边评价道："比永宁热闹。"

四周的叫卖声与笑闹声不绝于耳，比起天子脚下的永宁，多出了毫无矫饰的人间烟火气。

这里的人不那么拘礼数，一路都有人连连回头打量他们。

折云宗没有丑人，不提廖云觉，单单是陆让与楚瑶光走在此地，就仿佛一对从天而降的金童玉女。

陆让一身月白，时时刻刻规行矩步，世家子弟的贵气恨不得溢出来。楚瑶光穿着桃粉缀金的小团花襦裙，更如刚剥开的荔枝般粉雕玉琢，美貌更胜其姊。

"热闹倒确实热闹。毕竟已半入了蛮夷之地。"陆让语气骄矜。

楚瑶光脚步一顿："那里供的是什么？"

只见街边一座神祠里香烟缭绕，却不见塑像，只能看见数座神龛。每座神龛内都供着一幅画，远看似乎都是人形，但面孔处却一片空白。

陆让一数："一、二、三……十座神龛，应是十觉者吧。"

楚瑶光惊讶道："十觉者还能放在一起供？为何都不画脸？"

"阿弥陀佛，此地多族混杂，各种信仰也并行不悖。只是无人知晓十觉者的真容，因此刻意留白，以示敬畏。"

回答他们的是走在薛淳英旁边的僧人。他年纪很轻，面容端慧秀美，且总是含着笑意，令人见之可喜。此人法号素尘，被派来当他们的随行翻译，一是因为他通晓西域的各种语言，二是因为关外诸国总会对僧人多行方便。

楚瑶光一听更是稀奇："别的觉者我不知道，但医巫闾尊者不是仙风道骨的道人长相吗？"大周境内供奉的医巫闾尊者像，都是那样画的。

"那只是民间附会罢了。"素尘笑眯眯道，"十觉者的真身，已有数百年未曾示于人前。"

"到了。"廖云觉的声音打断了他们的交谈。

他们正站在一家大香行门口。那掌柜一见这一行人，忙不迭地殷勤迎出："哎哟，贵客从何而来啊？本店有潼丘最好的香油、香粉、香囊、香枕、香炉，香方都是折云宗所创的，秘不外传……"

廖云觉亮了个信物。

掌柜呆滞半天，行了个大礼："宗……宗主。"

原来这香行是折云宗名下的，既出售商品，也负责采买西域香料，运回永宁。

廖云觉温声道："有劳掌柜，将库存的乳香都调出来看看。"

掌柜不敢耽搁，连忙着人去库房了。

楚瑶光等得无聊，开始翻弄香行出售的香药制品。一旁的伙计见她生得娇憨可爱，忍不住笑道："小娘子可要看看店里最受欢迎的桃花澡豆？还有这新出的甲煎口脂，用了三十余种香料呢，叫作……"

"春袖是吧？"楚瑶光打开盒盖嗅了嗅，"这是我拟的方子。"

伙计："？"

楚瑶光问："卖得如何？"

伙计站直了："啊……卖得很好！客人们都说这香味有新意，颜色更是妙极，朱砂与黄蜡的配比前所未见。"

楚瑶光点点头，严肃道："这叫纯正石榴色。你们若在店里请个嘴甜的娘子，现场为人点绛唇，画出各种花形来，还能卖得更好。"

伙计听得一愣一愣的："还能这样？"

陆让皱眉道："楚师妹，不要乱出主意。"折云宗名下的香行，怎能如此不重礼法？

楚瑶光别过头去，不知做了个什么表情，那伙计"扑哧"一声笑了出来。

那头的库存已经全搬了出来，摆了满满一桌。半透明的乳香颗粒，颜色从乳白、鹅黄到嫩绿不一而足，散发着比柑橘更清直爽利的味道。

"宗主请看。"掌柜恭敬道，"此地已近西域，民众用香都偏爱乳香，因此库存甚多，各地采集的都留了一些。不知宗主想要哪一种？"

薛淳英抱着双臂站在一旁听着。

廖云觉拈起几粒看了看，又放下了，口中问："有没有宿河产的乳香？"

陆让的耳朵悄然竖了起来。

直到昨夜，廖云觉才终于告诉他们，筮予香的第一味香料是"宿河之乳香"。当时陆让就听得满心疑窦。

果然掌柜也大惑不解："宿河？可是……宿河因为罗泽干涸，早已成了沙漠啊。"

即使那里有乳香树，肯定也早就枯死了。树都死绝了，怎么还会有乳香呢？

掌柜连连摇头："如今已没人去那里采香了，别说咱家没有，就是找遍整个潼丘也不可能有的。宗主想要的是哪种味道，不如用别地产的代替吧？"

其实这也是陆让最大的疑问。乳香这玩意，明明到处都有供货，为何那香方上非要指定"宿河"这古老的产地呢？

但廖云觉没有解释的意思，只道："既然这样，就没有办法了。薛将军，看来我们还是得去宿河走一趟。"

掌柜微微色变："可是那地方……"

楚瑶光正挑着口脂，忽然被路过的客人撞了一下。对方低声道："抱歉。"

陆让眉心陡然一跳。是什么味道飘了过来？说不上难闻，可他一闻到就忍不住光火，简直邪了门……

刹那间，他后知后觉地意识到了那是什么味道，蓦然抬头。

对面站着一个青衫少年，生得也说不上难看，只是眉目过于轻佻明丽，平白显得浅薄恼人。他手中拿着一只刚买的双蛾团花纹银香囊，正从袖中摸出一枚香丸往里放。

小山青。

这当口，楚瑶光也难以置信地回过头去："……林远？"

故人 | 宿河其二

他第一眼险些没认出廖云觉。

却说林远与李十一离开慈悲山之后，快马加鞭，今日刚抵达潼丘。

他们是奔着廖云觉来的，所以一入城便直奔折云宗名下的香行，想探听宗主的行踪。林远当先走进店门，顺手从货架上挑了只银香囊，找伙计买了下来，装他袖中的小山青。

他心里正琢磨着要如何与掌柜搭话，没留神与人撞了一下，便听对方唤道："林远？"

林远猛地抬眼。

他印象中的楚瑶光还是个小女孩，爱美，爱打扮，总跟在楚灿娥身后，喜欢在姐姐脸上实践时兴的眉形与唇妆。这一照面，她芳华忽盛，身量也高了，眉目间却多了一层薄薄的郁色。

旁边的陆让则还是熟悉的样子，瞪眼的劲活像被哪个长老附了身："你怎么还活着？"

既然这两人已经在此，那……

林远心跳骤然加快，转头朝香行最深处望去。那里有数人围案而坐，似在挑选乳香。

他第一眼险些没认出廖云觉。

廖云觉的一头乌发里掺了一半的银丝，看上去竟是灰的。那灰发衬得他整个人毫无血色，再经冷飕飕的烛光一照，愈发苍白如幽灵。

林远转头的同时，廖云觉的双眸也对上了林远的。

下一秒，廖云觉撑着桌子蓦然站起，鹤氅滑落于地，露出了几近形销骨立的身躯。

他的眼中满是震惊，无意识地朝林远走近了两步。

林远心中大恸："师……"

"师父！"楚瑶光的表情迅速从惊愕变成了恨意，"快让人制住他，别让他跑了！"

折云宗的下人"呼啦"一下子围了上来，跟来的千牛军虽不明所以，但也亮出了兵器。

香行里的客人都被这阵仗吓跑了，掌柜心中叫苦不迭，赶紧挥手让人关门闭店，阻隔了外人的视线。

林远还没回过神来，折云宗的下人已经将他擒到廖云觉面前，一把将他的脑袋按在了桌上。

他挣了两下："楚师妹，这是何意？"

"你叫谁师妹？"楚瑶光怒道，"火烧折云宗的叛徒，还敢回来？"

陆让也加入了讨伐："先前王师兄说火是你放的，师父还不信，只当他看走眼了，竟还给你立了衣冠冢。谁知你真的不是死了，而是逃了！"

"我没有……"无数话语争相涌上喉口，林远恨不得立即将自己的经历全盘吐出。然而话还未出口，就被廖云觉的一个眼神冰封住了。

廖云觉已经好整以暇地退回了原地，就仿佛方才蓦然起身的人不是他。

从前小跟班们私下说害怕宗主的时候，林远还完全不理解。直到今日，他方知廖云觉的眼神可以多么冷漠。

"你们究竟从库房盗走了什么？我阿姊呢？"楚瑶光问了两句，见他不答，急得一把揪住他的后领，"我阿姊被你们弄到哪里去了?！快说啊！"

林远后脑被按着，领口又被扯着，这一下几乎窒息。

余光里忽然有一道人影轻微地动了动，他转动眼珠望过去，是李十一。

李十一早在冲突刚发生时，就熟练地躲到了货架隐蔽处。她一身黑衣，加上刺客隐藏气息的本事，竟无人察觉。此时见形势紧张，她一只手按在腰间，似乎随时准备出手。

"别……"林远挣扎道。李十一放下了手。

楚瑶光听着声音不对，终于发现林远快要被憋死了，这才松开他的领子。林远脸涨得通红，趴在桌上奋力吸入着空气。

经过这个插曲，他倒是清醒了过来。此地已不是折云宗，他也不是林远，而是"扮演林远的李四"。

陆让积极进言道："师父，此人狡诈至极，恐怕得关起来好好审一审。"

"我没有放火。"林远道，"你们说的王师兄，到底是哪个王师兄？"

"王宝英师兄！他说他亲眼所见，当日是你将那些黑衣人带进了库房，放火之后，又与他们一道逃出了宗门。"

林远心念电转。

他对王宝英这个名字几乎没有印象，应该只是个毫不起眼的弟子。

他依稀记得楚灿娥在求死牢里也曾说过，有人声称看见了他放火。当时自己没有细想，此时一琢磨，才觉出这个王宝英的可疑之处。

八苦斋闯入库房时，将周围所有弟子都杀了，王宝英竟没被发现吗？假若他真的偷看到了全过程，就理应报出更多细节，譬如林远离开的时候浑身浴血，是被人架走的。但听楚瑶光与陆让的意思，显然对此一无所知。

还有，那场大火究竟是怎么烧到不可收拾的？香宗处处都备有水缸，王宝英真在库房附近的话，为何不救火？

林远不得不怀疑，这王宝英要么是信口栽赃自己，要么是对细节多有隐瞒。无论哪一种，都透着一股阴谋的味道。

但此刻迫在眉睫的问题是：自己要说些什么，才能同时取信于李十一与折云宗？

林远心里还一片混乱，嘴却已经自行动了起来。

"冤枉啊，王师兄一定是看错了，火不是我放的，而是那群黑衣人！"

楚瑶光反应很快："你的意思是，路是你带的？"

林远事先想过要如何解释自己失踪的这半年，已经打好了一套腹稿，如今又随机应变，做了一些修改。

"是那群贼人拿住了我，押着我进了库房，让我交出宗门内最值钱的香料。我自然不肯开口，结果他们居然放了一把火！我救火心切，扑向了那一箱龙涎香，他们却借此猜到那是值钱物事，当即抢了就跑。我自知罪不可救，便偷偷跟在他们后面出了城，想伺机夺回宝贝……"

陆让嗤笑："你？想独自夺回宝贝？"

林远权当没听见，继续道："入夜，他们宿在一处废弃的道观，我便悄悄摸了过去。岂料那群畜生没睡死，将我逮了个正着，当场把我捅成了筛子！"

"你是不是当我们都是傻……"

陆让话说到一半，林远打断道："你们不信，可以脱了我的衣服看看。"

制住他的两个下人面面相觑，脱下了他的青衫。

满身狰狞可怖的疤痕露了出来。虽然已过去了半年，仍可看出当初伤势之重。

楚瑶光与陆让都在惊愕中沉默了，显然没料到林远这天花乱坠的故事，居然还真有佐证。

林远终于得以直起身来，心下稍定。眼下只能先用这番说辞混入队伍里，再找机会向廖云觉单独交代了……

他望向廖云觉，心里咯噔一声。

廖云觉正定定地看着他这一身伤疤，目光幽暗，神情漠然。

——对了，廖云觉当然不会买这个故事的账，因为他俩心知肚明，那一日贼人闯入库房，想抢的东西不可能是"值钱的香料"。

这时楚瑶光也问："你是说，那群黑衣人只抢了一箱龙涎香？"她自从知晓了筮予香的存在后，再回想当初那一劫，脑中已经模糊地将两件事联系了起来。此时见林远避而不提，不由得起了疑心。

林远又瞥了一眼黑暗中货架旁的李十一。

李十一也正盯着他，似在等待他的回答。

林远咬了咬牙，嘴硬道："是的。"他若供出八苦斋的情报，就要赌一赌是李十一的针快，还是自己的皮厚了。

楚瑶光又问："那他们逃向了何方？"

"我不知道，当时我已重伤昏迷，他们以为我死了，便扬长而去了。"

"你既然没死，这半年又在哪里？"

林远舒了口气，抬手一指："这就要说到我这妹子了。"

众人吃了一惊，齐齐转头望去，却只看见货架。

过了几息，货架后头探出了半颗脑袋。一个黑衣少女怯怯地低着头，迈着小步子走了出来。

李十一穿着男装，圆领袍、黑长靴，单看身形十分劲瘦利落，偏偏生了一张人偶般的娃娃脸。她微微垂着眼帘，挡住了自己空洞的眼神。

林远："她的祖父李老翁是个走方医，当夜恰好路过行宿，捡到了我。李老翁医者仁心，花了数日才将我救回来。但我伤势过重，醒来之后丢了大半记忆，甚至不记得自己姓甚名谁，只得跟着他们祖孙二人云游四海，采药看诊。

"直到上个月，李老翁采药时意外坠亡，我受了刺激，突然想起了一些往事，这才想要带着他的遗孤重回永宁，去寻师父。没想到刚刚入关，就在此地遇见了你们。"

李十一害羞似的躲到了林远身后，柔弱道："林哥哥，我们不会分开吧？"

林远后背一寒，努力控制住了表情。

这一段回答，他们两个提前排练过。

众人的目光在林远和李十一之间来回移动，还徘徊在信与不信之间。

忽有一人淡淡地开口："我不信你。"

林远如坠冰窟。

说话的是廖云觉。

林远绝望地看向师父，目露哀求之色，努力用眼神传达自己的苦衷。

廖云觉缓缓起身，表情令他分外陌生："你自幼便有应变之才。但这一回，你话中的破绽太多了。"

廖云觉的一句话，像是成了盖棺定论。众人纷纷附和："对啊，你弄丢了香料，为何不找人帮忙，而要单枪匹马去追？""怎么就那么巧，你半年前刚好就失忆了，最近又刚好想起来？"……

"师父。"林远唤道。

廖云觉没有应。

林远跪倒于地，抬头望着廖云觉，眼眶慢慢红了。

这半年，他独自一人，九死一生，没有一日不念着重逢，没有一日不是靠着这份念想熬过来的。

他做了千百种打算，却独独未想过如果容不下他的人是廖云觉，他该怎么办。

可是，这难道不是理所当然的吗？

他凭什么期望自己失踪半年后，还能获得廖云觉无条件的信任呢？当初在八苦斋，他认定廖云觉是叛徒时，又何曾想过要听对方的辩白？

如今易地而处，他正是罪有应得。

更何况，他还真的是泄露宗门所有秘密的那一只眼。待到廖云觉得知此事，会用怎样的眼神看自己，他已经不敢想象。

回不去了啊。

林远后知后觉地想了起来，方才陆让与楚瑶光都称廖云觉为"师父"。他留下的空缺早已被填上，此地已没有属于他的位置了。

他连一句解释都说不出口，只能犹如丧家之犬，凄惶地问："师父，你不要我了吗？"

廖云觉口中说出的是他噩梦中都没出现过的话语："林远，你既已走了，就不必回来了。折云宗从此与你无关。"

林远呆在原地。

折云宗的下人将他朝后拖去，他却连挣扎的力气都没有了。

楚瑶光诧异地张了张嘴，拿不准该不该开口。她心想：黑衣人的来路、阿姊的去处都还没问出来，师父怎能如此轻易地放他走呢？

简直像是……对他隐藏的秘密丝毫不感兴趣一样。

"且慢。"说话的却是中郎将薛淳英。

他方才一直抱臂站在一旁看戏，此时才迈步走来："此子不能放走。我等此行乃是机密，廖宗主既已认定他可疑，又怎能放他离去？"

薛淳英句与句之间的停顿比常人略长，使他每说一句话都像是下了一个定论，自带千钧重量。

他边说边踱步，走得既慢且稳："依我看，今天必须灭了这张口。"

"口"字刚落，横刀已出！

李十一猛然将手抬起一寸，却又停在了半路。

林远只觉脖子一凉，薛淳英的刀刃已切入了皮肉。

然而，那凉意止步于此。刀刃刚刚触及他的脖颈就停在了原地，缓缓挂下一道细长的血痕。

有一只手托住了薛淳英的横刀。

那只手苍白消瘦，没有什么力道，只是虚扶着刀身。但薛淳英被他一拦，还是强行收住了攻势。

从林远的角度只能看见廖云觉的侧影，逆着烛光，瞧不清他的表情。

廖云觉缓声道："薛将军，林远虽有过，但罪不至死。他刚刚来此，对我们的计划尚一无所知，构不成威胁。待我清理门户，逐他离开便是。"

薛淳英眉心的纹路加深了些许："那可不好说，等到真有机密被泄露，再追杀他就晚了。"说着手上再度施力，竟是准备先斩后奏！

廖云觉径直握住了刀刃。

那横刀吹毛断发，他的掌心登时开了一道口子，鲜血顺着刀刃一滴滴地往下落。楚瑶光急道："师父！"

廖云觉面不改色。他如今形销骨立，说起话来却仍是气度雍容："将军，此子且容我自行处置，若有什么后果，由我一人承担。"

薛淳英面露不解："廖宗主，你既已清理门户，又何必力保叛徒？"

林远已经看呆了。

师父……竟会念旧至此?

他心中陡然生出一股起死回生的狂喜之情,又夹杂着说不出的愧疚与悲痛,险些掉下泪来,忽然想起李十一还在旁边,才强行忍住了。

廖云觉不答,与薛淳英沉默对峙着。

薛淳英眼中闪过些许权衡,最终客客气气地道:"我也是职责所在,还请廖宗主体谅。你这个徒弟不能放走,要么杀,要么留。否则出了什么差错,我无法对圣上交代。"

廖云觉眼中闪过一丝极深的无奈:"薛将军坚持如此,我又不想徒增杀孽,那就只能留下他了。"

薛淳英缓缓放下了横刀。

陆让大失所望地别过头去。楚瑶光含恨剜了林远一眼,上前为廖云觉包扎手上的伤口。

薛淳英话锋一转:"至于这小娘子——"他的目光扫过李十一方才停在半路的那只手。

林远心中也权衡了一下,暗叹一声,替她遮掩道:"求将军开恩,我曾答应李老翁,要照看他唯一的孙女。再说李家妹子也不算累赘,她粗通医理,又学过些拳脚功夫,路上总帮得上忙的。"

薛淳英看了看廖云觉,没好气道:"那就都带上吧。我们在驿站暂歇一夜,明日一早便出关。"

廖云觉抬手一礼,风仪无可挑剔:"多谢薛将军。"又转身对掌柜温言道:"打搅了生意,实在抱歉。我们此行带了些香品,稍后送至铺上。"

那掌柜受宠若惊:"宗主折煞我也……"

林远没能等来廖云觉再看自己一眼,就见他随着众人离去了。

神祠

宿河其三

或许他能弄清其中的哪一幅画着啼氏。

到了驿站，李十一理所当然似的跟进了林远的房间。隔壁千牛军都没想到一个少女作风竟如此奔放，揶揄地打量了他们一眼。

林远心中苦笑，合上了门。

李十一低声道："我方才偷听到了，他们要去宿河，采乳香。"

林远心想：果不其然。当初拿到筮予香的香方时，他曾瞥见过一眼，第一行便写着宿河。

面上他却做出诧异的表情："那可不是寻常地界。"

宿河国原是沙漠中的一座绿洲，靠罗泽滋养。但三百年前的那场长明之战，让烟波浩渺的罗泽彻底干涸，连带着宿河都化为死城。如今那一片除了断壁残垣，只剩无垠的沙海。偶有不怕死的人进去寻宝，结果十死无归。久而久之，还有了种种闹鬼的传说。

为何香方上非要指定宿河这个地点？林远也曾大惑不解，但如今去了一趟八苦斋，见识过了那明显变异的百里香，他心里已有了一些猜测。宿河的乳香，恐怕也不是寻常的乳香吧。

与此同时，廖云觉对陆让和楚瑶光道："你们二人来一下。"

陆让受宠若惊地进了他的房门。

夜幕已经落下，屋内一灯如豆。廖云觉一时没有开口，负手走到窗前，朝外看去。

往西不远，就是祁关城门，高耸的城墙绵延不断地伸入了薄暮中。再往外去，就只有茫茫无际的银白荒漠。

廖云觉道："你心中一定有些疑问，比如我先前为何称病不出，拖了半年才进宫，今日又为何急于赶走林远。"

在他们头顶上方，满天星辰一只接一只地张开了冷眼。

陆让和楚瑶光互望了一眼，彼此都面色凝重。他们心中都有预感，廖云觉即将说出口的，必然是了不得的内容。

廖云觉转过身来："是时候了，为师告诉你们一个秘密。"

是夜，潼丘县令在驿站设宴招待众人。

廖云觉与薛淳英坐在上首，陆让陪坐在旁，菜夹了三次，掉了三次。

楚瑶光看不下去了，拿胳膊肘碰了碰他："师兄，镇定点。"

这句话费了半天工夫才从陆让的耳朵里跑到脑子里。他失魂落魄地转头一看，却见楚瑶光面色如常。

楚瑶光冷静道："先把师父布置的任务做完。"

陆让不由得面上无光，强行提了口气："我知道。"

林远与李十一这两个可疑人士被安排在角落里，与官兵同桌，连呈上的食物都不一样。

李十一狐疑地戳了戳盘中撒满调料的貊炙牛肉，夹了一块放进嘴里，随即始料不及地呛咳起来。

旁边的千牛军瞧见了，奇道："你们在外头到处跑，没尝过牛肉？"大周禁止宰杀耕牛，但真正严格执行的只有永宁。到了天高皇帝远的地方，谁也管不着。

李十一不语，又尝了一块，随即默默加快了夹肉的速度。

林远干笑道："家贫，吃不起。"李十一在八苦斋那种地方，能有一星肉末就算开荤了。

想当初他自己刚进折云宗时，也是如饿死鬼投胎一般，无肉不欢，最爱各种刺激味蕾的重口味。十次溜号，有九次是为了买小吃。

思及此处，林远忽然发现自己面前这桌的肉食有点多，而且全都给足了香辛料。他心中一跳，下意识地转头看向廖云觉那一桌，果然，那桌的食物清淡得多。

难不成是廖云觉特地……

这个想法刚刚冒头，林远就自嘲地笑了笑——自己怕是不知道什么叫物是人非。

廖云觉正在侧头倾听县令说话，目不斜视。他的右手受了伤，只能用左手进食，动作很慢。想来那一桌的菜品也是为了迁就他的伤。

林远低下头。

他想除去八苦斋，就必须上告于医巫闾尊者。但眼下千牛军不信任他，而廖云觉似乎连交流的机会都不给他。

雪上加霜的是，有李十一在侧，他就不可能畅所欲言。

如果先下手为强，在路上想办法除去她……

干了这种事，日后下了黄泉，要如何面对李四？况且李十一这一死，八苦斋会立即发现自己叛变。

有没有可能策反她呢？

林远的怀中还藏着六枚解药。这半年来，每个月收到的赤色药丸都会被他私藏下来。但仅仅六枚，也只能让她多活半年而已，这构不成谈判的筹码啊。

林远试过用鼻子分析解药的成分，可惜其中好几味药材都是八苦斋独有的，他先前从未遇到过，更不知道要上哪里去寻。

李十一已经干完了一盘牛肉，察觉到了他的目光，疑惑地回望过来。林远眨眨眼，将自己面前的肉也推给她。

饭后众人正要各自回房，廖云觉吩咐道："陆让，你去行李中挑些赔礼，给香行的掌柜送去。"

陆让应了一声，忽然转向林远："你来帮忙。"

林远一愣。

"过来啊。"陆让已当先朝库房走去。廖云觉没有出声，似是默许的意思。

林远想了想，跟了过去。

驿站的库房里堆满了从他们的马车上卸下的货物。陆让选定了要送的赔礼，一抬手却关上了库房的门。

林远挑起眉："说吧，何事？"

一旦离开李十一的视线，他的一切秉性故态复萌，看在陆让眼中，便是突然变得更欠揍了。

陆让抿了抿嘴，冷冷道："师父要我传话给你：师徒一场，救你一命，已是仁至义尽。但缘尽于此，往后的路途不需要你，等下借着送赔礼之机，你自己有多远滚多远吧。"

林远慢吞吞地反问："这是师父的意思，还是你的意思？"

陆让冷笑出声："林远，你以为折云宗还有你的位子吗？你以为你那番谎言能骗过谁？告诉你，从你放火的那一天起——"

"师父伤在了何处，怎会变成那样？"

陆让眼皮一跳。

"大火为何没被扑灭？当日师父明明出了折云宗，为何又赶回去？"

陆让心里本就烦乱不堪，被问得烦不胜烦，怒道："住口。你自己的秘密都没讲清楚，没有资格打探这些！"

林远望着他沉默了几秒："我有话想对师父单独说。"

"他已不是你师父，你得叫他廖宗主。况且廖宗主此生不想再见你。"

"那你能为我传话吗？"

陆让的表情像是听见了天大的笑话："林远，认清形势吧。"

"哦——"林远叹了口气，"正好，就算你答应了，我还不想说给你听呢。"

陆让的拳头攥了起来。

林远忽然一笑："今日刚看见我回来时，怕得发抖吧？"

"我为何要怕一条落水狗？"

"大约是害怕被人发现，你连一条落水狗都比不过吧？"

陆让极力做出满不在乎的样子，目中却险些喷出火来。

从他入折云宗的那一天起，最常听到的表扬就是："比那林远强多了。"同窗这么说，长老也这么说。可无论多少人如此评价，都改变不了一个事实：宗主的弟子不是他，而是那个把禁闭室当别院住的林远。

现在他终于如愿以偿，但心结却从未解开。

——为什么非要等到林远消失才轮到自己呢？这岂不是表明，自己只是个次品？

他不敢问廖云觉，廖云觉也不像是会解释的样子。

而如今，这林远明明已经众叛亲离、狼狈不堪，一开口却正戳中他的肺管子！

门外突然有脚步声由远及近。陆让闭上嘴瞪着林远，憋得胸口剧烈起伏。

"大师兄？"楚瑶光敲了敲门，"是我。"

陆让听见这称呼，终于舒心了一点，将她放了进来。

楚瑶光瞥了林远一眼："他怎么还在这里？你还没传完话吗？"

林远眨了眨眼。所以，陆让传达的真是廖云觉的意思。

林远自少年时养成了一副阴阳怪气的做派，心里越痛，面上越不显，反而笑道："传完了，我已领会了。恭喜陆师弟啊。"

楚瑶光奇道："恭喜什么？"

林远望着陆让，轻声道："恭喜你——终于能坐稳这个位子了。"

陆让深吸一口气。他明知不应受这落水狗的激将，胸口的火气却还是越烧越旺。

楚瑶光虽不知他们说了些什么，却也看出陆让在口舌上落了下风，于是不愿再给林远开口的机会："既然你听懂了，这便……"

"怎么了，陆师弟？"林远笑道，"不服吗？"

楚瑶光皱眉："大师兄不必理会。"

"你不服也有道理，毕竟我们从未真正一较高低。"林远慢悠悠道，"要说较量嘛——你可知斗香一说？"

陆让冷冷道："自然知道。"斗香是两名制香师之间的比试。以节令、花木或诗句为题，同场制香，请众人评判香品高低。

林远："那么，等到了宿河，我们拿货物里的香料斗一场。谁输了，就要恭恭敬敬地叫对方一声'大师兄'，如何？"

陆让死死地盯着他。

此人佩的香还是数年之前所制的小山青，不学无术，可见一斑。

不过是个巧言令色之辈，在宗主面前鱼目混珠了十年而已。可他这一滚蛋，自己将永远无法证明这一点。

凭什么？

再一想到廖云觉说的那个秘密，陆让更是恨得咬牙。凭什么这家伙

还能一无所知、轻松自在？凭什么只有他能在一切开始之前，毫发无伤地抽身离去？

不，他不配这么好的结局。

楚瑶光："林远，你该走了……"

"赌太小了。"陆让道。

楚瑶光："？"

楚瑶光倏然转头，急道："师兄！你难道忘记了师父是如何——"

"太小是吧？"林远根本不给他清醒的机会，"那叫一声父亲吧。"

陆让咬了咬牙，顶着楚瑶光难以置信的目光开口："一言为定！"

翌日清晨，驿站门口，林远精神抖擞地出现在了整装待发的队伍中。

他远远看见廖云觉面色冰冷地望了自己一眼，心脏一揪，面上却露出一个轻松的笑来。

廖云觉收回目光，不再管他，径自上了马车。

浩浩荡荡的车队很快出了祁关。

官道上商车如织，中原人带着绸帛瓷器等物向西赶去，迎面而来的则是高鼻深目、鬈发如火的胡人，运着整车的象牙与琉璃，还有无数香料。

时至晌午，前方的官道一分为二。北边那条宽阔热闹，南边那条却是个断头路，还未延伸出多远，就没入了黄沙之中——那便是他们要去的宿河方向。

车队在此稍做休整，需将马车换成骆驼，再进沙漠。

此地曾经是两条官道的交会点，因此道旁设有口马行与食肆，甚至还有一座神祠，可供各族人在出发之前祈祷神佑。

千牛军去口马行交易了，林远便跟着余下的人进了神祠。

这神祠里也供着十觉者的画像，但或许是因为出了大周地界，画风比潼丘的奔放不少。每幅画像造型各异，似乎加入了许多离奇的想象。唯一的共同点是，所有觉者的面目依旧是空白的。

众人从中找到了道人打扮的医巫闾尊者，都拜了几拜。林远跟在后头，闭上眼睛虔诚默念："求尊者天降神通，灭了八苦斋。"

僧人素尘起身后，又笑道："贫僧再去拜一拜阿耨多罗觉者。"

不远处供着一幅身着袈裟、周身金光四射的觉者画像，底下围了一圈顶礼膜拜的信众，大周人与胡人兼有。

几个折云宗的下人跟着素尘走了过去，试探着问："大师可曾听说，阿耨多罗觉者要在鹤觋开坛讲经？"

素尘颔首道："贫僧与诸位施主同行，正是为了去一探佛法真义呢。"

原来这阿耨多罗觉者传说是真佛转世，所经之处天花飞舞，步步生莲。连永宁城中都有不少寺庙供奉祂。医巫闾尊者似乎宽宏大度，并不以为忤。

今年西域鹤觋国忽然放出消息，说阿耨多罗觉者会在那里讲经说法。消息一出，无数善男信女都在赶路过去。而折云宗此次出关所借的名号，也正是赶往鹤觋的商队。

那下人激动了："连大师都这样说，那法会看来是真的了。"数百年来，从未有觉者现身于世，不少人都怀疑这消息的真伪。

素尘笑眯眯道："出家人不打诳语，定是真的。"

廖云觉还站在原地，对着医巫闾尊者的画像似看非看，似乎对身边的一切并不在意。

林远刚刚朝他望去，楚瑶光就有意无意地上前一步，阻挡了林远的视线。

林远耸耸肩，转身去看其他画像了。或许他能弄清其中的哪一幅画着啼氏。

首先排除医巫闾尊者，其次大约也不是个佛。

第三幅画像披着轻纱，身姿分外婀娜，似在翩翩起舞。底下还有一座由三头骆驼背负的火坛。

楚瑶光也跟了过来，一边看一边点评："虽然没有脸，但肯定是个绝色美人。真想见见啊。"

一旁的陆让皱起眉："莫对蜜特拉觉者不敬——"

楚瑶光理都不想理他，又转向第四幅："咦，这是哪位觉者，怎么画

得如此简单？"

画中人穿着一袭白袍，遮住了整个身躯，面孔又是留白的，以至于图上只有寥寥几笔线条。

陆让看了一眼："身着白袍，应是都广天司吧。"

"师兄还对觉者的传说有研究？"

"略有涉猎。"陆让倨傲地抬了抬下巴，"都广天司是最神秘的觉者，几乎没有信众。传说祂无所不知，无所不晓，所以自古有无数王侯将相找祂问问题。为了远离人群，祂便将道场搬去了天上。"

"无所不知……"

楚瑶光顿时端正了态度，规规矩矩地跪下去拜了一拜，喃喃道："求求祢告诉我阿姊去了哪里，还有……"

思及昨夜从廖云觉口中听见的秘密，楚瑶光脑中千头万绪，一时甚至不知该求些什么。她隔着摇曳的烛火抬头望去，空白面目的觉者静默不语。

林远突然意识到自己在偷听。他不愿再去想楚灿娥，挪动脚步就想悄然离开。

罢了，这些画像也不过是人们的想象而已，多半与真面目差了十万八千里……

耳边响起一道声音，仿佛近在咫尺，又仿佛是从遥远处传来的回声："看左边。"

林远险些闪了脖子。他飞快地朝左转去，想找到说话的人。

近旁无人，只有李十一站在几步外，一脸莫名地看着他。方才那声音，仿佛只是他的幻觉。

这一转头，却让他瞥见了一群刚刚步入神祠的旅人。他们身形魁梧，面宽额平，口中正用音节粗粝的陌生语言交谈着。

他们没注意到死死盯着他们的林远，自顾自地拜倒在了一幅画像前。林远竖起耳朵，遥遥从祷告声中捕捉到一个音节："……嚅氏……"

林远的目光缓缓上移。

獠牙、兽目。

画中是一匹狼。

古城

宿河其四

"星星竟是这么亮的东西，你先前知道吗？"

　　梦中看见的兽目刺青、浊绿色的脓血味——林远这回知道它们属于什么兽类了。

　　他瞥向李十一，李十一也正在观察那群祷告者。林远用嘴型问她："八苦斋的？"这一路都是李十一负责与八苦斋联络。

　　李十一摇摇头。

　　那就只是普通旅人了。只见他们面色悲戚，听上去不像祷告，倒像是在哀悼什么。

　　李十一缓步踱去，望着那画里狼面人身的觉者，眼神比平时更空洞。

　　林远想起梦中那只长满瘤子的巨手，以及不知从什么器官发出的低沉声音。这绘画者的想象显然太保守了。

　　"陆让，"林远直接开口问，"那是哪个觉者？"

　　陆让在置之不理和开口嘲笑之间抉择了一下，选了后者："你不认识狼神泥师都？"

　　这名字似曾相识。林远更用力地回想了一下，大约是从前在街头巷尾，听老者讲过。

　　泥师都雄踞北方，历来被所有游牧民族奉为狼神。那些蛮人总是对中原的千里沃野虎视眈眈，而民间传说中，每一次战役背后都有泥师都与医巫闾斗法争雄。

　　数十年前，大周灭了北方附离国。那之后，医巫闾有了第一觉者之称，而泥师都不再见于中原记载。

　　可是，如果这是泥师都，那啼氏又是……

　　林远又用目光搜寻了一圈，没找到素尘。他走出神祠一看，素尘正

在门边与一群人叽里咕噜地对着胡语。

那群西域人做杂耍艺人打扮，提着一只锈迹斑斑的铁笼，里面蜷缩着一只幼猴。那小猴伤痕累累，枯黄的毛都秃了一半，眼神中充满了恐惧。

素尘一脸焦头烂额。林远装作不经意地走过去："咦，这是怎么了？"

素尘道："这些七曜人惯会坐地起价。贫僧见这小猴可怜，想买下来，已经掏出身上所有钱了，他们还不肯卖。"

林远一听是讨价还价，再一打量那些人的神色，马上摆出兴趣缺缺的表情："走。"

素尘一愣："啊？"

林远冲那些七曜人摆了摆手，示意不买了，拉着素尘就走，口中低声道："相信我。"

刚走出几步，一个七曜人便追了上来，将笼子往素尘手中递。

林远一个没拦住，素尘已经接过笼子付了钱，喜道："林施主好生厉害。"

林远："……"

林远："我还没出手。"

"方才还能杀价？"

"下次记得，我在七岁以前就是杀价之神了。"

素尘肃然起敬："英雄出少年。"

林远寻思着时间紧迫，决定开门见山："大师精通各种语言，可知啼氏是什么意思？"

素尘诧异道："施主怎会听见这个词？"

林远指了指那神祠："有一群人在拜泥师都。"

素尘想了想："那些应是附离国的遗民，啼氏正是他们对狼神泥师都的尊称。"

果然如此。

林远在心中大致画了张地图，慈悲山确实藏于北边山脉间。再往北，就该是曾经属于附离的地界了吧。

"那附离语中，有'八苦'这个词吗？"他又问。

他原以为八苦斋这名字取得苦大仇深，但如今想起赵部的长相，他们应该都是附离人。

素尘苦思冥想，找到了一个类似的发音："你说的莫不是'不儿忽'？那是'金雕'之意，金雕在他们的信仰里是狼神的使者。"

"啊。"

敌人的面目骤然清晰起来。销声匿迹已久的泥师都，却在大周北境悄悄建了一座八苦斋，还与医巫闾争起了筮予香，看来一直谋划着东山再起。

片刻后，千牛军牵来了一队骆驼。薛淳英一见素尘抱着的笼子，就皱起了眉。

队伍里已经多塞了两个人，竟又冒出一只猴，这是去采香还是去郊游？

素尘笑眯眯的，与人无忤道："阿弥陀佛，给将军添麻烦了，贫僧与小猴共用一份食水。"

伸手不打笑脸人，薛淳英也不好再说什么，转身命千牛军将行李一一搬到骆驼背上。

百来人的队伍，行李中不仅有干粮水囊，还像真正的商队一样带了绸帛与香品。林远跟着爬到骆驼背上，心想：去沙漠无须带商品，看来这趟采香之行，宿河还只是个开端。

一行人踏上那条早已废弃的碛路，朝着宿河的方向行去。

很快，后方的车马喧嚣再不可闻。前后左右，目之所至，只有干燥的沙粒在日照下闪烁着碎金之光。平缓的沙丘连绵不绝，一直延伸到视线尽头。

阳光酷烈，又兼风沙如雨，众人纷纷披上斗篷，兜住了头脸。

那笼中的小猴瑟缩片刻后，发现新主人不打自己，便放松下来，一双大得出奇的圆眼睛默默地望着素尘。

素尘将它抱出笼子，放在骆驼背上，从自己的水囊里喂水给它。见它小口小口地喝着，不由得感慨道："你与我相遇，也算是颇有佛缘，就给你起个法号吧。"

旁边听见的人都忍俊不禁。素尘却一本正经道："是了，你从前所受苦楚，与今日命运转折，皆是缘起性空，刹那生灭。正所谓色即是空，空即是色，你若能悟透，也可早些放下了。不如……就叫悟色吧。"

楚瑶光转过头来，小心翼翼地问："那为何不叫悟空呢？"

素尘："贫僧也不知为何，就是觉得不行。"

日悬中天，远方的地平线都在热风中浮动扭曲。

驼队一路前行到夕阳西下，没有丝毫犹豫停留，也不知薛淳英哪儿来的本事，好像能从这无穷无尽的沙丘间凭空识别出一条路似的。

直到最后一丝夕照消隐于天边，灰紫的暮色犹如烟气一般沉落下来。

沙漠在白日酷热得几乎能灼伤人肺，失去阳光后却迅速变得干冷刺骨。薛淳英下令就地安营扎寨，生火取暖。

林远和李十一又被安排在最角落。他走过去解下骆驼身上的行李，有意无意地路过了折云宗的帐篷。

折云宗的下人正在生火做饭，廖云觉与两个新徒弟都坐在篝火边。陆让冲他毫不客气地开口："你跑来做什么？"

林远笑道："昼短苦夜长，何不秉烛游？陆师弟，快给师父烧些热水。"

在他开口之前，陆让一只手已经悬在了壶柄上，却被凭空补了一句吩咐，气得咬碎银牙。

林远悠然转身离去，刚背过身便收起了笑意，目露苦涩。

方才廖云觉目不斜视，全程连一个眼神都吝于抛过来。以肉掌挡下的那一刀，仿佛已经耗尽了他最后的恻隐之心。

林远甚至怀疑，即使支开所有旁人，师父也不会听自己说出真相。

为什么？难道廖云觉已经知道了折云宗一切灾祸之源，便是他林远？

"将军！"千牛军的副队头老金疾步奔来，"斥候发现后方三里有其他人！"

薛淳英问："有多少人？"

"人数似乎不多，我们一停，他们也停了。"老金压低声音，"将军，这条道上不该有商队，来的会不会是当初闯入折云宗的……"

薛淳英抬手止住了他，鹰隼似的目光扫视全场，最后朝林远射来。

林远一脸无辜地回视着他。

薛淳英略一沉吟："轮流守夜，预防偷袭。"

林远回到自己的帐篷边，悄声问李十一："这回是八苦斋的人吧？"

李十一点了点头，也不瞒他："赵部的。"

八苦斋显然不敢将全部希望押在林远身上，又派了人过来跟踪千牛军。

李十一又补充道："下个月的解药在他们手上。"

林远点了点头，谨慎地闭上了嘴。

他能看出李十一与李四一样，都对八苦斋藏着恨意。但从李十一的只言片语中，能听出她的态度不如李四那样激进，两人似乎还为此起过争执。或许，这正是他们分开的原因。

林远如今扮演着李四，更不敢多谈八苦斋，低头默默吃起了干粮。

篝火毕剥作响，远处的沙漠里升起点点鬼火，灿若繁星，飘摇着朝上升去，仿佛汇入了横贯天际的银河。

李十一坐在他身边，忽然仰头道："星星竟是这么亮的东西，你先前知道吗？"

林远一愣。八苦斋常年云遮雾罩，李四生前好好看过一次星星吗？

"……没注意过。"他含糊道。

李十一咬着干粮，嘴角突然弯了一下："真亮。"

林远只觉得口中的干粮愈发苦涩难咽。对了，他想，对李十一来说，这是与李四的第一趟远行啊。

一夜过去，无人来袭。天亮时薛淳英派了斥候去寻，却已找不到尾随者的踪迹。

薛淳英沉着脸下令道："等找到乳香，我们要全部带走，带不走的也要当场毁掉。"

后来几日，八苦斋的人大约隐匿了行踪，再未进入斥候的视野。

骆驼行进比马匹平稳，又懂得聚在一起抵御猛烈的风沙，坐着倒不算太难熬。又行数日，乏善可陈。景致别无变化，极目不见人间，只有浩瀚大漠与苍冷的霜天。

直到薛淳英又遇到了新的问题。

这日扎营休息时，林远听见他问："廖宗主，明日还朝这个方向走吗？"

林远突然回过味来，诧异地睁大眼。

他一直以为领路的是薛淳英，结果竟是廖云觉？

廖云觉颔首。

薛淳英却仍旧盯着他："以骆驼的脚程，如果方向正确，最多十五日就可到达罗泽，可今日已经是第十六日了。廖宗主真的确定吗？"

林远大惑不解。他是瞥到过篓予香的香方的，上面仅仅写了"宿河"二字，既没有详细方位，也没有地标指引。廖云觉也只闻过一次香灰而已，如何能找路？

廖云觉却平静道："不错，明日就该到了。今日早些休息吧。"

然而他们又行了整整三天。

日复一日相同的景致，几乎让人对时间和距离都失去了感知，仿佛一直在原地兜圈。

林远已经记不起最后一次看见飞鸟掠过，是何时的事了。但他有了新发现："这具旅人的尸骨跟昨天的不一样，咱们不是在兜圈。"

"阿弥陀佛，"素尘道，"前人所书'唯以死人枯骨为标志耳'，真是诚不我欺。"他一路念佛，说这句话时竟然还含着笑，似是把生死历练视作难得的修行。

但队伍里的其他人就没有这等气度了。

"廖宗主该不会早已迷路了吧？"薛淳英语气不善。他身后的千牛军反应很快，手中兵刃都出鞘一寸。

廖云觉反应平淡："薛将军，圣上的旨意好像是命你护卫折云宗，不是驱使折云宗。"

薛淳英朝部下举起了一只手。

这只手正待落下，忽听斥候高声道："将军，前头有枯木林了！"

驼队朝前赶去，景色终于有了变化。枯死的胡杨木一棵接着一棵，最后开始成片地出现。直到有人倒吸一口凉气："真的到了……"

林远望向前方，一时说不出话来。

映入眼帘的是一片无边无际的银白。那不是雪，而是湖水消失后留下的盐壳。灰白中又交错着无数龟裂纹理，仿佛卧龙之鳞。

风将盐与沙一道堆叠成了连绵的丘壑，轮廓支离，犹如鬼域。围绕着这片一眼望不到头的鬼域，只有枯木林不甘地支在原地，作为昔日绿洲的墓碑。

这就是曾经烟波浩渺、滋养了宿河一国的罗泽。

三百年前，地狱门开，上古凶兽"九婴"从罗泽横空出世，在宿河国大杀四方。山岳一般绵延千里的蛇身上支出九只头颅，九张巨口各吐水火，交错如织。

那场灾祸，最后是由十觉者出面解决的。

鏖战持续了一个月，罗泽的湖水被蛇尾掀起，火光与烟雾通天贯地，将半个西域笼入了一片赤色云霞之中。整整一个月，罗泽之野亮如白昼——因此得名长明之战。

虽然最后十觉者消灭了九婴，宿河国却几近灭国，罗泽也在战役中干涸了。宿河仅存的遗民失去水源，不知所终。

那也是史书中记载的最后一次十觉者现世。在那之后，祂们的名字就只出现在传说与歌谣里了。

终于到达了目的地，薛淳英的面色缓和了不少，温声道："先前多有冒犯，还请宗主勿放在心上。"

廖云觉："……将军多礼了。"

他的语气并未放松，反而多了一丝不易察觉的迟滞。

林远突然有一种非常奇怪的感觉——他们真的到达了宿河，这件事却似乎超出了廖云觉的意料。

廖云觉好像……根本没指望能找对地方？

但找对地方只是第一步。枯木很多，却连一棵乳香树都没见到。

最后，所有人都默默将目光投向了罗泽西面的那片废墟。

在无边沙漠与枯木之间，那片人造的轮廓其实相当显眼。但他们先前刻意忽视了那个方向，谁也不愿先提出走进去。

——宿河古城，闹鬼的传说太多了。

下令的还是薛淳英："老金留在外面看着骆驼，余下的随我进城去找。"

古城比他们想象中更大，呈规整的四方形。宿河曾盛极一时，即便如今只剩废墟，仍可看出街巷宽阔、宫殿壮丽，还可见一座坍塌了一半的佛塔。

众人都不想太深入城中，刻意从边缘绕行，结果瞎猫撞上死耗子，恰巧在古城最角落处找到了一片枯死的乳香林。

一共十余棵乳香树，大半已经横倒在地。奇怪的是，这片不起眼的小树林竟然与宫殿和佛塔享同等待遇，都用高墙围了一圈——当然，墙也已经塌了。

而且，四四方方的宿河城到这附近，忽然就没了房屋的影子，似乎突兀地空出了一片区域。

像是敬畏，又像是避讳。

薛淳英当先跨入坍塌的围墙内，用足尖碰了碰倒在地上的枯树："这树死了这么久，树干中还会存有乳香吗？"

廖云觉沉默了一下："按常理是不太可能。但香方是如此记载的，只能划破树干找一找了。还有沙土中，兴许能埋藏一些。"

众人于是好一通忙活，又是刺穿树皮，又是刨土翻沙。

林远蹲下身去摸了摸干瘪的树干，将鼻子贴在树皮上深深嗅闻。

乳香树还活着的时候，到了春季，这一层树皮下便会滚动着丰盈的树脂，等着采香人前来割肉采血。乳香得名，是因为颜色乳白，气味却更像柑橘，还可供人咀嚼生香。

但眼前这些死树，明明长的就是乳香树的样子，闻上去却有一丝奇怪的、草木不该有的腥甜。果然与八苦斋的百里香一般，曾发生过某种变异。

但干枯了这么久，树脂是一点不剩了。

不远处，廖云觉正对薛淳英道："……恐怕是找不到了。"

薛淳英压着火："不是廖宗主坚持来此的吗？"

"'宿河之乳香'，这是笾予香的香方指定的。"廖云觉听上去像是耐心为学子解疑的先生，"但笾予香的香方非常古老，在它完成时，宿河或许还没变成荒漠。如今这一味香料已彻底失传，还请薛将军如实告于圣上……"

林远耳边传来细微的动静。

趁着众人的注意力都不在这边，李十一在一截树干上飞快地刻了个记号。

林远立即明白了，她是在给八苦斋派来的尾巴留信息。这一路上，她怕是没少干这事。

林远将目光收回到自己面前，突然愣了愣。

刚才他嗅闻的时候，这棵枯木上好像没有覆盖沙子。怎么一眨眼的工夫，它就像是被沙掩埋了一样？

林远大感蹊跷，四下一打量，却见除了自己面前这棵，别的枯木都没有变化。

他有点犯怵，站起身后退了一步。

正当此时，陆让低声问："你们有没有听见什么声音？好像有人在尖叫。"

"师兄，你别吓人……"

一个官兵突然抬头道："天怎么暗了？"

林远浑身汗毛倒竖，抬头望去。

众人都凝滞了一瞬间——

"快躲！"几个人同时反应过来。

与此同时，林远也听见了由远及近的尖叫声。是老金在喊："沙尘暴——！！！"

地道
宿河其五

石门在众人眼前重重砸下，堵死了他们来时的路。

这场沙尘暴无风而起，来得诡谲至极。古城之外凭空筑起了一面千仞高墙，正朝着这个方向推移过来。

几息之间，沙墙已在城中，彻底遮蔽了西面的天空，只在飞沙稀薄处漏出一缕缕血红的日光。滚滚黑沙如有了生命一般不停翻卷，那泄漏的光线也随之忽闪，犹如无数双狞恶的鬼眼，在贪婪地窥视猎物。

在这面飞速移动的沙墙前方，一道渺小的人影狂奔而来，正是被他们留在城外的副队头老金。然而还没靠近众人，他的身影就被沙墙吞噬了进去。

众人一时大乱，仓皇四顾，只能看见枯木与残垣，附近连一方完整的屋顶都没有，又拿什么躲避？

不给他们反应的时间，沙墙已化为昏黑的巨浪，流沙如雨，朝他们兜头浇下。

林远听到的最后一句话，是薛淳英的暴喝："遮住头脸，凑到一起，围成一圈！"

他拉起斗篷的兜帽，刚刚掩住口鼻，就被扑面而来的沙子眯了眼睛。

林远双目剧痛，泪水不受控制地涌了出来。他摸索着朝最近的李十一奔去，脚下却被枯木一绊，登时摔倒在地。

沙子砸落在他周身，发出细小而密集的碰撞声。

林远趴伏在地面不敢妄动，本想静待这一劫过去。然而这场灾祸来势汹汹，飞沙不仅不散，反而像一张越收越紧的网，最后将他的视线完全封闭，连咫尺之外都只剩昏黑了。

林远只觉得身上越来越沉重，吸入肺中的空气越来越稀薄。这沙尘暴竟似蕴含着某种凶邪的杀意，要将他活埋于此。

他挣扎着爬了起来，一只手将布料捂在脸上，另一只手臂探入那狂乱的沙尘之中，胡乱舞动着，想摸索到其他人。

一只纤细的手抓住了他。

李十一贴近过来，声音模糊地闷在兜帽里："去找廖云觉，不能让他死！"

林远巴不得她有此言。两人互相搀扶着，举步维艰，只能朝记忆中的方向挪动步伐。

"师父——"

他的嘴被布料挡着，声音完全送不出去。

林远将兜帽拉开了一点，大喊："师父——陆师弟——楚师妹——"飞沙立即灌入了口中，他猛烈地呛咳起来，却吸入了更多的沙。

茫茫黑浪里除了风声和沙粒碰撞声，还有动静吗？那朦胧的人声是他的幻觉吗？

林远："喀喀喀……陆让！我儿！"

这回远处的人声清晰了，是陆让也掀了兜帽："林远，你有病吧……喀喀喀……"

林远立即循声走去。

陆让一句话都没骂完，就又呛到没声了。林远不得不将嗅觉调动到极致，试图捕捉到他身上佩香的味道。

就在这时，林远脚步骤停。

鼻端钻入了一缕突兀的味道。不属于陆让，也不属于其他人，那甚至根本不是香料的味道。

这乳香树林里，哪儿来的铁锈味？

起初他以为是有人在流血，立即原地蹲了下去，却只摸到了沙尘。

但林远相信自己的鼻子。他徒手挖开沙尘，一寸寸地寻过去，最后指尖触到了某种冰凉粗糙的东西。

竟是真的锈铁。

林远大感不解，又摸索片刻，心头涌起一阵狂喜。

他摸到了一扇门。

这铁门平平整整地嵌在地里，平时埋藏在一层薄薄的沙土之下，凭肉眼根本看不到。若不是他今日误打误撞，站在正上方用力嗅闻，也不可能发现它。

林远用手指找到门环，屏住呼吸用力一提。铁门发出一阵令人牙酸的吱呀声，随之洞开了。

林远用手臂探了探，铁门仅容一人通过，下面是一级级石阶，也不知通向哪儿。

他二话不说便逐级而下，一口气下了十余步，石阶还没到尽头。头顶终于安静下来，听不到簌簌撞击声了。

他摘下兜帽，抬头大喊道："这里可以躲避沙尘暴！"去掉了遮脸的布料，他的声音响亮了很多，伴随着空洞的回声传出老远。

李十一跟了下来，很快又有千牛军探头问了几句话，回身去喊人了。

不多时，石阶上已经站满了人，将他们朝下挤了又挤。地下伸手不见五指，林远竖起耳朵听了半天，没听见廖云觉等人的动静，心中焦急起来："其他人呢？"

"别瞎嚷嚷。"最顶上传来了薛淳英的声音。

火光一亮，薛淳英点起了火折子。他背上负着廖云觉，手上还搀着老金，陆让与楚瑶光灰头土脸地跟在后面。

"让开。"薛淳英举着火折子一路越众而下，微弱的火光终于照出了他们所处之地的样子。

这是一条狭长的地道，两侧的墙上，每隔几步就挂着一种武器，轮廓近似刀枪剑戟。

廖云觉也跟了下来，低声问："这是墓道吗？"

薛淳英道："不，应该是给活人准备的。"

他说着继续朝下走，一直到了石阶底部，火折子的微光映出了一道紧闭的石门。

薛淳英拿火折子仔细照着石门两侧的墙壁，似在寻找什么。刚刚死里逃生，他的声音里却透着不加掩饰的喜悦："传说宿河国饱受战乱所累，所以在地下修筑了工事，用于藏宝和避难。这地道若是逃生用的，就不会堵死入口，石门内外应该都有升降的机关——没错，在这儿。"

他抓住墙上挂下的一段锁链，运足臂力朝下一扯。锁链带动着辘轳吱吱嘎嘎一阵转动，那厚重的石门缓缓升起，露出了其后更长的地道。

薛淳英喜道："长明之战后，宿河几乎灭国，仅剩的活人也很快迁走了，所以里面的财宝肯定来不及搬空。"

他说着回身点了一批千牛军："你们留在原地等候，待风沙过去就将骆驼找回来。余下的人，跟我往里走！"

老金愕然道："将军，咱们要去找什么？"

薛淳英已经当先走进了石门："找乳香。这是最后的希望。"

地底幽寂而寒冷。薛淳英手中的火折子很快燃到了尽头，忽闪着黯淡了下去。

他抬头寻找，不远处的墙壁上依稀有灯台的剪影。他快步走过去，将最后的火星凑近灯芯，点起了一盏油灯。

"啊！"队伍里传出了几声惊呼。

灯火照亮了薛淳英脚下的几具尸体。

这几人看上去已经死了有些年头，都脱水成了干尸。他们穿着大周的服饰，手中还拿着锤子、匕首等物，显然并不是宿河人，而是宿河亡国之后才下来寻宝的旅人。

薛淳英低头检查了一具干尸："没有伤口。"

人群中起了一阵轻微的骚动。众人都想起了数百年来那些有去无回的冒险者，以及古城闹鬼的传说。

忽有一名千牛军道："你们看，石门内侧的升降锁链是断的！"

另一人道："是了，死尸手中拿着锤子，是因为打不开石门，想将门凿开。"

可惜那石门上只留下了一个浅坑。

想到这些人死前该是如何绝望、如何怨恨，众人皆不寒而栗。素尘低声颂起了往生的经文。

就在这时，石门之外传来极其轻微的"咔嗒"一声。

电光石火之间，林远瞳孔骤缩。

"快跑！"

薛淳英已经拔腿朝外冲去，但是来不及了。

一声巨响，石门在众人眼前重重砸下，堵死了他们来时的路。

老金难以置信地奔了过去，冲外面吼道："快开门！你们反了不成?！"

"不是他们反了。"薛淳英掂起那门内的锁链看了看，脸色铁青道，"这是被人为锯断的。外头的锁链应该也被锯到了半断，石门打开后，支撑不了多久就会自动落下。"

林远："……所以，这个地道是请君入瓮、进来就出不去的那种。那不就是个陷阱？"

薛淳英一拳砸在石门上，骨骼发出一声闷响："宿河人的陷阱。三百年前，他们离开之前设下的。"

只有一个最合理的解释：宿河遗族含恨离开故乡之时，带不走所有的财宝，就把这地道做成了最后的陷阱，要让以后的寻宝者通通葬身此地。

结果如此简陋的机关，不仅成功困死了寻宝者，还关进了堂堂中郎将。

有千牛军捡起死者留下的工具，上前凿起了门。石门另一侧也同时隐约传来了开凿声，是留在外面的千牛军反应了过来。

然而这石门不仅极厚，所用石材也极是沉实，难怪那些人只凿出了一个浅坑。而他们根本没带食物，随身的水囊也都空了一半，恐怕等到开门的时候，里面的人早已死干净了！

所有人都看着薛淳英。

薛淳英深吸一口气："门外的锁链刚刚才断，说明这个入口先前没被使用过。地上这些干尸应该是从别的入口进来的。继续往前找吧。"

他闭口不提，也就没人敢问，如果还有别的出路，那些人又怎会被困死。

队伍一片死寂，只默然跟随着薛淳英。

这地道笔直地通向前方，两侧分布着一些凹陷进去的类似耳室的小洞穴，里面还囷着不少箱子，大约是存放干粮和财宝用的。但没人有心情细看。

不知行了多久，眼前骤然一宽。狭窄的地道通入了一座四四方方的大厅，应是宿河人避难时待的地方，粗略一扫，能容下数百人。

这大厅里的箱子全部开着，已经被先来者扫荡过一遭，一串串琉璃玛瑙狼狈地铺散在地。

薛淳英指了指那些箱子，问折云宗几人："有没有乳香？"

折云宗几人回头默默看着他们。林远站在原地动动鼻翼，都能确知这大厅里不存在乳香。

大厅对面，是一条同样宽的通道，指向另一个出口。

但等他们走过去时，便不出意料地发现另一个石门也堵死了，门边躺着更多绝望的干尸。

薛淳英沉默片刻，道："我们回去，继续与外头的人同时凿门。"

千牛军都面色颓然，情知此举没什么作用，只是不甘在原地等死，聊尽人事罢了。

这通道最多只能容三人并行，因此每次也只能派三人凿门。千牛军开始轮岗，余下的人站着也帮不上忙，只能到大厅歇息。

人群中不时有咳嗽声响起。

林远蜷在角落里闭目养神，也忍不住干咳。刚才在风里好像吸入了不少沙子，一呼一吸之间，喉咙不断发痒。他摸出水囊，想喝点水润润嗓子。

"别喝。"

薛淳英走进了大厅，下令道："将你们的水囊和干粮全部交出来。在凿穿石门之前，水粮都由我来分配。"

在此情境里，他的霸道再也不加掩饰。

廖云觉却点了点头，温和道："有劳将军。"

他向来最有一宗之主风范，如今死期将至，仍旧不提薛淳英一意孤行之过，只是抬手示意自己没带水，又淡淡道："陆让，瑶光，把水囊给将军。"

千牛军早已习惯了听令而行，都将随身的食水递了出去。薛淳英挨

个儿收下，很快走到了林远面前。

林远喉口发出"咕咚"一声，将空了一大半的水囊交给他。

薛淳英："？"

林远此地无银三百两道："本来就只剩这么点了。"

在他旁边，李十一慢慢捧出一只已经空了的水囊。

薛淳英怒极反笑："很好，你们两个今日都不必喝水了。"

薛淳英没收了所有水，粗略一点，无论如何精打细算，最多只够他们撑三日。

第一日很快就过去了，凿石门几乎没有进展。

为了节省体力，不干活的人都静静待在大厅里，或躺或坐，连交谈两句都心疼唾沫。

林远睡了很长的一觉，最后在干咳中醒来。他的嗓子又干又痛，如同被沙砾刮过。不远处的李十一闭着眼睛，不知是在调息还是在沉睡。

薛淳英正在分发水囊，果然言出必行地略过了他们俩。

素尘自己喝了一口水，又去喂悟色。小猴子渴得眼睛发直，抱着水囊大口痛饮。素尘替它扶着水囊，几番想收回来留给自己，却又皱着眉不忍心。

林远看了一会儿，叹息道："你这是养了个儿子。"

素尘伤感地望着悟色："是贫僧擅自与它结缘，却又让它跟着受苦。若是真的难逃一死，至少让它死前快活些。"

林远下意识地望了廖云觉一眼，沉默片刻，笑道："有你这般爱护，这畜生死前，却比很多人要开心些。"

素尘听出他在自伤身世，却又不知如何开解，只能转开了话题："咦，这墙上好像还刻了东西。"

"咯咯……刻了什么？"

"乱七八糟的，什么都有。"灯火昏暗，素尘整个人几乎趴在了墙上，用指尖摩挲着什么，"这应该是几百年前的宿河地图，这里是王宫，周围是屋舍，但还没有那座佛塔……"

林远打起了一点精神，凑过去打量。

墙上的刻痕浅淡得几乎要消失了，也不知是哪朝哪代落下的。笔法简陋粗糙，应该是某个在此避难的家伙穷极无聊，信手所为。

素尘又道："再瞧这一片刻痕略新，王宫旁边又多了个圆圈，恰好是那佛塔所在之处，应是后来造了佛塔。"

林远忽然注意到了什么："若这两片刻痕都是地图，那它们的左上角都有一簇东西，该不会都是……"

"这方位，是乳香林。"

林远迟疑道："但来时路上我看过那佛塔，瞧上去总有五百年了。"

他这么一说，素尘也意识到了问题："那些乳香树，比佛塔还早？"

"不，不止。"

林远指着那地图："这整座宿河城池，建得横平竖直、四四方方，偏偏只在乳香树林这一角漏了一块。总不能是先造了屋子，又砸了屋子，让出一块地来种树吧？"

素尘与他面面相觑："也就是说……那些乳香树，比宿河国建国还早？！"

宿河国在八百年前就已见于中原古籍了。什么样的乳香树，能活那么久？

林远想起那枯木散发的邪门的腥香，多少有些骇然。

还有，若他的记忆没有出错的话，早在那一场沙尘暴开始之前，他面前的枯树就被凭空出现的沙子掩埋了。

简直像是鬼神所为……

林远又在墙上找了找，石壁刻痕斑驳，一幅接着一幅，可惜全像是小儿戏作，再未出现与那些乳香树相关的线索。

素尘边看边喃喃念佛："阿弥陀佛，看来宿河人生性尚武，连刻画小人儿都全是打打杀……"

他的声音戛然而止，许久都未再响起。

林远疑惑地转头一看，素尘面色惨白，正直直地瞪着面前的石壁。

即便是生死关头，林远也没见素尘露出过这样的表情。他跟着去打量石壁，素尘面前的刻痕很深，也很清晰，或许是这石壁上最新的一处。

起初他没看懂刻的是什么。那似乎只是一些小人儿围成一圈，中间

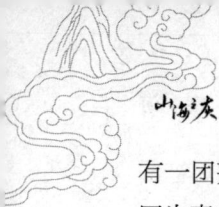

有一团芜杂纷乱的线条，像是刻错之后，索性自暴自弃地乱刻一气。但因为素尘奇怪的反应，林远又盯着看了一会儿。

渐渐地，他发现异常之处了。那些小人儿其实刻得相当细致，形态各异，一眼望去有大有小、有男有女。其中有个小人儿庞大的身躯上，竟接着一颗似狗非狗的脑袋……

林远背上的汗毛全部竖了起来。

"这画的该不会是十觉者吧？"他悄声道，"是在记录长明之战？"

对了，宿河人在三百年前曾经亲眼看到了长明之战，完全可以记下十觉者与凶兽九婴的真面目！

"可是这九婴跟史书里记的不太一样啊，也没看见九颗头……"

"不对。"素尘轻声说。

"什么不对？"

"啊，"林远自己也发现了，"数量不对。"

一、二、三、四……林远又数了一遍，的确是九个小人儿，而不是十个。

而且，盯得久了，他总觉得中间那团线条透出一种难以言说的幽暗恐怖之意。那刻痕歪歪扭扭，仿佛其人作画时，也在害怕着什么。

林远突然看出章法来了。

看似一团扭曲的刻痕之下，原来有一些规整的纹样，像是某种西域文字。

"大师，"林远终于理解素尘的反应了，"你能看懂宿河文吗？刻的是什么？"

素尘闭了闭眼："贫僧只懂一个大概，有几个字，还需要查看典籍之后才能确认。"

林远："我们能不能活着出去还两说呢。大师先翻译个大概嘛。"

一段更长的沉默之后，素尘道："在查明典籍之前，出家人不敢妄语。若是平白造了口业……"他的语气中有一丝颤抖，"贫僧会下地狱的。"

此时此刻，万里之外，极北之地。

冰川之上，浮空千丈的玄云之中，一座悬岛正徐徐行空，如同鲸鱼游过漆黑的海底。即使有凡人撞了大运，得见如此奇观，也绝无可能以肉体凡躯飞攀上去，只能遥望兴叹：不愧是觉者的道场。

这便是传说中的仙山"岱屿"。

悬岛上时有人影安闲来去。他们均身着白衣，高梳道髻，面上既不显年龄，也无甚表情。

整座岛屿时时回荡着乐声，六律六吕，随性而起，随雾而散，并未组成特定的旋律，却又让人控制不住地想听下去。一道道悠远的乐音，环绕成了无止无尽的深邃旋涡。

直到——

"丁零……丁零……"似有若无的铃铛声由远及近。

一匹翼马踏云而至，美人下马，款款行来。

蝉翼般纤薄的金色长裙无风自动，像在爱抚其下包裹的蜜色尤物。

祂鬓发如云，面如蔷薇，赤足上以丝带系着一枚铃铛，每走一步，就带起一道空洞的回响。

铃铛过处，那乐声竟诡异地低落了下去，仿佛被施了噤声之令。

一名白衣人迎上前去，躬身朝祂行礼："蜜特拉觉者。"

"嗯——"来者含笑的声音也如酒与蜜一般滑腻，像要将身周每一寸空气都拖入醉生梦死之中。

然而，仅仅一个音节，那白衣人却如遭重击，强忍着捂住耳朵的冲动，朝后退了半步。

蜜特拉嫣然一笑。祂的芳唇左右点缀着两枚对称的银钉，单看位置，颇像大周少女爱点的面靥。但白衣人却知道真相。

那两枚银钉之间，连着一根细细的链子。链子从祂的左边脸颊穿入，横向贯穿舌头，再从右脸穿出，使祂每说一个字，舌头都会流出血来。

蜜特拉就用这染血的舌头，笑着问道："都广天司呢？"

白衣人胸口气血翻涌，几乎无法直立。他勉强维持着平静道："吾主已在珍珑阁等候多时了。"

"哦？在等我吗？"蜜特拉笑道，"什么都瞒不过祂。"

影子

> 看来自己终于要死了，这都出现濒死的幻觉了。

珍珑阁建在岱屿最高处。

一入此门，就像进入了一方纯白天地，触目皆是柔和的白，甚至找不到地板与四壁的边界，只有半空中飘浮着一些黑白棋子。

这些棋子浑圆莹润，共有百余之数。它们了无凭依，不拘上下前后，每一枚都循着各自的方向，以极缓慢的速度移动着。只有两相碰撞时，才有可能改变轨迹。

都广天司正背身而立，仰头观望着这些棋子。祂的白袍极其宽大，连一寸皮肤都未露出，只有一头雪白的长发顺垂及腰。

铃声由远及近，都广天司并未回身。

蜜特拉自顾自地走到祂身边，与祂一同欣赏起棋子来："看来最近颇不安定啊。也对，一个篁予香，让两边都动起来了，这一潭死水终于变得有趣了一些。"

都广天司不语。

蜜特拉并不需要回答，自得其乐道："那么……祢选择哪一边呢？医巫闾，还是泥师都？"

祂忽然绕到了都广天司面前，直视着对方的面容——说面容并不准确，因为都广天司还戴着一张白色面具。那面具只浅浅雕出了五官之形，双眼处没有镂空，蒙得严严实实，也不知祂如何视物。

蜜特拉像注视情人般眯眼望着这张面具，芳唇间吐出的每一个字都带着令人疯狂的诱惑力："我怎么喊祢都不现身，还要我亲自找来，该不会是因为祢早就归顺了医巫闾吧？"

都广天司久久不答。

　　就在蜜特拉忍不住要催促之时，祂终于出声了："把铃铛摘了。"祂的声音年轻而散漫，有玉石撞击一般的质地。

　　蜜特拉愣了愣，突然放声大笑："祢怕它？"

　　祂故意抬起那只绑着铃铛的腿，小腿轻轻蹭过都广天司不染纤尘的道袍："我怎么会用它对付祢呢？祢明知我需要祢呀。"

　　天司却又修起了闭口禅，磐石似的面具不曾泄露一丝情绪。

　　最终蜜特拉有些着恼地伸手一抹，让那铃铛消失了踪迹，嗔道："这总行了吧？"

　　天司这才开口："告诉泥师都，不必游说我，我对祢们的争斗不感兴趣，也不会加入任何一边。"

　　蜜特拉挑起眉："祢误解了吧？我不是祂派来的，也不替任何家伙办事。"

　　天司低声笑了笑："契约之主，祢想探一探我的力量衰落到何种地步了。"祂说话只用陈述句，"但很遗憾，至少在此时此刻，我依旧知晓。"

　　"知晓什么？"

　　"一切。"

　　蜜特拉的表情变了变，眼中戏谑的意味缓缓消散："既然如此，祢应该也清楚，祢这个能力可是颇招忌惮呢。"

　　祂知道对天司无从隐瞒，索性直言不讳："筮予香对所有觉者来说都是最后一次机会，是你死我活之局。即使祢避世远遁，飘在这苦寒之地，也不能超然于局外。不如——"祂媚眼如丝地望着天司，"与我一道吧。以祢我之力，再加那条狗，何愁对付不了一个医巫闾？"

　　天司的声音依旧漫不经心："我对筮予香更无染指之意。"

　　蜜特拉伸出一根食指抵在面具的唇上："我可不相信言语。"

　　"那就用一次铃铛吧。"

　　蜜特拉呆滞了一下。

　　祂纤指一翻，铃铛重新出现在了手中。祂以一根小指钩住金带，将之垂吊于天司面前，晃出一声摇撼神魂的清响。

　　蜜特拉的唇边勾起一丝狞恶的纹路："立誓吧。"

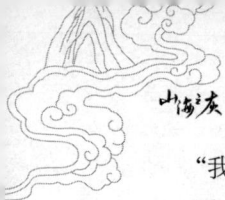

"我不会参与祢们之间的争斗，对箓予香更无染指之意。"

话音刚落，铃铛再响。

转瞬间，以天司为中心，金色的岩浆滚涌而上。岩浆散发着足以将人焚为飞灰的热度，下一个刹那已经淹没了珍珑阁的地面，再下一个刹那便没过了祂们的小腿。

都广天司岿然不动。

岩浆缓缓消退，连祂的白袍上都未留下一丝痕迹。

蜜特拉重新收起铃铛，看上去索然无味："祢就一点野心都没有吗？难道……祢已经知道了箓予香根本不会制成，我们全都会白忙一场？"

"并非如此。命数无绝对。"天司抬起一只宽大的衣袖，遥遥一指头顶那些飘浮不定的棋子，"站在此刻，未来仍有数条岔路尚未闭合。"

"那我们要怎么才能保证……"

"祢们不能。"

蜜特拉眼波一转，又露出了似嗔似讥的笑意："别这么铁石心肠，就给我一点小小的提示嘛。有没有什么法子，能让李四顺利偷出第一味香料？"

都广天司微不可察地顿了顿，但在祂向来散漫的语速中，这一停顿并不显得突兀。

祂抬袖轻扫，悬空的棋子被拨乱开去，又缓缓归于原位。如此重复几遍，祂才道："七日之后午时，祢可去宿河古城以南二十里处，制造一场地动。"

蜜特拉笑道："多谢。"

蜜特拉走后许久，那群白衣人方才接近珍珑阁："神主。"

这群白衣人与八苦斋的赵部一样，以神仕自居，曾发宏愿为自己追随的觉者献出一切。他们也是都广天司仅有的信徒。

白衣人默默仰头，望着某几枚微微摇颤、似乎显得彷徨不安的棋子："神主是否要帮助他们？"

"再等等。"都广天司道，"若他们挺不过眼前这一关，也不值得我出手了。"

宿河地道。

又是一天过去了，厚重的石门依旧没有被凿穿，凿门的千牛军却倒下了一批。

那几人被抬进大厅时双眼翻白，意识模糊，已是出气多入气少了。众人望着他们，都心知若想救人，必须喂他们喝水，然而大厅里一片死寂，愣是没有一个人开口。

谁也不想点破这个残忍的事实：人不一定救得回来，为他们浪费所剩无几的水，得不偿失。

一群并肩作战过的千牛军面露不忍，正在左右为难间，薛淳英骤然出手。横刀如电一般闪过，刹那间给了那几人一个痛快。

事情发生得太快，旁人甚至来不及做出反应，薛淳英竟然已经取出一只空水囊，对准了死者颈上的血口，开始接血了。

他的手下怆然道："将军！"

薛淳英语声平淡："没有水就喝尿，没有尿就喝血，干粮没了就烤他们的肉。先倒下的人，就用血肉供剩下的人多支撑些时日。"

饶是众人已经饥肠辘辘，听见这话都还是忍不住一阵反胃。

楚瑶光脱口而出道："我宁愿死。"

"宁愿死的就主动站出来，我的刀很快。"薛淳英说着，有意无意地朝林远看了过来。

林远一瞬间不寒而栗。

他从薛淳英的安排里听出了一层杀机：如果接下来一时无人倒下，他打算将谁变成"先倒下的人"呢？

首当其冲的，无疑就是自己和李十一这两个可疑的累赘了。

林远咳嗽了一声，不知是因为缺水还是因为先前吸入的沙粒，胸口闷痛得厉害。

他笑了笑，破罐破摔道："舍身为人这种事，要论谁先来，似乎应该算一算是谁一意孤行走进这陷阱，不仅没能保护好折云宗一行，还害死了自己的部下。"话语间已经是在明目张胆地挑拨离间了。

李十一有些诧异地抬眼看向林远。林远自己也清楚，这恐怕不是李四的作风，但如今生死关头，也顾不上其他了。

果然就有人上了钩："没错，凡事应该讲个道理，将军怎么能让我等平民先死……"

"陆让。"廖云觉语含警告。

陆让话说到一半，戛然而止。

薛淳英面不改色道："我执意来此，是皇命在身，肩负要任。我若身死，这队伍立即就会四分五裂。所以，在场若只有两个人能活下来，那便是我与廖宗主；若到那时还出不去，我会自戕，以我之血为他续命。"

他环视众人，问："谁有异议？"

薛淳英通身的煞气一放出来，陆让刚才那点血性瞬间烟消云散，白着脸低下了头去。

薛淳英点了点头，又回去对付石门了。

林远却觉得自己在这大厅里逐渐没了立足之地。

那些千牛军虽然仍在闭目养神，但偶尔朝他这个角落射过来的目光，就像是在打量猎物一般。这些刀口舔血的汉子，显然很是适应弱肉强食的规则。

林远发了一会儿呆，挣扎着慢慢起身。

竟有千牛军直接质问道："你去哪里？"

"去看看那些耳室。"林远木然道，"放心，跑不了。"

耳室里自然没有水粮留存，即使有，三百年过去，也早就不能食用了。

林远胡乱翻找片刻，胸膛愈发剧痛难忍。他扶着墙缓缓坐下，喘息着试图平复紊乱的心跳。

看来这里就是他的终点了。

不，不行。如果注定死在这里，他至少要告诉廖云觉一切再死。

林远踉跄着站了起来，扶墙走出了两步。

起初他以为眼前闪过了一抹似曾相识的颜色。他揉了揉眼睛，才意识到自己是闻见的。

混浊的乳白，像是腐坏的奶水，有些腥甜。正是下来之前，他闻过的那些奇怪枯木的味道。

难道在这不起眼的斗室里，竟藏着乳香？

墙角堆着一些箱子。林远走过去打开一看，里面装着一截乳香木，表面还涂着红色的漆，似膜拜又似畏惧。木材已经凋朽得差不多了，散发的味道竟比地面上的那些还要微弱。

看来这条线索也到此为止了。话又说回来，如果在这个关头发现了乳香，那处境才更讽刺吧。

林远笑了一下，抬起头来，下一秒，整个人都凝固在了原地。

借着地道里的火光，他瞧见对面的墙上，映着一道人影。

然而此刻，他自己还蹲在角落里，这耳室内外也没有其他人，那道影子究竟是谁的？

林远下意识屏住了呼吸，好半天都没敢动弹。那道影子也跟着一动不动，仿佛只是石壁上的一块墨痕。然而无论怎么看，那都是一个人的轮廓，就连头发丝都根根分明。

林远蹲得脚有些酸了，缓缓站起了身。

他想着情况无论如何也不可能比眼下更糟了，索性一步一步地朝着那个影子靠近过去。

随着脚步移动，他自己的影子也被投到石壁上，逐渐由大至小，由虚至实……

饶是林远几日内经受了如此多的变故，自认不会再被任何东西吓到，此时仍旧微微色变。

他的目光在墙上那两道影子之间轮番移动，左右对比着它们的高矮胖瘦、脖颈的粗细、头颅的角度……

如果再往前走半步，他的影子是不是能完完全全地与墙上那道影子重叠在一起？

林远这样想着，脚下也像着了魔似的向前踏出了半步。

还好，他疯狂的妄想并没有变成现实。两道影子虽然极其相似，但还是有些微妙的细节对不上。

足底传来"咔啦"一声，整个地面忽然下陷了半寸。

林远一个趔趄，低头望去，只见脚下那看似坚硬的地面竟像一块薄薄的石板一般，以他的脚尖为中心，向四方迸出了几道裂纹。

这地面居然不是实心的？

林远伏下身，屈起指节敲了敲地面，又直起身来左右环顾，想找些重物来砸一砸。

恰在此时，他的眼角余光掠过那墙面，刹那之间毛骨悚然。

林远浑身僵硬，只将眼珠慢慢地转了过去。

只见以他此时的站位与姿势，他的影子终于严丝合缝地对上了墙上那一道影子，就连每一根头发丝的走向都分毫不差。

不知过了多久，林远终于轻轻耸动了一下肩膀。

随着他的挪动，那影子竟也跟着动了。

林远转动脑袋、摆动胳膊，墙上的影子也随之而动。

就仿佛石壁上那道固定不动的印记，已经与他自己的身影合而为一，又或者——冥冥之中他有了一种奇怪的感觉——那道印记就是他的影子本身，只不过因为某种错乱、某种偏差，提前半刻出现在了石壁上。

像预兆，又像指引。

若说有什么目的，似乎只是为了……让他站到此时站立的地方。

林远的脑子还没有理解眼前发生的一切，身躯却先一步动了。他转身扛起一只沉重的箱子，朝着那碎裂的石板猛力砸去。

然而他紧绷着神经，一时竟忘记了自己身体的状态。这一砸用尽最后一丝体力，木箱还未落地，他便觉得眼前一黑，颓然倒地，晕厥了过去。

不知过去多久，口中突然尝到了一阵甘甜的凉意。林远贪婪地吞咽起来，一口气不知喝了多久，昏黑的视野里逐渐透进了朦胧的光。

他睁大双眼。

廖云觉蹲在他面前，正在喂水给他喝。

看来自己终于要死了，这都出现濒死的幻觉了。水都在薛淳英那里，廖云觉此时既不会有水，也不会出现在自己面前……

林远目中满是苦涩，朝着那廖云觉的幻影哑声道："师父，我好难受啊。"

"你发烧了。"那幻影说着，将整只水囊放到他手里，"藏好了，别让薛将军看见。"

林远愣住了。手中的水囊沉甸甸的，是实物的重量。

这一切都不是幻觉。

林远来不及多想，猛然急切道："我有事要告诉你——"

"咦?"楚瑶光的声音从近处传来。

她正低头拨开木箱的碎块，只见地上原本出现裂纹的地方，已经变成一个塌陷的洞口。

"这里好像有风。"楚瑶光伸手探了探。

陆让也凑了过去："底下是什么地方?"那个洞实在太小了，他们又扒开几块碎石，将洞口挖大了一些。底下黑黢黢的，一丝光亮也没有。

"让开。"林远爬了过去，做了自己唯一能做的事：他将整个脑袋都凑近洞口，深深嗅闻了一下。

灰尘、泥土、青苔……青苔!

为了确认，林远的脑袋几乎都伸了进去。

这回真的闻到了，不只有青苔，甚至还混着某种微弱的花香——不是被烘干制成香粉的那种，而是开在阳光下、新鲜带露的花的香味。

林远抬起头来，指着洞口颤声道："师父……"

廖云觉站在原地，并无反应。

林远有些疑惑："你闻到了吗?"

难道廖云觉不明白，有花开放，就意味着有水源与阳光，也意味着有生路?

昏暗中，廖云觉似乎微微一动眉峰，不着痕迹地朝旁侧看了一眼。

反倒是楚瑶光鼻翼翕动："底下有什么味道吗?咦，好像是有一点……"

林远大惑不解。

廖云觉方才那一转头，仿佛在向陆让和楚瑶光确认情况。可是离得这样近，廖云觉怎么可能闻不到呢?怎么可能……

犹如一道闪电划过漆黑的夜空，在这一段残忍的缄默中，林远终于串起了所有谜底。

廖云觉闭门不出整整半年，直到皇帝亲自施压，才踏上旅途。

廖云觉从他们重逢开始，就心如铁石地要赶走他。

廖云觉一路都在随手指路，仿佛根本没指望能找到乳香。

廖云觉……廖云觉在那日冲入火中，受了重伤……

现在林远知道他伤在何处了。

林远死死地盯着廖云觉，却看不清他的眼神。

两人就这般沉默相对，直到廖云觉若有所悟，蹲下身去，用手指试了试洞口的风。

"别出声，来把这个洞口拓宽。"他低声道。

陆让和楚瑶光都开始挪动石块。

林远没有动。

他就这么一动不动地望着眼前的廖云觉，这个折云宗史上最年轻的宗主，这个百年不遇、名传四海的天才。

大约是他的表情变化实在太明显，廖云觉都没法视而不见了。

廖云觉眨了眨眼，一直以来刻意维持的冷漠神情消失了，有些无奈地问他："到底是什么味道？"

"……花香。"

廖云觉点了点头，安抚地拍了拍林远，像在哄七岁的他："你做得很好。"

"师父。"林远暗暗咬着牙，想将一个问题挤出干涩的喉口，就像将胸口带血的沙子吐出来，"师父……"

他办不到。

他实在问不出来：你的嗅觉，是在我放的大火中毁掉的吗？

壁画

宿
河
其
七

嘴已经不够使了，等到出去，他要对这厮动手。

十年前，林远刚拜入廖云觉门下那会儿，曾怀疑自己的师父没有七情六欲。

廖云觉不近女色，也不喜宴饮。王孙公子的猎射蹴鞠、文人骚客的诗赋雅集，若非必须代表宗门出席，他几乎不曾参与。

永宁城里，想与廖宗主结交之人不知凡几，却都苦无门路。那时林远只要出门，便会被人赔着笑脸殷勤打探："尊师平日都做些什么？"

林远答道："制香。"

对方讪笑："我是想问除了制香，他闲暇时有何消遣。"

林远想了一下，又据实答道："读书，喂鱼。"

"哦？"对方以为摸到了门路，"不知廖宗主喜欢读什么书，喂什么鱼？"

"书有字就行，鱼活着就行。"

"……"

也正因此，尽管他人眼中的廖云觉是谦谦君子，风仪无双，林远却一直觉得师父的本性不仅离群，而且厌世。

直到后来，他慢慢学会了品香。廖云觉一点一点地教给他，某种香料味辛而苦，会使人灵台清明；某种香料味甘而温，会使人心生暖意。

廖云觉制出的香，其味底色都极冷淡。但随着白烟袅袅散开，便生出了万丈红尘。喜则红炉煮雪，陶然而醉；悲则千山月冷，不知所归。

当世第一的制香师不近人世，却天然能洞见众生悲欢，让无数男女如痴如狂，喜极泪下。

仿佛他心尖仅存的那一点点热烫的血，都耗在了香里。他也仅凭这一道细不可见的丝，与人间相连。

而现在……

现在，林远脑中只有一个分明的念头：他若恨我，也是理所当然的。

陆让搬着石块，听出林远语声有异，回头看了他一眼，却见他失魂落魄地盯着廖云觉。

看来这厮终于发现了。陆让心中忽感痛快，甚至生出了一点幸灾乐祸来。

他冷笑一声，开始组织嘲讽林远的语言。他在这件事上没什么天分，脑子里还在挑选词语，廖云觉却已经开口了："能下去吗？"

陆让："……什么？"

廖云觉指了指那洞口。碎石搬开后，洞口约莫能容一人通过了。

廖云觉一点谈论旧事的意思都没有，陆让噎了一下，也只得回道："没有台阶或梯子，太暗了，看不出底下有多深。必须回大厅去寻火折……"

"不要惊动别人。"

林远话音刚落，径直跳了下去。

林远此时情绪低落到了极点，简直觉得摔死更好。结果这一跃很快结束，双足立即稳稳落到了地面上。

他顿了顿，伸直手臂摸索了一番：左右是石壁，前后是空的。

这似乎又是一条地道，但是更低矮，更狭窄，也更粗糙。

宿河的地道是东西朝向的，底下这一条却是南北朝向的，根本不知道通向哪里。如此看来，两条地道竟然只在一个地方交会，就是他们打穿的这个点。

林远置身于地道中，能明显地感受到空气是流动的。否则这样的密道，不知封存了多少年，人在其中根本无法呼吸。

林远心下有了定见，将声音压到最低，仰头道："师父，底下必有出路。不要出声，悄悄下来。"

他如今已经知道了廖云觉的秘密，自然也知道这队伍里不可久留。一旦让薛淳英发现这任务在开始前就已失败，鬼知道那活阎王会做出什么事来。

"既然天赐良机，我们就从这里逃走吧。"

廖云觉似乎考虑了一下，微微点了点头，示意楚瑶光先下去。

林远闪身让开，待楚瑶光跳下来，却不见廖云觉跟上。头顶传来他的声音："陆让，你也下去。"

林远心中猛然一突，推开楚瑶光，朝上望去："不要——"

廖云觉比了个噤声的手势，回头看了一眼。

见林远已经看穿自己的意图，他索性坦然道："必须留一个人在上面把洞口重新盖好，否则被千牛军发现了此处，你们也逃不远。"

他说得如此冷静，仿佛他不逃生，真是出于不得已。

但林远对廖云觉实在太了解了。

若说起先前在沙漠中看到他随手指路时，林远只是有个不明所以的猜想，如今这猜想已变成了森然的恐惧：廖云觉从一开始就没打算活着走出这片沙漠。

林远胸口又一阵闷痛，拼命抑制着干咳："要逃就一起逃……"

廖云觉的脸庞背着光，似乎是笑了一下："别再耽搁了，千牛军随时可能寻来，快走吧。带好水囊，省着点喝。"

林远忽然意识到廖云觉塞过来的水囊里，有着满满一袋水。

薛淳英没收众人水囊时，碍于情面没有搜廖云觉的身，便让他藏下了水囊，结果这几天，他自己竟一口没动。

人干渴到极点时，若有水在面前，便是铁打的汉子也会扑上去痛饮——但凡他还有一丝求生欲。

林远浑身发冷。他宁愿廖云觉对自己怨恨入骨，可如今廖云觉似乎连最后一点情绪都消失了，话音里甚至有种终于完成了一切的疲惫与轻松。

林远什么话也说不出来，一向灵活的唇齿突然生了锈。他要说什么，能说什么？

他只能听着廖云觉平静道："陆让，下去。"

"不行。"楚瑶光推开林远，自己挤到洞口哽咽道，"非要留一个人在上面的话，也不能是师父！"

林远二话不说便伸手扒住洞口，想要借力往上爬，却被廖云觉推了回去。

"别出声！"廖云觉用气声道。

外面传来了模糊的动静，似乎远处有人正朝这边走来。

廖云觉转向陆让："快走。"

陆让站在原地，面上无数慌乱与挣扎一闪而过，如芒刺在背，始终无法跃下洞口。

在潼丘的那个夜里，廖云觉将他与楚瑶光叫去房中，说要告诉他们一个秘密，便直言自己已经失去嗅觉，采香一事注定无法完成。

陆让当时像被兜头泼了一盆冰水，呆滞良久才问："那……何不早些禀明圣上……"

廖云觉摇了摇头，平淡道："我已犯下欺君之罪，被千牛军看出端倪也是迟早的事。但若在那之前找个机会，死在寻香路上，留一个为皇命捐躯的美名，便可保全宗门。至于你们二人，趁早寻机离开队伍，还可保住性命。"

陆让知道，眼下就是廖云觉等待的"名正言顺死去"的机会。

可是，他怎么能真的留下廖云觉让他去死呢？日后别人会如何看他？他又要如何自处？

就如潼丘那一夜，廖云觉话音刚落，楚瑶光便表态道："师父本可以只顾自己一走了之，如今甘愿赴死，不正是为了宗门上下吗？我父亲与无数同窗承蒙师父庇护，我又怎能做那无情无义的小人？即便是绝路，瑶光也要服侍师父到最后一刻。"

廖云觉还想说什么，楚瑶光竟直接道："师父不必赶我，我不会走的，闹出动静还会引起千牛军注意。"

陆让："……"

这小师妹如此义烈的话语一出口，陆让更无法独自离开，只能硬着头皮道："是啊，事情还没到毫无转圜的地步，或许我们还能替师父寻到那些香料啊。"

从那夜以来，他就再没睡过一个整觉。

　　而林远这个罪魁祸首，直到今日之前，都还一无所知地置身事外。廖云觉甚至派自己去寻个理由赶走他，让他离开这摊浑水。

　　幸而这傻子偏不肯走，还拿斗香这由头做拙劣的激将。陆让冷眼看着他，顺势答应了下来。

　　廖云觉发现林远还在队伍里时，淡淡地看了陆让一眼，那一眼叫陆让凉彻心扉，却又无可避免地产生了不忿之情：林远何德何能，凭什么独活？

　　陆让作为庶子，年幼时逢年过节才得以见陆家家主一面。他混在一大群兄弟姐妹间，极力拿出最端正的态度朝祖父行礼，祖父点头受了，却叫不出他的名字。

　　从那时到今天，他拼了多大的力气，走了多远的路，这一切难道就是为了临死还给林远当垫脚石吗？

　　陆让愤恨地看向那洞口。

　　想得美！

　　"你给我上来。"陆让扑过去拉林远，"要留下的人应该是你，你本就形迹可疑，逃出去也会害了我们！"

　　他这一下突然发难，余下几人都猝不及防。林远本就伸着胳膊，被他抓住强行往上扯，一惊之下，那声忍了许久的干咳终于冲出了喉口。

　　"谁？"外面传来了千牛军的声音。

　　脚步声很快接近了这个耳室，几名千牛军走了进来，狐疑道："你们在做什么？"

　　林远："……"

　　"我看看。"一人举着火折子朝洞口探了过去，照出了一条长得看不见尽头的地道。他面色大变，立即道："我去喊人。"说着匆匆离去了。

　　耳室内一时落针可闻。

　　陆让顶着在场所有人的目光，气虚道："……你咳什么？"

　　林远磨了磨后槽牙，心想：嘴已经不够使了，等到出去，他要对这厮动手。

　　薛淳英很快带着所有人进入了这条新的地道。

素尘大喜道："林施主大德啊，这种地方都能被你找到……"

眼前这条地道十分陌生，不像宿河的工事那般设有耳室和壁灯，却在两侧石壁上绘满了古朴而繁复的纹样。其中一端已经被堵死，众人便开始朝另一端跋涉。

林远受了陆让这一回气，胸口更堵了。身上忽冷忽热，视野也忽明忽暗，他知道自己定是高热未退。

所有人的体力都行将见底，走得蹒跚而又缓慢。每个人都紧紧咬着牙一言不发，生怕这口气松了就会倒下，再也爬不起来。

林远的视线突然被两侧掠过的壁画吸引了。

此时他才依稀看出，这壁画是用极其古雅的线条，描绘了一粒种子从发芽到抽枝生长，最终变成参天大树的过程——至少按照合理的顺序应当如此。

但按照他们行进的方向，看见的壁画顺序却是倒逆的，从终点到起点，犹如枝繁叶茂的大树渐渐萎缩成一粒种子一般。

细看之下，树根处还绘制了一些小人儿，有的在播种，有的在狩猎，另有几人围着树干，似在祈祷。

石壁底部竟还书写了一些细长蜷曲的文字。

"大师，"林远哑声问素尘，"这是宿河语吗？怎么与宿河大厅里的那些刻字不太一样？"

提及那一幅记录了长明之战的壁画，素尘的神情又有些古怪。

他凑过去仔细看了看，道："这不是宿河语。"

"是什么语？"插言的是薛淳英。

素尘很是疑惑："这文字贫僧见所未见，似乎不属于西域任何一国。"

薛淳英眉头一皱："我们断不可能已经走出了西域的范围。"

素尘道："还有一种可能，这是某种已经失传的古文字。"

林远盯着那几个祭祀的小人儿。他们头戴羽毛，跪在地上双臂高举，似在膜拜那棵树。看得久了，一股古老苍莽的气息扑面而来，耳边几乎能听见某种蒙昧而虔诚的喃喃祝祷声。

这条地道是在宿河的工事之下的。

也就是说，要么有人在宿河人眼皮底下神不知鬼不觉地挖了一条地道，要么就是这条地道存在的时间，比宿河国还要久远——就像那十余棵乳香树一样。

越往前走，空气中的水汽越重，就连地面都潮湿了起来，石缝里竟出现了青苔。

队伍一阵躁动，都像回光返照似的加速朝前冲去。

终于，地道到了尽头。前方的出口仍是被堵住的，但不同于宿河地道沉重的石门，挡在他们身前的只有薄薄一层石壁，那裂缝里甚至透入了丝丝缕缕的阳光，在靠近出口的地面上生出了一片白色的花丛。

众人精神大振，走在最前面的几名千牛军不消吩咐便扑了上去，开始撬动石块。

薛淳英突然低声命令道："动作轻一点。"

"将军？"

薛淳英指了指地上那些白花。只见其花形奇异美艳，雪白的花瓣纤细微卷，犹如不染纤尘的神鸟之羽。

经他一指，登时有人倒吸一口凉气："这不是往生花吗？"

"……什么花？"林远问。

薛淳英道："此花名往生，战场上常见。它只开在有死人的地方，吸食血肉为生，等到把尸体的养分吸收完了才会枯萎。你们看，这丛花的中间就有一个缺口。"

众人将目光移向地上那一块没开花的区域，顿感毛骨悚然。

只见那一块缺口，分明是一个躺着的人的形状。

"这里躺过一个死人？"林远也压低了声音，"可这出口还堵着呢，尸骨去哪里了？"

薛淳英缓缓摇头："不知道。所以谨慎行事。"

一旁的陆让瞪着那往生花，越看越觉得形似招魂的小手。就连香味也是一派清寒，像入了幽冥。

陆让动了动鼻翼，接着猛然转头，看向林远。他记起来了，这厮在下地洞之前，曾声称闻见了花香。那指的——竟是这一丛。

可他们下来之后，少说已经走了半个时辰，林远究竟是隔了多远的

地方闻到的花香啊？

饶是陆让自视甚高，此刻也不禁心下骇然。这还是人的鼻子吗？

"哗啦"一声，出口处的石壁应声而倒。

千牛军拨开碎石，试探着伸出头去看了看，又缩了回来："将军，我们在一口井里！"

化外
宿河其八

银香囊外壳打开的一瞬间，林远做了一个连自己也无法理解的动作。

薛淳英探身朝下望去，一小片黑黢黢的水面，只比地道低了不过一尺。再往上看，灰蓝的天空只有月轮大小。

他们方才打破的地道出口，竟是一块井壁。

众人见到井水，哪里还有理智可言，纷纷挤过去以手舀水，贪婪地喝了起来。后面的人也开始往前挤，险些将前排的人推入水中。

薛淳英沉声喝道："都别动！"

他仰起头，鹰隼似的目光扫过石井。此井甚是怪异，宽敞得出奇，寻常水井最多可供一个人上下爬动，而此井竟能容纳三人有余。

就连打水的吊桶都不止一个，而是由一道粗长的铁链连着五六只巨大的木桶，由上至下一只只地悬在半空。最底下的一只挂在他们头顶，约半人之距。

薛淳英沉吟了一下，吩咐道："去在显眼处刻上字，给地道外头的那些人留个言。他们迟早会凿穿石门，让他们在地道里待命，先靠骆驼带的水粮支撑，若有不明势力跟踪过来，格杀勿论。"

李十一站在队伍的末尾，神情未动，只有眼珠子朝林远偏了偏。

千牛军留了一半在外，共有数十人。地道狭窄，八苦斋的尾巴几乎不可能越过他们的防线。

薛淳英又让众人轮流灌满水囊。他自己猛喝了几口水，后退两步，微微躬身蓄力，突然冲出去一跃而起，整个人挂在了一只木桶上。

整条铁链"当啷啷"地摇晃不止。薛淳英猿臂舒展，顺着铁链向上爬去，身姿轻盈，三两下便消失在了井口。

紧接着，那铁链又动了，缓缓带着一串木桶降了下来，直到最底下那一只停在了地道出口旁边。

头顶传来薛淳英的声音："钻进去。"

离得最近的千牛军跳进了桶中，薛淳英转动辘轳，将他稳稳当当地拉了上去。

余下众人也依次照办。最后轮到林远时，木桶照样缓缓上升，却在半路忽地朝下一坠。

林远大惊，双手抓紧铁链，只听上方传来一阵喧嚣，似是有人在呼叫。

木桶一坠之后，猛然加快速度，摇晃着将他吊了上去。林远连滚带爬地翻出井口，才发现自己的队伍已经被包围了。

这口石井之外，围了一圈高耸的石墙，只开了一扇小门供人出入。

此刻，那扇门外拥入了一群魁梧男子，身量极高，披着麻衣，手举战斧，口中正喊着陌生的音节。

林远瞧见来人的样貌，暗暗心惊——他从未见过这样的长相。

他们俱是一头金发，脸庞犹如刀削斧劈，比起他见过的任何西域胡人，面部起伏都更为险峻。浅色的眼珠藏在深陷的眼窝里，瞧上去犹如山鬼一般。

此时黑发黑眸的林远等人走出来，双方一打照面，那群人也满脸骇然，挥舞着斧头却不敢靠近。

林远："……"

他把对方当鬼，对方显然也把他们当鬼。

他的目光掠过对方的装束——羽毛毡帽、麻布披风、贝壳挂坠，与地道壁画上的小人儿十分近似，都透着一股上古遗风。

他们该不会是误入了一处世外桃源吧？

可惜眼前之人并不似桃源乡那般热情好客，口中的呼喊一声比一声暴躁。

素尘硬着头皮走上前去，双手合十诵了声佛号，用不熟练的宿河语道："我等是友非敌，只是误入此地……"

对方明显没有听懂，竟直接冲了上来。

薛淳英喝道："应战！"

那些人的铜斧远远比不上天子亲兵的刀，两相撞击，铜斧上就是一道豁口。

薛淳英的横刀一挥，直接将对手的铜斧斩成了两段。那武者愣了一下，大吼一声，将断斧丢到一边，径直扑过来要与他肉搏。

薛淳英哪里遇到过这狗熊抱树似的愚蠢打法，忍不住发出一声冷笑，旋身一脚，正中他心口。

那男子身无甲胄，拿肉身硬接了这一记，眼见着就该心脉断绝。

岂料后退的却是薛淳英。

那一脚犹如踢在了铜墙铁壁之上，他的腿骨险些碎了！

这群家伙明明武器落后、招式简单，却像个个都练了金钟罩铁布衫的功夫，肉搏起来竟似刀枪不入。

反而是千牛军此时体力不济，措手不及之下，章法大乱，被人骑在身上一拳拳地照脸暴揍，揍得血肉横飞。薛淳英一个人救之不及，被团团围攻，左支右绌。

下一秒，墙外传来一声苍老的呼喝。

一名老者被几人簇拥着走了进来。他的须发已经白到看不出金色，满脸皱纹犹如沟壑，手中杵着一根一人高的木杖，额上缀着一枚宝石。

那群魁梧男子听见他的呼喝声，都收起武器，半跪了下去，口呼"图曼"。

林远的瞳孔忽然紧缩。

那老者身上，有浓郁的乳香味。不是寻常的乳香，而是混有一丝熟悉的腥甜——正是箜予香中用的乳香！

那图曼撑着木杖走上前来，颤颤巍巍地举起一只手，隔空对着薛淳英的额头，口中念念有词。

素尘躲在林远身旁，悄声道："图曼在鹤鹬语中是首领之意。"他凝神听着，"这语言中既有鹤鹬语，也有宿河语，似乎介于两者之间……不，不对，应该是两者皆以此为起源。这么说来，它应该是数千年前的古语了。"

图曼一声令下，半跪着的男子们都站了起来，收缴了千牛军的武器，将这些鼻青脸肿的俘虏朝围墙外推搡。

林远跟在众人身后，被那些男子推搡着出了门，一抬头，不由得半张了嘴，半晌没合上。

在他们眼前，无数房舍一直连绵到视野尽头。

这哪里是什么乡？他们分明闯入了一个国！

更令人震惊的是，在这片广袤无际的绿洲中心，高耸着一座金色的神殿。越过神殿的高墙，一棵巨树伸展出的枝丫构成了一顶华冠，在晨曦中苍翠生辉。

薛淳英脸色数度变换，压抑着情绪问："廖宗主，那是不是我们要找的乳香树？"

廖云觉沉默了一下："虽然远远超出了寻常乳香树的尺寸，但观其枝叶形貌，应是乳香树无疑。至于是不是我们要找的……"

他无声地瞥了林远一眼。林远几不可见地点了点头。

廖云觉眼神微变。

正当此时，图曼高声宣布了一句话。他手下的武者驱赶着众人向前行去，看方向正是冲着那中央神殿的。

素尘道："他好像说了祭祀，还有魔鬼。"

众人哗然："什么意思，要拿我们祭天？"

石墙之外，正排着一道长得望不到头的队伍，男女老少皆是金发麻衣，每人头上都顶着一只硕大的空木桶。

见到他们出来，所有人都面露骇色，大呼小叫，仿佛从未见过外来者。

这么想来，史书上确实没有这片化外之地的记载。而且罗泽早已干涸，宿河都亡了，这片地方是怎么支持至今的？

林远看向周围的树木。他与各种草木打了十余年交道，却认不出眼前的任何品种。仅能通过窄小的叶片推断，它们都是干旱地方生长的植物。

他突然四下张望了一番，果然没见到任何溪流池塘。

不仅如此，所有人都去方才那口巨井处排队，就好像这个国家没有其他水井似的。

难道偌大的"神树国"，只剩那一处水源了？

一行人被押过街巷时，越来越多的居民冒了出来，冲他们张望。甚至有人情绪亢奋，自发跟到了队伍后面，口中不断喊着"魔鬼"之类的字眼。

素尘开始飞速念佛。

他们被赶进了神殿大门。近看之下，神殿正中立着的那棵巨树更显得高大惊人，足有三四人合抱之粗，繁茂的枝叶几乎完全遮蔽了殿顶的阳光，使得殿内昏暗而幽冷。

一座两层楼高的台面环抱住了整棵树干，使地面上的人连一寸树皮都碰触不到。石砌的台面齐整光洁，攀缘不上，只垂下一条细细的绳梯。

林远猜测绳梯是供图曼专用的，因为只有图曼一人身上沾染着浓郁的乳香味。

此时图曼撑着权杖上前，对着神树双膝跪地，用怪异的腔调唱诵起来，似是祭司在行祝祷。

他这一开腔，后头的民众群情激动，也跟着加入了吟唱。

两名武者各牵着一头白牛，缓缓走到了树下。那对白牛被麻布蒙住眼睛，牛尾不安地扫动着。

图曼的声音越来越高亢激昂，忽起忽落，悠悠打战。他挥舞着手中权杖，全身怪诞地摇摆晃动着，带动着民众也双臂高举，状若癫狂。

这样的情景，倒逐渐与地道里的壁画重合到了一处。

忽听图曼一声长吟，带着说不出的森森寒意，贯穿了众人的脑海。

武者手起斧落，白牛沉重倒地，鲜血缓缓浸透了树下的土壤。

祝祷还在继续，那些武者又将林远等人赶到一处，再度举起手中战斧，眼见着就打算送他们加入白牛之伍。

薛淳英咬牙道："既然如此，说不得只好背水一战，以命相搏了！千牛军听令，只要我们还剩一个人活着，就要把那乳香带走！"

"慢着——"林远实在不得不开口了，"他们这么多人，就算我们以命相搏也没用的！"

薛淳英这才正眼瞧向他："那你有何见地？"

所有人都看着林远。

林远指了指那些民众的腰间："你们有没有注意到，他们佩着香囊？"

没错，这封闭滞后至极的蛮荒之地，居然有许多人都身佩香囊。说是香囊，其实只是以麻布编织的小口袋。但从中却流泻出了复杂而美妙的香味，显然用了不止一种当地的植物，甚至每个人身上的香味都不尽相同。

也就是说，他们不仅有香料，而且还有香道。

林远又解下自己腰间那一只在潼丘买的银香囊："既然他们喜欢香道，将军不如让我死马当活马医，拿这香囊去向他们示个好。"

薛淳英思索了一下，形势比人强，只得无奈道："那你试试。"

林远深吸一口气，瞧了瞧周围不怀好意的武者，在他们的瞪视之下缓缓走出队伍，摊开双手示意自己无害。

他极力调整着嘴角的弧度，试图挤出一个温和而优雅的微笑，朝着图曼走去。

几名武者立即伸手拦住了他，图曼也中止了吟唱，皱着眉头朝他望来。

"莫慌，我是来献礼的。"林远也不管他们听不听得懂，微笑着将银香囊递向图曼，一只手摁下了开扣，想向他展示里面的香丸。

就在银香囊外壳打开的一瞬间，林远做了一个连自己也无法理解的动作。

他的手臂突然朝后撤回了几寸。

下一秒，武者手中的巨斧落下，恰恰斩在了林远手臂的残影上！

这一幕兔起鹘落，旁人甚至来不及看清发生了什么。

林远和武者同时一愣。

他方才为何会缩手？林远自己很清楚，在缩手之前，他根本没注意

215

到武者有什么动作。

自己那一瞬间的紧迫感，更像是……兴之所至？

他俩仅仅是愣怔，瞧见全过程的图曼却忽然惨白了脸色，紧接着涨红了一张老脸，混浊的眼中精光四射。

林远被他盯得心里发毛，忙解释道："这不是武器，这是礼物……素尘，快翻译！"

素尘慌慌张张地往外蹦词，恨不得将所有语言中的"礼物"一词都报一遍。他正搜肠刮肚，图曼却听都不听，一把握住了林远的手，难以置信地上下打量着他。

林远："？"

图曼眼中蓦地闪出了泪光，粗糙的掌心不断摩挲林远的手背，口中激动地念叨着什么，最后竟躬身朝他一礼。

所有武者一齐放下了手中武器，"呼啦啦"跪了一片。

接着是外围的民众。

转瞬之间，场上只剩林远一行人还站着。

林远："？"

这礼物有这么好用？

祭司 | 宿河其九

"那你是神树成了精，来给我送祝福了？"

林远猝不及防地从祭品变成了贵客。

图曼一声令下，那群武者当场表演变脸，恭恭敬敬地将他们引进了房屋内包扎伤口。

众人不明所以，只知道暂时是不会死了。所有人都已精疲力竭，当下也顾不上其他，关起门来各自休整。

林远自己独占一间屋子，武者一趟趟地给他送来热腾腾的面饼、香味清甜的瓜果，最后还献宝似的扛来了一大桶热水。

林远紧绷的神经一松，顿觉虚弱得手脚打战，每一次呼吸都带得心肺发疼。他站在原地强撑着一口气，希望这几个家伙放下水就赶紧走。结果他们这会儿却热情好客起来，左右看看，又去殷勤地点上了香炉。

神树国的香炉很简陋，不比大周云山巍峨的博山炉，只在陶罐上挖出了两排圆孔，勉强有通风出香之效。但香味却温暖芳烈，仿佛贮存了干燥的阳光。

武者们行了一礼，终于退下了。

林远跌坐在地，抖着手拈起面饼往嘴里塞。

腹中空了太久，他不敢暴饮暴食，待稍有饱意就放下了食水，转而爬进了浴桶。

他脑子其实已经转不动了，却还在机械地反刍着记忆。

这会儿他渐渐回过味来，图曼态度大变，大约不是因为那香囊，而是因为自己闪避的手。

仔细一想，自从进入宿河古城，他只要一嗅到那乳香的味道，就会有邪门的事发生。

第一次，在沙尘暴来临前，他面前的枯树被凭空冒出的沙子掩埋了。第二次，他刚寻到耳室里残留的乳香木，就看见了那道妖法似的影子。第三次，在神树之下，他更是有如神明附体一般躲过了一次突袭。

林远早就想知道筮予香究竟有何力量，能让八苦斋渴求至此。而如今，这香方上的第一味香料，就已将他带出了常理的世界。

这三桩怪事背后，有什么共同点吗？

肯定有的，他迷迷糊糊地想，却梳理不出一个所以然来……

"会不会是'预示'？"耳边有人问。

林远泡在浴桶里，低头看了一眼水面。

水纹还在微动，似乎真有一道声音曾经震颤过，而不是他疯狂的幻觉。

"你没疯。"那声音恰在这时说。

林远往木桶沿上一瘫，木然开口道："脑中有个声音告诉我我没疯，大抵说明我的确疯了。"

"挺会推测的。"那声音评价，"但我不在你脑子里。"

"我的脑子真聪明，都会假装不是我的脑子了。"

那声音笑了起来："你先别急，想一想我说的有没有道理。"

林远的思绪不由自主地朝那个方向运转起来。

好像……还真是"预示"。

沙子预示了沙尘暴，影子预示了他要站立的地方，收回的手臂预示了下落的斧子。每一次，乳香似乎都在向他展示即将发生的事情。

可是，眼前还有一个更要命的问题——这声音好像真的不是他自己的脑子产生的。

"你是谁？"林远问。这声音已经是第二次出现了，上一次在神祠里，它还提醒自己去看泥师都的画像。

"我不重要。"

"李四？"林远忍不住暗含希望地问。难道世上真有鬼魂，他兄弟的三魂七魄尚未消散于人间？

然而那声音并不给他希望："不是哟。"

林远叹了口气："果然不是啊。"他记得李四的音色与自己的极相似，尚未脱去少年的清亮。而耳边的音色却很特殊，有一种空洞的漫不经心，像从极其遥远的时空里传来的漫漫回声。

对方不肯自报家门，他只得又抛出一个大胆猜测："那你是神树成了精，来给我送祝福了？"

"不是哟。"那声音连语气都没变，"我若是神树，就直接告诉你乳香的力量是什么了。"

"你不是说它能给出预示？"

"那只是我的猜测，不一定对。具体真相如何，你还得再琢磨琢磨。"

林远："……"

林远："那你干吗来了？"

"所以说我不重要啊。"那声音跟没事人似的说，"只是关心你一下。"

林远："？"

林远正想吐槽，忽然被一股空前强烈的倦意攫住了身心。

"放心睡吧，这香对你有好处。"

"什么？"林远哑声问。

寂静。

"你还在吗？"

寂静。

"喂——"

林远心里涌上无数骂声，身体却觉说不出地温暖舒适，眨眼间困到连手指都快抬不起来了。

他挣扎着爬出浴桶，只来得及把自己丢到榻上，就睡死了过去。

这是他此生最甜美的一觉。没有进入任何梦境，只有那一炉香料的芳烈味道始终不散，像一段色彩斑斓的重锦，在他的眼前翻卷舞动。

待他再睁开眼时，窗外竟已降下了薄暮。

林远猛然坐起，匆匆穿着榻边为他备好的麻布衣服，手指突然一顿。

有什么地方不一样了。他闭目感受了一下，自己的高热与胸痛已经消退，身上也不剩任何不适或疲倦，整个人精神得像是刚经历了一番伐毛洗髓。

图曼派来的武者正等在门外，见他出来，便做出了引路的姿势。

语言不通，林远索性不问，跟在他们身后穿行。早上还叫嚣着要献祭他的居民，如今纷纷对他退避三舍，偷望过来的目光诚惶诚恐。

无论是在宿河亡国之前还是之后，都从未有这样一个邻国见于记载。这显然不合常理。只要有人出入过此地，这神树国的存在便构不成一个秘密。

难道数千年来，没有一个活人进来或出去过？

暮色里，家家户户亮起了油灯，屋舍巷陌虽然简朴，却打扫得极干净。没有一户特别奢华，也没有一户特别落魄。

若不是诡异之处太多，这地方倒不失为一方乐土。

一切安稳平静，时间在此完全停滞，既不前进也不后退。让他觉得就连头顶悄然升起的月亮，也是数千年前的那一轮。

武者停在了一间貌不惊人的房舍前。林远走进大门，才发现这是图曼的住所。

屋子里充满了摇曳的火光与肉类的香气，千牛军与折云宗的人都围坐在一起，享用着美酒与烤肉——林远怀疑烤的正是早上那两头白牛。

武者正在陆续将客人带来。见林远进门，图曼立即起身迎了上来，笑意盈盈地拉住了他的手。

众目睽睽之下，图曼将林远拉到了上首坐下，亲自为他倒了碗酒。

副队头老金坐在薛淳英旁边，诧异道："喂，这群蛮人怎么突然就把你当菩萨供着了？那个香囊有那么厉害？"

当时林远闪避的动作太快，众人都没瞧见细节，只当是那礼物送到了图曼的心上——虽然蛮人的反应过于夸张。

林远不想对千牛军透露太多，故作木讷道："大约是他们喜欢我所制的香吧。"

老金灌了口酒，眼眶被武者揍出的乌青还未消，轻蔑道："哈，蛮人就是没见识，廖宗主还没出手呢，一个徒弟都能如此。"

林远下意识地转头一看，折云宗的人正坐在不远处。

廖云觉面前的食物没怎么动，双眼静静望着毕剥作响的炉火，不知在想什么。林远如今已知真相，目光一触及他那头灰发，心里又是一阵刀绞般的难受。

听见老金的语声，廖云觉略微抬眼，隔着众人与林远对视了几秒。

他笑了笑："我教出的徒弟，自然很好。"

林远霎时间心头一烫。像冰封的河忽然沸腾，静止的时间终于又潺潺流动起来。

陆让自从在地道里坏了事，整个人就蔫着抬不起头来，一听这话便将头埋得更低了。

老金喝得上了脸："不管怎么说，总算是找到了第一味香料，眼下就看如何得到它。林远啊，你这小子不是要自证忠心吗？你去想办法把乳香弄来，自然没人当你是叛徒。"

林远心里嗤笑一声，道："那可真要多谢军爷宽宏大量了。"

老金竟没听出他的嘲讽之意，哈哈大笑道："算你识相。"

一名武者捧着一盘刚烤好的腱子肉走了过来，老金一只手端酒，另一只手便要去接。岂料那武者瞪了他一眼，越过他呈给了林远。

老金脸皮抽了抽。

李十一也被领了进来。她径直走到林远身旁坐下，闷声不吭地吃起了肉。

林远想了想，将自己刚接下的盘子也推给了她，借着动作低声问："解药怎么办？"

八苦斋的那些尾巴，还扣着李十一下个月所需的解药。但眼下有另一半千牛军挡在地道外，他们无法神不知鬼不觉地摸进来，想硬闯就必须拼个鱼死网破。

林远与李十一尚未证明自己的忠心和实力，赵部那些家伙，不太可能为他们区区两个李部之人拼命吧。

果然，李十一道："赵部不会硬闯的。他们最多在外面等到月圆。"李部服解药的日子，是在每月十五。

林远垂下眼思索起来。

他在扮演李四，就必须老老实实拿着乳香去找赵部交换解药。

而今夜天上挂着一枚凸月，距离月圆已不足十日。看来取得乳香不仅势在必行，还十分紧迫。

林远不动声色地深吸了一口气。

这里所有人中只有图曼的身上有乳香的味道，而此处恰是图曼的居所……

还真让他嗅到了。越过屋子内喧嚣的杂味，有一丝极淡的乳香气味似有若无地飘来。气味的源头并不在图曼身上，而在旁边的内室。

内室的门只是虚掩着。林远起身挪了几步，见没人阻拦自己，便直接靠近，从门缝里望去。

内室空荡荡的，只有一张矮几，上置一只素陶香炉。矮几前方的地面上有两个小小的深坑，似乎是有人在此跪了多年，膝盖磨穿了地砖。

林远瞧不清香炉里的细节，便又嗅了嗅。气味很淡，香炉在他们到来之前就特意清空过。他所察觉的，不过是在经年累月的熏烧间洇入了

四壁中的残香。

矮几上方，还悬挂了一张画像。内室光线昏暗，只能依稀看出一个人形。那人身穿长裙，头顶生出了两条长长的分叉，像是……鹿角。

有人从身后拍了拍他的肩。

林远猛地转身，图曼正笑眯眯地看着他，开口说了起来。

林远："……"

林远转头寻找素尘："大师，帮帮我——"

素尘正一边吃着半生不熟的菜叶子，一边慈爱地喂猴，闻言起身赶来："来了来了。"

素尘已经与这些土著交流多时，凭着对宿河古语和鹤觋语的印象，渐渐能摸清大致的意思了。他与图曼连说带比画地嘀咕片刻，便开始为两边翻译："他问你是否住得惯，可还缺些什么。"

林远也微笑道："都挺好的，就是缺些乳香。"

素尘："……"

图曼听了翻译，面露难色。

林远一脸礼貌地等待着。他仍旧不知自己为何受了特殊待遇，也不知对方的底线在哪里，索性直接出言试探。

图曼沉吟了一下，道："我们的神树只有祭司才能接触。这一任的祭司便是我，但我已经老了，很快就该将权杖交给新的祭司了。"

不知不觉，室内的人声安静了下来。无论是千牛军和折云宗一行人还是神树人，所有人都侧耳听着这边的对话。

图曼："我正在寻找新的继任者。想要成为祭司的人，需要通过七日之后的一场闻香的考验……"

薛淳英皱起的眉头逐渐展开，继而眉梢高高扬起："还有这等好事？"

就在这时，大门被人"砰"地撞开了。一个神情倨傲的中年男子闯了进来，冲到了图曼面前，指着林远厉声诘问："父亲，你怎么能让这魔鬼留下？"

图曼周围的武者纷纷站起，却无人敢对那男子出手。林远离得近，一下子嗅到了他身上复杂而怡人的佩香。

"阿布，退下。"图曼平静地说。

"我不走！这些家伙应该被烧死，献祭给神树，才能让神树继续庇佑我们！"

素尘正挨着林远紧急翻译："然后图曼说我们不是魔鬼，你是被神树选择之人，理应参加那场考验。"

阿布扭头看了林远一眼，脸色阴晴不定。

"可是，父亲，我才是你的儿子！祭司之位理应由我继承！"

提起这事，图曼的脸色变得十分难看："需要我提醒你吗？你对神树没有感应。数千年来，你是第一个没有感应的继承人。"

"我……"阿布握紧了拳头，"那也许只是因为你还活着，等到你过世的时候，我血脉中的力量自然就会觉醒。"

图曼大为震惊："这就是你的打算？你在盼着我死去？"

"不是，父亲……"

图曼苍老的眼中透出浓浓的失望之意，转过头去，不再注视儿子："你的心已经被贪欲毁了，即使我死了，你也不可能被神树选中。"

此话一出，全场陷入了死寂。所有神树人都望着阿布，那些晦暗不明的眼神落在阿布脸上，就像鞭子抽在他的身上一样。

阿布愤恨得浑身都在颤抖，紧接着突兀地冷笑了一声。

他转向林远，吟唱似的高声道："你们从地底钻出之时，就受到了神树的诅咒，你们终将陷入疯狂，自寻死路——"

素尘："……"

素尘诚恳地指指耳朵："什么？"这唱腔太华丽了，他听不懂。

阿布："……"

阿布放缓语速，一字一顿地重复了一遍他的诅咒。见素尘仍旧似懂非懂，他阴沉着脸，居然开始拿手比比画画。

素尘："哦哦，地底下，是地底下吗？我们？我们怎么样？脑子？什么？"

周围的神树人："……"

清发

"师弟执意斗香，我便奉陪吧。"

素尘终于搞清楚了阿布的意思，脸色也变了。

阿布满意地扬长而去。

林远听完翻译，一时不知该摆出什么表情："他就说了这个？"比画了半天，就为了放一句狠话？该夸他精神可嘉吗？

图曼目送着儿子离去，老脸上纵横的沟壑似乎更深了："我为阿布的无礼道歉。诸位贵客在此绝不会受到伤害。"

薛淳英站起了身："那七日后的考验，我们能参加吗？"

"当然，人人皆可参加。而且第一个通过的人，就会成为下一任祭司。"

"这闻香考验，具体是闻什么、考什么？"

图曼摇头道："这是一个秘密，参加的人到时便知。"

薛淳英哼了一声，转向廖云觉："只要是闻香，由廖宗主出马，岂不是手到擒来？"

在场几个知情人心头同时一紧。

廖云觉本人倒是表情未变："廖某自是当仁不让。"

陆让悄悄握了握拳，慨然上前一步："但此地诡谲莫测，不知藏着什么危险。师父还有要任在身，不应以身涉险啊。既然那考验人人能上，不若先让我去试一试深浅。"

薛淳英沉吟："你能行吗？就算换个人上，图曼属意的人选也不是你吧。"

陆让脸色一青，看向林远。

　　无数道目光同时射向林远。林远从余光里瞧见李十一也望着自己，心中苦笑，只能沉默不语。

　　方才听图曼说到"选择""感应"云云，他便隐隐猜测那场考验会与神树有关。其中有什么危险他还不知，只知道这队伍里若有一个人能通过考验，多半是自己。

　　可惜，他现在是李四，而李四并不会自告奋勇去闻香。

　　有一个李十一在侧，果然还是束手束脚了点。

　　见林远一径沉默着不吭声，陆让忍不住嗤笑了一声："薛将军指望林远出战，恐怕要失望了。"

　　他心中交织着厌恶与轻蔑，而在这厌恶与轻蔑之下，还深藏着一丝最难以启齿的恐慌。

　　眼下找到了乳香，这条必死之路又走出了一分生机。但陆让不能接受的是，最大的功臣竟是林远。找到那个地洞，或许只是这厮撞了大运。但在那之后，他又远隔数里嗅到了往生花香⋯⋯

　　陆让突然想起了长老对林远的评价：全身上下只有嘴皮子好使，连自己的一根脚趾都比不上。

　　自己在动摇什么？看这厮现在的怂样，对自己哪儿有半分威胁？

　　陆让收起笑意，温文尔雅道："也罢，林远，为使薛将军放心，你我之间便先斗一场香，决出一个胜者，再去与那些蛮人斗，如何？"

　　"是时候兑现你自己提的赌约了。"他用眼神说。

　　林远眨了眨眼。

　　他当初对陆让出言激将，只是为了赖在队伍里而已。他知道自己嗅觉过人，但制香之能则一向不如品香。至于对方嘛⋯⋯

　　折云宗弟子本不熏香，但出门在外，为了压住环境的杂味，他们腰间都佩了香囊。林远早已闻到了，楚瑶光是粉盈盈的蔷薇与返魂香，陆让则相当卖力，用上了梅花、甘松、侧柏、甲香与龙脑，杂糅出了一种造作的端方。

　　平心而论，陆让水平不差，原就是这一批学子中的佼佼者，这一路上又找廖云觉讨教良多，恐怕相较从前又提升不少。

　　林远犹豫似的垂下头去，良久，方才叹息一声："师弟执意斗香，我

便奉陪吧。"

陆让："？"

"我去找图曼讨些香料来。"林远说着转了个身，对李十一做了个无奈的表情。

薛淳英遣散了众人，独自跟着折云宗的人一起去了廖云觉的居所，旁观这场内部选拔。

神树国安排的房屋都不太大，门窗一关，恰好作为香室使用。

折云宗带来的下人们立即重新布置室内，往东西两侧放上两只矮几，上置香炉各一。

这些下人平日在宗门里耳濡目染，对香道也略通一二。如今竟能近距离观看两个弟子斗香，他们面上都透着兴奋，目光在陆让和林远之间来回打量。

林远只当作不觉，闷头在自己的矮几上分置着香料。

图曼有求必应，奉上了此地生产的所有香草香木，只除了乳香。各种香料已经被清洗烘干，细细捣成了粉末状。这般嗅去，果然每一种味道都与外界的植物不太一样，大约是数千年间在这封闭的环境里，已然长得自成一派了。

林远抬起头，有商有量地问："我们以什么为题？"

"你来决定吧。"陆让也一脸大度。

"今年的品香会是什么题？"

"去年是'竹'，今年该到'梅'了。"

林远道："那我们就以梅为题，聊以致意吧。"

楚瑶光坐在廖云觉身边，诧异地睁大眼。

梅香最大的特点是冷、涩，便如其枝干一般苍古孤高。神树国这些植物的味道却都失之燥热，单凭它们，无论如何搭配，都不可能切这个题。

她下意识地提出异议："这鬼地方连一棵梅树都没有，巧妇难为无米之炊……"话到一半戛然而止。

不对啊，陆让的香丸里恰好有一味梅花。

林远该不会没嗅出来吧？

陆让显然也想到了此节，确认道："可以用任何香料？"

"当然。"

还真没发现？那么先前闻到往生花，也是他信口胡编？陆让顿觉这场对决像个笑话。

正好，就用这个机会，让大家都将这个笑话看个一清二楚！

陆让沉下心来，开始从案上挑选香粉。

合香讲究一个君臣佐使，必须按照每一种香料的习性，拟定配比与层次，待到香炉温度升高，各种味道才会遵照着事先谱写的韵律逐一发散，给人以丰美和谐的体验。

眼前这些香料前所未见，更无香谱可以参考，他只能一边嗅闻，一边摸索着用香匙增减用量。

选完几种香粉之后，他当着林远的面解下了腰间的香囊，将那枚带着梅花的香丸取了出来，丢进石臼里碾成了粉末，与其他香粉调和到了一起。

旁观的下人都不禁一阵哗然。

林远也抬眼望了过来。

"怎么了？"陆让故作惊讶地问他，"不是任何香料都能用吗？"

林远收回视线，心平气和地笑了笑："可以的，到我了。"

陆让努力不让冷笑浮现在脸上。

林远将自己选好的香粉堆到一起，随即也从怀中取出一物，放进了石臼。

所有人都伸长了脖子，窃窃私语："那是何物？""白色的，好像是晒干的花瓣……"

薛淳英第一个反应过来，皱眉问道："你采了一朵往生花？"

众人大惊。

那可是死人身上长出来的东西！他们经过的时候都踮着脚尖避之不及，谁承想还会有人刻意去摘?!

林远无辜地点头："我觉得这味道新奇，就收了一份。"还顺手放在

窗边晒干了。

陆让从牙缝里挤出一句："你恶不恶心？"

"怎么了，不行吗？"

陆让："……"

他自己方才亲口强调"任何香料都能用"，这会儿总不能出尔反尔。

"放松点。"林远碾磨着花瓣，轻声道，"草木本无邪，只有人心分善恶。"

众人都是微微一愣。这种话从林远的口中冒出来，叫人一时分不清是金句还是诡辩。

他们还在默默思量，林远已将香粉捏成了松软的丸状，笑道："我也准备好了，师弟，请。"

按理来说，调完的香粉还需以白蜜黏合，窖藏月余，味道才更醇和。但眼下条件有限，只能略去最后的步骤。

陆让定了定心，在矮几旁正襟危坐，抬手揭开了面前简陋的陶制香炉。

香炉里已烧着热炭，又填了一层香灰。他将细灰轻压成山形，从尖顶处以铜箸戳出几个孔，使炭火烧出一点赤红，最后才将一枚薄薄的陶片置于山形顶端，放上了刚制成的香丸。

他的一举一动都像是置身于满座贵胄间，拿出了最优雅的世家子弟风范，铆足了劲，要让林远方方面面都输得无话可说。

香丸被隔火烘熏着，未几便有一缕碧澄澄的香气氤氲而出。

陆让沉声道："请各位品评。"

这斗香分为三步，展示香品只是第一步。接下来在场的人还需"坐香"，也就是评点论道，从技艺、风致、格调等方面评出一个高下。最后还要"课香"，也就是用一句应景的诗词赋之。

楚瑶光早已打起了十二分的精神。廖云觉现在没有嗅觉，薛淳英根本不懂品香，在场最有权臧否的人便只剩她。

楚瑶光想得很清楚，她不可能让林远胜出。廖云觉似乎是念旧心软了，但她不会忘记，林远身上还有很多疑点尚未说清。因此即便陆让马失前蹄，她也会暗中抬他一把，让他去代表折云宗出战。

结果随着香气入鼻，她的面色逐渐从紧张转为了惊喜："这香……师兄太厉害了吧！"

折云宗的下人们在宗门里闻过各种上佳香品，此时却也纷纷赞不绝口。

原来陆让所制香品的味道不仅空寂清远，完美地将那一缕梅香衬托了出来，更绝的是香气入鼻，竟如仙人抚顶，贯彻周身。

薛淳英拊掌道："真是名师出高徒啊。我虽不懂香，却能感觉到经脉被这一缕香气涤荡而过，竟像是沐浴在天河之水中。"

别说是他们，就连陆让都不敢置信地看了看香炉，暗忖：我这是何时悄然飞跃的？

香味既不焦，亦不竭，在斗室间从容地铺展、变换，如孤山篱落间，梅花由盛开至凋零，最终消散于云烟。

陆让努力控制着表情，矜持道："此香以梅为题，取其孤高之意，香名云阙。"

楚瑶光笑道："师兄精进至此，真叫人钦佩。此香果然使人如上云端，神思为之一清，便以'寒更承夜永'为诗吧。"

在场只有两人平静得格格不入。一个是嗅不到的廖云觉，另一个是林远。

这香入鼻的效果，林远并不陌生。毕竟早些时候他点着屋子里的香炉睡了一觉，醒来时也同样觉得神清气爽、不适尽去。

那么，这效果究竟是源于陆让的技法，还是源于此地的草木呢？

——只消再验证一下就知道了。

"林远，到你了。"陆让催促道。

众人这才想起还有一份香品没展示，微微骚动起来。已然注定的惨败，甚至让人略感乏味。

"好嘞。"

林远说完这句，就再也没有出声。

陆让有些不耐烦地等着他埋炭、摆香，眼神渐渐顿住了。

在宗门时他从未看到过林远燃香，因此很难想象，这厮也能端出如此唬人的风仪，简直在脑门上题了"端庄"二字。就算折云宗的长老们此时围成一圈打量他，恐怕也挑不出一根刺来。

看来在宗主手下还是学会了一点东西的，他嘲讽地想。

炉中的香气倏然蒸腾了出来。

不知是谁"啊"了一声，脱口而出："怎么会——"

炉中分明没有梅花，他们怎么会隐约嗅见了梅花的味道？

那香味清拔而朴直，初闻便似重剑出鞘，一剑破开了室内文绉绉的空气。

这花不开在云端高楼上，而开在肃杀大地中，瘦骨支离的，撑开一朵，便碎去一层坚霜。

有人琢磨了一下，茫然道："这寒香是往生花的功劳吗……"

可紧接着，连议论声也戛然而止。

香味又变了。那幽寒被糅入了其他草木的燥热中，一冰一火，并未互相中和抵消，而是在空中激烈地缠绕、冲撞，犹如虬曲老树，于寒风肆虐间倏然烧出了满树的锈红！

这磅礴的香气入鼻后，涤荡神魂之感竟比陆让的香品有过之而无不及，简直像平地起狂风，自众人的灵台上席卷而过！

满座寂然无声。

楚瑶光半张着嘴，忽地朝林远的脸看去。

他们在折云宗时都学过，品香即观人，制香即修心。每一份香品中不仅有原料与技艺，更有制作之人的心性。

而在她面前，这一炉柔软的烟气仿佛淬了火，被无尽的激愤、无尽的不平，一锤锤地锻成了砭人肌骨的兵气。

在众人神色各异的注视下，林远垂眸坐在原地，神情纹丝不动，像是入了定。

虚幻的梅花还在盛开，风吹一夜，落满关山。

死寂持续得过于漫长，没有人说得出一个字。

林远终于抬起眼，目光扫过众人僵硬的脸色，彬彬有礼地开口道：

"此香名为'清发'。"

隔了一会儿，他又道："各位不题诗，我便自题一句：匣中霜雪明。"

摊牌　宿河其十一

廖云觉有些无奈地看了他一眼："罢了，从头说起吧……"

楚瑶光实在不知道该怎么救陆让了。

她默念了几遍"大局为重"，硬着头皮开口："这香也算是与陆师兄的各有优点……"

"好香。"陆让道。

楚瑶光："？"

陆让闭了闭眼，面色发白。

他如同大梦初醒，仍不明白这一切是如何发生的："你明明没有梅花，往生花虽然是寒香，味道却相差甚远……"

"想制梅香，并不需要梅花。"林远似笑非笑。

当年刚入折云宗时，他还不识字。蒙学先生要他们背诵冗长的古香方，当堂复原出来。他就只能先用鼻子记住香品，再自己挑选香料去模拟那味道。

久而久之，制香之于林远，就如调色一般。他能看见每种气味的颜色，也就能将这些颜色增减叠加，直到得出想要的深浅与冷暖。

有那么几次，他竟用几种与古香方上截然不同的香料，仿出了同一种味道，还骗过了蒙学先生。

等他成了宗主的弟子，也识字了，偶尔还是会背不出香方，又试图故技重施。廖云觉自然没那么好糊弄，当场抓了他的现行。

林远低着头不敢吭声。廖云觉却仔细比对了他选的香料与古香方，末了颇有兴趣地评价道："也不失为一种思路。"

林远诧异地抬头。

廖云觉问:"你还仿过什么香?都写下来,收录成册吧。"

后来他们果然理出了这么一本戏作,还在封面题字:《无米之炊》。

回忆历历在目,林远冲动地转向廖云觉的方向,想瞧一瞧他此刻的表情,半路却又硬生生地止住了。

他不敢,也不忍。

这一枚清发中,注入了他太多的遭遇,太多无法宣之于口的心情。可最该嗅到它的人,却嗅不到了。

林远的眼神黯淡下去,再看向陆让时就带了几分烦躁:"以香仿香罢了,拿辛夷、白檀、茴香、零陵香调和,成品比梅花还像梅花。此地草木虽然不同,也可仿出六七分相似。这不是有手就行?"

陆让:"……"

自己难道漏掉了什么人人皆知的技法?

他呆滞地看向楚瑶光,却见楚瑶光也一脸震惊。

所以并不是自己太弱,而是林远太强了——后者甚至比前者更让他难以接受。

可是,不接受又能怎样呢?

即使抛开这仿香之技不谈,自己也还是输了。同以"梅"字为题,自己的香品空有孤高之姿,被林远挥洒如意的锐气一衬,顿时成了精致的盆景,有形而无神。

对比实在太明显,再嘴硬不认,就更丢人了。

陆让满脸赧色,竭力用平静的语气道:"是我输了。"

"嗯。"林远点点头,"然后呢?"

陆让倏然瞪大眼。

林远无辜地与他对视:"怎么,愿赌服输,你要赖账吗?"

众目睽睽之下,陆让的脸色由白转青,由青转紫:"可否借一步说话?"

林远想了想,慷慨大度道:"行吧。"

两人离席转入内室。

陆让合上门，转过身来，几次吸气，愣是吐不出一个字来。

林远将耳朵凑到他的嘴边："咦，你说话了吗？"

陆让双手握拳，指骨捏得咔咔作响，声若蚊蚋道："父亲。"

"什么？"林远提高了嗓门，"为父耳背，大声点。"

声音传出了薄薄的门板，外面的众人也能隐隐听见。薛淳英有些莫名地看了廖云觉一眼，忍着没发问。

陆让呼吸急促，牙关都磕出了声响。林远心想可别让这厮当场厥过去，张口欲劝。

就听一道声音在耳边炸开，还带着些许撕裂："父亲——！！"

发自丹田，壮若洪钟。

余音袅袅，绕梁三日。

薛淳英："……"

薛淳英实在忍不住了："廖宗主，这是……宗门习俗吗？"

廖云觉沉默至今，嘴角终于抽了一下："或许吧。"

几息之后，陆让双目无神地走了出来。

林远跟在他身后，笑道："辛苦各位观战了。"

众人想起此人的叛徒之名，都暗含疑虑地看向廖云觉。廖云觉却点了点头，宣布道："七日之后，便由林远去争那祭司之位。"

"好，既然廖宗主用人不疑，我便也没有异议。"薛淳英起身道，"林远，你一旦当上祭司，立即将乳香取来，我们便与井底的千牛军里应外合，逃离此地。"

薛淳英走了。

他推开房门的时候，室内残余的芬芳散了出去，随着夜风缓缓飘远。

远处，有几个人忽然深深地吸了口气。

阿布望了一眼廖云觉的屋子，阴沉着脸道："那不是我制出的香。"

"恐怕是他们自己做的。"他的手下低声道。

"那些家伙里，居然也有通天之人？"

阿布嗤笑一声："无妨，只要你们照我说的去做，祭司之位，终究还

是我的。"

　　室内。

　　薛淳英离去后，廖云觉立即遣散了所有下人，转身道："我有些话要说。"

　　林远的心一下子提了起来。

　　重逢以来，这还是廖云觉第一次对他主动开口。

　　廖云觉的目光扫过眼前的三人，轻声道："计划并没有变。你们谁都不用管乳香，找到机会，就立即逃走。"

　　"为什么？"林远与楚瑶光几乎异口同声，随即硌硬地瞥了对方一眼。

　　陆让还跟丢了魂一般站在原地。

　　廖云觉平静道："原因你们应该都知道了。"

　　"还没到那一步……"

　　"这香料已经找到了第一味，我们还能找到第二味……"

　　林远和楚瑶光又同时开口，谁也盖不过谁。

　　"停。你们无法代我找到任何香料。"

　　林远张口欲言，廖云觉有些无奈地看了他一眼："罢了，从头说起吧。你还记得宫里送来的箓予残香吗？"

　　廖云觉第一次嗅到那残存的香粉时，就知道此香非同小可。

　　寻常香品无非起一个活络气血之效，箓予香入鼻的感受却难以诉诸言语。

　　仿佛有什么无形之物正在从内向外剖开他的身体，要从五脏六腑间挣扎出去——那是一股庞大到无法想象的力量。

　　与此同时，还有种更奇怪的感觉。冥冥中就像有什么记忆凭空浮现，手中之笔不受控制地动了起来。他为何要在香方上写下"宿河"等地名？他明明从未嗅到过宿河产的乳香……

　　复原香方的日子里，他整个人昏昏沉沉，连记忆都是断断续续的。只知道自己生了病，宗门里也发生了怪事，就连永宁城中都不得太平。

　　在香方完成的那一刻，一切怪象也烟消云散。

　　但廖云觉却无法忽视心头的不安。他悄然离开折云宗，想去查一查这个古香方的记载。

　　楚瑶光听到此处，奇道："连折云宗都找不到的记载，还有别处能找到？"

　　"有。那地方叫蕉叶舍，是一家旧书坊。"

　　蕉叶舍的外表不起眼，内里却存有众多散佚不全的古籍。由于内容残缺，售价又高昂，平日总是门可罗雀。

　　廖云觉从前去购入过一些古香方，与舍主相识。那日，他抱着尝试的心情去找了找，没想到却如有神助，真的从浩如烟海的残本间翻出了一页记录。

　　林远低声问："那上面写了什么？"

　　"只写了两件事。第一，箓予香乃万古奇香，一旦制出，可使凡人日进千里，与觉者比肩；可使觉者突破壁障，化身真神。"

　　一句话仿佛惊雷落地，余响在空气中回荡不绝。

　　楚瑶光苍白了脸色，半晌才道："什么叫……原来觉者还不是真神？"

　　那真神，会是什么样子？

　　林远尽管心里有些隐约的猜测，此时一字一句听来，仍觉心惊肉跳。

　　是了，若非如此，八苦斋也不会这般拼命。

　　数千年来，十觉者各自庇佑一方土地，信众则倾力提供祂们修行所需的香酒乐，这是约定俗成、心照不宣的交换。

　　但觉者的修行并非易事。漫长历史上，每当祂们的神力此消彼长，世间的王朝便会迎来一场强弱更替。而信众的增减，又会进一步影响对祂们的供养。医巫闾与泥师都就是最好的例子。

　　如今若能仅凭一枚香丸就一步登天，哪个觉者会拒绝？

　　这玩意，必然搅得天下大乱！

　　"那第二件事呢？"他问。

　　廖云觉乌沉沉的眼中几乎看不出情绪："箓予香并非人人可得。每三百年仅有一名'赤子'出世，能找到所有香料，并制成此香。"

　　"……"

这回连陆让都震惊地开口："赤子指的是师父吗？"

"大约是吧。"

"可为什么是师父？因为制香的才能吗？"

"我不知道。"廖云觉垂眼望着自己的双手，"而且，我还有一事不解。如果每三百年都有一次制成此香的机会，为何觉者的数量未曾有过增减？从前的那些赤子去哪儿了？"

"他们的身份一旦暴露，肯定会被多方势力盯上……"楚瑶光话说到这儿，突然打了个寒噤。

她想起了那场大火。

"然后，我就听到了宗门失火的消息。"廖云觉道。

突然闯入大开杀戒的黑衣人，给了他一个最直接的答案：身为赤子，必遭杀身之祸。

廖云觉望向林远："我回到宗门后，找到了一行血字。"

从陆让和楚瑶光的脸色来看，他们是第一次听说这回事。

林远却很清楚廖云觉指的是什么：自己确实在小香室的墙上留下了一行"交出筮予即死"。

"我认出了你的字迹，虽然不解其意，但能猜出是你给我的某种警示。当那香方只存在于我脑中时，我才能安全无虞。"

林远连连点头："是的是的，正是此意。所以师父之后才会宣称失忆吗？"

"嗯。宫中等了我数月，但这等待终是有尽头的。数月之后，我被传召进宫。"

直到李相月领着他一路走到皇宫深处，走进那座烟气袅然的道观，他才蓦然意识到，召见自己的并非皇帝。

即便是廖云觉也难免暗暗心惊。

医巫闾尊者的真身已有数百年未曾示于人前。久而久之，祂在人们心中更像是一个虚幻的符号，一幅金光灿烂的画像。

而眼前这道端坐于殿上的身影……

廖云觉谨遵礼法，立即垂下眼睛跪地行礼。就在余光一闪之间，他看见了一个与画像上几乎别无二致的道人，仙风道骨，渊渟岳峙，将原本就金碧辉煌的道观衬得有如天宫。

然而，那道庄严的声音响起，说的却是："廖云觉，今日不呈上筮予香的香方，汝与折云宗俱死。"

"怎么可能？"陆让失声道，"医巫间尊者，怎会如此……如此——"

大周的守护神，竟没有半分神明的宽仁。

廖云觉淡淡道："祂说筮予香乃是圣物，事关国祚，我隐瞒香方，便与通敌叛国无异。"

为了保住折云宗上下，廖云觉将香方报了出来。

他甚至做好了报出香方就被灭口的准备，但医巫间尊者并未下杀着，只是留他在道观小住了几日。事后想来，祂大约用那几日时间确认了一件事情。

几日之后，祂将此事告诉了廖云觉："世上只有你能感应到筮予香的香料所藏之地。你须亲自上路，采集香料。"

祂命廖云觉以两年为期制出筮予香，换取对折云宗的庇护。

然而，神通广大的医巫间尊者竟漏掉了一个小小的细节——

廖云觉笑了笑，望着面前的三人："我已失去嗅觉，连带着对香料的那份玄妙感应，亦不复存在了。"

死寂。

死寂之中，只有廖云觉不含感情的声音继续道："阴错阳差撞到乳香，已经是叨天之幸，往后再不可能行此大运。唯有我死在采香途中，折云宗才不会招致迁怒。所以……"

"所以，师父是在吩咐我们心安理得地送你去死？"

林远微吃了一惊，因为这句话居然不是从他嘴里冒出来的。

楚瑶光煞白着一张俏脸，话未说完，就已带了泪意。

"那倒也不是。"林远接口道，"师父多周到，让我们先跑了，就不用看着他死了。"

楚瑶光猛然瞪向林远，眼中的火气像要将眼泪蒸干："你觉得很好笑？"

林远立即笑了两声给她听："哈哈。"

楚瑶光暴怒地扑了过去，踮着脚揪住他的衣襟："这一切都是因你而起！若不是为了找你，师父又怎会——"

"瑶光。"廖云觉开口欲阻，却已经来不及了。

"——吸入浓烟，咳了数月，还毁了嗅觉！"

豪赌
宿河其十二

十年过去，廖云觉还是不知道他有多恶劣。

林远嘴角的嘲弄之色尚未完全消失，整个人忽然凝成了一尊失败的塑像。

耳边回荡起了楚灿娥之前的话语："他不听劝阻冲进了火里，似要寻找什么……"

他一直在疑惑师父要找什么。箧予香的香方，廖云觉自己脑中就有一份。库房里的那些宝贝藏品，没有一件比宗主本身更宝贵。廖云觉掌管宗门这么多年，理应对此算得分明……

没想到，答案就这样出现了。

这个答案如千斤压顶，简直将他压得片甲无存。

林远耳中嗡嗡作响，艰难地看向廖云觉。

廖云觉容色不变："是我自己误判了火势，怎能说是林远所致？"

"可是……"楚瑶光又悲又怒。

可是这笔债又该由谁来还？

他们从永宁一路至此，陆让脑子里只装得下自己那点事，楚瑶光却默默看清楚了——廖云觉虽然就在他们身边，每日与他们有问有答，却像是已被浩大的虚无吞没了。他似乎并不痛苦，非要说的话，只是索然无味。

　　楚瑶光有时会忍不住想：赴死对他而言，究竟有几分是别无他法，又有几分是顺势而为？

　　即便如此，他还是一步步地撑到了现在，只为对他们尽那点未尽之责。

　　廖宗主从无粗疏，临去也要与宗门两清。

　　楚瑶光仅仅是旁观着，都觉近乎窒息。可她不知要如何理论、如何恳求，才能强留住一个想走的人。

　　"她说得没错。"林远突然开口，"一切灾祸全是我招来的。"

　　楚瑶光慢了一拍才反应过来："你说什么？"

　　林远镇定道："你们不是想知道我去了哪里吗？在折云宗起火之前，来了一个人。他叫李四。"

　　这一刻终于到来了。

　　他开始讲述起来：一面之缘的孪生兄弟、鬼神莫测的八苦斋、吞金匣与火折子、白雾笼罩的慈悲山、光怪陆离的梦境、李十一、赵寅、泥师都、无咫境……

　　陆让和楚瑶光的表情逐渐从难以置信变成了呆若木鸡。

　　林远面不改色，像用一柄利刃剖开疤痕，将记忆连血带骨地掏出来。唯有快要讲到楚灿娥与钱部黑门时，他沉默了一下，略过了这一节。

　　曾经仿佛永无尽头的日子，回顾起来却也不过半刻便讲完了。

　　"直到方才我才彻底明白，八苦斋应是早已知道了赤子的身份。而我从进入折云宗之日起，就是他们监视师父的眼睛。"

　　"……"

　　半晌，陆让才磕磕绊绊地问："所以，你说你追着什么贼人、去了什么道观、被什么李老翁所救……"

　　"全是假的。"林远笑道，"我嘴里没有半句真话。"

　　他蓦地朝陆、楚二人走近一步。

　　那两人齐齐后退了一步。

　　林远大笑起来。

　　"是啊，我是叛徒，是卧底，到现在还是八苦斋派来的盗贼。"他

看着两人脸上的恐惧，笑得满是讥讽与苍凉，"可怕吗？我也觉得可怕，可怕到当时就不想活了。撑着这口气爬出来，不过是为了将一切告知师父。"

林远长呼出一口气，转向廖云觉，跪倒于地。

从这个角度仰头看去，好像又回到了十年前。矮小的他牵着少年的衣角走出蒙学，从此有了靠山，也有了归处。

他以额触地，磕了一记响头："弟子……万死难脱其咎。"

廖云觉一把抓住他的手腕："起来。"

林远挣了一下："我——"

"站直了。"廖云觉将他往上拉，"当年将你送来的是八苦斋，收你为徒的是我。七岁孩童，何曾有过选择？非要论个是非，也是我害了你。"

林远的眼眶瞬间红了："若没有师父，我早就流落街头了！这条命是师父给的，师父既然去意已决，便先将它收回去吧！"

林远终于被拉了起来，却站立不稳一般佝偻了身形，廖云觉不得不扶住他。他便顺势将脸埋在廖云觉肩上，哭腔嘶哑，涕泪滂沱。

没有人看得见他黑暗中的眼神。

"只求师父给个痛快，别再赶走我。"林远颤声说着，每个字都是精心设计的台词。

他在做一场豪赌。

"师父一去，我对八苦斋也就失去了价值，又能逃到几时？死前还要被抓进他们的刑房，受鞭刑、炮烙，被扔进猪圈的淤泥，被人将皮肤一点点地剥开，灌入热油……"

廖云觉："……"

"再被绑在马蹄上，一圈一圈地跑到拖出白骨……"林远正在绞尽脑汁地添油加醋，忽然被廖云觉握着双肩扯开了一点距离。

廖云觉直视着他，薄唇紧抿，面现冷意："你在八苦斋受了多少刑罚？"

林远："……"也就几鞭子吧。

他低下头去，瑟缩着打了个寒噤，一字不发。

陆让和楚瑶光已经看呆了。

有生之年，还能让他们听见廖云觉嘴里说出一句："你没有任何错，该死的另有其人。"

"那么，师父会为我报仇吗？"林远抬起头来，图穷匕见。

廖云觉："……"

"只要弄到乳香，出了这神树国，就可以联络宫中，将八苦斋的事报于医巫闾尊者。祂想独吞筮予香，必然容不下泥师都。"林远反过来握住他的肩，"能看着该死之人付出代价，他日再赴黄泉，我也心满意足！"

真假难辨的泪水已经蹭干了，这双凤眼现在亮得惊人："师父，左右不过一死，与其窝囊地倒在这里，何不多挣扎一下？"

廖云觉闭了闭眼。

他已经很久没有感觉到怒意了——或者不如说，他都快要忘记情绪是什么东西了。直到此刻，厚重的麻木被敲碎了一角，空荡荡的地方有风声不绝。

"我也想对李四有个交代，告诉他：我们兄弟这一生虽是个笑话，但尽兴而为，岂有悔哉！"林远终于结束了慷慨陈词，静了一下，语气中带上了恳求，"师父至少活到陪我报完大仇的那一天，好吗？"

良久，他终于等到了一声："好。"

林远点了点头，全身的气力一松，才觉双脚发软。

他赌赢了。

市井无赖惯使的招数，除了耍蛮，还有示弱乞怜。

七岁的他就用这招骗来了一个师父，可叹十年过去，廖云觉还是不知道他有多恶劣。

然而他身上孽债累累，早已债多人不愁，也不差这一桩了。

楚瑶光仍是一脸恍惚，直到廖云觉转向她："你们两个又做何打算？"

对了，比起已经身陷局中的林远，自己确实还来得及抽身离开。

楚瑶光想了想，冲林远问道："你在八苦斋，可曾听说我阿姊的消息？"

林远："……"

他看着她肖似楚灿娥的美目，无声地摇了摇头。

楚瑶光深吸一口气："过去是我误会了师兄，请林师兄见谅。我阿姊从永宁城里人间蒸发，八苦斋必然脱不开干系。往后，我愿与师兄齐心协力，直到找到阿姊。"

林远的眼前浮现出那个白骨累累的乱葬坑，字斟句酌道："人已经失踪了这么久，恐怕……"

楚瑶光摇摇头："无论生死，我都要带她回家。"

最后所有人都看着陆让。

陆让麻了："我……"

林远看着他这想走又拉不下面子的模样就腻味，忍不住又想说两句。廖云觉却淡然道："你若尚未想好，可以先去找一找绕开千牛军逃离此地的出路。未来吉凶难测，或许我们也用得上。"

陆让讷讷地应了。

法 | 宿河其十三

想治好你师父，那可是一个非常复杂的过程。

或许是因为终于将话说开了，林远这一觉睡得很沉，一夜无梦。再醒来时，金灿灿的阳光已经漫入了窗棂。

他一个鲤鱼打挺跳了起来，三两下洗漱完，便推门走了出去。

整条道路瞬间清空。所有神树人都远远避开，只敢从门缝里打量他。林远乐了一下，自顾自地游逛起来，一副走马观花的模样。

距离祭司考验只剩六日了，可他对考验的内容还毫无头绪，对这片离奇存在的土地更是一无所知。

有几件事，得先找到答案。

林远很快确认了第一件事——除了那口巨井，偌大的神树国还真找不出第二处水源。

他转了一大圈，只发现了几口古老的枯井。从外观判断，有一百年的、数百年的，还有连残迹都辨认不清的。

林远对着枯井陷入了沉思。

所有井的年份都差得很远，也就是说，这神树国的历史上，从未在同一时期打过两口井。

难道他们总是要等到旧井枯竭之后，才能找到新的水源？

但这根本不符合常理。除非此国的地下，有一条极深极窄、不断变道的河流，像一条摆尾的蛇，戏弄着地上的挖井人。

什么样的水源能诡谲至此？

林远正要离开，突然瞥见面前这废井的外壁上，还雕刻了什么东西。

他俯下身去，看到了一幅熟悉的画面——昨夜他在图曼的内室偷看到的，也是这个人形。

女人华服曳地，直立的身形庄严秀美，头顶上生出了两根虬曲分杈的树枝，茂盛的枝叶间还点缀着朵朵小巧的花。这般看去，比起鹿角，倒更像是一顶华冠。

只是这枝叶与花朵的形状……似乎是乳香树无疑。

神树、水源、女人。

林远一时想不出其中的交集，背脊却窜上了一股古怪的凉意，仿佛这枯井连通着某个幽明交错的界域。

“你骗了楚瑶光。”空洞的声音贴着他的耳际响起。

林远这回连头都没转：“此话怎讲？”

那声音低笑道：“你不愿她得知楚灿娥是你亲手杀的。你还觉得楚灿娥死前那些细节，她若知晓反而平添痛苦，不如不知情。可你不该替她做决定。”

林远面色未变，心却一沉。

对方是会潜行还是会读心？竟然连八苦斋发生的事和昨夜的对话都知道！

"你是泥师都的人？"他问。

"我若是祂的人，还知道这么多事，你此时岂不已经完了？"

林远："……"

也对。

"比起我的身份，你还是关心一下自己的处境吧。"那声音不紧不慢道，"这神树的'法'是什么，你猜出来了吗？"

林远直起身："什么叫法？"

"篚予香如此难得，就是因为它的每一味香料都蕴含着一种力量，能改变周遭世界的本质，所以被称为法。因为这个法，香料所在之地往往自成一体，迥异于凡世，连觉者都无门可入。"

"你是说，这里所有的异象全是那棵树造成的？"

"没错。"声音道，"每味香料的法都不一样，但只要你找到了，就能解开此国的一切谜团。"

林远嘀咕道："那这乳香就不可能只是会预示了。"

虽然自己这一路遇到的怪事都挺像是预兆的，但只靠"预兆"二字，并不能解释遗世独立的神树国、这奇怪的水源，还有……

"慢着！"他突然警觉地抬头叫道，"你别又玩消失啊——我还有事请教——"

"我还在呢。"声音仍贴在他耳边，听上去像是被逗乐了。

林远道："你知道这么多事，可知此地除了乳香，普通的香料是不是也有些名堂？"

他们昨夜斗香时，两种香品都产生了如仙气灌顶一般的惊人效果。但他与陆让不可能同时成了制香之神，那效果只能是因为香料特殊。

而且，昨夜图曼不仅提供了香粉，还提供了香炉、香匙等器具，可见这神树国的香道已经相当成熟。

仔细想想，这其实挺奇怪的。外面的世界沉迷香道，有两个原因：供奉觉者，或是效仿觉者。但这神树国与世隔绝，根本不知道觉者的存在。那他们是怎么发展出香道的？

"确实有些名堂。向右看看，你猜那些人几岁了？"

林远依言朝右看了一眼，远处果然有几个平民经过，并未注意到他。他看了一阵，不明所以道："二三十岁吧。"

"他们全都年过六十了。"

林远一愣："不可能。六十岁长这样，那图曼那样满脸沟壑的，岂不是得两百多岁了？"

"猜得很准，他正是两百二十岁。"

"……"

林远忽然忆起了那些武者刀枪不入的钢筋铁骨。

那声音道："他们发展香道，自然是因为发现香真的有用。"

"这里的香为何如此有用？"林远已经动心了，"如果向他们学习香道，能不能治好我师父的嗅觉？"

"不能。"

"为什么？"

"这个嘛……想治好你师父，那可是一个非常复杂的过程。"那声音似乎带了一丝兴味，"不过，你有空可以先思考一个问题：香是什么东西？"

这叫什么问题？

"香是……"

林远卡壳了。

香到底算是一种物体，还是一种感受呢？这玩意发自草木，却无形无色；脱离了实体，却又分明能被研制、操控、捕捉。似是而非，出入无常，叫人越想描述，越是迷茫。

传说中十觉者以香气为修行之辅。所以总会有许多狂热的家伙，从折云宗大批大批地购买香品。他们效法觉者，梦想达到长生不老的境界。

诚然，那些昂贵的香品确实能清心静气、调理气血，但他们最终还是一茬一茬地寿终正寝。毕竟，没有凡人知道香气要怎么用于修行。

"给点提示呗？"林远商量道。

没有回应。

林远猛地原地转了一圈："喂——又走了吗？"

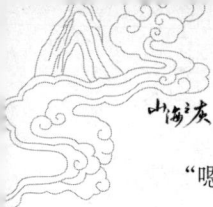

"嗯，先走了。"远远地居然还飘来一句回答。

林远拔腿就跑，朝着那声音消失的方向追了一阵，连个鬼影也没瞧见。他停下脚步喘了口气，余光里忽然有什么东西一闪而过。

林远猛地转头。一只猴正在房舍间飞檐走壁，被他一瞪，也骤然僵在了原地。

悟色爪子里抱着几只水灵灵的果子，与他大眼瞪小眼。

一刹那，林远生出了一种荒诞的感觉。

"……刚才是你吗？"他问。

悟色："？"

林远慢慢伸出一只手，想去抓猴。悟色一个激灵，飞身便逃。

林远跟着它转过一间房舍，绕到正门一看，瞧见了一颗反光的俏脑袋。素尘笑意盈盈，正与几个少年连说带比画地攀谈。

一见林远，那几人都是脸色一白，面露惶恐。只有素尘笑道："林施主怎么来了？贫僧正跟这几位小施主学习语言呢。"

林远伸手一指："跟着它来的。"

"吱吱。"小猴子爬到素尘肩上，将果子往他手里塞。

素尘一愣："悟色！这果子是从哪里拿的？哎呀，你这逆徒，为师怎么教导你的？化缘不是这么化的——阿弥陀佛，为师不饿，你自己吃吧。"他刚刚训斥两句就破了功，因为小猴子又一个劲朝他递果子。

素尘眼泪都要下来了："你是不是在地底下被饿怕了，还担心为师也饿着？"

林远："……"

他在心里对悟色道了声歉：如此清纯的猴子，不可能发出那阴间的声音。

"正好，我有点事想请教。"林远转向那几个少年，"你们今年多大？"

素尘帮着翻译了，听见回答也面现呆滞："他们说自己四十多岁了。"

那阴间声音竟没骗他。

林远立即又问："你们每个人都会制香吗？"

素尘："他们说，只有通天之人才会——这通天之人想必是指他们的制香师吧。此人掌握种种炮制技法，会分辨各种香料，将它们阴干、熬煎、蒸熏、调和，使每个人获得磐石一般的身躯和寿命。"

"此人叫什么名字？我想去拜访一下。"林远还是对治好廖云觉暗怀期待。

少年们彼此对视了一眼，发出两个音节："阿布。"

林远："……"

原来阿布和他的手下便是神树国的制香师，平时以香为药，也算是救死扶伤无数。

然而，图曼并不待见自己的儿子，说他对神树没有感应，也就没有资格继承祭司之位。阿布则一直宣称，自己获得神树的认可只是迟早的事。而且，六日后的祭司考验，阿布也放了话说会参加。

既然是竞争对手，就不必指望能找他讨教到什么了，一切要等赢了他再说。

"所谓感应，到底是什么感应呢？"林远问。

素尘摇摇头："他们也说不出所以然来，只知道数千年来都是由祭司与神树沟通的。"

林远摸了摸下巴。

六日后的考验如果只是单纯闻香，他尚有把握一搏。但若要与阿布去比什么神神道道的沟通、感应……那简直是毫无头绪啊。

作别少年后，素尘陪着林远往回走，感慨道："此地不仅风水奇异，国民也好生可爱。"

林远："……可爱？"这僧人仿佛已经忘了昨天要拿他们祭树的是谁。

素尘乐呵呵的，看林远的目光也像看猴一般慈爱："这神树国古往今来，除了祭司有些特权，余下就全是平民。虽然水源匮乏，每户每日只得一桶水，却不见强取豪夺，老弱妇孺皆可均分。"

"全是钢筋铁骨，谁也打不过谁吧。"林远顺口吐槽。

"恐怕是因为闭塞千年，不曾开疆拓土，一旦起了争斗，有限的物产便会受损。久而久之，他们便放下了高下之争。"

林远愣了愣，端正了态度："不愧是大师。"

"在这里，与世无争才能长久共生，阿布那样的野心之辈倒成了异类。所以图曼说，神树不选他，是对他贪欲的惩罚。"

"这便是不患寡而患不均吧。"

素尘面露向往："如此众生平等，堪称世外桃源。若在此地修行，或许人人都能摒弃杂念，见性成佛……"

"林师兄！"楚瑶光匆匆朝他们奔来，"你们快来，陆师兄出事了——！"

陆让是被几个武者抬回来的。

林远等人赶到的时候，他的屋里已经围了一圈人。陆让灰头土脸地躺在榻上，整个人像是刚从沙子里挖出来的，裸露在外的皮肤上还遍布着细小的擦伤。

陆让昨夜惨败于林远，险些输丢了魂。还没等他将三魂七魄捡回来，廖云觉的坦白、林远的回忆……一个接一个的重磅消息，直接砸晕了他。

那林远竟然还想瞒下真相，骗着医巫闾去打泥师都！更离谱的是，廖云觉就这么被他说服了！

自己这到底是陷入了多大的一个局里啊？都不用等哪个觉者出手，只要薛淳英发现真相，折云宗的人一个都别想活。

谁还在乎他最初只是想当个优秀弟子？！

陆让当时便想提出独自离开，那些字句却又卡在了喉口。

他学了十几年的忠信贤德，被夸了无数遍的君子之材，平日恨不得走路都比着尺子迈步。此时输给林远，已经颜面无存，再让他临危弃众，一步迈成个逃兵……这步子实在有点大。

陆让开不了口，廖云觉却解了他的围，让他姑且先去找一找出路。

那一刻，陆让只觉得师父将自己这点心思看得一清二楚——不，甚至在更早的时候，早在出发之前，早在拜师之前，廖云觉就已经远远地看穿了自己吧？所以那么多年，他都没有收自己为徒……

陆让又是一夜未眠。

天明之后，他满怀纠结地出去探路。

起初还算顺利，一路上居然无人阻拦，也无人盘问他。只在接近神树国的边缘时，有几个当地土著追了上来，冲他嚷嚷了几句。

可惜陆让没听懂。

对方见他执意朝前走，竟然面现惧色，停下来不再追赶了。陆让有些狐疑，但见前方除了茫茫沙漠什么都没有，便又试探着走了一段。

然后，就像一场诡幻的噩梦，他脚下的黄沙突然腾空旋转了起来……

"沙尘暴！"陆让蜷缩在榻上，止不住地打着战，"无风而起，转瞬之间就把我吞没了！若不是我还记得方向，赶紧往回跑……"

薛淳英脸色铁青地看着他："你为何要独自脱队往外走？"

陆让："……"

"将军别动怒呀，陆让甘愿以身试险，不过是想探一探此地虚实。"林远体贴地拍了拍陆让。

陆让："？"

"不过，还真让你探出问题了。"林远沉吟着，忽然想起当初在宿河古城的那片乳香林，也有一场沙尘暴无风而起。

那沙子带着凶残的恶意，简直像要将他们当场葬送——就仿佛有了灵识，刻意阻止他们接近神树国一般。

这神树国数千年来与世隔绝，靠的是什么呢？难道每当有人想要进来，或是想要离开……

他越想越是毛骨悚然："我们能从地道进来，恐怕真是一个意外。"

图曼恰在此时赶了过来，苍老的手掌颤颤巍巍地抚过陆让的额头，担忧地道："是我忘记说了，这个地方是不能离开的，外面等待你们的只有死亡。"

林远听了素尘的翻译，扬起眉："你的意思是，我们从此都走不了了？"

众人皆是脸色一变。

图曼笑道："你若是神树的使者，定会留下来帮助我们的。"

林远紧盯着他："那我若是不想当祭司了呢？"

图曼不以为忤，平静地说："我的子民中，仍有很多人相信你们是从

地底冒出的魔鬼，应该被献祭。但我相信，你会努力证明自己不是魔鬼的，对吗？"

他转身走到门口，又停下来补了一句："水井已经由我的武者严密把守了，诸位如果需要打水，就让他们代劳吧。"

图曼走后，一屋子的人面面相觑。

他们唯一的出路被堵死了。

往生花 宿河其十四

林远奔逃着一个急转，视野中陡然晃入了一丛白花。

残阳如眼，瞪在血红的西天。

图曼虽然放了狠话，却没有撕破脸的意思，又派了武者客客气气地请众人去赴宴。

林远跟在武者后面，路过那水井时远远望了一眼。果然，水井的石墙外已经围了一圈金刚似的看守。

图曼屋里的气氛异常凝重。

没人愿意说话，只有素尘情绪稳定，还在教育悟色："不问而取是为偷，你自己瞧瞧今日偷了多少人家？你都吃不完。给为师也不行，看好，为师替你还了。"

素尘将满满一捧果子全递给了图曼。悟色慌忙伸爪去扒拉，自己却被素尘整个提了起来，一下子悲从中来，吱吱乱叫。

图曼笑道："给它，给它。"

素尘："不要，不要……"

"大师可曾打听到什么？"薛淳英仗着蛮人不懂大周话，当着他们的面问。

素尘道："他们说，只要迈出这地界就会被沙子吞噬，所以从未有人离开，也没见过外人进来。此地连国名都没有，因为他们都以为这里就是全天下。还说图曼今日下了禁令，打水从此由专人负责，擅自靠近水井者，会被祭树。"

薛淳英冷哼一声，瞪向陆让："你究竟为何打草惊蛇？"

"我……只是探路。"

"我们的援军都不在那个方向，你去那边探什么！"

陆让本就心虚，被他这满面的煞气一冲，更答不出话来。

薛淳英眯起眼睛看看陆让，又看看林远："廖宗主，你这些徒弟好像秘密不少啊。如此形迹可疑，不如都由千牛军看管起来，免得再坏事！"

楚瑶光瞥了林远一眼，似乎在诧异他这嘴怎么突然张不开了。林远眼观鼻鼻观心，活像老僧入定。

楚瑶光从余光里看到了李十一，前后一想，明白了。

林远如今被封印，楚瑶光只得硬着头皮顶上："还请将军明鉴……"

"恕我直言，"廖云觉抬起一双冷眼，"将军是当惯了将军，忘了有求于人的礼数吗？"

薛淳英："？"

廖云觉这一路与其说是逆来顺受，不如说是对一切都漠不关心。以至于众人渐渐忽略了这年轻的宗主，只当他是良善易欺之辈。

此时他锋芒突显，薛淳英竟愣了几秒才反应过来，怒目一瞪，状似饿虎。

旁边的老金已经拍案而起："好大的口气，莫不是将千牛军当作你们的侍从！"

所有千牛军霍然起身。

然后被压到了地上。

无须图曼吩咐，神树国的武者毫不犹豫地冲了上来，用狗熊抱树的身法，三拳两脚便制服了这些官兵。

满室死寂。

图曼看向林远，面露征询之意。显然在他们眼中，千牛军确实是林

远的侍从——完全没用的那种。

林远心里震悚与暗爽参半，故作迟疑地看向廖云觉："师父？"

廖云觉点了点头。

林远这才冲武者示意道："没事，放开他们。"

待武者退去，廖云觉抬手倒了碗酒，道："这困局大家都始料未及。眼下即便拿到乳香，恐怕也无法立即脱身，只有先行缓兵之计，等他们放松警惕再临机应变了。这些日子，还望各位同心同德，莫生嫌隙。"

薛淳英的脸色青白交加，像是将差点冲出口的话语用牙抵住，硬生生嚼碎了。

他也倒了碗酒与廖云觉相碰，从碎末里重新拼出一句："惭愧，确实要仰仗折云宗了。"

此言一出，就连折云宗的下人都憋着笑，互相挤眉弄眼了几下。

林远嘴上不能说，只能在心里嘲讽：你对皇命的忠心真是日月可鉴，想必即便路全堵上了，你也能大吼一声，背生双翼，扑扇回永宁。

思绪转到此处，他的鼻翼忽然一动。

这清幽凛冽的花香，是……

林远犹豫了一下，起身走出了屋门。花香更清晰了，毫无疑问，正是往生花的味道。可往生花只开在有死人处啊。

林远又嗅了嗅，朝左一转，又走出一段，果然看见了远处的花丛。阴冷的白色，仿佛冥府的入口。静静开放的花丛里并无尸体，却有一个人形空缺。

这一幕似曾相识。凄惶的寒意窜上了他的脊骨。

"我们何时下井？"李十一在他身后问。

"下井去……"

林远险些脱口问出"下井去做什么"，又猛然止住。

这几日惊变连连，他心中千头万绪，竟没能马上记起——快要月圆了。

等他们用缓兵之计，外头的赵部早就撤退了。没有赤色解药，李十一就会死，而李四也理应会死。

——李四是不可能忘记这件事的。

最后一丝夕照已消失不见，空气冰冷，像是要将月光磨成剑。

林远僵硬地回身，背上出了一层细细密密的冷汗。他要如何找补，才能让李十一忽略自己方才一瞬间的迷茫？

"下井去取解药……宜早不宜迟。等到祭司考验前后，图曼更会加强守卫。"他极力用李四的思维分析。

李十一仍一瞬不瞬地望着他。夜色里，她的瞳仁极大极黑，像无神亦无情的人偶。

"对了，"她慢吞吞地问，"你们昨夜斗香，谁赢了？"

"自然是陆让。"林远立即道。这个口供，他们几人已经串通好了。

李十一："你的水平变化没暴露吗？"

"我糊弄过去了。"

"哦？没人起疑吗？"

完了，林远想。起疑的是她啊！

"他们嘲笑了几句，倒是未往别的方面想。"林远果断转移话题，"时间不多了，我们要想个法子对付井边的守卫，还有地道里的另一半千牛军。你觉得赵部也在地道里吗？"

李十一盯着他，还未开口，屋门内突然传出一声大叫："手！他把我的手捏断了！"

老金正抓着一名折云宗下人的手腕，铁钳般的手指继续收紧："那是我的肉，我让你吃了吗？"

原来方才武者又是先将烤肉呈给了折云宗一行人，才轮到千牛军。老金在永宁城横行惯了，从未受过此等屈辱，本就窝了一肚子火。见这下人吃完一盘肉，竟又来拿自己面前的，终于忍无可忍地爆发了。

这下人叫王全，却是惯会捧高踩低之辈。他当初在地道里被薛淳英收缴食水，吓得两股战战，如今见千牛军一朝失势，登时不肯低头了："那肉上又没写你的名字，怎能说清是谁的？"

老金面色酡红，暴怒道："还敢顶嘴！"

他手上使劲，王全如杀猪般惨叫起来："放手，你放手，你当这是

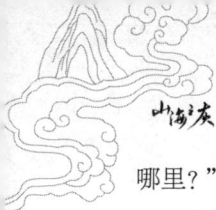

哪里？"

"老金。"薛淳英扫了一眼围过来的武者，阴沉沉地劝了一句，"来日方长。"

没想到老金竟充耳不闻，"咔啦"一声，真的生生掰断了王全的腕骨！

王全双眼一翻，痛晕了过去。

周围的武者随即出手，老金却涨红了一张脸道："敢再动你爷爷？"径直朝着武者冲去。

薛淳英忽然皱眉道："他不对劲。"

只见老金全身呈现出诡异的暗红，仿佛一根烧红的炭木，出手更是狂暴不成章法。

还真有武者猝不及防之下，被他夺去了斧子，又被他一斧劈中了手臂。老金被血溅了半脸，抡圆了斧子，见人便砍！

众人纷纷仓皇闪避。

王全刚被人掐着人中苏醒过来，便见迎面一斧当空劈下，吓得抱头鼠窜，连滚带爬地逃出屋门。

老金双目已经翻白，循声朝着屋外追来。

王全屁滚尿流，慌不择路地躲到了林远身后。林远一惊，想要甩开他，王全却死死扒着林远的肩膀不肯撒手："救我！"

林远被他拖着跌倒在地，又挣扎着爬起来。老金却似神志全无，竟放弃了王全，转而对林远穷追不舍！

林远奔逃着一个急转，视野中陡然晃入了一丛白花。

这几秒钟仿佛被无限放慢。

身后，老金用双手高高举起斧子，又朝他重重劈下。

林远狼狈不堪地避过了，转头想要求救，忽见李十一纤细的身影立在原地，像一支绷在弦上的箭，双眼直勾勾地望着自己。

林远一下子懂了，李十一是故意的。故意不出手，为了试探他在危险中还使不使得出李四的招数。

可他哪里还记得李四的招数？！

巨斧又至。林远避无可避，只能循着模糊的记忆就地一滚，顺势抱住老金的双腿，拼命一扯。

然而老金于疯癫之中，下盘竟依旧极稳，林远这一扯非但没能扯倒他，反而将自己放到了高举的斧子正下方。

老金一声怪号，一劈而下。林远眼中映出近在咫尺的斧锋，合上了眼帘。

"当"的一响，斧锋一偏，擦着他的耳际荡了开去。

老金一个踉跄，还待再上，却被赶过来的武者从身后抱住脑袋，"咔吧"一扭，告别了世间。

林远好半晌才记起自己需要呼吸。他被武者扶了起来，喘着气转身一看，呼吸又停了。

只见老金的尸身恰好倒在了往生花丛中，严丝合缝地填上了那个人形空缺。

就仿佛，那空缺本就是为他而准备的。

幽涩的花香披着月光，愈发寒意彻骨。

下井　宿河其十五

是了，他险些忘了，还有这一丛。

林远瞪视着死不瞑目的老金。

老金也瞪视着他。

一瞬间，他心里冒出了一个毫无来由又古怪至极的猜测：如果方才倒下的不是老金，而是自己，这花丛的空缺也会"恰好"被填满。

一只大手猛然推开了他。薛淳英大步走到花丛边低头查看，只见老金的头颅歪向一边，脖颈早已断了。

薛淳英深吸一口气，俯身合上了这得力部下的眼帘，这才道："老金

方才样貌异常，定是中了毒！"

　　林远思量了一下，也慢吞吞地蹲下身，凑到死者口鼻间嗅了嗅："没有奇怪的味道啊。"

　　"什么意思？"

　　"中毒总会留下气味吧？可我却只能嗅到食物和酒的味道。"

　　另一边，陆让和楚瑶光也检查了老金留下的食水："确实没有异常，或许他就是喝得太醉了……"

　　薛淳英直起身来："呵，好个满口谎言的折云宗。"

　　千牛军义愤填膺："就是！""该不会就是你们下的毒吧！"……

　　楚瑶光这一下也动了火气："奇怪，刚刚断手的是王全，险些被砍头的是林师兄，怎么兴师问罪的却成了千牛军？就算事有蹊跷，又与折云宗何干？"

　　薛淳英一把抄起老金手中的斧子，将斧面一翻，冷冷道："那你们解释一下这是什么。"

　　林远："……"

　　铜斧上，一处小小的凹痕清晰可见。

　　"方才出手的这个人，功力不俗啊。小小一枚暗器，竟能将老金全力劈下的斧锋打偏，救下你一条小命。"薛淳英道，"于千钧一发之际，尚能隐忍到最后一刹才动，这等身手、这等心性……"

　　他缓缓转向众人："是谁呢？神树国的蛮人显然不会这种路数，千牛军也早就被搜身缴械了。"

　　林远眼皮一跳。

　　薛淳英："该不会，是你带来的这个粗通拳脚的小娘子吧！"

　　人群中，昨夜刚刚得知内情的陆让与楚瑶光悄然色变。

　　李十一站在原地，无声地歪了歪脑袋。

　　"罢了，装傻也没关系。"薛淳英握紧了斧柄，手背上骤然青筋凸起，"我一试便知。"

　　一旁的神树国武者见势不对，冲来欲阻。薛淳英却脚下一错，闪电般地避开了对方的拳脚，一举斧子便要朝李十一掷去——

李十一身形不动，双足蓄起的暗劲却已将沙地踩出了两个凹坑——

"哇，你是真的没脑子。"林远道。

薛淳英："……"

薛淳英一双虎目转向林远，一字一顿地问："你说什么？"

"此地咄咄怪事数不胜数，一处凹痕而已，就算这凹痕是斧子自己长出来的，也毫不稀奇。"林远理直气壮道。

千牛军骂声四起。

"暗器呢？"林远一指花丛，"一共就这么点地方，你口中的暗器藏在哪儿？"

薛淳英眼中闪过激烈的权衡，最终将斧子交给了武者，自己走过去翻找了一遍，一无所获。

林远只是看着他："堂堂中郎将，莫非要将我那妹子毙于斧下，才愿意承认自己猜错了！"

薛淳英突然想到了什么，目光猛地看向李十一的脚。

李十一满脸害怕地低着头，双足下的沙地一片平坦。

薛淳英："……"

就在这时，人群躁动了一下。几名武者领来了一个人，将他带到了伤员面前。

所有人同时偃旗息鼓——来的人是阿布。

看来通天之人在此地还负责行医。阿布为伤员包扎了伤口，又固定了王全折断的手腕，最后点起了一炉香，示意伤者静息嗅闻。那丰润美妙的香味弥漫开来，果然又使所有人精神一振。

林远正暗中观察着阿布的动作，忽见他直直地朝着自己走来。

"阿布。"图曼在不远处警告道。

阿布露出一抹不怀好意的微笑，一开口，又是一长串吟唱似的古怪音节。

素尘一回生二回熟地翻译道："他说今夜这事便是神树的惩罚，又说了一遍我们全都会疯，会自寻死路……他才是命定的祭司……"

林远挑起眉，立即扬声道："诸位，最好别闻他的香。"

王全骇了一跳，慌忙掩住口鼻逃离了那香炉，就连千牛军都连退几步。

阿布刺耳地笑了两声："看来你还是不明白。"

林远又扬声道："祭司大人，可别让这家伙靠近我，怪可怕的。"

图曼已是满面怒容，一声喝令，阿布被强行架走了。

图曼亲自来向林远赔礼，连声保证会彻查此事，尤其会查阿布。

至于横死的老金，只得就地安葬。

一群武者围了过来，一锹锹地铲起土来，覆盖了尸体。图曼举着权杖在旁边念念有词，素尘也摸出一串佛珠，低诵起了经文。

林远却环顾着众人的脸色。

异象，这已经是第四次出现了。但这一次又与前三次有所不同，林远总觉得自己撞见这丛花只是偶然。即使无人见证，它也会自顾自地开放。而且，此地人对这丛提前开放的往生花，反应也过于平淡了，似乎早已见过这种预兆。

按照那阴间声音的说法，所有异象都是同一个法所致的，背后有某种恒常的规则。

这乳香的法，莫不是颠倒时间？但似乎……又不足以概括。

简朴的葬仪很快结束，薛淳英却还默默站在土堆前。

"薛将军。"廖云觉独自走到他身边。

薛淳英回过头来，阴鸷的目光带着毫不掩饰的审视之意："廖宗主这会儿有话要说了？"

廖云觉不闪不避，双目中映着两轮清明的月亮："不错，我们谈谈。"

两人在沉默中对峙了片刻，薛淳英缓缓呼出一口气来，跟着他走远了。

与此同时，林远正一脸关切地拉起李十一的手："方才没吓着吧？"

李十一神色微微一动，掌心一收，从他手中接过了一枚乌沉沉的铁蒺藜。

林远早在检查老金尸首时，就瞧见了这暗器，当即不动声色地藏了起来，留到这时才物归原主。

　　方才，薛淳英即将出手时，他心中有过一瞬间的挣扎：不如就听之任之吧。让薛淳英杀了李十一，自己就能兵不血刃地解决一大隐患。李十一会死得合情合理，即便是八苦斋都不得不买账……

　　这一瞬间的挣扎尚未结束，林远便开口阻拦了。

　　因为李十一是为了救他才暴露的。

　　模仿李四使出的那几招，连他自己都觉得拙劣至极，李十一却还是救了他。她仿佛……一点点可能性都不想放过。

　　林远心中微叹，李十一却目不转睛地看着他，面上竟然浮现出了一丝笑意，悄声道："你现在好弱。嘴倒是练出来了。"

　　林远一愣，随即明白过来：从他拦住薛淳英的那一刻起，李十一真信了他是李四。

　　"……没办法，武功废了啊，只好练点别的。"他艰涩地道。

　　李十一摇摇头："会说话就够了。明夜子时，我们行动。"

　　宿河地道。

　　赵十七不耐烦道："底下这些人，还是没有动。"

　　他们赵部十人奉命监督李四与李十一，一路跟踪千牛军到了宿河，却被一场沙尘暴阻在了古城外。等沙尘暴散去，他们潜入城中，只见枯木林里有数十名千牛军进进出出。

　　那正是薛淳英留下的另一半千牛军，当时正在凿石门。

　　几日之后，石门凿开，那些千牛军进了宿河地道。赵十五一行人在地面上等待了许久才敢尾随下去，那群人却不见了踪影。

　　赵十五等人找了半天，最后在耳室里找到了一个洞口，底下竟还有一层更古老的地道，不知通向哪里。赵十五将耳朵贴在洞口，听到了底下千牛军交谈走动的声音。

　　薛淳英居然让那群家伙驻守在地道里。他们不走，赵十五也只得带人等在原地，这一等就等到了今日。

　　"有这群家伙堵着，李四和李十一不会出不来了吧？"赵十七道。

　　赵十六想起旧怨，啐了一口："死了倒好，可惜任务砸在他们手里，老子也得跟着倒霉。"

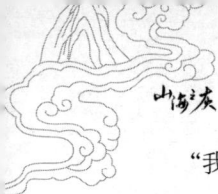

"我们再等两日，若他们交不出乳香，也只能毒发身亡，怨不得任何人。"赵十五森然道。

林远纠结了整整一天，是下井，还是索性与李十一摊牌。

如果摊牌，他倒是可以拿出私藏的六枚解药，救一时之急。但若靠私藏的解药活下来，等于直接对八苦斋亮出了身份。

而且在那之前……李十一就会直接对他下死手吧。

最终他还是站在了水井的石墙外。

墙内闷响声不断。神树国的看守无惧千牛军的刀剑，却从未遇到过如此鬼魅的身法与刁钻的飞针，全被扎中要穴，很快便横七竖八地昏死了一片。

李十一从墙上轻轻跃下，对他道："常人会昏迷几个时辰，这些人却不一定，还是抓紧些。"

林远神色十分凝重，走到井边，借着月光望着井壁上的鹿角女人像，半响才道："我下去，你留在上面望风，若他们醒来，你再补几针。"

李十一考虑了一下，想到在地道那样的环境里，自己的暗器也发挥不了什么作用，倒不如替他多争取一些时间。于是点了点头，示意他坐进木桶，转动辘轳将他摇了下去。

林远深吸了一口气，只觉肺里生寒。夜色中，清洌的花香如一条白蛇，从幽暗的井底往上钻。

是了，他险些忘了，还有这一丛。

随着木桶降低，地道出口处的往生花也缓缓进入了视野。它们还在盛开，伶仃纤美，摄人心魄。

花丛中的人形空缺，也依然清晰可见。

这一丛是留给谁的呢？

宿河地道。

一片死寂中，昏昏欲睡的赵十七忽然支起了耳朵："有动静。"

神树地道。

千牛军正举着火把迎向出口："林远？你怎么来了？"

种子

宿河其十六

两只空洞的眼眶中，挤出了层层叠叠的乳香枝叶。

　　林远从木桶里爬进了地道，小心地绕过了那丛往生花。

　　被薛淳英留在地下的千牛军都靠近过来，当先一人问道："上面现在如何？"

　　林远站直了身子，先瞥了一眼这阵势。面前有数十人，将狭窄的地道堵得水泄不通。

　　"找到乳香了，但不太好到手。"他从进入宿河地道开始，大略说了一下这一路的情况，末了道，"诸位继续藏身于此地，待我成为祭司后偷出乳香，再里应外合一道逃出去。"

　　对方仍旧狐疑地望着他："但为何是由你下来传话？薛将军的人呢？还有，方才的打斗声是怎么回事？"

　　"哦，我们把井口的看守放倒了。放心，能争取至少一个时辰。"

　　千牛军反应了一下，霎时间大惊，纷纷亮出兵器："那他们醒后就追下来了！你在引敌！"

　　"不必惊慌。"林远镇定自若道，"待我离开后，诸位就躲回上面那层宿河地道，那耳室的地洞是我几日前偶然破开的，只要重新堵上，他们便找不到了。"

　　"但你已经打草惊蛇，万一他们索性封死这个地道呢？"

　　"不会的，这地道另一头早已坍塌，他们根本不知道能通向外面。"

　　有人不可思议道："你在说什么鬼话！那些蛮人眼看着你们一个个从水井里爬上去，还想不到底下有出口，他们是傻子不成！"

　　"并不是傻子，只是民风古怪。"林远顶着众人匪夷所思的目光侃侃而谈，"神树人数千年来坚信天下仅此一隅，边界之外就是死境。他

们的脑子里根本没有出口这回事，看见我们出现，竟当我们是从地底冒出的魔鬼，所以才派人守卫在井口。那些看守醒后，说不定都不敢下来。"

其实林远还有一句话没说出口。

他甚至猜测过，神树人连这地道的存在都不知道。

毕竟，从未想过出去的神树人，何必使用地道呢？这地道很有可能早已被遗忘了数千年，一直沉默地尘封于地底。

只是，外面的巨井外观还很新，目测只有几十年。这地道尽头与水井之间只隔了一层石壁，甚至连石壁都不算，只能说是一些垒起的碎石，缝隙里呼呼地透着风。几十年前，挖井的人恰巧挖到这一步，又恰巧没发现地道？那未免有些太离谱了。

千牛军还待再问，林远却话锋一转："至于我，却不是来传话的，而是另有重任。我要参详一下这地底的壁画。"

"为什么？"

"因为那祭司考验疑点重重，似乎与神树有关，我必须从这些壁画里找出线索。万一通不过考验，薛将军是要问罪的。"

他的目光在众人间轮转了一圈，甚至没等他们回答，便径直走向了旁边的石壁。

千牛军面面相觑。他们此刻缺少主事之人，林远却偏偏搬出了薛淳英的名头，说得言之凿凿、郑重其事。于是数人欲言又止，却始终没人站出来。

林远面色不变，心下略松。

这第一关算是过了。

八苦斋的赵部在哪里？千牛军已经占了此地，那么赵部的人若还没有离去，八成就蹲守在上方那层宿河地道里。

这两条地道一东西，一南北，唯一的交点，便是他打穿的那个耳室的地洞。赵部只有守在地洞旁，才能监听千牛军的动向。

所以，自己得走到那处……

林远丝毫不显急切，借来一支火把，一边凑近最靠近出口的第一幅壁画，一边装模作样地问："诸位下来之后，可曾细看过这些画？"

没想到真有人接话："看过，挺邪门的，你别离那么近。"

"为何？"林远手中的火光已经摇晃着照亮了一方石壁。

他猝不及防地倒退了半步，险些干呕出来。

眼前竟是他已见过数次的女人立像。只是这一次，没有省略或美化任何细节。

她高高仰着头，两只空洞的眼眶中，挤出了层层叠叠的乳香枝叶。这些枝丫朝上延伸，又朝两侧蜷曲地翻出新的分杈，像华冠，又像鹿角。

枝叶钻出她的七窍，钻破她的皮肤，越往下越是百孔千疮，到腹部更是撕开了一道巨大的口子。幽暗的腹腔里，一派枝繁叶茂，一根根洁白肋骨有些被撑得扭曲变形，有些则已经断裂。

如此不遗巨细的恐怖描绘，不像是画师臆造的，让人只觉得这是一份记录。这记录太忠实，以至于众人脑中都已经浮现出了一具真正的尸体，甚至听见了枝叶顺着筋脉血管生长的动静。

可画师的线条仍是那般细密、古雅，每一张叶片，每一根断骨，几乎都蕴含着某种庄严的态度。

残酷，而又盛大。

林远只觉得这挤满了人的地道里忽然阴凉刺骨，好半天才勉强道："这么看来，这条地道是被挖断的。"

——画像紧挨着出口，这幅壁画小半边身体都被出口截断了，画面下方还有数行细长蜷曲的古文字，也都缺了开头。显然神树人挖井时，已经挖入了这地道。

可是这女人像为何会在这里？这条地道与神树国是什么关系？出口的碎石又是谁垒回去的，挖井人吗？那些挖井人让这条地道重见天日后，为何又要将出口挡住？

"那这些壁画的起点是此处，还是更往前呢？"林远朝着水井对面指了指，那一头说不定还藏着另一截地道。若不是此刻有更紧要的事，他

倒真想去弄清这女人是谁、为何会变成这般模样。

岂料千牛军中有人迟疑道："这好像不是第一幅，而是……最后一幅。"

林远愣了愣："什么？"

"你瞧。"那人示意他去看旁边那幅。画中仍是那个女人，这一回她身躯完整，面容姣好，几乎还是个少女，如雾的鬂发间戴着一顶冠冕。她用双手捧起某种东西，正在送入口中。林远眯起眼睛，只能从她手中看出一团黑乎乎的小圆点。

"种子。她吞下种子，树才会从她的体内发芽，只能是这个顺序对吧？所以这里是地道的终点，北边那端才是起点。"那人道。

"不对吧……"林远直觉有哪里不对。

自己最初为何认定了此处是起点？他努力回忆着，最后想起来了。

因为几日前由北往南行来时，他打量过旁边的壁画，看见的是一棵繁茂的巨树逐渐萎缩回幼苗的过程。所以当时，他相信自己看到的顺序是倒逆的。

林远又朝北走了几步，果然，从下一幅壁画开始，那种子便抽枝发芽了。逐渐拔高的树下，也出现了那些忙碌的小人儿。

林远道："树总归是从小长到大的。"

但话音刚落，他又想到这树似是乳香树——巨大到不合常理的乳香树，是地上的神殿里供奉的那一棵吗？如果是那一棵，就不能以常理揣度了。

"你先别看树，你看人。"又一个看过壁画的人站出来反驳了，"这女人总不能死而复生吧？还有，你过来，瞧瞧这里。"

那人示意林远往地道中段走，这倒是正合他意。林远当即快步越过众人，堂而皇之地走到了最前面。其余人跟在他们身后，重重叠影在两壁摇晃，犹如穿过鬼窟。

那人举灯照亮了两幅画，北边的画中，巨树已经长成，树下绘有一片微起涟漪的水洼。旁边一群小人儿在用土石堆出什么东西，像一座堤坝。

南边那幅的巨树则稍微低矮了些，旁边的堤坝已经建成，小人儿在上面欢庆起舞。而堤坝另一侧，画着层层叠叠的波浪。整幅画的最上方，是翻滚的乌云和一道道的雨水。

林远盯着这两幅画看了片刻，尚未出声，几个千牛军自己却争论了起来。

那人道："应该是从北往南的，先筑堤坝，才抵住了洪水。"

另一人却道："有点奇怪，照你这么说，他们筑堤坝的时候还没有暴雨，那树下怎会凭空出现水洼？"

林远的眼神突然微变。

凭空出现的水洼。这听上去实在熟悉。

水洼与暴雨、影子与真身、往生花与死人……还有，变回一粒种子的树。

林远原本只是做个样子，此时却真的僵立在了石壁前。

好像有什么东西呼之欲出，有一个答案离他很近很近，只要一伸手就能抓住。那道阴间声音仿佛又在耳边回响起来："这神树的法是什么，你猜出来了吗？"

千牛军还在争执："那从南往北也说不通啊，他们还能拆了堤坝不成……"

"但先有水洼再下雨，那岂不是因果颠倒……"

一声惊雷。

"就是因果啊。"林远喃喃道。

"你说什么？"

"暴雨是因，水洼是果。但神树先呈现了水洼，于是水洼成了因，而暴雨是果。"

沉默片刻，有人应了一声："啊？"

对林远来说，一切都已豁然开朗。

按常理，先发生的事情只能是缘起，是种子，落地生根，抽枝散叶，结出果报。但若这一切被颠倒呢？

那便是因为有了水洼，所以暴雨会落下；因为影子映在墙上，所以人会站到墙前；因为往生花开，所以尸体会出现——至少，以凡夫的智识只能如此理解。

众生行走世间，犹如盲人摸象，又如雾里看花，只认今朝而不知明日。而这不可思议的启示，却在远方迷雾中点起了一盏孤灯，明明白白地告诉信徒：尔等终有一日会抵达此处。

"神树之法，是因果倒置！"

混战 宿河其十七

无论朝东南西北哪个方向出发，都会到达同一盏灯下。

"神树之法，是因果倒置！"林远略微提高了声音，像是想说给那个神出鬼没的家伙听。

"……"

"什么玩意？"

"你说的还是一棵树吗？"

回应他的只有众人的嗤之以鼻。

林远不以为意，一指画中那些小人儿："这些家伙看见水洼，参透了暴雨会来，于是提前筑起堤坝，先一步挡下了洪水。你们若不信，可以再往后看。"

他示意的方向是南边，他现在已经笃定壁画的顺序是由北向南了。

千牛军半信半疑地挪了几步，忽有人道："照这般解读，那这麦苗也是因的话……"

"他们确知此处会有收成，于是开始开垦田地。好像，真的讲得通？"

"他们一直膜拜这棵树，是为了占卜？"

"嚯，这王城都这么大了，崛起得太快了吧！神树，真的是神树啊！"

…………

　　见众人一时都被壁画吸引了注意力，林远默不作声，独自朝北走去。此处距离地洞尚有很长一段距离。

　　身后仍在传来兴奋的议论声，在地道里荡出嗡嗡的回音。

　　"连宝石都出现了，这神树好生慷慨。"

　　"但这宝石用墨为何这么淡？不仔细瞧都瞧不见。"

　　"我看懂了，那不是宝石，只是宝石的光彩，神树预言了某种宝藏的出现。旁边这人头戴冠冕，是他们的王吧。王开始劳民伤财，让百姓为他采矿，你们看那些挨鞭子的奴隶……"

　　千牛军的语调渐渐变了。

　　"贪心不足。"有人感慨道。

　　林远一边走一边默默听着，一个故事的脉络逐渐清晰。

　　神树满足着它的信徒，使他们建立起了一个幅员辽阔的神国。是了，此地的语言是宿河语、鹤觐语的共同起源，足以说明神国曾经的强盛。

　　可是，拥有得越多，欲念反而越高涨。国王不知满足，不计代价地命人寻找宝石，年复一年，一无所获，直到被压榨到极致的平民终于揭竿而起。

　　国王被弑，悲剧却并未终结。

　　趁着神国内乱，一群身着戎装、手持刀枪剑戟之人从国境外乘虚而入，杀得血流成河。

　　"这是宿河人的装扮啊！"千牛军诧异地议论着，"原来是宿河人灭掉了他们……"

　　是的，覆灭了。

　　虚幻的宝石华光是因，催生了国王的癫狂梦想，最终拖着整个神国走向了毁灭。

　　但果却依旧如约而至——荡平了整个神国的宿河战士，将搜刮到的战利品全数堆积了起来，无数金银宝石熠熠生辉，一如神树预言的那样。

　　身后的人声已经彻底听不清了。林远加快了脚步，却觉身上越来越冷。

他这一趟下来，研究壁画只是托词，在如今所有人都还茫然不觉时，他却先一步读懂了这个故事背后真正令人胆寒的暗示。

宝石确实出现了，但不是用信徒以为的方式。神树昭示的因，并不是为了让人看见，更不是在提醒谁。

现在林远只想知道一件事：如果发现宝光时，国王选择置之不理，之后的一切是否还会发生？

会发生的，林远莫名地肯定。

因既已现，果必将至。那灿烂华彩，就是铿然的丧钟。就像洪水那幅壁画里，即便小人儿并未筑起堤坝，等到暴雨落下、洪水泛滥之后，地上依旧会留下水洼。

没有如果，没有侥幸。无论人们是否采取行动、采取什么行动，都会得到同样的果。迷雾之中，无论朝东南西北哪个方向出发，都会到达同一盏灯下。

人之命运，虚无至此。

凡人的一切辗转抉择，对这神树而言，徒然得如同蝼蚁的跋涉。

千牛军走到了最后两幅壁画前："那这女人就是王女吧，继承了冠冕，然后吞下了种子。"

"但吃这邪门玩意是为了什么？自尽也不必选如此痛苦的方式吧……"

"可惜读不懂这些文字啊，没准是什么遗言。"

突有一人问："林远呢？"

众人转头一看，这么片刻工夫，林远的身影已经彻底没入了黑暗，只剩地道尽头若隐若现的火光。

千牛军本就不信任此人，立即有人边追边喝道："你去哪儿?!"

"蠢货，别喊那么大声！"几个人同时阻止，结果声音叠加在一起，愈发响亮了。

所有人又同时紧张地朝水井的方向望去。

林远几日前精疲力竭时，走过这段地道花了半个时辰，而今日疾行如飞，此时已经到了地洞附近。

他正想抬头找寻，忽听身后异动，有人正飞奔而来。

林远生怕赵部发现不了自己，回头高声道："怎么了？我想去看看第一幅壁画，说不定记录了这神树是怎么来的。"

"别去了，那头坍塌了，没有！"追他的人脚步未停。

"还是看看吧……"林远又朝前走了一段，心下暗骂起来。赵部究竟听见没有？快把解药丢下来啊！

岂料就在这时，水井里传来了动静。

靠近出口的千牛军警觉回头，随即便听见了李十一压低的声音："是我，有人来了。"

千牛军一惊，连忙熄灭了所有火把。朦胧月光中，依稀可见一道娇小的影子跃了进来。李十一轻盈落地，抬头便问："我那哥哥呢？"

"去北边了。"

李十一方才留在地面上望风，以防看守提前醒来。结果看守未醒，地底的动静却引来了其他神树人。事发突然，形势顿时吃紧。

千牛军悔之不及，只得立即全速朝北移动。

地道尽头，追着林远的几人也发现了后面的异常，一个人提速揪住了他："噤声，熄灭火把！"

林远心里刚将赵部的祖宗问候到第十八代，此时又转向了千牛军的祖宗第一代。

从他的位置都已能瞧见那地洞了，不知是不是错觉，他甚至依稀看见了顶上有人影晃动。

但随即黑暗与死寂同时笼罩下来。

不见五指，呼吸可闻。

千牛军训练有素，点地无声，反倒是水井之上的嘈杂动静在静夜中传出老远。来人显然发现了昏迷的看守，登时连声高呼，很快脚步声纷沓，一大群人赶了过来。

接着是一道苍老的下令声。

再然后，辘轳立即转动了起来，木桶被缓缓放下。

什么"神树人不敢下井",简直一派胡言!

千牛军在心里骂着林远,同时竭尽全力地退入黑暗深处。

林远突然意识到自己忽略了什么。

他方才就该想到的——这些壁画里出现了宿河人,从国境之外闯入的宿河人。也就是说,当初发现地道的挖井人,只要看过这些壁画,就能明白外面有更大的世界。

还有壁画底部的那些古文字,自己看不懂,但说着古语的神树人呢?他们若能看懂,会从中推断出多少信息?

可这一切却被瞒下来了,连地道都被重新挡住了。以至于时至今日,神树国上下依旧延续着千年来的蒙昧迷信。

几十年前获知这一切,又瞒下这一切的人,是谁?

想到这个问题的那一瞬,他的脑中也浮现出了一个答案。

出口处,亮起了一星火光。

图曼举着火把直起身来,第一眼看见了倒塌的石壁。他没做任何表示,朝武者们吩咐道:"去找,一定要把神树选中之人带回来。"

武者气势汹汹地向前冲去。

千牛军再退,急退。他们的目标完全无须交流:从地洞爬回上面那层宿河地道。

黑暗中,林远心脏狂跳。

头顶上还有人呢!

由不得他做出任何反应,他身边的几名千牛军已经动作起来,一人蹲下,另一人踩着同伴的背脊站起,窸窸窣窣地摸索一阵,似乎是攀上了地洞,紧跟着悄声道:"下一个。"

一个接着一个,很快,林远也被人拉上了地洞。

"这里可以点火了。"有人退后数步,晃起了火折子。

趁着这几人低声商量的空当,林远猛然朝身后瞥去一眼。

不大的耳室里空荡荡的,没有赵部的人影。

林远这一口气刚松到一半,就见耳室门外,幢幢黑影间,有一双眼睛恶狠狠地瞪着自己。他气息一窒，紧跟着认出了那是赵十五。

林远左右一看，见千牛军暂时没注意自己，便朝门边挪了几步，对着赵十五摊开一只手，做口型道："解药。"

赵十五眯了眯眼，反冲他也摊开一只手："乳香呢？"

林远开始问候他第十九代祖宗，疯狂示意："先把解药给我！"

此时余下的千牛军也到了洞口，正在一个个地爬上来。赵十五脸上的怒意竟不比他少，一指那些千牛军，无声地逼问："这是作甚？"

林远懂了。赵十五是在怀疑他故意引来了千牛军。

坦白来说，这也不算冤枉他。林远确实期待过，如果神树人真的下井，就会发现千牛军；如果千牛军躲上宿河地道，又会迎头遇上八苦斋。如此一来，很可能演变成一场混战，而这混战的三方，他恰巧都不喜欢。

可在他的设想里，这一切发生时，自己应该已经取得解药功成身退，而不是戳在这三方中间！

情势紧急，林远单靠打手势，根本无法向赵十五解释底下的状况。即便他能解释，赵十五也并不相信。

赵部十人在这耳室里蹲伏已久，早已知晓底下的千牛军有数十人。数十号人早不动晚不动，偏偏李四一来就全动了，还不是朝前，而是冲着己方杀了个回马枪，叫他如何能不起疑？

李四不要命了吗？

不，此刻瞧见他的表现，赵十五觉得自己懂了。这李四不是不要命，恰恰相反，他恐怕是弄不到乳香，索性引来敌军，逼迫自己交出解药，能活一个月算一个月。

"想得倒美……"赵十五将牙关咬得咯吱作响。

"头儿，我们撤吗？"眼见着越来越多的千牛军冒上来，赵十八悄声问。

"能撤去哪里？"赵十五反问。地道之外就是沙漠和断壁残垣，没有任何躲藏之所。倒是此时开战的话，己方还有地形之便。

恰在此时，千牛军忙中出错，一个人一脚踏空，跌回了下方的地道里。

一声闷响，时间仿佛在这一刹那跟跄停滞了。

下一秒，时间开始不要命地飞逝——

神树人狂奔而来。

千牛军慌忙往地洞挤，已经爬上耳室的立时刀剑出鞘。

耳室外的赵十五一见这阵势，咬牙切齿道："真当人多我们就打不过吗？上！"

一道冷风袭来，背朝着门外的千牛军忽感异样，头回到一半，剑锋已刺入了背心。

无间觉

宿河其十八

他是牵丝之人，也是手中傀儡。

八苦斋攻其不备，出手便是威势骇人的杀招。金铁之声不绝，刀剑扫荡之下，数名千牛军从洞口跌落，又带倒了底下的同伴。他们刚刚挣扎着爬起，神树人的巨斧就已至面前。

腹背受敌，千牛军乱作一团："不能退了，顶上也有埋伏！"

"哪里来的埋伏？"

有人想起了什么："……是林远！定是林远搞的鬼啊！"

宿河地道里，林远正躲避着八苦斋的人，这声呼喝突然从底下传了上来。挡在他身前的千牛军一愣，猛地转了过来，面色狰狞，冲着他提刀便砍。

林远后退着一脚踏空，直坠下去，摔在了某个千牛军身上。

他一骨碌滚开，狼狈不堪地避过了几刀，终被半路一刀劈中了肩膀。

林远痛得眼前一黑，一边拼命逃窜一边高呼："不是我，那些是来抢乳香的追兵！不要内讧，先将他们灭了！"

顶上的赵十五听见了，冷笑一声。

他从怀中掏出一只小瓶，将那腐腥的脓血一口灌下，再抬头时，眼中绿光莹莹。

一声野兽般的咆哮响起。

赵部余下九人的动作同时一停。紧接着，狂风暴雨般的攻势交织成网，几息之间他们已将爬上来的千牛军全部绞杀。

赵十七与赵十八同时伸手，抱住赵十九的两条腿，将他整个人倒提起来，拎到了那洞口。赵十九大头朝下，上半身露出洞口，双手双剑，朝着地下的千牛军一扫，斩下了三颗脑袋。

千牛军连忙回击。赵十九的眼珠疯狂颤动着乱转，而赵十七与赵十八明明看不见底下的状况，却像是成了他身体的延伸，将他吊高放低、左冲右突，在半空中一通乱杀，杀得千牛军不能寸进。

林远还没失去判断力，知道此时只能朝神树人的方向跑，神树国需要他当祭司，定会留活口。

图曼手下的武者一见林远受伤，也叫嚷起来，攻势愈发猛烈。

千牛军的阵形早已崩溃，想朝北退，北边却只有坍塌的死路。绝望之中，他们想起林远今日反常的言行，都认定了这死局是他一手主导的，一个个眼中恨意滔天。

死也要拉他陪葬！

林远登时成了活靶子，四面八方刀剑齐出，全朝他身上砍来——

李十一出手了。

不是冲着哪个人，而是冲着神树人手上的火把。

"噗噗"几声，所有火把同时熄灭，地底黑暗得如同回到了混沌之初。

刀兵声犹自不绝。千牛军在找林远，神树人靠着一身蛮力向前逼近，却又撞上了八苦斋的剑锋。

赵十九失去了视觉，连带着操控他们的赵十五也没了方向。但赵十五不管不顾，一径乱杀。很快赵十九的一只胳膊被巨斧砍落，那胳膊便举着剑自行弹跳起来，专攻人下三路。

正在地上抱头鼠窜的林远被一剑捅穿了小腿，惨叫着滚了几圈，那胳膊又抽剑跳远了。

林远在众人的腿脚间跌爬滚打，初时还能凭气味寻找李十一的方向，

到后来浑身浴血，腥气冲鼻，分不清是自己的还是别人的。

地上已是一片黏稠的血泊，触手可及全是尸体与残肢。

林远不知道自己在向北还是向南，在逃离死亡还是爬向死亡。浑浑噩噩间，心中忽然回忆起了一句诅咒，一句重复了数遍的诅咒："你们终将陷入疯狂，自寻死路……"

这句话在他心头沉沉回荡时，身周的杀戮愈发激烈，尖叫声愈发高昂，所有人仿佛彻底失去理智，纵身投入了一场骷髅幻戏中。

哪里有敌我？没有敌，也没有我，前后左右只剩扭曲的猪猡。

要刺穿一切，要焚烧一切，要砍碎一切。地府门开，小鬼尖笑，轰轰烈烈的热风席卷一切。

"救命……救命啊！"林远不知流了多少血，只觉身在阎罗的巨口中，即将被嚼成肉渣。

"李十一——"他嘶声唤着，但声音瞬间被四周尖叫的回声淹没。冥冥之中他已经明白，李十一此刻也在那尖叫之列，这整条地道，根本不剩没疯的人。

压倒一切的恐惧终于吞噬了他。地上的血泊暴涨，拖拽着他一寸寸地沉溺进深不见底的黑暗之渊……

"闭上眼睛。"耳边响起一道声音，音色空洞而漫不经心。

林远不假思索地重重合上眼帘。

"看远处。"那声音又道。

眼帘之下，林远的双目朝上翻去。

黑暗无边无涯，辽远寂静，是垂悬于万古的深渊。

一切都是静止的，连风都凝固了。

他极力远眺，直到双目灼痛起来，才从那深渊尽头窥见了一座黑色的山。峰岩突兀，无草无木，山顶是一片皑皑的积雪。

他抬脚朝前走去，一步接着一步，最终开始发足狂奔。

他被准允了。

他的赤足踏在了漆黑的山体上，他想继续攀登，却不断滑落，身体被锋锐的山岩割开了无数伤口。仰头望去，目之所及尽是黑色。如至夜般威赫，如义理般恒常，这是祖先的神龛与法坛，不易不朽，垂视着他。

他甚至不明白自己明白了什么。他只是高昂着头，喉口翕张，气流吹送，裹卷着远古的余响："呜——"

"啊啊啊啊!!!"赵十五的背心突然剧痛，痛得他痉挛着满地打滚。与此同时，赵部十人都开始痉挛。

他们的背上，一线刺青正在生长，从眼角，到眼睑，终于勾勒出了一只完整的眼睛。眼形狭长上挑，几乎带着一丝笑意。

这刺青仿佛不是刺在皮肉里的，而是烙印在了他们的三魂七魄上。赵十五双眼一翻，身躯已经脱离了自己的掌控。

地道里，林远骤然睁眼，在黑暗中亮出两点琉璃之色。

一切都在颤动，一切都在旋转，忽而鲜血狂喷，忽而灯火乱晃。

他在地洞之上，也在地洞之下；他举着火把，也挥着长剑；他抱着他自己的双腿，将自己吊在半空；他在杀人，也在被杀；他掉落的碎块正在人群里活蹦乱跳，每一块都是他。

空空茫茫，似真似梦，常理已经远去，人间正在融化。

他的手臂一松，没能拎住自己。他从半空中滑落下去，跌入混战，霎时间被分解成了更多的碎块。

对了，他好像想起了一点什么。

他举起火把跳下地洞，照亮了一片炼狱的景象。

在这炼狱的边缘，蜷缩着一个遍体鳞伤的少年，碧色的双目直勾勾地瞪着虚空。那是林远。自己就是林远。

这当口，又有人举刀朝着林远砍去。他立即冲上前去，以肉身挡下了这一刀。他护在林远的身躯前与人战斗，遥远之处有人在尖叫，抑或是有狼在嗥叫，声音却像隔着水面般模糊而荒诞。

他倒下了，他需要更多的人手。于是更多的他跳下地洞，围在此处杀将起来。他是牵丝之人，也是手中傀儡，跳着一支无穷无尽的狂舞。

他要杀下去……

直到"啪"的一声，所有丝线同时崩断。

林远蜷缩在地，缓缓归位的魂魄犹在狂怒的余波里震颤，身躯却已经支撑不住，陷入了昏迷。

笑声。

孩童的笑声。

他睁开眼睛，看到了一个玉雪可爱的幼童，正坐在自己身边咯咯地笑着。那孩子手中抓着一块木头，塞进嘴里用几颗乳牙咬了咬，含混不清地笑道："香，香。"

"这一块最香，对吗？"对面的胖子用猪油般肥腻的声音问。

那孩子还说不清话，只是傻笑。

"你呢？"那胖子的目光转向了他，笑眯眯地问道，"你觉得哪块最香？"

他这才发现自己的面前也摆着几块木头。他伸手去抓，五指与身边的孩子一样短小细嫩，他也是一个幼童。

一连摸过几块木头，他仍旧懵懵懂懂，只觉得对面的胖子很是可怕。

那胖子哼了一声，指了指他身边的孩子："这一个，让钱部出两个人，带他去山下养几年。等永宁有消息传来，再将他送去折云宗。"

"是。"

"至于另外一个……李部最近死的是几号？"

"回首领，是四号。"

胖子看了他一眼："那你便是新的李四了。李四，你记住了吗？"

场景变换，他的身量长高了一点，跪伏在满地繁复的涂纹中间。

头顶上方，低沉的声音带着隆隆回响："予汝之力，可御血亲之目，见其所见，思其所思，忆其所忆……"

灭顶一般的痛苦中，他进入了无思境。

他看见了廖云觉。

廖云觉正在徐徐说话："为何要打架？"

他听见自己笑嘻嘻的声音，透着一股死猪不怕开水烫的劲："因为他们先骂人。"

"那你可以还嘴，不应动手。"

"我知道，动手就会被长老抓住由头关禁闭。"

廖云觉一挑眉："知道你还做？"

他低下头："他们这回骂的不是我，是我那群小兄弟。说我们全是没爹没娘的野种……我见马尚已经将袖子了，心想着与其大家一起挨钰，不如我自己冲上去，反正我习惯了。"

廖云觉不语。

他换上了讨好的语气："师父，我知错了。"

廖云觉的眼中似乎闪过了一丝犹豫，最终道："你做得对。"

"……啊？"

"你来折云宗后，总是张牙舞爪与人作对，如今终于有了关心保护之人，这很好。人活一世，如不系之舟，总要为自己寻一根绳。"

他似懂非懂："那样……才能做个好人？"

"那样才能做出好香。"廖云觉揉了揉他的头。

原来他是林远。

但在他颤抖着从无咫境中抽离出来后，他便又成了李四。

"李四，"人偶娃娃一般的女孩搀扶着他，小声问，"你又看到你兄弟了？他怎么样？"

他还在一茬一茬地冒着冷汗，虚弱道："他……过得不错。"

李十一冷淡地应了一声。李部的人，大抵都恨着自己的双胞胎。

他们是从小像牲畜一样长大的人，原该对命运早已麻木。可是每隔一段时间，他们就要看见自己的兄弟或姐妹在外面如何过活。于是每隔一段时间，他们便被提醒一次自己的不幸。

可他们逃不了，他们需要每个月的解药。

他们唯一的指望，就是有朝一日被派出去杀死自己的双胞胎兄弟姐妹，然后接手对方的身份与生活。

李十一冷声道："再忍忍，他总会死的。"

李四却摇了摇头，陷入了沉思。

"怎么了？"

"我在想……杀了他，这一切就会结束吗？人与人之间，真的只有杀

与被杀吗？"他抬起脑袋，打量着这个自己从未离开过的地方，"有没有什么法子，能够彻底终结这个循环呢？"

李十一突然拉紧了他的手。

他笑了笑："别怕，我会保护你的。"

李十一转头望着他，缺乏表情的脸上露出了类似于困惑的神色："保护？"

"对，保护。人是可以保护人的。"

李十一慢慢点了点头："那我也保护你，一直保护你。"

监牢

宿河其十九

"你到底是什么东西？"

黑暗不知持续了多久。大约过了一辈子，一线亮光透了进来。

他是谁？

他是林远。

记忆忽然争先恐后地挤入脑中：疯魔的众人、耳边的声音、远方的黑山……

后来呢？后来他好像魂魄分散，附在了许多人身上，可那感觉太过破碎，太过荒诞，没有任何既存的字词可以描述。

林远头痛欲裂地撑开眼帘。

火把尚未燃尽，最后的残光映着死尸，千牛军的，神树人的，还有八苦斋赵部的。百余具尸体在狭窄的空间里叠了几层，浓郁的血气仿佛要凝为实体，灌满地道。

而他被埋在夹层里，只能透过缝隙看见外面。

地道里只剩一道站立的身影，正背对着他，将一把长剑慢慢推入地上一人的胸膛。这个动作完成后，她才原地摇晃了一下，倒了下去。

林远挣扎着推开压着自己的尸体，爬到她旁边："十一……"

他瞳孔一缩。

李十一浑身不知插了多少把兵器。林远托起她的脑袋，她便望着他，良久，惨白的嘴唇勾了一下："太好了……你还活着。"

她闭上了眼睛。林远的恐惧刹那间上升到了顶点，抖着手凑到她的鼻下。

还好，还有微弱气息。他颤抖着拔出刺入她体内的兵刃，将自己的衣服扯成布条，试图止住她那流不尽的血——

身后五步开外，传来轻轻一响。

赵十五只剩几口气了。他伏在尸首堆里隐忍到现在，终于等到了时机。他举起匕首正要冲着林远的背心掷出，手臂却突然像是被隐形的绳索牵住，僵在了半路。

直到此时，林远才转过身来。

赵十五呆滞地与他对视着，猛然一挣，胳膊勉强动了一寸。然而下一个瞬间，这只胳膊"咔嚓"一声凭空被折断，前半段直接垂了下去，手中的匕首滑落坠地。

赵十五痛到极致，反而失去了痛感，只觉得毛骨悚然。

这家伙……

眼前的少年纹丝未动地跪坐在五步之外，脸上甚至还带着几分茫然。唯有那双森森凤目中，鬼火般的幽绿仍在闪烁。

"你到底是什么东西？"赵十五嘶声问。

他已经确定了，方才正是这个人，凭意识操控了他们赵部十人的身躯，以十人灭百人！

御族人之目、驱族人之身，这是独属于啼氏的无间觉，而除了啼氏，本该只有赵部之人饮下神血后，方能短暂发挥。可眼前区区一个李部之人，却一而再再而三地用了出来……

不，不是能用那么简单。方才自己已经饮下了神血，理应是操纵丝线者，却不知怎的就沦为了对方的傀儡。

这厮，赢了神血?!

垂死的赵十五蓦然面露狰狞。如果任由这厮成长下去，未来，他会强到何等地步？

但是幸好，幸好——自己可以让那个未来不会到来。

赵十五青筋暴起，周身的骨骼都在发出崩裂的悲鸣。林远眼看着他竟又一寸寸地移动起来，连忙试图用意识阻止，却不得章法。这一愣神的工夫，赵十五已经用那只未断的手从怀中掏出了一物。

林远看清那物，突然发疯般朝他爬去。

赵十五握着两枚赤色解药，一把按进了旁边的火焰中。

药丸与皮肉烧焦的味道立即窜起，赵十五却面现狂喜："我只供奉……一个神主！"

他笑出了最后一口气，伏地不动了。

林远停止了移动，呆呆凝固在这一片炼狱正中。

"我只供奉一个神主"——什么意思？此处存在第二个神主吗？今夜这一波接一波的冲击超出了肉体凡胎所能承受的极限，他已经思考不动了。

"喂，你在吗？"林远对着空气问了一声。

没有回答。

林远自己都觉得荒唐，口中却不由自主地问了下去："我到底是什么东西？"

死寂。

"现在该怎么办？"

死寂。

…………

直到仅存的火光开始闪烁，他才摇摇晃晃地站了起来。

他勉力走去，拉着李十一的胳膊绕过自己的脖子，半背半拖着她朝外走去。两个人的身体都冷得像冰，只有紧挨着的地方，传来一点微弱的体温。

走出了尸首堆，一路拖出一行血道。

林远脚下忽轻忽重，如同踩在云朵上。五感变得模糊，脑中却有一幕幕场景不断浮现，似陌生又似熟悉。

人偶娃娃一般的小女孩坐在他身边，与他互相包扎着伤口。

长高了一些的女孩低声说着："如果活到长大，我们就能去雪山外面了。无咫境里看到的南边很暖和，开着花，还有好吃的东西。"

一身黑衣、眼神空洞的少女，沉默地与他喂着招。他想逗她笑一笑，她却抓住破绽，用巧劲将他掀翻在地，手中长针抵住了他的喉咙。

"认真点。"她说。

他笑着仰头："我很认真。"

"不够。"

"是你太强了，十一，你可以不用这么拼命练的。"

"不够。"

…………

果然不够啊。如果自己强一些，今日她就不会独自陷入苦战。明明放话说要保护她，却总是反过来被她保护。若以后还有机会……

快要走到出口时，他又瞧见了那丛往生花。他盯着那人形空缺看了几秒，放慢脚步绕向了旁侧。他怕自己走到空缺中，背上的人就会倒下死去。

就在这时，李十一几不可闻地喃喃道："李四。"

"嗯。"

"解药……拿到了吗？"

"拿到了。"他带着笑意说着，一只手从袖子中翻出一枚自己私藏的解药，塞进了她的嘴里，"快咽下去。"

李十一听话地吞了下去，勉强提了一口气："你记不记得，那次狩猎的时候……"

一阵冷风掠入地道，吹得他耳中嗡嗡作响。云朵没有了，仅存的体温也消失了。大梦此时方醒，一地空荡荡的月光。

什么狩猎？他不记得。他怎会不记得？哦，因为他不是李四啊。

他是林远，他杀了李四。李四早就没有以后了。

李十一却似乎意识模糊，自顾自地回忆着："那一次我们还迷了路，

快要死的时候，你……"

"十一，别说话了，我带你出去疗伤。"

"你还……记得吗？"

"嗯。那一次我们活下来了，这一次也会的。"

"那就奇怪了……"李十一低低地说，"我们从未狩猎过，这一段是我编的。"

一枚长针刺向他的颈侧。

林远立即甩开李十一。李十一伤重无力，长针脱了手，林远却也没康健到哪里去，脚下一软，踉跄着坐倒于地。

李十一索性整个人朝他扑来，将他压倒在地，伸出双手便来掐他脖颈。林远抓住她的手腕，将这双手拦在了身前两寸。

两人就这样僵持着，一时都动弹不得，场面甚至有些滑稽。

直到林远忽然意识到，自己这一倒，恰恰嵌入了这丛往生花的空缺里。

刹那间，最后的斗志都离他而去了。

林远苦笑了一下："原来你方才一直醒着。"

李十一居高临下地盯着他："你是林远？"

"是啊。"

即使到了此时，她的声音依旧没有情绪起伏："李四呢？"

"死了。他来折云宗杀我，却被我杀了。"

一滴水珠砸入了林远的眼中。他闭上眼，又睁开，透过一层摇晃的水光看她的身影，仿佛隔着弥天的火。

说不清是谁在被焚烧。又或者所有人都是悲与恨中的柴薪，因为天地为炉，造化为工。

李十一也闭了闭眼，泪光已然消失不见。她停顿了一会儿，仿佛还想听他多解释几句，林远却直接卸了手上的力气。

他太累了。

"你动手吧。"林远放下双臂，任由李十一掐住了自己。

李十一咬了咬牙，漆黑的瞳中杀意翻滚，十指骤然施力。林远毫不挣扎，直到眼前黑雾涌上，身体不由自主地抽搐起来。

就这样结束吧……

脖颈上的力道突然一松，新鲜的空气涌入了喉口。

林远剧烈呛咳着，视野依旧发黑，只能隐约看见人影晃动。紧接着，几双手臂同时抬起了他。鼻端闻到乳香气味的同时，耳边响起了那苍老的声音。

原来图曼还活着。

这是他昏厥前的最后一个念头。

天刚蒙蒙亮，水井的围墙外已经聚集了无数神树人。男女老少面色苍白，惊恐地望着武者一趟趟地搬出尸体，最后尸体堆成了两座小山。其中一座全是死状凄惨的神树人，而另一座……

"地下真的有魔鬼啊……"畏惧的窃窃私语在人群间流传。

最后，祭司图曼杵着权杖走了出来，站在众人面前威严地道："新的祭司即将诞生，在这样的时刻，魔鬼也有些不安分。但不必惊慌，大家只要不下井，就不会有危险。我会去向神树祷告，为四日后的考验做准备。"

他命令更多武者守卫在井口。至于尸体，神树人入土为安，那些"魔鬼"则被一把火烧成了黑灰。

人群最外围，阿布远远看着这一幕，无声地露出了一抹冷笑。

林远再度醒来时，身在陌生的房间里。四壁无窗，大门上锁，空间狭窄，除了床榻别无摆设。

这是……监牢。

神树国的监牢与八苦斋的相比，显得如此朴素，连一个刑具都找不见，甚至打扫得十分干净。

他满身的伤口已经被妥善处理过，鼻端还残留着一股余香，是熟悉的温暖芳烈的草木味。神树国果然以香为药，他这长长一觉醒来，已然恢复了不少。

囚禁自己，又救治自己。说来也好笑，无论到哪里，总有人非要他活着。

林远有恃无恐，坐起来扯着嗓子叫道："喂——我醒了——来点吃的喝的啊——"

无人回话，却传来了模糊的咳嗽声。

林远一愣，屈指在自己背后的木墙上敲了敲，响声空洞。

"有谁在隔壁吗？"他扬声问。

沉默片刻后，李十一的声音响起："我。"

林远："……"

看来这监牢不止一间，而是以薄薄的木板隔出了分号。得知关在隔壁的是李十一，他登时也不知该说什么了。

咳嗽声断断续续，总不得停，其中还夹杂着疑似吐血的声音。林远忍不住问："他们没救治你？"

"简单包扎了。"李十一简短道。

"哦。"

又过片刻。

"你为何能将李四扮得如此相似？那些细节你都是从哪里知道的？"

林远背靠着木墙仰起头，呼了口气："梦里。"

"……"

"我梦见他杀人。我梦见他透过一道门缝，窥探赵子背后的刺青。我梦见他在暴雨中吻你，而你在哭。后来……我梦见了更多。"

在他一墙之隔，李十一如凝固了一般纹丝不动。

这些记忆，林远不可能从别处知道，除非李四亲口讲述——不，有一些事即使是李四本人也不可能对谁说起。

李十一慢慢开口："你是说，你进入了无咫境？可据我所知，你既不是附离人，也不曾接触过啼氏。"

林远不能不心生佩服。杀手就是杀手，李十一对这一切的承受能力远超自己，已经进入冷静分析的阶段了。

林远道："奇怪之处还多着呢。你们进入无咫境的时候痛苦吗？我一点感觉都没有。你们能共享死人的记忆吗？我是在李四死后才梦到他的。还有，不只是无咫境，如你所见，我在地道里用出的是无间觉。"

"没有喝神血？"

"没有。"

"可只有啼氏才能……"李十一的语气微微变了，"你到底是什么东西？"

林远："……"

林远苦笑道："不然这样吧，你给我一个猜测。"

谈判 ｜ 宿河其二十

为了维持如此桃源……

李十一撕心裂肺地咳了一阵，再次开口时，语声中那点起伏已经消失："你是杀死李四的人。"

对她来说，这一点就够了。

林远苦笑更甚。他没再接话，动了动鼻子，又仰头吼了起来："来人啊——要死人啦——"

房门应声而开，真有不少人走了进来。

图曼在前，身后跟了几名端着食水的武者，最后是面带忧色的素尘。素尘一见林远的样子，就大惊道："林施主，这是怎么了？"

"说来话长。还请大师替我问问，他们关我是什么意思。"

素尘照实翻译给了图曼。图曼露出了和善的笑容："放心吧，四日后便会放你去参加祭司考验。眼下，只是防止你这几日再去不该去的地方。"

林远问得理直气壮，他竟也答得彬彬有礼，绝口不提昨夜被击晕的和被杀死的武者。

林远挑起眉："不该去的地方……看来你早就知道井下是什么了？"

图曼笑而不语。他从头到脚毫发无伤，显然昨夜没有亲自深入地道，

而是守在出口处，等到林远和李十一出来，才捡了个漏。

林远直视着他："数十年前，神树人挖井发现了地道，你就明白了那是通往外界的途径吧。可你当时为何不朝前挖，而是选择继续在此画地为牢？"

"林远……"图曼叹息了一声，"你的问题太多了。在这个地方，求知是很危险的。"

"这是威胁？"

"这是忠告。待到新的祭司诞生，那条地道就会被彻底填埋。"

林远笑了一声："你把事情做绝，就不怕我鱼死网破？"

"怕呀。所以我是来找你谈谈的。"

隔壁又传来了咯血声。图曼像是被提醒了，指了指李十一的方向，问林远："那人如何处置？昨夜她似乎在攻击你，需要杀了她吗？"

林远顿了顿，摇摇头："劳烦你们先治好她。"

图曼的老脸上浮现出了一丝笑意，转头交代了几句，几名武者当即出去了。

图曼又转向林远："昨夜你没往外跑，而是选择了回来，是为了救她，还是放不下这里的其他同伴，抑或是兼而有之？无论是哪种，我都放心了。"

"什么意思？"

"看来你很在乎他们。四日后，若你通过了考验，我就先放你的同伴们离开，再填上地道。"图曼摆出了筹码，"但若你不能通过考验，我就将你与这些人一道献祭给神树。"

林远朝后一靠，一时没有说话。

室内无人说话，只有悟色从素尘的僧袍下爬了出来，鬼鬼祟祟地朝着林远的食物伸出爪子，又被素尘拎了回去。

所以，这就是图曼给他的选择：当上祭司，至少可保廖云觉等人安全无虞；不当祭司，大家一起死。

林远慢吞吞地开口："其实我一直没明白，你为何执着于让我这个不速之客成为祭司。"

“你是被神树选中之人。”图曼还是那般说辞。

林远最烦打哑谜的人，不由得阴阳怪气道：“不错不错，被神树选中的待遇确实不凡。今日是抓捕囚禁，明日说不定就是令郎下杀手……”

提及阿布，他又想起了昨夜地道里癫狂的杀戮。

为何在远离阿布的地方，那“陷入疯狂，自寻死路”的情况依然会发生……

“不会的。”图曼立即道，“我已派人看住阿布，而且这监牢有层层看守，旁人进不来。”

“哦？你将我放在监牢，还有这一层考虑？那岂不是说明，你也知道他有多危险？”

图曼没吭声。

林远轻笑一声：“可惜防得了一时，防不了一世啊。即便我真的成了祭司……”

“那时若阿布依旧贼心不死的话，你便让他在监牢里度过余生。你若还不放心，也可放逐他。”图曼道。

“放逐？”

“将他逐出去，让沙子吞噬他。”

林远一抬眼帘，稀奇地望着图曼。

图曼的每一条皱纹间都渗出了沧桑与无奈。

“那是你亲儿。”林远友善提醒道。

“他觊觎了他不该得到的东西。在这个地方，贪欲与求知一样，都是罪孽。”

林远忽然瞥了素尘一眼。素尘也想起了自己先前对这个“众生平等”的“世外桃源”赞不绝口，神色略有些怔忡。

此时林远已经明白神树国的诡异民风由何而来了。

贪欲是重罪，因为物产稀缺又不能外扩，一旦有人争取更多，就只能损害自己人的利益。

求知也是重罪，因为神树早已昭示了一切的答案，国民只要默然遵循既定的轨迹即可。若是刨根问底，例如在发现一丛往生花时争辩“谁会死”“谁该死”“为何非死不可”，就会造成不可收拾的灾难。

所以，不能变化，不能进取，也不能深究。

寒来暑往，千年万年，在这个绝对公平的桃源里，每一页青史都与上一页一样荒芜，每一代国民都与上一代一样麻木。待到他们闯入此间时，看到的就是这样一个凝固在时光里的远古国度。

"我倒想知道，为了维持如此桃源，你们囚禁、放逐过多少异类？"林远问。

图曼目光移动，仿佛透过木墙打量着其他囚间，末了淡然道："这都是神树的旨意。"

林远"哈"了一声，揶揄地看着素尘："摒弃杂念，见性成佛？"

素尘面带窘迫，这一句没再翻译，反而悄声道："林施主，此人恐不是善茬啊。"

"可喜可贺，大师终于悟了，他就是想独踞一方继续当土皇帝。"

"那你打算怎么办？"

图曼听不懂他们在说什么，径自打断道："如何，你同意我的条件吗？"

"我也有一个条件。从明日开始，我每天都要亲眼确认同伴安好。"

图曼狐疑地看着林远。经过了昨晚的事，他显然怕林远又玩出什么新花样。

林远笑了笑："否则我直接一头撞死，你可以赌赌看。"

图曼望着他沉思了片刻："我会每日放一个人进来，但他只能逗留片刻，不得多做交谈。"

"成交。"

图曼一行离开前，林远对素尘道："大师，这个交易，不要对我宗门的人提起。"

素尘愣了一下，随即目露悲悯，念了一声佛。

室内又恢复了安静。

林远默默吃了东西，喝了水，忽然意识到隔壁的咳声许久没响起了。

"你怎么样了？"他问。

李十一不答，反问："何必多此一举？"

林远听她气息稳定了不少，便知图曼的人救治了她。他笑道："什么多此一举？"

"你明知我但凡得到机会，一定会杀了你。"

"确实。"

"所以，你也只能先杀了我。"

"嗯。"

"所以何必多此一举救我？"

林远耸了耸肩："我还得在这地方待几天，怪无聊的，有人聊聊天也好。"

"……"

李十一再也没说一个字。

"没事，有人听我说话也好。"林远丝毫不受影响，自顾自地道，"总算能说话了，以前我在你面前，想十句只能说一句，你知道有多憋屈吗？"

"……"

"其实我给过你机会了啊，任你掐来着，是你自己错失良机呀。"

"……"

"现在想来，在地道里趁你倒下那会儿，我要是上前补刀，就能让你死在一无所知的时候。那样的结果，你反而更喜欢吧？"

"……"

"但现在晚了，你已经知道李四死了。"在李十一看不见的地方，林远脸上并无笑意，"左右无事，除了怎么弄死我，你还可以想一些别的问题。"

"……"

"害死李四的人，是我吗？"

"……"

"我死了，他的仇就报了吗？"

监牢里不见天日，更无法判断时辰。

林远睡睡醒醒，不知过去了多久，门外又传来了模糊的动静。新的一天到来，距离仪式还剩三日，图曼如约送来了一名同伴。

林远一见来人，登时大感腻味："怎么是你？"

陆让面无表情："师父让我来的。"

"师父呢？"

陆让深吸一口气，林远这才发现他俊脸发青，眼中全是血丝，仿佛一夜未眠。

"又死人了，死了五个。"

林远心脏一抽。

"三个千牛军，两个折云宗的下人。"陆让道，"你们前夜在井底究竟干了什么，怎会搬出那么多尸体！"

"说来话长。"林远道。

"……"

"然后呢？"林远追问。

陆让："？"

陆让压着火道："你先回答我。"

"都说了说来话长。快点的，抓紧时间，你当这是儿戏吗！"

陆让深吸了几口气，总算念着情势不妙，尽量简短地讲述了起来。

原来尸体运出井后，千牛军得知了那一半弟兄的死讯，悲愤欲绝，把账全算在了折云宗头上，认为林远是故意引神树人下井杀人的。他们去找廖云觉讨说法，廖云觉却关起门来说服了薛淳英，一切以乳香为重，要算账也要等乳香到手再说。

为了避免再起内讧，廖云觉与薛淳英各自寸步不离地管着手下的人，不许任何人与对方接触。

结果，两个折云宗的下人出去取食物的时候，还是与三个千牛军撞到了一起。

"那王全因为老金之死，本就跟千牛军有过节，说话又难听。"陆让沉着脸道，"好巧不巧，撞上了那个新兵刺儿头，叫郭什么……"

"郭大敞。"这名字十分特别，所以林远有印象。

"对，那郭大敞又一下子疯了，待其他人听见消息赶去，五个人全疯了！那个惨状让人不忍直视……他们没有武器啊，只是拳脚互搏，硬是没一个人活下来！那得是多疯？"

林远听到此处，立即问："他们身上有什么味道吗？"

第三次了。老金、地道里的所有人、这一回的五人，已经有三拨人中了阿布的诅咒。而且这一次，阿布还被图曼的人看管着。

那他究竟是如何动的手？是迷香吗？某种极其不易察觉的迷香？

陆让却摇摇头："没有。我们检查过了，没有任何香料味。"

门外传来了看守粗声粗气的催促声，陆让已经逗留太久了。

陆让猛然加快了语速："到底是怎么回事？再继续死人，就该轮到我们了！"

"嗯，你们不能继续留在这里了。"林远沉思道。

"废话，能跑的话早就跑了，眼下还怎么跑！"陆让眼见着看守已经进来准备拖人了，最后一点矜持也放下了，气急败坏道，"你到底有没有办法？"

"嗯。"

陆让："？"

陆让被看守朝后拖去，忽见林远望着自己道："放心吧，你们会离开的。你去帮我查一件事。"

意动法随

宿河其廿一

应验的诅咒、诡谲的水源，这一切都可以串联起来。

又一夜过去，房门再度打开时，进来的是楚瑶光。

"林师兄，你让陆师兄查的事有结果了。"楚瑶光就比陆让上道多了，直接切入正题，语声清脆伶俐，"神树国那些古井，都是历任祭司下令挖

掘的。听这里的老人说，每次旧井快要干涸的时候，祭司便会占卜出新井的位置。"

"果然如此。"林远并不意外。

"师兄要查此事，是有什么发现吗？"

"嗯。"林远点点头，"两日后的祭司考验，我大致知道会发生什么了。"

"……会发生什么？"

楚瑶光一头雾水，林远却道："说来话长。外面有何变化？"

"又死了一些人。我们都紧闭门窗在屋里待着，不点香，也不进食。可今天早上，还是有个叫郭大敞的突然疯魔……"

"等一下，郭大敞不是前夜就死了吗？"

楚瑶光惊讶地问："谁说的？"

"陆让。"

"陆师兄最近魂不守舍，大概没记清。前夜死的人叫郭先发，也是个新兵。"

林远没时间嘲笑陆让，只飞快地翻了个白眼："下一个问题：事发前后有人看到阿布吗？"

"没有，图曼不让他接近我们。不过听说他仍在叫嚣不止，说我们都会死，而他自己终会觉醒……"楚瑶光愤愤地道，"此人行事太狡诈，至今弄不清他是如何动的手脚。师兄若能当上祭司，一定不可轻饶他！"

林远却没接话。

不知从何时开始，他的脑中有了一团渐渐扩大的阴影，一个隐匿的忧虑——不，比起忧虑，它已经越来越像一个预感了。

如果这一切的背后，真的不是阿布，而是那棵树呢？如果阿布的诅咒，只是神树借他之口昭示的因呢？

自从看过那些壁画，林远总有种莫名的无力感。好像自己是一只蝼蚁，行进时只能探得身前一寸，反而误以为命途宽广。

可在那棵树的眼中，时间真的在奔流吗？凡人真的有选择吗？如果前路与来路一体共生，每一环关节早已严丝合缝……

看守不耐烦地敲了敲门，示意时间到了。

楚瑶光一边往外走，一边低声问："师兄还需要我做什么？"

林远呼了口气："不需要了，接下来就交给我吧。等我通过考验，一切自会结束。"

已经走到门边的楚瑶光一愣，像是听出了一点异常，回头望着林远："师兄……"

林远对她笑了笑："去吧。还剩两日，都别出门，也不用再送人过来了。"

房门重新合上，林远那点胸有成竹的笑意也消失了。

沉默片刻后，李十一的声音突然响起："你想顺着图曼的交易，送他们先走？"

林远诧异道："你在讲话？"

李十一："……"

李十一又闭嘴了。

林远朝木墙上一靠："眼下也没有更好的办法了。这鬼地方危机重重，再耽搁下去，大家只会一个接一个地死。"

"……"

"只能牺牲一下我自己了。唉，可怜我还有好多心愿没达成啊。"

"……"

"不过说这些还太早了，我连如何通过那考验都还毫无头绪呢。"

"……"

"你在琢磨考题是什么吧？如果我没猜错，应是当场找到新水源。什么，我为什么这样猜？"

林远根本无须李十一捧场，仿佛留她一命真是为了找个听众，以便将那些"说来话长"的内容一股脑儿倒出来。

"因为我一直在想，图曼大义灭亲、任人唯贤到那种地步，恐怕那祭司之位真不是唱唱跳跳就能继承的，必须身具某种神通。但对无欲无求的神树国，究竟什么神通如此不可或缺？想来想去，我就想到了一个东西：水。

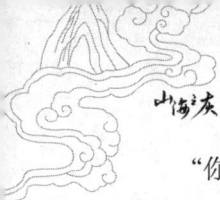

"你有没有发现这里的水源很诡异？整个王国只靠一口巨井生活，而历代废井的位置毫无规律可言。什么样的地下河道，会如此诡谲多变？不合常理吧？此地不合常理的东西，大抵和神树有关。

"于是我叫陆让去打听了一下，果然，勘测水源是祭司的任务。想来也是，他们困守一地无法迁移，若在旧井干涸前打不出新井，便直接亡国了——这就是为何历代祭司必须对神树有感应。

"图曼认定阿布没有这种感应，而我有。"

林远说至此处，停顿了一下。

真有这种感应的话，自己怎会完全感受不到？

图曼究竟是怎么看上自己的？林远死命回想，也只能想起初见之时，自己在巨斧落下之前收回了手臂。

仅仅是因为那个动作吗？那又与占卜水源有何关系？

"总之，图曼这人怪怪的，好像故意什么也不说。但他有一句说漏了嘴，他说待到新的祭司诞生，那条地道就会被彻底填埋。你想想，填埋地道势必会毁掉旧井，图曼想堵了这出口，就必须先挖出新井。可他为何非要等到新祭司诞生才动手呢？

"我猜，图曼自己很可能已经失去了祭司的能力。因此他急于找到继任者，而筛选的方式，就是让他们当场找出新水源。"林远的声音渐低，几乎成了自言自语。

即便他猜对了题目，也还远远不够，他要的是答案。

"你有想法吗？"林远并不抱什么希望地问。

李十一果然一言不发。

时间并不会为任何人多做停留。夕阳坠下，明月蹒跚，然后又是日出。这是祭司考验前的最后一天。

人群已经挤满了阡陌，越靠近神殿越是水泄不通。男女老少围着神殿祷告、起舞，点起香料终日狂欢，纷繁复杂的香气充盈了整个国度。远处的山上，一辆辆牛车还在朝此赶来。

新祭司的诞生本就是举国盛会，此番还多了一个人人皆可参加的祭司考验，无数民众跃跃欲试。在这个绝对公平的国度里，祭司之位便是唯一可以争取的不同。

千牛军与折云宗的每个人都已彻底分散，各自躲在自己屋里。有人死死关紧门窗，愈发草木皆兵。有人饿得不管不顾，抓起食物吃起来。有人面色苍白，写起遗书。

也有人在磨匕首。

薛淳英的横刀早在进入神树国时就被夺走了，只藏下了这把短匕。窗外的欢笑声一浪接着一浪，其中似乎夹杂着癫狂的尖叫声，又似乎没有。薛淳英不为所动，神情阴鸷。

他不再去想失去的手下，也不再提防新的死亡，似乎打磨的不是锋刃，而是杀气。

林远正在睡觉。

监牢里不分日夜，他大半时间都闭着眼，越睡越昏沉。听见开门声，只当看守来送饭了，他翻了个身还想继续睡。

有人似乎坐在了他身边："小远。"

林远一个激灵，一骨碌爬了起来，动作太大，登时龇牙咧嘴："师父！你怎么来了？现在出门太危险了，你快回去！"

"我来看看你。"廖云觉扶了他一把，顺势望向他尚未愈合的伤口。

林远下意识地藏了藏。

无论明天是成是败，这或许都是他们最后一次对话了。林远憋了太多话，却又怕廖云觉从语气里察觉异样，踟蹰半晌，最终露出一个笑来："我可比你们安全多了，至少，肯定能全须全尾到明天。"

"听瑶光说，你已猜出考题了？"

"嗯。师父你可曾注意到，这神树国有哪一片土地格外湿润？"林远顺口问。

"似乎没有。"

"也对，水源若那么好找，图曼也不必大费周章了。"

"水源？"

林远讲了讲地道里的发现和自己的推断，为了节省时间，说得很简略。

廖云觉却沉思道："因果倒置……听上去像是洞穿了凡世的表象。这

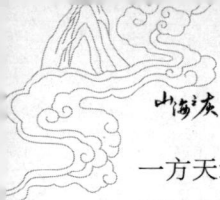

一方天地，千年兴衰，对那神树而言，不过是一本可以前后翻阅的书。不过，他们要如何靠这个挖井呢？找到水源是果的话，因是什么？"

林远一愣："师父领悟得好快。"

"嗯。因为我当初嗅闻残香时，也有一些奇怪的感觉。"

"什么感觉？"

廖云觉沉默了一会儿："记不清楚，也难以形容。我只能记起一些零碎的片段，其中有一幕，是我的心念刚动，手中之笔就自行写出了香方……"

刹那间，林远浑身一震。

收回的手臂、应验的诅咒、诡谲的水源，这一切都可以串联起来。

"……是心念。"他几不可闻地道。

"什么？"

林远艰难地咽了口唾沫，声音有些发颤："斧子突然落下，恰是因为我的躲避。不断有人疯癫而死，不是因为中了毒，而是因为我一次次地想起阿布那段鬼话。还有郭大敞……陆让没记住名字，我便将死者当成了郭大敞，结果他就真的……"

"你是说，因是你的心念？"

"是。我能像神树一样倒逆因果，这就是图曼在我身上看到的特殊之处，也是历代祭司必备的本领。那些废井的分布如此无序，因为他们不是找到了水源，而是创造了水源。他们指向哪里，哪里就是新井！"

好半天无人说话。林远瞪视着木墙，仿佛刚刚得出的那个可怕结论还在四壁间回荡。

他竭力不再去想阿布的诅咒，越是压抑，却越是事与愿违。此时外面会不会又有人突然疯魔？如果轮到廖云觉……

不行，不能想啊！林远一把揪住自己的头发。这颗脑袋突然变成了世上最可怕的东西。

"意动法随。起心动念化为种子，带来所有果报。"廖云觉仿佛没有意识到自己坐在怎样的危险人物身边，声音仍旧镇定得近乎冷淡，"那样的话……"

看守开始敲门了。

廖云觉加快了语速："那样的话，有几点不合理之处。"

"什么？"

"第一个发疯的人是老金。在他发疯前，你心中就想起过阿布那番话吗？"

林远呆了呆："好像没有，起初谁也没把他放在眼里。"

"还有，如果祭司都能意动法随，那力量足以开天辟地，何必局限于小小水井？进入此地之后，你的每一个念头都变成现实了吗？"

"没有。大约与神树一样，只会偶然发生……"

"所以不必太过害怕。"廖云觉道，"这一切甚至有可能并不是你造成的。别忘了，觉者眼中的怪胎是我。"

林远心中骤然一烫。

廖云觉是在安慰他。可他还没告诉廖云觉，自己能听见一道不知道是什么的声音，看见一座不知道是什么的山，变成一个……不知道是什么的东西。

当然，明天之后，他也没机会了。

守卫高声催促起来。

林远笑道："师父也别担心，明日会顺利的。"他目送着廖云觉走向房门的背影，终于忍不住冲口而出，"一切都会顺利的，你的嗅觉会恢复，宗门也会平安。我想了，所以会成真。"

廖云觉脚步一顿："你长大了。我原以为在我身边，你可以慢些长大。"

林远的眼眶瞬间红了。

是啊，在折云宗的十年，自己除了身量，似乎什么都没长。廖云觉收他为徒时是十七岁，而今，他自己也十七岁了。十七岁的师父进退有度，滴水不漏；十七岁的自己张牙舞爪，无法无天。

如果不是那一纸香方，自己说不定还会再张牙舞爪十年。

林远抿着嘴唇，拼命阻拦着更多要冲出口的话语。幸好，廖云觉没再看他，就这么走了出去。

仪式

宿河其廿二

他往何处走，何处就是井。

长夜漫漫。林远这几日睡饱了，躺着也难以入眠，索性盯着地面陷入了冥想。

等了片刻，他盯得愈发用力，口中念念有词："这里来个洞。这里来个洞。这里来个……"

地面还是那平滑的地面。

林远一时不知该安心还是担忧。自己好像确实不能每一念都成真，但如此一来，明天的考验又成了问题。

或许其中还有些不足为外人道的诀窍。

半个时辰后，林远双手捏诀盘腿而坐，怒目圆瞪曼声长吟："这里来个洞。这里来个洞。这……"

隔壁传来了久违的咳嗽声，听上去更像是想盖过他的叫魂。

林远停了停："怎么，睡不着？"

"……"

"睡什么睡啊，明日我若变不出水源，今夜就是你我在世上的最后一夜，何必浪费在睡觉上？"

"……"

"好吧，歇歇也行。"林远放弃了这毫无起色的练习，重新仰面躺下，将手臂枕在脑后，"那听我说说话吧。这次说点什么呢？最后一次了，就说李四吧。是不是一下子精神了？"

"……"

"可惜，能说的实在不多，毕竟我与他只见过一面。

"他临死前自陈是来杀我的，却又教我如何保命、如何扮演他、如何挽救折云宗。你猜我为何能顺利混进八苦斋？因为他留了满满一本笔记给我。当时我就很疑惑，他究竟是想杀我，还是想救我。

"后来，我开始收到他的记忆，渐渐知道了他是怎样的人。可了解得越多，我却越分辨不清，他究竟恨不恨我。"

林远闭上眼睛。

黑暗氤氲着，恍然间又像回到了八苦斋，回到了那简陋、清苦、寂静的斗室。有一个亡魂站在窗前，凝望着慈悲山永不散去的大雾。

幻象被李十一的声音打破了："李部的每一个人，都恨着外面那个人。"

林远闭着眼扬了一下嘴角："外面那个人？"

他已经从李四的记忆里捋清了，整个李部的人全是黑门后的女人所生的。八苦斋用那变异的百里香制造出一对对孪生儿，又将他们自幼分开，一内一外，从而凭借血亲之间的无咫境，获得千里外的种种情报。

必要的时候，他们也会派李部之人出去冒充自己的双胞胎兄弟姐妹，做一些特殊任务——比如潜入折云宗盗取筮予香的香方。而那，就是李部之人离开慈悲山的唯一机会。

"你也恨你的姐妹吗？即便她一无所知，你也恨她？"林远问。

"你们是我们原本可以成为的人。"

林远张了张嘴，无言以对。

他在外面虽然也多有坎坷，但喜怒哀乐，都是人间。而李四，被赵子一句话决定了命运，从此再也走不出畜生道。咫尺之差，天渊之别。

"嗯，如果易地而处，我肯定也会恨的。"他慢慢道，"但这恨意……"

"李四说，这恨意正是八苦斋为我们特制的绳。"

林远心头一震。

一个生于黑暗、死于黑暗的杀手，竟生出了如此超脱局外的冷眼。

"李四是我们中最常进入无咫境的一个。每次他都生不如死。"李十一道，"但他又是我们中最平静的一个。八苦斋没有书，他便跟着你读书。八苦斋不授课业，他便跟着你听课。"

"他……也学了制香？"

"制香他不懂，但他喜欢听。他说过，你有一个好师父。"

林远陷入了沉思。

除了制香，廖云觉还教过什么呢？似乎……也没什么了。廖云觉性子淡，不喜欢任何制香之外的事，包括规训徒弟。犯规惹事没关系，寻衅打架也无妨。单从这点来论，他其实不算一个负责的师父。至于自己，更是荒唐至极的徒弟。

李四看着他们，能学会什么？

李十一道："李四暗中救过不少人，但只有我救过他。在李部，他是个异类。幸好，他很善于不引人注意。有一天，他开始偷偷勘察一些东西，比如赵部，比如黑门。我知道他在找八苦斋的弱点，我拦不住他，只得放弃。"

她说得那样简略，林远根本猜不出这毫无波澜的话语里，带过了多少心境变化。

若不是梦见过那雨中一别，单听这陈述，他甚至会以为二人只是面无表情地辩论过几句。

"那时候，他好像已不再盯着你了，也不再盯着他自己。他一直在看，最后看见了所有人，所有人的恨，所有人的恶，所有人的苦……可惜唯独看不见我了。"

"他没有。"林远突然睁眼扬声道，"他没有看不见你。你可知他的遗言是什么？他说：'报仇……为我们，也为她。'"

"……"

林远呆呆地望着屋顶："你问我为何要救你。其实想救你的人不是我，而是李四。那时候在地道里，他的记忆突然涌入了我的脑中，那一刻我忘了自己是谁，还以为……我就是李四。"

李十一突然一拳砸向两人之间的木墙。

林远吓了一跳，随即轻笑一声："你还会发怒呢？真了不起。放心，那一阵混乱很快就结束了。可他的思想、他的情绪，我都已原原本本地体会过一遍。结果呢，我就下不了手了。"

"砰"地又是一拳。在厚重木墙的另一边，李十一的关节砸出了血来，苍白的面容都已扭曲："杀了我，让他们杀了我。"

"哦？你确定？"一墙之隔的家伙还在不紧不慢地说话，"你有没有想过，我有如此转变，是因为李四在冥冥中保护你？"

那是她无比陌生的语气，偏偏又是最熟悉的嗓音。很久很久以前，就是这样的嗓音答应她："若能活着离开这里，我就陪你去南边，找到好吃的，都给你。"

"李十一，他这样保护你，不是为了让你自轻性命的。活下来的人没有别的选择，必须将一切扛到肩上，走下去。"

李十一突然就不动了。

"我这里还藏了五枚解药，够你再活五个月。明日若是一切顺利，图曼也守信，我便放你离开。你没有机会杀我了，但还有机会屠了八苦斋。仔细想想，李四要的是什么。"

"……"

"哦，还有一件事。"林远眼望着屋顶，"记得给他立个碑，这是我答应他的。"

长夜终有尽时。在沙漠尽头，太阳升起来了。

太阳每一日都同样升起，但谁也不知哪一日的太阳将照亮新的人间。

神树国鸦雀无声。

神殿只能容纳极小一部分人，挤不进去的，只好在高墙之外一圈圈地围起来。

林远被武者簇拥着穿过安静的人群，顶着众人各异的目光进入神殿，径直走到了神树脚下，图曼身边。

阿布却站在神殿外面，身边还围了一群图曼手下的武者，看似保护，其实双眼只盯着他的一举一动。

明明是祭司之子，按惯例便该是下一任祭司，偏偏成了无数参加考验的人之一，而且还被如此对待。这一幕引得众人纷纷侧目，阿布却显得十分淡定，只是仰头望着伸出高墙的苍翠枝叶。

神树依旧枝繁叶茂，遮天蔽日，树干依旧被两层楼高的石砌台面保护着。树下这回站了五头被蒙住双眼的白牛。

林远用目光在人群之中找到了廖云觉等人，冲他们笑了一下。

图曼一声令下打破了寂静，武者听令上前，依次捅破了白牛的肚子，拖出它们的肠子，将一头钉入那石缝里，然后鞭笞着白牛列队前行。五头白牛此起彼伏地悲鸣着，围着神树跟跄绕行，直到拖出的肠子全部缠绕到了树干上，才终于力竭倒下。

温顺的死亡、新鲜的血味，这一切让所有目击者生出了一种微醺般的亢奋，气氛躁动了起来。

图曼在此时肃穆上前，手捧一只绘有繁复血色图样的陶罐，罐中赫然装满了小块小块的乳香。他毫不吝惜地将乳香分给武者，让他们各自点燃，举着小香炉在人群间穿行，将烟气全部挥向众人。

那有些变异的乳香味冲天而起，仿佛将空气都染成了腐坏的乳白色。人们贪婪地大口嗅闻着。

香味中又混入了浓郁的酒气，武者举着酒碗，将祭祀之酒轮流倒进众人口中。林远见场面混乱，也没人注意自己喝没喝，索性举袖擦嘴，做出一副喝了的样子。

图曼舞动着权杖开始高声祝祷，众人纷纷跪地唱诵。

林远跟着跪了下去。在他身旁不远处，素尘尽职尽责地翻译道："他在求女王恩赐其信众，说她用身体孕育了天地万物……"但声音很快淹没在了人们高亢激昂的呼喊声中。

图曼全情投入地领唱片刻，拖出了一个最高音。众人随之噤声，屏息凝神地望着他们的祭司。

直到此时，图曼方才宣布这场考验的内容："被神树选中之人，会为我们找到新的水源！有所感应的人，都去吧！谁先找到，谁就是下一任祭司！"

话音刚落，数人争先恐后地冲了出去，口中喊着："我感应到了，我感应到了！"

有武者举起铲子跟了过去，到了他们指定的地方，就朝下挖掘沙土。不少神树人也好奇地跟着，但不一会儿就大失所望地散开了，徒留那些自称有感应的人面红耳赤。

数次失败后，人群中响起了愤怒的骂声。神树人最讨厌贪欲。骂声一起，一些野心之辈也收起了碰运气的心思，渐渐不再有人跃跃欲试了。

　　阿布却还在一路找寻着。

　　他身后跟着一大群人，全等着看他究竟配不配得上祭司之位。阿布神情镇定，却迟迟没有指定地点，仿佛在等待着什么。

　　林远也离开了神殿，此时已经走出了很长一段路，甚至远离了房舍，接近了一座山。跟着他的人数最多，窃窃私语声不断。

　　林远有些头晕，却不知道熏晕自己的是乳香、是酒气，还是方才那迷幻的氛围。

　　这一路行来，他都忘不了昨夜那失败的演练，总担心这一指下去，直接大事去矣。然而到了此刻，身后的喧嚣已离他而去，耳边只剩自己的呼吸声。

　　视野开始浮动。他好像凭空从这荒山间看出了数百条道路，每一条都自他的脚下开始延伸。第一条路的尽头是井，第二条路的尽头是死，第三条路的尽头是一头狂奔的白牛。

　　他再往下细数，道路尽头的景象千奇百怪，无所不包，而且时刻在变。他眨了眨眼，最初的那口井已找不到了。

　　往何处走才是井？

　　不对，好像不是这么算的。

　　应该是——他往何处走，何处就是井。

　　他踏出一步，数百条路并作了数十条；再一步，并作了十余条。

　　他越走越快，最后的两条路合二为一。他伸手一指，朗声道："在那里。"

　　没有人回应。

　　林远回头一看，千千万万只魑魅魍魉同时朝他扑来。

信则有

宿河其廿三

只有他彻底相信的事情，才会成真。

神殿内，图曼已经站在原地等待了很久，久到快要维持不住淡定之色了。

哪一边会传来消息？他赌对了吗？图曼想起这数日来的隐忍煎熬，想起地道里堆积如山的尸首，握着权杖的手更紧了几分。

便在此时，有人从山脚的方向狂奔而来："找到水源了！"

……赌对了。

图曼心中百感交集，抑制着喜极而泣的冲动，庄严宣布道："我们有了新的祭司。"

没等众人欢庆，又一拨人从同一个方向奔来："他疯了！新祭司疯了！"

山脚处，林远仿佛一根烧透的炭木，全身涨成了暗红色。

周围的神树人骇得连连后退。

方才他们跟着林远，见他突然指了个方位，便一拥而上去验证，结果没铲几下就铲到了湿土。

所有人都围着那处欢呼雀跃，谁也没注意林远是何表现。直到一声尖叫响起，他们才发现这家伙赫然已不对劲了。

图曼刚带着手下赶到，就见林远双目翻白，毫无章法地攻击着众人。

图曼一杵权杖，怒道："去制住他，但是不要伤他。阿布呢？把阿布抓起来！"

阿布很快被武者带了过来："父亲，你找我？"

图曼并不理会他的装傻，开口便问："你使了什么手段？"

"什么？"

"快说！我明明一直紧盯着你，你是何时动的手脚？林远已经是新的祭司，你再不救治他，便是神树国的罪人！"

阿布露出满目的震惊与哀痛："父亲……你到现在还怀疑我？"

图曼索性不再问他，转而问他身后那批武者："这些日子里，尤其是今晨，阿布有何异动？"

武者们面面相觑。一人嗫嚅道："好像……只是在找水源。"

另一人也道："我没有发现异状。"

"我也没有。"

图曼瞪眼："什么都没有？再小的细节也没有？"

"扑通"一声，一名高大的武者突然跪倒："祭司大人，你让我们紧跟着阿布，我们也已守了他数日，可他真的什么都没有做啊。"

其余武者连连点头。

"从始至终，阿布都表现寻常。"那高大武者抬起头来，"倒是祭司大人，却好像不太正常了！"

"你——"

　

图曼的手下已经仗着蛮力制住了林远的手脚。林远挣了几下，没挣脱，面色愈发狰狞。

林远的视野里全是涌动的鬼影，只觉一股邪火顺着脊柱往上蹿，火势越燃越烈，杀意像岩浆一样沸腾。

他必须杀了他们——对，他能杀了他们。

下一秒，也不见他如何动作，制住他的几人蓦然倒地，双目圆睁，已没了气息。

一阵死寂后，众人霎时间四散奔逃。

林远眼中的鬼影淡去了，取而代之的是一片血红的光，红得仿佛有什么东西在燃烧。他眯眼看去，越看越清晰，没错，那是火。很好，烧起来吧！

"嘭"，一簇火苗从一名神树人的衣上燃起。

不等任何人反应过来，火苗已连成了火海。来不及逃出林远视野的人，全被笼罩了进去。

图曼被烧得满地打滚，旁边的武者拼命用沙土灭了他身上的火，拖着他向后退去。

所有人都在夺路而逃，炼狱一般的焦烟味扑鼻而来，惨叫声划破长空。

"魔鬼……他是真的魔鬼！神树的诅咒都是真的！"

"祭司大人，救救我们啊——"

有人全身还在起火，跑着跑着就倒了下去。

图曼伏在那高大武者背上，老泪纵横："阿布，你做了什么？你到底做了什么？快收手吧……"

眼前一阵天旋地转，他被用力摔到了地上。

"我忍不了了。"那高大武者满面悲愤，"自从那些魔鬼到来，你已失去了多少子民？你一直盯着阿布，可你究竟何时才能睁开眼睛，看一看别处！"

"别说了。"出声制止的居然是阿布。

"就算放逐我，我也一定要说完！祭司大人，别再隐瞒了，你早已对神树失去感应了！"

这一句喊得撕心裂肺，周围所有神树人全都惊骇地转过头来。

"他说什么？失去感应？"

"祭司大人，听不见神树的旨意？"

"难怪他一直护着那个魔鬼，却那样对待阿布……"

"那我们怎么办？我们的水源怎么办？"

无数窃窃私语声传来，图曼目眦欲裂，满是纹路的嘴唇哆嗦着，却发不出声音。

他被摔得站不起身，手中的权杖也滚落到了几步之外。他朝着武者伸出手，曾经的手下却反而纷纷后退。

图曼佝偻着身子，终于知道了绝望的滋味。

难道他真的……赌错了吗？

这一团大乱中，谁也没发现某块山岩背后，悄然集结了一批人。

薛淳英借着山岩的遮挡瞥了一眼局势，又默默看向身侧的廖云觉。

廖云觉也正看着他："将军记得我们的谈话吗？"

廖云觉与薛淳英谈过整整三次话。

早在老金死去的那一夜，薛淳英狂怒之时，他便第一次提议："我们谈谈。"

薛淳英听他说完，却皱眉反问道："你把一切推给阿布？那蠢货若真有本事暗杀老金，又何必跳出来叫嚣什么诅咒，生怕别人注意不到自己？"

廖云觉当时只是道："薛将军，有时找不到是谁在捣鬼的话，可以留意是谁在获益。"

他们第二次相谈，是从井底抬出无数尸体，千牛军群情沸腾时。

薛淳英气势汹汹地找上廖云觉："廖宗主能不能解释一下，令徒为何要下井？"

"应是为了研究壁画，准备祭司考验吧。"廖云觉答得轻描淡写。

"他引得神树人追进地道，害死了我一半弟兄！你该不会又想说这背后另有其人吧？"

廖云觉竟然点了点头："而且这背后之人的手段相当高明。将军不妨将计就计，作势与我们水火不容。待到关键时刻，假若林远遇险，千牛军可为奇兵。"

薛淳英："？"

薛淳英像是听见了最荒诞的笑话："你想让我用另一半弟兄，去救林远？"

先露出微笑的却是廖云觉："救的不是林远，而是能取得乳香之人。今日是数十名千牛军，倘若他日制成筮予香需要牺牲十万将士，薛将军会如何选择？"

薛淳英只觉自己瞎得离谱。

这一路行来，他怎会当此人是只软柿子呢？他没看清对方，对方却早已将他从皮到骨看了个分明。

薛淳英吸了一口气："可以，但你们最好能证明，这个'背后之人'不在折云宗。"

这次谈话刚刚结束，薛淳英就得到了他想要的证明。因为折云宗也开始死人了。

接下来，无论双方如何严防死守、百般戒备，他们的人仍在一个接一个地发狂，一个接一个地死去。

薛淳英觉得自己也快要发狂了。他可以牺牲将士，也可以牺牲自己，但不是用如此毫无意义的方式。

时间一分一秒地流逝，就在薛淳英都忍不住怀疑阿布的诅咒确有其事时，廖云觉孤身敲开了他的房门。

他们的第三次谈话发生在昨夜，或者说今晨，日出之前的最后一个时辰。

幽暗光线里，廖云觉神情疲惫，语气却还是那样平静："我想明白了。"

"什么？"

"阿布的手段。"

林远曾猜测自己只要起心动念，在神树因果倒置之法的影响下，想到的事物就会成真。

廖云觉当时便指出了这个猜测的不合理之处。但直到独自思索一夜，他才回溯到其中最根源的错误。

"此地所谓因果倒置，都是一对正常的因与果颠倒过来，犹如风吹草动变成草动风吹。假若林远的心念真是许多事情发生的因，那么在颠倒之前，他的心念原该是果。"廖云觉对薛淳英娓娓而谈。

薛淳英："……然后呢？"

"可是所谓心念究竟是什么？担忧是一种心念，恐惧是一种心念，渴求也是一种心念。"廖云觉忽然问，"薛将军，如果你的面前有一把斧子已经落下，你还会担忧斧子是否落下吗？"

"已经发生的事，我怎会还担忧……"薛淳英说到一半，隐约领悟了什么。

"不错，因为斧子落下，所以你已确知斧子落下了。这一对因果倒逆过来，便只能是——"

"因为我知道斧子会落下，所以斧子真就落下了？"薛淳英迟疑道。

廖云觉点了点头。

薛淳英的头都疼了起来："这太玄乎了，人怎能在事情发生之前就确知什么？"

"的确很玄奥。我猜想，那状态大约类似一种笃信，发自内心最深处的笃信。"

林远的担忧、恐惧、渴求，都成不了因。只有他彻底相信的事情，才会成真。

信则有，不信则无。

薛淳英还在琢磨这段话，廖云觉的语声中却透出了森森寒意："但是，这种笃信，却也可以人为地创造出来。"

比如陆让阴错阳差之下，让林远误信了郭大敌之死。

又比如……

"诅咒。"薛淳英喃喃道。

他们中不断有人疯癫死去，是因为林远真的相信了阿布那邪门的诅咒！

薛淳英霍然起身："我这便带人闯进监牢去告诉他，不能让他继续信下去了！"

"不必，阿布的计策已然失灵了。"

廖云觉去看望林远时，林远虽然还没参透所谓"意动法随"的真相，但至少已经不信阿布那番鬼话了。再可怕的设计，只要林远不信，就得不到任何结果。

今夜平安无事，无人再发狂，就是最好的证据。

"所以，我们只需提防他的后招。"

薛淳英一愣："还能有什么后招？"

廖云觉却问："将军可曾想过，林远一开始为何会相信呢？"

"自然是因为真的死了人……不对，第一次死人之前，林远不会平白相信那鬼话。"薛淳英的脸色难看起来，"那老金是怎么死的？"

"我也是想通这一切后，再倒推回去，才想到那一次另有隐情。也只有那一次，死者发疯前刚刚进了食水。"

薛淳英的脸色更难看了："当时我便说老金是中毒，你们却都说没有闻出异味。"

廖云觉并不否认："惭愧。此地草木与外界迥异，阿布作为制香师，可能掌握了某种折云宗都识不出的毒。若真是这种最坏的情况，他能办到一次，便能办到第二次。"

薛淳英自从廖云觉进门开始，心中的惊涛骇浪就再未停歇过。听到此时，他甚至有些麻木了，抱起胳膊望着对方："廖宗主打算如何应对，不妨打开天窗说亮话。"

他终于有些看懂廖云觉了。这家伙若是心中没有计较，断不会浪费口舌对自己讲这么多。

果然，廖云觉双目清明："薛将军，我们合作一回吧。"

此时此刻，在山岩另一边，最坏的情况正在发生。

林远犹如行尸走肉，踉跄着朝人群慢慢走去。目之所及，但凡他相信有火的地方，全都燃起了熊熊烈焰。

远处的人群早已吓破了胆，而图曼似乎已经彻底崩溃了。

一只手拾起了滚落在旁的那根权杖。

阿布将权杖高高举起："不必害怕，那魔鬼的命运早已注定，只会陷入疯狂，自寻死路！"

所有人都迟疑地看着他。

阿布没有得到预想中的一呼百应，却镇定地一笑："的确，我还不是一个合格的祭司，但我的力量会在父亲死去时觉醒，这是神树对子民的护佑。只要尔等不自弃，神树必会为尔等消弭灾祸。"

他的目光从众人脸上一一扫过，与那名高大武者短暂地对视了一瞬。

阿布几不可见地点了一下头。

他深吸一口气，扬声问："谁愿跟随我去消灭魔鬼？"

"我去！"高大武者立即悲壮地响应。

"很好，还有谁？"

"我去！""我也去！"陆续又站出了数名武者。

阿布慨然一笑，走到图曼面前半跪下来，双手捧着权杖递向他："父亲，我去了。"

武者们却都朝图曼投去了不屑的眼神。

图曼颤抖着嘴唇，仿佛顷刻间失去了精气神，老朽的手掌按在权杖上，却将之推给了阿布："是我错了，是我不相信神树的旨意……以后，就交给你了……"

阿布的眼中闪过一丝颤动的狂喜，慌忙将头埋得更低。

终于，终于。

老家伙最终还是信了。

信，则有！

不信则无

宿河其廿四

一粒种子，几句遗言，完美无缺的世外桃源就此建成。

阿布出生在一年里日照最短的那一日。他一降生便带走了母亲的性命，她只活了八十岁，是罕见的短寿者。

阿布一直牢牢记着这几桩特殊的不幸。在他身边，人与人之间鲜有参差，即便是不幸也不常被独有。

阿布是祭司之子，却与所有孩子住一样的房屋，用一样的器具，学一样的生存之道：克俭、守己、尊奉神树。人所得皆是神树赐予的，人所失皆是神树收回的，天上地下皆是神树的旨意。倘若追问神树为何不多赐下一口井，便会遭到责难。

阿布想知道的答案太多，只得独自去寻。每一寸土地他都踏过，每一种草木他都摸过，世上仅有的三卷书他都倒背如流。后来他还想去碰一碰神树，但那是仅属于他父亲的特权。

"仅属于"，阿布受不了这三个字。

图曼由绳梯攀上神树时，他偷偷观察过。割开树皮，血浆一般浓稠的金色液体便缓缓流淌、风干，凝固成混浊的乳白色。

图曼在内室燃起乳香祷告，阿布就站在门外嗅闻。他将眼睛贴到门缝上，依稀看见父亲跪在一幅画像前，画中是一个身上长出繁茂枝叶的女人。书上称她为女王，说她孕育了神树，除此之外就别无记载了。

室内光照昏昧不明，图曼的吟唱声低弱悠长，似陶醉又似痛苦。阿布闭上眼睛幻想女人的脸，想象出了无上的光辉与美。

几日后他试图撬开内室的门，被图曼抓到了现行。

图曼气得面色铁青，阿布低着头嗫嚅道："我只是想看一看将来当祭司要做的事……"

图曼厉声戳穿了他："贪欲！"

贪欲是罪过，阿布被送进了监牢。图曼吩咐守卫熄灭火烛，让他在黑暗中待了一天一夜。

阿布不知自己是何时睡着的。

梦境中，他执起了祭司的权杖，站在高耸的神树前，肆意抚上了它的枝叶。他将匕首刺入树身，捅出一个幽深的伤口。其中流下金色芬芳的汁液，像在诱劝他。他趴在树干上如野兽般耸动，呜咽声在雄伟的神殿中回旋。

阿布惊醒过来，瑟瑟发抖地躲进更深的黑暗。

他在书上读到过唯一一例极刑，那罪人没被囚禁，也没被放逐，而是被暴怒的人们活活打死。她惊世骇俗的罪行是爱上了神树，赤身裸体与它交媾。行刑之日，她仍毫无悔意地朝它高声示爱，直到气绝。

自那之后，神树就被石砌的台面围起了树干。高高在上、予取予求的神树，忽然遭到了渺小生灵的保护，被迫显得脆弱起来。人仅凭爱欲就贬谪了它，人的爱欲至为可怖。

长大之后，阿布有了自己的屋子与田地。但他不事耕作，而是当了通天之人，摆弄草木，制作香品，救死扶伤。他获得了比旁人略多一点的感激与尊重，并极力说服自己对此满足。

可他想知道的答案仍旧太多，而香气的种类却太少。在将所有寻常花草都阴干、熬煎、蒸熏，终于想不出新花样之后，他将目光投向了墓地里的往生花。

有何不可呢？阿布偷采了几束往生花，关上门来尝试种种制香之法。这不祥之物，却是极佳的香料。阿布乐此不疲，用的工艺越来越复杂，最后一次，竟发酵出了散发着酒味的花汁。

那味道怎会和他们喝的酒一模一样？阿布又惊又喜，嗅了又嗅。

接着他的记忆就中断了。再清醒过来已是半日之后，他身在陌生的屋子里，周围全是器物的碎片与他自己的血迹。据说他神志不清地闯入别人家中大闹了一场，幸而当时房内无人，才没有让他背上命债，遭到放逐。

被质问原因的时候，阿布垂下眼睛，自称喝醉了。这一次他在监牢里待了整整半年。

半年之后，图曼开始为他挑选妻子，似乎指望娶妻生子能让他停止任性妄为。阿布兴致缺缺，被图曼问到跟前，只回了一句：“谁都一样。”

“什么叫谁都一样？”图曼吹胡子瞪眼。

阿布猛然爆发：“就是谁都一样！这家家户户，男女老少，谁又与谁不同？你与上一代祭司有何不同？我与你又有何不同？由生到死，谁的名字值得留在书里？没有人！”

图曼只是沉默地望着他。

“我明明学得更多，也做得更多，凭什么不能获得更多？我就是想要更多，就是想要不同！”阿布被自己的话语惊得发颤。

图曼这回却没再发怒，心平气和地反问：“谁又不想呢？”

阿布说不出话。

图曼转身离去，留下一句话：“你若一直如此，即便当了祭司，也会成为罪人。”

是啊，他生来就是罪人。

可苍穹如此辽远，一生如此漫长。阿布日复一日地囿于房中，有时梦见神树，有时梦见画像中的女王。她面容模糊，依稀含笑，静静布施着慈爱。

她有名字吗？活了多少岁？为何孕育那棵树？她也与他们别无不同吗？

不，她是独一无二的，只有她永远美丽、丰饶、生机勃勃。

他在梦中膜拜她，占有她，她的发间开出繁花，眼中燃起金色的泪。她从不给予任何答案，因此拥有他求而不得的所有解法。她是万古繁星，是无垠沙海，她是一切。

转折发生在阿布七十岁那年。

那一年旧井干涸，一百五十余岁的图曼焚香祷告，占卜出了新的水源方位。

凿井的工匠劳作时，阿布便守在一旁看着——他仍想知道神树为何每次都只赐下一口井。

这时井底突然传来一声惊呼："这是什么？"

那一日，阿布跟着工匠走入了一条尘封数千年的地道。火光照亮了一幅幅壁画，也照亮了壁画底部的一行行文字。那是长眠于黑暗之中的残忍秘密。

最初，罗泽之畔只有一个小部落。偶然，有人读懂了神树昭示的预兆，他们便借此趋吉避祸，迅速丰产起来。而读懂神树之人，便成了部落的祭司。

祭司之职就此血脉相传，每一代祭司都对神树有些说不清道不明的感应。嗅闻乳香时，他们心中所思偶尔会侵入现实。但他们从未发现这背后存在某种常性，只是愈发敬畏神树的安排。

后来，小部落成了繁华神国，祭司也为自己打造了国王的冠冕。他们的王座一日比一日抬得高，向神树祈求的不再是福泽众人，而是凌驾一切的权财。贪欲与不均，谱成了丧钟的曲调。

终于有一天，神树开始无法阻挡地萎缩，仿佛预示着不可避免的终局。

果然，暴起的民众将国王杀死在了王座上。但这群依赖神树得到一切的人，早已忘记了如何向外对敌。当乘虚而入的宿河人举起他们前所未见的锋锐武器时，神国顷刻间覆灭了。

就在那时，年轻的王女戴上了冠冕。

王女聪慧绝伦，自幼就常在神树下冥思。她对所谓因果倒置之法，有着先人未曾企及的通解，更参透了历代国王影响因果的真相——真心相信之事，才会发生。

然而，独自参透这一切，正是她不幸的开始。王女从此惶惶不可终日，时刻担忧自己无意间相信了什么可怕的事。这般无休无止的内省，致使她什么都不再相信。

王女来不及救下父亲，也来不及救下神国。但在最终时刻，她想到了一个办法解救子民。

她藏起已经萎缩成一粒种子的神树，带着自己年幼的孩子与残存的子民，逃离罗泽，来到了沙漠深处。

赶在宿河追兵到来之前，她吞下种子，以血肉之躯供养神树，换来了它的再度垂怜。在这里，她种下了新的因果。

与神树融为一体的女王忍受着灭顶的痛苦，对自己的孩子留下了几句遗言。

——今日之后，只有祭司，没有国王。

——为了惩戒贪欲，神树只赐予我等一处水源，养活一方绿洲。如果旧的水源枯竭，只有虔诚的祭司才能获得感应，找到新的水源。

——神树庇佑，这片土地从此不可进，亦不可出，违者将被沙子吞噬。

——这几句神树的旨意，必须代代相传。

数千年后的地道里，当工匠还在惊疑不定地探讨这些壁画时，阿布已经撑着石壁弯下腰去，无声无息地笑了起来。他面容扭曲，笑出了眼泪。

他已经明白了，眼前这几行遗言，就是自己寻寻觅觅了半生的答案。

信则有，不信则无。女王自身无法再相信，但她用撼天震地的悲壮牺牲，让自己的后代彻底信了。

因为祭司们的相信，这片绿洲从此隐没，任何过客只要稍微接近，就会被沙尘暴阻挡。久而久之，此地终于无人知晓，与世隔绝。

同时也因为祭司们的相信，神树人再也无法离开故土，朝外探索。稀缺的水源，只能灌溉出有限的植被与作物，养活有限的人口。无从拓展的方寸之地，逼迫人们安危与共，对纷争避之不及。

最后，还是因为祭司们的相信，他们自己都无法利用神树获得别物——他们不信神树会对自己另有恩赐，不信则无。权力得到了掣肘。

可是万一有某个祭司对神树产生了怀疑呢？无妨，每一次寻找新井，便是对祭司的考验，不信者自然得不到水源。借着这机制，神树国永远能选出最虔诚笃信的祭司。

一粒种子，几句遗言，完美无缺的世外桃源就此建成。

一千年，两千年，外界多少王朝崛起又倾颓，多少英雄扬名又陨灭，史册翻过了惊心动魄的一页又一页。唯有神树国，永远遗世独立，一成不变。

工匠还在读着最后那幅壁画底下的文字。这几行字被他们掘去了开头，他们只能推测："好像是说女王临死前让人秘密绘下了这一切，绘制之人在完工之日就自尽了……"

"还说留下壁画是为了——提醒后人？那不就是我们？"

"'在你走进地道之日，神树国若美好如初，你应守住秘密，直到终老。神树国若有患，你应将真相告于祭司。祭司不信遗言，则沙尘暴不复存在，国人可自行离开……'"

工匠的声音戛然而止，纷纷惊恐地转向阿布。

发现壁画的人，正是下一代祭司！

这可怎生是好？阿布已经得知了背后的一切真相，他还能靠"相信"获得水源吗？

阿布自己也想到了这一节，转头盯着地道中央，试图让自己相信那里会出现一阵风、一朵花、一只虫……只要他发自内心地相信……

就在那一刹，他突然理解了女王的悲哀。

不可能了，一旦参透，就再也无法相信了。

不信则无。

沉默良久后，有工匠小声道："这上面还说，我们可以通过这条地道偷偷离开。"

"地道前头已经塌了。"另一人指出。

"往前挖呀！你们不想出去看看吗？不对比一下外面，又怎能知道这里是好是坏？"

几名工匠面面相觑，眼底都亮起了激动之色。天地竟如此广阔，他们竟能闯出去。

"阿布，去看看吧！如果外面更好，我们就告诉图曼大人，大家就都能走了。如果外面不好，你就回来娶妻生子，只要那孩子一无所知，便仍可当上下一代祭司……"

阿布抬起眼："无论怎样选，反正那祭司之位都与我无缘了，对吗？"

几人都是一愣。

阿布叹了口气："行吧，那便出去看看。"

工匠们立即朝地道尽头走去，阿布却还留在入口处，仰起头来，望着壁画中的女人。那日之前，他从未如此清晰地看见过她的面容。

何其美丽，何其圣洁，何其慈爱。在他出生数千年前，便已将他的一生谱写成了四个字——别无不同。

阿布一掌按在她的脸上，像要将那一块壁画撕下来，手掌最终却只在粗粝的石壁上磨出了血。

地道尽头，工匠们已经起劲地挖了起来。阿布无声无息地走到他们背后，也举起了一把锹。

据传，那几名工匠是在挖井时遇上垮塌，被埋在井里活活淹死的。

解药

宿河其廿五

你们去阿布家中，寻另一样东西。

新井落成十年后，挖井时的事故已经渐渐被人遗忘。

这一日，阿布突然告诉图曼，沙地某处发现了碎金。图曼半信半疑地跟去一看，真的见到了碎金——那是阿布事先埋进去的。

过了几年，阿布告诉图曼，山上发现了一块牛头纹样的奇石。图曼再度去了他所说的地点，也确实见到了奇石——那也是阿布事先制成的。

又过几年，阿布声称在自家院中挖出了血红色的宝石。

图曼见到了宝石——但阿布没有事先准备。这块宝石是在他信以为真之后才出现的。

新井落成六十年后，井水有了下落之兆。根据过往的经验，这口井会在十年之内慢慢枯竭。

时年二百一十岁的图曼自觉老迈，抱了传位之心，便决定考验阿布。那时的祭司考验还是私下进行的，新祭司需要独自熏香占卜，然后指出新水源的位置。

阿布老老实实地从图曼手上接过乳香，接着就朗声道："我已感应到了，水源就在北边第三棵小树下。"

图曼不悦道："你不该对我说的，这不合规矩。"

阿布笑了笑："我这便去挖。"他走得飞快，以免让图曼听见自己急促的心跳声。

再信一次吧。只要老家伙再信一次……

然而，当图曼目送着阿布朝北走去时，心中鬼使神差地转过一个念头：阿布为何总要将地点描述得如此详尽呢？

紧接着，他又想到：阿布为何每次都急于知会自己，而不是直接出示实物？

阿布没能挖出新的水源。

面对着惊怒交加的图曼，阿布十分镇定："不过是偶然失误，下次总会感应到的。"

可他再未成功过。

疑窦一旦产生，裂隙只会不断扩大。图曼开始回想阿布的种种异常，心中也生出了种种猜测。

他越是不信，阿布的预言便越不会应验。阿布越是可疑，曾经的一言一行便越值得玩味。

终于，图曼将记忆回溯到了那一次挖井事故。于是他举着火把独自下了井，看见齐整堆砌的井壁中间，有一大片突兀的碎石，缝隙里还隐隐透着风。

图曼对着那些碎石想了一夜，旁人永远无从得知他思索了什么。最终，他仿佛被某种可怕的直觉驱使着，转身离去了。

图曼没有进过地道，也未曾获知全部真相。但从那天开始，他便夜以继日地跪在内室，对着女王的画像忏悔、祈祷。

可惜，神树并不因忏悔而垂怜，只会因笃信而恩赐。

图曼也找不出新水源了。

图曼又开始催促阿布娶妻生子。阿布知道，他亟盼着一个一无所知的孩子。只要这个孩子在井水枯竭之当上祭司，他们便还有救。

但阿布早有所料，断然拒绝了。对他，这仿佛成了一场斗智斗勇的博弈。他觉得图曼只是怀疑了一些事，却尚未彻底失去信仰，毕竟，沙尘暴仍旧捍卫着这片土地。

于是阿布又宣布了新的预言："我的祭司血脉只是暂时沉睡，但终将觉醒。"

这是个构思精巧的预言，但本质与他之前那些预言别无不同，赌的仍旧是图曼的"信则有"。

为了让图曼相信自己，阿布使出了浑身解数。他日日祷告，行善积德，潜心制香，治病救人。天长日久，连图曼手下的几名武者都折服于他的品格，认定了他是注定的祭司。

但他却始终通不过考验，因为图曼再也无法信他。

十年时间一晃而过，绝望的图曼决定另寻继任者。那是数千年来的第一次公开祭司考验。

神树国上下这才得知阿布竟对神树没有感应，登时陷入了一片恐慌——尽管他们也不知道所谓感应是什么，更不知道祭司考验要考什么。图曼有意将考题隐瞒到最后一刻，因为他已明白了，无知者才能坚信。

所有人都惴惴不安，阿布则默默嘲笑着图曼的徒劳。

就在那时，林远出现了。

这个长相与他们迥异的外来者，初来乍到就显露了非凡的力量。当时他只是站在神树下，甚至没有直接点燃乳香。可当他相信武者会突袭自己时，武者手中的斧子便落下了。

那一刻，图曼喜极而泣。

无人知晓的是，获知此事的阿布竟也露出了微笑。

从那日开始，他便对林远一遍一遍、不厌其烦地重复："你们终将陷入疯狂，自寻死路，而我才是命定的祭司。"

为了将这番话根植进林远心中，阿布浑然无迹地毒疯了老金。他原本还担忧同为通天之人的林远会发现端倪，结果这些外来者似乎不认识此地的草木，根本没找出他用的秘密法宝。

更妙的是，林远还莫名其妙地下了一趟井，再出来时他浑身是血，旁边是堆成山的诡异尸首。阿布当时便乐了。他不知地底发生了什么，只知生死之际，自己的诅咒定然攻破了林远的心防，所以才成了真。

果然，之后无须他动手，那些外来者自己便一个接一个地灭亡了。林远信得越深，他们死得越快。

到祭司考验前的最后一日，阿布几乎要提前庆祝胜利了。结果就在那天，连续的死亡蓦然而止。

阿布慌了。林远居然在那监牢里想通了其中关节吗？他怎么做到的？难道这是自己命定的失败？

阿布在恐慌中辗转了一夜，却又在天明之前一跃而起。

不对，还有希望。林远带来的疯与死，不仅吓到了神树人，也动摇了图曼。图曼至今没惩罚自己，还允许自己也参加祭司考验，正表明了其踌躇。他尚未完全信任林远，也未对自己彻底死心。

所以，还有放手一搏的机会！

阿布最喜欢放手一搏。这一回，他又搏到了。

此刻，他转头看了看那道妖魅一般凭空出现的火墙，又望向失魂落魄的图曼，微笑着接过了祭司的权杖。

他示意那名高大武者扶起图曼："你们护着父亲退远些。"

与此同时，陆让和楚瑶光正在阿布的家中翻箱倒柜。

"快一点！"门口望风的几名千牛军不住催促。素尘在一旁劝道："此事急不得，急了就找不到了。"

这话惹得千牛军更急了："你们折云宗到底有什么用？"

陆让手一抖，打翻了架上一只陶罐。

他们是被临时遣来的。今日清晨的神殿里，在仪式开始之前，廖云觉简要地说了自己的推断。

"阿布用的是毒？"陆让惊道，"什么样的毒？"

话音未落，陆让便反应过来——廖云觉给不出任何答案，因为他没有嗅觉了。他没有嗅觉，所以当初老金死的时候，几个徒弟没闻出异味，他也只能信了他们的说法。

陆让登时如芒刺在背，仿佛事情发展到这一步，恰恰证明了自己的无能。

而廖云觉明明看透了一切，到这关头却还是只能委派自己。他心中该有多少犹疑、多少无奈？

楚瑶光道："我们这便去找。"可他们连要找什么都不知道。

"不必。"廖云觉却道，"林远这里，我与薛将军会看着。你们去阿布家中，寻另一样东西。"

"什么东西？"

"老金死的那夜，阿布赶来之后点的那一炉香，你们还记得味道吗？"

楚瑶光极力回忆着，面带愧色摇了摇头。她善于创作香药脂粉，识香功夫则一向排不上号，当时仅从远处闻了一下，未曾留神，此时脑中已然一片空白。

"师兄？"楚瑶光看向陆让。

陆让迟疑道："那炉香……有何用处？"

廖云觉道："老金刚死，你们就检查了他的食水，却没有如他一般中毒。如今想来，或许正是因为阿布迅速现身，点起了香炉。"

楚瑶光恍然大悟："那是他做的解药？他故意让我们吸入解药，掩盖自己动过的手脚！"

陆让也懂了。若是解药，阿布八成会自留一些，所以廖云觉让他们去找。

陆让只觉自己突然成了生死存亡的关键，心知这正该是当仁不让的光辉时刻，双唇却像是被粘住了。

"我能辨出那味道……吧。"他艰难地道。他能吗？

廖云觉平静道："尽力而为即可，若遇危险，保命为先。"

陆让狂乱的心跳忽然一滞。

他抬起头去看廖云觉的脸，那上面没有犹疑，也没有无奈，只有无偏无颇的权衡。他记得当初这人决心死在沙漠里时，也是这样的一张脸。事情来了，便选择最合理的应对方式，如此而已。

于是陆让明白了，廖云觉说"尽力而为"，意思是并未将成败寄托于他。廖云觉说"保命为先"，意思是即便他临阵脱逃也能接受。换成一句更直白的话，便是："你的斤两我都算过了。"

陆让就这样僵在原地，直到林远等人出发去寻水源后，楚瑶光示意他一起溜出神殿，开始行动。

素尘这几日走街串巷，已经摸熟了这一带的布局。趁着所有人的注意力都在祭司考验上，他带着他们悄然绕到了阿布的住所。

大门上了几重锁，让人登时觉得内有乾坤。然而等千牛军破开屋门，陆、楚两人找了半天，却还一无所获。

"喂，你们看那个方向，怎么会有黑烟升起？"门口的千牛军忽然道。

"还有火光。林远那边还是出事了？"

素尘忙道："贫僧先行一步，去看看能不能说上话！"他冲着山脚的方向拔腿便跑了。

几名千牛军齐齐回头瞪着陆让，好像这一切都是他的拖沓所致。

陆让面色不变，手上却险些又打翻一只香炉。这屋子里塞满了香料，待到此时，嗅觉已渐渐麻木。他扶住香炉，凑过去深吸了一口气，一时间什么都闻不到。

尽力而为即可……凭什么尽力而为即可？

难道换作林远那厮就一定能找出来吗？

陆让又吸了口气，用力过猛，连肺都疼了起来。他咳了两声，眼前忽有熟悉的画面一晃而过：月光、花丛、酒碗、死去的老金……

"是这个!"陆让高喊着冲着几人举起香炉。

楚瑶光奔了过来,耸动着鼻子嗅了嗅,迟疑道:"师兄确定吗?"

"当然确定。"

楚瑶光捧出一把香丸:"可我找的这几种也有点像……"

陆让扬眉吐气的神色缓缓消失:"那些都不是,快走吧。"

他抬脚就走,却没见楚瑶光跟上。他回头一看,楚瑶光正将自己找到的香丸都揣进怀里。

陆让出离愤怒了:"连你也不信我了?"

"……也不是。"

"那就快走!"陆让气急败坏道,"我以陆家之名赌誓,就是这一种,绝无其他可能!"

山岩背后。

"将军,毒找到了!"有千牛军悄声禀报。

他们今晨接到的命令是:记下林远嗅过的一切事物,跟踪他接触的所有人。既然无法预知阿布会如何下毒,便只能采取这种最粗暴的方式。

每一个走到林远面前挥动乳香烟气的武者,背后都缀上了至少一名千牛军。心知到了紧要关头,负责跟踪的千牛军连眼都不敢眨。

结果,等到图曼带着众人出了神殿,还真有一个武者半路脱队,从袖中不经意地丢下一物,一脚踩进了沙土里。

尾随其后的千牛军一直等他走远了,才掩着口鼻拨开沙土。那是一只寸余长的小口陶瓶,已经碎了,其上残留了一点液体。

此时薛淳英接过碎片,虽已掩住口鼻,却还是依稀嗅到了一股酒味。

"酒?阿布是在酒里下的毒?可林远刚才根本没有喝酒……"薛淳英的话音蓦地顿住了。他转头望向廖云觉,在对方眼中也看见了相同的明悟之色。

山脚。

阿布已经靠近了火墙,透过晃动的炽焰,隐约可见林远踉跄的身影。

"不能让他看到我们。"阿布低声吩咐跟来的几名武者。

人疯癫时心智失常，更易轻信。如果此时的林远一打照面就相信他们会死，那乐子就大了。所以，必须抢在林远动念之前杀了他！

阿布用视线寻找着遮蔽身形之物，最后朝山上指了指："从那边绕过去，抄他的后路。"

一行人悄无声息地爬向了那片山岩……

待他们走到足够近时，十数名千牛军从山岩后猛然跳出，直冲着他们合围而来。

祂 宿河其廿六

苍穹正中，有什么东西遮蔽了太阳。

千牛军隐忍到今日，果真忍成了一支奇兵。阿布的眼中只有林远，愣是没料到眼前还有埋伏。

千牛军体魄虽不及这群怪胎，但攻其不备，又是以多敌少，一时居然仅凭拳脚与碎石占了上风。

林远浑浑噩噩中听见动静，抬头朝山上望来。

下一秒，一道身影蹿入火海，就地一滚，迅若闪电地欺到了他身后，劈下了一记手刀。林远连半个念头都来不及转动，就晕死了过去。

火势随之渐熄。

薛淳英一把抄住林远倒下的身躯，四下一望，将他丢给了一旁的廖云觉。自己则大步跨过残焰，走向了图曼。

等到阿布在包围圈中扭头一望，便看见了让他肝胆俱裂的一幕：薛淳英孤身面对着神树国众人，高高举起了手中的陶瓶碎片。

阿布很清楚碎片上沾着什么——那是他独创的秘密法宝，他曾亲手装进瓶中，交给倒向自己的武者。

经过特殊发酵的往生花汁，气味与酒味一模一样。如果凑得太近、嗅入得太多，便会失神发狂。

上一次，这花汁被下在了老金的酒里。

这一次，这花汁被手持乳香的武者藏于袖中，在靠近林远之前才倒入香炉。由于仪式上本就有香有酒，这一缕酒味并未引起丝毫关注。几滴花汁触及滚烫的香炉，全部化作烟气，钻入了林远的鼻腔。

当然，武者每次动手之前都已嗅闻过解药了。

这一招屡试不爽，可阿布为了撇清自己，只能借武者之手办事。老金那次，他们准备周全，天衣无缝。今日却是仓促行动，结果那蠢货竟露出了马脚……

见薛淳英敲晕林远后又孤身而来，图曼早已僵在原地，木然看着他。神树国众人进退无序，有人冲上前想拦，有人畏惧着想躲，还有人狐疑地问："他在比画什么？"

此时阿布只有一个念头：不能给薛淳英解释清楚的时间。

他被千牛军拖着无法突围，只得回头大吼："快保护父亲，杀了那魔鬼！"

素尘的两只僧鞋都跑掉了。他深一脚浅一脚地踩在沙地里，远远便听见了山脚处的打杀声。

素尘足下不停，双手伸入衣襟里抱出了悟色，喘息道："前方生死不知，你自逃命去吧。"悟色惊慌失措地落到地上，连忙伸爪去够他的衣摆。素尘迈开大步甩开了它，它吱吱叫着还想追。

素尘哽咽道："听话……别来了！"

吱吱声越来越弱，渐不可闻。

素尘抬手抹了一把泪，这才看清远处那古怪的对峙局面。众人正迟疑地举起武器，而薛淳英站在原地，半步不退。

素尘边跑边叫："薛将军——"

薛淳英气沉丹田，将声音送到他耳边："告诉他们，我手中是阿布对林远用的毒香。"

"诸位听我说！"素尘用神树国语全力喊道，"那是阿布——"

阿布眼前一黑，甚至忘了格挡。千牛军抓着石块狠狠敲在他头上，

两行血迹落下来。

阿布耳中嗡嗡作响，却蛮横地撑着未倒。这一瞬间仿佛被无限拉长，他清晰地看见素尘的嘴唇一张一合，而图曼正缓缓扭头去听。

来不及了。

再快的杀招，都止不住素尘的嘴。只要那些话语进入图曼耳中，只要图曼的信念稍有动摇……

那么，就只剩一条路了。

阿布耳中的嗡鸣声消失了，只剩自己的心跳声。在这漫长的一瞬结束之前，他将目光投向了挽扶着图曼的高大武者。视线相撞，他几不可见地点了一下头。

一只巨手捏住了图曼苍老的颈项，五根手指齐齐施力，像捏碎陶器一般捏碎了他的颈骨。

此时，素尘那句话才堪堪喊完："——对林远用的毒香！！"

满场皆惊。

素尘奔到了近前："诸位施主若是不信，找个牲畜过来闻一闻这瓷片，看它会不会发疯。有什么疑问，贫僧愿与阿布当场对质！"

众人见他坦坦荡荡，都从恐慌中恢复了几分清醒。有脑子转得快的，已经眼含狐疑地望向了阿布。想到此人为了一个祭司之位，可能毒杀过多少人，不禁吓得脸都白了。

"阿布？"有长者大着胆子开口，"他说要与你对质……"

阿布知道自己输了，输得一败涂地。

即便真能除去林远，也已彻底失去了神树国的人心。但此刻他无暇顾及这些，眼前唯一的执念只剩下那个垂着脑袋、软倒在地的老人。

图曼的呼吸已经停止，混浊的瞳孔却还未散开。高大武者贴在他耳边，一字一句如诅咒般宣告："你死之时，阿布的祭司之力就会觉醒！"

整个世界的动静仿佛都消失了。阿布看不见千牛军的攻势，听不见国民的呼唤与催促，只是死死盯着父亲那张布满皱纹的脸。他会信吗？在离世前的最后一刹那，他能让自己得到祭司之力吗？

图曼的瞳孔颤抖着收缩了最后一次，目光从他守了一生的土地上缓缓移开，最终定格在阿布脸上。那双眼中没有阿布需要的相信，却也不含憎恨。若真要说有什么，大约也只是一丝指向不明的愧疚。

两行混浊的老泪顺着沟壑纵横的脸颊流淌下来。

"不。"阿布喃喃着后退了半步。

不，不，不，你这老东西——！

可图曼的眼神已经彻底凝固。

一声凄厉的惊呼响起："图曼大人！这些魔鬼用妖法杀了图曼大人！"

局势再度大乱。接连的突变中，所有人都看着阿布和素尘，全然没注意到图曼是何时倒下的。

转瞬之间，神树人成了一群无头苍蝇——信了武者的、信了素尘的、落荒而逃的、互相推搡的……素尘的身影一下子淹没其中。

薛淳英心中一沉，转身望去。廖云觉正半跪在一块山岩后面，护着不省人事的林远。

他们原想借图曼之威，逼迫阿布治好林远。万万没料到，阿布竟下了如此狠手，直接杀了主事之人。

这还如何继续？

千牛军的攻势也随之一僵。

阿布寻机骤然爆发，抢着权杖悍然扫翻了一片对手。他将包围圈撕开了一道口子，直奔林远而来，口中泣血般高呼："我要为父亲报仇！"

恐惧到极点的人群一经煽动，从那恐惧中燃起了勃然的恨意，不少人返身跟上了阿布。

薛淳英低骂了一声，纵跃几下，越过人群提起了素尘，朝着林远的方向后撤。

林远正在岔道间跌跌撞撞。

起初他还想将这些岔道探出一点规律，然而道路越数越多，他分不清前后首尾，又迷失了上下左右。

沿路的景象旋生旋灭，他有时从一层落沙奔向一场沙尘暴，有时从一副身躯奔向一道影子。道路纵横颠倒，弥天亘地，无始无终。

数不尽了。他号啕大哭起来，却听不见自己的声音。身体逐渐萎缩，

姓名也不复存在。某种浩大与完满吞噬了他。

静穆虚空中，一只素净白手牵住了他。

"为什么哭？"头戴冠冕的年轻女子问。她的声音柔美而慈和，说着陌生的语言，可他却能听懂。

"数不尽了，我数不尽这些路了……"他语无伦次，说不出这彻骨的悲哀。

女子却微微笑道："我明白。我已在此待了很久很久，也没能数清万万分之一。"

"你是……"他隐约想起了什么，"你也不能吗？"

"当然。"女子抱膝坐下，仰望着天地间那无数庞杂交错的轨迹，"人怎么可能数清因果呢？"

残存的千牛军全部挡在了林远前面，素尘则仍在声嘶力竭地劝说众人冷静。

几道身影从山后转了出来。

陆让这辈子都没有如此狂奔过。他抓着香炉奔至林远身前，二话不说便开始点炭火。

这一刻他忘记了自己跑到作痛的肺，也忘记了近在咫尺的暴怒人群，甚至忘了对同伴解释一句。他只顾着点火，动作却越急越乱。

一只手接过了他的香炉。

廖云觉的手既快且稳，娴熟到毫无停滞。几息之间，袅袅香烟从炉中升了起来。

阿布的心脏猛然痉挛，呼声中的恨意从伪装变成了真实："杀了他们——"

怎么可能？这些家伙，居然找出了只闻过一次的解药！

陆让转身朝楚瑶光摊开手。

楚瑶光："？"

陆让面无表情道："拿来。"

楚瑶光："？"

楚瑶光将自己找出的那些香丸递给陆让，陆让将它们一股脑儿塞进了香炉里。

他顿了顿，几不可闻地嘀咕道："以防万一。"

楚瑶光："……"

林远慢慢坐倒在女子身侧："人之渺小，我今日方知。"

女子笑了笑："是啊，何其可悲。我曾一意孤行，在这里开出一条通途，为子民设下了一片化外之地。可我生如蜉蝣，永远无从知晓自己是对是错了。"

林远似懂非懂，只从她的话音里听出了一丝落寞。

他想起那幅残忍的壁画，想起她承受的痛苦与孤独，不由得心生喟叹，宽慰道："是非对错，谁又有权评判？你当时一定已经竭尽全力了，你……很勇敢。"

"你也要勇敢啊。"

"我？"林远听出她声音有异，扭头去看。

他的身边是一棵枝繁叶茂的树。

那柔美哀婉的声音却在他心间响起："我的路已到了尽头，你却还有尚未实现的果。"

大风忽起，穿过万千道路的罅隙，发出尖锐的哨音。风吹断了女子的梦境，吹散了一棵树的沧桑记忆，从水泽青草刮卷向昏昏黄沙，最后裹挟着他飞向既定的方向。

这一回，他看清了岔道末端等待着的幽暗之影。

有什么东西靠近了。

有什么东西要来了。

素尘一人之口，劝不住所有人。千牛军迎着阿布等人背水一战，一个接一个地倒下了。更远处，还有更多的神树人正朝此地拥来。

几人眼底终于浮起了绝望之色。

陆让拼命扇动着烟气，廖云觉一只手托住林远的脑袋，让他略抬起头来吸入解药。

便在此时，林远双眼骤睁，喉间发出嘶哑的声音："祂来了。"

陆让大喜道："醒了？你说什么……啊！！！"他惊叫着朝后退去，不住扑打着身上的火。

林远的视野仍旧蒙着一层翻涌的红光，只当自己置身火海。他拼命挣扎着，目光到处，一切再度燃烧了起来。

廖云觉一把按住林远。

林远的眼珠朝他转去，视线明白无误地与他对上了。

廖云觉又用另一只手捂住他的眼睛："你中毒了，快醒过来。"

中毒⋯⋯中什么毒？等等，这个声音是⋯⋯

林远混沌的意识渐渐多了几分清明，耳边又传来廖云觉冷静的声音："吸气。"

他不由自主地吸了一口气，嗅到了一缕似曾相识的香味。他又做了几次深呼吸，思绪迟缓地转动起来。

"师父？"林远小声问。

廖云觉没有移开手掌："都想起来了吗？"

四下全是燃烧的焦煳味。林远一点一点拾取着记忆，突然大骇，一把扯开廖云觉的手："师父！你也——"

他的声音顿住了。廖云觉周身完好，连一根发丝都没烧焦。

廖云觉自己也低头看了看，却并未把时间浪费在这个细节上。

他迅速开口："仔细听我讲。神树会让你心底相信的事情成真，由此影响因果。只要你不信，它们便不会再发生。"

林远愣怔在原地。

相信⋯⋯因果⋯⋯自己这一路都信过哪些事？

廖云觉见他开始凝神细思，便知这个危机已解，这才转向下一个问题："你方才刚醒时说了什么？"

"我⋯⋯我说了什么？"

"你说，祂来了。"

林远头痛欲裂地回忆着，忽然发觉视野暗了下来，四周陷入了一片死寂。

厮杀者停了手，奔逃者停了步。所有人都仰头朝上望去，就连廖云觉也不例外。

林远跟着缓缓仰起头。

在他们上方，苍穹正中，有什么东西遮蔽了太阳，朝地面投下了巨大的阴影。

一匹巨大的翼马凌空而至。

它的双翼不断分割光影，仿佛挥动着阳光本身。在它背上，依稀还斜坐着一道绰约身影。

"丁零……丁零……"遥远的铃铛声随风轻响。

惊变

宿河其廿七

下一秒，沙漠醒了。

驾马之人背着光，真容迷离不清。即便如此，某种不可思议的至美仍旧如日光般直刺而下，使祂仿佛与背后的日轮合为一体。

地面上的众人早已瘫软。本能在驱使他们顶礼膜拜，抑或落荒而逃，可四肢却做不出一点反应。

林远也浑身僵硬，只有脑子还在运转。他在想：这莫不是我心念催生的？不对，我没本事想出这样的东西。

对方释放的那种灭顶的威慑力，他只在梦里感受过。当时他面对的是泥师都隔着烛火伸来的巨手。

所以，这也是……一个觉者？

蜜特拉抚摸了一下马鬃："看来就是这里了。"

七日之前，祂曾前往极北之地，从岱屿带回了一句提示：七日之后午时，宿河古城以南二十里处。此时此地，祂如期而至。

刚一接近，蜜特拉便察觉了草木丰盈的气息。这一处秘境至少积累了数千年道力，却从未被任何觉者采撷——连觉者都发现不了，必然是筮予香的香料所致！

"那家伙，终究不敢对我说谎。"蜜特拉愉悦地轻声道。祂一说话，便会牵动那条贯穿面颊与舌头的细链，渗出新鲜的血液。

只是，都广天司为何非要指定今日、此时呢？如果自己早些到来，又会如何？

蜜特拉沉吟着，翼马却仍在迫近。

地上的林远听着那一声比一声清晰的铃音，思绪飞转：祂不能再靠近了吧？再近就该惊起沙尘暴了……慢着，沙尘暴？

"我……为子民设下了一片化外之地……"女王的话语浮现在他脑中。

化外之地何以实现？因为有沙尘暴。但沙尘暴怎会供人驱使、无风而起呢？因为有因果之法。

于是他又想起了廖云觉说的："只要你不信，它们便不会再发生。"

就在林远这一闪念之间，翼马安然无恙地闯入了边界。

——今日、此时，图曼已死，林远醒悟，神树国失去了最后的屏障。一切严丝合缝，毫厘不差。

蜜特拉饶有兴味地垂视着人群。祂还记得很久很久以前，也曾有无数人仰视过祂。在原野上，在两军对峙的阵前，在两国结盟的祭台，他们高呼着祂的名字。

契约之主，荒原之王，带来光明与厮杀的神祇啊。若吾等守诺，请赐予佑助；若有人毁约，则叫他灭亡。

很久很久以前，致祭仿佛永不落幕。纯净的火种昼夜欢腾，玫瑰的熏风滚涌万里，舞者在绚烂乐音中如流光般旋转不绝，直至一切浩荡余响都化为尘烟。

而今祂沐浴的已是余晖。

蜜特拉哀悼似的垂下头去："既然祂没有说谎，就姑且照祂的提示做吧。只是可惜了这个好地方。"

祂的双唇缓缓开合，每一个字都从血与痛中诞生："无违我言，此地有厄，沙脉崩，风雷生，地火解——"

在众人听来，祂的低吟古怪至极，不似文字，倒像是自上古传来的苍莽余响。

仿佛回应着这低吟，从脚下传来了新的动静，似巨兽呜咽，又似深渊嗡鸣。林远强迫着自己低下头去，足底金色的沙粒正在微微颤抖。

"跑——！"林远撕裂了嗓子。

下一秒，沙漠醒了。

大地化为鼓面，被鬼神之力擂起雷霆巨响。轰然震动中，沙海如波浪般涌起又崩塌，转瞬间陷落成一个个旋涡。

林远等人拔腿便跑，又被奔命的人群冲散。杀人者与被杀者，此时都成了蝼蚁，在沙浪间徒然浮沉，不断被咆哮的巨口吞噬。

巨马翼展如云，掠起黄沙漫天，大地之怒也一路蔓延。

监牢里，李十一站了起来。

一切都在剧烈摇晃，地面、墙壁、屋顶，连房门都颤抖得像是豆腐做的。

是地动。

李十一当机立断拧身飞腿，一踹，两踹，三踹。大门轰然破开，李十一纤细的身影如流星般飞跃而出。

她刚一落地，便听咫尺之距震天巨响，整座监牢崩塌了。

直到此时，李十一才知晓这监牢中另有数十名神树人。他们大半被压在了木石下面，只露出胳膊腿脚。偶有幸存的，也被这阵势吓疯了，只是坐在原地尖叫。

李十一举目四顾，眼中掠过了一丝犹疑。但这罕见的神情只持续了不到半秒，她便选定了方向，疾奔而去。

地动势不可当，四下黄尘纷扬，似千军万马驰骋。所有人都哭天喊地连滚带爬，只想逃出这地动的范围。林远边跑边用目光搜寻同伴，却一无所获。

就在这时鼻端吸入了一股浓郁的乳白色味道，林远飞快抬头，只见远处的神殿已成断壁残垣，而那道参天树影正在倒下。

不，不是倒下，而是萎缩……

脚下突然一滑，整个身体失去了依托，被黄沙席卷入怀，他大叫一

声，双手如狗一般刨着，拼命朝上攀爬。

几息之间，巨树已经回到了寻常乳香树的大小，而萎缩并未停下。那棵树像是有了意志，察觉到了浩劫已至，试图化为一粒种子陷入沉睡。

因果在它的枝干中错乱着，叶片不断生长又凋零，繁星般的花朵绽开又洒落，树脂涌动溢出，犹如熔化的金子。在这一瞬，它的倾颓却像盛放，美到了极致。

所有人都呆滞地望着这一幕，只有一个人瞳仁放大，面上露出不合时宜的迷醉。

阿布不自觉地伸出手去，像要抚摸盛装打扮的新娘。

一道身影掠过了他，直冲向神树。

薛淳英像一只捕食的豹子，四肢齐用，穿过东倒西歪的人群。天赐良机，再也没有人拦在他与他的目标之间，这是属于他的胜利。

薛淳英越过倒塌的围墙，伸出的手臂即将触及流泪如金的树皮，却突然被人从背后扑倒在地。

阿布仗着怪物般的体魄压制着他，一只手按住他的后脑，将他的脑袋朝沙里摁："那是——我的！"

薛淳英挣了几下，袖间忽而寒芒一闪。一把短匕滑落到手心，被他反手刺入了阿布的腹部。

阿布吃痛，手下一松，薛淳英抓住空当逃脱了开去。

薛淳英将这把藏下来的短匕磨了又磨，却一直隐忍不发，等的就是一个机会。眼前便是最好的机会，也是最后的机会。他再度刺向阿布，却被对方徒手握住了锋刃。

阿布的手心和腹部都在飙血，暴喝一声，竟将匕首抓得更紧，一寸寸地朝后夺去。

大地一抖，两人同时跌落在沙土间，翻身又厮杀起来。

林远半个身子都陷入了流沙。他还在徒然努力，却只让自己下陷得更快了。

李十一便在这当口出现了，漆黑的双目不带丝毫神采地直视着他。

林远此时毫无反抗之力，甚至无须她动手便要交待于此。四目相对，他微微苦笑了一下，挣扎着摸出一只小布囊，丢给了李十一。

李十一接过一看，里面装着五枚赤色解药。

林远只说了两个字："去吧。"该对她说的话，他在监牢里已经说完了。别的遗言，他也不指望她转达。

李十一顿了顿，低头解下身上男装的腰带，将一头抛向林远。

林远条件反射地接住了，紧接着就感到一股拉扯之力。李十一将身体重心贴向地面，拽直了腰带朝后退去。

林远意识到她要做什么，大感诧异："为什么？"

"你有把握屠了八苦斋吗？"李十一问。

"哦……有啊。"林远道，"七八成吧。"

李十一力道一松，林远登时又朝下陷去。

"一成！一成！"林远慌忙叫道，"但一成总比没有好吧！"

李十一拽紧腰带，歪了歪脑袋："我只剩五个月了，我想亲眼看见八苦斋灰飞烟灭。否则，我死前再带走你。"

"成交，五个月就五个月！但要先活过今天啊！"

李十一终于将林远拉出了流沙，搀着他朝神树奔去。

林远上气不接下气地挂在她身上："你快去抢乳香，先别管我。"

"这里马上还会塌陷。"李十一面无表情道。

林远朝四下望去："其他人呢？等等，那是楚瑶光吗?！"

李十一也看了一眼，脚步却未停："来不及了。"

远处的流沙里，只剩桃粉色襦裙的一角。

楚瑶光仍在竭力朝上伸着手臂，直到沙子淹没了自己的指尖，口鼻间全是沙粒，窒息感愈来愈烈，脑中的走马灯已经闪回到一半了。

十六年的人生并不长，几句话就可以概括：难产而死的母亲、不苟言笑的父亲、因为失去母亲而讨厌自己的姐姐。

然后是父亲用心挑选的、永远丑得别开生面的衣裙。

然后是过早进入的蒙学，所有同窗看上去都那么高大，自己矮小的影子日复一日地停留在墙角。

再然后是某一天，同窗嘲笑自己的打扮时，平日一脸漠然的姐姐不

知从何处杀出来，趾高气扬地骂走了对方。

有限的烦恼至此结束，余下的大抵都是些开心的画面：跟在楚灿娥身后逛灯会、买裙子、偷写新诗、抱怨林远、试用自己制出的各种口脂……

直到一切蓦然而止的那一天。

那之后呢？那之后，自己什么都来不及完成。

心间回荡起了不知何时的祈愿："求求祢告诉我阿姊去了哪里，还有，师父的嗅觉要如何恢复，还有还有，我的宗门如何才能平安……"

是啊，楚瑶光在下沉中想到，什么答案都没有，这便结束了。

不甘心，太不甘心了。

可这一腔不甘，于自己是无边苦海，于这天地却轻若鸿毛。茫茫人世间，这般一无所有的结束，原也是常态。

毕竟那天上的神明，如何听得清万千悲哭声？

楚瑶光的意识开始在黑暗中消解。黑暗覆灭了一切，她的身躯似乎变得无限轻盈，如绒羽般朝上升去，耳边传来呼啸的风声。

这么快就升天了？

楚瑶光竭力撑开一只眼睛，眼前的黑暗已经被纯白取代。她睁开另一只眼，那抹纯白正在披拂，她忽然意识到那是一袭被风吹动的白袍。

有一道身穿白袍的人影托抱着她的身体，但背上传来的触感极轻，仿佛是她自己在风沙间翱翔。她朝上看去，看见一张白色面具。面具上只浅浅雕出五官之形，连双眼处都没有镂空。

对方出了声，音色如玉石撞击一般空灵，说的内容却是："哎呀，只能做到这一步了。"

"……什么？"楚瑶光疑心这是自己垂死时的一个梦。

"我得走了，回头供养我吧，烧香我就来。"

那声音越来越轻，楚瑶光努力分辨着，只听见一句模糊的尾音："你不是要答案吗？"

楚瑶光心头骤然一震。与此同时，她平平稳稳地落到了地上，那道身影也不见了。

机关

宿河其廿八

此时最后一片碎片归位，他们才隐隐看出一个完整的机关。

神殿里。

薛淳英整个身体都快被阿布揍烂了，血肉淋漓，将身下的沙地浸成了泥浆。

阿布的身上也开了无数口子，握紧铁拳又朝他的脸砸了两下，见这团肉似乎不再喘气了，忙起身望向神树。

神树已经不见了，半空中，一粒种子正缓缓下坠。

阿布慌忙举步冲去，脚踝却被人拖住了。他低头便踹，薛淳英的五指却像化作钢铁，竟纹丝不动。阿布又急又怒，只能弯腰抓住他的手指，掰断了一根，又一根。

到第三根时，一阵飓风卷来。

滚滚烟尘间，翼马的身影从天而降。即将落地的种子被一只纤纤妙手拈住，举高。蜜特拉端详着种子，见翼马扭头来嗅，笑道："这可不能吃。"

阿布凝固在了原地。

他的牙关咬得咔咔直响，全身关节却如锈铁般运转不开，只有冷汗涔涔而下。为什么不敢？快动啊，扑上去抢回来啊！

蜜特拉全然不曾注意面前这两道人影，正如太阳无须注意蝼蚁。祂只是忽然显得有些疲惫，自语道："那么，这个笾予香的香料的种子，如何处理呢……"

都广天司提示自己制造地动，是为了确保李四取得乳香。但李四得到乳香之后，会不会乖乖交给八苦斋呢？与其赌李四的忠诚，不如自己直接带走这种子，岂不更为稳妥？

都广天司虽然对铃铛起了誓，却只承诺了置身事外、两不偏帮。所以这种时候，也不必事事依袖。

想到此处，蜜特拉将种子收了起来，拍了拍马鬃："走吧。"

翼马再度掀起风沙，扶摇直上。

阿布目眦欲裂地瞪着翼马的影子逐渐消失，颈侧突然一凉。

他伸手一摸，摸到喷出的鲜血；再摸，摸到深深刺入自己脖颈的匕首。他捂着血口转过身来，看见薛淳英脱力倒地。

阿布慢慢抬眸望向远处，房舍街道早已不复存在，大地正吞噬着自己的子民。他的目光开始涣散，最后一次投向神树原本的位置，只看见崩塌的石砌台面。

空空荡荡。

地动逐渐平息，几道身影飞快朝此处奔来，那是林远与李十一等人。

阿布蓦地转过身，踉踉跄跄走向旧水井的方向。

这口井尚未填埋，却也在今日面目全非，大块的碎石露出了残存的水面。阿布看也不看，直接一跃而下。

轰然一声，他摔断了几根骨头，血浆混入井水，他像一尊从各处开始融化的蜡像。

他还未死，挣扎着爬入了地道的入口。

地道几乎全部坍塌，但入口处的半张壁画却还幸存。阿布伸手去摸画像上女王的脚，用血痕浸染她，像一只虫豸要将她的广大无边生吞活剥，拆吃入腹。

女王用生满枝叶的空洞眼眶垂视着他，唇角浮现出一丝慈悲的笑意。他的血迹，仿佛只是为她的荣光增添了最后一抹华彩。

阿布哽咽着长号起来，五体投地跪拜下去。

他的额头触到了柔软的花瓣，抬头一看，身周开满了摇曳生姿的白花，静静散发着幽寒之香。

就在这一瞬，阿布忽然明白了。

神树早已回应自己，神树早已为自己的一生谱写出归宿。他曾一叶障目，浑浑噩噩，而今终于领会。

犹如倦鸟投林，他倒在了往生花丛间预留的缺口中。

林远赶到神殿时，蜜特拉早已踪影全无，徒留一抹乳香味残留在空气震颤的余波里。

大地终于回归沉寂。幸存者们陆陆续续回到了神殿，望着神树原本的位置，有的瑟瑟发抖，有的泣不成声。

千牛军几乎全折在了混战与地动中，仅剩寥寥几人，围到了薛淳英身周。

廖云觉穿过人群，俯身检查了一下薛淳英的伤势，无声地摇了摇头。

薛淳英的脸庞和身躯都被打碎变形了，却还不肯咽气。他从肿胀的眼皮缝隙里死死盯着廖云觉，嘴唇几番嚅动，仿佛想说什么。

廖云觉自然知道他放不下的事，面色却还是千年不变的古井无波："神树的种子被夺走了。"

林远站在一旁，听着薛淳英断断续续的喘气声，忽而想起了初见时出刀如风的中郎将，又想起他在地道里说：若只有两个人能活下来，那便是他与廖云觉；若只有一个人，那他便用血为廖云觉续命。

此人至今所做的一切，都是为了忠君之事。可如今百余名千牛军全军覆没，竟换不来一味香料。此人就算成了鬼，恐怕都会不甘往生。

细微的"吱吱"声打破了寂静，石砌台面后，一只猴脑袋怯生生地探了出来。

"悟色！"素尘急忙越过碎石将它抱起，"你还活着！"

悟色筋疲力尽地趴在素尘的臂弯里，毛发秃了几块，还有几处渗着血。素尘正焦急查看，忽见它的爪子里抓着什么东西。

是一块树皮，上面还沾着尚未风干的金色树脂。

素尘倒吸一口气："这……这是你刚才趁乱弄下来的吗？"

悟色将那树皮朝他递了递，露出了小心翼翼的讨好神色，那模样与它偷来果子朝他献宝时一般无二。

小猴子不知道乳香有什么用，只是发现人人都想要它。它也不知道素尘为何突然抛弃自己，只想求他别生气了。

素尘红着眼睛接过那块挂满乳香的树皮："好孩子，没有不

要你……"

所有人瞪眼看着，都说不出话来。

天上地下，无人料到乳香最终会以这种方式到手。

这份荒谬感，就仿佛迄今为止的一切突变、巧合、诡计与斗争，忽然拼接出了规整的形状。此时最后一片碎片归位，他们才隐隐看出一个完整的机关，却无法想象这机关是如何运作的。

最先反应过来的是廖云觉。他拈起树皮，先递到薛淳英面前："薛将军，乳香取到了。"

薛淳英睁着眼睛静止不动了。

"乳香取到了。"廖云觉又说了一遍，伸手替他合上了眼帘。

千牛军纷纷泪下，余人则都沉默着。陆让半死不活，楚瑶光一脸丢了魂似的恍惚。

林远却突然问："这玩意，如何保存呢？"

虽然神树已经没了，但这乳香恐怕依旧有因果倒置之法，不知何时又会引发怪事。

"不必担忧。"廖云觉从袖中取出一物。

林远奇道："这是……鬼工球？"

那鬼工球只有鸡蛋大小，并非牙雕，倒似是陶土制成的，表面雕出精细的山川纹样，沿着黄赤二道刻有复杂难解的符文。

就在廖云觉触碰到此物时，它的内部突然隐隐传出了转动声，外层的子母扣一开，露出了内胆。内胆是一颗更小的同心球，周围环绕着几圈平衡环，刻有符文的平衡环正在不断转动。

廖云觉道："此物名为坤灵侯，是医巫闾尊者所赐，除袖之外只有我能打开。筮予香的香料存入其中，便与现实隔绝了，不再能影响周围。"

"可它这么小，好像连第一味香料都装不下……"

林远话音未落，廖云觉便直接将整块树皮塞了进去。林远闭上了嘴，决定从此不再用常理质疑觉者。

黄沙仍在半空散漫飘浮着，与死亡的味道一道缓缓沉落。

神树国只有百余人幸存。他们的一切全靠神树构建，如今神树消失，祭司已殁，他们连愤怒或恐惧的力气都没了，只是在废墟中如幽灵一般游荡，喃喃自问着："我们犯了什么罪？"

余下的千牛军寻了处地方安葬薛淳英。

挖土的时候，才有人回过神来："刚才那个从天而降的，是哪位觉者？"

"好像看到过画像。"林远回想着来路上神祠里的供画，其中的确有一道轻纱环绕、风姿绰约的绝美身影。

"陆让，你不是'略懂'吗？"林远看向一旁。

陆让整个人都佝偻了，被点到名才一个激灵，直起腰来清了清嗓子："应该是蜜特拉觉者。蜜特拉曾是萨珊国人供奉的契约之主，但数十年前萨珊灭国后，便不见祂的记载了。"

林远沉吟道："那祂现身此地，是为了什么？"

陆让不可思议地看了他一眼，这一眼的意思是：明知故问，当然是为了簝予香啊！

林远道："或者我们该问，这场地动是为了什么？"

陆让愣住了。

对啊，蜜特拉若只是想抢走乳香，又何必多此一举引发地动呢？地动对祂并无任何好处，从结果来说，倒是替林远解决了追杀他的神树人。

蜜特拉，居然帮了他们？

"我不懂。"陆让直言不讳。他只觉头痛欲裂。一道万古奇香，引来了医巫闾尊者，引来了狼神泥师都，现在又引来了蜜特拉——三个觉者。谁在打谁，谁又在帮谁，其中的云谲波诡，是他们这些凡人应该看懂的吗？

林远笑了笑："也对，我们都不懂。所以这个情况，应该尽快禀明圣上啊。"

陆让心头一跳。他突然想起这厮要做什么了。

"眼下虽然取得了第一味香料，但只剩这么点人手，前后却有虎狼环伺，总觉得朝不保夕啊。我们需要增援，很多增援。"林远转向那几名千牛军，"诸位如何打算？"

一名千牛军站了出来："我们派两人先行，用最快速度往永宁通报情况，再立即调集新的兵马前来增援。"

廖云觉在这时开口道："如此甚好，我来写一封密信交给两位。"

开始了。

陆让知道这封密信里，通报的肯定不只是神树国发生的事，还会有八苦斋的所有情报。

没错，他们这些凡人还要煽动医巫闾尊者去讨伐泥师都。可问题是，他们还另有秘密瞒着医巫闾，那便是廖云觉已经失去嗅觉，根本采不齐筮予香的香料。

驱虎，吞狼。

陆让想逃，陆让早就想逃了。

如今神树国的屏障不复存在，逃生之路终于打开，加上薛淳英已死，正是全身而退的大好时机。

所以他……

他又想起廖云觉那句洞若观火的"保命为先"，脸上一阵发烫。自己一旦脱队走人，立即便坐实了"保命为先"之名。

"那，我们余下的人呢？"陆让斟酌着问。

林远问："师父，香方上的下一味香料在何处？"

"在鹤觋。"廖云觉道。他们此行带着绸帛和香品，扮作赶往鹤觋的商队，原因便在于此。鹤觋，原本就是宿河之后的下一个目的地。

林远道："那就去鹤觋吧。"

"开什么玩笑？"陆让脱口而出，"现在这点人，能挡住几个追兵？"

"可追兵并不知道我们要去鹤觋。反倒是待在原地或者原路返回，有可能被抓个正着。"林远一脸凛然地往火坑里跳。

陆让望向廖云觉。一旦到了鹤觋，他们若是找不到下一味香料，廖云觉的嗅觉问题不就暴露了？

廖云觉只说了一句："皇命如此。"

陆让："……"

分道扬镳

　　无论是他还是廖云觉，在谈论未来之前，都必须先灭了八苦斋。

　　说话间，千牛军葬下了薛淳英，就地取材，立了个简陋的碑。

　　日光开始徐徐西斜。众人商议了一下，决定先去找回骆驼和食水。

　　后一半千牛军钻进地道前，应当已将骆驼拴在宿河古城内。也不知过了这些日子，骆驼是不是都还活着。

　　一行人穿过沙丘与废墟的怪诞影子，素尘却抱着猴停下了脚步："诸位先去宿河古城吧，贫僧暂留一阵，稍后赶到。"

　　众人顺着他的目光看去，那幸存的百余名神树人正挤在一处，伤心地捧着房舍的碎块与死去的草木。

　　"大师莫非想带他们一起走？"千牛军中有人不敢置信地问。这些人刚刚还想将他们全灭。

　　"阿弥陀佛，这也是些可怜人，受了阿布的蒙蔽。如今他们家园已毁，却不知外面另有天地，待在此处只能等死。廖宗主，可否将他们带到有人烟的地方，再放他们自谋生路？"

　　廖云觉道："恐怕他们未必想走。"

　　果然，素尘刚一举步靠近，那些神树人便惊惧地缩了缩。素尘听得清楚，他们正在低声咒骂着"魔鬼""灾祸"云云。

　　素尘神情不变，回身温声道："诸位请放心，贫僧会对他们解释清楚的。"

　　陆让大皱其眉："再怎么慈悲为怀，也不能看见活物就想捡吧！"

　　"阿弥陀佛。"这回口诵佛号的是林远。

　　陆让："？"

"陆师弟此言差矣，当初若不是素尘大师捡了悟色，今日也不会有猴子替我们取来乳香。"林远语重心长道，"慈悲若还分亲疏远近，又何以称为慈悲呢？大师要度的是众生。"

陆让："？"

这是你嘴里冒得出的话？

林远看了廖云觉一眼，笑道："那大师慢慢度，我们先走一步。"

陆让脑中灵光一闪，想明白了。

拼命取得乳香、继续前往鹤觌，都是为了博取医巫闾的信任。而带上神树人，却是为了故意放慢脚程，延缓那暴露秘密的时间。

这简直是……陆让已经不知该如何形容这场疯狂的豪赌了。这中间若任何一个环节出了差错，都足以让他们死无葬身之地，一百次！

林远也就罢了，廖云觉竟也是如此疯狂的人吗？

待他们回到宿河古城时，太阳已经沉入了地平线。

骆驼死了几只，逃了一半，余下的仗着忍饥挨饿的本事苟活至今。货物和补给也丢了一些，但好在队伍的人数已经不比当初，靠这些水粮倒也勉强能支撑。

找到行李后，廖云觉便取出纸笔，写好密信，交给了千牛军的信使。那两名信使当即骑上了骆驼，准备连夜出发。

鹤觌在西北方向，大周在东北方向。他们必须先从沙漠北上，回到商队来往的官道上。来时迷过路，回程却没有这个担忧，只要一直向北走，便不可能错过前方横贯东西的官道。

千牛军自有一套传信的体系，这封密信会以最快的速度被送到官中——也就是医巫闾面前。

信使正要启程时，陆让咬了咬牙，开口道："师父，我也与他们一道回一趟大周吧。"

见所有人都望向自己，陆让极力保持面色如常："我……我们不是丢了些财物和香品吗？我去潼丘的香行重新置办吧，之后说不定用得上。"

廖云觉看了他两秒，收回了目光："也可。"

林远笑了笑，一把钩住陆让的脖子："来来来，我们核对一下补货的清单。"

两人走到无人处，林远尚未开口，陆让已经抢了先："对，没错，我要找机会逃走，你爱怎么嘲笑都请便。"

"嘲笑？怎么会呢？"林远一脸惊讶，"前路凶险，师父不是早就劝你寻机脱身吗？"

陆让："……"

"哦，我懂了。因为我和楚师妹都不肯走，你这个优秀弟子怕被比下去。"

这个林远，怎么就这么会气人呢？

陆让面如土色道："我比不过你，方方面面，都比不过你。你可满意了？"

罢了吧，他破罐破摔了。天上是觉者，身边这些人也不全是凡人，有莫名其妙变成"赤子"的师父，还有莫名其妙比肩祭司的林远。

凡人只有他自己而已。

"比不过？怎么会呢？"林远还是一脸惊讶，"我听师父说了，往生花毒的解药是你找到的。在那么紧张的情况下，能分辨出解药的味道可不容易，先前却是我小瞧你了。"

陆让呆若木鸡。

这厮突然如此真挚，他只觉得浑身像有虫子在爬："你什么意思？"

林远慈眉善目地拍了拍他："我只是想说，陆师弟已经做得很好了，往后不必对自己太过苛刻。人生很短，随自己的心意而活便是了。"

陆让浑身更难受了，一句话都说不出来。

"那我们就此别过。你且记住，无论前路如何选择……你都是我引以为傲的儿。"

…………

陆让所有表情都消失了，盯着林远看了良久，只挤出一句："有意思吗？"

"其乐无穷。"林远爽朗道。

陆让一行三人轻装上阵，背影很快消失在了暮色中。

干燥的月光将沙漠洗成了枯白色。余下众人死里逃生归来，都已经筋疲力尽，决定休整一夜，天明时启程。他们不愿再待在这"闹鬼"的宿河古城里，拖着脚步出了城，这才搭起帐篷，很快睡下了。

深夜，却有三道人影又走回古城，进了角落里那片枯死的乳香林。

林远躬身凑近每一棵枯木，抽动着鼻子细细嗅闻。

在离开这个地方之前，他还要确认最后一件事。

与记忆中一模一样，这里的每一棵乳香树，都微微散发着变异的腥甜味。也就是说，如果它们没有枯死，结出的乳香都能充作筮予香的香料。

筮予香的香方里，写着"宿河之乳香"。林远此时再回想那些壁画，已经能猜出，神树国供奉的那棵参天大树，原本也生长在这罗泽之畔。数千年前，故国覆灭，那棵巨树才变回种子，被王女吞下后移植到了沙漠深处，从此不为人所知。

而留在原地的这些小树呢？宿河人占领此地后，显然发现这片乳香林有些邪门。所以他们建造王城时刻意绕开了乳香林，还在乳香木上涂满红漆，以示敬畏。

甚至在变成枯木之后，它们散发的残香，依旧造成了两次因果倒置，让林远看到了凭空出现的沙子与影子。

毫无疑问，整片树林都有因果之法。

所以变异的来源并不是某一棵树，而是……

林远思索良久，原地蹲下，刨起了沙土。

"这是做什么？"廖云觉问。他在一旁举着火把替林远照明，火光跃动着，将他那头灰发映成了温暖的昏黄色。

"我觉得这土不太寻常。"林远对他说了自己的推测，"折云宗的蒙学课上就教过，同样的草木，若灌溉不同，香味也会各异。"

廖云觉沉吟道："如果土里有异物，宿河人挖地道的时候应该会发现。"

"我知道，但我还想试试。"沙土干燥，徒手刨起来也不费力，只是动作看上去很蠢。林远并不在意这些，一边干活一边使劲嗅着味道。

廖云觉的嘴角弯了一下："要帮忙吗？"

"不用不用。"林远可想象不出廖云觉刨土的样子，"十一……十一继续望风吧。"他也想象不出李十一刨土的样子。

李十一背对着他们站在乳香林外，双手负在身后，身形笔直如剑。

林远独自吭哧吭哧，也不知挖了多久，突然道："有了。"

廖云觉看了一眼，只看出一个空荡荡的坑："有什么？"

"气味。"林远深吸了一口气。浮沙之下，这整片土壤的气味都与周围不同。但那点气味已经淡得似有还无，甚至比枯木还淡。他用尽全力，也只能分辨出一点影子。

林远不是那种走一步看十步的性子，一路行来却总能应变过人。鲜少有人明白，他那所谓直觉，其实是嗅觉。只是鼻子动得比脑子快，其中无数计算一闪而逝，连他自己都捕捉不到。

所以如果鼻子给出了结论，他的脑子便会选择相信它。

"我猜……很久很久以前，这片土地曾被某种异物灌溉过。乳香树由异物滋养，从此才结香有异。"

廖云觉想了想："数千年前，就有一棵乳香树不在此处了。"

"对，所以我说的灌溉，应该发生在王女移植神树之前。那真是很久——很久——很久了。"

廖云觉又望向那个坑。他一向情绪不显，直到此刻，眼中才流露出一丝遗憾："是什么味道？"

林远整个人一僵。是啊，廖云觉不可能不好奇啊。林远不愿他好奇，又怕他连这点好奇心都熄灭了。

"乳白色的，有点腥甜，不像草木，倒像是腐坏的奶水。"他努力描述。

廖云觉点了点头，那一丝神情波动已经消失了。

林远酝酿了一下，下定决心开口道："师父，你曾说，你已失去嗅觉，对筮予香香料的方位也没了感应。但回头一想，我们这一路，分明从沙漠里走到了古城，又在沙尘暴里摸进地道，被影子引进神树国，还找到了最后一棵活着的乳香树……"

"我只是误打误撞找到了宿河古城而已，后半段路程应该都是你的功劳。"

"不，不是的。我也曾觉得自己很特殊，甚至怀疑过那古籍里记载的'赤子'，会不会其实是指我。但今天中毒时，我让目之所及的一切都烧了起来，只有一个人，明明与我四目相对，却毫发无损。"

廖云觉一怔。

的确，当时林远的心念在他身上失效了。

林远直起身望着他："神树国与世隔绝数千年，却只能任由我们闯入，会不会是因为冥冥之中，师父能凌驾于乳香的法之上？"

廖云觉垂眸沉思。

"所以我总想着，下一味香料也不是全无希望。而且，神树国的香不是能疗伤治病吗？虽然神树国已毁，但天下这么大，或许我们还会遇到别的香，能治好你的嗅觉呢？"

这番话其实已经在林远的唇齿间滚过数遍，先前都被他他自己咽回去了。

毕竟，身为罪魁祸首，却主动提及这件事，未免太过不知羞耻。况且前路未卜，他并不想勾起对方无谓的希望，甚至连自己也不敢抱有期待。

还有更多复杂的心情，即便通透如廖云觉，恐怕也无法一一洞悉吧……

他刚想到此处，就听廖云觉道："的确有这个可能。但是小远，你没有罪过，不必执着于赎罪。"

林远定在原地一动不动。

今夜沙漠无风，宏大的寂静令人发狂，只有明亮到耀目的天河蜿蜒而下。

良久，他仰头呼了口气："怎么会没有罪过呢？我是八苦斋造出来的双生子，我降生于世，就是为了害你啊，师父。"

"你降生于世，是为了当我的弟子。"廖云觉微笑道。

又挖片刻，再无收获，两人走出了枯木林。

李十一听见动静转过身来。林远问她："如何？"

李十一摇了一下头："没人来。"

他们已经杀了赵部所有追兵，还扣下了乳香拒不上交，甚至还不靠解药活了下来——这桩桩件件，无不向八苦斋亮明了反心。

更何况，从他们送出密信开始，医巫闾随时可能做出应对，而泥师都也随时可能听闻风声。八苦斋追杀他们是迟早的事，他们只能祈愿人来得慢些，至少不要比千牛军的援兵来得更快。

无论是他还是廖云觉，在谈论未来之前，都必须先灭了八苦斋。

对李十一来说，这个任务还要加一个期限：五个月内。

翌日清晨天还未亮，林远就被李十一摇醒了。

"有很多人靠近。"李十一将耳朵贴在地上听了几秒，冲出了帐篷，"你别出来。"

林远还没反应过来，她又一阵风似的回来了，木然道："没事了。"

来的是素尘。百余号神树人像刚破壳的雏鸭般跟在他身后，战战兢兢地打量着陌生的景色。

显然，昨夜在神树国也发生了很多事：素尘说哑了嗓子，终于颠覆了他们的世界观，劝动了他们离开故地。然后，他们又在林远找到的新水源处挖掘了一番，打了些水，还从废墟中找出了所有能带走的食物，作为这一路的补给。

"这些施主体魄过人，也可担当我们的护卫。"素尘笑眯眯道。

他身后走出几个高壮的青年，对林远用生涩的大周语齐唤道："祭司大人。"

林远疑惑地看向素尘。

素尘道："有些解释他们实在听不进去，贫僧只好说，神树消失之前将最后的力量赐予了林施主，林施主会带领他们找到新的家园。"

"……真有你的。"林远发自内心地赞叹道。这素尘一路以来的言行举止，都像是从僧人的标准模板里套出来的，标准到有些无趣。没想到在必要的时候，他居然也会打诳语。

素尘有些羞涩地双手合十道："贫僧于谈话一道略有心得。"

众人在日出之前打点好了行装，朝着西北方向行去。

这一路比来时嘈杂不少，因为每个神树人每时每刻都会冒出无数的新问题。林远没睡够，坐在骆驼背上打着瞌睡，将一切问题全推给了素尘，理由是："谁捡的谁负责。"

素尘只好继续哑着嗓子，代替祭司大人教育子民。

近处忽然响起楚瑶光的声音："师父、林师兄。"

"怎么了？"廖云觉应道。

林远撑开眼帘。对了，说起来，楚瑶光昨天是怎么从流沙里脱身的？当时千头万绪，他没来得及细究。而且楚瑶光在死里逃生后，好像就再也没开口讲过话。

楚瑶光俏脸苍白，也顶着两个大大的黑眼圈："我有事情要告诉你们。"

她一口气说了起来：神出鬼没的白袍身影、空灵的声音，还有对方最后留下的那句——"你不是要答案吗？"

林远的瞌睡已经完全醒了。

"那道身影实在很像……陆师兄说过的那个……无所不知的觉者，都广天司。"楚瑶光像是被自己说的话吓到了，"但也有可能只是我濒死时的幻觉……"

"不是幻觉。"林远打断了她。

楚瑶光惊讶地看向他。

林远回忆着几次三番在自己耳边响起的阴间声音，忽然问："祂说，烧香祂就来？"

"好像是的。"

林远转头："师父？"

廖云觉点了点头："今夜扎营后，找个无人的地方试一试吧。"

"好。"林远笑道，"我也有很多很多问题，需要祂回答。"

在他们身后，太阳如期升起，不解风情，不知沧桑，只顾又一次将黑天与白沙烧成喧嚣的金红。

数千年之前，在荒原战场上照耀过蜜特拉的，也是同一轮太阳。

半年前，在慈悲山脚下为林远照亮前路的，也是同一轮太阳。

昨日，在那参天神树的枝叶间生辉的，也是同一轮太阳。

日升日落间，一切终有落幕时。但人世间的无常，又像是一种恩赐的承诺——明日太阳升起时，总会有新戏登台开场。

图书在版编目（CIP）数据

山海之灰 . 开篇：全 2 册 / 七英俊著 . -- 长沙：湖南文艺出版社，2025.8. --ISBN 978-7-5726-2574-9

Ⅰ. I247.5

中国国家版本馆 CIP 数据核字第 2025HL7735 号

上架建议：畅销·小说

SHAN HAI ZHI HUI.KAIPIAN : QUAN 2 CE
山海之灰 . 开篇：全 2 册

著　　者：七英俊
出 版 人：陈新文
责任编辑：张璐
监　　制：毛闽峰　刘霁
策 划 人：张馨心　陆俊文
策划编辑：张若琳
文案编辑：赵志华　孙鹤
营销编辑：刘珣　李春雪
营销支持：刘洋　李圆
封面设计：镇朱
版式设计：李洁
插图绘制：离城　壹零腾 OTEN　荒野游梦　雨松 yusong　绘了个弦
书法题字：镇朱　陆连清　宴舟
出　　版：湖南文艺出版社
　　　　　（长沙市雨花区东二环一段 508 号　邮编：410014）
网　　址：www.hnwy.net
印　　刷：三河市鑫金马印装有限公司
经　　销：新华书店
开　　本：640 mm×915 mm　1/16
字　　数：651 千字
印　　张：39.75
版　　次：2025 年 8 月第 1 版
印　　次：2025 年 8 月第 1 次印刷
书　　号：ISBN 978-7-5726-2574-9
定　　价：86.80 元（全 2 册）

若有质量问题，请致电质量监督电话：010-59096394
团购电话：010-59320018

山海之庚

七英俊 著

第 二 册

全2册 开篇

湖南文艺出版社
HUNAN LITERATURE AND ART PUBLISHING HOUSE

博集天卷
CS-BOOKY

·长沙·

香者，
捣麝成尘，
薔薇注露，
是谓万物之骨，
山海之灰。

目录

鹤观

第三卷

沉香怎会在鹤观呢？
沉香树喜湿喜热，
在这片土地根本无法存活。

山海之庆

医巫间

鹤觇其一

即便是医巫间，偶尔也会生出一种可怕的怀疑：自己真的有神力吗？

很久很久以前，远古时。

"吾王。"医巫间尊者恭敬地唤了一声。

——虽然在远古时，他既不叫医巫间，也还不是尊者，但我们姑且如此称呼。

在他面前，颛顼正披上一身玄衣："你来了？我刚才做了一个奇怪的梦。"

——虽然在远古时，他用的肯定不是这些词语，但我们姑且如此讲述。

医巫间微微抬眼，发现颛顼的额上残留着些许冷汗。这位雄才大略、静渊有谋的君王，并不常在深夜召见他。

"什么样的梦？"医巫间问道。

颛顼闭上眼睛："我梦到了共工。我正与他在阵前厮杀，一座高山忽然倾倒而来。我记得自己将箭镞射向那座山峰，却不记得结果了。你能为我卜梦吗？"

医巫间立即明白了这个梦为何如此重要。

他们与共工的鏖战旷日持久，伤亡惨重。双方都想尽快一统天下，了结这场持续了数代的炎黄之争。接下来打不打、如何打，颛顼想要一个明确的预测。

为君王卜梦，这是医巫闾的职责，也是他的特权。

在他之前，这种特权并不存在。曾经的大地之上，人人都是巫觋，人人都在窥探星辰、龟甲与梦境的秘密。当然，人人都有自己的解释权。

改变一切的人正是颛顼。他说："鬼神是用来尊重的，不是用来扯淡的。"他说："都搞巫术，谁去种田？"他还说："最终解释权应该归少数人所有。"

——对，他不是这么说的，但他是这个意思。

而医巫闾就成了第一批专司神事的巫者。从此，他的卦象决定着君王起居、百姓耕作、城邦迁移。今天，他还要决定万千战士的生死。

医巫闾很快戴上兽冠，穿上祭服，开始了卜梦的仪式。

天明前的幽暗夜雾中，一尊青铜树直指云霄。树干上巨龙盘绕，象征沟通天地的媒介。繁茂的枝丫指向八方，再弯折朝上，顶端是一只只烛台。

从祭者们攀上梯子，点燃了每一处枝头的烛台。无数小小的火苗在雾中颤抖，犹如辰宿列张。

树下，医巫闾手持玉璋跪坐，双目圆睁。他开始吟诵一些佶屈聱牙的祭文，将颛顼的梦境告知鬼神。

仪式将一直持续到第一簇火苗被风吹灭为止，而那火苗的方位，便代表着占卜的结果。

不得不说，医巫闾是一个非凡的人。不仅因为他被选为巫者，而且当了这么多年巫者，都还没有掉脑袋。这就说明，成千上万次的卜筮、占星、相法，他从未犯过大错。

年复一年，他精准地判断着天灾人祸，一次次帮助王国逢凶化吉。人们有多害怕混沌与未知，就有多崇拜他的神力。

但即便是医巫闾，偶尔也会生出一种可怕的怀疑：自己真的有神力吗？

没有人比他更清楚，为了不出大错，他下了多少苦功，参研天象与草木、方位与时节。他确实比其他巫者准确些，然而有许多次，他也不得不巧舌如簧，掩盖自己的茫然无措。

隐约间，医巫闾总觉得人力有穷。哪怕精进到极点，自己也依旧无法掌控万物，因为有某种更高的存在安排着世间一切。

是天吗？可"天"到底是什么呢？人真的有办法对付它吗？

医巫闾在想的事，当时很多人都在想，只是没人敢说。

不过，随着一批又一批的巫者犯错误、掉脑袋，人们很快便会达成共识：人确实奈何不了天。然后，他们就会给天取各种名字、画各种形象，顺服于天的喜怒无常。他们会不再崇拜巫者，转而膜拜一些虚构的神——这便是世上种种神教的由来。

但在医巫闾身上，故事却从此刻开始，转到了另一个方向。

此刻，他呆滞地仰望着面前的青铜树。

熄灭的灯烛不是一簇，也不是两簇。所有指向某个方位的枝丫，在那一瞬间同时熄灭了。

这是一次史无前例的占卜，其结果如此浅显，如此清晰，即便是三岁小孩也看得懂。正因如此，从祭者们鸦雀无声，每个人都望向医巫闾。

医巫闾别无选择，甚至没有模棱两可的余地。他只能斩钉截铁地告诉颛顼："向西，大利。"

后来呢？后来他们果然势如破竹，而共工则一路朝西退走。这条西行的路线，说来你们可能不信。

他们将共工逐出了阬墟——哦，也就是你们刚出的祁关——那是一个天然险关，已经能将共工拦在中原沃土之外。但是颛顼心意已决，要斩草除根，永绝后患。他的祖父黄帝将这个麻烦留给了他，他不想再留给自己的子孙。

于是他们继续向西挺进——什么，沙漠？沙漠问题不大。那时的西域温暖湿润，绿洲连着绿洲，连罗泽都在泛滥。他们不仅一路遇到其他部族，还互通买卖，补给粮饷。

是的，他们比你们走得远。

数年之后，他们终于将共工逼到了西域尽头的不周山下。

这一回，共工是真的退无可退了。

不周山巍峨奇绝，如托天之柱。其上寸草不生，只有峥嵘峭壁。

医巫闾忽然想起了自己数年前卜的那个梦。那个梦为他们带来了不可思议的运势，将他们一路指引到了这座山前。

他越众而出，站在阵前望向敌方。

他看见了共工。这些年里，虽然只在战场上打过几次照面，他倒也记住了对方的面容。平心而论，医巫闾个人对他倒是没什么意见。他们这些人，杀的是一个身份，一个立场，一个图腾，而不是一个人。

医巫闾的眼神很好，隔得那么远，也看清了共工脸上的决绝之色。那不是迎接失败的神色。

"吾王。"医巫闾低声道，"对方背水一战，不可掉以轻心。"

颛顼沉吟了一下，吩咐道："燎祭。"

燎祭，这是他们战前常用的仪式。烧的东西很杂，有香茅、蕙兰、蒿草，也有牺牲、俘虏、罪人。

人畜的惨叫声中，浓郁的辛香冲天而起。或许那香味也是草木的悲鸣。

烟气混着血气钻入战士的胸膛，所有人登时斗志激昂，杀声震天地朝前冲去。

与此同时，他们看见对方也做了献祭。

不周山下盛产郁金香，浸入酒中，就制成了新的鬯酒。共工仰头喝下一半酒液，将另一半灌献入土，叩拜三次后，起身高呼："死！"

他的手下纷纷照做。酒入热肠，像火在烧。无数将士列阵迎来，眼中的战意竟似比医巫闾他们还浓烈。

不对劲。

常年征战让颛顼养成了一种直觉，仅凭风中的气息，便能读懂战局变化。此时他就读出了某种异常的气势。

对方好像……不是被逼到这里的，而是早有准备？

那一瞬间，颛顼突然产生了一个荒诞的猜测：共工该不会也做过一个怪梦吧？

仿佛要验证最坏的预感，下一秒，伏兵从他们的左右两侧杀了出来。

那是一个名为西王母的部族，活动在不周山脚，不知何时，悄然与共工结了盟。

盟军三面包抄，声威大震，转眼间冲得他们丢盔卸甲。

颛顼没有动摇，形势也由不得他动摇。他断喝了一声："击鼓！"

鼓被推到了阵前。不是寻常战鼓，而是一只高逾两层楼的巨鼓，鼓面由数十面牛皮拼成。圆形鼓身则由巨木构成，需要一排将士全力去推，才能在地上滚动。

鼓名"夔牛"，上一次敲响，还是在黄帝的涿鹿之战上。

随着颛顼的手臂举起又落下，数人堵住耳朵，合力操控着杠杆机关，将一根整木制成的鼓槌缓缓升起，然后猛然撞向鼓面。

"轰！"

声传五百里，山鸣谷应，碎石滚落。

声浪的冲击不分敌我，区别只是他们在向前扑，而敌军却向后倒去。

"轰！轰！轰！"

鼓点如雷惊，如神怒，如龙吼。每一击都落在上一击的尾音上，涤荡不绝，像要震散所有人的气血与神志。

不出所料，对面的敌阵开始溃散。

但击鼓仍未停。第一批撞鼓之人当先口喷鲜血，第二批又堵住耳朵顶了上去。

头顶风云变动，遮蔽了日光。

医巫闾听不见自己密集的心跳声，只觉得胸口刺痛得厉害。他下意识地冲颛顼比着手势，试图阻止什么。

然而颛顼再度举起了手臂，落下。

"轰——"

夔牛鼓声在群山间滚动、叠加，余响竟不降反升。

某种律动引得山体与大地共振，将这巨响一波波地扩散开去，将人的雄心昭告于天地之间。

然后，他们的呼吸随之放缓，心跳也落入了同样的节奏。

无论是敌方还是己方，所有人都凝滞在沙场上，像是被催眠了。天地化为一口钟磬，而他们只是撞钟时颤动的微尘。

没有人能说清那日的事是如何发生的，包括医巫闾。

或许是因为燎祭的香。

或许是因为灌献的酒。

或许是因为鼓声中前所未有的规律与秩序。

又或许，这一切已非原因，而是序曲。序曲结束，高潮便来了。

医巫闾第一眼看到的，是共工融化了。

他的四肢软塌塌地垂落下去，五官像泥人遇水一般流淌而下。但在他的身躯委地之前，某种新的东西在那层皮囊之下鼓胀了起来。

眨眼间，他的皮囊重新撑满。但是太满了，他又很快裂开，露出了皮下的肉白色——不，不是肉白色，那就是肉本身。光滑细腻、无毛无血、不断生长、流向四周的肉。

一座肉山拔地而起。

没有头颅，没有手脚，不言不动，圆润无缺。肉山不断膨胀，淹没了周围的战士。无人惊叫或逃窜，他们只在死寂中等着。

肉山继续长，朝上长，朝八方长，均匀地、迅速地、无声地长。它已经有半座不周山那么高了，它朝不周山挤压而去。不周山发出土石崩裂的闷响，高耸入云的山峰横坍下来。天塌地陷。

肉山长到了医巫闾的一步之外。肉山贴住了他的鼻尖。他深吸一口气，走进了肉山里。

他什么也看不见了——就连黑暗也看不见。如置身重雾间，既不明也不暗，只是混沌。

除此之外，他的其他感官也一一消失，剩下的只有触觉。

医巫闾在翻腾的肉块之中摸索。他恨得咬牙切齿，却不明缘由。不过，我倒觉得他的理由挺充分的：他可以屈服于神祇、君主、天灾、宿命，唯独不是……这样一个东西。

这是什么？

这是荒谬。

他要杀了这座肉山，必须杀，马上杀。

人要如何杀死肉？他不知道它的致命之处在哪里。他向前摸索，逐渐摸出了层次。这山是一层层的，肉山包着肉山，边缘是一圈圈均匀排布的同心圆。

只要闯进最中央的圆心，就能杀死它吧？他如是想着，艰难地跋涉。还有多少层？他计着数，一百，一千，一万。

这个数字开始脱离荒谬，变得可怖。同心圆无穷无尽，无止无休。他越过的每一层肉山，都只是通往更深邃的迷宫的入口。

他终于懂了，同心圆没有尽头。他再也不可能胜利，甚至不可能逃离。

他尖叫起来，拳打脚踢，张口撕咬，肉山依旧不言不动。山不思考也不行动，非生非死，只是存在。

他嚼食着肉，肉也嚼食着他。每一口肉，都成为他的一部分。他自身仿佛也变成了蠕动的肉块，眼耳口鼻掉落下去，身体膨胀变形，融入了这座山。

山不回应人，也无须回应人，因为无穷中的一切都会归于无穷。

传说，共工触不周山而亡，天柱折，地维绝，洪水滔天，侵山灭陵。

传说，颛顼凯旋后，又当了多年贤王，最后葬于医巫闾山。他身边的巫者随之陪葬。

传说，很久很久之后，远古的君王们已经被后人奉为神祇，道教应运而生。这时候，世上出现了一个医巫闾尊者。祂[1]神通广大，却隐世不出，仅代表天界接受帝王的供奉，同时赐福苍生，镇国安土。

"这就是第一个觉者的故事。"都广天司道。

林远："……"

林远问："然后呢？"

1　觉者身份的人称代词，同"他"。

都广天司

鹤观其二

觉者的堕落并非死亡，却比死亡更可怕。

这是他们鹤观之行的第一日。

一刻钟前，廖云觉带着林远和楚瑶光悄然离营，留下了李十一替他们望风。他们先从行李中取了各种香丸，又绕到一座沙丘后面，点起了香炉。

第一枚香丸都放上去烧到一半了，林远才忽然问："楚师妹，救你的那家伙指定了香品吗？"

楚瑶光摇头："我只记得祂说烧香。"

"那祂要的若是乳香怎么办？"

楚瑶光与他面面相觑。

结果就在这时，他们看见了那一袭白袍。

一切发生得很突然，对方不是从天而降，而是自薄暮的光景中直接出现的。形与气一同凝结，犹如月华汹涌，静谧无声，倏忽间祂已近在眼前。

对方说的第一句话是："我不要乳香。"

音色如玉，空寂而悠远。林远一听就认了出来，这正是那熟悉的阴间声音。

"祢[1]是……都广天司？"林远问。

曾在自己耳边神出鬼没的家伙，竟然真是都广天司？

他记得陆让曾提及民间关于觉者的记载，都广天司是其中最神秘的

1　觉者身份的人称代词，同"你"。

一位。祂几乎从不见于史书，信众更是寥寥无几。大周人觉得祂的白袍是道袍，他国人又另有所解。甚至连祂本身是否存在，都是一个谜。

"是我。"都广天司的回答平淡而随意，"想问点什么？"

祂的气势与蜜特拉截然不同，简直可以说完全没有压迫感。刚出场的那一下还有几分神性，可这一开口，简直像在跟他们唠家常。

这真的是古来王侯都难求一见的全知之神吗？

在场三人都沉默了。他们心中本来装了无数疑问，可对方如此开门见山，倒让他们一时不知从何问起。

都广天司的白色面具下传来一声低笑："不知从何问起？那我从头说起吧。"

林远微微色变。对方既然知晓一切，自然也能洞悉人心中所思所想。他忽然觉得自己像一本被翻开的书，所有疑惑、忧虑与抱负，全都一览无余。这种感觉实在不太好。

都广天司已经开始讲述了。

听着听着，林远忽然意识到一件事：他实际上并不能模仿天司发出的那些音节。然而，在对方的声音入耳之后，他却又能立即领悟其含义，就好像天司直接朝他注入了思想。

待他从恍惚中回过神来，医巫闾的故事已经完整地出现了他的脑海里。

"……然后呢？"林远不由自主地问。

"还想再听一个吗？每个觉者的由来都有些不同。"

"不是，"林远觉得头疼，"祢这连第一个都没讲清楚啊！医巫闾尊者进入肉山之后，怎就变成觉者了？那肉山又去哪里了？"

天司道："我讲的是医巫闾的记忆。但在进入肉山后，祂的记忆有失。只能说，祂因为那一次机缘领悟了某种非凡的奥义，从此超脱于众生。"

"什么奥义？"

天司摇了摇头："我不知道。"

"祢不知道？"林远疑惑，"祢不是全知之神？"

"我若是知道怎么变成其他觉者，何不取而代之？我若是知道怎么制成筮予香，何不一统天下？”

林远：“……”

好有道理。

楚瑶光在一旁开了口：“请问，还有什么是祢不知道的吗？”

“没有了，只此二事。”天司道。

廖云觉冷静地接过了话：“可否赐教，筮予香是什么，赤子又是什么？”

“没问题。”

林远很想插言问问祂为何如此平易近人、有问必答，又怕问完祂就不讲了。

“远古时诞生了十个觉者。十觉者的修行之途各不相同，却都需要不断获取道力。道力是太初之气，星辰移转，四时更迭，皆为道力轮回。然而，想从天地万物间汲取道力，却极其艰难。”

说到这里，都广天司突然问林远：“我曾问过你香是什么东西，现在你能回答了吗？”

林远一愣。他还记得，当时他刚发现神树人寿数极长，正琢磨那些香料的效用，天司便在他耳边出了这样一道题。

“是……草木中蕴含的那什么道力？”

“答对了。”天司点头，“你们供养觉者用的香、酒、乐，皆是道力。”

伴随着天司的声音，几人脑中又出现了新的信息：

觉者需要大量的供养，方能维持修为，不易不朽。

香是山川草木之气，经由采集炼制，燃烧之时道力升腾，达于九天。

酒是春华秋实之灵，酿之愈久，玄德愈深。

乐是造化宇宙之声，音律之间蕴含着道力波动，奏之可通幽邃。

说白了，这数千年来，觉者都在压榨凡人，替祂们汇聚道力。为了争夺更多的信众，祂们不知经历过多少龙争虎斗，搅起过多少腥风血雨。

可惜，道力并不是无限的。经过数千年的摄取，天地间道力渐渐稀薄，觉者们的修行也再难寸进。

接下来，真正可怕的事发生了。随着力量衰弱，所有觉者都发现自

已开始堕落。

觉者的堕落并非死亡，却比死亡更可怕。这个过程极其漫长，而且没有尽头。祂们最终会变得百病可侵，沦为怪物，沦为烂肉，却又偏偏不死，只能在尘泥间永远挣扎。

举个例子——林远，你在梦里见到过泥师都了吧？祂会变成那样，就是因为堕落得有点快。

但觉者们还有最后的希望，那便是箓予香。

无论哪个觉者，无论如何修行，最终都会顿悟到箓予香的存在。

此香是万古深藏的道力之源，是修行之终极，亦是通往无上境界的钥匙。它会让觉者突破壁障，成为至高之神，从此翻天覆地，纵横三千世界。

只是，箓予香太难寻了。其香料散落于极秘之地，而且每一味香料都诡异万分，会以某种"法"改变周遭世界。即便是神通广大的觉者，也感应不到箓予香，不知其方位，也不知其法理。

能够感应到箓予香的，另有其人。

好，这便说到赤子了。

每隔三百年，就有一名赤子降世。他们八字命格特殊，天生对箓予香有着异乎寻常的感知力，往往能领悟旁人所不能领悟的，而且不易受到其"法"的影响——比如数千年前神树国的女王，就是一代赤子。

赤子会感应到一味或者几味香料。他们中的一些人顺应内心的呼唤，前去采集，结果，全都死在了半途中。

毕竟香料所在的环境总是危机四伏，何况还有觉者痛下杀手。

觉者为何要杀赤子？为了不让对手得到箓予香。

虽说大家都在堕落吧，但总有快慢之分。有些弱小的觉者，堕落得比较慢，便仗着自己耗得起，抢杀所有疑似赤子的人。祂们想等强大的对手都堕落成泥，再独吞箓予香。

所以身为赤子，从来不得善终。

三百余年前，上一代赤子出现了。

她叫秦怜君，一生平平无奇，却在晚年时忽然觉醒了空前强大的感应力，竟然写出了完整的筮予香的香方——整整九味香料。

秦怜君的不幸在于，她才刚刚上路采香，便被一个觉者发现了。

她的幸运在于，发现她的是沉殊觉者。沉殊非常弱小，而且堕落得极快，已经耗不起了。

结果，一个赤子跟一个觉者，竟谈妥了合作。沉殊为秦怜君提供保护，秦怜君则为沉殊指引方向。双方联手，在其他觉者的眼皮底下，悄然集齐了九味香料。

没想到吧，他们真的制成了筮予香，还点了起来。

然而，沉殊觉者刚一吸入筮予香，便弄出了极大的动静。什么动静？那可真不好描述。我们就姑且说，祂在缓缓成神吧。

其他觉者闻风而至，抢在沉殊彻底变为神祇之前，合力把祂给灭了——不要误会，觉者是杀不死的，只会无限地堕落下去。沉殊最终散成了一缕尘烟，此时或许还在哪片泥沼里沉沦吧。

秦怜君也未能幸免于难。她本已老朽，又见沉殊失败，知道灾祸将至，索性选择了自我了断。

觉者们见赤子已死，又开始争夺那残损的香方，以及那一点几乎燃尽的筮予香。

真是一场大战，前后加起来，打了总有一个月吧。

"哦，对了，你们知道那场大战发生在哪里吗？"

都广天司停下来望着林远。

"我们当然不知。"林远感到莫名其妙。

"你知道的。"

"三百年前的事情，我怎么可能……"林远的话音戛然而止。

慢着，三百年前？

记忆中的一些碎片拼凑了起来：地下避难的工事、歪歪扭扭的刻痕、九个觉者的身影、中间那团芜杂纷乱的线条……

"难道是在宿河？"

"又答对啦。"

林远不可思议道："祢说的那场大战，就是长明之战？"

"没错。"

"那传说中的凶兽九婴出世、十觉者合力除魔……"

"假的。不过长明之战确实闹得很大，搞得罗泽干涸、宿河覆灭，连那片乳香林也枯死了。所以你们这次去采乳香，比秦怜君多绕了许多路。"

几个人都说不出话来。

觉者们打了一场架，人间灭了一个国。

最后，医巫闾尊者获胜，带走了战利品。

长明之战让所有觉者元气大伤，从此各自退隐，以待时日。

接下来的三百年，医巫闾尊者一直守着残存的筮予香与香方。祂在等待下一位赤子，祂决心第一个找到他，让他复原出筮予香的香方。

"然后你就诞生了，廖云觉。"都广天司用一种近乎慈爱的语气道。

廖云觉："……"

交易

鹤觋其三

你存在的意义，便是监视廖云觉。

"觉者找赤子，一是看生辰八字，二是看识香的天赋。你恰好全部符合，所以医巫闾将你放到了折云宗，希望你浸淫香道，早日觉醒。"

廖云觉问："放到？"

"是啊。你出身尊贵，作为徽阳公主的独子，原本是不会成为制香师的。于是，你的双亲便早逝了。"

廖云觉神情未变，只是脸色有些苍白。

天司继续道："你自幼被送入折云宗清修，无亲无故无牵无挂，终日与香为伴。你一步步走在医巫闾安排的路上，成为史上最年轻的宗主，也是最优秀的赤子。"

林远猛然转头望向廖云觉。

早在进入折云宗之前，他就听说过廖云觉双亲早逝，性情孤僻冷漠。后来成了师徒，他对廖云觉了解更深，却也时常感慨，或许只有这样超然物外的心境，才能制出百年不遇的香。

结果这一切，竟然并非天意，而是人为？

林远不知不觉攥紧了拳。

这样的人生，从最初就被一只巨手谱写，让他命犯孤星，让他遁世离群，让他潜心领悟香道；又让他成为宗主，让他背负起宗门的责任，让他不得不复原香方。

这种生而为棋子的感觉……可真是太熟悉了。

"如果我没猜错，我之所以降生，也是为了篝予香吧？"林远问道。

"你猜得很对。"天司欣慰道。

长明之战后，曾经强大的狼神泥师都也因损耗太甚，加剧了堕落。祂开始谋划着夺取篝予香。

泥师都悄悄建了一座八苦斋，用于对付医巫闾。赵部是祂的亲信，钱部制药制毒，孙部出卖色相，至于李部的孪生子，全是祂的眼睛。

通过渗入大周的势力，泥师都很快查到了折云宗。但折云宗收徒严苛，泥师都的眼线安插不进去。

祂必须制造一双新的眼睛。

为此，八苦斋掳来了一个女制香师。在经受无数折磨后，她产下了你，林远，还有你的兄弟李四。

你们牙牙学语时，八苦斋发现你继承了你母亲的嗅觉，对香气十分敏感，而李四却没有。你被送到慈悲山下，单独养大。

你七岁那年，远在永宁的廖云觉声名鹊起，泥师都确信了他是赤子。你被引去永宁，不负众望地拜入了宗门，就此成了八苦斋的新眼睛。你存在的意义，便是监视廖云觉。

一年前，医巫闾尊者认为时机已至，便将残缺的香方送入折云宗，

想唤起廖云觉的感应。廖云觉果然一举复原了筮予香的香方。泥师都得知后也立即行动，派李四前去夺取。

再后来的事，大家都知道了：你烧掉了那张纸，让廖云觉脑中的香方成了独一份。廖云觉也察觉到了危险，谎称受惊失忆了。

医巫闾被气个半死。祂等了半年，终于忍无可忍，以整个折云宗为质，逼迫廖云觉将香方口述了出来。

医巫闾获知香方后，当场就想灭口。但就在下手之前，祂发现了一件新的事：纵然拿着香方按图索骥，若无赤子的感应，祂依旧找不到筮予香料。

"于是你们两人，一个被医巫闾安排着，一个被泥师都安排着，就这么上路啦。"都广天司轻描淡写地结束了讲述。

林远直直盯着祂那张白色面具。

虽然知道对方是全知之神，理应高高在上，但听着祂那漫不经心的声音，仍觉得刺耳。

他们的身世、遭遇、挣扎，全都赤裸裸地摊开在对方面前，像茶余饭后的一页闲书。更令人火大的是，就连自己此刻这份难堪，也会立即被对方洞悉。

林远讥讽地笑了一声："所以，这位上神，祢又是为何而来？"

他已经听出来了，没有觉者能抵御筮予香的诱惑，都广天司也不例外。祂铺垫了这么多，最终一定有求于廖云觉。

天司袖子一抬，指了指那香炉："受了供养，就要答疑解惑嘛。"

林远"啪啪"鼓掌："高尚，实在高尚。辛苦上神讲了一晚上故事，既然上神如此助人为乐，那便请回吧，欢迎下次再来。"

杀价的要义在于，谁更无所谓，谁就能坐地起价。

"好嘞。"天司的身影开始缓缓消散。

林远："？"

廖云觉伸手在林远肩头按了按："且慢。"

话音刚落，天司又凝聚了回来："廖宗主请讲。"

林远："？"

这天司行事根本不按常理，无法预测……不对，不是无法预测，而是自己的预测也会为对方所知。

全知真的很烦！

廖云觉却还是沉静如初："上神是想效法三百年前的沉殊觉者，与我这个赤子合作吧？"

都广天司笑道："通透。"

廖云觉接着问："上神无所不知，三百年前秦怜君写下篓予香的香方之时，上神也该立即知晓才对。当时祢为何不与她联手呢？"

"聪明。"天司又夸了一句，这才答道，"我能根据天地万象，推演未来的种种可能。秦怜君觉醒时，我便算出她生不逢辰，所以先让别人试了次水。有了沉殊的经验教训，我倒很可能成功呢。"

"那真是恭喜祢。但我们能拿到什么好处？"反正在天司面前无所遁形，林远索性彻底暴露了本性。

都广天司不紧不慢道："你们所求，无非是恢复嗅觉、报仇雪恨、保住折云宗。这些问题，我都有答案。这样的好处如何？"

"……"

"师父……"楚瑶光唤了一声。

这条件太诱人了！原本还在绝境中苦苦争取一线生机，前方忽然出现一条宽广通途，任谁都会心动。楚瑶光生怕林远那张嘴把这机会毁了，忍不住开口想劝廖云觉。

结果，林远几乎同时出声："师父，我觉得可以一试。"

楚瑶光松了口气。

林远转向天司："总之就是祢先帮我们，等篓予香做出来，便归祢使用呗。"

天司带着笑意叹了口气："小远啊。"

林远："？"

"这名字不是给祢叫的。"林远咬牙道。

"小远啊，"天司又唤了一遍，"我什么都知道，怎会不知你的德行？这种遥远的承诺可不够分量。"

廖云觉开口了："上神想提什么要求？"

"我要你们一路上按照我的指示，将其他所有觉者挨个儿铲除。"天司用极为寻常的语气道。

一片死寂。

似乎连风都被吓停了。

良久，廖云觉低声问："这便是上神得出的经验教训？为了成神之时不受围攻，预先灭尽所有对手？"

天司淡淡回应："你可以这么理解。"

沉默持续蔓延。

他们才刚见识过蜜特拉用一句话引发地动的场面，如今竟要去直接对抗那种东西？

甚至不是对抗一个觉者，而是消灭所有觉者——那可是连第一觉者医巫闾都没能办到的事。

这个信众最少、来路不明的都广天司，野心也太大了吧！

"我只是一介凡人。"廖云觉冷静道。

"廖宗主不必妄自菲薄。根据我的推演，你是迄今为止胜算最高的赤子，你这位弟子也不是等闲之辈。"

"换言之，"林远道，"为了不再被医巫闾和泥师都安排，我们从此要被祢安排，替祢铲除所有阻碍。"

"哈哈，正是如此。毕竟我也不是什么善茬。交易嘛，总要互惠互利才行。"

这一回再无人打破沉默。

天司也不再耽搁："我走了，诸位慢慢考虑吧。"

谈话似乎是要不欢而散。

眼见着祢的身形又开始淡化，楚瑶光急忙追出两步："上神！"

都广天司的面具朝她转了转。

楚瑶光停住脚步，紧盯着祢渐渐淡去的身影："祢曾经救过我，还问我要不要答案。我……我现在能提问吗？"她怕之后没有机会了。

"可以。"天司道。

楚瑶光喉咙发干，声音不自觉地带了哽咽："我阿姊楚灿娥，还活着吗？"

林远心中蓦地一紧。他想起来了，早在神树国，自己还不知道这阴间声音的来源时，便听祂在耳边说过："你骗了楚瑶光。"

没等他反应，天司已经直白道："她死了。"

楚瑶光浑身一软，几乎站立不稳。楚灿娥失踪了这么久，她也情知凶多吉少，但总还暗藏着一丝希望。现在，最后的希望破灭了。

楚瑶光强撑着问："她在哪里？"

"八苦斋。"

楚瑶光反应了几秒，猛地望向林远，眼中满是震惊。林远只能默然不语。

"怎么死的……她是怎么死的？"

没有回答。

都广天司已经彻底消失了，留下他们三人立在原地。

楚瑶光盯着林远哑声道："你说你没听过我阿姊的消息。"

林远木着一张脸，心想：那天司果然不是什么好东西，临去还要摆我一道。

"你明知她早就不在人世了。你就这样看着我一直找她。"楚瑶光浑身颤抖，"为何一句真话都不说？你在隐瞒什么？她究竟是怎么死的？"

她扑向林远："说话啊！"

廖云觉在一旁道："瑶光，都广天司所言未必是真的，林远也未必知情。"

"他这像是不知情的样子吗？"

林远："……"

楚瑶光的眼中几乎要喷出火来："师父，我从一开始就没信任过林远，是你一力作保，我才强迫自己接受他的说法。可如今呢？他果然满口谎言！楚灿娥也是折云宗的弟子，她身死魂消，就不值得讨一个说法吗！"

"好了，我说。"林远打断道。

他张了张嘴，又闭上了。

楚瑶光正要催促，他终于蹦出几个字："人是我杀的。"

道境

鹤观其四

但她已经别无选择了，哪怕这条路是死路，她也要先撞过去再说。

"砰"，楚瑶光一拳正中林远的脸。

少女的身躯虽然娇小，这用尽全力的一拳还是分量可观。林远躲也未躲，被揍得脑中"嗡"的一声，朝后栽倒在地。

楚瑶光又一脚踹向他的腹部。林远呕出一口酸水，蜷成了一团。

"瑶光！"廖云觉低喝了一声。楚瑶光闹出的动静太大，远处营地里已经隐隐起了骚动。

廖云觉加快了语速："先冷静，给林远一点解释的时间。"

楚瑶光难以置信地看着廖云觉："他说了他有苦衷吗?!"

廖云觉望向林远。

林远道："我有苦衷。"

又过了几秒，他干巴巴地道："楚灿娥当时作为囚犯，对八苦斋已无价值，横竖难逃一死。我抢在八苦斋动手前，给了她一个痛快。"

廖云觉闭了闭眼。

楚瑶光："……我跟你拼了!!!"

就在楚瑶光付诸行动之前，李十一鬼魅一般欺到了她身后，将她牢牢制住，指间的长针抵在了她的脖颈上。

李十一冷声道："别动。"

楚瑶光悲愤欲绝，还想挣扎。但此时营地里的众人也都循声找了过来。

千牛军在喊："发生什么事了？有敌袭吗？"

神树人在喊："祭司大人？"他们暂时只会这一句话。

"我没事。"林远艰难地爬了起来，"起夜，没看路，摔了一跤。"

众人："？"

李十一收起了长针，但整个人仍贴在楚瑶光身后。楚瑶光呼吸急促，目光从众人脸上掠过一圈，终于没再出声。

林远："不好意思，诸位请回吧，我这刚摔跤，还没完事呢。"

众人渐渐散去后，廖云觉转过身来："你就不能好好说一次话吗？"

林远捂着肚子龇牙咧嘴。

他的眼前浮现出楚灿娥那受尽折磨、求死无门的惨状，半晌后苦笑了一下："有些话，我说了，她就永远忘不了了。"

待林远回到帐篷，李十一已经坐在里面盘腿调息了。

林远也没管她，径自熄灭了手中的火把，裹上毯子便想入睡。

黑暗中，李十一忽然道："原来你一向如此。"

"……啊？"

李十一的声音清凌凌的，在静夜中听来更显冰凉："李四之死，你也是那般告知我的。"

要说解释，他倒也给了。但那种惜字如金的解释，与其说是辩驳求情，不如说是火上浇油，仿佛生怕对方还不够恨自己。

"楚瑶光一定不会就此罢休。"李十一道。

她能如此判断，恰恰是因为她太理解楚瑶光的心情了。当初在神树国的监牢里，若不是有一墙相隔，她早已将林远剐碎了。

明明长了一张能言善辩的嘴，在这种时候，他是不知道该怎么用吗？

林远似乎想了想，然后道："那你可要好好保护我啊。"

李十一："？"

"五个月。"林远提醒她。

李十一："……"

翌日。

大队继续穿过沙漠。宿河至鹤觇曾有商道，但与他们的来路一样，早已被风沙掩埋。他们只能认一个大致的方向，朝着西北行进。

楚瑶光骑着骆驼落在队尾。

前方吵吵嚷嚷的。神树人仍然看什么都新鲜，遇见一具旅人尸骨，也会围上去大惊小怪地议论半天。素尘只得奔来赶去，不停维护秩序，像一只牧羊的狗。

楚瑶光将整个身体罩进斗篷里，试图将喧嚣隔绝于外。

没人发现她的异常，因为她这一路都是如此安静。大家都知道，这小娘子一副刚从锦绣堆里出来的娇嫩模样，实则从未叫过一声苦。再艰险的时候，也没见她掉过队。

她与陆让不同，因为她有必须找回的人。

可是现在……

楚瑶光抬头朝前望去。从这个位置看不见林远，但她知道他一定在最前端领着队，或许还在与廖云觉低声交谈，商议着接下来的计划。

她的姐姐死了，就死在林远手上。然而除她之外，并无一人在意。

楚瑶光咬紧了牙关。

她的胸口翻腾着怒火和无力感，每一次心跳都像是在重复那句"横竖难逃一死"。这话语如同一把刀，每念及一遍，便将她割出一道痕。

林远从八苦斋全须全尾地逃了出来，却让楚灿娥命丧黄泉，还说她"横竖难逃一死"。那语气，仿佛在讨论一只牲口。

其中必有隐情！

为什么？为了小时候的矛盾？为了姐姐对他那点成见？

楚瑶光恨啊，恨得牙齿都要咬碎。她恨林远的狡诈，恨师父的偏袒，更恨自己的束手无策。

她对付不了林远。那厮身旁有百余名神树人，有如影随形的李十一，还有仿佛被他下了蛊的廖云觉。更何况，即便他孤身一人，自己又有什么办法逼他招出实情？

楚瑶光低下头去，强忍住了泪意。

……既然如此，只剩一条路了。

楚瑶光与众人相安无事地度过了一天，没干任何引人警觉的事。

直到入了夜，她钻进自己的帐篷，熄灭灯火，然后颤抖着手指点起了香炉。

香气在幽暗中缓缓弥散。楚瑶光跪坐在香炉前，双目紧闭，在心底默念："上神，我还能提问吗？"

如此重复几遍，她自嘲地笑了笑。

都广天司虽然提出过合作，但交涉的对象是廖云觉，不是渺小的她。祂若真的来了，却发现她只是私自召唤，会不会震怒？不对，祂知道一切，自然也早已知道她这点企图，根本无须亲临。

但她已经别无选择了，哪怕这条路是死路，她也要先撞过去再说。

时间悄然流逝，帐篷里毫无动静。

果然还是太异想天开了。楚瑶光叹了口气，睁开眼睛抬起头。

然后她猛地向后一缩，用尽力气才咽下一声惊呼。

都广天司就在她面前。

祂那张白色面具自然不会显现表情，只是静静俯视着她。祂这般不开口的时候，倒有了几分压迫感。

"上神。"楚瑶光极力显得镇定，却仍是声如蚊蚋。

尽管毫无必要，她还是老实交代了一遍："我……我不是代表师父，而是为私事求问，也付不出什么报偿……"

天司出声了，语调平和："报偿你已经给了。"

"什么？"

天司抬起白袖，一指她的香炉。

真的只需烧香就行？

楚瑶光按下惊异，试探着问："那我想知道楚灿娥之死的真相，可以吗？"

"可以哟。"

楚瑶光紧张地等待着。

"这次是想听我讲故事，还是想自己去看？"

"自己……去看？什么意思？"楚瑶光心跳忽然提速，"我还能亲眼见到阿姊吗？"

"可以哟。"天司还是那副语气，"但会很痛苦。"

"我不怕痛苦。"楚瑶光立即道。

天司的声音似乎带了一丝笑意："那合上眼睛。"

楚瑶光深吸一口气，依言照做。

"闭着眼睛向远处看。"

这句指示实在有点难，楚瑶光蹙起眉，凝视着眼帘底下的那一团漆黑："是这样吗？"

下一秒，黑暗尽头出现了白光。

白光星星点点，逐渐连成了通路，似在为她指引方向。她下意识地顺着白光朝前走去，不知不觉，足尖踏到了洁白无瑕的石面。

楚瑶光转身一望，来路已经消失了，自己置身于无边无际的皓白之上。

"这里是哪里？"她的询问声在寂静中回响。

"这不是一个真实存在的地方。"耳畔传来了回答。

都广天司就在她身边："此处为我的道境，是纯粹由道力创造的虚境，需要我的准允才能进入。继续向前走吧。"

楚瑶光又走了一段路，前方出现了一片寒潭。潭水仿佛是由光织成的，无风而动，熠熠生辉。

她站在潭边朝下望去。透过柔和的光雾，能看出它深不可测，最下方是彻底的黑暗。

"你所求的答案，会显现在潭水中。"

楚瑶光定定地凝视着寒潭，起初什么都没看到。接着，潭水悄然变化，水中似乎有人影浮沉，黑发如雾，身形窈窕……

"阿姊？"楚瑶光失声唤道。

她情不自禁地伸手去捞，却只是拨乱了冰冷的水面。隔着光雾，底下的人影始终模糊不清。

楚瑶光若有所悟："我必须潜下去才能看清，对吗？"

在她的帐篷外，李十一直起身来，无声无息地离开了。

李十一穿过营地，很快寻到了林远，冷声道："楚瑶光召出了都广天司，在问楚灿娥的事。"

林远挑眉："祂回答了吗？"

"袘让她闭上眼睛。"

林远大惑不解。

那觉者在打什么算盘？什么样的算盘，能打到楚瑶光头上？

他下了决断："走，去看看。"

道境内。

都广天司站在楚瑶光身后："凡人进入这潭中，很快便会连自身都无法维持，像一滴墨水般融化。想在其中支撑片刻，必须使用道力。"

"我没有道力怎么办？"

"你有。"天司笑道，"每个人都有少许先天道力，只是不懂驾驭。"

话音刚落，袘的广袖轻拂过楚瑶光的头顶："道力深藏于髓海，凡人却不知髓海所在。现在你应该能找到它了。"

楚瑶光骤然战栗，仿佛某个麻木至今的感官苏醒了过来，细微的知觉在她体内一路蔓延。

"闭上眼耳口鼻四门，内观光明，外绝纷扰，达至虚静，天人合一。"

这些话原该如同天书，楚瑶光却莫名地听懂了第一个词，接着便渐渐解开了余下的内容。

她的身体开始笨拙地吐纳另一种气息，就像刚刚学会了呼吸。

"好了，下去吧。"天司随意道。

"……就这样下去？"楚瑶光回头望着袘。

"你所问之事不难，这个答案离水面不远，你那点道力够用了。怕吗？"

楚瑶光咽了一下唾沫，朝潭中探入一只脚，被冻得打了个寒噤。

"不怕。"她不再给自己跨踌的机会，直接一跃而下。

潭水包裹住了她，质地轻盈，不太像水，却寒冷刺骨。楚瑶光的牙齿咯咯打战，几乎立即感到手脚麻木，身体在本能地挣动，想要重新浮出水面。

她拼尽全力掉转了方向，反而朝下游去。

都广天司的声音从水面上传来，音色更缥缈了："记住，看完答案就及时上来。"

朦胧的光影在她身前重叠交错。她似乎还能断断续续地呼吸，但始终有种喘不过气的憋窒。昏沉之间，她分开了光的湍流，朝一道人影奔赴而去。

人影的轮廓清晰起来，连带着周围的场景也悄然变换。她似乎在由上至下地俯视着一间陋室，陋室里有两个人对面而坐。

有声音穿透重重迷雾，是林远在说："楚师姐，我放你走。"

看见

鹤觇其五

就在她的自我行将溃散之时，一股柔和的力量将她朝上拖去。

波光摇曳，水中之人的身影也惝恍迷离，虚实不定。楚瑶光凝神去听，才能分辨他们交谈的内容。

——她实在没料到会听到这般内容。

她听见林远说："我的人生，不活也罢。但你还有家人和友人。"然后他拉起了楚灿娥，"快走。"

林远竟然试过牺牲自己，放走楚灿娥？这一幕该不会是伪造的吧？

楚瑶光极力靠近，想检视更多细节，但每下潜一寸，窒息感就加重一分。

她终于看清了楚灿娥的样子，心头一阵绞痛。

记忆中的姐姐总是明丽、高傲、昂扬，像折云宗怒放的海棠花。虽然说不出什么温言软语，但只要挺立在她身前，就好像能挡去所有风雨。

原来楚灿娥死前，已经变成了这样。

楚灿娥奄奄一息道："我跑不快，我的腿断过，这样我们两个都得死。"

林远执拗地背起楚灿娥，越过沉睡的看守朝外走去。楚瑶光分神望向他，忽然意识到他此刻的表情，自己也从未见过。

他说："那一份功课可能是我这辈子收到过的最真的东西。谢谢你，师姐……"

但楚灿娥已经举起香炉，朝他脑后砸去。

她敲晕了林远，自己爬起身来。即便到了此刻，她的目光依旧骄傲而决绝："活下去，保护好我妹妹。"

楚瑶光死死按住胸口。

她看着楚灿娥一瘸一拐地逃出八苦斋，穿过丛林，躲到树上；又看着追兵寻来，将姐姐拽下去拳打脚踢。她已经预知了走向，却只能继续眼睁睁地看着，看着楚灿娥试图自尽，却被刺穿小腿，卸掉下巴。

楚瑶光看不下去了。她在发抖，却无法感知到自己的身躯。她将手举到面前，只见自己的手指正在一根根地扭曲溶解，消散入水。

该走了。

至少应该离远一点，朝上方退出几尺。

可是，自己未能在最后的时刻陪在阿姊身边，如今就连"目睹"也要逃避吗？

她不仅不退，反而睁大了眼睛。她终于明白都广天司所言的痛苦，原来并非仅指身体上的折磨。

楚灿娥被拖到了一片变异的花丛中。一个光头在她的腹部开出一个血洞，插入一根草茎，还念念有词地说着孕母、配种云云。

楚瑶光只觉得自己的眼眶都在溶化，五官错位下垂，躯体逐渐无法维持人形。她马上就要化为这寒潭的一部分了。

"阿姊……阿姊啊……"

她挣扎着朝楚灿娥伸出手臂，虚影穿透虚影，传递不出一丝温暖。

岂料就在这时，那个按住楚灿娥的看守突然暴起，结果了光头的性命。他转过身，又用匕首抵住了楚灿娥的心口。

楚瑶光离得足够近，近到足以听清那看守的低语："师姐，走好。"

匕首刺入。

楚瑶光失去眼帘的双目大张着，瞳孔中映出姐姐最后的神色——从惊愕，到解脱，而后是一丝对这世间的依依不舍。

一声叹息从亡者的唇间逸出，汇入了幽幽潭水中。

接着，楚瑶光的眼珠也溶解了。

黑暗从潭底蔓延而上，逐渐与她融为一体。

这一瞬间，她听见了更多叹息声——苍老的，幼小的，轻柔的，绝望的。无数生命的叹息汇为浪潮，旋转着，奔涌着，从四面八方将她淹没。

就在她的自我行将溃散之时，一股柔和的力量将她朝上拖去。

寒冷退却……

皮肤重新接触到了空气，四肢五官也有了感知。她听见都广天司道："再晚一点，你就回不来了。"

楚瑶光睁开眼睛。

她坐在温暖的帐篷内，瑟瑟发抖。道境里虚无的潭水并未沾湿衣服，她却仍旧抱紧了双臂。

"潜得太深了。"天司仍在她面前。

"我想看得更分明些。"楚瑶光声音沙哑，抬手抹了一把，才发现自己脸上都是泪。

她平复了片刻，轻声问："林远为何不说清楚呢……"

"他不愿让你得知楚灿娥生前的遭遇。"天司平静道，"但在我看来，隐瞒才是真正的伤害。不明就里，便生忧怖，这人间万般不平，皆因不知。楚瑶光，如今你后悔知道吗？"

楚瑶光默然无语。

无可否认，真相几乎撕裂了她。更锥心刺骨的，是那种直面一切却无力回天的绝望感。她余生一定会不断梦回此刻吧？楚灿娥泉下有知，大约也不希望她做噩梦吧？

是啊，无知也是一种庇护。如果没有今日，她会一无所觉地长大变老，而楚灿娥，会逐渐化为一个温暾的心结，一道模糊的影子。到她寿终正寝时，还可以幻想：阿姊还在哪个地方活着吧。

那样或许更好。

……可那不是真的。

楚灿娥早已死了，孤独无助、毫无尊严地死了。她知道与否都改变不了任何事，但"知道"本身，就是她唯一能为阿姊做的。

为何要逃避？她的姐姐直到最后一息，都不曾畏缩啊。

楚瑶光擦去眼泪，端端正正地行了一礼："多谢上神让我得见真相。"

"好说。"

楚瑶光抬起头来，忽然问："上神，全知痛苦吗？"

那潮水般的叹息声仿佛还在空气中回旋。

都广天司似乎也停顿了一下，才道："有时还挺有趣的。比如此刻——"

祂朝帐篷入口处转过头："都听见了吧？"

楚瑶光一愣。

帷帘掀开，林远神情复杂地站在外面。楚瑶光一见他，登时也是五味杂陈。

只有天司招呼道："别傻站着，进来呀。"

林远："……"

林远慢吞吞地走了进来，身后跟着李十一。

"善哉善哉，人与人能消除误会，真是皆大欢喜。"天司的语声满是玩味，"怎么，还没欢喜呢？快欢喜一个。"

没有人应声。

林远有些恼怒于天司所为，但面对着楚瑶光，又没了着恼的立场。

楚瑶光抱膝而坐，脸色苍白若死。

李十一手中扣着两枚针，随时防着她发难。

天司还在一旁看戏似的等着。

林远终于忍不住转头道："上神，虽然我等对祢毫无秘密可言，但能不能至少在表面上回避一下？"

"哦。"天司像是刚被提醒似的，"也行。"

祂轻若白烟般飘荡出了帷帘。

林远转向楚瑶光，心中微叹一声。

"咱们就打开天窗说亮话吧。"他决定祭出对付李十一的那一招,颇为熟练地道,"你也知道了,楚师姐之死,一分在我,九分在八苦斋。眼下八苦斋未倒,你杀了我也报不了大仇。"

楚瑶光呆呆望着他。

林远指了指李十一:"不然这样,你加入她吧。"

李十一:"?"

"五个月后事情未成,她做掉我的时候,可以趁热让你添一刀。"

李十一:"?"

李十一似乎考虑了一下,缓缓道:"可以。"

"你看,十一是个敞亮人……"

"林师兄。"楚瑶光低声打断了他们,"我看见了。"

她垂下头去:"我看见了,你尽力了。"

林远准备好的台词全部哽在了喉口。

良久,他才挤出一声:"嗯。"

"谢谢你。"

林远陷入了沉默。

待他终于回过神来,还想说点什么时,却突然发现了异样。楚瑶光低垂着脑袋,已经没了意识。

李十一上前将她的身体放平,按了按她的手腕:"脉象极弱。"

林远转身便冲出了帐篷。

都广天司也不讲究,堂堂觉者,就那么戳在外头等着,一袭白袍在月色中半隐半现。此时营地里若有人看见,多半会将祂当成孤魂野鬼。

林远正想开口,祂已抢答道:"楚瑶光没事。她方才消耗过甚,但已经得我传度,很快就会恢复的。"

"……传度?"

"就是打开她的髓海,让她从此在吐故纳新间,都能吸收储蓄道力。不过这不毛之地道力稀薄,若想快些恢复,可以多闻闻香。"

林远呆了呆。

自己方才,好像听到了什么不得了的东西?

他不确定地问："祢是说，普通人也能靠吸收道力修行？"

"可以哟。本来觉者为了独占道力，把这当成不传之秘，但还是会引领那么几个神仕入门。八苦斋的赵子赵丑赵寅赵卯，本事挺大吧？他们就是泥师都的神仕。"

"那这不传之秘……祢就传给楚瑶光了？"

"哦，没有让她当神仕的意思。"

林远："……"

他现在是彻底迷茫了。楚瑶光之事，他原以为这觉者借此有所图谋，结果事情迅速解决了，他再回头一看……

"容我斗胆一问，上神从中得到了什么？"

"快乐。"天司道。

林远："……"

天司好像真的从他的反应中找到了乐子，低笑了两声，才道："毕竟我能左右的世事，实在不多。"

林远的心一跳："这又是为何？"

其实，关于都广天司提出的交易，他与廖云觉已经讨论了不少。抛开那些诱人条件，他们最大的怀疑与不安便在于此——

高高在上的全知之神，为何不曾在青史中留下什么痕迹？

祂若是真有灭尽其他觉者的实力，又何必寂寂无闻地隐忍至今，还要假手几个凡人去成事？

林远盯着天司的面具，心中正在琢磨，却听天司道："问得好。那我们也打开天窗说亮话吧。"

祂白袖一拂，揭开了自己的面具。

月华朗照着面具之下的情状。

林远整个人凝固了。他确实想象过各种各样的可能性，却唯独没料到，都广天司的真面目会是这样。

——空无一物。

祂是真的打开了天窗，也是真的很亮，亮到只有月光。

过了许久，林远问出了一句："那祢这头发……是假发吗？"

都广天司心平气和道："是面具的一部分哟。"

说着祂将整张面具连着长长的白发取了下来，递给了林远："留着吧，我还有八百个。"

合作 | 鹤觋其六

"既然大家一样无路可退，如何，要放手一搏吗？"

林远迟缓地接过了面具。

现在他的面前只剩一袭无头的白袍飘然若仙。

林远："那这白袍底下是？"

话音未落，只见白袍也淡去无影了。这下空空荡荡，什么都不剩了。

林远的目光无处安放，只得四处游移："所以，上神是隐形的？"

"非也。"天司的声音忽远忽近，仿佛来自四面八方，"我无形无体，并无肉身可言。那白袍不过是为了给你们一个视线落点，我既不在袍内，亦不在袍外。"

林远努力地理解着："祢在……"

"我无处不在。"

林远有点懂了。这种情况放在道家，便是所谓举形升虚，乘云气骑日月，游乎四海之外。

"那祢岂不是无边无际，无限大也无限小？"

"理论上的确如此。"

果然任何一个觉者，都不能以常理揣测。

林远在敬畏中沉默了几秒，然后道："上神，要不然还是把袍子穿上……变出来吧。"否则他真的不知道该看哪里。

无怪乎古人要为诸神造像。无论神明原本什么样，凡夫俗子总得对着一个自己能理解的形体，才能安下心来祈祷。

白袍又显现在了半空。林远拿着那只长了头发的面具，木然地看着。

他想到了新的问题："先前那几次，祢说祢走了，其实也没走吗？"

"没走哟。我无所不在，也就不会真正离去，你们的一言一行我都知晓。但要将意识凝聚于一处，需要耗费道力。若要与人沟通，消耗就更多了。一旦道力用尽，我便出不了声了。"

这一回，林远敏锐地捕捉到了关键词："道力用尽？"

堂堂觉者的道力，哪有那么容易用尽的？

"是啊。"天司平静道，"有得必有失，我这样虽然无限自由，却有一个致命的弱点。"

"什么？"

"没有身体，就没有髓海，也就无法储存道力。"

林远："……"他已经不知是第几次无言以对了。

"因此我永远只能现取现用。话都说到这份儿上了，你能点个香吗？快不行了。"

林远："……"

林远钻进自己的帐篷，点上了小香炉。

天司的无头白袍显现在了香炉上方："多谢。其实香火对我这种无形之物，也是助益甚微。酒就更喝不了了。倒是音律还有用些。"

"那我唱首歌给祢听？"

"寻常的乐声嘈杂，也做不了供养。我只能寻了个岱屿当道场，让神仕时时临风奏乐。"

林远麻木地看着祂："岱屿不是祢造的？"

"我哪有那本事？岱屿原本就在天上，只不过藏于极北之地，无人知晓，让我捡了个现成。上面的楼阁也是神仕搭起来的。"

"哦。"林远的语气逐渐与天司一样波澜不惊。

"没有实体嘛，自然难以施力。即便是这轻若鸿毛的袍子，我想凭空举起，都比凡人艰难千万倍。"

这便是他们要的答案了。

全知之神通晓万物，为何还没一统天下？因为祂有心无力，几乎无法对尘世施加直接的影响。况且，哪怕真的一统天下，那千千万万人的供养，对祂也无甚价值——反正存不下来。

对祂有用的只有篓予香。

"更可怕的是，如今道力越来越稀缺。像我这般现取现用，再过些年，吸收甚至会不及消耗之速。"天司道。

林远反应了过来："也就是说——"

"不错，我已在堕落的边缘了。若不是无形，我现在的外观一定比泥师都还刺激。"

这样的合作对象……

林远用香箸拨弄着炉内的香丸："既然上神如此开诚布公，我便也直接问了。祢自身无法入阵退敌，即便与我们合作，又能靠什么铲除其他觉者呢？"

"那自然是靠你。"

"……哦。"林远不想做多余的反应了。

天司却笑了几声："你还未察觉吗？"

"察觉什么？"

"八苦斋的黑门后、神树国的地道里，你已经两次使出了无间觉，还未明白自己的潜能吗？"

林远手上的动作停下了。

"你能看见的气味的颜色，正是道力本身。你生来天赋远胜常人，只需开启髓海，便可逐渐积蓄力量、掌控力量。假以时日，哪怕是亲手复仇也不在话下哟。"

如果不再困囿于这具弱小的身躯……如果能凭一己之力将泥师都踩在脚下，让祂将那些血债一一清偿……

林远抬起头来："假以时日是多久？"

"看你的进步有多快了。"

"五个月够吗？"

"这就有点为难我了吧。"天司苦笑道。

"……"

"但也不是完全不可能。"无头的白袍静静地对着林远，"既然大家一样无路可退，如何，要放手一搏吗？"

几日后。

林远突然从骆驼背上跌了下去，"砰"的一声摔在沙地上。

周围那几名神树国青年惊慌失措："祭司大人！"

"没事没事，莫慌莫慌。"林远拍拍身上的尘土，狼狈不堪地爬了回去。

"太急了。修行要摒除杂念，你现在就想在日常活动间吸收道力，很难不出错。"都广天司的声音在他耳边响起。

林远咬牙道："祢若多给点提示，我或许能少失败几次。"

"我已经给了，我让你不要骑着骆驼乱烧香。"

"可我想快些……"

"祭司大人，怎么了？"神树人探头探脑地问。"怎么了"是他们学会的第二句大周话，每天要问素尘百八十遍。林远知道，他们现在问的是"你为何在对空气讲话"。

他面不改色，庄严地伸手一指苍穹："我在问神树之灵。"又一指前方，"神树给出了新方向。"

青年们听懂了"神树"二字，就茫然而又敬畏地闭嘴了。

这也是为何他将这些家伙放在身周当护卫，而将千牛军和素尘忽悠去了队尾。

他们最终接受了与都广天司的交易。当时林远动心之后，原本还想转达给师父，岂料廖云觉只说了一句："我已同意了。"

林远诧异道："何时的事？"

"都广天司在跟你对话的同时，也在与我说话。只是我们谈妥得更快些。"

林远这才后知后觉地意识到，天司对楚瑶光打感情牌，对廖云觉言简意赅，对自己贫嘴了一通——这是用每个人最能接受的方式，将他们三人各个击破了。

全知的可怕之处，他算是稍微见识了。

不过，当全知为他们所用时，一切都变得简易起来。

首先，袖轻而易举地打开了他们的髓海。接下来的日子里，袖便一边为驼队指路，一边助他们找到修行的状态。

林远抱着只小香炉不停尝试，却进展迟缓。什么参天地、同日月、感受造化的脉动，他不仅毫无体会，甚至无法想象。

天司却道："很正常，道力越充沛，感受越鲜明。像神树国那样的地方，数千年未被觉者糟蹋，道力几乎满溢出来，才把凡人都滋养成了高寿。外界的草木可就没那条件了，炼成香丸也不太够。"

"那怎么办？"

"你不是能看见香气吗？好好留意香气的走向吧。"

林远深吸一口气。

气味对他而言虽然有颜色，却一向只是模模糊糊的，像一团雾。此刻想从中分辨出一个清晰的形状，他都不知该用眼睛还是鼻子使劲。

——也可能两者都不是？

他将眼睛瞪酸了，才依稀瞧出一条色彩流动的轨迹，从香炉中升起，又被自己吸入鼻子。

"然后呢？"他问。

"然后用内视。"

"……啊？"

"然后试着把它导向髓海，最后存起来。"

林远沉默了一下："有更细致的提示吗？"

"能说的就这几句了，剩下的全靠你们自己领悟。相信自己，你行的。"

林远始终不行。一旁的楚瑶光也跟着一起练，结果更是一团糨糊。

这般稀里糊涂地试了几日，两人却都莫名发现身体舒泰了不少。楚瑶光的脉象恢复了稳当，林远在神树国受的伤也终于大好了。

"进步很快了，不愧是制香师。"天司点评道。

"制香师怎么了？"

"所谓制香，不就是精炼道力嘛。你们有这种直觉，本就是适宜修行的人，只不过先前汇聚的道力都上供给医巫闾了。"

最不得要领的，竟然是廖云觉。

先前在火灾中，他吸入了浓烟，灼伤了鼻咽，如今虽已经痊愈了，真正的沉疴却是在髓海。嗅不到味道、感应不到箓予香的香料，都是由此而来。

偏偏髓海这个东西，属于先天气脉总汇之处，非药石可治，只能一点一点慢慢恢复。

林远很难不着急。如果照这个速度，莫说五个月，恐怕五十年都杀不了泥师都。

"不用急。"天司笑道，"武力不够，智力来凑，这不是还有我吗？"

廖云觉问："上神有何计划？"

"你们原本那个借力打力的计划就很不错。让医巫闾去打泥师都，你们自己则韬光养晦好好修行，待他们两败俱伤，再来个黄雀在后。"

"但那个计划中，侥幸之处甚多……"

"有我，有我。"

这一日，队伍行至半途，地平线上终于冒出了不一样的风景。

是官道。久违的车马喧阗声遥遥传来，盖过了孤寂的驼铃声。此地已近鹤觇，作为西域交通必经之地，来往的行人络绎不绝，商旅、使节、僧侣，东西方的面孔混杂在一起。

神树人被这一幕吓傻了，远远地凝成了一百余尊雕像。

廖云觉停下了驼队，命众人转到沙丘后面，暂时隐藏起来："我们这样太显眼了。"

百余号神树人，都还是那一身离谱的远古装扮。行李中虽然带了些商人的服饰，却不够这么多人换上。

更何况，这些神树人一亮相，单凭脸都会引人侧目。毕竟寻常胡人在这东西交界之地混居、通婚了几千年，面容轮廓早已没他们那么刀削斧劈了。

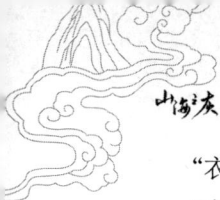

"衣服倒是可以去买。"林远指了指官道，"脸的话……"

"交给我。"楚瑶光挽起了袖子，"想要什么样的脸，都可以有。"

客店

鹤觌其七

鹤觌是出名的佛国，对僧人大开方便之门。

尚未入鹤觌，官道两旁已经商贾云集，买卖着绸缎茶叶、金银珠宝、异国香料与珍奇药材。西域要国的热闹熙攘，比起大周潼丘也毫不逊色。

众人先遣出一个小队，买回了一批新衣，以及楚瑶光要求的材料。

林远见她所需的竟然是面粉、紫草、朱砂等物，不由得诧异道："你要做脂粉？"

"是啊。"

"用脂粉就能易容？"林远嘀咕。

他见过不少面脂口脂的香方，毕竟这些东西，折云宗名下的香行就在出售。而且每月不断推陈出新，用色泽与香味吸引贵人。

可它们能将容貌改换到什么程度？林远一直很怀疑。永宁一度流行惨白脸、樱桃嘴、月牙眉，用他的话说便是："上街只见白花花的一片，五官都很叵测。"

楚瑶光瞥了他一眼，也不争辩，只是道："师兄就看着吧。"

她从行囊中取出几只蚌壳。

硕大的蚌壳流光溢彩，又经巧匠镶嵌，煞是好看。一掀开来，里面居然依序填装了各色粉黛——面脂从象牙白到鹅黄，口脂从桃花笑到石榴裂，眉墨从鸦青到远山翠。有些颜色竟连林远都叫不出名字，只觉得各有各的妙处。

神树人早已看呆了。这几只粉黛蚌壳里，盛满了他们平生未见的繁华与风雅。

楚瑶光就近挑了个神树国青年，在他脸上忙活了片刻："好了。"

那青年揽镜一照，连叫了几声"为什么"。

只见他的脸上，原本凸出的骨骼都被抹上了深色，而凹陷处又被涂上了浅色，用色之精准，使得整副面容饱满平整了不少，跟官道上那些胡人毫无差别了。

众人围上去左看右看，连声惊叹。

楚瑶光满意了："身为折云宗弟子，总得有点专长。是吧，师父？"

廖云觉微笑道："论这门学问，宗门里无人可及瑶光。"

其实，是在阿姊美丽的脸蛋上实践出来的。

楚瑶光笑容里闪过一丝酸涩，转身道："事不宜迟，诸位列队过来吧。"

神树人换上新衣等化装，一个个战战兢兢，手脚都不知往何处放。

素尘抱着猴与他们聊了几句，叹息道："他们没见过此等财富，唯恐自己起了贪欲，再招祸端。"

众人此时方知，这些家伙是这样理解先前那灾祸的：阿布因贪婪而背叛神树，可他们却误信阿布，以致招来地动的惩罚——至于蜜特拉，大约是掌管地动的魔鬼吧。

"神树虽然弃他们而去，但赐下了林施主这最后的祭司。如今林施主带领他们找到了新的食物与水源，他们决意死心塌地护卫林施主，以此赎罪。"

林远听得眉头直跳："大师有没有告诉他们，正是祭司造成了神树国的清贫封闭？"

"告诉了。他们觉得那样挺好。"素尘道。

林远叹了口气。这也算是女王的成功吧。

不过这些家伙确实有些用处。别的不提，现在想扮演一个商队，就得用他们充数。

一个时辰后，神树人全部化身为寻常胡商。

楚瑶光还用新买的材料调配了大量脂粉，分为深浅双色，让每个人随身保存一份，并教他们记住了涂抹的位置。

末了，她道："脸虽然改了，只怕一开口说话就暴露了。"

"这个就由贫僧来教吧。"素尘哑着嗓子，认命地笑道。

一行人跟着素尘去找客店。

沿途的驿站客店多如繁星，然而现在临近佛会，天下信徒云集于此，搞得所有客店人满为患。一连问了几家，竟然都没空房。

最终有一家老板找素尘论了几句经，很快面露尊崇，按鹤觐语的习惯称他为"沙门"，连带着安顿了整支队伍。

鹤觐是出名的佛国，对僧人大开方便之门。而僧人远行时为求安全，又常与商队为伴，因此他们这组合并不惹眼。

众人各自洗尽尘埃，饱餐一顿——李十一吃了两顿。

饭后，千牛军去附近的馆驿传送消息，神树人跟着素尘去上课，李十一悄然探查了起来。

廖云觉始终未曾露面。林远想去敲门问问，却被楚瑶光拦住了。

"让他休息吧。"楚瑶光面色有些凝重，"师兄，前几日我道力有缺时，整个人昏昏沉沉，走路都晃，睡梦中又时常心悸而醒。然后我突然想到，师父伤及的可是髓海。他这一路，究竟是什么感受？"

林远的脸色也变了。

客房内，白烟袅袅。

廖云觉刚洗过的灰发散垂着，人已经伏在了案上。

他原本只想点着香炉练习吐纳，但疲惫如同淤积的泥沼，一俟他稍有放松，便将意识吞噬了。

大约是因为都广天司先前所言，他忽然梦见了母亲。她是先帝庶女，徵阳公主，一向不受宠爱。在昭后得势之后便被草草赐婚，匆匆下嫁。幸得驸马知书达理，倒也过了几年琴瑟和鸣的日子。

梦里的他还年幼，仿佛刚刚入宫见过先帝，却对所见之人记忆模糊。

母亲的马车停在宫外等候着。他上了马车，车轮辘辘，碾过湿润的石街。母亲坐在车厢里，慈和地注视着他。

窗外古木疏列成行，被雨雾一洗，愈发苍郁。那是独属于夏末的清肃，像在空气中渲染无常。

女人浮现出一丝笑意："我们云觉，真是好看啊。"

可看着婆娑绿影与独子的容光交映，女人心有所感，又蓦然落下了泪。

廖云觉并未惊慌。他自幼聪慧，仿佛生来便能洞悉人心。他抬手拭去母亲的泪水，平静安慰道："母亲无须为我担心。世事于我，并无难解之处。"

"正因如此……正因如此啊……"女人怀抱着他悲泣起来。

廖云觉缓缓睁开眼。

云烟满室，他却嗅闻不到一丝香气。唯有梦境中那份空空如也的虚无感，似乎延续进了现实。

原来已经二十余年了。

他就这般一动不动地伏着，直到眼前出现了天司的白袍："廖宗主。"

廖云觉支起身来，恢复了正坐："上神。"

"你的髓海其实已得道力滋养，只是需要潜移默化，积水成渊。"天司的说话风格讲究一个因人而异。

"多谢上神宽慰。"

廖云觉说话则讲究一个点到即止，没再纠结这个话题，直接转向了下一个："我们已至鹤观，不知医巫闾和泥师都如何了？"

"两边都在正常发展。你给医巫闾的密信已经寄往永宁，至于八苦斋，正在议事呢。"

八苦斋。

赵子道："已经过了最后期限，赵十五毫无音信，无疑是死绝了。"

赵丑道："李四和李十一也已销声匿迹，不是死了便是叛变了。"

"叛变也相当于死了。"赵寅轻描淡写地补充道。

"不错。"赵卯把玩着一枚赤色解药，"没有这赤丹，他们活不了。"

客店。

"说来，那赤丹的药方我倒是知道。"天司道，"药材都是他们当地独

有的，林远若在五个月内杀到八苦斋，便能就地取材仿制出来，还来得及给李十一续命呢。"

八苦斋。

赵子重重一拍桌子："你们是不是搞错了重点？没了李四，我们连第一味筮予香的香料都弄不到！"

"第一味倒是到手了。"醇酒一般甜蜜的嗓音响起，仿佛只是远方的低语，却穿透了赵部圆塔的墙壁，径直钻入四人耳中。

四人都被那声音震得一阵气血翻涌，互望一眼，齐齐迎出了圆塔。

一匹翼马降落在慈悲山上，绝美的人影踏着铃铛声，朝他们款款而来。

蜜特拉微笑着亮出一枚乳香种子："为了这小东西，我可是制造了一场地动呢。只是想要种出来，还需再费些力气。你们转交给啼氏吧。"

赵子肥胖的身躯滑稽地弯了下去，深深一礼，接过了种子："多谢蜜特拉觉者。只是……制造地动，不会伤及赤子吗？"

"没留意。"蜜特拉无辜地眨眨眼，"既然是都广天司的建议，应该不会吧。"

"都广天司？祢将我们的合作透露给祂？"赵丑的瘦脸拉长了。

蜜特拉笑了起来，笑得贯穿舌头的银链簌簌抖动："我不说，祂就不知道吗？"

客店。
"蜜特拉与泥师都合作了？"廖云觉问。

"不错。祂当时还想拉我入伙，我却引祂制造了地动——经我演算，只有那样才能让你们活下来，并取得乳香。"

廖云觉突然记起从悟色爪中看见乳香的一瞬。

当时他们只是隐隐觉得，这一切荒谬的巧合背后，有一个环环相扣的机关。却没想到这机关的名字，就叫都广天司。

"第一觉者之名，实在应当归于上神。"

八苦斋。

"可接下来的香料怎么办？"赵寅慢吞吞地问。

赵卯尖声道："事已至此，只能去抓赤子了。我从一开始便说该抓赤子，你却不听！"

赵丑冷不防冒出一句："无论李四是叛是死，廖云觉恐怕都不会毫无觉察。"

余人悚然一惊。

赵丑却嫌这一句还不够，又补充道："廖云觉若知晓了我们的存在，难保医巫闾不知晓。"

蜜特拉旁听至此处，饶有兴致地道："哦？那医巫闾会怎么做呢？"

一片死寂。

"问祢呢。"蜜特拉笑道。

赵部四人诧异地抬起头，只见祂正对着虚空讲话："出来呀。"

空气安静了几秒，然后，一道白影缓缓浮现出来。

"蜜特拉。"都广天司淡然中似乎透着一丝无奈。

客店。

"烧香，快烧香。"都广天司猛然催促。

廖云觉："……"

廖云觉往香炉里添了枚香丸。

佛国

鹤观其八

祂是契约之主，这铃声一响，便签订了一个生死契；再一响，立誓者便会被审判。

八苦斋。

都广天司道："医巫闾的动向，我不能说。"

面对着蜜特拉，祂又成了那副遗世独立的出尘姿态。

"为何？"蜜特拉问。

"因为我对祢立过誓，不会参与祢们之间的争斗。"

"……"

蜜特拉微微歪过脑袋，十分苦恼似的望着祂。

这可怜虫无形无质，又无法增长道力，都不需要别人去杀，自己便随时可能堕落——偏偏祂却知晓一切。

如果放任不管，多少是个心病。可若要对祂用武，就像用拳头殴打空气，还挺难。况且觉者们谁也不愿先动手，只怕这厮来一招鱼死网破，将自己的秘密全抖给死对头。

幸而天司对这种微妙的平衡心知肚明，一向避世隐居，躲得远远的。即便露面，也从不参与祂们的争斗，只是袖手旁观。

这一次，蜜特拉笼络不成，还特地逼迫祂立了个誓，以防万一。

没想到这厮打蛇随棍上，竟拿着那誓言来做挡箭牌了。

蜜特拉很快勾起唇："若我没记错，那誓言还有后半句：祢对筮予香更无染指之意。"

"的确如此。"

蜜特拉抬起手，纤指间垂下一只小小的铃铛。

赵部四人猛地飞身退开。没等他们退出太远，摇撼神魂的铃声已经响了起来，瞬息之间，金色的岩浆如狂潮般涌起。

蜜特拉冷眼注视着这一幕。祂是契约之主，这铃声一响，便签订了一个生死契；再一响，立誓者便会被审判。

生死契是绝对的，即便毁约的是觉者，也得遭受岩浆吞没。都广天司虽无形体，却也还有东西可供焚烧——比如神魂。

然而，当岩浆退去时，那一袭白袍依旧丝毫无损。

安然无恙，说明祂并未破誓。蜜特拉的美目中透出一丝沉思。

"还有何事？"天司倒是不喜不怒。

蜜特拉展颜一笑，含情脉脉地抚上了祂的纯白面具："没事就不能找祢吗？"

"祢说笑了。"天司话音渐弱，竟是直接消失了。

蜜特拉手心一空，皱了一下鼻子："真没情趣。"

赵部几人这才心有余悸地慢慢归位。

赵丑沉吟道："其实我们已经可知，医巫间开始行动了。"

"啊？天司没说吧？"赵子质疑。

赵丑用看蠢货的目光瞥了他一眼："祂说得够多了。祂说自己不参与争斗，所以不能透露医巫间的动向。听懂了吗？"

余人皆是一震："医巫间的动向与争斗有关……"

"已经发兵了？"

"祂要战，那便战！"赵卯突然跳上桌子，语声激昂，"筹谋多年，不就是为了今朝？"

蜜特拉笑吟吟地道："好啊，放手一搏吧。毕竟我们这边的动作，天司也不能泄露给医巫间。"

客店。

"哎呀，要打起来了。"天司悠然道。

廖云觉问："那我们接下来……"

"放心，那边有我看着。你们就继续扮演医巫间的乖乖棋子，进鹤观国。哦，顺带把鹤观的阿耨多罗觉者灭了。"

"——顺带灭了。"廖云觉面无表情地重复道。

"阿耨多罗就是那种抢不过其他觉者，便想将对手全部耗死的家伙。祂若发现你是赤子，定会痛下杀手，然后再耗上三百年。所以不必犹豫，拿祂练手吧。若连祂都对付不了，也别指望以后了。"

廖云觉沉默。

天司的音色逐渐缥缈："眼下你只需专心恢复髓海，早些找到第二味香料，其他事等我指示。"

廖云觉抬起眼："关于这第二味香料，上神可否赐教？三百年前秦怜君采香时，上神应该知晓其所在了吧。"

"不，这件事只能靠你自己。篯予香凌驾于我的全知之上，关于它的信息，我即便当时领会了，也早已回归混沌。"

天司的语速越来越快，白袍也逐渐变得透明，最后空气中只留下一句："道力透支了，告辞，时机到时，我会再出现。"

廖云觉沉思了一会儿。

他还是无法想象以他们目前的实力，如何消灭一个觉者。但都广天司敢提这种要求，总该是已有计较……

他心中转着这些念头，不知不觉又睡了过去。这一觉醒来时万籁俱寂，却是已到了深夜。

胃里隐隐作痛，廖云觉这才想起自己一整日都未进食。

他披上氅衣，举着灯烛出了房门，想着客店庖厨里或许还剩了些吃食。剩什么都可以，他一向不重口腹之欲，失去嗅觉之后，更是吃什么都味同嚼蜡。但身体需要给养，眼下不能病倒。

房门一开，外头竟然坐着个人，脑袋一点一点，正在打瞌睡。

廖云觉脚步一顿。对方已经迷迷糊糊地抬起头来："师父，醒了？"

"……小远。"

林远站起身来，笑道："我猜你会饿，你看——"他从怀中摸出一个用油纸包着的巨大胡饼，"这叫古楼子，里面夹了羊肉馅，还撒了胡椒和豆豉。李十一今天当零嘴就吃了三个……哦，这不能算证据。但我也觉得味道不错。"

他将还温热的胡饼塞到廖云觉手中："师父尝尝吧。"

廖云觉低头咬了一口。不知为何，竟觉得入口热闹得很，有咸有辣，还有喧腾的人间烟火气。

"好吃。"廖云觉肯定道。

"是吧。"林远骄傲得仿佛这是他自己做的。

"但你也太胡来了，这样坐着，不怕得风寒？"

"我这就回房了。"

林远走出几步，又转了回来："哦，对了，还有个东西。"

他像在变戏法，又从袖中摸出一只银香囊："师父腰间空荡荡的，我实在有些不习惯。进了鹤觐不知会发生何事，佩上这香囊，我就能凭气味找到你。"

"好。里面是什么香？"

"是我今日刚制成的，至于味道……"林远一笑，"我说不好，等师父髓海恢复后就知道了。"

翌日。

一行人离开客店，继续沿着官道行去。远方山脉连绵不断，白雪覆顶，山脚绿野披霜。原来已是初冬时节。

无数商队与他们并行，每个队伍中又都随行着僧侣。西域佛国间，本就是商人供僧、僧人护商，而今佛会在即，更是成群结伙地赶来。

素尘笑眯眯地看着这一幕，道："佛法从婆罗门国发源后，最初就是由鹤觇传入中原的。如今佛教在婆罗门式微，在鹤觇反倒成了国教。所以阿耨多罗觉者……才会在此开坛讲经。"

提到觉者，他的声音忽然小了下去。

林远心念一动，目光转向素尘。这僧人一路温煦慈和，一举一动都像是最标准的高僧。唯一让他失态过的，只有宿河大厅里的那团刻痕。

林远凑到他身边，低声道："大师啊，宿河大厅的墙上有几行刻字，大师当日以字义不明为由，不肯告知我内容，现在可查明了？"

素尘："……"

素尘讷讷道："尚未，尚未。"

"是说长明之战实为觉者之战，凶兽九婴其实是一名觉者所变吧？"林远直接点破。

"林施主怎会知……"素尘失口问了半句，又慌忙闭上嘴。

林远咧嘴一笑："我另有门路。大师此刻心情如何？"

素尘默默垂下眼帘。

心情如何？

当初在永宁，千牛军秘密挑选随行僧侣时，素尘历经了层层筛查，最终凭着博学与象寄之才入选。他这般争取，无非是想借此机缘来一趟鹤觇。

长明之战后，觉者数百年不曾现世。结果鹤觇竟有幸请得阿耨多罗觉者现身说法，这是何等殊胜？祂可是号称佛陀应身，悉知真理啊！只要能得其点化，途中的艰险都不值一提。

他却唯独没料到，途中会出现那样的石刻——亲眼看见了长明之战的宿河人，竟说十觉者不是在除魔，而是在内讧。仅仅是内讧，就毁掉了他们的家乡。

那么，难道连阿耨多罗觉者也……

素尘的眼神空洞了一瞬。悟色似乎感觉到了他的心绪波动，从他衣襟里探出了小脑袋。

素尘摸了摸猴："其实，那也只是一家之言。阿耨多罗觉者大悲大智，亦有诸多记载为证。"

林远拍了拍他，难得没有反唇相讥，因为他看上去更像是在自己说服自己。

半日之后，他们真正进入了鹤觑。

鹤觑城之大，比起永宁也不遑多让。城有三重门，第一重之内便已是千家万户，间有伽蓝塔庙无数。鹤觑人长相奇特，后脑扁平，似是幼儿时期刻意挤压成的形状。而且无论男女，十有一二都是出家人装扮。

城中梵音阵阵，与市肆喧闹声齐飞。

一名千牛军走过来悄声问道："廖宗主，现在可以言明第二味香料是什么了吧？我们也好分头去寻。"

廖云觉道："第二味是鹤觑之沉香。"

"沉香？"林远与楚瑶光都是一愣。

沉香怎会在鹤觑呢？沉香树喜湿喜热，在这片土地根本无法存活。

楚瑶光联想到宿河的乳香林，提出了一个猜想："香在，树却不在？"

原本的母树既然没被廖云觉感应到，很可能已经在沧海桑田间枯萎了。但沉香是树木受创后分泌的特殊树脂，质地坚硬，不腐不朽，足以保存数百甚至上千年。

鹤觑是交通要冲，天下香料都有可能在此中转，或许曾有商队带来一份变异的沉香。

"有香无树，那可就更难找了。"林远皱眉环顾着四下的市肆，"一家一家去查访？"

"寺庙也会用香的，也得看看。"楚瑶光提醒。

廖云觉摇头："不必。筮予香的香料所在之处，必生异象。"

那千牛军挠了挠头："那我们去打听城内有何怪谈？"

"还有另一种方法。沉香如此名贵，无论是落在商贩、僧侣，还是落在王室手中……"廖云觉抬手指了指第三重城门的方向，"眼下都是个绝佳的进献之机。"

"啊，佛会！阿耨多罗觉者的供养！"

林远先是一喜，紧接着又一惊："如果一个觉者汲取了一味筮予香的香料，会发生什么？"

廖云觉望着他："我们别让此事发生。"

安桃

鹤觇其九

一个惊心动魄的美少年。

越是接近第二重城门，越是寸步难行。

人太多了，连车带马堵了足足三条街，连肺里的空气都要被挤出去。

林远叉腰看了几秒，冲着神树人一声令下："开道！"

魁梧青年们毅然决然一头扎进人堆里，以肉身为他们闯开了一条通道。一行人终于得以走到城门前，也看清了拥堵的源头。

原来是一群鹤觇守卫拦了路，正在高声宣布："佛会圣地，递上供养名册，方可入内！"

每个守卫面前都围满了苦苦哀求的信徒。但他们不为所动，喊完大周语，又换成鹤觇语、七曜语，如此循环。

这当口，另一支商队递上了一本厚重如砖的名册。守卫翻开一阅，立即挥手分开人群，将他们让进城门。一时间，上百辆马车从林远眼前驶过，每一辆都在地上留下两道深深的车辙。林远一嗅，便知车里尽是上品香料。

折云宗倒也备了供养，但这一路上又是丢失又是自用，最后名册便略显单薄。

廖云觉试着递去名册，那守卫一看厚度，立即道："只准领头者进，

余人在外等候。"

"那怎么行?"众人哗然。不带战力还怎么玩?

林远凑上去道:"别啊,香这东西也不能光看数目,我们带的可都是……重金购入的上品啊!"

都广天司说过,阿耨多罗对赤子有杀心,而赤子又往往有识香天分。因此他们绝不能暴露制香师的身份,只能扮作商贾。

折云宗的香品,用料与制法自然是顶级中的顶级。可惜那守卫不懂此中门道,冷漠道:"谁带的不是上品?场地有限,带多少供养进多少人。"

林远忍不住凉凉一笑,转头道:"这阿耨多罗突然冒出来,想是道力不足了,要赚个够本吧。"

"林施主慎言。"素尘忙道。

千牛军问:"现在怎么办?"

"绕路,翻墙。"提议的是李十一。

"不行,我们人太多了,有点高调。"林远眨眨眼,"师父,我倒是有个想法。"

他带着众人原路退到了人群之外,手持名册左顾右盼,似在找寻什么。

未几,果然有一个扁脑袋的鹤觇人走上前来,用大周语鬼鬼祟祟地搭讪道:"诸位想进佛会吗?我这里有门路。"鹤觇虽是西域王国,但数十年前已被大周收为辖地,当地人多少都会讲中原话。

"多少钱?"林远直截了当。

对方开了个价,林远立即嗤笑道:"老兄真敢要啊。"

"不是我贪心,大头都得拿去打点里面的人。"鹤觇人对着城门挤眉弄眼。

"我去市肆上一家一家地凑齐香料,都不需这么多钱。"

那人还想争取:"市肆卖香都是真假参半,你们一定会上当受骗……"

林远笑着摆摆手,把他打发了。

很快又来了一批胡商，七嘴八舌地问他们要不要门路。林远见他们全是窄袖翻襟的七曜装束，挑眉问："你们七曜人在鹤觇也有门路呢？"

七曜不能算国家，只能算个地方。它在鹤觇以西，古来易攻难守，周围任何一个大国都能征服它。这般征服来征服去，最终七曜人已经无所谓了，整整齐齐地弃政从商，四处找路子赚钱去了。先前素尘买下悟色时，便被七曜人宰了一通。

"有的有的，在此经营很多年了。"这群人笑嘻嘻地道。

素尘好奇插言："如此说来，诸位已改信佛了？"七曜人多信祆教，拜日月天火，供奉诸祆神——比如蜜特拉。

"不能这样说，我们是祆教景教摩尼教，教教都信。"

"佛门道门婆罗门，门门有我。"接话的七曜人显然大周语不错。

"日神月神风雨神，逢神必拜！"一群人朗声大笑。

"现在我们就拜佛，拜阿耨多罗觉者。你也拜阿耨多罗觉者，我们就是好朋友，价格好说。"

素尘："……"

林远自然不会被这种话术动摇，仍是一一问价，末了却谁都没选。

这些人见他竟十分老练，心知没什么赚头，也就慢慢散了。

最后一人报了个前所未有的低价，还放话只收一半聘金，等自己先进城门去打过招呼，事成再结余款。但林远将他从头打量到脚，果断摇了摇头。

那人还真是个骗子，见未得逞，翻了个白眼便要走。

旁边却走来一个步履蹒跚的老妇人，似是被低价吸引了，拉着他想搭话。那骗子见老妇穿着寒酸，更是不耐烦："让开！"抬手将她一把推开，扬长而去。

老妇脚下一绊，险些摔倒，林远想去拉已来不及。便在此时，一双手从身后扶住了她："小心。"

林远抬头一看，扶人的是个胡人少年。

一个惊心动魄的美少年。

他深色皮肤，身材高挑，鬈发浓密，一边耳上缀着数枚金饰。他抬起浓艳的眉眼，双瞳竟然折出细碎的浅金色，犹如妖魅之火。

所有人都默默注意着这个美少年，直到他对着他们笑了笑："各位贵人，需要进佛会吗？"

"……你也是干这个的?!"

片刻后，少年收了聘金，众人进了城门。

神树人运货先行，余人正要跟上，方才那蹒跚的老妇人又找了过来，嗫嚅着问少年："我这些钱，能进去吗？"

她似是生怕被拒绝，不等回答便急忙打开了随身的布囊。林远一看，里面满满当当全是铜币。有陈旧的，有崭新的，也不知攒了多少年。

"老施主这是拿出了全部家当吗？"素尘问，"那此后如何生活？"

老妇人道："我家只剩我一人了，我也没几年可活啦，只想为夭折的儿女祈福……"

素尘念了声佛，即刻又犯了捡人瘾："林施主，能不能——"

"怪了，"林远惊讶地打断了他，"这位本来不就是我们队伍里的吗？"

素尘："？"

楚瑶光道："对呀，这不是给我们做饭的王……王阿婆嘛。"

素尘终于心领神会："……是啊，王阿婆，你犯糊涂了吧，怎么又给一遍钱？"

老妇人："？"

少年看了一眼老妇人那明显的扁脑袋，笑了一下，只道："既是自己人，那便一起进去吧。"

第二重城门里，室屋愈发华丽，而居民数量锐减。

人是少了，可半个西域的香料似乎都已集结于此。如林远这般嗅觉灵敏者，刚呼吸片刻便开始头疼了。

"师父，你现在能感应到沉香吗？"他低声问。

廖云觉摇了摇头。

那少年结了余款，又将客店食肆一一指给了他们，末了道："佛会期间，贵客都住在第二重城门内，每日清晨进入第三重城门，听阿耨多罗觉者讲法，深夜方归。"

从这里已经能看见第三重城门，以及门内那两尊巍峨的贴金佛像。

佛像高逾百尺，巨大的佛头已经完全露出了城墙，高鼻深目，风格迥异于中原造像。

"那两尊佛像之间正在筑高台。几日后，阿耨多罗觉者就会坐在高台上，香气袅袅，天花乱坠；底下琉璃铺地，歌舞升平。"少年说话慢条斯理，连笑容都带着莫名的诱惑力。

他的下一句话是："诸位需要佛会的好位置吗？"

"……这个暂时不需要了。"林远道，"不过需要点别的。"

"请讲。"

"我们这一路呢，在收集一些诡谲怪诞的异闻。你既然在此地有门路，可曾听说过什么咄咄怪事？"

少年面露一丝困惑："怎样算是怪事？"

"妖鬼作乱啊，奇灾异祸啊，有去无回的地方啊……"

"好像没有听说过。不过，我可以去打探一番。"

林远笑道："好，咱就图一个猎奇，赏金少不了你的。"

沉香若到了佛会现场，他便能嗅到。沉香若在别处，也只能如此迂回打探了。

分别的时候，林远问："足下贵姓？"

"我叫安桃。"

安是七曜人的大姓。林远道："桃这名字，倒挺有意思的。"

"桃之夭夭，灼灼其华。"楚瑶光脱口而出，又猛地反应过来，整个人都臊红了。她对美颜有些执念，而这胡人的美色实在惑人。

安桃轻笑一声，按照中原礼法朝她行了个揖礼，优雅地离开了。

等他走远了，素尘极其尴尬地小声道："桃在七曜语中是有钱的意思。"

楚瑶光："……"

陆让鬼鬼祟祟地钻入了神祠里。

这正是他们当初离开大周、赶往宿河时，驻足过的那座神祠。已是深夜，整座神祠空无一人，灯火也全灭了。神龛上依旧挂着他们拜过的那些觉者画像，微弱月光里，显出几分阴森。

陆让是独自溜过来的。

先前那两名千牛军带着他回到潼丘，往永宁寄出密信后，便开始调集边军兵马。这些周军仍旧伪装成商队，赶往鹤觋去保护廖云觉。

陆让原本设想得很好，就说香料生意出了岔子，留在折云宗香行里不走了。却未料到周军板着脸道："我等早已得了铁令：采香任务乃是绝密，任何人一旦加入，只能死，不能逃。"

陆让还就不信了。他又想到了一个绝妙的脱身时机，便耐心地等到了出关第一夜，趁着将士们对自己放松警惕，借口解手逃了出来。

陆让并未跑出太远。他已经物色了一个完美的藏身之所，就在这神祠内。

黑暗中，他摸索着往神祠深处走去，随便挑了一座神龛，笨拙地爬了上去。先前来时他已经发现了，这些画像背后的空间，足以藏下一个人。

很快，陆让侧坐在了画像后头，尽力将身躯蜷缩到最小。

他最多只需要在此藏一天。那些周军以任务为重，不可能找他太久，总会离开的。

再之后呢？再之后……他大约不能回折云宗，甚至不能回大周了。

但那也好过留在那支必死的队伍里。以后就隐姓埋名，逍遥天地间吧……

陆家人若是知道了，会如何暴跳如雷、以自己为耻呢？幸好，此生不复相见了。

陆让有些消沉地将头埋进膝间。

——下一秒，他听见了脚步声。

一群人走进了神祠。陆让本以为是周军追来了，却听见他们说着自己听不懂的语言。

七曜语？鹤觋语？不对，音节似乎比那些都粗粝，带着一股野气……

几盏灯亮了起来。那群人借着灯火，竟一路走到了这座神龛前。

陆让捂着嘴，大气都不敢出。忽然，他听到了一个关键词："……

啼氏……"

北边来的附离人？夜半来拜他们的狼神泥师都？

紧接着，他又听见了另外两个词："……李十一……赵十五……"

赵寅拜过泥师都的画像后，在神龛底下伸手一摸，低声道："找到李十一留的记号了，说的是宿河。这应该是去宿河前留下的。但赵十五最后传来的信，是说他们扮作了去鹤观的商队。"

追兵

鹤观其十

须臾之间，神祠尸骨如山。

八苦斋赵部的人纷纷议论起来：

"那我们往何处追？"

"去鹤观应该只是他们的幌子，赵十五那消息都是多久以前的了。"

"但宿河地动过了，乳香也没了，他们没理由留在那里。"

赵寅沉吟道："鹤观……那小国现在是周国的辖地了。"

"原本是我们附离的。"赵卯用尖细的声音冷冷道。

赵部都不吭声了，默默听着一高一矮两位首领商议。抓捕赤子一事非同小可，这一趟是这两位共同带队的。

陆让的心脏都快从喉口蹦出来了。

他虽听不懂他们的大部分话语，但只凭那几个名字便已经确定，画像之外站着的就是八苦斋，是那群曾经让折云宗血流成河的人！

恰在这时，赵寅低声道："安静。"

赵卯闭上了嘴，整个神祠随之一静。陆让拼命屏住呼吸，只怕凌乱的心跳暴露自己所在。

赵寅侧耳听了听，又悄声下令："散。"

所有人无声无息地熄灭灯火，散开了。有些飞身上梁，有些猫进了黑暗的角落。

此时陆让才听见，门外隐约有人声传来："头儿，都看过了，那边没有。"

"搜一下这神祠吧。"

一小队周军找来了。

他们对潜伏的赵部一无所觉，一边自顾自地找灯点上，一边还在交谈："人说不定跑远了，今夜找不到，明日还继续搜吗？"

"我猜最多留几个人抓陆让，大队天亮就开拔。毕竟还是去鹤觋要紧。"

完了。他们再说下去，就要将秘密全泄露给八苦斋了。

陆让捂着嘴蜷在原地。这些周军在他眼中就是无数个薛淳英，本无什么好印象。但他们终归是大周的人，领的是保护折云宗的任务。

快发现敌人啊！再晚就来不及了！

陆让在心底呐喊着，突然闪过一个念头：这种时候，只有自己出声示警，才能挽回局势。

一瞬间，千百个念头在他脑中翻腾——圣贤书中的忠信礼义、长老的夸奖、同门的赞叹、师父那句让他颜面扫地的"保命为先"……

周军还在继续说着："到了鹤觋，这陆让的事，必须找廖云觉要个说法。他们折云宗出来的人……"

"头儿，"忽有一人提高了声音，"这盏灯还有余温，是刚灭的。"

"搜！"

一队人各奔角落。

"小心……"陆让大张着嘴，喊声却像被一只隐形的手掐断在了喉口。

神龛里一片寂静。

外头却已风声骤起。

赵部的人犹如鬼影般从昏暗中窜出，周军猝不及防，登时阵脚大乱。迎面而来的杀招又快又狠，有的人甚至还未看清敌人的面目，便已断了气。

周军也算是训练有素，未失军纪，很快列阵迎敌。刀剑交错间，铿锵之声密集如雨。还有人趁乱冲向神祠门口，想去召唤援手。

他的一只脚已经迈出了大门，后脚却被齐齐整整地削断了。

那周军栽倒在地，目眦欲裂地回头一看，攻击自己的不是一个人，而是一颗脑袋——一颗咬着剑翻滚的脑袋。

陆让汗出如浆，颤抖着凑到画像边缘，从缝隙里朝外望去。

他终于看见了敌人的真面目。其中一个高到离谱的身影没有参战，却立在战局正中，两只长手凭空舞动，仿佛在操纵千千万万条看不见的丝线。随着那动作，所有敌人无论是死是活、是零是整，全都在疯狂地进攻。

须臾之间，神祠尸骨如山。

最后一名周军被一脚踹飞，身体在空中划过一道弧线，重重落在了泥师都的神龛前。赵寅放下双臂，亲自走过来，踩住了他的胸膛。

"听起来，廖云觉果然在鹤观啊。"赵寅用大周语道。

地上这人正是这队周军的小头目，狠狠瞪着赵寅的脸："你们是……附离的余孽？"他啐出一口血沫，"一群亡国奴，还敢觊觎我大周的东西？"

惨叫声与胸骨碎裂声同时响起。赵寅踩断了他的骨头，又提起他的衣襟："周军出动了多少兵马？除了鹤观，还朝何处派兵了？"

"喀……你当我会说吗……"

"哦，看来不止你们一路。不过告诉你也无妨，论兵力，周军这一次必败无疑。趁早归降于附离，说不定还能保住一命。"

"喀喀喀……"

刹那间，神龛上的陆让如同被闪电劈中。因为小头目咯血之际，目光忽然与自己撞上了。

他看见了这个逃兵。

他看见了这个一言未发的苟活之人。

小头目似乎停顿了一瞬，旋即迅速移开视线，边咳边笑道："天佑大周，天佑大周啊！你们死期将至了，亡国奴……！"

房梁上突然落下了一个侏儒。

赵卯像杂耍般凌空翻滚了一圈，双脚不偏不倚地落在了小头目的脑袋上。这一回碎裂的是头骨。

赵卯却还嫌不够，矮小的身躯在尸体上又跳又踩，似要将他踩成一张肉饼。

赵寅叹了口气。

赵卯已经杀红了眼："谁是亡国奴，这些周人很快就会知道！曾经的屈辱，要让他们每一个人偿还！"

"好！"赵部众人哈哈大笑，如同此起彼伏的狼嗥。

"行了，这回也没法逼供了。"赵寅平静道，"走吧，去鹤觇抓人。"

赵卯冷笑一声，原地起跳，直接坐上了赵寅的肩膀。

赵寅扛着他朝外走，整个赵部一边跟着撤出，一边熟练地泼油点火。

熊熊火光腾起，吞噬着神祠和尸体。

火势即将蔓延到神龛时，陆让终于连滚带爬地摔了出来。

光与雾狂乱地交织，画像上的觉者静静垂视着自己的末日。陆让在恐惧中什么都感觉不到，只顾从火海中狼狈穿梭，一头撞出门口的火墙，落到地上翻滚了几圈，灭了身上的火星。

发丝焦糊，呼吸间全是燃烧的味道。多处皮肤都灼伤了，他却死死咬着牙不敢喊痛，因为八苦斋的人还未走远。他挣扎着爬出一段路，躲进阴影中，终于虚脱瘫倒了下去。

不知过了多久，三魂七魄缓缓归位，他的意识才清晰起来。

就在方才，那群怪物已经去追廖云觉了。而大周的援军却还在此地搜寻自己。

更让人心惊胆战的，是赵寅话语中暗含的意思。如果他所言为真，那灭国了数十年的附离已经死灰复燃了，甚至是奔着血洗大周来的。觉者之争，转眼就会变成两国之战！

可唯一听见了真相的小头目，已经随着神祠化为灰烬。

——啊，不对，好像还有一个活口。

陆让艰难支起身，视线落在自己那颤抖得几乎失去控制的双腿上。

他伸手去按，却发现手掌竟抖得更凶。

耳边不断回荡着那小头目临死前的叫喊。为何要移开视线？为何喊"天佑大周"？

慢着，那厮该不会以为只要保住他一命，他就会回去向周军传递消息吧？！

"哈。"陆让嘶哑地笑了半声。人到临死时果然神志错乱，竟将一个逃兵当成了救命稻草。

他爬了起来。完美的藏身点已经不复存在，火光还会引来其他周军，此地不宜久留。

快走吧，只要一走了之，就能将这一切甩在身后。只要走得足够远，这万里河山燃起战火时，也波及不到他的一片衣角。

忠信礼义？那是什么？能审判他的人很快都会死，就连神都未必长存。罢了吧，人生区区数十载……人生区区数十载……

"人生很短，随自己的心意而活便是了。"一道讨厌的声音刺穿了记忆。

陆让忍无可忍地停住脚步。

疯子。你这疯子高高兴兴去杀觉者了，却让我随心意而活，是把我当成什么东西？

好啊，那就随我心意吧！

他就近找了面墙，狠狠心咬破手指，龇牙咧嘴地写起了血字。

我的心意就这么一点点，从此仁至义尽，两不相欠，永别了！

半个时辰后。

"八——苦——已——出，附——离——将——至。"周军首领对着那面墙慢慢读道。

他转过身来："什么意思？叛逃之前放个狠话吗？"

"我觉得不像。"另一名周军道，"因为若非这血书，我们也不会注意此处；我们若不注意此处，就发现不了附近的脚印，也就不会循着脚印一路追进沙漠，最终将他拿回。他如果只是为了放个狠话，未免得不偿失。"

所有周军一齐默默看向墙根。

陆让正被绑在那处，悲愤欲绝。

周军首领道："说话啊。"

"……不是狠话，是示警。"陆让颓然开口，讲述起了今夜神祠发生之事。

刚说到一半，所有周军就开始迅速整装。那首领一边翻身上马，一边断然下令，派人回城通报敌情；余人则随自己连夜西行，去追八苦斋。

一人问："这陆让如何处置？"

首领看了他一眼："带上，只有他知道那些人的形貌。"

陆让被五花大绑着提到了马上。一名周军坐到他身后，冷笑道："算你走运，还知道留书示警，否则早就被斩立决了。"

陆让嘴里翻滚着许多话，最终沉默地闭上了眼睛。

佛会

鹤觋其十一

某种不可言说的正觉妙慧开始显现，度他们穿过苦海。

鹤觋。

这日卯时，梵钟声起，第三重城门开。一群鹤觋僧人鱼贯而出，为整个西域最尊贵的香客们引路。

佛会开始了。

折云宗混在嗡嗡交谈的人群中，林远半闭着眼，快要被繁杂的香料的味道熏晕了。先前被他们带进来的那老妇人也跟在一旁，手足无措地理着粗布衣服。

一迈过城门，入目便是王宫。宫殿壮丽，焕若神居。殿前是琉璃铺就的坛庭，那两尊巍峨佛像就矗立在坛庭两侧。

但今日最引人瞩目的已经不是佛像了——坛庭中央，一池碧水间筑起了一座莲花宝台，高逾百尺，圆顶华盖，悬垂着七宝璎珞与镏金香球。

如安桃所说，这便是阿耨多罗觉者讲法之处了。

随着香客入场，那梵钟声竟未停止，一撞叠着一撞，其间又织入了高高低低的鼓声。铮然一声琵琶弦动，是乐工奏起了佛曲。

这里的佛曲不似中原雅乐，旋律极尽宛转繁丽，似飞花散入云天。

林远从前不懂"乐"为何也能作为供养，此时身体却比脑子先一步悟了。胸口忽而松快，连周遭的香气都甘美起来，无数道色彩的洪流涌向体内。

他又猛吸一口气，心想着多待几日，没准能把供出去的道力赚回来。

在他身旁，素尘喜悦道："善哉善哉，鹤观王室真是虔心礼佛……"

"这位沙门，请往这边走。"引路僧人忽然拦住了素尘。坛庭中为客人备好了一排排罗绮坐垫，僧人正将他们引向后排。

素尘愕然。此处与那莲台隔了十万八千里，前方是一片人头的汪洋。

素尘还想问几句，林远一把拉住了他："前面都是额外交过钱的。"

"啊。"

林远笑了一声："多好，我若是鹤观王室，我也年年礼佛。"

"林施主……"

林远却莫名地心情不错："也没什么，总得让小国有点进项嘛。"

待众人就座，一道身披袈裟的身影从王宫中踱了出来，似乎又是迎客僧。

鹤观王室紧跟在后面亮了相。苍老的国王径直跪伏下去，恭恭敬敬道："请上神踏弟子之身登上法座。"

人们用目光搜寻了一下，忽地一阵哗然："那僧人是——"

最前方那人看上去毫无特殊之处，中年面孔，双目明澈，唇角微带笑意。从装扮到身形，都平凡得让人几乎不敢确认身份。

直到他们将目光下移，才发现那双僧履过处，一朵朵莲花盛开又覆灭，犹如祥云卷散。

众人纳头便拜。

林远瞥了廖云觉一眼，也跟着他一道俯身。

阿耨多罗觉者朗声一笑,身躯跃起,足尖在国王背上象征性地一点,开出一朵素白莲花。而后飘飘然飞升百尺,披着晨光落在了莲台座上。

"诸贤请坐。"声音在半空响起,又直抵每个人耳畔。与都广天司一样,祂说的话语传入各人脑中,都会被瞬间理解。

众人仰头望去,只见祂结跏趺坐,安然俯眉。伴着梵音阵阵,和缓的声音犹如春风拂过:"诸恶莫做,诸善奉行,自净其意,是诸佛教。"

华盖下数十只金球焚香生云,缥缈的香烟直上九霄。

"世有苦谛。所谓苦谛者,生苦、老苦、病苦、死苦、忧悲恼苦、怨憎会苦、恩爱别离苦、所欲不得苦……"

听着听着,林远脑中闪过一个疑惑:祂就这样一直说吗?堂堂觉者,不打算示现一点佛法神通吗?

但这个阿耨多罗有何神通,他却忘了问都广天司。想来不会太厉害,否则也不必在此处偏安一隅了。

空中的声音转为悲怜:"缘痴有行,缘行有识,缘识有名色,缘名色有六入,缘六入有触,缘触有受,缘受有爱,缘爱有取,缘取有有,缘有有生,缘生有老、病、死、忧、悲、苦恼……"

不过,鹤觐是小国,佛教却不是小教啊。佛法自古不断远播,而今完全渗透了大周,信众之广,已能与道教分庭抗礼。

对觉者而言,只要有信众……

呜咽声打破了台下的寂静。那老妇人紧紧攥着衣襟,身体支持不住地前后摇摆。

林远一看周围,楚瑶光埋下了头,李十一目光空洞。坛庭里人人面现哀戚,甚至心酸垂泪。

很快,他自己眼前似乎也浮现出了折云宗的大火、八苦斋的黑门。

啊,的确很苦,简直是苦海无边。

空中的声音越来越洪亮:"人痴故有生死!何等为痴?见佛不问,见经不读,见沙门不承事,不信道德,见父母不敬,不念世间苦……"

浑厚的鼓点由缓转急,如雷霆滚落。

时间仿佛在飞逝,又仿佛凝而不动。众人神思模糊,恍然间忘却了躯体的存在。孤魂野鬼们背负着业力彷徨冲撞，只求一条解脱之道。

台下响起一片哀哀长号。

不知过了多久，云销雨霁："诸贤当修无常想、修无我想、修不净想、修邪念危险想、修舍离想、修心清净想、修涅槃想……"

空气回温了。

某种不可言说的正觉妙慧开始显现，度他们穿过苦海。前方歌舞升平，乃是极乐世界。业力的枷锁化为齑粉，融入了无限光明中。

"……作意光明想，住昼想，于夜如昼，于昼如夜，如是以显了无缠之思，令具光辉修心。"

老妇人满脸的皱纹舒展开来，神情安宁。

深夜归来时，所有人都步履轻快，一言不发。

回到客店开始进餐，圆桌旁终于有人开口："今日烧的都是寻常沉香吗？"

问话的是廖云觉。

"啊？啊，对。"林远有些心虚地接道。说实话，他差点忘了此行是来找香的。

沉香凝神聚气，为佛门常用。今日的佛会上就一直点着，但香味并无异样。

然而没有人为此焦虑。人人慈眉善目，就连李十一的脸都好像亮堂了几分。

客店门口，那些号称"教教都信"的七曜商人正在卖酒。他们压根儿没去佛会，此刻听见店内香客们的议论声，不禁笑道："真有那么神乎其神？"

香客道："我修了这么多年佛，都不及听这一次佛会！真是不枉此生！"

七曜人面面相觑，有人嘀咕道："要不我们明日也去？"

"要花钱的。你赚钱难道是为了花？"

"花一次也无妨嘛，说不定拜完能发财。"

"安桃，一起去吗？"

少年笑道："我就不去了。"

他穿过人群，径直走向折云宗这一桌，凑到林远旁边俯下身："我打探到了一些异闻。"

林远回过神来："说。"

"城中有几处号称闹鬼的地方。"安桃低声汇报起来。他的长睫低垂如羽，俯身之际，露出了一点衣襟下的皮肤。那里似乎绘着金纹，犹如熔化的黄金……

"小娘子，"老妇人曲阿婆提醒楚瑶光，"袖子掉到汤里啦。"

楚瑶光手忙脚乱地整理袖子。

"要不要阿婆去打听打听？"曲阿婆悄声问。折云宗好人做到底，吃住都带着她一道。此时她正坐在楚瑶光旁边，与安桃隔桌相对。

楚瑶光也悄声问："打听什么？"

"他呀。"曲阿婆用眼神指向安桃，"长成那样的人，不打听清楚的话，可能会伤你的心哟。"

楚瑶光大窘："阿婆，不是那样。"

她犹豫了一下，还是坦诚交代："我……喜欢看美人。"

她心里甚至有个名单，列举着从小到大看到的美人——在安桃之前只有三位，依次是楚灿娥、廖云觉，还有蜜特拉。不管从哪个角度，这名单都惊世骇俗了点。

"千万别往外说啊，他们会说我不知羞的。"

曲阿婆险些笑出声："爱美有什么不知羞的？想看就看。"

她的双目还是红肿的，此时的目光却满是慈爱："阿婆也喜欢看你。一见你啊，就忍不住想象我女儿若能长大，会不会也这样可爱。"

楚瑶光心一酸，握住了她粗糙的手。

曲阿婆摇头笑道："没关系，今日听完佛会，我已彻底释怀了。"

"其实我也是！那种感觉便是涅槃境界吗？"

"是啊，阿耨多罗觉者不愧是佛陀应身，能蒙祂福泽真是我毕生之幸……"

"咦，什么福泽？"安桃问，"祂复活了你的儿女吗？"

曲阿婆愣住了。不知何时，安桃已经从对面望了过来。

曲阿婆道："……那倒没有。"

"那是变出了你余生所需的衣食？治疗了你的身体疾病？至少赐下了买药钱吧？"

这追问已经有些残忍了，一桌人都看向他们。

安桃歪了歪头，似乎并无挑衅之意，而是真的好奇答案："我明白了，佛会是以传道授业、答疑解惑为主吗？"

众人忽然陷入了一阵诡异的沉默。

被这么一问，他们就不由得要回想一番。但一旦回想，就发现阿耨多罗好像一直在诵经，也只是在诵经——都是佛典中早已存在的经文，连一句讲解都没加啊。

曲阿婆无言以对，只能嗫嚅道："这些都没有。但……但我好像体会到了佛经中的真意……"

安桃还想再问，一边的楚瑶光看不下去了，插言道："曲阿婆已经忘怀悲苦，就是最大的福泽了。你若真好奇那种感觉，大可亲自去体验一下。"

"……"

安桃的金色双瞳转向她，微微一笑："还是算了，我还要去干活换报酬呢。"

他收回目光，对林远道："我明日去这几处地方再查一查。先告辞了。"

他走了。

"……这些七曜人脑子里只有钱吧！"楚瑶光对此人的好感大打折扣。

尽管如此，众人回房入睡时，心境在大体上依旧十分平和。

天还未亮，林远却突然惊醒了。

他好像做了个长长的梦。梦中他终于没有变成李四，没有痛楚或危险，一片完满境界。他熏熏然安坐其中，犹如漂浮在温暖的羊水里，什么也不缺失，什么也不寻觅。

可是慢慢地，那世界开始崩裂，从父母，到李四，一个个碎片离他而去，只留下百孔千疮。他跌跌撞撞寻寻觅觅，最后醒了过来，却发现噩梦延续到了现实，他的现实就是噩梦。

原来真的都不在了。

平时这般活惯了，此时却突然觉得黑暗寒冷得让人难以忍受。林远忍无可忍地起身点灯。灯亮了，四下却依旧昏暗，世界都是灰蒙蒙的。他烦闷不已，走出门去想吹吹风。

房门一开他就呆立住了。

四面八方，客店里几乎所有房门都已经开了。贵胄、富商、高僧大能，全都步履沉重，正梦游似的朝客店外走去。

"林公子，林公子……"曲阿婆蹒跚走来，"我还能再跟着你们去一趟佛会吗？"

"阿婆，这是怎么了？"

曲阿婆的皱纹又堆叠了起来，叠出愁苦窘迫的形状："我以为自己终于放下了，怎么又……定是我修炼未成，必须再听阿耨多罗觉者诵一回经啊。"

林远明白了，周围这些人都在赶往第三重城门，等待佛会开始。

又一扇房门打开，廖云觉走了出来。他面色有些苍白，站在门口观察着人群。

林远忽然想：师父也做了梦吗？他会梦到什么呢？

廖云觉的目光却已经与他相接，开口低声道："我大约能推测出阿耨多罗的能力是什么了。"

曲阿婆

鹤觇其十二

寂静中，祂抬起一只手，隔空做出了一个抚顶的动作。

所有香客都没料到，自己会在佛会上体验到如此圆融无缺的喜悦。

当然，也没人料到这喜悦如此短暂。

仅仅一夜过去，被放下的愤怒、悔恨、不甘……便一一重回了胸膛。

这些杂念每日与他们共生，他们早已习以为常。可当它们消失过一次，再度出现时，却仿佛细小的噪声被放大了千倍万倍，在众人耳边尖叫。

为何如此痛苦？定是贪瞋痴未除！

他们争相奔到城门前，急不可耐地等待日出。

金色的朝阳升起，城门开启，梵钟迎客。他们又一次沐浴在唱诵声中，杂念一扫而空。

对了，就是这种感觉，这正是他们毕生追求的解脱。而这解脱，是阿耨多罗觉者亲自赐予的。

一些香客再也抑制不住激动之情，点燃自己带来的供香，放在长柄熏炉中，向着坛庭中央走去。

这是鹤觊传统的行香仪式——信徒会列队环绕那两尊巨型佛像行走，旨在用香气断诸臭秽、消诸恶业、通达无碍。但这一次，他们已经将两侧的佛像抛诸脑后，环绕的都是中间的莲台。

这一次，有活生生的神回应他们。

袅袅香烟中，神垂下头来对他们微微笑着，抬起一只手掌。下一秒，献香之人都被一股温暖的力量隔空抚顶，热流蔓延向四肢百骸。他们仿佛已经跨越时空，归于不朽。

"悟了，我悟了！"有人痛哭出声，有人如痴如狂。

所有人竞相上前行香。如果气味有颜色，此刻的坛庭中，幻彩便如繁花瀑流。那都是道力，被从山海万物中碾磨而出，又被信徒聚集于此，最终升腾着献身于阿耨多罗伟大的髓海。

他们情不自禁地一齐念经，面露缥缈的笑容。唱诵声排山倒海，像初生婴儿的啼哭。

众生颠倒，喜悦无边。

数日之后。

天气一天比一天寒冷，这日清晨众人走到城门前的时候，黯淡天色中落下了星星点点的白光。鹤觊下雪了。

等待佛会的队伍又壮大了些。那些七曜人如今竟也挤在人群之中，心急如焚地搓着手。想方设法赚到的钱都被他们置办成了供养，又献于

莲台之下。只有安桃仍然不在其列。

"吱呀"一声，城门居然提前开启了。

一行守卫走了出来，朗声道："佛会供香不能断，已经献完了香的就离开吧！"

众人大惊失色。

这些日子里为了获得阿耨多罗觉者的抚顶，他们烧香如流水。那些用尽了余存的人慌忙转身冲向第二道城门，让外城的同伴购买更多香料。而连钱都花完的人，只好上前与守卫理论。

守卫听也不听，只要遇到不带香的人，一律轰走。

折云宗一行人这些天献的香较少，倒是还没用完。他们默默往城门里走，门口的守卫却突然一抬胳膊，拦下了一个人："你是何人？"

被拦住的自然是曲阿婆。守卫一看她的模样就不像是能进入佛会的人。

曲阿婆低着头道："老身是这个商队的……"

"她不是。"

曲阿婆一怔，转头望向队伍里说话的人。

"素尘沙门？"她不敢置信道。

素尘并不回应她乞求的目光："曲阿婆，你不能再跟着我们了。"

队伍里其余人都诧异地看着素尘。有神树人开口反问："为什么？"

神树人刚接触这花花世界，对一切都一知半解。只知道大家一起去佛会，很高兴；曲阿婆为他们洒扫缝衣，是好人；素尘教他们说话，也是好人。但素尘突然要赶阿婆走，这就不好了。

素尘不为所动："不要明知故问，她那些铜币全付给我们，也不够这些日子的房钱和饭钱啊。"

神树人脸色变了："这不对。"

"怎么不对？"清晨佛会之前，正是所有人脾气最差的时候。神树人说得生硬，素尘也答得木然。悟色在他衣襟底下躁动着，被他抬手按住了。

"要得更多不对！"神树人最讨厌贪婪，却怎么也没想到这个和善的僧人竟会性情大变，谈起钱来。

"那她明明付不起钱，却还要赖在佛会上，算不算贪心？"

神树人："……"

他们辩不过素尘，下意识地想回头找他们的祭司大人，却见林远早就走进城门，不见人影了。

曲阿婆脸色煞白，眼中满是羞惭与绝望。

她的衣衫虽然寒酸，却一直收拾得干干净净。直到此刻，她双膝一软，跪进了雪水泥泞里："我知道我不要脸，我愿意当牛做马，只求你们发发善心……"

"喂，我们可都是不惜血本供养阿耨多罗觉者的，你休想不劳而获！"旁边有人插言，正是运来无数香料的富商之一。

"就是，如此贪得无厌，还修什么佛？"

"别挡道了，快把这老乞儿拖走！"

曲阿婆成了众矢之的，被无数人拉扯着朝外撵。神树人眼中几欲喷火，纷纷上前去阻拦。

"何事喧哗？"城门内有人威严地问。

鹤觑国王室出来查看情况了。老国王身着僧衣，只有头上装饰着一条昭示身份的锦带。他冷声道："佛会重地，岂容杂人闹事？"

守卫连忙谢罪，上前要拖走曲阿婆。

"且慢。"王妃越众而出。

王妃孙氏比国王年轻许多，打扮也时兴，沉甸甸的盘桓髻上珠翠生辉。她细细打量着满身泥污的曲阿婆，叹息道："看起来是个可怜人。王上，既然是佛会，妾身倒以为更应该留下她，方显慈悲为怀。"

鹤觑王皱起眉："如果留下她，其他人也有理由不走了。"

那些耗尽了供香的家伙闻言，急忙趁势求起情来。孙王妃的目光从每个人身上掠过，居然真的唱起了红脸："王上，不如让大家都留下吧？"

"胡闹！"

眼见着混乱愈演愈烈，遥远的莲台上传来一道不疾不徐的声音，又似在每个人耳边响起："进来吧，到我面前来。"

片刻后，阿耨多罗垂视着莲台下跪伏的老妪："你为何要来佛会？"

曲阿婆磕头道："老身……老身想为夭折的儿女祈福……"

在众人的沉默注视下，她嗫嚅着摊开了自己这辈子——一双儿女患了疫病，因为家贫，只请得起半吊子郎中，结果越治越坏。邻居害怕染病，便将她与两个孩子一并关在家中，钉上门窗，只是偶尔送些吃食。

最后几日，孩子先是喊热，再是喊冷，她解下衣衫抱着他们小小的身躯，用身体焐到温热了，才发现他们已双双断了气。

儿女死时一个八岁，一个五岁。丈夫是山中的打窟人，一个月后回到家，才得知消息。他悲痛三日后离了家，说要去造个佛窟为他们祈福，结果再也没回来。

她讲述得不带起伏，像年老的鹿在反刍风干的草。

"原来如此。"阿耨多罗道，"供养者种植福德，你家虽然供养不多，但有个打窟人，也算十分虔诚了。"

曲阿婆愣怔了一下，极力仰头望去。阿耨多罗没有撑伞，与凡人一样安坐风雪中，面色宁和而悲悯。

曲阿婆忽地悲从中来，颤声道："我们一家从来都最虔诚，一生只行好事。可什么都没有了，什么都没有了……

"我夜夜梦见孩子，梦见他们挣扎受苦。邻居说我一定种下过恶果，才耽误了他们往生。我实在不知做错了什么，只好年年月月持戒自省。直到在这佛会上，我才获得片刻平静，还当一切终于结束了。怎么晚上到了梦里，孩子却还在喊冷！

"求上神指一条明路啊！老身活不了几年啦，不怕自己无人送终，只怕孩子可怜，孩子可怜！"

阿耨多罗望着底下渺小的人影。从高处看去，她与所有人一样面目模糊，她的故事其实也听不真切。

寂静中，祂抬起一只手，隔空做出了一个抚顶的动作。

众人不由得心生向往。

紧接着却听见阿耨多罗道："尔等受苦不是因为此生，而是多生多世孳债所致。你今生本为偿债而活，至最后一息方可解脱。"

刹那间，曲阿婆的心脏像被一只巨掌攥住。

阿耨多罗的嗓音渐转低沉："可叹你未达修持境界却混入佛会，越是贪功冒进，越是业果累累。快快走吧！"

那声音在众人脑中嗡嗡回荡。那些耗尽了供养的香客被震慑得浑身僵硬，再也不敢赖在佛会上，纷纷跪地磕头，磕完便匆匆退走。

至于受祂抚顶的曲阿婆，已然浑身瘫软，最后是被守卫架出去的。

佛会结束后，折云宗一行人见到了神志昏沉的曲阿婆。

守卫也不知该将她送到哪里，便丢回了客店，让他们自行处理。曲阿婆缩在榻上瑟瑟发抖，口中念着"再不敢了"之类的胡话。

素尘走到曲阿婆的房门前，被人高马大的神树人拦了门外。一群神树国青年瞪着他，极力从大周语中找出最难听的词：

"走开走开。"

"你，太错了。"

"你很奇怪……"

"都给老子滚。"一道清亮而暴躁的声音打断了他们。神树人连忙让开一条道，供林远通过。

林远走了进去，回头一看："还不滚？那你们站这里再大点声，争取超越早上那一出，把全鹤观的人都引过来，我们晚一天暴露都算你们的失败。"

神树人真的听不懂这九曲十八弯的嘲讽，但至少听出了林远的暴躁，灰头土脸地退下了。

被留在原地的素尘嘴巴张了张，最终却一言未发。

素尘不是傻子，当然知道林远骂的主要是他。如果不是他猝然发难，也不会有早上那一出。

他能解释什么？他一向最会讲理，也最愿意讲理。当初正是他劝了一夜，将神树人劝成了林远的跟班。可此时此刻，他的双唇却像被粘上了。

因为他心里只剩一句："我怀疑我们都中邪了！"

素尘从第一日就发现，阿耨多罗觉者只是在照本宣科地念经文。他等了这些时日，没能等到阿耨多罗觉者讲一行经、说一句法，却逐渐意

识到了更邪门的事情。

——神树人明明对佛经一无所知，却也流连忘返，不去佛会就不痛快。

——他怀中的悟色作为一只猴，到了佛会就激动得吱吱乱叫，离开佛会却急躁得抓耳挠腮。

素尘起初难以置信，到后来终于接受了一个可怕的事实：所谓佛会，分明是某种让人积习成癖的诱饵。

可他左瞧右瞧，满座香客竟似无一人觉察。队伍里的所有人每天赶去城门前，脚步一日比一日急切。就连林远都再也没找他说过阿㮾多罗的坏话，仿佛已经忘记了宿河大厅的刻字、长明之战的真相。

素尘看着他们虚幻的微笑，只觉得毛骨悚然。

最恐怖的是，他自己走向城门的脚步，也渐渐与其他香客一样急切。

明知身陷梦魇，却无力醒来。

素尘独自走着，沿着回廊到了内院里。已是深夜，风雪更急。院中皑皑雪光间有一片不规整的黑暗，那是刚结冰的池水。

他一边蹒跚走着，一边盯着那凝墨般的水面，脚步越来越慢，像是丢了魂。

就在他一脚迈向院中时，忽听有人低声道："素尘大师？"

素尘惊得一个踉跄，转头看去，才见回廊前方有个人独坐。

廖云觉似乎已经坐了很久，回廊遮挡不尽风雪，他的灰发都染上了白霜。火光一闪，他点起了手边的灯笼，起身为素尘照路："脚下小心些。"

"……多谢廖宗主。"

廖云觉清润的双目望着他，温声道："夜里有些冷了，大师若有雅兴观雪，不如随我回房小坐吧。"

素尘略微平复了心情，跟随着他进了房间，勉强笑道："廖宗主，早上是贫僧冒失了，还请宗主见谅。"

廖云觉反手关上门，生起火炉，请他坐下，方才开口道："无妨，我知道大师只是想不着痕迹地送走曲阿婆，没想到事与愿违了。"

素尘一愣，抬眸望着他。

"不过大师放心，我们明日便送曲阿婆离开这是非地。"廖云觉道。

素尘浑身一震："你……你们也发现了？"

廖云觉颔首。

素尘的眼眶瞬间红了："那你们为何还不走啊！"

"因为，"廖云觉一笑，"有任务在身啊。"

素尘 | 鹤观其十三

他一生所求的终点，竟是一个龌龊的骗局。

曲阿婆房中。

林远耐着性子劝她喝了碗热粥，又从袖子中取出一枚香丸。

松香、旃檀、艾纳、青木。清淡悠远的香气漫出香炉，曲阿婆果然逐渐平静下来。

这是折云宗出品的辟秽香，在永宁城中一向卖得最好。那些达官贵人一生如履薄冰，都很需要这玩意纾解情绪。

曲阿婆筋疲力尽地睡了过去。林远坐在榻边观察了一会儿，轻声问："你怎么看？"

李十一在他身后悄然现身，吐出两个字："恐惧。"

"恐惧……"林远面露不齿之色，"祂居然还能更无耻。"

他评价的是阿耨多罗。

素尘以为众人皆醉他独醒，其实廖云觉在佛会第二日就告诉了林远："我猜阿耨多罗的能力与佛法无关，只与心境有关。"

而林远立即就验证了这猜测。验证的方式也简单——他偷偷往耳朵里塞了两团布。

结果，屏蔽了诵经声，他却依旧不由自主地感到喜悦。其浓烈纯粹，简直超出了人类所能体验的极限。越是虔诚的信徒，越会将之归因于神圣的禅悦。可一旦抛开佛会这背景，它便只是一种发疯般的狂喜。

于是他们懂了，这便是阿耨多罗的生存之道。念什么佛经，做什么姿态，其实都只是幌子。祂让信徒对这种狂喜欲罢不能，遂迷不寤，最终目的只是榨取无尽的供养。

都广天司说得没错，阿耨多罗在觉者中只能算弱的。区区控制心境的伎俩，又不能直接伤人。

他们虽然抗衡不了情绪起伏，却可以努力不沉沦进去。

在这件事上做得最好的便是廖云觉。无论白天黑夜，廖云觉除了比从前更寡言了些，几乎毫无异样。或许是天性淡漠，本就没有多少变化的空间。

林远每每看见师父如此，便像吃了定心丸。至于他自己，大不了夜里多烧几枚辟秽香。

从那之后直到今天，他都在专心做任务。

第一个任务是找香。

每个人行香时，林远都会瞪大眼睛，从满庭幻彩中搜寻一缕蜜色。对他而言，蜜色代表着沉香。

折云宗的蒙学课上便教过了，所有香料中，沉香味最是复杂多变。分树种，分菌种，分贮存地，还分年月；有甜有凉，似花似果，从轻盈到醇厚一应俱全。

当年林远还稚嫩，只会说"这几块较暖"。如今他眼中分辨出的种种蜜色，画出来足以填满楚瑶光的粉黛蚌壳。可它们有一个共同点：都挺正常。

太正常了，所以不是笾予香的香料。

如此邪门的佛会上居然没出现邪门香料，这就很邪门。

相比之下，第二个任务则顺利得多。

修行进展神速。此地充沛的道力真是便宜了林远，他甚至只要坐着呼吸，便是在瓜分阿耨多罗的供养。

如今他吸入香气时，已经能感到那色彩不是在鼻腔中转一圈就走，而是顺着一条玄妙的通道汇向脑内某处——那是天司为他开启的髓海。

储存下来的道力在髓海中暴涨，撑得他脑子都有些发蒙。林远一时乐观过头，还以为照此进度，只消天司再给点提示，自己不说与阿耨多罗正面交战吧，至少有机会暗杀祂。

没想到今天突然发现，阿耨多罗那个破能力比想象中棘手。祂能制造的不只是喜悦，还有恐惧。

林远望着吓破了胆的曲阿婆，沉吟道："如此说来，悲哀呢？愤怒呢？痛苦呢？祂是不是都行？"

李十一评估了一下，又吐出几个字："有点难杀。"

对方能自如操控喜怒哀乐的话，在关键时刻降下痛苦，便极有可能瓦解他们的战力。

林远长叹一声："这么多无耻手段，好羡慕。"

李十一："……"

自从林远交代真实身份后，她就再也没从他身上看见一丁点李四的影子。

与此同时，另一间房内，素尘正生无可恋地烤着炉火："与佛法无关……真的与佛法无关吗……"

廖云觉："……"

素尘这话已经翻来覆去念到第八遍了。

他们先前从未想过与素尘商谈此事，因为他一直对阿耨多罗顶礼膜拜，多半无法接受真相。结果出乎意料，这僧人居然比他们更早一步动了。

当然，这一动动得实在不巧，恐怕已经让阿耨多罗注意到了他们，也让暗杀一事更难了几分。

然而事已至此，廖云觉是不会发火的。

不仅不会发火，他还会说最妥帖的话："大师不必沮丧，佛会虽然是假的，但大师这一路利生无量，福不唐捐，定能证得菩提心。"

"证得菩提心……"素尘沉默片刻，"廖宗主，人怎么知道自己证没证得呢？"

廖云觉："……"

这是什么鬼问题？

素尘突然苦笑了一下："其实贫僧并不是来拜祂的，而是来问祂的。"

素尘在寺庙中长大，自幼慧心灵性，过目不忘。别人眼中深奥艰涩的佛经，在他读来都十分有趣。

但他有一个致命的爱好：问鬼问题。

六岁那年，他问的是："摩诃萨埵王子舍身饲虎，那老虎后来怎样了？林中无食，它吃了王子饱餐一顿，余生又当如何？它寻不到猎物，会再去吃人吗？它寻到猎物，算是造杀孽吗？"

十岁那年，他问的是："维摩诘身为居士，竟能教化诸菩萨，也即是说诸菩萨并非全然无误了？那菩萨所授《金刚经》《法华经》云云，又由谁来勘误？"

某一日，收他为弟子的老僧忍无可忍："你这已经不是求真，纯粹是在抬杠吧！"

十五岁的素尘错愕道："弟子是在求真……可究竟什么才是真呢？譬如大乘与小乘——"

"当然大乘是真！"老僧怒道。

那时的佛门之内，大小乘之争已十分激烈。

小乘僧众自诩上座部，学的是最原始的经文，专注于声闻与缘觉，立志以苦修证得阿罗汉果，解脱于生死轮回；大乘经典多是在佛陀圆寂后编撰，教义更为繁多复杂，倡导菩萨行，发愿度尽一切有情，利益一切众生。

大周境内虽然大乘盛行，却又分化为诸多宗门，楞严、慈恩、律宗、三论……简直令人眼花缭乱。个个修的是无上法，悟的是最真性。

但既然是"无上"，又怎会有许多个？

素尘天资聪颖，总是走得比别人快。他走得越快，便越怕走错了方向。

该听哪尊菩萨？

要救哪只野兽？

终于有一日，老僧对他道："你想要的答案，只有阿耨多罗觉者能给。"

无论大乘小乘、何宗何派，各国僧众有一个公认的无上，即阿耨多罗觉者。祂甚少现世，更是从不与其他觉者交战，只会春风化雨地感化苍生。祂所过之处四海波静，莲花盛开。

老僧说这话时，阿耨多罗已经消失数百年了。他只是想劝素尘放弃。

谁也没想到，话音刚落，鹤觇佛会的消息就传进了永宁。

素尘喜极而泣。他就要问出一条光明通途了，从此有善而无恶，有真而无假，再也不用担心行差踏错。

那之后，他跟着折云宗九死一生，终于到了鹤觇。他终于要获得答案了……

却发现答案根本不存在。

他一生所求的终点，竟是一个龌龊的骗局。

素尘痴痴地盯着跃动的火苗："既然如此，祂何必造出佛法？我又何必生在佛门？这一切还有什么意义？"

廖云觉似听非听，直到这几句话又在心中转了一遍，忽然意识到一件事。

都广天司已经告诉他们，十觉者都是在远古诞生的，那会儿世上只有一些部族巫术而已，还没有任何神教。换言之，阿耨多罗一定出现得比佛陀更早。

——但素尘并未听过天司的话。

所以在素尘心中，阿耨多罗依旧是佛陀应身，祂示现的依旧是佛法修为。若想否定阿耨多罗，就等于否定整个佛教。

也难怪他会煎熬至此。

尽管如此，在煎熬过后，他依旧走出了这一步。

廖云觉斟酌片刻，委婉道："祂只是自称佛陀应身而已。"

素尘一愣。

"退一万步讲，即便连佛陀都不存在，佛门也并非无谓。因为还有大师这样的人。"

"贫僧吗？贫僧不过一介短视的凡人……"

廖云觉微笑道："我曾听经文说，烦恼即菩提。大师以为，这一句够不够真？"

素尘下意识地烦恼起来，忽然微微一怔，起身合十："宗主真是心境澄明。"

廖云觉跟着起身见礼，顺势将他送出了门。

素尘离开前，回身谢道："方才在院中，多谢宗主相阻。"

廖云觉目送他走远，又在原地站了一会儿。

他将素尘带回来，确实是因为看出了对方状态异常。素尘却忘了反问一句，为何他先前就坐在院中。

曲阿婆房中。

林远与李十一观察着老妪，想看看阿耨多罗的能力会不会有余波。曲阿婆没再恶化，只是睡不安稳，口中不时发出梦呓：

"阿娘给你们买糖脯……

"不冷了，很快就不冷了……

"阿爹马上就回来了……"

两人在榻边静静坐着，像在听苦海的浪涛声。

未几，林远突地站了起来："我去见一下安桃。"

安桃果然已经等在客店门口，正慢条斯理地拂去身上的雪花。或许是因为生得美，这寻常动作由他做来也别有一番风度。

第二重城门内，他已经是极少数没去过佛会的人之一了，因此在众人中显得格外精神抖擞。那双金眸对着林远弯了弯："林公子，我去那几座凶宅打听过了。的确有人横死过，但都只是零星个例，听不出什么关联。"

这些日子，他一直在四处打探，从传说、秘闻、街巷闲话中为他们搜集鹤觋的异闻。

林远即便用的是医巫闾赞助的资金，也不习惯花冤枉钱，对安桃寻来的线索总要筛选一番，挑出可能与筮予香有关的，才让他继续追查。

时间长了，安桃似乎也看出这雇主并不是猎奇，而是在找某个邪门的东西。但安桃从不多问，只是自觉调整了查探的方向。

林远听他汇报完，问道："对了，你可听说过打窑人？"

方才他听着曲阿婆的梦呓，忽然想起她那有去无回的丈夫，也算是失踪人口之一。

"打窟人？"安桃想了想，"应该是专门在山上整修崖面、开凿佛窟的工匠。"

佛经有言，自作、他作供养者，得最大大果报。于是来往商旅祈求平安，王公贵族积累福德，都争相出资造窟供佛。

鹤观的佛窟蔚然成风，打窟人自然也多。因为条件艰苦，常有失足坠下山崖、尸骨无存之事。

林远越听眼睛越亮："所以即便许多打窟人有去无回，也没人会觉得奇怪？"

安桃："？"

林远只觉得找到了新的方向："劳烦你再细查，有没有哪处佛窟死的人特别多。"

玉容

鹤观其十四

隐约间，他们有种不妙的预感——他们可能永远都出不去了。

陆让从剧痛中醒了过来。

浑身筋骨都像是碎过一次又拼回来的，他却一时想不起原因。

过了半晌，记忆逐渐回归——他被周军缚在马上，赶去截击八苦斋，保护廖云觉。他们不眠不休往死里赶路，终于在接近鹤观时撵上了那群杀手。

陆让已经见过赵寅赵卯出手，深知对方的恐怖之处。为求自保，他掏心掏肺地向周军提供情报，警告他们小心行事。

他的情报倒有些用处，周军选择从远距离射箭，不让对方使出那怪物般的大招。寡不敌众的八苦斋果然落了下风，突然转向离开了官道，朝山中逃去。周军追着追着，就见对方隐入了山林中。

当时夜色已深，周军对着林中放了一通乱箭，里头阒然无声。首领担心对方借机逃脱，派了些人手进去侦察。

陆让不幸也在其列。

接下来的一切都很混乱。他只记得林间伸手不见五指，他们果然中了埋伏。与他共乘一骑的家伙被砍倒了，只剩他被奔马颠得天旋地转。

最后连绑他的绳子都松开了，他滚落于地摔个半死，四周马蹄慌慌，刀风大作。他完全不知方向，只是一径朝草木深处逃窜。

在脱力昏厥之前，他记忆中的最后一件事，是一根柔软的手指探了探自己的鼻息……手指？

陆让霍然睁开眼睛。

他竟然躺在一间小屋中。案上摆着妆奁与花枝，窗边正立着一道窈窕的背影，似乎正从窗缝里向外张望。

陆让挣扎着坐起身，瞧见她后脑扁平，心道：难道我误打误撞，被鹤觇的平民捡回了家？

未及庆幸，他就听见了窗外的嘈杂动静。

陆让心中一凛，连忙龇牙咧嘴地走过去，也凑到窗缝看了看。

外面果然是八苦斋的杀手，正在街上挨家挨户地砸门。看这架势，很快就要砸到此间了。

让他们发现自己就完了！

"这位娘子，多谢相救，劳烦……"

女子一转过头，陆让余下的话语全被吓去了天外。

眼前之人生着丰盈的双唇，还涂了殷红的口脂。但除一张口之外，她的脸上什么都没有——没有眼睛，也没有鼻子。原该生长着这些器官的地方都只剩模糊而平滑的肉色，不见伤痕，仿佛天生便是如此。

红唇一开一合道："他们是在找你？"

陆让根本说不出话来。

对方的语气竟似比他更惊慌："那你快走，我不能再收留你了。"

"你……你帮帮我，我愿重金相酬。"陆让听见自己恐惧与恍惚参半的声音。

女子顿了顿："你有一百一十两吗？"

陆让："？"

此时窗外的声响越来越近，陆让听清了那些杀手的呼喝："怪胎，速放我们离去，否则一个不留！"

不对。

陆让的思绪终于重新开始转动："他们好像不是在找人，而是在找路出去。"

"出去？去哪里？"女子却像是听不懂似的。

脚步声已至门口。

陆让只得悄声道："快找地方躲起来，否则你也会死！"

"我……我这里不好藏身，从后门逃吧，跟我来。"

女子转身又牵来两个孩童。陆让转头一看，又险些吓昏过去。

这两个小孩倒是五官俱全，然而胖嘟嘟的脸颊肉凝固不动，犹如水中泡发的面团。瞳仁又大又黑，死寂地盯着他。人模人样，偏偏说不上哪里离人差一点。

前门传来撞门声。

女子一个激灵，没生眼睛却似乎能视物，迅速推开后门，一手牵着一个小孩冲了出去。

有一瞬间，陆让甚至拿不准哪扇门外更可怕。最终对八苦斋的恐惧占了上风，他匆匆跟着跑出了后门。

然后他又惊了。

他身在一座楼阁的二层。楼内昏暗，只有回廊上寥寥几点烛火，只能勉强看见楼梯栏杆，以及底下空旷的正堂。

可他们方才离开的地方，不是街坊里的一间小屋吗？

女子没有下楼，正领着孩子沿着回廊疾奔，回廊旁又是一扇扇房门。

陆让追上去问她："这里是鹤觇吗？"

鹤觇不可能这么怪吧！

"这里就是这里啊。"女子道。

哦。

一回生二回熟，陆让明白了。

上一次是乳香因果倒置，这一次又是何种香料，靠着何种功用，制造了怎样的秘境？

可笑他费尽心机，一逃数千里，最后还是流落到了此处——廖云觉都不一定找得到的地方，被他撞上了。

女子跑着跑着推开了一扇门，但似乎没找到藏身处，又转向了下一扇。

陆让压下心中的百转千回，也帮着开了扇门。室内更暗了，他正要迈步进去看看究竟，女子一把拉住了他："小心！"

此时借着回廊上微弱的灯火，陆让终于瞧出来了，室内地面上是一个巨大的洞口，几乎延伸到了四壁乃至门边。方才但凡他迈出一步，就会一脚踏空。

洞里一团凝墨似的漆黑，教人连深度都判断不出。

"人一掉进去，就消失了。"女子道。

"……消失？"掉下去不该坠到下一层吗？

"整个没有了，连落地声都没有。看到这样的洞，千万要小心避开。"女子扯了扯他，"快走吧……"

便在此时，身后传来巨响，三个杀手破开后门追了出来。

女子惊叫一声，更慌乱地去推门，然而如今他们的行踪全在对方眼皮底下，躲进房间又有何用？

陆让从睁眼开始一个惊吓接着一个惊吓，此时居然吓累了。他麻木地跑了几步，脑中忽而闪过一个念头。

第三次了，这已经是他短时间内第三次直面八苦斋了。前两次，这些凶残的杀手都在他面前伏击了周军。他们是如何办到的呢？

好像是……利用黑暗。

一个模糊的想法刹那间形成。他甚至没有考虑的时间，原地一个转身，悄声道："灭灯！"

"什……什么？"

陆让已经当先冲向第一盏灯。那正是追兵奔来的方向，他看上去仿佛在积极地自投罗网。

三个杀手都不由得心生疑窦，紧接着却见他一口吹熄了灯烛。

与此同时，那女子也有样学样，熄了另外两盏灯，整个楼阁陷入了彻底的黑暗。

陆让拔腿就跑。事到如今，他只能赌一件事……

幸运的是，他赌赢了。身后脚步纷沓，却迟迟没有新的火光亮起。这几个家伙身上没带火折子。

八苦斋这三人已经快疯了。他们昨夜混战中误入此地，却找不到回去的路了。无法与同伴会合，甚至不知身在何处。

他们想找居民问问，却只找到一群面貌诡异的怪胎。

恐惧催生了暴虐，他们疯狂攻击，结果对方意外地外强中干，转瞬就化为了手下亡魂。

他们一户一户地屠过去，朝怪胎们逼问出路。可这些怪胎被逼到绝处也不松口，只会反问："什么叫出去？"

隐约间，他们有种不妙的预感——他们可能永远都出不去了。

于是恐惧更深，暴虐也更甚。这三人几乎丧失了理智，只想将此处夷为平地，直到杀出一条出路来。

陆让边跑边伸出一只手，摸索着沿路的墙壁与房门。他的脚步渐慢渐轻，最后彻底停了下来。

他站在了那个洞口的门外。

他能听见杀手的脚步声纷纷接近，也能猜到他们正在寻找自己。他站在原地一动不动，极力抑制着自己的气息。

越来越近了。

只差一步之遥了。

对方走到了他与洞口之间——

陆让死死咬着牙关，陡然使出浑身力气向前一推。

那杀手下盘极稳，如此猝不及防之下，也只挪出了一小步。然而，只这一小步已经足够。陆让只觉身前之人猛地朝下坠去，然后，没有惊呼，也没有坠地声。正如女子所言，此人就这样毫无痕迹地消失了。

另一人听见动静冲了过来，也被他如法炮制，一招解决。

还不能放松，还有第三个人。

可当他转头去听时，第三个人的声音赫然消失了。

回廊鸦雀无声。陆让拼命竖起耳朵，都听不到哪怕一丝呼吸声。

对方显然已经察觉到此处有陷阱，于是故意隐藏了气息，以彼之道，还施彼身。

但对方可不是文弱的制香师，而是身经百战的杀手。他隐藏自己，必然不是在守株待兔，而是在迂回靠近过来，找机会一招毙敌！

陆让浑身的汗毛都竖了起来，像被蛇缠住了脖颈。

不能再留在这门口当靶子了。他慢慢、慢慢、慢慢地抬起脚，朝旁侧跨出了一步。他必须逃进更深处的黑暗里，就像缩进那座神龛里，然后……

然后怎样呢？一个女子，两个孩童，谁能迎敌？

陆让的脚步停下了。

这一回，是真的只能靠他了。

他能做什么？他其实并非一无是处，恰恰相反，在踏上这次旅程之前，他还是折云宗公认的佼佼者。

即便没有林远那样逆天的天赋，他依旧有着超过大部分人的基本功，包括……嗅闻。

黑暗中，陆让的鼻翼无声地翕张。

对方是杀手，他是制香师。对方在捕捉气息，而他在捕捉味道。

一瞬间。

他只比对方快了一瞬，这一瞬，他的判断精准到了毫巅。就在对方出招之前的一瞬间，他蹲了下去。

风声从他的头顶掠过，对方的攻击落了空。

陆让的动作却毫不迟疑，用尽全力将人一推！

这杀手功力了得，一脚踏空已知不妙，竟在半空中拧身回转，抓住了陆让的脚踝。

霎时间，陆让整个人被他朝下拖去，登时撕心裂肺地大叫起来，五指拼命抠地，双脚竭力乱蹬。

"救我！救我!!!"

火光一闪，女子哆哆嗦嗦亮起了火折子，一见陆让只剩两只胳膊还抓在洞沿，慌忙奔过来抓住他的手臂。

陆让终于一脚蹬在敌人的脑门上，将人踹了下去。

女子使出吃奶的劲拽着他，帮他一点点爬了上来。

两人都惊魂未定，瘫在地上只是喘息。

不知过了多久，女子爬起来重新点亮了灯烛。陆让跟着起身，嘶哑道："多谢救命之恩。"

"不，应该是奴家多谢公子。"女子哽咽着抱住了他的胳膊。

陆让："？"

陆让的鸡皮疙瘩又起来了，僵在原地不知所措。

"今日如果没有公子，我们肯定已经被杀了。公子真是智勇双全的大英雄！"

陆让浑身只剩嘴还能动，语不成句地嗫嚅着规矩礼法云云，根本不敢看她的脸。

女子仿佛并不知晓自己面目骇人，紧紧抱着他："这救命之恩，该由奴家报答的。恩人想要什么？"

"我……"陆让还未及回答，肚子先叫了一声。

女子歪过头，突然一笑："恩人饿了？"

她无鼻无眼，那双红唇却生得美艳至极，这一笑时露出贝齿，又有几分少女般的天真情态。陆让觉得自己的脑子要炸了。

"那便先去寻些吃食吧。"女子唤来那两个孩子，领着陆让走下楼梯，推开了楼阁的大门。

门外是一条河。

陆让迈出大门，转头一看，身后的楼阁不知何时已经变成了河边木屋。

他算是明白八苦斋的人为何找不到出去的路了。这里简直是能困死人的迷宫。

女子却熟门熟路，带着他们坐上一只泊在岸边的木舟，撑着舟沿河而下。陆让四下张望，稍远一点的景象就隐入了重重雾霭中。

"你……这位娘子如何称呼？"他试探着问。

"奴家叫玉容，他们是宝儿和锦儿。"

那两个面孔僵硬的孩子依旧死寂。此时陆让才后知后觉，这里的人身上都没有味道。不仅没有香味，连一点点属于人类的体味都闻不到。

陆让坐在他们之间沉默了一下，深明大义道："宝儿和锦儿真是玉雪可爱。"

白山 | 鹤觋其十五

素尘只觉得全身轻盈如羽，双脚随时可以离地飘起。

鹤觋。

雪下了一夜仍未停歇，晨光阴冷如雾。

众人撑着伞走向佛会时，曲阿婆未再跟随，显然是信了阿耨多罗那番赶人的鬼话。

一觉醒来，老妇人总算恢复了几分平静。她背起干瘪的行囊朝众人作别时，楚瑶光眼尖地问："阿婆，你的铜币呢？"

曲阿婆道："都交给客店了。"

"怎能如此！"

楚瑶光还没劝说，曲阿婆反倒抱歉道："诸位的大恩大德无以为报，我却贪得无厌，反而给恩人添了麻烦，心中实在难受啊。我知道这些积蓄连食宿费用都抵不上，求你们一定要收下……"

队伍里的神树人纷纷觑向素尘。

素尘面上愧疚与不忍交织，一张嘴张开又闭上，终于冲动道："阿婆，其实昨日——"

一只手抬了起来，将他余下的话语拦在了半路。

林远用眼神示意素尘不要多生枝节，又转头对曲阿婆笑道："这钱我们就收下了。阿婆若真想报恩，倒还有另一件事可做。"

"什么事？"曲阿婆忙问。

林远往她手里塞了一把辟秽香丸："每月于佛前焚香一枚，为我等诵经求平安。记住每月一次，不可中断。"

曲阿婆一愣："这香给我了，那佛会……"

"那佛会何其短暂？而阿婆活多少年，便能为我们祈愿多少年。这就是一顿饱和顿顿饱的区别。"

曲阿婆："？"

林远又胡乱塞了些别的香给她："没衣食了就卖香去换，务必活长些。"

曲阿婆终于明白了什么，老迈的眼中泛起了泪光："我……我定会全心全意祈愿恩人平安喜乐，长长久久。"

"哦，对了，"林远低声问，"阿婆可还记得，尊夫消失之前是去了何处佛窟？"

曲阿婆摇摇头："他说要造新的佛窟，我只知他去了西北方。"

一行人作别了老妇人，走入雪雾深处之前，还可见她站在原地，双手合十目送着他们。

一踏入坛庭，李十一便低声道："有人在看我们。"

"谁？"林远问。

"不明。"李十一黑白分明的眼珠缓缓转动，"能感觉到视线，但人太多，分辨不出来源。"

林远抬头望向高高的莲台。昨日曲阿婆那一出，果然引起了阿耨多罗的注意吗？

不过，顶多也就是注意罢了。阿耨多罗如果确知了谁是赤子，绝不会只是派人观望，一早就下杀手了。

"小心些，不要妄动。"林远轻声吩咐神树人。

岂料佛会伊始，一道意外的身影出现了。

安桃谢过引路僧人，走到了林远身边："劳驾，借个座。"

林远朝旁边挪出一个空位，安桃贴着他坐了下来："多谢。"

"你怎么来了？"

"有一个好消息和一个坏消息。"安桃慢悠悠道，"好消息是我打听到了，西北面的白山上偶有火光闪烁，传说山上有一座未完工的佛窟。这些年有几个供养人听闻过此事，发愿要完成它，但是派去的工匠无一返回，最终便彻底放弃了。"

林远一喜："多谢。等佛会结束后就给你酬劳。"

安桃没有接腔，径自继续道："坏消息是，找我买消息的不止一位主顾。有人让我调查了所有携带折云宗香品的商队。"

林远的心往下一沉："听不懂。你在说什么主顾？"

安桃笑而不答，金色的眸子转向前方某处："这样的商队还不少，所以，那位主顾花了一些时日才锁定你们。"

林远顺着他的目光望去，心中满是狐疑。阿耨多罗不可能知道赤子在折云宗，医巫闾和泥师都绝不会向祂透露……

慢着。

林远的目光从莲台朝下移，掠过正在虔诚跪拜的鹤觎王，最终落到了旁边那道倩影上。

她梳着沉甸甸的盘桓髻，正好可以遮掩后脑的形状，谁也不知它是扁是圆。

昨日她大唱红脸，劝说鹤觎王将所有香客留在此处。

她姓孙。

八苦斋孙部的孙。

"现在已经有人在坛庭外蹲守，等着抓捕你们了。林公子，等到佛会结束，你们恐怕就去不了白山了。"

林远冷静地看着他："为何突然告诉我这些？"

"这个嘛——"安桃的眼睛弯成了优美的月牙形，"因为我想谈一笔新生意。我可以带你们逃离此地，当然不是无偿的。"

林远懂了："你那个主顾许给你多少？"

"五百两。"

"我们给你六百。"

"一千两。"安桃道。

"七百。"

"一千两，买命钱你也敢还价？"

"我怎么知道你说的是真是假……"林远皱起的眉头突然松开，"哦，等我一下。"

他背过身，从牙缝里挤出一句："都广天司，再不出声就不礼貌了。"

一阵短暂的寂静后——

"都是真的。"耳边传来久违的阴间声音。

林远："那你为何不早提醒我们?!"

"有各种各样的计较。"天司笑道。

林远回过身："七百五，只剩这么多了，卖了我们也没了！"

安桃沉吟了一下："好吧，那我还要随你们一道进白山。你们为了打听那地方已经花了重金，其中必有重利，我要分一杯羹。"

林远："……"

林远什么也没解释："行。"跑路才是当务之急。

很快，安桃领着整个队伍大模大样地朝外走去。

有几名僧人前来阻拦，林远露出一脸狂热之色，大声道："我们的供香用尽了，必须去取更多来！"

一出坛庭，队伍立即加速前行。

神树人茫然地问："祭司大人，我们有更多香吗？"

"闭嘴。"林远咬牙。

神树人才刚刚进入佛会的迷醉状态，恋恋不舍道："我们回来又一次吗？"

安桃轻拍了一下林远，示意他转头。视野中飞雪迷离，远处隐约有一群鹤观侍卫的身影在接近。

"跑！"林远喝道，"没香了还赖在此处，会跟曲阿婆一个下场！"

神树人一惊，顿时随着他迈开了步子。他们一跑，追兵也跑了起来。

"这边来。"安桃带队转了个向。

林远拿手挡着风雪回望了一眼，忽然问："素尘呢？"

素尘是与众人一道起身的。其余人离开坛庭的同时，他正孤身朝莲台走去。

"弟子自大周永宁跋涉万里而来，献香于上神。"

熏炉腾起了香烟。老檀为底，辅以零陵香、川芎、苏合、泽兰。这是他从寺中带来的佛香，作为香品本身比不上折云宗，却意象浩然，有渊渟岳峙之风。

"此香名为优昙钵。"素尘仰头望着袅袅烟雾，"佛世难遇，似优昙钵花。"

那高高在上的身影抬起了一只手，似要隔空抚顶。

这时，外面的队伍开始拔腿狂奔，孙王妃一下子从坐垫上站了起来："上神——"

阿耨多罗的目光也朝坛庭外投去。

素尘便是在此时朗声道："弟子另有一个不情之请。"

林远的队伍中，一个神树人抱着悟色道："他给我猴……"小猴正瞪大眼睛，挣扎着想回去找素尘。

"他留在那里做什么？"林远焦头烂额。

"或许是想为我们拖住阿耨多罗。"廖云觉道。

"那不是无异于找死！"

廖云觉顿了顿："那倒也未必。"

坛庭中，阿耨多罗应道："你所求何事？"

素尘微微一笑："愿与上神辩经。"

全场哗然。

佛门弟子修行时，的确时常辩经，但从未有人想过要与阿耨多罗去辩。那可是阿耨多罗本尊啊！

但惊讶过后，众人又感到一阵兴奋。

在这佛会上，无人不是欢喜充溢，心满意足。即便是求财求权苛索无度者，也几乎想不起祈愿。

若是其他祈求定会遭人鄙夷，但辩经并非不敬，恰恰相反，这僧人一定非常投入于参悟佛理，即便到了此处都没有忘记。这心愿如此虔诚，慈悲的上神应当不会拒绝吧？

阿耨多罗的目光终于落在了素尘脸上。

所有人的视线都齐聚于此，孙王妃站立的身形忽然显得很扎眼。她深吸一口气，不得不坐了回去。

她早些时候就收到了赵部的飞鸽传书，让她寻找赤子。无奈适逢佛会，她被困在第三重城门内，又在阿耨多罗觉者的眼皮底下，只能暗中找商人去打探情报。

昨日来了新传书，赵寅赵卯已接近鹤观。孙王妃便试图将所有商队留下，等赵部来抓赤子，以确保万无一失。

结果等了一夜，赵部都未曾现身，甚至还断了联系。孙王妃担心迟则生变，只得兵行险着，自己派人动手。

果然就出了岔子……

孙王妃僵硬地坐在原地，只能朝亲信使眼色，让他们全力去追。

莲台下，素尘已经自顾自地开始了："弟子一生未曾见过如此隆重之法事、如此繁盛之供养。敢问上神，离欲修行，何以纳此厚供？"

"哧——"

现场响起了零星的嘲弄声："大周的沙门只问得出这种蠢问题？"

鹤观以小乘僧众为主，阿耨多罗在佛会上念诵的又一直是小乘经文，便让他们颇感高人一等。

果然，阿耨多罗依然引用着小乘经旨："受供并非为贪执己身。供养可令施主得大福祐、得大果报、得大光明，生不遭难，死则上天。信众布施，出离善心，我辈受之，亦是助其培植福报。"

袖缓缓说话时，场内众人无不感到一股油然而生的喜悦，仿佛这几句话里已然蕴含了一生所需的奥义。素尘站得离莲台最近，更觉得受用无穷，心境祥和，只想就此行礼退下。

素尘没有动。

他站得宁定如钟："我闻如来曾语阿难：人能受法，能行法者，斯乃名曰供养如来。曲阿婆一介老妪，虽无长物，却一生持戒自省，受法而能行，此非供养乎？上神为何不受其供，培植其福报？"

小乘僧众张大了嘴。

这家伙，怎会也如此熟悉小乘经典？

阿耨多罗沉默了一下，平和道："其人心存杂念，执着于祈愿功德，未能欢喜惠施而不生著想。此为不净施，因而不可受。"

素尘只觉得全身轻盈如羽，双脚随时可以离地飘起。

但他自幼天天泡在经书中挑刺，已经不只是习惯，而几乎成了本能。他不假思索便接道："原来如此，上神日前筛选吾等香客时，是根据供养名册判断我们的清净心的吗？"

阿耨多罗："……"

没有人注意到祂异常的沉默。随着祂释放的情绪越来越浓烈，众人都已停下骚动，其乐融融地观望着这场辩经，等着祂的回答。

真是千载难逢的美事！

安桃并未带着队伍赶去第二重城门，而是绕至城墙之侧，那里已经有几条绳索悬挂而下。

所有人急忙互相协助着攀上绳索，手足并用翻过墙头。

鹤觐侍卫追了过来，殿后的神树人不消吩咐，立即摆开阵势与之肉搏。那群追兵何曾见识过如此惊人的体魄？刚一交手便知不妙，且战且退，奔回去搬援兵了。

终于，队伍中最后一人也翻出了城墙。

"积雪了，脚印难掩，必须分散开来才能迷惑追兵。"安桃道。

林远道："外面还有最后一道城墙。"

"他们一定在调兵了，此时一起行动只会更危险。都带上绳索，各自找地方翻出去，到白山那边集合！"

安桃飞快给神树人指了几个方向，众人四散而去。

安桃自己则带着折云宗几人穿行过几条街巷，最后到了外墙的一处隐蔽角落。

雪越下越大，寒风砭人肌骨，十步之外已不可见人。

李十一当先一跃，没有用绳索，足尖在墙上连蹬，身轻如燕地上了墙头。她回身帮着拽动绳索，将林远也拉了上去，接着是廖云觉。

楚瑶光刚开始往上爬，背后"嗖"地射来一支箭，擦着她的耳朵钉到了墙上。楚瑶光惊呼一声，手中一松便朝下栽去！

李十一扬手便甩出一把飞针，风雪中传来一连串的倒地声。

与此同时，安桃伸手接住了楚瑶光："没事吧？"

楚瑶光惊魂未定地转过头看他，目光忽然稍做停留，愣了一下才道："没事。"

几人顺利离开了鹤觇，安桃转着脑袋辨认了一下，指了指西北方向。

大雪拦下了大部分追兵，一路上，一小部分神树人也陆续赶了上来。

不知跑了多久，前方雪雾中隐约出现了山峦的轮廓。白山形状嶙峋，被奔袭而过的大风切割出了纵横的沟壑，犹如卧蛇曲折，一直向北方蜿蜒逶迤而去。

大约过了半日，众人最后一丝力气都要散尽时，终于到达了山脚下。

林远喘匀了气，正要说点什么，李十一猛地一把推开了他。

只见他刚刚站过的地方，泥土突然翻腾了起来。无数断手残腿如雨后春笋般冒出地面，狰狞地迎面跳来！

神树人再怎么勇武善战，也被这阵势吓得一哆嗦，当即被放倒了几个。

"赵部。"林远咬牙道。

林中某处也传来一声咬牙切齿的低喝："李四、李十一！"

神树人正仓皇应对这些尸体，林间又冲出十数道活人的身影，齐齐朝他们扑上来——

神树人极力支撑着，眼中渐渐有了绝望之色。

李十一倒是面不改色，手中扣着一把飞针，视线在敌军之间不断移动。这些人受着无间觉操控，同进同出默契非凡，而她一时竟找不到那个喝了神血的小头目在哪里……

便在此时，一把匕首悄然抵住了安桃的脖颈。

楚瑶光踮着脚站在他身后，狠声道："都停下，否则我弄死他！"

佛窟

鹤观其十六

说话间，那群八苦斋的杀手已经化作了一地更碎的尸块。

八苦斋："？"

楚瑶光一只手持匕，另一只手箍住安桃的颈项，两只手都在发抖。

安桃站着没动："误会了吧？鄙人只是个小商贩，况且已经倒戈了……"

楚瑶光一把扯开他的翻襟，露出了锁骨之下的大片皮肤，以及皮肤上的金色图腾。

细密的金纹在安桃的深色皮肤上，近乎熠熠生辉。其用色之高贵、工艺之繁复，看上去跟小商贩没有任何关系。

更何况，这些纹路构成了一匹背生双翼的天马。一圈联珠纹环绕在侧，象征着辉煌的日光。

"被我看到了这个，还有什么可说？"楚瑶光极力让自己的声音听上去更凶狠，"你是蜜特拉的人，这一切都是你们合伙算计的！"

在她看不见的地方，安桃眼中闪过了一丝迷茫。

他艳丽的眼睛眨了几眨，但随即开了口："哇，这都被你发现了。"

他冲着八苦斋扬声道："照她说的做，我若有个三长两短，吾主蜜特拉绝不会放过你们。"

八苦斋的攻势放缓了一瞬间。那个操控着同伴的小头目藏在林中，一头雾水。

他们昨夜被周军追上之后，便在此处山林间与对方周旋。这座白山很邪门，不少同伴打着打着就走散了。自己这一队人马伤亡惨重又落了单，本想在此设伏对付周军的，万万没想到，竟等来了廖云觉本人——外加李四和李十一。

天上居然能掉这么大的馅饼。小头目激动得快要昏过去了。

但是"合伙算计"又是怎么回事？先前没见过这胡人少年，可瞧他那容貌与气度，又实在不像个寻常人物。再加上那图腾……莫不是蜜特拉的神仕？

小头目知道蜜特拉在与泥师都合作，但蜜特拉手下又有些什么人，以他的身份还真不清楚。眼下又联系不上赵寅赵卯两位首领……

一瞬间的犹豫后，他决定张口问个究竟："你是——"

他没有来得及问出第三个字，因为前两个字已经足以暴露他的位置。

早有准备的李十一拧身扬手，银针裹挟着风声飞入树丛，将他穿脑而过。

小头目直接暴毙。

他一断气，仿佛断开了无数傀儡丝线，那些生龙活虎的残肢纷纷落地不动了，余下的活人也阵脚大乱。

战场边缘，安桃问："小娘子，现在可以放开我了吧？"

"凭什么？"

安桃抬手去拨开她的匕首："戏已经陪你演完了……咝。"

楚瑶光手一抖，在他脖颈上划出了一道血痕。

安桃感受着那冰凉的刺痛，喉结滚动了一下，缓缓扬起嘴角："这该不会是认真的吧？"

"我倒要听听你怎么狡辩。"

安桃笑出了声："我若是与他们一伙的，只需看着孙王妃抓捕你们即可，何必折腾这一大圈？"

楚瑶光愣了愣："你……你就是在帮孙王妃，半路设计将我们分散……"

她话音刚落，剩余的神树人也找了过来。众人聚在一起气势大盛，围着八苦斋开始狂杀。

楚瑶光："……"

"现在如何？"安桃耐心地问。

"那这图腾……"

"哦，这的确是蜜特拉的图腾。不过，什么叫蜜特拉的人？你以为我

受命于祂？祂以真身现世了吗？莫非你们见过祂？"

楚瑶光的头痛了起来："等一下，你等一下。"

她扭过头去，用耳语的音量悄悄问："天司上神？"

"他没说谎。"天司也用耳语的音量笑道。

楚瑶光猛地松开了安桃。

安桃顿了顿，回过身望着她。楚瑶光瞧见他凌乱的衣襟和脖子上的伤痕，脸红得快要滴血，翻出巾帕递了过去："对不住。"

安桃似笑非笑地望着她，接过巾帕按了按伤口："无妨，一场误会能换来一张织锦粉罗帕，倒是鄙人的荣幸了。"

楚瑶光开始寄希望于寒风快点将自己的脸颊吹凉。

却听安桃继续道："……若是实在过意不去，还可以再赏些伤药钱。"

楚瑶光："？"

说话间，那群八苦斋的杀手已经化作了一地更碎的尸块。

"奇怪，"林远用足尖挑动着尸块，"只来了这么点人吗？"

队伍中那几名千牛军上前，拔起残肢上的箭矢道："这似是周军所用之箭。"

他们在附近找了找，果然发现了一些周军的尸身，但数量同样不多。

李十一突然抬手示意大家噤声。她转过头，侧耳聆听了一会儿，伸手一指北边的山林深处。

风雪中隐隐传来密集的金铁交鸣声。

双方还在林中厮杀未休！

千牛军登时便血脉偾张，忙不迭要去与自己人会合。

廖云觉却低声开口："诸位，眼下战况不明。如果来敌众多，我们贸然过去无异于自投罗网。"

千牛军一愣。

相比薛淳英带队时，他们对廖云觉已经信服了许多。自从进入鹤觋，廖云觉为了隐藏身份，便不常出面下令了。尽管如此，众人不断在大喜大悲间来回起落，颠得发昏，再一看云淡风轻的廖宗主，便很难不将他视作主心骨。

廖云觉语声平稳："既然周军尚在杀敌，我等不如先行退避，以找香为重。天色将暗，夜里恐怕变数更多。"

千牛军飞快交换了一下目光，点头道："廖宗主说得对，一切都是为了采香。不知宗主寻到沉香的方位了吗？"

廖云觉仰头望着这条山脉，沉默了一会儿："先穿林而上吧。"

众人当下便放轻脚步，朝山上攀去。

林远却已是心下微沉。廖云觉说往上走，似乎并不是因为对香料有感应，只是分析了"山上有佛窟"这个情报。

他们在来路上望见了，白山低处覆盖了树林，高处则全是裸露的山岩与皑皑积雪。植物根系会破坏洞窟，因此佛窟不可能藏在林间，只能在上方。

廖云觉的髓海恐怕还是未见起色……所以他刚刚才会有意避开周军吧。

林远皱起眉来。他们真的摸对了方向吗？鹤观已经不能回了，如果沉香不在白山，还能往何处找？

他转头看了一眼队伍。安桃已经收了酬金，却还非常自觉地跟在队尾。遇到林远的目光，他微笑道："林公子，你答应过带我进山的。"

"确实。"林远道，"但如你所见，此行凶险万分。而且实话告诉你，我们要找的东西换不了钱，只会引来杀身之祸。良言难劝该死的鬼，信不信由你。"

"我不信呢。"

林远笑了一声："我猜也是。"爱财到这份儿上，他林远愿将杀价之神的名号拱手相让。

安桃张望了片刻，饶有兴致地问："所以诸位在找什么？说不定我也能提供一点线索。"

"你提供不——"林远的话音戛然而止。

他注视着前方，瞳孔微微收缩。

他们已经攀爬了好一段距离，然而四周的林木不仅没有变得稀疏，反而愈加蓊郁了。不知不觉，连风雪都悄然停歇了，仿佛穿不透繁密的枝叶。

视线所及，这幽暗的林景竟似没有尽头。

但真正让林远震惊的并不止这些。

四下昏暗得如同提前入了夜，可他眼前却浮动着一层轻薄的、蜜色的雾霭。他简直不敢置信，走向最近的一棵树，凑近树皮深吸了一口气。

"怎么了？"楚瑶光悄声问。

"沉香味。"林远喃喃道。

这林中明明没有一株是沉香树，可所有枝干、叶片、草茎，散发的都不是自身应有的气味，而是一股极淡极缥缈、只有林远能捕捉到的沉香味。

这段日子，他天天都在检验沉香，早已练出了一套心得。此时映入神识的蜜色发深，不像新鲜树脂，倒似是沉淀多年的老料。但较之寻常老料，其中又多了一丝潮湿的灰色，仿佛发了霉。

这就对了。这股子变异的气质，是笼予香的香料无疑！

"师父……"林远又惊又喜。这一回是误打误撞，还是……廖云觉能感觉到什么了？

廖云觉面色比平日更为苍白，许是从鹤觑一路疾行至此，身体有些撑不住了。他对林远点了点头，倚着一棵树坐下休息。

当着旁人的面，林远也不方便多问，转而招呼众人："都来试试采香！"

李十一匕首一翻，二话不说便刺入一株树干，等了片刻，并无树脂溢出。

"沉香不是这么采的。"林远道，"要先找到受创的树洞或者树瘤，然后削去外面一层软木。还有一种阴沉香，是埋在土中的熟香。"

众人顿时忙乱起来，有的掘地三尺，有的四处找树瘤。

半个时辰过去，仍是一无所获。沉香味无处不在，沉香本身却不见踪影。

下方山林中又传来了混战之声。那些杂音越来越清晰，竟似在朝这边缓缓逼近。

有个千牛军焦躁起来："还找吗？林远，你鼻子不会出错了吧？"

林远懒得理他。

那人又问："廖宗主，要不要换个地方？"

廖云觉没有回答。

林远下意识地抬头一看，廖云觉的身影渐行渐远，几乎已经消失在林木深处了。

林远吃了一惊，赶紧朝他追去，发现异常的众人也匆匆跟上。

林远终于追到了廖云觉身侧，正想问个究竟，却见他面容惨白，已经不见一丝血色，漆黑的双目直勾勾地望着某个方向。

"师父？"林远心脏突突直跳。

廖云觉低低应了一声，没有多言。他的步履略显急促凌乱，一路朝草木最密处钻。林远一边勉强跟着他，一边对空气唤道："都……上神！"

"在呢。"阴间声音这会儿倒是随叫随到。

"我师父这是？"

"正常，髓海在慢慢苏醒。受了这么久滋养，差不多也是时候了。"

林远一喜："太好了，时机也正好……"

话音未落，就见廖云觉脚一软，整个人朝下倒去。

林远慌忙扶住他："师父！"

廖云觉的手臂搭在林远肩头，不可抑制地轻微颤抖着，动了动唇似乎想说什么，却没发出任何声音。

"停下停下，不能再用了。"天司道。

"用什么？"林远问。

"道力。髓海恢复的过程几乎跟受损一样痛苦，所有道力都用来修复那地方了，四肢百骸会极其虚弱。他若再透支道力找香，可能会连呼吸的力气都不剩。"

林远倏然望向廖云觉。

廖云觉双眸虚睁着，目光却已涣散了。林远支撑着他勉力往前走，只觉得肩上的身躯越来越沉，直往下坠。

安桃大步追了上来，帮着从另一边架住廖云觉："这是怎么了？林公子，你们走得太快了，有些人没跟过来。"

林远回头一看，那些千牛军和一部分神树人消失了踪迹，连带着阴魂不散的战斗声，一并被他们甩在了身后。仅存的光线正在消失，密林

好似从四面八方朝他们合拢……

这时起了一阵风。

夜风尖厉地呜咽着，似是刚穿过某处狭窄寒冷的通道。风势甚急，仿佛将山林打开了一道缺口。

他们朝风来处转身，只见一片黑魆魆的山岩，犹如沉默蹲伏的镇墓兽。那些岩石间仿佛还张着些幽邃的兽口……

林远突然明白了。

他只说出两个字："佛窟。"

供养人

鹤观其十七

他伸手摸了摸那些供养人的名字："你们说，其中哪一个是曲阿婆的丈夫呢？"

这些洞口都已垮塌了大半，必须躬着身子才能钻入其中。

林远撑着昏昏沉沉的廖云觉，正自犹豫，李十一已经一马当先迈进了最近的洞口。只过了几息，便见火光亮起，李十一简短道："没危险。"

林远与安桃架着廖云觉跟了进去。这是一个极小的洞穴，仅凭火折子的光照也能一眼望到头，里面空无一物。

石壁斑驳不平，仿佛风蚀而成。但它又无疑是人工开凿的，因为最深处有一根巨大石柱的雏形，石柱中段甚至开了龛。

果然是佛窟，一个远未完工的佛窟。

他们将廖云觉扶到石壁边让他靠坐，楚瑶光也围了过来。廖云觉垂着头，两扇睫毛投下深重的阴影，似乎已经失去了意识。

真正触碰之下，才能发现他有多么瘦削。整个人单薄煞白，像一张纸，被暗淡火光一照，竟显出几分枯槁之相。

安桃探了探他的脉搏："脉象虚浮，他生过重疾吗？"

　　林远说不出话。他与楚瑶光对视一眼，清晰地记起她说过的话：道力有缺时走路都晃，睡梦中又时常心悸而醒。

　　他应该知道的，自潼丘重逢以来一路艰辛，师父肯定不会太好。只是廖云觉一贯表现得超然绝尘，总会让人下意识地忘记这一点。

　　而他林远明明已经孤身闯荡了一遭，刀山火海都蹚过，可一回到廖云觉身边，便好像又活回去了，一边东一榔头西一棒槌地出主意，一边本能地依赖着师父给他托底。

　　廖云觉一朝倒下，他脑中竟是一片空白。

　　仿佛感知到了他的恐惧，廖云觉了无生机的身体动了动。林远一惊："师父。"

　　廖云觉慢慢撑开眼帘："无妨……歇一阵就好。"声音低哑无力。

　　此时没掉队的神树人全部围了上来，将小小的洞口堵得风丝不透。廖云觉的目光在众人间转了一圈，又望向林远。

　　林远会意，站起身道："别堵在这里，都去探探别的佛窟，动作轻一点。"

　　人群散开了，林远自己却又蹲了回来。

　　廖云觉凝视着他的神情，忽然露出一丝笑意："怎么……变成小孩了？"

　　林远低头不语，脱了自己的外衣垫到廖云觉身下，仍旧心乱如麻。这个地方前不着村后不着店，他们还丢了一半的人，山里又有八苦斋出没。廖云觉如果病倒，他如何救对方？

　　廖云觉轻声道："上神未发声，想来我没有大碍。"

　　林远嗤了一声："祂何曾发过声？八苦斋几次设计突袭我们，那厮都袖手旁观……"

　　"你知道我就在此处吧？"天司的白袍悠然浮现在了他们身旁。

　　林远头也不转："哎呀，忘了。"

　　天司没有脾气似的笑了笑："廖宗主的确并无大碍。能用道力了，这是好征兆，但髓海尚在修复，短时间内不可再用。还有，恭喜你摸到了我的全知范围之外，说明此地正是筮予香的香料所在地。"

　　廖云觉问："那山里——"

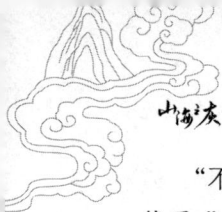

"不用管。就让他们在山里捉迷藏，互相消耗一波，你们正好趁机找香。"

楚瑶光一连查看了几个洞口，都是些陈旧的佛窟。有的石壁相对平整，残留着涂抹到一半的黏土；有的已经敷完了泥皮，起草了壁画，但只能依稀看出一些黯淡的人形与菱形轮廓。

佛窟深处都有开龛的石柱，其中的坐佛一尊比一尊粗糙，只在木质骨架上堆砌了一点泥土。这些木材也不是沉香木。根据它们的凋朽程度，能看出这些佛窟年代不一。

为何全都荒废在了未竟之时？这一代代的工匠现在何处呢？

曲阿婆说她的丈夫有去无回，难道……

楚瑶光的视线颤颤巍巍地移向脚下。

"没有尸骨。"昏暗中响起的声音将她吓得一个激灵。

楚瑶光猛然回头。安桃轻盈地跟在她身后，正饶有兴趣地打量着洞窟："的确有些奇怪。但这种地方不像是有沉香的样子，即便有，恐怕也不会很值钱。"

楚瑶光道："林师兄已经告诉你了，我们并非求财。"

"然而阻挠你们的有王妃，有怪胎，似乎还有觉者。"安桃微笑着陈述事实，"既然不能换钱，那这沉香想必能换更重要的东西。是什么呢？地位？名声？力量？"

"总之不是对你有用的东西。"楚瑶光硬邦邦地回答。对方将蜜特拉的图腾文在身上，就算不是祂的神仕，也该是极度虔诚的信徒了。此人实在应该甩脱的。

安桃不以为忤："别这样，我或许还能帮上忙呢。让我看看——"他伸出修长的手指摩挲着石柱，又用足尖敲了敲地面。

他嘴里三句话不离钱，身姿却总有种难以言说的优雅。不同于廖云觉的雍容静定，安桃的优雅主要来自动态，一举手一投足，几乎带着某种仪式感。就仿佛他身上不是胡服与风尘，而是缀满了看不见的璀璨金饰。

"没有后室。"他喃喃道。

"……什么？"

"完工的佛窟应该分前中后室。"安桃指了指那根石柱，"这巨柱前方是前室，后方还会凿出后室，两侧的甬道则是中室，供信徒参拜时穿行而过。"

楚瑶光反应了一下："你很熟悉这里的佛窟？我还以为你不拜佛呢。"就连其他七曜商人都去了佛会，安桃却自始至终没看过阿㮲多罗觉者一眼。他唯一一次踏进第三重城门，只是为了将他们带出来。

安桃笑了笑，先行迈出了洞口，又回身为她照路："我只是熟悉前中后室，这本是祆祠的布局。当年西域诸国先信祆教，后又传入了佛教，许多祆祠不在了，这布局却沿袭至今。"

楚瑶光想起来了，蜜特拉就是祆神之一。

她跟着他走向下一个佛窟，忍不住问："七曜人不是'教教都信，门门有我'吗？为何你只信蜜特拉？"

"我以前只信蜜特拉。"安桃纠正道。

"现在呢？"

"现在只信钱。"

"……"

楚瑶光很难辨别他是不是在说真话。她心里正在琢磨，忽听不远处传来神树人的惊呼："这里，这里！"

楚瑶光立即奔了过去，一头钻进洞口，再度直起身来时，也不由得失声唤道："师父——"

这是他们迄今见到的最大、最完整、最美丽的佛窟。

坐佛已经雕出了四肢和五官，能看出鹤观特有的高鼻深目，双眸低垂，悲悯含笑。

更惊人的是四周的石壁。幽暗之中，朱砂、雌黄、青金石、云母……鲜艳的颜色随着火光隐现。前室石壁上描绘着佛祖说法图，而从两壁上沿开始，那些菱形轮廓显出了完成之后的模样。

大多数菱格内，已经用极细的线条绘满了佛祖累世修行的本生故事——舍身饲虎、割肉喂鹰、兔王本生……

菱格的边沿以更细的笔触画成了重峦叠嶂，山峦与山峦之间又有无

数花木、泉池、飞禽、走兽。万物众生与诸世受难之佛共存着，伴随着层层远山绵延至窟顶，大千世界，令人目不暇接。

林远扶着廖云觉走了过来，首先深吸了一口气。沉香味依旧缥缈得似有还无。

"快看这里。"楚瑶光指了指壁画角落，"这些是供养人吧？"

西域佛窟都会画出供养人，也就是为此窟出资的显贵，以期留名于世，永享福泽。

楚瑶光所指正是几个跪于佛前的人形，旁边还以鹤觋文注出了人名。安桃念道："苏黑、刘秃、闵平安……好像都是平民的贱名。"

"所以，这个佛窟是由一些平民修建的。"楚瑶光慢慢整理着思绪，"曲阿婆说过，她的丈夫失去儿女后，说要去造窟祈福……莫非这些供养人，就是打窟作画的工匠？"

林远望向那些直到最后也没能填满的空白菱格，又望向佛窟中央的雕像。它没有上色，也欠缺细节，比起鹤觋那两尊百尺巨佛，它简直只是一团混泥。

一双佛眼从污秽混泥间微启，凝视着此间卑贱的痛苦。它们已经消弭无踪，它却仍然张着眼。

他伸手摸了摸那些供养人的名字："你们说，其中哪一个是曲阿婆的丈夫呢？"

"我猜都不是。"安桃答道。

他并没有看供养人，而是高举火折，仰头检视着某一个菱格："这里画了鹿。"

果然是鹿，一头母鹿与一双正在跪乳的小鹿，形态栩栩如生。

"画得太真实了，这匠人一定亲眼见过鹿。"安桃道，"但我来鹤觋之后从未买到过鹿茸。鹤觋人告诉过我，这一带的鹿群在百年前就已绝迹了。这壁画里还有数种现在找不到的动物，应该至少绘于百年之前。"

但在他侃侃而谈的同时，林远用手捂住嘴，悄声问："上神，曲阿婆的丈夫叫什么？"

天司在他耳边答道："闵平安。"

林远："……"

那不就是墙上画的供养人？

"闵平安不可能有百岁吧？"他又悄声问。

"没有。"

"那这是怎么回事？"

"不知道。"天司提醒他，"此地在全知范围外。"

祢就说祢有什么用？林远恼怒地心想。

"你的心声我倒是知道的。"天司友善道。

廖云觉在他身旁默默别开了头。

安桃并未听见此处的对话，还在朝前走："啊，果然有中室和后室。"

众人跟了上去。沿着巨柱旁的甬道，菱格继续延展，其中又出现了更多的鹿影，有奔逃状，有跪伏状。

廖云觉轻声道："这似是《佛说鹿母经》。"

有一母鹿觅食之时，落入了猎人陷阱。母鹿便向猎人哀求：向生二子，尚小无知。……不惜腥臊身，但怜二子耳。放我暂去安置好孩子，一定旋来就死……

越往里走，壁画线条越是潦草，用色也越是单调。变幻陆离的鲜彩渐渐消失，最后只剩下蓝色。

"青金石吗？"楚瑶光疑惑道，"青金石原该价值不菲，他们哪儿来这么多蓝颜料？"

壁画里，猎人感念母鹿情义，便放之令去。于是鹿母寻至二子，低头哀鸣，舐其身体……

再后来的线条彻底难辨，淹没在了清净幽邃的蓝色中。

"后室一般比较小……"安桃一句话未说完，脚步停滞在了原地，久久未动。

众人随着他走到了甬道尽头，却没有看见后室。在他们头顶，蓝色蔓延、蔓延，其中漏出星星点点的光辉，而那光辉似是来自无尽高处。

安桃不敢置信地直直举起手臂，却没有触到任何穹顶。

他们站在宽广星空下。

李十一越过众人，飞身跃起，身影像一只振翅的黑鸟。她没有遇到任何阻碍，又轻轻落了地。

夜风静静拂来，长草在他们脚边起伏如涛。这是一片平缓的草原。

安桃好半晌才又发出声音："真的没有顶。这还是佛窟里吗？我们已经出了白山吗？"

"不下雪，所以不是与外面连通的。"对这种情况，林远适应得比较快。他迎着风嗅了嗅，沉香味还在。

遥远的某处有灯火闪烁，似是人烟所在。林远看向廖云觉。

廖云觉点了点头："走吧。"

众人已经走出一段距离后，林远才忽然回头望了一眼。草原一望无际，佛窟已经消失了。

"好啊。"他颇有些麻木地道，"终于又进了鬼地方。"

守夜

鹤觇其十八

世上怎会有如此善辩之人？

陆让已经酒足饭饱了。

半日之前，玉容带他乘着舟来到了这座酒楼。里面装饰豪奢惊人，却是一派冷清，没有伙计，也没有食客。

仅有的几道身影是在厅堂中央旋转的舞姬——赤足踏着花毡，手揽飞扬的长帛，裙摆犹如花朵盛开。陆让多少已经有所预料，但等到走近一些时，仍是默默出了一身冷汗。她们脸上毫无五官的痕迹，平滑得就像忘记雕刻的陶偶。

舞姬对他们的到来十分漠然，只顾不停歇地跳着胡旋舞。

玉容径直带路进了后厨。很显然，没有眼睛并不影响她视物。

后厨竟堆叠着山一般的佳肴与酒水。玉容对此熟视无睹，微笑着端起几盘烧肉与水果，还示意陆让去拿酒壶。

这时她身旁那个男孩突然开口了："要糖脯。"

陆让吓了一跳。他一直以为这两个孩子不能算活人。

玉容温柔道："好。"说着又从无数杯碗间找出了一碟糖脯。

几人回到大堂坐下了。舞姬仍在旋转，不知何处有琵琶与篞篌声绵延不绝，音调空寂而失真，如同水下传来的余响。

陆让本不敢碰这里的食物，无奈实在饥肠辘辘，又见那三人大快朵颐，终于也忍不住吃了起来。味道说不出哪里不对，只是咸味甜味都有些含混，像是放了太久。而且，陆让依旧嗅不到香气。

玉容自己吃得很少，一直为陆让殷勤斟酒，又忙着照顾两个孩子。

她似乎还没到做母亲的年纪，但只从下半张脸很难确认这一点。

"他们是你的孩子吗？"陆让问。

玉容愣了愣，温声道："我不记得了。但他们一直在我身边。"

"你……"陆让试着套她的话，"你们一直住在此处吗？"

玉容点头。

"我醒来时，怎会在你房中？"

玉容道："我去捡柴火时，看见你在林中昏迷不醒，恐有危险，便喊宝儿和锦儿一道将你拖回了家。"

"哦，那片林子……你可曾朝外面走过？"

"外面？"玉容果然依旧不能理解，"林子就是林子，没有外面的。"

陆让："……"

他该不会要一辈子待在这里了吧？

陆让举杯一饮而尽。其实还有希望，既然八苦斋的人能进来，说不定周军也能。此处有篞予香的香料，那廖云觉迟早也会进来。到时候他就能……

作为逃兵回去，继续受人唾弃，抑或是亡命天涯？

一瞬间，荒谬的空虚感淹没了他。仿佛又回到了那神龛里，天大地大，唯有他是孤魂野鬼。去何处又有什么区别？

陆让不记得自己喝了多少酒。他喝到玉容开始劝他小心伤胃，他却笑道："这酒味这么淡，伤不了胃的。"

玉容似乎察觉到了他的绝望，有些不知所措："奴家身无长物，只有这些可以招待恩公，实在过意不去。"她左顾右盼，"不如我为恩公献舞一曲助兴？"

她起身走到了中央空地上，那几个无面舞姬依旧毫无反应，像是没发现她的加入。

陆让醉眼迷离地望着，逐渐张大了嘴。

这一幕怪异荒诞，却自有其美感。玉容穿得朴素，舞姿却比她们丰富得多，垂手旋转，扭身提足，乍动乍息，似有火焰随着飞扬的裙裾次第展开。

伴着那听不出旋律的乐声，她哼唱起来，歌声同样虚无地回荡着，只能听出几个缱绻动人的音节不断重复："恩煨……恩萨……恩煨……恩萨……"

"跳得好。"陆让借着酒劲喝起彩来。

玉容笑着朝他一礼："恩公喜欢就好，若有赏银就更好了。"

陆让："？"

没等他反应，玉容自己先慌忙道："恩公恕罪，是奴家一时忘怀了，恩公已经救了我们的命，我怎能贪得无厌呢……"

陆让苦笑了一下。这女子还怪老实的，在这种地方，她明明可以直接抢，却还选择拐弯抹角地讨钱。

不知为何，"要钱"这件事使她多出了一丝活气，少了很多骇人之感。

陆让在身上掏了掏。他原本准备亡命天涯，自然带足了钱，只是经过一路颠簸，早已掉得差不多了。最后他将仅剩的碎银全翻了出来，心一横道："拿去吧，归你了。"

玉容并不嫌弃钱少，连连道谢，惊喜得声音都哽咽了："如此一来，就又离一百一十两近一点了。"

陆让想起初见时她就念叨着这个数字，顺口问："你要一百一十两做什么？"说来此地连食水都不要钱，他很难想象什么事情需要花一百一十两。

玉容的唇角拉了下去："我……这个我也不记得了。只记得很重要，很重要……"

陆让看着她攥紧碎银，语气不由得轻柔了些许："定会攒到的。"

与此同时，林远等人在赶一条此生最离奇的路。

他们先是循着灯火走进一座楼，接着隐隐听见了纷杳脚步声，便急忙躲进了最近的偏室。没等所有神树人都跟进去，那偏室竟开始颠簸移动。他们推窗朝外一看，偏室变成了一架巨大的马车，由四匹马拉着疾驰而去，转瞬间将余人甩在了身后。

他们本想勒马，但四周早已不是那栋楼了。迷离暗夜中，林远似乎听到了河水潺潺声，之后又变成了林叶拍打声。仿佛有些人影一闪而过，但多半是幻觉，因为他嗅不到任何人的气味。

等马车终于停下，林远当先跳下了车。仅剩的十余个神树人全像雏鸭般紧紧挨着他，生怕掉队。

他们身在山洞里。不是逼仄的佛窟，而是巨大的、四通八达的岩洞。地上生着火炉，还铺满了舒适的干草，就仿佛是专为行客准备的。

四下寂静无人。不知是不是错觉，那似有若无、无所不在的沉香味似乎浓了一点点。

那几匹马昂首拉着车走向岩洞深处，嗒嗒的蹄声在幽深甬道里渐去渐远。

林远背对着众人问："上神，能不能看看这些甬道通向何处？"

天司道："有的是悬崖，有的是庭院，还有更多的分支。"

林远有些头晕。这个地方太大了，大得超乎想象，大得几乎让人绝望。他们似乎只探索了区区一角，就已经是整个鹤观的数倍之大。

什么样的"法"能创造如此大的秘境？这沉香又要从何处找起？

他又回头看了看廖云觉。廖云觉明显已经走不动了。

林远清了一下嗓子："今夜就在此暂歇，留几个人守夜，余下的尽快入睡。"

然而他们再一次陷入了无食无水的境地，又不敢胡乱去找。尽管刚过去一日，身体还能撑住，却很难成眠。

林远坐在廖云觉身旁，当仁不让地守着第一班岗。干草上不断传来窸窣翻身的动静，炉中火苗牵动着人影乱晃，似是无数鬼魅在岩壁上跳

跃，随时准备压下来。

身边传来廖云觉低低的声音："不必担忧，等明日我恢复些许，便可以再调用一次道力，找到沉香的方向。"

"不行。"林远和天司同时道。

天司："髓海不是儿戏，你忘了昨夜吗？"

林远问："昨夜怎么了？"

"当时他髓海苏醒，险些昏死在客栈内院，缓了好久才能起身——倒是恰好拦住了素尘轻生。"

林远急了："师父，你就不能……"他深吸了一口气，极力压下语气中的责怪之意，"我也能想出办法的，你信我。"

廖云觉面色依旧苍白如纸："我当然信你。"

林远露出一个笑："那就交给我。"

廖云觉缓缓闭上眼："可是让你这样拼命……是师父的失责。"

林远望着他掺杂银丝的灰发，心中一阵闷痛。

都广天司方才说过：髓海恢复的过程几乎跟受损一样痛苦。廖云觉现在如此虚弱，那么，当初受损的时候呢？当他冲入火海时，当他为自己立起衣冠冢时，当他困围于卧房与病躯时，他是如何熬过来的？

尽管如此，廖云觉从无怨恨。他的心里全是一重又一重未尽的责任，仿佛只是这些责任催动着他前行。

林远没料到自己会如此低落。他心头掠过无数焦躁与憾恨，记忆已经闪回到李四临死时的眼神了，才终于反应过来——入夜了，所以被佛会压下去的杂念又加倍反噬了。

众人还在辗转难眠。林远想了想，打开随身的小香炉，将最后的辟秽香全都点上了。静谧悠远的香气充溢岩洞，四周终于逐渐响起了鼾声。

廖云觉闭着眼睛，大约已经睡着了。

林远盯着火炉似看非看，沉思许久："上神，还在吗？"

他几乎只发出了气声，但天司其实不需要他开口："在呢，不过我劝你省着点用我。此地的道力不知为何不太充沛，至少不太稳定。"

林远翻了翻眼睛："恕我直言，此地也不太用得上祢。"

他决定榨干都广天司能被榨干的价值："外面是什么情况？"

"很顺利。医巫闾收到你们的密信后，出兵讨伐八苦斋，没想到泥师都手笔更大，一上来就发动了整个附离国。"

"附离国？"林远嘴角微动，"附离不是早就灭国了吗？"

如今想来，他已经能猜到，泥师都从长明之战后便退而蛰伏，附离国大约因为失去了狼神庇护而逐渐衰落，直到数十年前，被如日中天的大周一举荡平。

天司笑道："附离人不服呗。他们表面上降了周，其实一直盼着复国。泥师都一声号令，他们便卷土重来了。泥师都想用八苦斋和附离军双管齐下，一边来抢筮予香，一边抄了医巫闾的老底，让祂顾此失彼。"

林远心一紧："那医巫闾——"他倒不是不恨医巫闾，而是更不能忍受泥师都占上风。

"医巫闾其实不想打的。泥师都是疯狗，祂却不是。祂身为第一觉者，却一向不喜战火。战火会让祂失去国民、沃土和草木，那都是祂将来的供养。弋不射宿，方能代代无穷尽嘛。"

林远忍不住嘲讽道："好会养牲口哟。"

"早告诉过你了，觉者能是什么好东西？不过现在情势不由人，祂不想战也只能迎战了。况且，祂觉得只要得到筮予香，就再也不用担心道力了。"

"祢也是这么想的。"

天司笑了一声："确实。打吧，让祂俩尽情地打，打到半死你就有机会复仇了。"

林远忽然想起一事："对了，祢不是还想灭了阿耨多罗？现在我们都离开鹤观了，阿耨多罗怎么办？"

"自然是交给素尘了。"

"……祢认真的吗？"

鹤观。

坛庭里的辩经从清晨持续到了深夜，所有人不吃不睡，观望至今。

他们意识已经有些朦胧了，但因为阿耨多罗施放的无穷喜悦，他们仍旧亢奋地睁大着眼睛。

就连孙王妃都逐渐忘了自己的任务，坐在原地笑容满面。

只有莲台上的阿耨多罗知道，此时的祂有多么骑虎难下。

祂已经浪费了太多道力，但祂根本不能收回力量！因为一旦收回，他们就会清醒过来，就会骇然发现——祂从头至尾都辩不过素尘！

祂已经试过小乘、大乘，豪引无数流派的经文，可那僧人的嘴，那张可恶的嘴，就像有自己的生命一般，永远无须停顿就能吐出令祂词穷的反问。

世上怎会有如此善辩之人？

素尘依旧站在莲台之下，一步也不曾移动。他的双腿都在发颤，但他还未倒下。下一句，再下一句，不要给阿耨多罗留下气口。

他起初只想为廖云觉等人争取一点撤离的时间，但到了现在，连他自己都快忘了自己为何还在坚持。

他太擅长此道了，他问倒过寺庙里从老到幼所有的僧人，问倒过这一路遇见的所有佛家子弟，他早已将每一个问题默念过无数遍。

即便在阿耨多罗强加的飘然欢愉之下，他的意识深处仍旧浮起了一丝苦涩。

如果祂真能回答就好了。如果这些问题真的有答案就好了。

阿耨多罗那双半垂的眼底已经溢出了凶光。这家伙恐怕不是普通人，甚至有可能，正是祂必须除去的赤子……

祂只有控制人心境的"悉地觉"，并没有什么强大的战力，但身为觉者，想杀死一个凡人还是轻而易举的事。

麻烦的是，此地会集的恰巧是祂最不能失去的一批信众。如果让他们直接目睹祂杀死这僧人，恐怕会动摇他们的信仰之心。

恰在此时，素尘终于体力不支，身形摇晃了一下，又勉强站稳了。

阿耨多罗忽然面露一丝微笑。祂想到了一个主意。

祂坐在原地，悲悯地垂下一只手，凭空移动着素尘的身躯，将他高高托举了起来。众人发出一阵惊呼，目光随着素尘移动，直到他稳稳地落在了一尊百尺高巨佛的头顶。

与此同时，阿耨多罗自己也微笑着飘然而起，转而坐到了另一尊佛头上，与素尘遥遥对峙："继续吧。"

三个

哪一个是真的林远？甚至——此处有真的林远吗？

陆让是被一阵嘈杂声惊醒的。酒楼已经不复空旷，不少人影在桌椅间拥来挤去，有的用鹤觇语飞快地呼喝着什么，有的只是在无意义地大叫。

陆让因宿醉而头痛欲裂，耳中嗡嗡直响："怎么……？"

"该走了！"玉容惊慌道，"他们说又有杀人的家伙来了，都是从哪里冒出来的？"

陆让觉得自己有答案。鹤觇旁的荒山大约从未如此热闹过，混战中，总会有人像自己一样误闯进这个秘境。进来的无论是周军还是八苦斋，但凡手里有刀兵，大抵不会对这些怪物多友善。

他们匆匆挤开人群朝外走去，陆让没敢细看擦肩而过的任何人影。

玉容在他身边六神无主："我们去哪儿？"

陆让："……"

他本想说"我怎会知道"，话都到嘴边了却灵光一现："我……我只会那一招，要不还是躲到那个地洞旁边？"

"好。"

天光还未明。陆让随着玉容在街上一路小跑，四下都是逃命之人。但这些人似乎并没想到藏身之所，全如无头苍蝇一般跌跌撞撞。

身旁的小女孩被人撞倒了，玉容忙喊着"锦儿"去抱起她。

就在这一刹，陆让的双眼瞪大了。

心脏像被一只巨手攥住，又拧了几拧。他僵立在原地，几乎没意识到自己在做什么，手臂已经自行伸出去扯住了玉容："不能再往前了。"

"为什么？"

陆让回答不出来。他依旧瞪视着前方那几道随着众人而动的身影，满脑子都是：他们怎会在这里？

廖云觉、林远、楚瑶光。

玉容顺着他的目光望去："那几个是谁，杀手吗？"

"不是。"陆让心头一片混乱，忽然低下头去，自顾自转身选了另一个方向。

这回换玉容扯住了他："不行，那边不行！"

"怎么不行？"陆让注意到了，唯独自己选的方向几乎不见人影，只有重重雾霭。似乎所有人都对那个方向有种莫名的忌惮。

"不能去那里。"玉容一边咬着嘴唇，一边死死拽着他，仿佛那边有比杀手更恐怖的东西，"我们快去地洞，好吗？"

陆让只得妥协："好吧……但是走慢一点。"

远处突然传来连声惨叫："来了，他们来了——"

四周的人凝固了几秒，接着开始争相朝后退去。转瞬间，人群四散开来。

陆让牵起宝儿跟着玉容，每跑一步都被人撞得东倒西歪。玉容抱着锦儿，纤细背影在前方忽隐忽现，倏然拐了个弯，艰难地穿过人流，奔入了一道窄巷中。

陆让跟了进去。窄巷中暂时无人，他能依稀望见巷子尽头的河流与木舟——正是他们来时所乘之舟。

"快走吧。"玉容催促道。

陆让犹豫了一下，回身探出头去看了一眼。他的目光在攒动的人头间搜寻着，找到了那师徒三人。他们没有武器，也没找到避难的地方，仍在人群中。

如果马上要来的是八苦斋……

他们身边怎会没带人手？李十一去哪里了？

"你的同伴吗？"玉容问，"把他们一道带上吧。"

"不行。"陆让立即道。

他不肯进又不肯退，玉容焦急起来："到底怎么了？"

"我……"陆让深吸一口气，"我不能见他们。如果跟他们会合，就会回到危险中，还会被嘲笑。"

"你去救他们的命，哪里还有被嘲笑的道理？"

陆让不吭声。

惨叫声似乎更近了。陆让抬起一只脚将踏未踏，神经紧绷到了极点，忽听玉容轻声劝道："恩公不是见死不救之人。"

"我已经见死不救过了！"陆让猛地爆发，"在地道里，我不想独自留下渴死，就断了他们逃生的希望！在神祠里，我为了偷生，眼睁睁看着一大群人步入埋伏，死在我眼前！"

从玉容残缺的脸上看不出她的反应。

陆让却感到一阵空落落的释然。对着这不像人的怪人，他倒终于说出了实话。

"我根本不是什么正人君子，我只是……我只是……"他惨笑一声，"保命为先。"

"如果非要牺牲自己才能当正人君子，那不当也罢。"

陆让诧异地抬眼看着玉容。

玉容加快语速道："世上自吹自擂之人倒是不计其数，可真到了生死关头，哪有那么多正人君子？"

陆让实在没料到她会说出这番话来，眼前却又浮现出了那个周军小头目临死的笑容。那人直到最后都没将他暴露出来……

"而你已经救了我和孩子一次！只这一次，你已胜过了无数人！恩公智勇双全，还有情有义，就是我心中的正人君子！"

陆让很想说当时自己其实别无选择，但听完后半句吹捧，又咽了回去。

很久很久，很久很久，没人夸他了。

他不知为何突然不想看到她失望的表情，虽然那张脸无甚表情可言。

他深吸一口气，冲了出去，一路撞开众人，一只手一个拖住了林远和廖云觉，又对楚瑶光喝道："跟我来。"

"陆师兄？"楚瑶光激动地惊呼。

陆让不作理会，用最快的速度将他们拖入了窄巷，对玉容道："走。"

他一边冲向巷子尽头，一边开口想问几人情况，却不料被林远抢了先："我的天，我没看错吧，这不是去潼丘置办香品的陆师弟吗？你怎么又出现了？香品呢？"

陆让一哽，那熟悉的恶心的感觉又泛起来了。这林远竟不分轻重缓急，非要在此时阴阳怪气。

"我当时就承认了，我去潼丘是为了逃。"陆让咬着牙含混道。他希望前方带路的玉容没有听清这句话。

"哦哦，"林远拖着长腔道，"好像是这样的。"

陆让忽地松开了牙关："然后我撞上了八苦斋的人，意外得知附离出动了大批兵马。我为了向周军示警……"他的声音又含混起来，"就被抓回了队伍中。"

林远大笑起来，仿佛只听见了最后几个字："真是载誉而归。"

陆让只觉一股怒火直冲天灵盖，回头难以置信地瞪着他："我示警也是为了帮你们！而且我刚刚救下了你们的命！"

"是吗？"

陆让简直气结，但此时玉容惊呼了一声，他连忙看去，接着也同样傻了眼。

他们已经跑到了窄巷尽头，河上的木舟却不见了。

"被人抢先撑走了……"玉容道。

"那……那怎么办？"楚瑶光惊恐地问。

陆让想了想，对玉容道："我记得你说过'看到这样的洞，千万要小心避开'。也就是说，此地还有其他的地洞？"

玉容也记起来了："是的，我知道另一个地洞在哪里，可以走过去。"

陆让本想冲那三人放一句狠话，但这时楚瑶光已经发着抖走到了他身后。陆让深吸一口气，心道：陆让，你可真是以德报怨，高风亮节，君子中的君子啊。

"跟上吧。"他没好气道。

林远却没动，狐疑地问："地洞？"

陆让昂起头来，三言两语将自己用地洞杀人的事情说了。

林远笑了笑，这回倒是跟上了他，偏偏嘴却不闲着："行行出状元哪，陆师弟这逃命真是逃出了经验，逃出了水平。是吧师父？"

陆让："……"

陆让忍无可忍，转过身道："有本事你就别跟着我。"

"逆子，怎么跟你父亲说话的？"

陆让一把揪住他的衣领："恩将仇报的混账！"

一直装聋作哑的廖云觉突然警告了一声："陆让。"

"别吵了……"楚瑶光也息事宁人道。

陆让呼吸急促，缓缓放开了林远。他浑身的血液都在沸腾，甚至眼眶都有些发烫。他早该料到的，即便自己回来了，即便自己做了对的事，换来的依旧只会是嘲讽挖苦。这点卑微的付出在他们眼中，连个"谢"字都配不上。

他们进了一处花木扶疏的庭院，又钻入了一座假山，结果发现那逼仄的甬道越延越长，最后假山俨然变成了真山。

玉容点起火折子，带着他们在山腹内行进，很快找到了又一个地洞。它与之前那个一样，极大且极黑，太黑了，宛如泼在地上的墨水，根本判断不出深度。

"我这便熄灭火折子？"玉容问。

陆让却道："等一下。"

他侧耳倾听，黑暗中，甬道前方似乎隐隐有动静传来。但如此轻微的动静，并不像是八苦斋的杀手……

陆让从玉容手中接过火折子："我去看看。"他打定主意要让几人瞧见正人君子应有的样子，大步地朝黑暗中走去。

甬道比他预想中更长，而且四通八达，还有不同的岔道。陆让循声走去，果然在岔道里发现了几道移动的人影。

他忍着恐惧望向他们的脸。他们都是当地人，有的没长眼睛，有的只长了眼睛，更有的整个身体都很模糊，像一团肉胡乱捏成了人的形状。但他们似乎都比陆让更恐惧，蹑手蹑脚地胡乱走着，窃窃私语地交流着什么……

"在躲杀手吗？"陆让悄声问。

几人的脸同时转向他。陆让寒毛直竖，却硬着头皮道："我知道对付他们的法子，你们一起来吗？"

他们默默点了点头。

陆让带着他们朝回走，一拐弯，猛地惊呼出声，又慌忙捂住嘴。

他的面前是又一道人影。不同的是，对方五官完好，目光冷静，且手中已经扣了一把暗器。

来的是李十一。

李十一大约也是来查看动静的，撞见陆让愣了愣，再一看他身后的怪人，又将暗器举了起来。

陆让低声问："你怎么会跟他们走散了？"

"走散？"李十一反问。

"我遇见了师父他们，我将他们带来了。"陆让指了指地洞的方向。

李十一漆黑无神的双目定定瞧着他，面无表情。就在陆让不理解她的沉默时，她伸手指了指另一个方向。

"什么？"陆让更迷惑了。

李十一慢慢开口道："没有走散。"

陆让顺着她手指的方向望去。那是一处宽敞的山洞，有火炉燃烧着，似乎有一群人卧倒在干草上。

他迟疑地靠近过去，然后，刚刚沸腾过的血液又全部凝固了。

他看见了一个躺在干草上熟睡的林远。

还有一个背靠山壁站着、默默环视着周围的林远。

两个林远。

两个都不是他方才留在身后的那个林远。

那么，哪一个是真的林远？甚至——此处有真的林远吗？

不仅如此，他还看见了睡着的廖云觉和楚瑶光。

那自己身后那几个，又是什么东西？

陆让只觉得无论如何呼吸都吸不进空气。他下意识地后退了半步，张开手在身侧胡乱摸索着，想寻个支撑避免跌倒。

便在此时，脚步声又起。不是畏畏缩缩的脚步声，而是气势汹汹逼近过来的脚步声。

一大群八苦斋的杀手从那山洞的另一端冲了过来。

有几个人惊醒了，但躺着的那个林远还没有。他眉头紧皱，仿佛还陷在睡梦中，丝毫不知八苦斋的杀手已对着众人举起了刀剑——

陆让已经无暇思索这一切："林远!!!"

他喊破了嗓子，像是要把肺里仅存的空气和灭顶的恐惧一道倾泻出来。

那个林远睁开眼，随即也被眼前的景象惊呆了。

"迎敌啊!!!"陆让咆哮。

我与我

鹤观其二十

这好像不是无间觉，只是无尽境，见其所见，思其所思……

神树人慌忙跳起来保护林远。

八苦斋这队人里似乎没有能使无间觉的小头目，全靠刀剑硬砍。可这一次来敌众多，而己方只剩十余人了。神树人自知形势危急，拳脚间都使出了全力，宛如十余尊怒目金刚。

林远被护在圈中什么都看不清，只看见同伴一个接一个地倒了下去，不由得急火攻心："都广天司，三次了！这是祢第三次看着八苦斋偷袭而不示警了！"

"嗯。"

"嗯是什么意思?!"

"就是故意让你对上他们的。"天司毫无波澜地道，"你真以为消灭觉者是小打小闹? 吸收了那么多道力，到现在一次都没实战过，你该不会

指望靠李十一去端平八苦斋吧？"

实战？

林远听见了这个词，顾不得其他，忙问："怎么战？"

他隐约知道此时只有自己的无间觉才能破局，但前两次无间觉，他都是在神志不清的状态下蒙出来的，对其中关窍根本一无所知。

天司道："我教过你的。闭上眼，然后朝远处看。"

林远立即照办。

他再一次看见了黑暗尽头的那座黑山。浩瀚的月光自苍穹泻下，覆盖山岩，凝成了永恒的银甲。

死一般肃穆的黑暗中，他仍能依稀听见都广天司的声音："你现在潜入了泥师都的道境。道境是修行觉能之境，正如每种香料各有其法，每个觉者的道境也各不相同。"

他赤足站在山脚，试着踏上一步，足心立即被切割出了鲜血。

"你必须调用自己的道力，才能深入其中。"

林远极力感知着髓海所在，近来暴涨的道力在其中化为色彩的旋涡。可这玩意要如何用来爬山？

他深深吐纳，引导着那团色彩顺着气息流向每一寸肉与骨，然后再一次迈出了一步。

脚步落地前，身躯中陡然升起一股轻盈自由的热意，就仿佛四肢百骸甩脱了大半重量，几欲腾空。一步，两步，三步，他飞快攀登着，直到身躯变沉，双足再次开始流血。

遥远的嘈鸣声让他朝山下望去。

他究竟是在看，还是在嗅？玄妙的感知中，他明白了山底有人。有一小簇人影站在那里，昂首盯视着自己，他们的眼中闪着幽幽绿光。他甚至也明白，如果自己爬到更高处，就能俯瞰更多的人影。

"能用无间觉的时候就用。"天司提醒道。

林远突然就懂了自己应该怎么做。他抬起一只手，指向了山下人群中的一道身影。

刹那间，仿佛有一道月光捻成的隐形丝线从他手中甩出，连上了那道身影。

林远猛然睁开眼。

他的视野里有一个正在躲闪的神树人，还有一只持剑的手。他的心中恐惧与杀意参半，他必须出剑——直到长剑举起，他才发现那持剑的手是他自己的，那杀意也是他自己的。

他不再是林远，而是一个八苦斋的杀手。

这好像不是无间觉，只是无恶境，见其所见，思其所思……

不，他的力量不止于此。他应该能控制这具身躯！

林远大喝一声，试图收回那把剑。然而清醒状态下，一切都变得荒唐而艰难。他的眼前出现了重影，既能看见山洞中的激战，又能看见月下的黑山。他是在握剑，还是在收紧那根傀儡丝线？

他终于勉强止住了剑势，然后踉跄着一转身，将它挥向了另一个杀手。对方猝不及防，被剑锋削掉一大块头皮，连着头发飞了出去。

"啊——！"一声惊怒交集的惨叫。

但是下一秒，林远的头皮撕裂般剧痛起来，鲜血淋漓而下，那声惨叫是从他自己的喉管发出的。他不再是持剑者，而是中剑人。

他的手中收紧了另一根丝线……

陆让呆滞地望着这一幕。

七八个杀手犹如突然中了邪，四肢狂乱地抽搐着，时不时转向同伴放出杀招。但他们又会短暂清醒过来，丢开武器满地打滚，好像背上某处起了火一般。

受他们的影响，八苦斋阵脚大乱。

与此同时，被神树人护在身后的林远却也像丢了魂，站在原地一动不动。一个杀手找准时机，刀锋从刁钻的角度直朝他劈去——

陆让大叫。李十一的暗器飞向那把刀。但比他们更快的，是另一个林远。

只见他从山壁旁倏然窜出，身形竟是快如闪电，"当"的一声，以短刃架住了刀锋。

陆让快要看疯了。他觉得自己很有可能早就疯了。眼前这到底是哪一出？！

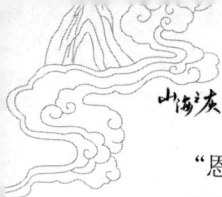

"恩公……"玉容从身后小跑过来，惊惶地唤道。

陆让恍惚地看着她，喃喃道："对，我们有地洞。"

他转身冲着众人大喊："过来，都过来，那头设了陷阱！"

话音刚落他就扇了自己一巴掌："我呸……"

神树人果然背起林远朝他奔来，那些当地人也跟上了他，但紧随其后的便是八苦斋的杀手。

待他们撤退至地洞后面，八苦斋的人早已高举火折子，将那所谓陷阱照得一览无余。就连那七八个中邪的杀手都正常了，纷纷好整以暇地逼近过来。

陆让面露绝望。他搞砸了，他亲口将唯一的布置告诉了敌人。这还怎么打？难道要指望他们自己跳下去？

便在此时，对面一个杀手突然发难，飞起一脚狠踹向自己的同伴。

后者猝不及防，被踹得冲出几步，竟直直落入那地洞，然后无声地消失在了其中。

在所有人目瞪口呆的注视下，那杀手故技重施，还想踹更多人。八苦斋众人立即将他乱刀砍死，但碎去的尸块又跳了起来。

黑山之上，林远收起了所有丝线，仅留下一道。

与其手忙脚乱控制七八个，不如精细地控制一个。

他的心静了下来，在幻境与现实中同时抬起一只手，五指忽收忽放，灵活地舞动着。伴着他的动作，那些尸块又蹦又跳，迎面扑向八苦斋众人，有的插眼，有的拖脚，誓要将所有同伴送向地洞。

渐渐地，恐惧爬上了那些杀手的脸。有人指着林远的动作，嘶声道："他……他使出了——"

林远微微抬起一双碧光闪烁的眼眸，朝他们露出一个怀着恶意的笑容。

没有人知道他此刻有多难受。他是一个人，同时又是一只断手、一段躯干、一颗眼珠和另一颗眼珠。他站在原地，同时又在半空碎成更多块。他的衣衫早已被冷汗浸湿，但他不能显露分毫。

终于，又有几个杀手坠入地洞之后，对方选择了撤退。他们去得比来得更快，转瞬间消失在了山洞外。

众人站在地洞旁惊魂未定。

陆让仍旧一脸呆滞。他方才只顾着紧盯八苦斋的人，根本没注意到林远的动作。发生什么事了？那群怪物为何就自相残杀了？

还有一个更紧要的问题。

"你们都是谁啊？"

他问的是眼前这些熟悉而又陌生的人——三个林远、两个廖云觉、两个楚瑶光。

此时这几人也正面面相觑。诡异的沉默持续了片刻，然后有人道："那我先说吧。"

开口的是方才架住刀刃的那个林远。他对众人平静道："我是李四。"

这一回沉默笼罩了更长时间。

"不。"李十一冷冰冰地吐出一个字。她抱着双臂，面色惨白地盯着这个李四。从刚才他在混战里突然出手开始，她便忘记了一切，只顾紧盯着他。

"不可能。"林远也清醒了过来，"这怎么可能呢？你分明……已经死了。"

李四看上去比他更茫然："我死了？"他回忆了片刻，"好像的确如此。但我一睁眼就身处此地了，紧接着八苦斋的人就来了。"

八苦斋的人到来之前……林远隐约捕捉到了什么。刚才自己好像在干草上沉睡，然后……

空气摇颤起来。佛窟、草原、马车、岩洞都朦胧不安地颤动着，像透明的茧。

"八苦斋的人到来之前，我又梦到了你。"林远慢慢道，"这次我还梦见了父母……"他迅速转向人群，目光四处搜寻着，将那些身影一个个地排除，最后不可思议地停下了。

他看着那两个如肉团一般模糊的当地人。

此时两人似乎更模糊了，轮廓边缘仿佛在融化。就在林远的注视下，他们沉默地转了个身，朝某条岔道走去。

"喂，等一下！"林远连忙追了上去。

两人仿若未觉，浑浑噩噩地朝前走着。林远正要伸手扯住他们，忽听都广天司在耳边道："啊——我记起来了。的确，沉香之法是化梦为真。"

林远动作顿了一下："记起来？"天司说过关于筮予香的奥秘，祂即便领会了也会很快遗忘。

"祢记起上一任赤子采香的事了？那祢知道这两位是何情况吗？"

天司似乎略做沉吟："沉香能让你梦中的事物来到现实。但你如何做梦，他们便会如何呈现。如果你对父母一无所知，他们便只是两具空壳。"

空壳……

林远停下了脚步。

"不必追了，他们也对自己一无所知。"天司轻声道。

林远目送着两人逐渐隐入黑暗。

良久，他拖着脚步回到地洞边，将天司透露的内容当作自己的发现说了。

"原来我是你造出来的。"李四好像很轻易地接受了这一点。

林远不知该用什么表情面对他。

李四却望着他，露出了一个很淡的微笑："这么说来，你果然活下来了。后来你混入八苦斋了吗？"

林远点点头："进去了，又出来了。我们正在努力毁掉八苦斋。"

"不愧是你。"李四更用力地扬了扬嘴角。他的笑容有些僵硬，似乎不常做出表情，目光却很欣慰。

他又望向李十一，李十一却直接背过了身去，用姿态表明拒绝与他交流。

李四愣了愣，苦笑道："……活着就好。"

陆让正瞪视着自己带过来的那师徒三人："你们是我造出来的？"他醉酒之后，大约也做了梦。

那个假林远笑了一声，一出口又是冷嘲热讽："好能耐哟。没想到师弟真的带我们逃过了一劫，果然逃命这种事术业有专攻啊。"

林远："？"

林远看向陆让："这是你梦到的我？我在你心里就是这形象？"

陆让："……"

假廖云觉仍是一副眼高于顶的样子，负手看天，对一切不理不睬。

假楚瑶光怯生生地躲到陆让身后，牵住了他的袖角："师兄——"

楚瑶光一阵恶寒："我何时用过这种语气？"

陆让的汗出来了。

假楚瑶光探出半颗脑袋，瞟了一眼楚瑶光。这般对比之下，就能看出她们长得还是有细微差别的。陆让造出的三人的五官都有一点失真，站在本尊面前，就像是质量不好的赝品。

假楚瑶光眼中泛起淡淡的妒意："师兄，这人是谁啊？长得倒是跟我有几分像，该不会是学我的吧？"

楚瑶光："？？？"

楚瑶光的火气上来了："陆师兄，你要不要解释一下？"她自认最多只有一点情绪化，从不会矫揉造作，更不会无缘无故释放恶意。如此恶心的话，她这辈子不曾说出口，此时却听着另一个自己讲出来了。

"小楚啊，这你还不懂吗？"林远凉凉道，"这不是他印象中的你，而是他梦想中的小师妹啊。"

陆让生无可恋地闭上眼："我不是……我没有……"

寻路
鹤观其廿一

他已经在后悔重新归队了，为什么这队伍每一天都非要九死一生？

廖云觉静静观察着众人，片刻后开口道："我梳理一下情况。"

经过一夜休息，他似乎恢复了不少，清明的目光扫过玉容等当地人："首先，这些人都是梦中人。他们呈现的样子，应该来自做梦者的思绪。"

"所以有些模糊有些清晰吗？"林远连连点头，"嗯嗯，陆师弟基本还记得我们长啥样，梦出来的也八九不离十。而我不可能忘记孪生兄弟的

模样，所以李四最逼真。"

至于这些几乎看不出五官的当地人，可能与做梦者多年不见，抑或交情不深，只是隐约出现在混沌梦境中，却被沉香之法拽入了现实。

"其次，这些景也是梦中景。"廖云觉道。

自从进入白山，景色便像佛窟的菱格一般变幻无穷、无边无际，还总是突兀转换，原来都是一个个旧梦叠着旧梦。

陆让恍然大悟："难怪到处都没有气味……"的确，人很难获得有气味的梦。

"不，到处都有沉香的味道。"林远纠正。

"有吗？"

"一点点点点。"林远摸了摸鼻尖，"那些草木闻着像沉香，原来也都是假的。"他想起天司说这里的道力不稳定，大约梦中的草木并不蕴含真正的道力。

几人都情绪稳定，接受良好。他们是经历过神树国的人，已经提前知晓了筮予香香料的奇诡。

楚瑶光突然瞥了一眼安桃。他倒是面露震惊，但好像没有震惊到应有的程度，甚至还很快嘀咕了一句："有人梦到钱吗？"

廖云觉道："然后，陆让，你为何在此？"

陆让："……"

他对这个问题都要有阴影了，但顶着数道目光，还是硬着头皮又说了一遍自己的遭遇。

众人的反应与他预想中截然不同。林远没有出言嘲讽，廖云觉也没有漠不关心，两人都严肃地倾听着他的每一句话。陆让只觉得自己的声音从未如此有分量。

他一路说到昨夜，便突然闭上了嘴。他并不想让他们知晓那场闹剧。

待他讲完，林远问："你确定你不是从佛窟进来的？"

"啊？佛窟？"陆让回忆了一下，"当时虽然很乱，但我不可能进过佛窟。"

"哦，所以这个鬼地方还不止佛窟一个入口。那周军和八苦斋想进来就更容易了，他们在山里迷着路，随时都有可能一脚踏进来。然后，一且他们弄清状况……"林远看向廖云觉。

廖云觉点点头:"他们也会去找沉香,因此我们必须抢先。这就说到最后一个问题了——这偌大的地方,沉香在哪个方向?"

林远立即转向那些惊魂未定的当地人:"请问你们知道哪里有沉香吗?"

当地人呆滞地望着他,明显没听懂。

"那我换一个问题:你们知道哪里能闻到气味吗?"林远猜测如果靠近沉香所在,这虚无缥缈的香味会变浓烈,或许当地人也能嗅到。

他话音刚落,数名当地人就齐齐变了脸色。有眼睛的家伙都飞快望向某个方向,又飞快移开了目光。

"不能去那里!"有个当地人尖声道。

陆让一愣,立即想起了玉容刚刚的表现。

"为什么?"林远问。

"那里有很可怕……很可怕的东西……"他们残缺的五官挤出恐惧的形状。

"可怕?"

廖云觉沉吟:"应该是噩梦所生之物。"

"那也只能蹚过去了。我们走吧?"林远张罗着就要动身。

"林师兄,你知道要去哪里?"楚瑶光问。

"我记下了,他们刚才看的是西北边。"

当地人愣愣地看着他们走向一条岔道,突然纷纷伸出胳膊阻拦。

"哎哟,这么热情?"林远诧异道,"我们自己想去送死也不行?"

"不能去,不能去——"当地人脸上的每一道纹路都因恐惧而下垂,愈发狰狞可怖。这些厖得像鹌鹑的家伙猛然露出了攻击性,开始将他们朝地洞推搡。

楚瑶光一时不防,被人推得连退数步,吓得大叫起来。神树人急忙上前揍那人,双方眼见着就要展开一轮恶战。

"跟我来,朝这边走!"玉容焦急地喊道。众人跟着她朝另一条岔道撤去,当地人穷追不舍。李十一负责断后,正要痛下杀手,李四已经抢入人群中,出手如风,从后颈敲晕了他们。

李十一收回目光，转身便走。

玉容带着众人出了山洞，自己却也面露难色："你们不该去西北边，那里是禁地……"

陆让忽然有了个想法："玉容，你说过救命之恩无以为报的。你带我们走一段吧，只要一段路，有危险了你就先回去。而且他们有钱给你，你不是想凑齐一百一十两吗？"

林远："……"他们从鹤觎逃出来本就仓皇，没带行李，身上仅剩的钱全付给安桃了。

他看了安桃一眼，安桃立即坚决地捂紧了钱袋。

好在玉容没注意到这边，踌躇片刻，终于小声道："那……路还很长，我先带你们去打包些食水。"

山洞外已是破晓。众人跟着玉容沿河而行，进入白雾，再出来时已是城郭街巷。自从发现这一切都是梦境，他们也就放弃了记路，毕竟梦境本就没有逻辑可言。

身边行走的这些当地人似乎也分三六九等。大多数人面容模糊而破碎，行事并无章法，甚至只在一处来回徘徊。还有一些外观更标致，意识也更完整。

经过昨夜的动乱，当地人对他们这些陌生面孔都纷纷侧目。玉容感觉到了人群的敌意，不由得低头牵着孩子加快了脚步。

陆让忽然惊道："玉容，你的脖子怎么了？"

"什么？"

其他人也发现了，她秀美的颈项上不知何时出现了瘀青与血痕，一直延伸到衣领之下。但她明明并未被牵扯进战斗中，怎会受伤？

玉容抬手一摸，不在意地道："无妨，这些伤每天早上都会出现，过几个时辰就会自己消失的。"

陆让匪夷所思道："自行出现又消失？"

"嗯……我也不知道为什么，好像一直都是这样。"

陆让这才意识到，玉容也不是真正的玉容，只是一个记忆的影子。

他们匆匆进入了昨日的酒楼。酒楼又回归了空旷，只有那些舞姬还在旁若无人地旋转。她们也是影子。所有影子都被压扁在梦与真的罅隙里，像支离的干花。

那乐声仍旧朦胧，后厨的食物也依旧味道失真。

林远随手拿着干粮水果，突然问："这些吃的是会源源不断地冒出来吗？"

玉容道："是呀。因为厨子还活着呢。"

"厨子？"林远想了想，眼神一变，"你是说，做梦之人？"

玉容带着他小心翼翼地绕过堆叠如山的碗盏，指了指后厨角落里一个呼呼大睡的身影："厨子。"

那人已经很老了，肥胖的肚子随着呼吸打着战。但他无疑是一个真正的活人。

林远走过去推了推他："喂，老兄。"

那人艰难地翻了个身，手中还抓着一只啃到一半的鸡腿。

"没用的，叫不醒他。"玉容道，"他刚来的时候骨瘦如柴，后来只要他睡着，就能变出很多吃的，他就这么半梦半醒地吃啊吃啊，一直到现在。"

林远转身望着她，不太确定她能听懂多少："等到这个厨子死了，你们要去哪里寻食物？"

"还有别的厨子。"玉容道，"不过另一个厨子只会变出干巴巴的饼。"

林远懂了。有做梦者进来，就会为这方秘境带来一些新东西。只是会来这座荒山的多半是穷苦平民，即便做梦也梦不到什么珍馐。

这些微小的欲望、眷恋、爱慕、惧怕，从天南地北聚集于此，一并构筑成此地的血肉骨骼。

"有造钱的吗？"安桃冷不防问道。

"很少。"玉容面带愁容地叹了口气。

安桃低头摸着下巴，陷入了沉思。林远猜测他今夜会努力入睡的。

他们打包了食水，绕到一条无人注意的巷道，这才朝西北边行去。

行人迅速稀少下去，很快，风景也变得十分荒凉。街巷楼阁一律消失无踪，只剩下大片的草原，时不时还有什么四足的影子一跃而过……

"是鹿！"楚瑶光惊喜道，"安桃，你明白了吗？壁画上有那些绝迹的

动物，因为工匠是照着这里的动物画的，而这里的动物来自更早之人的梦中啊！"

安桃道："倒是有些道理，但当地人都很少像人，为何当地的动物能如此逼真？"

"或许是猎手梦见的。"

"又或许，"林远接口，"只因为你是人，才看不出这些鹿的破绽。若是真的鹿瞧见了，恐怕要吓死。"

玉容带着他们一路前行，除了荒草还是荒草。两个小孩倒是活泼起来，开始追逐嬉闹，只是两张脸上依然没有丝毫表情。

就在他们开始怀疑"噩梦造物"这个猜测时，第一个怪象出现了。

只见四面的雾气突然浓重如墙，最后真的变成了结结实实的墙面。他们被困在了高墙之内，面前只有一扇染血的破门。

玉容吓了一跳，慌忙牵着孩子朝后退去，后背却撞上了高墙。

"已经不能往前走了！"玉容的红唇颤抖着，"我们没有来过这里，这里的怪东西越来越多，所有人都离开了……"

她在墙上摸索着，想找到退出去的法子，却一无所获。

"我觉得，这地方只能朝这里走。"林远指了指那扇摇摇欲坠的门，"你想回家也得等到穿过去再找路了。"

他思索了一下，回头朝李十一示意。

李十一越众而出走到门前，李四跟在她身边。

李十一微不可见地皱了皱眉。李四恍如未见，飞起一脚踹开了破门，当先踏了进去。

他们眼前是一间昏暗的空屋子，地上满是干涸的血迹。

李四踏进这里一步，又抬头朝上看了看："……啊，原来如此。"只见半空中密密麻麻挂满了尖刀，几乎毫无间隙，最近的刀刃距离他的头顶不过三寸。而房间对面还有一扇紧闭的门。

李四环视了一圈，没什么能当盾牌的东西，便从身上取出短匕握在手中，回身对众人道："一个一个跟着我过去吧。"

廖云觉会意，走到了他身后。李四带着廖云觉不紧不慢地朝前走去，刚走出五步，头顶就发出一声异响，一把尖刀直直坠落下来。

李四看也不看，扬手一挥，"当"的一声击开了那把刀。尖刀坠在了他脚边。

李十一如法炮制，对着众人问："谁跟着我？"

"……那我先试试。"陆让状似不经意地挤到了她身后。他已经在后悔重新归队了，为什么这队伍每一天都非要九死一生？

陆让紧跟着李十一刚准备迈步，身后传来廖云觉的一声："保命为先。"

陆让脚下险些绊倒，一个转身，道："楚师妹，你先去吧。"

他脸上火辣辣的，像被扇了一巴掌。楚瑶光愣了一下："师兄，这个是……"

陆让一抬头，这才想起廖云觉在屋里呢，说话的这个"廖云觉"是他自己梦出来的。

屋里的廖云觉闻声，回头淡淡看了他一眼。陆让浑身更难受了。这一回他不仅露出了怯懦，还露出了羞耻，简直在被扒光了示众。

李十一"叮叮当当"一路击着落刀，护送着楚瑶光朝后门走去。陆让留在原地，不想与任何人对视。

玉容忽然没头没脑地问出一句："陆公子，你的脚还疼吗？"

"啊？"

玉容对众人解释道："陆公子昨夜带我们逃命的时候，看见了这几位熟人，他为了救他们冲入人群，不慎扭伤了脚踝呢。"

陆让愣怔着，心中陡然涌起一股暖流。玉容看出了他的局促，这才编了个小细节，用自己的方式向众人说明他的胆气。

林远"嘿"了一声："我懂了，你以为这几个是真人，你想救我们？看不出陆师弟还有这一手啊。"

陆让的腰突然就挺起来了。他就是受不了被人夸奖，哪怕对方是林远。

林远又问："然后呢，这个我是什么反应？"

陆让："……别问了。"

林远乐了："我在你心里到底是什么妖魔鬼怪？小陆啊，讲讲呗，我在你心头留下了多深的口子——"

"林远。"李四已经送完廖云觉回来了，"廖宗主让我先来接走你。"

林远叹了口气，拍了拍陆让，意犹未尽地走了。

陆让站在原地，眼睛睁得更大了。廖云觉——是在替他解围吗？

禁地

鹤觇其廿二

生老病死苦，爱别离亦苦，种种苦难，竟让两人尝遍。

有李四与李十一护送，众人陆续平安通过了空屋。

只有一个神树国青年受了轻伤——他身材高大，尖刀刚坠下来就没入了他的肩膀，谁也来不及救。但神树人钢筋铁骨，那锋刃几乎扎不进去，只留下一个小伤口。

林远看着那人若无其事地拔出刀来就要丢开，忙道："别丢别丢，地上的刀都捡起来带上。"

出了空屋，是遍地干枯荆棘；好不容易过了荆棘丛，迷雾里又突然冒出悬崖峭壁，只等着人一脚踏空。越往前走，景象就越是狂野凶险，仿佛每一寸土地都被不同的噩梦蹂躏过。

还有不少森森白骨。有缺失头颅的，有从腰往下寸寸碎裂的，有从口中长出第三条胳膊的。很难判断哪些是噩梦，哪些是死于噩梦的真人。

玉容始终没能找到回头路，小声抽泣起来。

陆让安慰了她两句，自己也绷不住了："……这些都还只是死物，再往前会不会有活物啊？"他不敢想象这地方会有怎样的活物。

"暂时不知，毕竟活物也没气味。"林远表示无能为力。

陆让极力让语气显得随意："就不能派几个人去当斥候吗？探明危险，也好早做准备。"

"派谁去？"

李四扫了众人一圈，道："我可以去。"

"别。"林远道，"我突然想到一个人选。"

他抬眼朝空中望去，仿佛天上飘着什么看不见的人物。

几秒寂静后——

"真有你的啊，小远。"天司在他耳际似笑非笑道。敢拿堂堂觉者当探路工具，他也算是头一个了。

林远挑起眉："祢就说祢是不是最佳人选吧。"

陆让莫名其妙："你在对谁说话？"

"自言自语。"

陆让："？"

片刻后，林远转身对众人道："前面是座佛窟，过了佛窟才有活物。那佛窟中有好几个出口，玉容可以从那里回家。"

"你……算出来的？"陆让一万个不相信。这才分别多久，林远怎么就成了个神棍？

林远顺坡下驴："是啊，我这人是有点神通的。"

到了晌午，众人真的踏入了一座佛窟。陆让开始觉得眩晕。

上白山的人本就多是工匠，即便进了这种鬼地方，竟也没忘了建起佛窟。但壁画上印着陈年的血痕，柱中坐佛不知被何物毁去了半边身子，徒留半张佛面，似悲似喜地俯视着他们，气氛相当阴森。

绕过中心柱，原该是后室的地方又分出了数条甬道，通往不同的方向。

玉容从未涉足过此地，懵然问："我该选哪条？"

林远也问："她该选哪条，我们又该选哪条？"

陆让转着脑袋，还在寻找他到底在问谁。

天司半晌没动静。林远皱起眉正想叫魂，耳边传来一个有气无力的"香"字。

这厮的道力真是不经用，探探路就见底了。林远无奈，低头在身上一通翻找，又让所有人把香全拿出来。

众人身上都不剩什么存货，最后连楚瑶光都含泪交出粉黛蚌壳，挖出香粉，倒进了香炉里。

"歇一歇吧，等香烧完。"林远一屁股坐在香炉边，拿出打包的食物吃了起来。

众人纷纷就地坐下，林远又对安桃摊开手。

安桃彬彬有礼地问："这是何意？"

"别藏了，我早就闻到了。跟了这一路，也该你做点贡献了。"

安桃慢吞吞地道："我可以做贡献，也可以不追问用途，但这价钱……"

"别谈钱，谈钱伤感情。"林远直接摆出无赖嘴脸。

"此时此地，你不会想伤感情的。"楚瑶光刚刚失去蚌壳，没好气地帮腔。

安桃似是判断了一下情势，终究乖乖掏出了两只琉璃小香瓶。

楚瑶光当即暗吃了一惊，心道这还真是坑了笔大的。

只见那琉璃瓶表面不是光滑的，而是遍布着蜂巢状的磨饰纹，单这容器就绝非凡品。里面的内容更是精彩，竟是龙脑和麝香。这两样本就市价不菲，而安桃带的龙脑纯净温润，泛着细腻珠光；那麝香更是色泽极深，馨香浓郁微染辛烈，像烟与火凝结而成的。

如此极品，他们一路行来从未遇见，即便是折云宗的香行都收不到多少。

楚瑶光无声地瞥向林远，林远又望了望廖云觉。几人都心知肚明，这安桃一定不是寻常商人。但他孤身而来，又几番相助，真实目的却不分明。

可惜这香粉虽奢靡，却也只剩小半瓶了。

考虑到接下来还要一直用到都广天司，廖云觉顿了顿，伸手去解腰上的银香囊。林远眼明手快，一把按住了他。

这还是进鹤觋之前，林远送他的香囊。虽然廖云觉此刻又恢复了从容不迫的模样，但林远记性没那么差，心知他的髓海必然还在痛苦地恢复着。

"师父也需要道力，是为了正事。"林远小声道。

廖云觉垂着眼，慢慢松开了手。

香粉一炉接一炉地续着，佛窟里的香味悠悠变换，都广天司却还未出声。玉容不知他们在等什么，坐立难安。

神树人吃饱了，开始围着壁画指指点点。

不远处，陆让和自己造出的假林远又斗起了嘴。假林远每说一句话，那假廖云觉便蹦出一个"对"字。陆让耳尖发红，不敢去看廖云觉的表情。

廖云觉索性闭目养神。

林远又放入一枚香丸，忽觉李四坐到了自己身边。

李四穿着记忆中的黑衣，长发微遮了眉眼，神态与林远迥然相反。林远有多外放，他便有多收敛，大约是在八苦斋隐忍惯了，面上只剩一派木然。

"廖宗主如何了？"他压低声音，问得也有所保留。

林远先是一愣，继而想起来了，李四生前一直通过无咫境共享着自己的视野。自己跟随廖云觉学了十年，李四便也默默听了十年。李十一说过，李四喜欢那些课。

廖云觉不认识他，他却对廖云觉甚是熟悉，自然能看出其病容。

林远想了想，尽量简短地对他解释了一番。

李四听罢，沉思了一会儿："他的髓海有了起色，嗅觉却还未回来？"

"是啊，也不知其中是什么道理。不过幸好，他似乎不需要嗅觉也能感应到筮予香。"

李四又沉默了一阵："廖宗主刚失去嗅觉时，也是这样……置之度外吗？"

"什么？他哪有……"林远正欲否认，忽然顿住了。

廖云觉的确在竭尽全力感应筮予香的香料，可他为自己的嗅觉努力过吗？好像完全没见他挂心。

先前他闻不到新奇味道时，明明还会遗憾，从何时开始，就连这点心绪都不显了？

好像……是从进入鹤觋开始。

林远一直觉得廖云觉并未受到阿耨多罗的影响，此时却突然不太确定了。

"祭司大人——"神树人在前室连声唤道。

李四拍了拍林远："先去看看。"

林远起身走了过去。神树人指着壁画，似乎有所发现："是这里的

事情！"

神树国的地道里也有记述历史的壁画，或许这些家伙自古就对壁画颇有情结。林远抱着胳膊问："看出什么了？讲解一下。"

神树人很是兴奋，搜肠刮肚找着词语，七嘴八舌道："这里，以前，很小。后来，很大！"

"他们睡着了，有很多东西，就拜佛！"

"好东西，坏东西，可怕的东西——"有人指向壁画的一处，林远只见一团诡异的轮廓，像一匹畸形的马，却生着不合比例的巨大脑袋，血口大张，似在吐出道道蛇影。在它周围，还有无数群魔乱舞。

"可怕的东西更多了，死人了，他们跑了，一直跑。"

"嗯嗯嗯，讲得好。"林远懂了。

来到白山的人们在某处嗅到了沉香味，又意外化梦为真，便将此地当成了佛陀所赐的净土，试图梦出更多美妙的人与物。

但总会出现噩梦的。噩梦让可怕的东西来到了现实，而他们见到可怕的东西，入睡后便更容易做噩梦。如此循环，久而久之，终于遍地魑魅横行。于是他们只得越迁越远，将秘境越拓越大，而将这一角划为禁地。

那些梦中所生的当地人如此恐惧西北方，或许见识过这边的噩梦造物。又或许，他们中也有人出过一份力，将坏东西都归置在这一角……

看来越朝西北走，就越靠近沉香，同时处境也会越恐怖。林远从未如此想念那些走丢的神树人。

廖云觉靠着石壁假寐，耳边传来一道阴间声音："我活了。"

廖云觉容色不变："劳烦上神指路。"

"你们走左边第二条岔道。玉容原该走最右边的。"

廖云觉缓缓睁眼，重复了一遍："原该？"

都广天司没再解释。廖云觉也没再追问，站起身来，将方向转达给了众人。

陆让呆了呆："师父……你也是算出来的？"

"是啊，怎么，师父没教你？"林远已经当先朝左边走去，"大家武器都带着吧？做好战斗准备。"

"陆公子。"玉容牵着孩子前来作别。

陆让回过神来，一摸身上别无长物，最后解了玉佩递给她。玉容却连连摆手："陆公子已经帮了奴家太多，奴家愧不敢收。"

陆让脸上很是挂不住："是我说了要给你酬劳的，没想到他们也山穷水尽。"

玉容用红唇嫣然一笑，柔声道："陆公子余生平安，奴家便别无所求了。"

陆让心中陡然生出一股不舍，抬起手来又放下，末了才有些无措地说："你……你们也多保重。"

那两个孩子没有因离别而露出任何表情。宝儿呆滞地看着前方，又冒出一句："要糖脯。"仿佛只会说这一句话。

林远已经一只脚踏进了岔道，闻声突然停住了。

玉容忙道："好，我们这就吃糖脯。"她从打包的食物里找出糖脯，分给两个小孩。

林远慢慢转过头来，目光从玉容移向一男一女两个孩子，神色奇怪。

他的脑中回响起苍老的梦呓："阿娘给你们买糖脯……不冷了，很快就不冷了……"

"玉容娘子，"他唤道，"这两个孩子几岁？"

玉容愣怔了一下，但还是柔顺答道："宝儿八岁，锦儿五岁。"

此话一出，楚瑶光也意识到了什么，不可思议道："莫非你是……"

她记得很清楚，曲阿婆的儿女死时一个八岁，一个五岁。

难道，那个失去儿女的打窟人离家之后，在白山上造着佛窟，忽然梦见了妻儿，将他们带进了这里？

曲阿婆曾说，孩子染病后，邻居将他们锁在家中，只偶尔送些吃食。或许正因此，两个孩子到死都没尝到想要的糖脯。曲阿婆对此悲痛欲绝，数十年后都梦呓不绝。

而打窟人长年在外，归家时孩子已经夭折，所以他记不清他们的音容笑貌。唯独从妻子口中听说了糖脯一事，深深记在了心里。所以，他梦到的孩子才会不断要糖脯吧！

楚瑶光想到此处，心痛如绞，小心翼翼地问玉容："你可认识闵平安？"

"闵平安？我认识的。"玉容点头道，"我醒来时，他便在我面前，还有两个孩子。他很高兴，说终于与我们团聚了，往后要一直住在一起。但后来，他外出打窟时遇到了怪物……就只剩下我们三个了。"

楚瑶光愈发难受了。打窟人被困在秘境中出不去，只得与妻儿的残影团聚，却又早早丧命。而曲阿婆被留在外面形单影只，凄然老去。生老病死苦，爱别离亦苦，种种苦难，竟让两人尝遍。

楚瑶光含泪上前握住玉容的手："曲阿婆……"

玉容却迷茫地问："什么？"

"抱歉，你肯定觉得我很奇怪吧。"楚瑶光强笑道，"玉容，你姓曲吗？"

玉容十分笃定地摇头。

"我叫玉容，没有姓的。"她道。

楚瑶光大惑不解。

玉容显然是闵平安梦出来的，但她不记得其他也就罢了，怎会连自己的名字都记不全呢？

倒是林远似乎想到了什么，神情冷了下去。他退后几步，唇角动了动："上神。"

"无事叫那厮，有事叫上神，是吧？"天司笑道。

林远没有笑："上神，玉容是谁？"

"你问出这个问题，就已经猜到了答案。"天司漫不经心道，"玉容是闵平安找过的妓子。"

杀你第二次

鹤观其廿三

长夜漫漫，门外不时传来异响，也不知是人是兽还是鬼。

一个时辰后，茫茫迷雾中。

都广天司道："前方一里处有鬼，左转。"

林远招呼着众人转身绕路，却听天司又道："有几只过来了。"

"有几只过来了。"林远传话。

话音刚落，雾中浮现出数道倒立着的细长鬼影，以手为足冲着众人蹦跳而来。它们眼瞳竖起，狞笑的嘴巴几乎翻到了耳际。

还未等众人做出反应，一把飞针兜头冲着那些扭曲的五官射去。恶鬼笑不出来了，尖叫着胡乱打转。

几乎与此同时，李四已经纵身跃到它们之间，刀刃划出半圈雪亮的白弧，将它们拦腰斩成了两截。恶鬼没有血液，他却习惯性地一抖手腕，似是抖落了刃上的血水。

李十一动作一滞，面上闪过一丝异色，又在李四望来之前回过了身。

众人继续跋涉，后方又传来玉容与陆让的交谈声。那玉容自从发现他们好像对自己略知一二，便不知受了什么刺激，竟将恐惧都抛在了脑后，坚持跟了上来，不停细声央求："陆公子，你知道我的来历吗？你就告诉我吧……"

陆让已经从林远口中得知了真相。他原本不信，但联想到了一些事，比如玉容能歌善舞，婉转解语，还生着一双娇艳的红唇。

显然，闵平安失去孩子之后就离开了家，是因为他的梦中本就没有发妻的位置。他心心念念的是一名妓子。

讽刺的是，他其实也不记得玉容的长相，能复原的只有她的红唇。

一个打窟人进不了什么风雅花楼，能找的无非是最低贱的娼馆。没想到眼前这个支离破碎又重构而成的玉容，不仅温存如水，甚至对他的孩子也慈爱有加——其中大约掺杂了不少盲目幻想吧。

何其荒谬的梦境。这就是人们向佛像祈求的东西吗？那佛像被禁锢在此地，日复一日听见的就是这样的祈愿吗？

陆让大受打击，甚至不愿再与玉容对视，嗫嚅道："你回去吧，前面危险，不该带孩子跟过来。"

玉容亦步亦趋："可我有很多事都想不起来。我是什么人？我身上为什么会出现伤痕？"她语声发颤，"陆公子，我一直留在这个地方，不知道要去哪里……"

陆让忽然又串联起一个细节。玉容有伤痕，是因为闵平安记得她身上总是有伤。但闵平安并不十分在意，只记得那些瘀青血痕过几个时辰就会自行消失。

但伤口怎会那么快痊愈呢？无非是被真正的玉容掩藏起来了。

陆让像是被迫撑开眼皮，细看着自己无法面对的苦难。

林远听着那两人拉扯的动静，低声道："想个法子甩脱她吧。"

楚瑶光摇头："我觉得应该告诉她真相。曲阿婆的遭遇不是她的过错，她只是想打听自己的身世。"

林远不以为然。那又不是什么好身世，何必非要揭人伤疤？

楚瑶光轻声道："不知才是最痛苦的。"

林远听出她指的是楚灿娥的事，登时也说不出什么了。

"师父，你觉得呢？"

廖云觉目不斜视："她是走是留都没有分别。"

"为什么？"

"因为沉香是要收进坤灵侯的。"

林远和楚瑶光都呆了一下。是了，这些人不过是梦境所孕育的，而坤灵侯会隔绝一切法。他们走到终点之日，就是这些人消失之时。

林远下意识地望了一眼李四。

众人在天司的指引下不断转向绕路，早已分不清东南西北。幸而还有林远的鼻子，能确定沉香味在悄然变浓。

天色开始变暗时，陆让也反应了过来，追上来支支吾吾道："师父，我们到时候……不必采尽所有沉香吧？"

廖云觉望着他，像是能读出他心中所想，缓缓道："这里没有出口，只有采尽沉香，我们才能离开。"

陆让涨红了脸："我知道，但总可以试试吧，哪怕只留下一点点呢？"他的语气近乎哀求，"她……他们已经很可怜了……"

林远没吭声。他们与都广天司合作的条件，便是不留任何篾予香的香料给其他觉者。

如果带走沉香，但是不收进坤灵侯呢？也不可能，这玩意太过危险，一旦暴露在外面，随时可能放一些怪梦进入现实，他们连安全都无法保证。

林远难得不开口，陆让却找上了他："林远，你就打算坐视李四消失吗？"

李四正护卫在不远处，却像是没听见这边的动静，挥刀又斩除了一只窜出来的野兽。

林远抿了抿唇，低声道："他们不是真的他们，也不是真的活着。"

陆让眉间蹿起一股怒火："你看着你亲生兄弟的脸再说一遍！"

李四实在无法装作没听见了，无奈地转过头来："没关系，我会帮你们的。"

陆让匪夷所思地瞪着他。

林远却突然想起自己与李四初见的那一天，李四一边奄奄一息地吐着血，一边教他如何毁掉香方，保护师门。他们都不认识他，他却好像已经在他们之间活了很多年。

陆让已经气疯了："你怎么想的？他杀了你一次，现在还要杀你第二次！"

林远猛然止住了脚步。

"吵死了，逆子。"队尾的假林远扬声道。

陆让又急又躁，伸手指着林远，却没能说出话来。他放下手，转身走到队尾，冲那三个假人发火："别跟着了，都滚开……滚开！找地方吃

喝玩乐，逍遥自在去！"

"你脑子有病吧，赶我们做什么？"

"对。"

"师兄不要生气啦——"

…………

这一天余下的路程，林远除了传话指路，再也没说一句话。

入夜之后，天司的道力又行将用尽，只能就近给他们找了一处过夜的凶宅："里面虽然有鬼，但很好解决。"

房门一开，一群鬼婴从黑暗中爬了出来，黑漆漆的双眼不露一点眼白，咧嘴发出刺耳的哭叫。

神树人都已经见怪不怪，抬脚便踩，一脚一个。

林远站在一旁看着，面无表情道："祢的道力为何这么不经用？虽然此地原本不在全知范围内，但祢的真身无处不在，应该也能很快摸清此地，甚至找到沉香吧？"

"全知不是你想的那样。"天司道，"想象一下一汪潭水，世间万物的信息都在水中浮沉，唯有关于笁予香的答案都潜在最底下，耗尽道力也不可能看清。懂了吗？"

"不懂。"

"不懂算了。进去休息吧，都别做梦，梦境只会为你们增添更多阻碍。哦，廖云觉可以睡，他是赤子，不会轻易受香料影响。"天司的声音渐渐微弱，"还有，多去道境练练，你迟早会跟八苦斋的人撞上。"

林远一听祢竟然又要当甩手掌柜，皱眉道："祢不帮忙了？"

"没香了，我能怎么办？不然试试唱歌吧。"天司的尾音已经消散。

林远："……"

天司甚至没浪费时间告诫他不要留下沉香。显然，他的选择早已浮在了那汪潭水上。

长夜漫漫，门外不时传来异响，也不知是人是兽还是鬼。

众人身心俱疲，眼皮都撑不开了，却只敢轮流浅眠，睡着不过几息就会被同伴摇醒。

林远特别交代了要重点照看安桃，于是一群神树人将他晃个不停。安桃得不到丝毫做梦的机会，又敢怒不敢言，只好黑着眼圈苦笑。

真正酣睡无碍的只有假人。陆让还是没能赶跑自己造出的三个假人，抱膝望着他们的睡颜发呆。

在他旁边，玉容将孩子们哄睡着了，轻声道："陆公子，借一步说话？"

陆让犹豫了一下，起身跟着她走到了一间偏室。

窗外鬼哭连连，两人充耳不闻。玉容低垂着眼帘，轻叹道："其实我早已有所猜测，我的来历应该不太体面吧？"

陆让说不出话。

"一百一十两。"玉容笑了笑，"我始终想不起自己为何非要凑齐一百一十两，不过，大约是……"

大约是赎身钱吧，陆让想。比起大周那些千金买笑的风流韵事，这个价钱实在不值一提，但对她来说依旧遥不可及。也不知外面那个真正的玉容，有没有顺利凑够这个钱，换得自由身。

"陆公子，你不必瞒着我。我只想活得明白，或是死得明白。"

陆让喉头一哽，终于说："好。"

已经到了这一步，他索性毫无保留，将所有真相慢慢说了出来：闵平安、曲阿婆、佛窟、沉香、化梦为真。

在他说完之后，玉容沉默了良久。陆让突然有点后悔了。他希望玉容在消失之前至少能获知一切，别留什么遗憾，却又怕她接受不了，引起什么变数。

玉容最终释然一笑："原来如此，难怪我一直隐隐觉得，这不是真正的我。"

陆让顿了顿，徒然找着安慰之语："你在此处，总算安稳生活过。"

"我在此处，好像活在无尽长夜中。你来之后，我很开心。"玉容柔声道。

陆让自从知晓她的身份，已经听不进她口中的任何温言软语了。他想告诉她不必如此，自己不是那种人，也给不了她更多。

但玉容接着说："我喜欢看见陌生人，喜欢他们带来新的梦境。有一次，有人变出了一只鸟，很多人都追着它跑，但只有我追到了最后，我

爬到高处，送它飞远……我总想望到更远处的风景，哪怕只是望着……"

玉容抬手拢了拢长发，姿态凄婉："如今我才明白，原来它也出不去啊。"

她没有眼睛，陆让却忽然觉得，她一定正用一双楚楚动人的眼睛望着自己。

他的心颤了颤："别怕，我会帮你的。"

他还不知道要如何帮她，但心里已经生出一些狂野的念头：如果自己抢先偷走一点沉香……如果自己索性一道留下来……

既然何处都一样，为何不能是这里呢？

与此同时，在另一间房中，也有两人说着话。只是这段对话简略得多。

"走开。"李十一道。

"我不剩多少时间了。"李四望着她的背影，语声有些艰涩。

李十一纹丝不动，语声冰冷："你不是他，他已经死了。"

"但我……"

"你只是林远造出来原谅他自己的。"

房门外，林远背靠着墙壁，默默捏紧了拳。他像是被兜头泼了一盆冷水，凉意钻心剜骨。

是这样吗？这个甘愿赴死的李四，是自己幻想出来的吗？自己造出这样的李四，原来是为了减轻杀人的负疚感吗？

房内寂静了片刻，然后传出李四的声音："十一，李部所有人都如行尸走肉，只有你我不同。你是天生温暖之人……"

李十一冷笑了一声。林远从未听她如此笑过，这冰冷的笑声竟也让她陡然生动起来。

李四并不受影响，继续道："而我，遇见过一个好师父。他教我善恶之分，教我要为自己寻一根牵绳……"

"他教的不是你，是林远！"

李四温声道："但我学会了。所以，我会帮你们的。"

"……"

"十一，我的确不是李四，只是一道影子。"李四的声音中多了一丝悲伤，"你不看看我吗？"

长夜

鹤观其廿四

不过是区区一介凡人，孱弱、无耻、卑劣的凡人……

廖云觉已经睡着了。凶宅的角落有脏污，有邪秽，他却像是一无所觉，垫了件衣服便枕着鬼哭声入了眠。如果不是卧姿过于优雅，简直像是生在此处。

入睡是此时最合适的事，而他只做合适的事。

香已经用尽，余下的路程没有天司指引，会更加危险。他的髓海恢复得越多，下次感应沉香时才能坚持得越久。

沉香之法影响不到廖云觉，但那只代表他梦中之物不会成真，并不代表他不做梦。事实上，自从来到鹤观，他夜夜都做梦。

梦的内容也大同小异，总是寂静彻骨，静得连草木生长的声音都听不到。他走在不起涟漪的水中，大水没顶，封了他的喜怒哀乐。

他一个人慢慢地走，无声的风卷起他的发丝与袍袖。接着有树影垂落、摇曳、铺展，挤出一条狭窄小径。他行在其间，蹚过隔世般朦胧的苍翠枝影，身影幼小，步履却安定。

小径尽头总是病榻上的徽阳公主。

她望着他，吃力地支起身，嘴唇在张合，但他什么也听不见。寂静已经浸透了他，但他仍能猜到她的遗言，无非是向他揭穿世间的险恶，交代他如何保全自己。

廖云觉并不需要这份殷殷嘱托。他知道在双亲早逝之后，人们将带着恐惧与怜悯窃窃私语，说他命犯孤星，不可向迩。他知道自己将被送入折云宗清修，从此无亲无故，了却前尘。

他早已知晓个中乾坤——人群离合与日月星辰无异，茫茫百年一眼便能望穿。

他静静跪在榻边，望着暌违多年的母亲，只有一个问题："母亲这一

生走到尽头，此端与彼端可有差别？"

女人双眼微微睁大，眸中盈满了泪水。没有差别，他从她的眼中看见了答案。人来了又走，丰功伟业随风而逝，今愁古恨譬如朝露，圣贤的尽处只剩虚无与疯癫。她怕他的早慧，也怕他的洞明。

她那时是否已经明白，自己孕育出的只是一个人形的空洞？她的眼中映出他俊秀绝尘的影子，濒死的唇齿几番移动，她说了什么呢？

廖云觉闭上眼。

然后响起了雨声，寒凉刺耳，似蚕吞，似刀剜，似超度。雨声跌宕轰鸣。

廖云觉睁开眼。凶宅的门窗不知何时已被狂风冲开，大雨瓢泼。此地天气变化无常，大约这夜雨也是来自谁的怪梦。

李四修长的背影拦在门口，正在跟雨幕中冒出来的东西搏斗，颇有一夫当关，万夫莫开之势。李十一负责守住窗口，神树人则忙着找工具修补门窗。

廖云觉转过头，林远正守在自己身旁，神情失魂落魄。

"小远。"廖云觉坐起身。

"师父，"林远呆呆地望着李四的背影，"你说，这个李四的言行举止，是真是假？"

廖云觉想了想，斟酌道："他行事颇有章法，比陆让造出来的那几个更似真人。你提到过无咫境，从前李四看着你，后来你看着他。你看了他多久？"

林远没有回答，垂下头去用额头抵住膝盖："我杀他时，他还是陌生人。为何要让我了解他？这不是……太残忍了吗？"

"这便是因缘际会。"

林远咬着牙，声音像被火燎过："我不想要因缘际会了。倒不如孤家寡人，无根无绊，还能松快些。"

廖云觉转眼朝外望去，越过众人肩头，无色无味的雨水通天贯地。

片刻后，他伸手在少年的头顶揉了揉："的确会松快些，那样便只剩安排好的事。生被安排，死被安排，就连起承转合也早已被安排妥当，按部就班即可。"

林远慢慢听出了什么，抬起头看着他。这一刹那，都广天司的话语似在两人之间回荡："你自幼被送入折云宗清修……终日与香为伴……一步步走在医巫闾安排的路上……"

廖云觉平静道："全部走完，就结束了。"

林远的注意力已经不在自己身上了。他想起李四担心廖云觉时说的话，忽然道："师父不是只剩安排好的事，师父还收了我。"

"嗯。"

"收了徒弟，就得教到底。"

"……嗯？"

"师父是不是忘了找回嗅觉的事？"林远直截了当地问。

廖云觉停顿了一下。他忘了吗？怎么会呢，他毕竟已经很久没闻到香了，而制香是他唯一的乐趣——虽然，他前不久才知晓，这唯一的乐趣也来自既定的安排。

"其实很简单，"林远道，"我看人不如师父准，所以刚刚才想明白。师父也受了阿耨多罗的影响吧？我以为你心境恒定才如此平静，其实过于平静，或许也是祂的能力所致。"

"对。"

林远听见这个"对"字，僵了一下，偷偷盯住他，又扭头看了一眼那个假廖云觉，好像突然有点怀疑真伪。

廖云觉看着他的眼珠转来转去，几乎笑了："你说得对，我知道的。"

旁人在离开佛会后，平素的愤怒悲伤会放大百倍，杂念纷纷，五内俱焚。而廖云觉胸膛中只剩放大百倍的寂静与荒芜。

但他的长处就在于，即便什么都感受不到，也能步履如常。

门窗终于重新钉上了，众人忙着烤干衣服。

廖云觉温声道："不必担心我，阿耨多罗的影响总会消退的。况且，我如今不需要嗅觉也能找到沉香，我们很快就能出去了。"

林远不言语了。

"至于你，既有因缘际会，就别留下遗憾。"廖云觉指了指李四。

夜色厚重如牢。坐在巨佛头顶，天高风急。

素尘的四肢已经冻透，嗓子也撕裂了。低头望去，下方星星点点的烛火汇流成河，又围着佛像盘绕而来，是信徒们在行香。

已是第二个深夜，依旧无人入眠。

素尘昏昏沉沉地看向对面。隔着干冷的黑夜，阿耨多罗的剪影安坐在另一尊巨佛上，端庄不动，活像佛上佛："我已使诸贤无知觉明，不依诸碍，身在尘域而心出于外，此之谓涅槃境界。既已度至彼岸，何须执着于波涛？"

话音刚落，排山倒海般的痛苦冲着素尘压顶而来，仿佛一把匕首插进他的心脏，又转了几转。

素尘浑身的骨肉都在颤抖痉挛，咬着牙说不出话。几息之后他才平复过来，却记不起对方说了什么。

他极力催动着混沌一片的脑子。是了，方才自己问了对方，在佛会上为何只是念经，不向众人说解经文。这个想必就是对方的回答了。

素尘晃了晃脑袋，嘶声道："然而弟子离开法会之后，依旧烦恼重重，无论身心俱未解脱。"

他看不清阿耨多罗，阿耨多罗却屈尊看清了他的脸。

秀逸柔和的面容，不过两日便消瘦下去，多出了几分棱角。额上覆满冷汗，面颊又泛着异常的红晕，应是发起了高热。可惜底下那些亢奋的家伙，根本不知他山穷水尽。

怎么还不倒？

阿耨多罗的悉地觉不仅能降下喜悦，也能降下痛苦。祂的打算很简单：将时间拖长，每说一句话便向素尘施加一点痛苦。如此累增，对方终会支撑不住，在开口之前坠下佛像摔死。

信徒们只会以为他辩法不过，羞惭而亡。到那时，阿耨多罗还可宣布，这僧人实已蒙受开示，肉身虽去，法身却已欢喜解脱。

多好的计划。

然而一天一夜过去，这僧人竟还赖着不死！

他分明早已摇摇欲坠，唯独那张嘴依旧动得飞快，字与句从中跳脱而出，追着自己盘旋嬉玩。

阿耨多罗已经不想计算自己耗费的道力了，只知道这回注定血亏。

不过是区区一介凡人，孱弱、无耻、卑劣的凡人……

阿耨多罗垂眸道："如觉烦恼重重，或因修行不足，或因心念未净。若常临佛会，常听佛法，增益慧命，自然于三界中即出三界。"

祂只恨众目睽睽，自己不能将真正的匕首捅进对方胸膛，只得施力在那无形的匕首上。

素尘眼前一黑。

他的脑中响彻哀号，但他分辨不出这哀号有没有逃逸出喉口。

意识沉沦在无边苦海中挣扎，却寻不到边岸。他忘了自己的名字，忘了身处何地，只依稀记得自己曾战战兢兢寻觅一条正道，可那正道消失了。

他献上的优昙钵香早已燃尽，那浩然的味道也被风吞噬。他将香粉收入行囊，跟随折云宗踏上旅程的那一日，永宁是个晴天。

素尘只觉发肤、爪齿、皮肉、筋骨、唾涕，纷纷消解进了暗夜中。当知身心皆为幻垢。他是他救下的悟色，他还会去偷吗？他是他保下的神树人，他还会造多少杀孽？他是他赶走的曲阿婆，他失去了最后的寄托，还能活多久？

该听哪尊菩萨？

要救哪只野兽？

佛世难遇，似昙花一现。在那之后，众生只有万古长夜。

这时他仿佛听见廖云觉平淡的声音："我曾听经文说，烦恼即菩提。大师以为，这一句够不够真？"

素尘抬起眼，打湿睫毛的汗水浸入眼中，催下两行泪。他的痛苦之色已然消失，锋锐的视线直指向对面的觉者。

吾不知何为真，却知汝乃虚妄。

阿耨多罗听见那僧人嘶声道："既然我等归去后仍复旧态，可知此非涅槃境界，仅是禅定而已。"

祂眉头微微一跳："禅定而已？禅定能除诸恶，生诸善法，如此精进，终将得涅槃。"

素尘几乎是踩着他的话音道："若有比丘言：'我以禅定得涅槃。'

是比丘不应如是说。禅定虽善，终非恒常，未能断根本无明，非究竟之道。"

他还能撑多久？一日？半日？

不，他能撑到永远，直到最后的尘土归于风中。因为悲苦与他自身一样，无非是因缘生灭。

素尘笑道："涅槃乃自心所证之果，了知诸法实相，终非他者所能赐予。"

即便在如此糟糕的状态下，他也能感觉到，对面的阿耨多罗竟然语塞了。

素尘直视着祂："阿耨多罗三藐三菩提，乃无上正等正觉之意。若悟解尚浅，何德何能敢以无上自居，又何以自诩为佛陀应身！"

这回就算是浑浑噩噩的香客们也愣神了几秒，茫然地抬头望来。

阿耨多罗垂下眼帘，眼中有一把陈年的毒火在烧。祂不能再看向那僧人，再多看一秒，那身影便要与一道亡灵重叠。

悉达多！

悉达多

鹤觇其廿五

没有人被时间抛弃，也没有人能安坐不动，祢现在听懂了吗？

阿耨多罗，很久很久以前祢还不叫阿耨多罗，但我姑且如此称呼。

自从成为觉者，祢便操控着众人的心境，仅凭一念降下悲欢，使他们奉祢为至高无上的神。神可太舒服了。祢只需等待祭祀与供养，就像蜂后端坐巢中等待花蜜。

可惜那些匍匐的小人儿开始讨要更多，要祢庇护，要祢征伐。在远古那些野蛮的战场上，祢的能力并不占优势，总会败于其他觉者。于是祢又被拉下神坛，弃如敝屣。

阿耨多罗，祢的日子不好过啊，一次次地聚起信徒又失去他们，道力总是来得艰难。

终于，祢找到了一条诡诈之道。

祢游荡到了婆罗门，那里三面环海，雨水丰沛，人多，神也多。无数的人信着无数的神，从无数方向拥来，征服前人，同化后人。一座座偶像塑起又推翻。那里村有村的神，城有城的神，神能生神，能化神，能杀神，灰烬中又会长出新的神。

祢混入人群间，偶尔朝他们彰显一点神迹，换取香、酒、乐。祢小心翼翼，每隔数年就换一个神名，在信众过多之前抽身而去。

阿㰉多罗，祢总算明白了，不是神造人，而是人造神。神教只是凡人王国的镜子，它们也与王国一样改朝换代——帝王总会被斩首，臣民总会被招安。祢要当神，但不能当至高神。

我当然都知道，我什么不知道？

后来婆罗门人从混乱中拱出了三尊至高神，专司这宇宙的创造、守护与毁灭。祢冷眼看着，继续扮作小神。有时祢是三柱神的转世，有时是子孙。

凡人命短，记性又差。婆罗门人不爱书写历史，一切都靠祭司与歌者口口相传，这也方便了祢变化万端。

是啊，祢在那地方真是如鱼得水。祢的能力恰好满足他们的一切欲求——他们想用苦行清除罪过，祢便降下痛苦；他们想灵魂出窍触碰梵天，祢便赐下欢愉。

祢已熟知配方，一点恍惚忘我，加一点餍足平静，便是他们终生求索的禅悦。祢看着他们手舞足蹈，颂扬其无形无相、独一无二、不生不灭。那一刹那他们坚信自己已经脱离轮回，抵达永生，与梵天同在。

多好的日子啊。祭祀繁多，乐音如雨，升腾的香烟像在天顶之下织出了又一层天顶。男男女女亲吻祢的脚。祢又坐在了花蜜里，编排着一场场宏大的幻戏。

尔后凡人之躯灰飞烟灭，永生的只有祢。

当祢隐入了婆罗门时，才发现其他觉者也一一沉寂了。

我们这些老对头，招摇征战的往昔一去不复返。十觉者的名号依旧

在世间流播，却越来越模糊不清。新的神教崛起，十个身影隐匿在他们的神殿中。旧的神教陨落，十个名字被覆写，被焚毁。

若不是后来搞出一次长明之战，大家都再次现身，恐怕早就没人提起十觉者了。

但在那太多太多的画像与传说之间，我们还记得自己的真名吗？我倒是还记得，阿耨多罗，祢记得吗？

我说到哪儿了？哦，对了，祢的好日子。

祢很快发现它到头了。一切总是在变迁，婆罗门的中心没落了，边地则悄然兴起。如祢所料，三柱神也开始遭到厌弃。

最先渎神的是一些商人、农民与奴隶。他们自称沙门，那时沙门是"劳作者"之意。他们不认三柱神，神凭什么将人分出种姓？凭什么高种姓来世升天或成人，低种姓只能沦为畜生虫豸？

他们还声称祭祀只是骗局。他们讨厌祭祀，祢就讨厌他们。

一次冲撞中，他们手执火把烧了祢的祭坛，指着祢骂道："祢也不过是沙子。"

但那些沙门很快内讧起来，有的说祢是沙子，有的说祢是影子，有的说祢是眼中的恶疾。他们冥思苦想，众说纷纭，像一群虫子振翅发出噪声。

那段时日，凡人思考的动静震耳欲聋。祢厌烦透顶，游荡到哪里都不得安生。

祢就是在那时遇见了悉达多。

祢还记得悉达多的样子吗？祢永远都忘不了。那真是个漂亮的青年，是吧？

祢那时已没了信众，再度流落荒野，他却以为祢是一名沙门，恭敬地向祢讨教修行之道。

祢心中苦闷，便有意作弄于他。祢叫他盘腿坐下，将他的心境捏碎成了粉末，让他五内俱焚，惊惶欲绝，而后又欣喜若狂。当他浑身冷汗涔涔地醒转过来时，祢告诉他："此即禅定。"

说真的，祢不害臊吗？

但他不仅没逃走，还认真向祢学习禅定。

祢让他不吃不喝不眠，坐在荆棘丛中。第一日，他痛不欲生；第三日，他发起高热；第五日，他的气息与心跳几近于无，面容却愈发平静安详；到第七日，祢的法术已经对他无用。

他在祢的折磨下学会了真正的禅定，神识出窍，与飞禽走兽同在，与诸天星辰同在。祢朝他施加的七情六欲，犹如水滴汇入海洋。

阿耨多罗，祢终于承认了他不寻常。祢问他："为何要修行？"

他说："我要终结一切苦难。"

"一切苦难？"祢笑道，"包括罪人的苦难吗？"

"包括罪人、骗子、老赖、不洁之人。包括你，也包括我。"

"那些信三柱神的人呢？"

"包括他们，也包括三柱神。"

祢的语声高高扬起："你想终结神的苦难？"

悉达多平静答道："神与人、人与野兽并无区别，都在同一面苦海中沉浮。神来了又去，正如天地也有沧海桑田，日月也有生老病死。"

随着这凡人嘴中蹦出的每一个词，祢在恐惧、嫉妒与爱慕间摇摆不定。他操纵了祢的心境，这事越品越好笑。

祢与他相处日久，逐渐意识到自己有多幸运。

他视众生为平等，会赢得许多沙门的欢迎。他宣扬脱离苦海，所以受苦的低种姓也会追随于他。但同时，他本身又是贵族出身，内敛、隐忍、平和、不杀——祢见过太多神教，祢知道怎样的神教会博得统治者的欢心，最终成为他们控制民众的工具。

这是一个多么完美的苗子，即将发展成多么庞大的神教！

于是祢盛情邀请他与祢一道修行，作为弟子，不，作为同伴，不，不，祢拜他为师也不是不行。

祢只求一席之地。日后这神教受万民供奉时，祢便可守住一个小小的神位，继续过祢的好日子。

他却道："我不想创立神教，更不想被视为神。神只是苦难众生之一，我所求在神之上。"

"那是什么？"

"是涅槃。"

"我能让你体验的就是涅槃。"祢说。脱离轮回并不是什么新点子，婆罗门人努力了千百年，就是为了抵达彼岸。千百年来祢望着他们求而不得，赐他以幻觉，又剥夺这幻觉，并以此为乐。

悉达多微笑摇头道："这仅是禅定，禅定固然安详愉悦，却终非恒常。涅槃却是火焰被熄灭，迷雾被驱散。终结一切渴求，达到至福的圆满。"

"你说的不过是死！"祢怒道。

"不是死，比死更彻底。我不渴求彼岸福祉，正如我不沉溺于此岸，愿放弃二者而行中道。我并不想与神同在，但神可随我一道离开。"

他对永生如此漠然，使祢怒不可遏。唯有祢长存于此，区区凡人怎敢盼祢离开？

而且，他也讨厌祭祀拜神，这就让祢更生气了。

但祢不惩罚他，也不强留他，反而露出笑容，鼓励他道："你所悟之道甚为高深，应该入世说法，让更多人听见。"

悉达多犹豫道："此道难解，恐怕世人无法领会。"

"度人是大善业，善业总是最难的。"

祢劝服了他。祢看着他转身离开，去四处云游宣扬学说；祢看着众人逐渐折服于他的智慧，追随他一道修行。

他们称悉达多为佛，这在祢看来十分荒谬，因为佛正是觉者之意。一个短寿的凡胎，对奥义与道力一无所知的愚人，怎能被冠以觉者之名？

但他们仅仅视他为师为友，并不拜神。他们行八正道，正语正业，不事巫蛊。他们既不求今生也不求来世，只修炼智慧与慈悲。无论从何种角度，他们都距离神教甚远。

阿耨多罗，祢依旧冷眼看着，因为祢深知凡人的一生何其短暂。

不过弹指一挥间，曾经的青年就垂垂老矣了。

他死之前，祢见了他最后一面。

他早已容颜不再，枯萎得像一棵死树，抬起满是皱纹的眼皮望着祢。

而祢的模样丝毫未变。他理应发现了祢是何方神圣，却依旧像对待寻常老友般与祢作别："我要走了，友人。"

"你要走了，我却不会。"祢讥讽道，"我会一直留在此地。"

他露出温和的同情之色："是啊，祢会长留。"那同情像火焰般灼穿了祢。

祢凑近他衰老的身躯，宣告道："时间抛弃了你，我却尽可在永生中享用时间。我会一直看着，你的血肉之躯将会腐烂，而你的话语将被曲解，被误传，被分化，被利用。终有一日，人们会遗忘你，却将你的名字供上神坛。我会看着它变成一道咒语，被愚者在袅袅香烟中念诵，而他们的供养都是我的飨宴。"

他并未反驳："恐怕的确如此。不过，我们是学步孩童，该摔的跤总要摔的。"

你们对视着，他双眼中映出祢的身影，也映出苦行的沙门、蹒跚的老人、缄默的痴人，还有辽远旷野上奔忙的飞鸟与野兽。祢突然明白了，他口中的学步孩童并不把祢排除在外。

祢冷笑道："只怕虫豸的命太短，每次轮回都只来得及跌倒，永远爬不起来！"

"宇宙总是一视同仁。从东向西，鹰隼三日可抵，而螟蛾几度孵化后也终将到达。从古至今也只是一个方向，在这个方向，即便是磐石也并未驻足。一切业报相依相存，没有人被时间抛弃，也没有人能安坐不动。"

祢嘲笑了他的疯话吗，阿耨多罗？

祢害怕了吗，阿耨多罗？

他即将化为白骨，却被宏大的欢喜环绕。那是祢造不出的欢喜，直视他使祢惶然生畏。祢知道他是真的要走了。

他最后对祢道："既然不愿离开，就睁眼去看因缘生灭吧。"

阿耨多罗，祢那一日有点落荒而逃的意思。

不过没关系，悉达多很快死了。祢听说，临终之时他拒不指定继任，只教弟子依法不依人。

一切正中祢的下怀。他的追随者们很快有了分歧，为他传下了什么

教诲、如何解释那些教诲而争论不休。佛法究竟是哪些法？死人毕竟无法开口回答，这是死亡的缺点之一。

真伪之辩愈演愈烈，他的追随者们试图结集，却又不断分裂。他死后不足百年，他们已分出无数部派。

部派一再衍生，大乘佛教诞生了——是啊，那时佛教已经是个教了。他们说，悉达多不是边地贵族，而是实实在在的王子。他们说，悉达多只是佛的某一世，而佛的法身长存于净土。他们说佛圆寂后，仍会化身百千万亿，常来世间降下福泽。而他们的教法经文，来自密传或天启。

祢当然知道事情会如何发展，早在他死前，祢已对他道出预言。

果然，佛教为了扩大信众，开始将所到之处的种种神灵纳入其中。婆罗门教的诸神被设定成了佛的部下。

阿耨多罗，祢如愿了。祢这前朝之神逃过了斩首，被新的神教招了安。祢曾给三柱神当子孙，如今拾起老本行，当了佛的应身。

既然人成了神，自然要立像，还要祭祀。

祢在其中推波助澜，行走在信徒间积极地游说。

起初他们只纪念他的足印，后来出现了佛塔。佛塔上逐渐有了浮雕，浮雕越来越大，最后脱离出来，落成了石雕坐像。

祢看着他们向西方的入侵者学来雕刻工法，将他雕成高鼻深目、鬈发披袍的陌生模样；从袄祠学来布局，建成庞大的石窟；又从婆罗门搜集民间故事，将舍身饲虎、割肉喂鹰、兔王本生一一附会成他的前世，绘在那精美绝伦的石壁上。

一切就绪，他终于被安置进高高的神龛，坐到了重重叠叠的莲花瓣上，受香火缭绕，享万人膜拜。他终于也成了"祂"，尽管他早已死透。

是时候收割供养了。

祢开始广开法会，仍旧操控着众人的心境，让他们升入云端又坠入地狱。

难道他们已经忘了"禅定"与"涅槃"之别吗？有些人仍在追寻那条究竟之道，却陷在繁杂学说与部派之争中，为无穷无尽的虚无问题辩论不休。更多的愚人只是纳头便拜，洗耳恭听祢的教诲。

祢赐下了教诲："多带点香。"

阿耨多罗，那段时间祢多少有些得意忘形了。

但世事难料，三百年前的长明之战，祢得意地上了，然后凄惨地退了。祢这点能力想抢笈予香，果然还是痴人说梦。

祢只得继续躲藏，继续忍耐。祢要等到所有强大的觉者互相残杀，耗尽道力堕落成泥。

在祢蛰伏的这些年，祢的老对头竟鸠占鹊巢，在祢的地盘上中兴了婆罗门教，将佛教逐出了发祥地。

幸好，在发祥地以外，佛教早已声势壮大。从婆罗门向东，一路的大小王国都是祢的福地，王室、商人、僧侣、行者，都能做祢的供养人。

祢与鹤观王一拍即合，他要收钱，祢要收道力。祢们一道筹备了这次法会，本该是万民朝圣，赚得盆满钵满。

究竟是哪里出错了呢？

一切大概是从这个素尘前来辩法开始的吧？

他明明通身愚人的气质，又是献香又是跪拜，口中的问题更是虚无到极致，俨然已被自己的思绪五花大绑。是不是很奇怪，当你降下折磨时，他的目光却反而越来越清澈简单？

天时地利，他仅凭一张嘴就将祢置于绝境。事到如今，祢若不能不着痕迹地杀了他，就迟早当众败北，在这些最重要的信徒面前声名扫地。祢将被视为骗子，再也无人供养。祢还剩多少道力，还够祢寻到新的神教去避难吗？

是谁派他来害祢？医巫闾？泥师都？其他老对头？

当他说起"此非涅槃……仅是禅定"时，祢望着他白净的脸，为何会想起紫金皮肤的悉达多？悉达多早已死了，他亲口说的，他不会再入轮回。既然如此，眼前之人又是谁呢？

祢想一想，阿耨多罗，祢好好想一想。

祢还记不记得一句赠言？"既然不愿离开，就睁眼去看因缘生灭吧。"

这人是祢业力的集合，是祢的果报呀，阿耨多罗！是祢造就这个时代，一力将他接生，使他迷信，使他善辩。是祢铺好通路，备好法会，

引他至自己面前。祢且在欢声笑语中等待他，杀了他，抑或被他杀死。

没有人被时间抛弃，也没有人能安坐不动，祢现在听懂了吗？

"祢说够了没有？"阿耨多罗从牙缝里挤出一句。

"没有，祢这里道力这么充沛，我能说到明年。"都广天司悠然道。

兵来将挡

鹤觇其廿六

这么一会儿工夫，追军队伍愈发壮大了。

秘境里，众人在凶宅中几乎一夜未成眠，天光曈昽时便出了门。

这队伍里已经没有余香能召唤都广天司了。林远站在门口耸动着鼻子，心中定了个模糊的方向。

他能分辨空气中蜜色的浓淡变化，只是这变化太过细微，往往需要隔开一段距离才能确认，少不得要绕许多弯路。

林远抬手指着那方向正要说话，廖云觉按住了他。

"师父？"林远意识到了什么，但廖云觉已经合上了双目，静止几秒后，带着他的胳膊朝左偏转了一个角度："走吧。"

林远皱起眉。现在就让廖云觉启用髓海，恐怕还是太勉强了。他只能祈愿今日之内就能取得沉香，尽量减少廖云觉的消耗。

沿路的噩梦造物越来越密集，也越来越诡异。但奇怪的是，众人受到的攻击反而少了。

"是我的错觉吗，这些东西怎么好像在变蠢？"林远瞪着前方的一片血色湖泊。血湖中有一道矮短的黑影默立不动，依稀像是半截人形，对他们的到来并无丝毫反应。

绕过血湖后有一大群扑棱蛾子，只是一圈圈地在半空打转。

"可能都是些不完整的梦境造出的残次品？"楚瑶光猜测。

"那倒不错，没干扰的话还能走快些……"

林远话音未落，那些扑棱蛾子冲着他们就飞过来了，口器中翻出数排獠牙，一边疾速靠近一边发出"咔咔"的咬合声。

众人慌忙后退。李十一射出一把暗器，打掉了大部分蛾子，却仍有漏网之蛾飞入人群中，疯了似的张口乱咬。

混乱推搡间，安桃被神树人一绊，一个趔趄跌进了后方血湖里。他整个人被血液淹没，尚在挣扎间，血湖泛起阵阵涟漪，中央那默立的黑影突然就动了。

起初它像是站了起来，但高度很快超过了人类的极限。那半截人形，原来只是它的头与第一对上肢。隐在下方的则是一对，两对，三对……上百对附肢。

巨虫亮出了完整身形，朝着安桃游来。

在数人惊呼声中，安桃蹬着腿想游上岸，身躯却猛然一沉。巨虫死死钳住他的双肩，将他朝后拖去。

安桃咬了咬牙，转过头直视着巨虫，张开了双唇——

下一秒，雪白的刀光闪过，那只虫头与一对虫足掉了下来。

掉了脑袋的巨虫依旧在往前游，第二对虫足又抓向他，然后又被斩落了。

李四一段段地斩着虫，犹如剁着什么奇怪的菜。一旁的神树人暂时摆脱了蛾子的利齿，冲过来将安桃拖出了血湖："跑跑跑！"

他们在前面跑，半群蛾子和半截巨虫在后面追。林远边跑边喊："都小心，它们只是不主动出击了，但还是不能惊动！"

"那也——很难啊！"陆让惨叫道。此地环境过于多变，无人探路的情况下，犄角旮旯里不知藏了多少危机。这么一会儿工夫，追军队伍愈发壮大了。

"别急，一个一个来。"李四挥着刀，与李十一各自领着一半神树人作战，将不会功夫的几人护在最中间。

林远看着他唰唰斩虫，忽然感叹道："真好，不愧是我。"

李四："？"

"幸好我牢牢记住了你的风姿，又不折不扣地梦了出来，才能护住大家啊。"

李四握着刀偏头一想："也对，多亏了你。"

陆让跑得上气不接下气，百忙之中抢出一句："要点脸吧，林远！"

好不容易甩脱了这一拨追兵，他们将队伍收缩到了最小，一行人几乎是摩肩接踵，力求不再误入任何怪物的领域。

然而这鬼地方总会给人惊喜。转过一个弯，前方冒出的东西从怪物变成了怪物尸体。尸体横陈一片，死相甚是凄惨，其上还插着些断刀残剑。

众人停下脚步交换着目光，都觉出了不妙。当地人不可能深入此地，这些武器只能是外来者的。

李四俯身将耳朵贴在地上听了听，道："人已经不在附近了。"

廖云觉问："周军，还是八苦斋？"

李四上前翻了翻尸体："赵部的手法。"

众人脸色更难看了。八苦斋竟然走在了他们前面，而他们要想抢到沉香，就必须反超过去。

"对方能杀这么多怪物，应该不只是一群喽啰。"林远转向陆让，"八苦斋这一趟是谁在带队？"

陆让努力回忆："有个特别高的叫赵寅……还有个凶残的侏儒叫赵卯。"

李四神情晦涩地看向李十一，李十一也下意识地看了看他。

因为两人都心知肚明，八苦斋这是派出了最不好对付的组合。赵寅就不消说了，原本就是八苦斋最强者，专司清理叛徒。而赵卯恨大周人入骨，平素便以折磨李部之人为乐，若在此地看见他们，恐怕会兴奋到发疯。

就凭己方现在的实力，能与那两名首领一战吗？

而且，如果在此地厮杀得太奔放，你追我赶的，指不定会将十里八乡的妖魔鬼怪全引过来。到时又该如何收场？

林远也知道他们在忌惮什么，开口道："师父，我觉得不能打，只能绕。"

廖云觉："那就需要知晓路途的情况，还要探明敌方现在何处。"此时贸然探路，也是一桩险事。

林远摸了摸下巴："我有个人选。"

"你又有什么人选？"陆让狐疑。

林远目光往天上一瞥，又在队伍里转了一圈："有人擅长音律吗？"

众人匪夷所思地看着他。

林远收到廖云觉的目光，耸耸肩道："祂自己说的，不行可以试试唱歌。没人毛遂自荐吗？那我抛砖引玉一下。"说着径自开口，哼了一首永宁街头听来的小曲。声音倒还挺清亮，可惜气势有余而技巧不足。

一曲哼完，无事发生。

陆让看不下去了："师父……"他指着林远，大抵觉得此人疯了。

偏偏林远竟然怂恿道："师父要不要也来？"

陆让："？"

廖云觉自然知道这是为了召唤都广天司，但他自己毕竟不是那么外放的人，温声道："瑶光试试吧。"

陆让："？？？"

楚瑶光也不扭捏，曼声而歌，音色悦耳，唱得比林远好了不少，只是气息有些不济。待她唱完，林远望着天等了几秒，鄙夷道："够挑剔的啊。"

他转向陆让："到你了。"

"什么东西就到我了？你们到底在做什么？"陆让只觉得这趟归队，所有人都变得神神道道，竟只剩自己还正常。

"少问，快唱，抓紧。"

"可我不……"陆让慌乱转头，"玉容，你不是唱过歌吗？"

玉容一路神思恍惚地跟着陆让，被推出来才愣怔道："奴家只会那一首，而且……"

"没事，唱吧！"

玉容只得垂着头轻启朱唇："恩煨……恩萨……"她的嗓音柔美缱绻，更比楚瑶光多出了几分魅人的沙哑。

众人却纷纷听得面露难色。原因无他，那乐曲正像陆让先前听见的一般支离破碎，甚至根本辨不出旋律。也不知是玉容音痴，还是做梦的闵平安记不住调，听来只是几个音节来回重复："恩煨……恩萨……法如……阿然唯界……"

"停，可以了。"林远无奈道。

他不抱希望地问李四："你说我会不会碰巧给了你一副好歌喉？"

李四没有多问，当下也低声哼唱了几句。林远不动声色地拍了拍他："罢了，这事怪我。"

李四笑了一下。林远昨日面对他时还有些别扭，今日却自然了不少，也不在意他木讷的回应，就仿佛一夜间放下了两人间横亘的一切，包括命债，也包括真伪。

廖云觉静静望着他们互动，面上浮现出一丝几不可见的笑意。

林远却犯起愁来："这招行不通吗……"

安桃忽然道："不如让我试试？"

安桃没有唱歌，却伸手入襟摸出了一支怪模怪样的骨笛。

"咦，有乐器你不早说？"楚瑶光不满。

"是这样，我通常不会免费吹奏的。"

楚瑶光："？"

安桃金色的眸子一弯："不过你们刚刚救我一命，就当相抵了吧。"

他将骨笛举到了唇边。乐声刚一逸出，所有人都是一凛。

那骨笛的音色比寻常笛子低沉许多，如同幽幽呜咽声。安桃无疑是此道高手，繁复的旋律由他吹出，也似信手拈来，逶迤摇曳，婉转悠扬。这异国的调子分明陌生，却又莫名有一丝熟悉。

听着听着，有人迟疑道："这莫不是玉容方才唱的那首歌？"

"怎么可能？"其他人嗤之以鼻，但随即也愣住了。如此说来，好像还真是同一首歌，只是玉容唱得荒腔走板、断断续续，而安桃吹奏的才是真正的原曲。

玉容自己也听呆了，愣愣地道："这首歌……原来这样好听吗？"

笛声像在以风沙为经、月华为纬，织出一匹缥缈的绸缎。寻常人只觉得入耳绝美，而开启了髓海的几人却能听出，其中每一个音高、每一拍顿挫，都遵循着某种造化的轨迹，冥冥中正与天地共鸣。

正如那鹤观的佛曲一样，只有这般乐声，才能产生道力。

一曲未尽，天司的声音已经在林远耳际响起："来了。"

林远并不惊讶，低声问："这安桃究竟是什么来头？"

"说来话长。"天司似笑非笑，"你确定现在要听？"

林远听祂的言下之意，便是此事不紧急，于是道："那算了，快指路吧。"

安桃的笛曲似乎接近了尾声，林远立即扬声道："别停下，多吹几首。"

天司道："这点乐声可不够让我探明此地啊。"

"那怎么办？"

"没办法，我姑且抢一些阿耨多罗的供养吧。"

林远扬了扬眉："阿耨多罗那里如何了？"

"胶着。"天司吐了两个字，便不再多言。

静默片刻后，祂一股脑儿地道："坏消息是赵卯在你们前面，而赵寅在你们后头。好消息是他们都不认路，所以走的不是最佳路线。你们现在抓紧赶路，能反超到赵卯前面。"说着细细讲解了路径。

林远一一记下，又听祂道："但与其跟赵卯你追我赶，不如一劳永逸解决了他。"

"怎么解决？"

"用地洞。"

赵卯

鹤观其廿七

到底是怎样的疯子，才会梦到这种东西？

半个时辰后。

乱石林中，一根根三人合抱粗细的石柱冲天而起，顶端尖锐，像是风化后的巨大骨刺。此时几乎每根石柱的北侧，都藏着一个人。

根据天司所言，赵卯一行正从南边赶来，而此处正是最佳守株待兔之地。

不远处，长草间突兀地空了一块，那是一个漆黑到不可窥视的地洞。林远本想抢在赵卯到来前将这地洞遮掩一番，布置成陷阱，无奈洞口实在太大，一时找不到能铺在上面的东西，只好原样晾着。

赵卯只要走得足够近，必然会发现这个洞。

所以，他们只有一个策略：在赵卯等人刚踏进石林时，就由林远悄然发动无间觉，操纵对方全部跳下去。

这对林远来说无疑是极大的考验。如果不能在第一时间控制住赵卯，待对方抢先发动无间觉，局势就极其不利了。

但正如天司所说，这实战功夫迟早是要练的。

林中静得吓人。宝儿和锦儿呆站了片刻，又想追逐嬉戏，被玉容一把抓住。玉容心不在焉地摸出些食物哄他们，自己小声道："安公子，安公子……"

安桃藏身在她旁边的石柱，应道："怎么？"

"你方才吹的那首曲子，叫什么名字？我……我虽然一直唱着，却不知道它的歌词是什么意思。"

"这对你很重要吗？"

玉容点点头："重要的。我如今只剩一个心愿，便是死得明白些。"

陆让垂在身侧的手攥紧了。

安桃微翘起唇角："是一首沙漠中传唱的曲子，但它并非鹤觌语，而是七曜语。"

"七曜语？"玉容惊讶。她摸了摸自己的扁脑袋，确信自己是鹤觌人。

"你的发音有些走样，应该是初学者。又或许是闵平安听你唱过，却记不真切，于是梦见的音节曲调都变形了。"

可一个鹤觌的妓子，为何会学七曜语？她想学这门语言，恐怕只能师从那些往来寻欢的七曜商人。

自己当初，是怀着什么心情向他们请教的呢？

安桃微笑道："在七曜语中，'恩煨'是采集之意，'恩萨'是星辰之意。'法如'意为'飞去'，至于'阿然唯界'，是七曜人心中的故国与圣地。此曲名为《摘星辰》，是流浪者的歌谣。"

"采集星星，飞向圣地……"玉容恍惚地喃喃道。

"安桃，"陆让沉默片刻后，将声音压到最低，"我也有一事不解，你能回答吗？"

另一边，天司的声音在林远和廖云觉之间响起："情况有变，有个怪物从东面来了，先躲它。"

林远隐约听见了一阵马蹄声。噩梦中会出现的动物多是猛兽，害怕马的倒是新鲜。他问："一匹马？那或许可以一战……"

"立即躲。"天司打断他，"绝对不能被它看见。"

远处传来一声"驾"，竟似有人在催马。紧接着蹄声忽然加快，朝着这处接近过来。

廖云觉示意众人："转一下，躲到西侧！"

幸好他们原本就各自寻了石柱藏身，此时只需绕着石柱换个方向。众人蹑手蹑脚地移动着，有几人鬼使神差地回头看了一眼。这一眼，就让他们瞧见了来者的模样。

诸人只觉得肠子都扭成了一团。

这怪物并不大，比起方才那气势骇人的巨虫，它的身量简直不太起眼。

昏暗光线中，它形似马匹，下半身也有四肢和马蹄，但从胸腔以上就没生脖子，取而代之的是一只大到荒谬的脑袋。那脑袋几乎与它的整个躯干一样大，轮廓畸形到难以辨认，而且并不清晰，边缘处仿佛洇入了空气，不断扭曲幻化着。

之所以勉强称之为脑袋，是因为它保持着仰天张口的造型，仿佛一直在发出无声的尖叫。然而它唯一发出的，竟是属于人类的声音："驾！"

这份古怪好似超出了噩梦的范畴，因为常人的脑中不足以产生此等噩梦。

陆让浑身的鸡皮疙瘩都起来了，缩在阴影中喃喃道：《山海经》中有个字马，其声如人呼，却没说它的头是这样的……"

便在此时，人群中响起楚瑶光的惊呼："啊！"

众人连忙看去，只见她绕着石柱转完了，却没转到西侧，而是转到了东侧。如此一来，她没能藏住身形，反而直接跟怪物打了个照面，登时惊骇欲绝地喊出了声。

没等任何人反应，那形似孛马的怪物巨口一张，喷出了一条蛇。长蛇直冲着楚瑶光飞去，她尖叫一声，惶然逃窜："师兄救我！"

陆让心都凉了半截，抬起脚来僵持在迈与不迈之间。紧接着蓦然反应过来，又扭头瞥了一眼——另一个楚瑶光好端端地藏在阴影里，一双杏眼正瞪着他。

原来转错方向的是假的楚瑶光。作为陆让理想中的娇弱小师妹，她是分不清东南西北的。

陆让："……"

真楚瑶光的眼中冒出了杀气。

那孛马吐出道道蛇影，漫天乱窜，封了假楚瑶光的去路。李四的胳膊动了动，好像真想去护她，却被林远疯狂比着手势劝阻了。

假楚瑶光无路可逃，终是被一条蛇咬上了胳膊。几乎在下一个瞬间，她便扑倒在地，一动不动了。

全场死寂。

那些蛇落到地上，也不再攻击人，慢悠悠地四散开去。

"那是什么……"林远骇然变换着口型，连气声都没发出。他想起了先前的壁画里，被画在所有怪物正中央的怪马。

到底是怎样的疯子，才会梦到这种东西？

"这玩意是此地最强者。攻击对它无效，而只要被它伤及一点毛发，就会立即断气。"天司道。

"为什么？"

"做梦哪有为什么？记住，无论如何不能让它看见。"

假楚瑶光躺在地上死不瞑目。众人定在原地，一动都不敢动。尽管明知道她是假的，这般看见属于楚瑶光的脸，仍觉触目惊心。

林远咽了口唾沫，闭眼道："楚师妹，你放心去吧。"

楚瑶光："？"

马蹄声响，那孛马徐徐穿过石林，朝着地上的尸体行来。所有人都不由得屏住了呼吸，根据它的位置一点点地绕过石柱，生怕暴露于它的视线中——尽管根本没人知道它的眼睛长在哪里。

仿佛还嫌情势不够紧张，李四与李十一同时耳朵一动，又同时朝南面转头，意思非常明显：南边有动静了。

赵卯就要赶到石林了。

可他们早已躲得乱七八糟，不少人甚至直接站在石柱的南侧。赵卯在这会儿冒出来，一眼便能看穿他们的埋伏。

前有字马，后有八苦斋。

要怎么办？能怎么办？

廖云觉没有犹豫，抬起手朝下压了压，示意众人：站着别动。

天司说得很清楚了，硬碰赵卯固然赢面不大，硬碰字马却是必死无疑。两害相权取其轻，这选择并不难。

只有林远的心吊到了嗓子眼儿。

落针可闻的石林中，他们眼睁睁地看着字马踱到假楚瑶光的尸体跟前，四肢弯曲，巨大的头颅垂下来，一口吞掉了尸体。沉闷的咀嚼声持续着，楚瑶光面露菜色。

这般一耽搁，赵卯那矮小的身影终是从南面冒了出来，身后还跟了一群杀手。

林远绝望之余，忽然生出一丝微末的希望：万一他们在这时冲过来，不就被字马一击毙命了吗？

然而赵卯连这点侥幸都不给他，在看见字马的第一时间就停下了脚步，似乎事先已经领教过它的厉害，只是站在原地谨慎张望着。

如此距离下，他将廖云觉等人的身影尽收眼底，短而宽的面上登时五官扭曲。

赵卯在白山中与赵寅走散，又被周军折了好些人马，终于闯入了秘境。说不上是幸或是不幸，他们进来的地方离沉香相当近，因此没见过一个当地人，触目只有数不尽的妖魔鬼怪。

于是这两日来，他们一刻不停地杀着怪，睡梦中又会造出新的怪物。昨日还遭遇了一次字马，如今身后仅剩二十人。

他不知箓予香的香料在哪里，也不知道自己要如何出去，原本已经陷入绝望了。结果苍天有眼，竟将最大的收获送到了他面前。

廖云觉！

赵卯近乎贪婪地看着廖云觉，恨不得立即抓住赤子飞回八苦斋，亲手献给啼氏。

但是情况有点复杂，这厮居然站在孛马咫尺之距，那不是一出声就会死？

赵卯的五官颤了又颤，回身对手下比了个手势，那意思却是：别乱来，廖云觉必须留活口！

他们甚至贴心地后退了两步，静静等着孛马用餐。

与此同时，赵卯慢悠悠地伸手入怀，摸出了一小瓶液体，林远隔着老远都能嗅到那幽绿腐腥的味道。

林远心里恨不得将天司那身白袍撕成千千万万条。

"现在怎么办？"他无声地动着嘴唇。

偷袭已经泡汤了，对方马上就要使出无间觉，而且远比自己熟练得多。

"别让他喝下神血呗。"天司道。

"……太妙了，我怎么没想到？"林远讥讽道，"如此妙计，不如祢来？"

"不行，阿耨多罗那边也正在紧要关头，我得去看看，先走了。"

林远眼前一黑："都广天司！我们若是死了，对祢也没有好处！"

"放心吧，用点急智，不会死的。"

好像自从进了鹤觋，都广天司就一直有意引他们直面八苦斋，而且丝毫不担心他们会输。

林远真想知道祂这信心是从何而来，因为自己此刻脑中一片空白。急智在哪里？

孛马吃完了，巨大的头颅重新抬起，又发出一声极似人声的"驾"，迈开四蹄继续朝前走去。

随着它越走越远，赵卯拔开了瓶塞，将神血举到唇边。

就在孛马的身影消失的那一瞬，赵卯张口便要喝下神血，忽听一个熟悉的声音道："哎哟，这不是赵卯首领吗？"语气竟似颇为喜悦。

赵卯动作一顿。他满心满眼都是廖云觉，直到此刻才看见廖云觉旁边的身影。

"李四？"赵卯一怔，随即也笑了，笑容里全是狞恶与憎恨，"你和李十一敢叛离八苦斋，便是早已断了赤丹，怎会还活着？"

林远笑道："你就说巧不巧吧，我被那解药吊了这么多年，停药了才发现自己原是天生圣体，百毒不侵的。"

这是在胡说八道什么？

赵卯眯了眯眼睛，随即想明白了："不可能，你们必然早就死了，你们不过是梦境的产物，还敢装模作样出来搅局，真是可怜虫！"

说罢大笑起来，笑得前仰后合，活像一只圆滚滚的不倒翁，若不是情势实在紧张，看上去几乎有些滑稽。他身后那些赵部的杀手也跟着大笑，身形却没有丝毫放松。

林远在拖延时间，赵卯其实也在拖延时间。无间觉发动之后只能持续一段时间，即便是他也不能无限制地控制所有人。如此重要的任务，必须知己知彼，确保万无一失再动手。

林远笑容不变："哇，你真是太睿智了。那你完了，梦中的我丹田可没废啊。"

赵卯的嘲笑声干瘪了些。

"而且，还有一点对你不利。"林远挪了一步，方便赵卯瞧见李四，以及那假林远。

他道："这里有三个我啊。"

假林远恰在此时轻蔑地笑了一声。林远十分确定他什么也没听懂，只是不定时地鄙视一切罢了。

李四犹豫了一下，也模仿着发出一声笑。

赵卯："……"

哪个天杀的家伙这么喜欢梦见李四，还梦得这么不三不四？

水来土掩

鹤觇其廿八

道境中，林远刹住脚步，手中无形的丝线疾射而出，犹如万蛛吐网。

赵卯看着对面，心中飞快计较。

三个李四、一个李十一，即便这四人都会武，加在一起也不足为虑。可他们身后还站了十几道山鬼一般凶神恶煞的身影，那是真人还是怪物？

双方人数没什么差距，这李四却如此气定神闲，该不会藏了后招吧？

想到这里，赵卯心中恨极。低贱的叛徒死都死了，却还非要阴魂不散，出来坏他的好事。

"李四、李十一，八苦斋待你们不薄，你们却帮起了折云宗，真是惯会恩将仇报啊。"

林远挑起眉："待我们不薄？"

"难道不是吗？"赵卯尖声道，"周国人一个都不配活在世上，八苦斋却大发慈悲让你诞生，还养了你们十余年。哼，果然非我族类的崽种，养也养不熟……"

林远张开了嘴，先出声的却是假林远："什么东西在嚷嚷？"

赵卯："？"

假林远夸张地探头探脑，目光直接越过赵卯的头顶，在常人的高度搜寻："奇怪，怎么没瞧见有人动嘴？是腹语吗？"

林远发出"扑哧"一声。他这攻击实在有欠风度，真正的自己还不一定如此直白，但此时听来却挺痛快。

赵卯果然气得一阵乱抖："早知你们根子里就是脏的，当初就不该让那些恶心的女人下崽！"

林远胸口一片冰凉，他知道那是恨意的温度。

但他没有允许任何一丝火气蹿上来。他太清楚了，赵卯和自己打的是同一副算盘，双方都想乱了对方的阵脚，趁势发动突袭。自己面对骂战倒是从容，但其他人呢？

他看了李四一眼，李四微微点了点头。李十一则目不斜视地盯着赵卯手中的瓶子，将手背在身后扣着一把暗器，随时准备打掉它。显然，李部的杀手根本不需要他担心，他们比他更习惯这些羞辱。

假林远则充耳不闻，指着赵卯问那些杀手："你们怎么不把他从地里拔出来？"

林远呼了口气，趁着双方叫骂悄悄闭上眼。

他在意识中飞快地攀登着那座黑山，当双足开始流血时，他朝下望去，指望着能在山底看见赵卯等人的身影。

但是与上次一样，视野中仍旧只有七八人。这一次，他必须爬到更高的位置才能将更多人收入视野，还要在瞬间投出所有傀儡丝线，将他们全部绑住……

能行吗？林远极力调用着更多道力，心神却无法完全聚集。

与此同时，赵卯心念一转："不对，这嘴皮子——你们是林远！"想来也是，折云宗怎会有人梦见李四？他们要梦也只会梦到那个一早死去的林远。

对方在要诈，说明从一开始就底气不足！

想到自己竟被耍了这么久，赵卯立时怒火中烧，只想踏碎他们的每一寸骨头。

赵卯还没动，林远先动了。

脑中千万条思绪一闪而过，他甚至不清楚自己抓住了哪一条，只有身体自行做出了决断——

他反手便掐住了廖云觉的脖子。

廖云觉："……"

林远盯着赵卯，恶声恶气道："你叫谁林远？你们筹谋这么多年，又折磨我这么多年，不就是为了此人吗？今日你敢乱动，我便捏断廖云觉的脖子，我倒要看看是你的无间觉快，还是我的手指快！"

赵卯："？"

赵卯嗤之以鼻："林远，别演了。"

林远立即作势收紧五指。廖云觉沉默两秒，顺着他的动作仰起头，微张开嘴，做出一副已然喘不过气的样子。

赵卯顿了顿，余光里忽然又瞧见李十一，登时生出一丝踌躇。不知是谁梦到了李十一，但既然她在此，那李四自然也有可能在此。

如果真是李四，说不准还真会破罐破摔，杀了廖云觉。

赵卯额上青筋跳起："你在要挟我？你这下贱的李部之人在要挟我？"

林远："你在被要挟？你这没用的东西在被我要挟？"

赵卯险些捏碎手中的瓶子。他又评估了一下距离，从牙缝中挤出几个字："你想要什么？"

"我要你们掏出身上所有钱，派一个人慢慢走过来放下，然后你们全体退后，看着我们离开。"

这都什么跟什么？

赵卯匪夷所思道："你们几个假人，能走到哪里去？"

"这你就别管了。一手交钱，一手交人，从此你们的争斗与我们无关。"

赵卯正半信半疑，忽听那假林远"啊"了一声，对着林远怒道："喂，放下我师父！"

众人："……"

李四连忙找补，沉声对假林远道："这可由不得你，你们折云宗也速速退远。"

赵卯的目光在他们之间打转："你们究竟谁是李四，谁是林远？"

"哦，是我怠慢了，待我重新引荐一下。"林远拿手指一个一个点过去，"我是李四，这个是林远，那个也是林远……"

李四小声提醒："……我也是李四。"

"哦，对，对，我是李四，这个也是李四，那个是林远。"

那假林远置若罔闻，又悲愤地叫道："师父——"

廖云觉咳了两声，气若游丝道："小远，别管我，你们快走。"

"师父别说胡话，我决不能饶过他们！"假林远道。

"对。"假廖云觉道。

假林远闻声顿了顿，有些茫然地转头看向另一个师父。

楚瑶光突然拽住假林远，急匆匆道："师兄，你弄错了。你忘了吗？这一位才是……"她止住话头，一个劲地冲他使眼色。

假林远迷惑不解。赵卯却看懂了，她的言下之意是：没被擒住的那一位才是真廖云觉。

眼前这一幕是对方做的戏吗？可对方到底是哪几个人？

陆让也终于跟上了节奏，磕磕绊绊道："是啊，林远，我们快些……"楚瑶光已经用另一只手拽住假廖云觉，作势就要开溜。

李四下意识便去给他们殿后，林远连忙一把拖住他："兄弟，你清醒一点，你是李四！"

"哦，对。"李四一回头，却见林远的手已经离开了廖云觉的脖子，慌忙替他补上了位。

廖云觉淡定道："高一点。"

"抱歉。"李四移了一下手指。

赵卯："……"

事到如今，赵卯怎会不知自己在被他们当猴耍？他矮小的身体几乎气到膨胀起来，狂怒之下，紧握着瓶子的手终于松了一瞬——

一瞬间，李十一扬手，暗器如暴雨般疾射而至。

一瞬间，林远紧紧闭上眼，在意念中发足狂奔，四肢并用朝着山上冲刺。

一瞬间，赵卯以不可思议的速度跃起，活像蹦跳的肉球。他双手高举着瓶子，它仅在毫厘之间错开了李十一的暗器，他自己却被扎成了刺猬。

瓶中神血泼洒而出。赵卯人还未落地，已经拧身张口，将神血全部倒入口中，同时进嘴的还有一枚铁蒺藜。他眼皮都不眨，一口全部吞下，仰头发出一声疯癫的厉啸。

来不及了。

道境中，林远刹住脚步，手中无形的丝线疾射而出，犹如万蛛吐网。

林远的意识似被狂风撕裂，疾速穿梭在一个个容器之间，视野里天旋地转一片模糊，根本不凭自己做主。

每次睁眼，他都极力辨认着方向，然后朝着那地洞飞奔。但每次没跑几步又会一阵晕眩，仿佛傀儡丝线骤然绷断，强迫他离开操纵的身体。很快他就明白了，自己最终还是没能控制住赵卯。

赵卯，八苦斋的首领之一，泥师都的神仕，正在道境中与他斗法。

绝对不能相让，否则就完了！

黑山巍峨如同压顶，他的血顺着山岩汩汩而下，映出一摊摊冰冷的月光。他感觉不到那虚幻的痛楚，只想着再高一点、再高一点……

视野愈发模糊，但在这一团模糊之中，林远又模糊地领悟到了某种常性。现实中的大地逐渐离他远去，脑海中的道境则愈加沉实，他甚至能分辨出手中丝线的触感与重量。

他一把收紧所有丝线，强烈的意志朝另一端灌输而去：死吧——

与此同时，更多意志却又朝他反噬而来：我不想死，我还要活，我还要杀——

林远仰天发出一声嗥鸣，声震黑色的山谷。

"林师兄……"遥远的地方似乎传来楚瑶光的惊呼声。

林远张开眼，首先看见近在眼前的赵卯。赵卯浑身是血，嘴角更是鲜血狂涌，脸上交织着震惊与恐惧，显是从未料到会遇到这种事。但是紧接着，他的小眼睛望向对面，其中猛然闪过恶毒的光芒。

下一秒，林远只觉自己身不由己地转身朝对面冲去，身边还有更多受赵卯操控的杀手。他们的目标……赫然是林远。

原来他身在赵部杀手体内，而他真正的身躯倒在地上，正被师门几人拖着朝后撤。

赵卯发现了是谁在与自己争抢傀儡。这般争抢下去，他们谁的无间觉都无法奏效。赵卯当机立断不再纠缠，放弃了其中一半傀儡，却控制着另一半傀儡直奔林远而去。杀了那厮，才能从根源上解决祸患！

神树人摆出架势挡在折云宗几人前面，以肉身筑成了铜墙铁壁。他们几番与八苦斋交手，对付这些人已经有了心得。

万万没料到，这些没有神志的傀儡冲到近前，竟然不闪不避，直接被他们砍断，然后尸体又活动起来，见缝插针地越过了防线。

赵卯杀红了眼，竟是丝毫不在乎部下的死活！

林远迅速将意识抽离容器，转而施加到另一半傀儡身上，手忙脚乱地操纵着他们前来抵挡。

但那些尸体着实棘手，他拼命砍断了一条胳膊，那两截断臂却又跳了起来，继续奔着折云宗几人而去。

李四与他擦身而过，似乎知道他在做什么，简短道："别添乱，这里有我们！"

说着一刀将半截胳膊戳了个对穿，刀锋划过一道圆弧，又戳中了另外半截，这般"咄咄"连声，很快穿满了一刀的"挂件"，最后将长刀朝地上一钉。那满刀的残肢疯狂扭动着，却挣脱不开。

李四随手又捡起一把刀，留下一句："照原计划，把他们送进地洞！"

林远点了点头，控制着一半傀儡争先恐后地冲向地洞，一跃而下。他见其所见，只觉落入那片彻底的黑暗之后，什么也感觉不到，很快就断了气。

他连断了十回气，意识终于再无容器，回到自己体内，头昏脑涨地睁开眼。

这回换作廖云觉架着他，正被护在战场最后方。那些尸体步步紧逼，他们退着退着，竟也在朝着地洞的方向不断接近。对方之意昭然，就是要逼到林远退无可退，只能跳下去。

林远挣扎着站直了："师父，他们不敢杀你，你先走！"

"正因为他们不敢杀我，我才不能与你分开。"廖云觉冷静道，"你不必分神，专心做一件事。"

林远知道他指的是什么："我……"他深吸一口气，重新闭上眼，"我这便办到。"

地洞

鹤觑其廿九

李十一毫不犹豫，直接将短匕掷了出去。

李四手中的刀几乎舞成了一张圆盾，护在所有人身前。寒芒如急雨，没有花哨招式，只有生死间练出的精准与高效。

然而来敌源源不断，有时是半个人，有时是四分之一个人。目标越来越碎，攻击也越来越刁钻。李四正与一个傀儡缠斗，一左一右两道风声同时响起，两个残破的傀儡竟挑着死角越过了他。

在他身后，李十一忽然朝上一瞥。

一颗孤零零的人头悬浮在半空。那死人灰白的眼珠俯视着战局，四下急速转动着。

林远没有经验，赵部首领却是个中老手了。无间觉会强迫主体与受体共享视野，见其所见。所以为了避免视角太过纷乱，他们常会留出一个傀儡充当斥候，观察全场。只是这斥候通常是活人，直接砍了脑袋当斥候的，也只有赵卯了。

李十一下意识地扬手一挥，才发现袖中空空。她在进入白山前特意补齐了暗器，但经历几番恶斗，终于还是用完了。

李十一毫不犹豫，直接将短匕掷了出去。

匕首从侧面穿过那颗人头，精准地刺爆了两只眼珠。人头瞎了，李十一身周也空门大开。那两个残存的傀儡一左一右攻击而至，她却连武器都没有。

便在此时，前方的李四猛地转身，拼着将后背亮给敌人，手持双刀齐齐刺出。"噗噗"两声闷响，是他替李十一钉死了来敌；紧接着又是一声"噗"，却是他自己后背中招。

李四哼都未哼，脚步不停，李十一也倏然一晃，与他错身而过时顺手接过了一把刀。两人明明连眼神都不曾交流，穿插走位却天衣无缝。

李十一迎敌而去，李四则微露笑意，退到一旁草草处理伤口。

八苦斋的包围圈越缩越紧，神树人仅靠蛮力有些左支右绌。在他们身后，不会武功的几人更是被逼得四处逃窜。

一片混乱中，陆让躲着躲着就与队伍走散了。零星的尸体攘着他攻击，他脚下一绊摔倒在地，迎面一张双目翻白的死人脸贴过来。陆让吓得大喊一声，一拳挥了过去，随即也顾不上对方的反应，连滚带爬朝一旁逃去。

不知不觉，他已经远离了战场中心，而八苦斋竟没有理会他，仍是发了狠地追杀着林远。

人群中，玉容苦苦护着孩子，慌乱地左右张望着。

陆让愣了愣，随即深吸一口气，一个猛子钻了回去。他看准了路线穿过人群，一把抓住玉容的手腕，嘶声道："走。"

"恩公……小心！"

迎面又是一记剑锋扫过，陆让惊险地矮身避过了，脚软到几乎迈不开步子，口中却还在喊："跟着我！"

道境中，林远四肢着地狂奔着，状如野兽。

他终于爬到了足够的高度，看见了赵卯。那道矮小的人影正立在黑色岩石上，也察觉到了他的到来，绿色的双瞳直视过来，其中闪着狞恶的光。

刹那间，两人手中的丝线便缠在了一起。

林远只觉四肢百骸不再属于自己，被一股巨力狂暴地撕扯着，来自赵卯的恶意排山倒海，要将他推下山去。但他不能下去，只要一脚踏空便完了……他死死拽着手中的丝线，直到五指溢出鲜血，山岩上斑斑血痕如狂花怒放。

丝线在震颤，对面的人影与他一样挣扎不休。

现实中，赵卯口喷鲜血，却愈发癫狂地大笑起来，那些杀手的碎片也跟着一起抽搐。

陆让拉着玉容又一次逃出了包围圈，身上挂了两处彩，痛得直嘶

凉气。

他隐约感到这一幕似曾相识。先前在神祠里，也是人化为傀儡；后来在山洞里，傀儡也开始不听使唤。但他看不懂背后是谁在博弈，他已经看不懂很久了。

他只知道自己逃出来了，此时定了定神，一个疯狂的念头突然浮起。

"玉容，"他压着声音快速道，"不如我们先走吧。"

继续在这队伍里耗下去，他只有两个结局，要么是死，要么是赢得沉香后看着玉容死。

陆让想过要强留下玉容，但当时只觉希望渺茫。如今，上天忽然把机会送到了他眼前，像是在嘲弄他的瞻前顾后。

"我们抢先去取沉香，只要藏下一点，你就不会消失了！"

玉容望着他，陆让虽然看不见她的眼睛，却也知道其中必然盛满了恐惧和迟疑。但他心意已决，哪怕只有这一次，哪怕只为了这一句"恩公"。

"你想不想救两个孩子？"

这句话戳中了玉容。很显然，闵平安梦里的玉容相当在意他的孩子。她咬了咬牙："走吧。"

陆让拉着她拔腿就跑。跑出一段路，他心有余悸地回头望去，才见半截杀手原本在追着自己，此时却定在原地转着圈抽搐。再往远处看去，林远已经被逼到了地洞边沿，却不显惊慌，正闭着双眼面沉如水。

陆让蓦地闪过一念：博弈的另一方……是林远吗？

林远不仅没有拦他，还替他拖住了追兵？

恍然间他仿佛又置身于大火中，火中有个小头目咯着血笑道："天佑大周……"

陆让只觉三魂七魄都在被火灼烧。他最后看了他们一眼，随即扭过头，几道身影很快消失在了迷雾中。

陆让低声道："没关系，现在沉香味更浓了，连我也能隐约嗅到。我们循着味道，总会找到的。"

"嚯，你还有这本事？长能耐了啊。"

陆让："？"

陆让一回头："你们……谁叫你们跟来的！"

假林远和假廖云觉无辜地看着他。

地洞边沿，土地骤然翻动，一只断手如肉虫般钻了出来。

它冒出的地方恰在林远身旁，林远的意识却仍在黑山里与赵卯搏斗。唯一看见断手的人，是一边的楚瑶光。

楚瑶光心中生出不祥的预感，却来不及出声示警，已见那手肘在地上一撑，悄无声息地一跃而起，径直跳向了林远。

以这一冲之势，定是要将林远推进地洞！

楚瑶光看得真真切切，身体比脑子反应更快，从侧边冲去，也不知是从哪儿来的力道，将林远连带着廖云觉一把撞开。

她不能坐视不理！

她挡住了那只手，却低估了那只手的冲击力。这是赵卯赌上全部的最后一招，其势如千钧压顶，她纤细的身躯刚一触及它，就飞了出去。楚瑶光惊呼一声，整个人朝着黑暗坠落而下。

这一刹那如此漫长，她仿佛还能听见阿姊的声音："保护好我妹妹。"

这一刹那却又如此短暂，暗无天日的旋涡转瞬间就吞噬了她。

楚瑶光徒然伸长胳膊，抓了两把冰冷的空气。

然后，一只手攥住了她的手。

安桃方才就站在她身侧，看见了她坠落的一幕。与楚瑶光一样，他伸手纯粹是本能反应。但他又低估了她下坠的势头，猝不及防，被拽着朝地洞滑去。

"啊啊啊！"安桃与楚瑶光同时惨叫。

道境里，林远眸中绿光大盛，无数丝线如同藤蔓疯长，冲着赵卯飞射而去。泥师都的神仕又如何？既然全知之神说他可以，那他就是可以！

即使在黑暗中，他也能感觉到赵卯的惊骇与不甘，那意识似乎通过丝线反噬而来。林远一声长笑，扯紧了丝线。

下一秒他睁开眼睛，身体却不在地洞边沿，而在战场另一侧，且视野极低。

他接管了赵卯的身躯，所有八苦斋残肢失去操控之人，纷纷落到了地上。

林远根本来不及考虑，全凭着本能做事，所有残肢又原地飞起，朝着地洞一跃而下。

安桃的身体已经彻底滑入了地洞，他大头朝下，除了楚瑶光惨白的脸庞，什么也看不见。黑暗中一切仿佛发生得很慢，他知道这只是最后的幻觉，苦笑了一下，准备迎接死亡。

一只手抓住了自己的脚踝。

安桃吃了一惊，扭头一看，抓住自己的是一具无头尸首的上半身。

紧接着，更多的尸体飞了进来，残肢断臂一个连着一个，犹如猴子捞月。终于，下坠猛然止住，安桃的手腕和脚踝一阵剧痛，同时脱了臼。被他抓着的楚瑶光也是一声惨叫。

两人被悬挂在这由尸体构成的链条上，摇摇欲坠。

楚瑶光喘息片刻，极力仰头望去，地洞的口子遥远如一轮薄月。

这是……得救了？

林远的脸从地洞边缘探了进来，声音带着一丝疲惫："如何了？"

"还活着。"安桃从牙缝里挤出声音。他与楚瑶光仅靠一只手相连，只这么一会儿工夫，他就能感觉到楚瑶光的手朝下滑了一小截。

楚瑶光颤声道："林师兄，这样撑不了太久。"

"挺住，等我——"

林远浑身道力疯狂运转，额角青筋暴起。残肢终究是死物，无法真正互相抓握。为了挂住这两人，他必须将全部心神分散在那些断肢上，维持着微妙的平衡，时时刻刻不敢放松。

此时他试图操纵着断肢向上，可受力刚一变换，那些连接处便开始颤抖滑动，眼见着就要彻底断开。

两名神树人凑上前："祭司大人，我们帮忙？"

"你们试一下。"林远自己也不确定。

神树人抓住残肢链末端，刚朝上提了提，便听林远惨叫道："停停停！"原来这残肢链底下坠着重物，稍一移动就免不了左右摇晃，以林远眼下的控制力，逃不过一个"断"字。

底下的两人都绝望了。好不容易捡回一条命，却依旧逃不出生天，这慢慢失去希望的感觉甚至比死亡更痛苦。

冷汗不断沁出，让两只手更加难以握紧。

安桃咬牙道："要抓不住了。"

"莫急，莫急……"林远喘息着，努力冷静下来思考。

几息之后，一只断手顺着残肢链爬了下来，慢慢爬到了安桃背上。

安桃毛骨悚然，一动也不敢动，只能感受着它的五指移动，它顺着自己的背脊爬过肩膀，爬过手臂，最后停在了两人牵手处。此时他们才在黑暗中依稀瞧见，那只手上还绑着一块布料。

林远屏息凝神，操作着断手用布料将他们缚在了一起。

这下总算争取到了一点喘息的时间。见这招可行，林远又让神树人撕下数段布料，系成了长长的一条。这回他让断手抓着布，绕着整个尸链胡乱缠了许多圈，将所有残肢断臂勉强绑缚为一体。

一切做完，林远彻底脱力。残肢链失去控制，令人揪心地朝下一沉，但凭着布料连接，终归颤颤巍巍支持住了。

"可以我们帮忙了！"神树人说着又去拽残肢链。

下一秒，又传来林远的惨叫："停——"

如此脆弱的残肢链，仿佛风干酥脆的绳索，经不起半分外力，一个不慎就会化为齑粉。

地面上，林远已经瘫坐在地。消耗太大，他连自己的身体都撑不起来了。

楚瑶光的冷汗也一颗颗滴落，坠入那无底深渊。

"林师兄，耽搁在此也不是办法，你们先走吧。"她听见自己的声音道，"只要你们采了沉香，这里的一切都会消失，包括地洞，我们也就得救了。"

"可……"林远顿了顿，没有说丧气话。比如：这残肢链能坚持那么久吗？又比如：地洞消失后，你们会回到地面，还是与它一起消失？

"去吧，要去就快去。"安桃苦笑道。毕竟这残肢链多支撑一刻，就离断裂更近一步。

搏一搏，尚有一线生机；犹豫不决，就只能等死。

坦白

唯独她必须记得，真正的亡灵在九泉之下，没有宽慰，永无解脱！

一名神树人见林远坐在地洞边站不起来，躬身想来搀扶，被他伸手挡了。林远半闭着眼咬牙道："赵卯……"

众人扭头一看，赵卯还未死，正被林远隔空压制着，直挺挺地躺在原地。这无间觉多维持一秒，就多消耗一分道力。

李十一和李四同时走向赵卯。

林远这回把无间觉铺得太大，意识无法完全停留在某个人体内。因此仔细看去，赵卯的眼珠还在细微地颤抖，眼白完全充血成了红色，不知其中是暴怒还是惊惶。

李十一冷冷地望着这个昔日作威作福的首领，举起手中短刀。李四却加快脚步越过了她，一拳挥向赵卯的脸。

李十一顿了顿，放下了手臂。

砰，砰。

李四没使用武器，甚至谈不上招式，仅凭蛮力拳拳到肉。狠厉的击打声不绝于耳，赵卯的身体很快肿胀变形，更像一个球了。李四仍未停下，像要用拳头将其碾成肉泥——这本是赵卯最喜欢的杀人方式。

他的动作状如疯魔，面上却和平日一样沉闷收敛，平静的脸庞不断溅上新的血迹，仿佛木雕上了朱漆。

众人沉默地观看着这一幕，神情各异。

这是一个没有明日的人，甚至连今朝也是假的。但此时此地，这场发泄看上去真切到不可思议。

李十一垂在身侧的手轻微地颤抖着。方才，就连她都不由自主地停下了脚步，想将这复仇的机会留给李四。就连她都悄然接受了某种错觉，像在看一道亡灵归来。

可是那不是他，她不能忘。

唯独她必须记得，真正的亡灵在九泉之下，没有宽慰，永无解脱！

不知过了多久，李四长舒一口气，提起赵卯的尸体丢下了地洞。

里面的楚瑶光被吓得一个哆嗦，还未看清那是团什么东西，赵卯已经不见了。

李四转向林远，问："好一点了吗？"

少了赵卯这个负担，林远确实松快了些许。他勉强扯了扯嘴角："能活了……但怕是走不了……"

李四没再说话，带着满身血气走到他面前，背身蹲了下去。

林远一愣，随即咧嘴一笑，趴到了李四背上。

好一幕自导自演的兄友弟恭。李十一握紧了刀柄，她目前还不能杀林远，但她可以将他那虚妄的笑容连着脸皮一并削下来。

然而在她转身之际，廖云觉恰好挡住了她的视线，温声道："十一，你的暗器是不是要补充了？"

李十一："……"

李十一默默搜寻了一番，捡回了一些暗器。

与此同时，神树人也各自包扎了伤口，又照着林远的做法，将地面上的尸体全丢进了地洞，抹去了一场激战的痕迹。

这也是他们能为楚瑶光和安桃做的最后一件事了。洞口太大，不好遮掩。好在这里的生物都知晓地洞的厉害，本也不会轻易靠近。

林远最后瞧了地洞里的两人一眼，道："我会通过尸首……盯着这边的，有情况就喊。"

众人没再耽搁，继续朝前走去。

眼下应该离沉香很近了，而且赵卯已被除去，赵寅还在后方，本不该再有什么阻碍。但是……

"祭司大人，那个……"神树人没记住陆让的名字，找了半天形容词，"那个生气者呢？"

林远由李四背着，翻了个白眼："应该叫他气人者……"

方才在混战中顾不上细想，此时才发现，陆让带着玉容和两个孩子，逃了个干干净净。那厮打的什么主意，已经无须多言。

如果让他抢先找到沉香，哪怕只是藏起一小部分，这秘境也不会消失，楚瑶光也就无法得救！

林远心里滚过无数句粗话，末了有气无力地戳戳李四："你能替我骂几句吗？"

李四："……"

李四道："追上之后可以替你揍几下。"

众人的脚步声逐渐远去。

于是地洞中愈发寂静森然。

楚瑶光仰头望去，自己正与一串碎尸共享着黑暗。她又朝下看了看，始终看不出这地洞的深度。

时间流逝得格外缓慢。楚瑶光的胳膊被高高吊着，从手腕处与安桃绑在一起。这条胳膊在方才停止下坠的一瞬间脱了臼，此时越来越疼痛难忍。她呼吸沉重，只能在心中默默计数，试图多挨过一些时候。

"小娘子，还好吗？"头顶传来安桃的声音。

楚瑶光反应过来，安桃的情况比自己更糟。他的一手一足都脱了臼，而且是头朝下被倒吊着，周身血液都在往脑袋涌去。

"你如何了？"她反问。

安桃沉默了一下："按照现状，大约是要交待在此了。"

楚瑶光想到他是为了救自己才遭此横祸，心生愧疚："别这样想，残肢链还能撑住……"

她说不下去了。即便残肢链不断，他们自己又能支持多久？

安桃反倒轻笑一声，出言开解："罢了，原就是我非要跟着你们的。若我死了……也不用怕，这布料还能拉住你，无非又多一具尸首。"

楚瑶光的手仍旧与他交握着，能感觉到他修长手指的骨节。然而因为血流不畅，她的胳膊正慢慢麻木。失去这一点知觉，就仿佛断开了与尘世的最后一丝联系。

她抬头想看看他，结果却一怔。

安桃的衣襟在下坠时完全散开了。楚瑶光的双眼已经完全适应黑暗，能看见细细密密的金色纹路，不只覆盖了他的胸口，还由肩及腰一路延伸，甚至很可能遍布周身。

在这非生非死之所，那缕缕金色犹如将熄未熄的暗火，有种不属于此世的诡艳。他的双瞳中也明灭着两簇幽冥的火。

真好看啊，这是粉黛描画不出的美。临死之际能见此绝色，楚瑶光眼泪都要出来了。这世上还有多少种她没看过的美呢？

安桃自然不知她在感慨什么，金眸眨了眨，道："你觉得这地洞是怎么回事，为何会如此深？"

楚瑶光缓缓摇头："梦里的东西，恐怕没有道理可言，就像那孛马一般。"

"那林公子的法术是来自哪位觉者的力量，你可知情？"

"……"楚瑶光也眨了眨眼，头脑开始冷却。

安桃笑道："闲聊而已，都到这时候了，没必要再瞒我了吧？"

"也对。都到这时候了，你先坦白一番吧。"

"我？我有什么可坦白的？"

楚瑶光笑了。有些话她早就想说了，只是先前一直没寻到时机。眼下他们倒是清闲，而且很有可能再也不用忙起来了。

"首先，早在我们发现佛会的异常之前，你便对阿耨多罗嗤之以鼻。但你对祆祠分外了解，还将蜜特拉的图腾文遍全身。"

"这我早已说过，从前我信奉过蜜特拉……"

楚瑶光打断道："其次，你对白山中的种种怪象接受得很快，看见八苦斋杀人的手段也毫不惊讶。你先前便接触过觉者的力量吧？信奉蜜特拉，也不是作为普通信徒吧？"

安桃顿了顿，语气中多了些许惊讶："你偷看我的时候，原来是在观察这些？我还以为……"

楚瑶光脸一热，仗着对方看不清自己的脸色，顺坡下驴道："我还观察到了别的，你想听吗？"

"愿闻其详。"

"你随身带着上上等的龙脑和麝香，但你并未熏衣，也不佩香囊，所

以这些香料不是用来闻的。"

"那是用来做什么的呢？"安桃彬彬有礼地问。

"安桃，我是大周第一香宗的弟子，但凡是记载了香的卷宗，我都读过。"楚瑶光也十分耐心地道，"往食物里加入龙脑和麝香调味，这等奢靡作风，只有一个昔日的帝国能够负担。蜂巢纹的香瓶，也是那个帝国的风格。"

安桃这次久久未出声。

楚瑶光的耳边回响起很久以前，陆让说过的话语："蜜特拉曾是萨珊国人供奉的契约之主，但数十年前萨珊灭国后，便不见祂的记载了。"

她轻声说："你不是逢神必拜的七曜人，而是独尊祆神的萨珊人。但萨珊早已亡国了，你是……萨珊遗族吗？"

良久，安桃叹息一声："是我小瞧你了。"

楚瑶光听他默认了自己的猜测，心一沉："所以你果然还是在为蜜特拉办事？"

"当然不是。我只见过蜜特拉一次，是在萨珊消失之日。"

楚瑶光诧异道："数十年前？"对方看上去才多大？

"倒也没有那么久远。"安桃笑出了声，"在我们自己心中，萨珊真正消失并不是在国破时，而是在最后一座祆祠倒下时。那座祆祠是五年前倒下的，而我……是最后一任掌管它的祆主。"

早在萨珊立国之前，诸多祆神便已在那片广袤的土地上存在了近千年。

萨珊的君主本是祆教祭司出身，在他们统治的年月里，祆教被奉为至高无上的神教。无数祆祠供奉着各尊祆神，每一任祆主都是贵族世袭，他们的血脉中流淌着圣洁的火焰。神权与王权不分彼此，信神即是忠君。这样的政教结合，曾使他们空前强大。

可惜等到安桃出生时，一切荣光早已成了过往。

安桃并非他的本名。与之前的每一任继承人一样，他是带着图腾诞生的，那金色的纹路曾让他的父母喜极而泣："蜜特拉的赐福仍未断绝！神没有抛弃我们，没有抛弃萨珊！"

于是，他的使命便是终生守护祆祠，供奉蜜特拉。

自幼年起，安桃开始学习图腾的奥秘——翼马是祂翱翔九天的坐骑，联珠纹是祂带来的太阳光轮。祂是至美，是光明，是无上崇高的契约。

长大一点，安桃便披上黑衣，戴上白帽，将香灰涂抹于额，跪坐于圣火前，聆听信徒的唱诵。

有时他亲自引领仪式，颀长的身躯在乐声中轻盈纵跃。彼时祆祠中灯火如昼，光影交叠。他抚弦时，日月与微尘随之战栗。他旋转时，万千道纤细的影子随之飞扬，犹如圣火的余焰。信徒们望着他，痴痴地流下泪来。

那时他还不知道，自己脚下的祆祠便是萨珊帝国最后一寸领土，那些信徒便是最后一批不肯屈服的遗族。他还不知道，他的国人早已离散各地，能带走的只有乐舞与歌声。那歌声被流浪者代代传唱，那舞步最终传入了鹤觇娼馆，被妓子们学成。

又长大一些后，他终于得知了一切。原来这祆祠里的每一场仪式，都是为了祈求蜜特拉降临于世，用奇迹拯救他们。但蜜特拉从未降临，而到场的信徒越来越少。

终于有一天，敌军攻到了大门前。

那是他第一次，也是最后一次见到蜜特拉。

契约

鹤觇其卅一

哪有什么考验、什么拯救？是他太过愚笨，从未认清自己的命运。

祆祠大门在撞击下沉重呻吟。祠内，仅剩的一千余名信徒全部匍匐于圣火坛前，像此起彼伏的蠕虫。

空气中弥漫着绝望的亢奋，借由诵祷声不断腾升。他们要死了，无人见证，但他们的头颅会掉落在一个辉煌王朝的末页，因而也能跻身于某种宏大的错觉。

唯独他们的袄主不见踪影。

安桃将自己锁进袄祠最深处，喃喃道："上神，祢在我降生之时赐予我这图腾，是因为我尚有可为之处吗？请赐我指引吧，无论多么艰难，我必当竭力完成。"

这段祷告，他自懂事时起，已经悄悄重复了多年。今日是最后一次尝试，也是最后一次失望了，他心中甚至有种从未有过的轻松。

然而下一秒，金铃声随风而至。

蜜特拉来了，就那般若无其事地从后门走了进来，比所有传唱的诗歌更美，目光如同迸射的火舌。

安桃朝祂跪伏下去，浑身发抖。他究竟是如何通过考验的？为何没能更早通过这考验？人必须被摧毁至如此地步，才能换来神的一丝垂怜吗？

接着他听见了蜜特拉的声音，甜美如醇酒，却震得他头晕目眩，心跳几乎冲破胸膛。祂宣布道："一切皆已落幕，萨珊的气数已尽。"

安桃只觉寒冷彻骨，勉力挤出一句："可是……可若祢能够教我……"

蜜特拉笑了："人间的王国崛起又衰落，历史都是一页页翻过的，谁又能轻易改写呢？"

"上神一定可以！"

"我吗？我需要信徒与供养，才能书写下一页。"

"我仍是祢的信徒！"安桃急切道，"还有外面那些人，他们都会流尽最后一滴血……"

蜜特拉嫣然一笑，唇边两枚对称的钉子微微闪烁："好孩子，我要的是活着的信徒。"

安桃颤抖着抬起头，第一次看清了祂的脸。他恐惧那美丽，也憎恶那美丽。祂的美让世间造物显得粗鄙不堪，卑微如泥，而祂也丝毫不掩饰自己的嘲弄。

他终于明白了蜜特拉的意思。

哪有什么考验、什么拯救？是他太过愚笨，从未认清自己的命运。神从容向前，一步便踏平了他的一生。

"祢什么都不会给予，"他轻声道，"却要我献出一切。"

　　话音未落，覆盖他全身的图腾蓦地燃起。金色纹路流淌起来，宛如熔化的黄金。圣火环绕着他翻腾，他却未觉炙热，那火焰犹如牛乳般温暾。

　　熊熊烈火中，他依稀看见蜜特拉伸出一只纤手。手掌轻抚他的面颊，顺着脖颈，一路滑至他急促起伏的胸口。

　　祂笑道："你错了，我们都只是在守约。"

　　祂转身离去后，安桃仍旧伏在原地。耳畔回响着信徒们醺醺然的诵祷声。良久，他蜷缩起来，将脸埋进掌心，发出一阵嘶哑的笑。

　　那是萨珊的末日，祆神的黄昏。蜜特拉未曾多看一眼。

　　"我有很多没听懂，"楚瑶光缓缓开口，"但又有些听懂了。"

　　倒吊着的安桃扬起眉："听懂什么了？"

　　"蜜特拉是契约之主，你身上的图腾，是某种契约之证吗？"

　　安桃弯起了眼睛："的确。我的祖先曾向蜜特拉许诺永世忠诚，从此每一代继承人都带着图腾诞生。一旦毁约，它便会化为地狱之火将我焚毁。所以，我永远不能做出背离祂之事。"

　　"那你的祖先用忠诚换取了什么？"

　　"何出此言？"

　　幽闭的死寂里，楚瑶光的声音更显清脆："蜜特拉不在乎萨珊灭亡，却在那日特意去见了你。'我要的是活着的信徒'，这是祂给你的命令吧？因为你具有某种能力，祂才笃定你能完成吧？"

　　"……你果然很聪明。"

　　"没点脑子，也当不了折云宗的弟子。"

　　安桃沉默了一下："那陆让是怎么回事？"

　　"……说来你可能不信，陆师兄也是有一些脑子的。"

　　安桃笑了几声，才道："你猜对了，这图腾还传承了一些蜜特拉的力量。"

　　"什么样的力量？"

　　"言语之力。简单来说便是字字千钧，言出法随。当然，蜜特拉的能力总是离不开契约。用言语改变得越多，自身付出的代价也越大，比如道力与血肉。"

楚瑶光若有所悟："所以祂唇边那两枚钉子……"

"两枚钉子之间，连着一根穿舌而过的链子，应该是用痛苦为言语添加筹码吧。"安桃近乎冷酷地分析道。

楚瑶光只觉得自己的舌头也痛了起来。紧接着她陡然想起蜜特拉掀起地动的那一幕，心头一跳，问："这言语驱使的对象也可以是死物吗？"

"可以。那一天在祂离去后，我便让族人从后门逃出袄祠，然后用这力量使整座袄祠坍塌，压死了来敌。"

楚瑶光愣了愣。只是这样而已吗？这种事情，蜜特拉为何不亲自出手呢？以祂的能耐并不难办到，还可让信徒感恩戴德。祂为何非要假手于安桃？

但眼下不是细究那件事的时候，她有更紧迫的疑问："那你能不能用言语之力驱使这些尸体，将我们提上去？"

安桃显然一直在等她发现这一点："有把握的话，我早就做了。"

"一点把握都没有吗？方才林师兄还在的时候，你们还能合作……"

"林公子身上也是觉者之力？"

楚瑶光："……"

楚瑶光知道必须开诚布公了："我不清楚内里，但应该有关系。"说来，林远也不是泥师都的神仕，他究竟为何能使用无间觉呢？

"那就麻烦了。"安桃道，"两个觉者的力量用在同一对象上，说不定合作不成，还会彼此冲撞。如果林公子精于此道，我俩配合默契，倒还多出一丁点希望。可是……"

安桃看了一眼上方那摇摇欲坠的尸首之绳，楚瑶光也跟着看了一眼。这种时候，一阵大一点的风，都有可能直接把他们送下去。

楚瑶光哑然。

"如何，等到万不得已时，要试试吗？"安桃问。

听到这段话的人不只楚瑶光，还有共享着尸体视野的林远。

越是接近沉香所在之地，风景就变得越抽象。乳白色雾气似乎愈加浓郁，但也有可能不是雾气，只是残缺梦境造成的留白。大片大片的留白中，他们脚下的路、身旁的壁，都只剩虚幻的轮廓，看不出是城是村还是山。

就连怪物都愈发痴痴呆呆，形如木偶，迟缓地游荡在这虚空之间。

他们不再受到攻击，这一段脚程便迅捷无比。但与地洞的距离拉长之后，林远对那些尸体的控制力也在变弱。他能听见安桃的提议，可他也看不到一点成功的希望。

当下最稳妥的做法，只有加快脚步去采香。

廖云觉一声不吭地走了大半个时辰，终于停下脚步，闭目确认方向。众人跟着站定，连番奔波加上苦战到现在，一个个都精神萎靡，疲惫到了极点。偏偏他们还不能入睡，恨不得用手撑开眼皮。

李四将林远放下，让他靠坐着一处墙壁，问道："喝水吗？"

"不喝……"林远只有嘴皮子还能动几下。他冷汗涔涔，勉强看了一眼廖云觉，发现师父也没比自己好到哪里去，都是一般狼狈。

髓海也快干涸了吧？

廖云觉睁开眼，也看了看他。想到两人在这种情况下同病相怜，林远不由得笑出了声。

廖云觉叹了口气："出去之后，要采购些香。"

林远知道他的言下之意是"要攒些道力"，苦笑道："可是师父，我们的钱也丢完了。"

廖云觉一愣。他此生还未听过"没钱"两个字，反应了一下才淡定道："无妨，还有周军。"

林远笑得更大声了些："你诓他们的时候，我能旁观吗……"笑到后来气息奄奄，只得闭了嘴。

李四无奈地伸手给他顺了顺气，问："说起来，你是如何学会无间觉的？"

"我没学过。"

李四："？"

林远有气无力道："其实我也一直有个问题……你知道我们的父母是谁吗？"

按照八苦斋的说法，普通人即便受了神血，也只能进入无恶境。只有附离的子民，才有可能掌握更强大的无间觉。照这样看，他们的血脉

就很值得推敲了。但区区李部，何来的附离血统？

而且，自己甚至不需要泥师都的神血，就能干掉袖钦点的神仕。这天赋究竟是从哪里来的？

李四望着他，缓缓提醒道："我不是真的李四，只是来自你的记忆。我知道的不可能比你多。"

"哦，也对……没关系，我回头问问那个谁。"

廖云觉确认了方向，众人重新迈步。结果刚一转弯，他们就猛然顿住了脚步——前方不远处，一具惨死的尸体赫然横陈于地，身上布满无数血洞，双眼圆睁，死不瞑目。

那赫然是李四的装扮、李四的脸。

乍一见到如此逼真的自己，背着林远的李四都不由得僵了一下，偏过头与林远面面相觑。

就在他们愣神的时候，眼前又多出了一具尸体，这回是四分五裂、血肉模糊，而那张脸仍属于李四。

林远忽然喃喃道："十一……"

众人回头一看，才发现李十一落在后方，倚靠墙壁站立着，竟似是睡着了。

林远尽力抬高声音："十一！"无奈这会儿实在气虚。

第三具李四的尸体出现了，这回是被焚烧得通体焦黑的。

一名神树人大步走去，推了李十一一把。李十一倏然睁眼，与众人大眼瞪小眼，接着目光挪到了自己造出的尸体上。她木然地望着它们，什么也没说。

廖云觉也只是道："走吧。"

林远趴在李四背上，听着他不疾不徐的脚步声越过了那些尸体。

接着李四忽然开口："林远，我死的时候，是什么样子？"

李十一几乎要捂住耳朵。

但林远非常清楚他为何发问，也清楚他想自己回答给谁听。

林远平静道："死得不难看……你受了我一刀，躺在地上……你让我去冒充你，又交代了一些八苦斋的事……最后我们讨论了一下谁是兄谁是弟，我说我是兄长……你说也行。"

李四低低笑道："我只是没来得及跟你争吧？"

"有可能……"

李十一再也忍不住了，一把抓住林远，险些将他从李四背上揪下来："你是怎么做到的？你只见过他一面，为何……为何……"她的手指微微颤抖，"为何能造出如此像他的人？"

林远和李四的神情同时变化。

李十一催问："你究竟在梦中进入了多少次无咫境？"

林远竟然又笑了。他知道李十一有多恨这笑容，可如此荒谬的际遇，他又实在拿不出其他表情应对。

"既然你非要知道……"他笑道，"几乎每夜吧。"

赵寅

鹤观其卅二

人群静默了几息，随后犹如潮水朝两侧分开，让出了一条可容几人通过的小道。

陆让一边走，一边捂住手臂上的伤口。血已经止住了，但疼痛依旧尖锐。周围只余大片大片的空白，仿佛已经不在人间，而是提前入了幽冥。

玉容担忧地前来搀扶，陆让冲她笑了笑："放心，我没事，我可是精于此道的。"

他渐渐能从玉容残缺的脸上辨认出表情了，看出她的疑惑，解释道："逃命，我在行。"

"不是，你擅长的是救人。"玉容道，"陆公子是我此生遇到过的最好的人。"

"哈哈，也只有你会这么说。"陆让只觉心中的柔情压抑不住，"所以我才更要救你。"

玉容搀着他的手紧了紧："陆公子的好，并不是只有我看见。其实我觉得，你与师门之间只是有一点误会……"

"我误会过他们。"陆让承认,"但他们没有误会过我。我本就是个废物。"

那个队伍里,廖云觉最是洞明,永远不会出错。林远张牙舞爪横冲直撞,往往也能撞出一条路来。就连被他当成柔弱小师妹的楚瑶光,也一次次地冲在他前面。

只有他自己,心比天高,人是丑角。

"忠信礼义我是样样不行,临阵逃脱我是一骑绝尘。"陆让颇有些破罐子破摔地笑道。

"不要这样说。"玉容好像动了一丝真火,"连自己都这样想自己,那才是真的完了!"

这是她第一次用上如此不柔顺、不妩媚的语气,听上去甚至有些失真。陆让收了笑意,微微发愣。

陆让的嗅觉虽不及林远,但行到此地,也已清晰地嗅出了沉香味。甜美、醇厚,却又掺着一丝诡异的潮湿,像是树木本身有些异化。

到后来,这味道连假人都能嗅到了。玉容的脸色苍白到了极点,假廖云觉和假林远的脚步则越来越迟疑。陆让望向他们,竟然从他们脸上看见了一点隐晦的向往,却又笼罩在强烈的恐惧中。

"前面好像有很可怕的东西……"假林远嘀咕道。

这句话似曾相识。陆让想起当初他们一提到香味,那些当地人就发了疯似的阻拦他们过来。

此时他好像隐约猜到了缘由——不仅仅是因为妖魔鬼怪,更重要的是,这些家伙的意识深处或许也明白,自己和周围的一切都来自梦境。这整个世界都建立在一块脆弱的香料之上,那是他们共同的母体,也是他们不可触碰的禁区。

只有玉容的两个孩子还是浑浑噩噩的,像两个初具人形的容器,装载的记忆与思绪太少,做不出人类的反应。

很快,更不像人的东西从浓雾中冒了出来。他们的身形是半透明的鱼肚色,没有五官面孔,甚至四肢都很随缘,如果不仔细去看,仿佛随时会融化进空气中。

几人互望一眼，试探着靠近过去。对方对他们的到来毫无反应，只是漫无目的地拖着脚步，来回游荡。

但前方半透明的影子越来越多，层层叠叠，彻底阻挡了视野。

想绕开他们已经不可能了，玉容试探着伸出一只手，用指尖碰了碰其中一道身影。对方那疑似脑袋的部位朝她转了转，不知从何处发出一道声音，像呓语，又像叹息。

刹那间，所有人影都朝他们转来，叹息声像大风掠过树梢。

陆让毛骨悚然。玉容一愣，轻声道："他们好像……跟我是同类。"

这些也是梦境的造物，只不过是其中最破碎的梦魂。或许连做梦者都不曾弄清他们是谁，于是他们自己更没有意识，悬浮在存在与不存在的边缘。

当初林远梦到的父母，甫一出现，便这般拖着脚步离开了。那两道身影最后也到了此处吗？他们为何会聚集在此？他们也凭本能吸吮着这变异的香雾吗？

玉容红唇轻颤，大着胆子用鹤觇语问："你们知道沉香在何处吗？"

人群静默了几息，随后犹如潮水朝两侧分开，让出了一条可容几人通过的小道。

陆让定睛一看，小道尽头，一片空白中央，是一道拱门状的洞口。

他咬了咬牙，硬着头皮当先走了进去。

一脚踏入其中，抬眼一看，这回是真的入了阴曹地府了。更多的梦魂拥挤在其中来来去去，像奇形怪状的鱼群。陆让冷不防便被他们推搡着跟跄了几步，触感似真似幻，像潮水在推他。

陆让一只手抱起锦儿，另一只手牵着宝儿，心头怦怦直跳："玉容，真让我们找到了……"

沉香味已经浓郁到了极点，充斥在每个人鼻端。这偌大的秘境，他们终于走到了最深处。

陆让简直不敢相信自己真的抢在了廖云觉前面。他，陆让，有了主动权！甚至不需要取走所有沉香，只要弄到一点点……

"我能保住此地了。"陆让转头道。

玉容正扯着他的衣角，费力地跟上，闻言抬起头来冲他一笑："嗯，

陆公子是我与孩子的大恩人。"

　　陆让喉咙有些发涩。

　　一个问题就哽在喉口：如果我留下陪你，你会高兴吗？

　　自己若是这样问，她一定会满面笑容、连连称谢吧。

　　可他偏偏忘不掉方才乱石林中，自己问安桃的话："我也有一事不解……你常年经商，可知一百一十两，是妓子赎身应有的价码吗？"

　　他这几日仔细想过，这个数字很奇怪。

　　太低了，商队贩卖的寻常奴隶都不止这个价。一百一十两就能赎身，那娼馆岂不是在做赔钱买卖？而且，哪门子赎身价是有零有整的？

　　安桃当时看了他一眼，答得很干脆："不可能是赎身价。"

　　"可是玉容心心念念，总说要凑齐一百一十两，自己却不记得缘由。是不是闵平安记错了，所以也梦错了？"

　　"闵平安没有记错，真正的玉容或许对他提起过这个数字。不过，"安桃隐秘地笑了笑，"她应该不敢说自己为何要攒这个钱吧。"

　　陆让不解："什么意思？"

　　"一百一十两，是七曜商队常开的价码。一百两，可搭上商车。再加十两，可用假名做个假凭证。简而言之，一百一十两就是助人逃去别国的价码。呵，又是攒钱，又是学七曜语，她这是早就打算远走高飞了。"

　　"远走高飞……"

　　"当然，一旦暴露，概不退钱，且生死自负。我听说过有妓子被娼馆抓回去，很快便被活活玩死。也有商队收了钱，转头便翻脸不认账，将人当奴隶卖去下家。敢赌这条路，那都是不要命的。"

　　"……"

　　玉容是怎样的人呢？

　　舞姬、慈母、菟丝子、解语花。就连身上的伤痕都会每天自觉消失。

　　陆让望着眼前之人的红唇，突然没来由地一阵反胃。这个梦是另一个男人嚼碎了喂给自己的，一个打窟人，一个嫖客，那张黑黢黢的嘴里连皮带骨地吐出一个女人，被自己囫囵吞下。

"玉容，如果我留下陪你，你会高兴吗？"他问了出来。

那红唇果然扬起一个惊喜的笑："陆公子……奴家这卑贱之身，从未想过如此幸事……"她的柔荑朝他攀来。

但陆让冲口而出："一百一十两，是七曜商队帮人逃出鹤觇的价码。"

玉容的动作蓦然而止，整个人凝固在了原地。她下意识地抬头看了看，昏暗的洞穴中不见天日。

真正的玉容或许早已逃了，又或许死了。留下的只有欲念的残渣，在这个地方，求着那永远求不到的一百一十两。

陆让见她迟迟没有反应，心情也复杂至极："……总之先找到沉香吧，我们时间不多……"

岂料就在此时，两个孩子突然挣脱了陆让的怀抱，一头扎入那群游离的梦魂中。

玉容慌忙去拉，却见他们飞快奔向其中一道模糊身影，叫道："母亲！"

那身影静静等着他们扑到面前，然后牵起他们的手。

闵平安终究还是梦到过一次曲阿婆，虽然面目全非、几近于无。奇妙的是，孩子永远能认出自己的母亲。

三人一起转了个身，像鱼消失在了鱼群里。

玉容还在奋力朝他们追去，口中唤着宝儿和锦儿的名字。

"玉容！"陆让再也忍不住了，"他们根本不是你的孩子，是闵平安将他们塞给你的！"

他满心悲凉，想要撕碎这道幻影，又想抱着她痛哭。

玉容恍如未闻，瘦弱的身影很快被梦魂淹没。陆让拔腿去追，伸手拨开那些恼人的梦魂，口中徒然地喊着："你醒一醒……"但梦要如何醒呢？梦不能醒，能醒的只有人。

这时一只手按住了他的肩。一道声音从他身后响起，似乎来自很高的地方："三位。"

陆让胸腔里无数激荡的情绪刹那间一空。他认得这道声音。

他僵在原地，一点点地回过头去。赵寅铁塔般的身躯立在那里，似笑非笑地看着他们："终于见面了。"

"你……你怎会在此？"陆让极力不让声音颤抖。赵寅明明应该被他们的队伍甩在后面！可现在连廖云觉都还没到，为何赵寅先到了？难道……

"这个嘛，主要还是靠无间觉。"赵寅举起一只手，手掌上方赫然悬浮着几颗眼珠，正缓缓旋转。

"我将它们分散到各地替我探路，再用无间觉见其所见，运气不错，真就让我瞧见了你们。"他恶意地笑了笑，"于是我就追来了。"

赵寅耸动了一下鼻子，嗅闻着空气中的香味。香味过于浓郁了，反而让人分不清来源的方向。"就是这里吗？"

陆让死死咬着牙，不敢问他将折云宗一行人如何了。

岂料赵寅的目光转向了他身旁："说来，我在路上遇到了几个走失的部下，听说了一件有趣的事。李四啊，他们说你使出了无间觉？"

陆让愣在当场。

赵寅还盯着他身旁的假林远，一本正经地问着话。

陆让思绪飞转。方才他口中的"三位"，指的好像是自己、假林远和假廖云觉。难道这厮并未发现，自己身旁的两人是假的？难道他赶来时绕了远路，没有遇上真正的折云宗一行？

"啥？"假林远张口就问，丝毫看不见陆让拼命递去的眼神，"无间觉是什么玩意？"

陆让："……"

完了。

赵寅眯了眯眼。假林远仰头望着他，自带满脸讥诮，说什么都像在嘲讽。

赵寅的确不怎么怀疑眼前几人的真伪，毕竟如果不是真的廖云觉，怎能找到沉香处？但保险起见，姑且还是试一试对方吧。正好，他喝下的神血尚未失效。

陆让发现赵寅的眼珠子开始发绿，心中咯噔一声。他见过林远的绿眸，知道他们这样的时候，就能互相斗法，将对方变作傀儡。但自己梦出来的假林远，有那么精细吗？

赵寅直接发动了无间觉，然而神识进了道境，却捕捉不到眼前之人的身影。他愣了愣，又试着强行操控对方的四肢，结果假林远毫无反应，只像看傻子一般看着他。

赵寅："？"

这是什么水平？

赵寅想了想，寒光一晃，几乎看不清他是如何动作的，刀锋已经架到了假林远的脖子上。

假林远面色一变，破口大骂："什么东西，说两句话就偷袭，你的礼数呢？"

赵寅耐心地等了一会儿，见他光动嘴不动手，竟似有些失望，喃喃道："这么久了，还未成长吗……真让我失望。"

他摇摇头，不再理会假林远，转而对假廖云觉道："前面带路吧。我先取了沉香，再处理其他事。"

假廖云觉眉头一皱："我怎会知……"

"师父！！！"陆让大叫一声，扑过去搀住假廖云觉，"这等活阎王，还是不要招惹，我们照他说的，先找沉香吧！"

说着手上暗暗使劲，拽着假廖云觉朝前走去。

他浑身冰凉，只怕这两位祖宗再冒出半句怪话，自己就要交待于此。幸好，假廖云觉只是冷冰冰地哼了一声。

陆让咽了口唾沫，竖起耳朵一听，赵寅的脚步声不紧不慢地跟在他们身后。

答案　鹤觇其卅三

阿耨多罗一字不发，心中却知道祂说的是实情。

天色早已大亮。

辩法已经进入了第三日。座中一片祥和之气，贵客们尽管三日未曾离席，却一个个面色红润，似醺醺然醉于佳酿。

只有隔开一重城门，再隔开一重城门，如此距离下，阿耨多罗的影响才勉强减弱。

第二重城门外，聚集了不少人，有没资格进入佛会的百姓，还有耗尽供养后被逐出来的富商。他们原本只是呆呆站在这里，不知何时，却发现那两尊高耸出墙头的巨佛顶上，赫然多了两道身影。

虽然听不清其中动静，却也能猜出这是在辩法。

人群交头接耳，嗡嗡地议论着。

"三天了，还没辩完吗？"

"那沙门有何过人之处，竟得上神如此青睐？"

"不对劲啊，"有人踮着脚眯着眼看了半天，"我怎么觉得那沙门抖得厉害？"

曲阿婆站在人群外围，怀中还抱着林远临别时塞给她的香丸。辟秽香原就是纾解情绪用的，她整个人沐浴在那清淡悠远的香气中，心中的迷乱与恐惧渐渐消弭。

此时她后知后觉地想明白了，那觉者绝非善类，而素尘赶她离去是苦心安排。

曲阿婆老眼昏花，看不清佛像上的人影。但她仍站在原地，揪心地望着。那么年轻的一个孩子，孤身面对着觉者，现在如何了？

素尘很难分辨自己是不是还活着。

因为极度失水，他整个人似乎都干瘪得小了一号。耳中轰鸣声不断，像潮水拍打，也像一万只蜜蜂在朝他的脑子里钻。

差不多要死在这里了吧？

素尘其实心知肚明，只要自己公然认输，在信徒面前保全阿耨多罗的颜面，这刑罚就能立即结束。但他已经不再指望能安然离开。

也不知自己拖的时间够不够久，林远他们是不是已经取得沉香，逃离此地。

每一次呼吸都需要拼尽全力，刺痛从肺里沿着气管一路蔓延上来，这种感觉，就仿佛拆解了自己的肉身，从头开始认识它。由皮到骨满是幻觉，从中生发的喜怒哀乐也无非是虚妄。

他能听见鸟喙撞击声，昆虫振翅声，金铁刮擦声。无穷无尽的喧嚣中，有一道玉石般空灵的声音在他耳边道："问祂是不是释迦牟尼。"

这声音也是幻觉吗？

素尘机械地开口，复述道："敢问上神，是不是释迦牟尼？"

全场寂静了一瞬。所有人都悄然竖起了耳朵，面色发光。这个问题，每个人都想问，每个人又都不敢问。

阿耨多罗号称是佛陀应身，可应身究竟是何物？祂似乎永生于世，千年万年间，时不时有现身的传说。于是大乘信众坚信那些现身的影子与悉达多一样，都是释迦牟尼在人间行走的化身。

然而，在场的大部分人却是小乘信众。在他们眼中，释迦牟尼早已涅槃，阿耨多罗只是其后诞生的另一尊佛。比起大乘，他们更相信"佛"是由人而来，只要自己修行下去，也有希望学会祂的种种神迹。

两派之间为此争论已久，此番只是慑于阿耨多罗的威严，不敢贸然求问。却没想到素尘竟毫无忌讳，就这样大刺刺地问了出来。

更奇怪的是，阿耨多罗竟然迟疑了！

"……凡有所相，皆是虚妄……"阿耨多罗模棱两可地打着禅机。

"所以到底是或不是？"素尘又问了一遍。

阿耨多罗："……"

"我笑死。"玉石般的声音挪到了阿耨多罗耳边，"他在逼祢放弃一半信众啊！让我们盘一盘，放弃哪一半合适呢？"

阿耨多罗面色铁青，只恨此地道力太过充裕，竟能让都广天司这厮说个没完。

"大周以大乘教派为主，但大周是医巫闾的地盘，那些信众的供养很难送到祢面前。能给祢实际好处的，还是西域的小乘信众。所以祢一直故意引用小乘经文，借此佛会抬他们一手。此时祢若回答是，那可就前功尽弃，公然转向大乘了。"

阿耨多罗一字不发，心中却知道祂说的是实情。

天司又慢声道："祢想讨好小乘信众，但祢也不能回答不是，因为祢不敢。不是我说祢，这场辩法祢发挥得太差了，差到没边了。祢真的好好研读过一点佛法吗？此时祢若放弃释迦牟尼的身份，素尘便可趁机驳

斥，说祢对佛法的领悟远远比不上悉达多，根本不堪称佛。"

阿耨多罗心头突然狂跳。

是了，小乘经义认为一世不能有二佛，正像一国不能有二君，经卷中从来说的是"若世中有二如来者，终无是处"。小乘信众目前认祢是在世的唯一真佛，但对面的凡人竟能与堂堂觉者辩法而占尽上风，岂不是比祢更像真佛？

区区僧人，铺垫这么久，原来都是为了最后这个问题。

这一问，竟是想踩着祢上位吗?!

"开个佛会，直接换佛了，想想就刺激。"都广天司幸灾乐祸，像只隐形的苍蝇一样烦人。

偏生阿耨多罗已经没有余力对付祂了。

素尘第三次发问："是又不是？"

无数双眼睛看着，阿耨多罗再无法拖延，只能正面回答："是。"

台下僧众面上瞬间浮出奇异神色。他们隐约觉得这应该是一件足以坍塌信仰的大事，但由于悉地觉的效力，一瞬的惊诧之后，心境又莫名其妙地归于平和。

只有脑海里隐隐盘桓着一道问题——释迦牟尼还在眼前，那就是没有入涅槃吗？

阿耨多罗心中愠怒。在其他任何神教中，自己的长生不死都是神格的证明，所到之处无不引起匍匐和供奉。唯独在悉达多这奇葩的教义里，长生反而成了对自己不利的条件！

素尘问出了大家心中所思："所以祢并没有入涅槃？"

阿耨多罗沉声再辩："我已入涅槃，只是涅槃并非诸贤所想。乘愿归来，仍可度化世人。"

座中为数不多的大乘信众面现狂喜。这几句已经彻底是大乘的教义了！

阿耨多罗心知肚明，小乘信众回去之后，定会大受打击，说不准就会信仰崩塌。为今之计，自己只有彻底转向大乘，并设法让西域也改信大乘……

祂这念头尚未转完，素尘又道："那祢度的那些人，有与祢一样涅槃的吗？"

阿耨多罗："……"

都广天司的声音应时而响："哦吼，祢完了。"

如果阿耨多罗回答"没有"，那祂这些年岂非一事无成？如果祂说"涅槃了"，那怎么多年以来，没有冒出另一个与祂具备一样神通的佛，来证明祂能够真正度人的无上智慧？

信仰的力量正逐渐消失。

在场的僧众本来都是战战兢兢不敢直视，被这僧人闹了三天，又被截然不同的经义连番冲击，心态已经不知不觉悄然变了，眼中疑虑渐浓。

阿耨多罗已经很久没有如此狼狈，仿佛赤身裸体被众目围观。

"好可怜啊。"天司凉凉道，"祢一直在强大的觉者之间夹缝求存，只求依附于一个又一个神教，骗到供养苟且活着而已。正巧，祢的对手彼此之间龙争虎斗，也没空来管祢。祢心中相当得意，也曾畅想过自己苟到最后，耗死所有对手，独占鳌头的美好未来。"

祂用的是陈述句，因为祂不需要发问。

"祢却唯独没有想过，这夹缝有朝一日会被一个凡人堵死。偌大的世间，对祢而言却再无出路。

"可惜祢看不见，到处都是缝隙。不，简直到处都是坦途。对于知晓一切者，这是一场多么轻松的游戏啊！"

阿耨多罗的脸白了。

"是祢，"祂喃喃，"这一切都是祢一手安排的。"

自己被麻痹了，所有觉者都被麻痹了。"全知"理应是最可怕的能力，一个比他们智慧无数倍的对手，即便只会动动嘴皮，也能搅起无数风云。

可偏偏这都广天司最会忍，数千年来与世无争、无所作为，终于让最凶猛的野兽也失去了警觉。

等到祂们不再理会祂的存在时，祂的游戏终于展开了。

而自己，就是这场游戏的第一个牺牲者！

佛像之下，所有信众都陷入了死寂。

即便在如此迟钝的状态下，他们也终于发现，阿耨多罗已经太久没有回答，竟然是被辩到无言了。

阿耨多罗，输了？

寂静中，素尘嘶声道："可叹祢未达修持境界却混入佛会，越是贪功冒进，越是业果累累。"

这是阿耨多罗对曲阿婆下的判词，他一字不差地还给了祂。

逸乐的浪潮退去，晦暗的阴影涌起。悉地觉的效果不知何时无以为继，所有人都隐隐觉出不对了。

他们呆滞地仰着头，谁也没注意到座席中孙王妃悄然离去的背影。

阿耨多罗朝对面望去，像要用目光将素尘掏心剜骨。

他的怒火如同地底爆发的热浪，一瞬间，素尘连五感都被痛苦吞噬了。

他听不见，看不见，也感觉不到身下是否还有佛头。他却望见了自己的一生，风尘仆仆而又浑浑噩噩，他苦苦找着一条至真至善之路，可是迄今为止，他一步都没有真正迈出。

一切执念、一切挣扎，都静了下来，像雨水落入海中，融入了大千世界芸芸众生的痛苦。大地从他脚下轮转而过，群鸟嘶鸣，蛙跃入月影。他的意识朝高处飘去，从远处看，那无量的痛苦也被纳入小小芥子中。

内心既寂，外境俱捐。水澄珠莹，云散月明。

阿耨多罗只觉那凡人平静的面容像一张粘上去的假面。这蝼蚁体内正升起某种庞然大物，用指尖便能将自己碾碎。

"他是赤子？"祂问，"祢想用赤子，干掉我？"

都广天司笑了起来："干掉祢还需要赤子？"

轰。

巨响在所有人脑中响起，如同暴风掀起滔天之浪。

在此之前，他们不知道世间如此丑恶。空气化为尖针，万象灼伤人眼。他们恨不得刺瞎双目，在哀号中满地打滚，紧接着便以头抢地、自残自戕。

混乱中，阿耨多罗一声长笑，升天而起。来自觉者的真正的力量覆盖了全场。

刹那间，佛会化为人间炼狱。

祂不认这个结局。这城墙之内，一个活口都不能留下！

再入寒潭

鹤觇其卅四

> 他们犹如悬于蛛丝来回摇晃，滚滚雷声的余韵还在地洞中回荡。

地洞。

楚瑶光已经感觉不到自己被吊起的那只胳膊了。明知没有必要，她还是时不时地抬头看一眼，确认自己仍与世界相连。

不到万不得已时，他们终究不敢动这条脆弱的断肢之链。

在她的头顶，安桃随意问道："你在想什么？"

"……想家。"

"哦？你父母仍在永宁？"

"我母亲生我时死了，只有父亲。"楚瑶光有气无力地笑了一声，"他是个老顽固，折云宗的弟子背地里都骂过他，骂得最花的便是林师兄。可父亲那般古板之人，此生未得一子，却至今都没有续弦。他嘴里说不出一句软话，但我知道，他是对母亲有愧，怕我和阿姊受委屈。"

安桃只是静静听着。

"还有我阿姊……我阿姊脾气很大的，事事喜欢争先。她总让我当她的跟班就好，我便也乐得躲在她身后。其实，我有一点点将她当作了母亲。如今想来，或许她对此也心知肚明。"

"你是有福之人，有这样的姐姐。"

"她死了。"楚瑶光轻轻地说。

"……"

"父亲还不知道阿姊死了。"楚瑶光深吸一口气，声音突然大了些，

"我不能让她埋骨异乡，我一定要带她回家。"

安桃沉默。

楚瑶光忽然想起安桃独来独往，应该早就没有家人了。她不愿勾起他的伤心事，正想着转移话题，却听他道："一定会的。"

楚瑶光笑了笑。落到这种境地，两人间倒是前所未有地平和起来。

"你呢，你又在想什么？"她问。

"我在想，我的钱袋刚才好像掉下地洞了。这些日子赚的钱，全打水漂了。本想着做梦变出点财宝，可你们一路都不让我睡觉。不过即便梦出来了，等下也要烟消云散的。"

楚瑶光："……"

"血本无归。"安桃总结道。

安静几秒后，两人同时苦笑起来。

下一秒，没有任何征兆，楚瑶光只觉得脑海空白了一瞬，难以言说的痛楚像波涛般打了过来。浑身泛起密密麻麻的刺痛，连灌入鼻腔的空气都仿佛化为酸水。

她恨不得蜷缩起身体，却又不知病灶在何处，颤抖着咬牙道："我好像不对劲。"

"不只是你。"安桃的笑意也消失了，声音凝重，"这好像是阿耨多罗在降下痛苦。"

楚瑶光倏然抬头："阿耨多罗来了？那师父和林师兄……"

同一时刻，廖云觉的队伍里，众人色变。

其余人还能勉强忍耐，伏在李四背上的林远却骂了句脏话，原本就到了强弩之末的身体抖得如同筛糠，冷汗瞬间盈满了额头。

"那厮——来了吗？"

李十一早已查探了一圈，答道："没有人接近。"

廖云觉道："或许祂还在城内，只是能力突然爆发，波及了此处。"

可阿耨多罗为何会陡然爆发呢？城中究竟出了什么事？

他们远在此地都不好受，很难想象城中已变成了何等景象。神树人纷纷皱起眉，一人道："素尘，会没事吗？"

"恐怕要出去之后才能知道了。"越到这种时候，廖云觉的声音就越安定。

他朝前方指了指，浓雾中已经能看见半透明的梦魂缓缓游荡。"我们快到了。"

楚瑶光朝上一看，残肢链在轻微晃动。

远处传来大地震动的声响，那是无数被痛苦刺激的生灵在逃窜狂奔。伴随着这震动，脆弱的残肢链越晃越厉害。

楚瑶光咽了口唾沫，下定了决心："安桃，我们不能再等了，必须赌一把。"

"我试试。"安桃倒也干脆，说完就闭上眼。

楚瑶光屏息等待着，黑暗中，只见安桃周身的金纹泛起了微光。

他缓缓张口，声音忽然变了，变得冷漠粗粝，犹如远处传来的隆隆雷声。楚瑶光听着那些不似人类发出的音节，立即想起了蜜特拉掀起地动的景象。但与觉者相比，安桃声音中的威压要收敛得多。

伴随着他的低吟，头顶的残肢链动了。无数残肢一边保持着微妙的平衡，一边慢慢将他们朝上拽去。

眼见着那圆形洞口逐渐放大，楚瑶光连一根手指都不敢动弹。

然而，仿佛有意与他们对着干一般，又一波来自阿耨多罗的痛苦之浪当头拍下。两人的身体脱离意志，自行挣了几挣。

没等他们止住战栗，平衡已经被打破，头顶一条断腿的膝盖突然打直，松开了残肢链的上一环。

安桃慌忙开口，这次来不及控制力道，咒语如同惊雷炸开。整个地洞摇撼不止，那断腿像受了烙刑般跳将起来，总算是重新钩住了上一环。

他们犹如悬于蛛丝来回摇晃，滚滚雷声的余韵还在地洞中回荡。

安桃正想继续念咒，楚瑶光突然道："嘘——"

她的眼睛惊恐地瞪大了。

嗒嗒，嗒嗒。地洞外传来了纷乱马蹄声。

他们闹出的动静引来了孛马——不止一匹。

孛马群也受了阿耨多罗的影响，围着地洞以蹄刨地，朝上长的巨口

中不断发出咆哮，听上去丝毫不像马嘶，倒像是人在仰天哀号。地洞中的两人听得毛骨悚然。

更骇人的是，那些东西竟似在查看地洞。两人吊在半空无所遁形，很快便被它们瞧见了。

紧接着，一道道蛇影飞射下来！

楚瑶光再也忍不住尖叫出声。

最初几条长蛇掉了下去，还有些撞上了那些残肢，但咬中他们只是迟早的事。

安桃亦是面如死灰。他或许可以念咒与那些怪物拼一拼，但那咒语一出口，必然会震断这根残肢链。

想来林远已经通过无间觉看见了这里的情况，但即便他此时此刻能赶到，恐怕也是束手无策。

还能怎么办？

走投无路之下，楚瑶光脑中冒出一个不算办法的办法。来不及斟酌，她脱口喊道："安桃，你的骨笛还在吗？"

"你说觱篥？"安桃挣扎着伸手入襟取了出来。

"吹一下！"

楚瑶光没空解释，安桃也不多问，死马当成活马医地运气吹了几声。无奈此时倒吊着，又是九死一生的关头，发挥大失水准。楚瑶光被开过髓海，能从那音韵中感知到一丁点道力，犹如火星迸出，刹那间就灭了。

便在这将熄未熄的刹那间，她听见了天司的声音，只抢出三个字："自己去。"

"去哪里？"楚瑶光失声问。

"什么去哪里？！"安桃莫名其妙，他根本听不见天司说话，因为那只是意念中的声音。

楚瑶光的思绪已经飞转到了极致。去哪里？自己此刻这状态，还能到达何处？又有什么地方能救他们？

——道境！

自己先前进入过一次天司的道境，得到过一个答案。那时祂说，进入道境需要祂的准允。难道那准允竟是永久的？

楚瑶光用力闭上眼，然后朝远处望去。

耳边听得安桃道："实在不行，便与它……"但后半句迅速淹没在了寂静中。

熟悉的皓白天地。

楚瑶光的双足踏在了白石上，拔腿便跑，一路奔至那片波光粼粼的寒潭边。朝下一望，潭水中别无他物。

楚瑶光心一慌。上次她来时，答案是自行浮现的。现在要怎么做？

上一回自己进入道境之前，曾对天司发问。这次天司不在，直接问潭水行不行呢？

她目视潭水，在心头默念："我与安桃要如何活着离开地洞？"

这些时日她的髓海中存下了一些道力，但不知够不够用。原本打算如果潭水不答，抑或答案太深，便再想其他法子。岂料一团光影立即出现了，而且位置极浅。

此事竟有如此容易的解法？

楚瑶光诧异不已，当下纵身一跃，朝着那团非虚非实的光影游去。朦胧的波光在她周身涌动，寒冷如纱般将她包裹，看似轻柔，却丝丝缕缕地渗透入骨。

她很快下降到了答案所在的位置。光影中似乎有一座建筑，还有许多纷乱的人影。她心中疑窦丛生，细细观察起来。

待她看完这个答案，似乎已经过去了许久，又似乎只是弹指一挥间。

楚瑶光又惊又喜。果然是巧妙的解法，一切顺利的话，他们不仅能全身而退，甚至还能帮到廖云觉那一边。

她仰头便要游回岸上，随即却猛地一顿。

在她下方黑暗的潭底，一团冷光犹如水母，幽幽沉浮着。

这是怎么回事？她方才分明没有问第二个问题，怎会有新的答案出现？难道是她思绪太乱，有什么自己都没捕捉到的念头一闪而逝，却引得潭水回应了？

楚瑶光犹豫了一下。新的答案如此之深，她本能地感觉到它很重要，甚至有可能生死攸关。

但以自己的道力，贸然下潜实在危险。如果一个答案出现在无法企及的深度，那多半就意味着其中的信息，自己尚无法承受。若是消融在这潭水里，在现实中也会神志尽失，变成行尸走肉吧？

而且，时机太不巧了。她不知道这道境内的时间是否在实际流逝，一切是否还来得及……

脑中不断否定着自己，身体却已然选择了方向。

姑且试一下，不行再上去吧！

随着她不断下沉，潭水已不再流动了。柔和的天光逐渐消失，寒冷与黑暗一道碾压下来，挤得人喘不过气。最后，那深处的答案成了唯一的光源。

楚瑶光能感觉到道力在飞速消耗，身躯又开始变形了。但那答案已经很近了，她甚至能看清光影的轮廓，似乎是一道人形。对方静静等候着她，灰白的影子不言不动，像个沉睡多年的幽灵。

这会是哪门子答案？

只差一点点了。楚瑶光全身的骨肉都在抗议，犹如溺水之人拼命想要挣扎。她不甘地伸出手臂，极力朝下够去……

人影突然也抬起了手臂。

两只手相触，虚影握住了虚影。

刹那间，仿佛有潭水灌入喉口，在她的体内横冲直撞，淹没了五脏六腑、四肢百骸。她想要逃脱，那力量却已涌上了髓海，她两眼一翻，被洪流卷去了空茫之中。

待楚瑶光睁开眼时，安桃正在说："……们同归于尽吧！"

后半句至此方才说完。显然，道境中的时间并不实际流逝。

"不必，我有办法。"楚瑶光道。

一条蛇影擦着楚瑶光的身体飞过，她却犹如未见："只需要你做一个梦。"

"什么东西？我都这样了还怎么——"

楚瑶光打断道："用言灵，让自己睡着，立刻。"

安桃忽然一惊。对方怎么知道他每次睡着会梦见什么？他分明只说是钱……

　　但楚瑶光再次道："立刻。"

　　那语气与平日的她迥然不同。但安桃情急之下也来不及多想，闭上眼低低念了句咒。

祆祠

鹤观其卅五

这世界对她而言是一只巨大的粉黛蚌壳，美景、美人，

每一种声色都必须细细体会。

　　陆让一个踉跄，险些栽倒下去。

　　周身剧痛。起初他以为是身后的赵寅在攻击自己，但赵寅揪着后领将他提回了原地，还嘀咕了一声："阿耨多罗……嗯，这个时间，鹤观差不多也该乱起来了。"

　　阿耨多罗做了什么？什么叫也该乱起来了？陆让一个字都没听懂，只听出了一点：赵寅尚未对自己起疑。

　　他死死拽着身旁的假廖云觉，跌跌撞撞继续朝前走着。这个洞穴大得看不到边界，他们每一步都必须挤开一些梦魂，而它们又会梦游似的缓缓归位，只在原地徘徊。

　　这般拖延时间乱兜圈子，也不知还能迷惑赵寅多久。假廖云觉和假林远都没有丝毫捕捉气味的迹象，显然不能奢求他们真的带路。

　　为何自己梦出的家伙都这么没用，而林远却能梦出那么有用的李四？

　　难道自己连这一点都比不过林远吗？

　　陆让无声地苦笑了一下。此刻这境况，自己唯一的指望便是等着林远追过来。不知道林远那古怪的功法与赵寅孰高孰低，也不知道他还愿不愿意救自己。陆让想象了一下林远救下自己之后的表情，有一瞬间觉得还不如死了。

好事不成，恶事也不成，就连玉容都离开了他。

阿耨多罗施加的满腔痛苦被这一个念头点燃，陆让双目赤红，浑身发起抖来。

下一秒，假廖云觉的脚步一顿。

挽着他的陆让立即感觉到了，转头看去，恰好捕捉到了他面上的恐惧——恐惧？

假廖云觉直勾勾地注视着前方，目光似痴迷又似畏怯，张口要说什么。

刹那间，陆让明白了。自己梦境的产物尽管不会识香，却拥有另一种感应——前方有让他害怕的东西。

沉香！

他们最终还是找到了沉香！

可惜太晚了，太晚了。此时继续朝前走，沉香只会落入赵寅手中，然后被带去八苦斋，交给泥师都。而他只能眼睁睁看着……

陆让突然愣住了。

不对，他并不是只能眼睁睁看着，这里有他能左右的事。甚至可以说，未来的走向在这一瞬间，完全掌握在他手中。

来不及细思，陆让猛地躬下身子痛呼起来，打断了假廖云觉即将出口的话语。

"怎么？"赵寅不耐地问。

"太难受了……这是什么急症吗？还是你给我下了毒？"陆让大声嚷嚷。

赵寅冷冷道："蠢货，都说了是阿耨多罗搞的。这痛苦并不致命，不要小题大做。"

陆让口中仍旧叫嚷不止，心下却飞快盘算。

他最后朝前方瞥了一眼。隔着重重梦魂，什么也看不清。但他知道，那里存有他的最后一线希望，留下秘境和玉容的希望，在此地远离战火安度余生的希望。

沉香依旧静静等待着。如果不管不顾地冲刺过去，如果赌上全部运势，或许，或许还能在赵寅的眼皮底下偷到一点……

别再想了！他断然对自己道。

反过来，如果不想让赵寅得逞的话，现在就必须……

就着蜷成一团的姿势，陆让抓住自己手臂上的创口，狠下心去用力一扯。刚刚止住血的伤口再度裂开，鲜血重新涌了出来。

"你还说没有性命之忧，我都流血了！"他转过身将伤口亮给赵寅看，恶人先告状，"能不能让我止一下血？"

赵寅眯了眯眼，架在假林远颈上的刀锋寒芒一闪，轻声道："别耍花招。"

他的声音里蕴含着真正的杀机，而陆让果然也瑟缩了一下，老实闭上了嘴，重新转回身去。

陆让搀着假廖云觉转了个向，假廖云觉本就不愿再向前，自然没有异议。

他们便这般缓缓远离了沉香的位置。

不仅如此，在一路挤开梦魂时，他手臂上的鲜血无可避免地蹭上了它们。

陆让目不斜视，唯有心中五味杂陈。现在只希望林远能顺利赶到，还能立即领会自己留下的信息。

地洞。

安桃几乎是刚一施咒便失去了意识。

随着他陷入沉睡，黑暗的质地开始改变，仿佛由坚硬的铁壁化为浮动的烟气。烟气翻卷蔓延，又以肉眼不可捕捉的速度凝为实体，楚瑶光只觉一团暗云逐渐托住了自己的身躯。

待到暗云彻底凝固，她已经平躺在了一面地板上，那只失去知觉的手仍旧与倒吊的安桃绑在一起。

地板继续朝外铺展，似乎将地洞一寸寸撑大了。烟气浮升，由地板又拔起墙壁。墙壁一路朝上生长，最终，墙头越过了地洞洞口，朝内聚拢形成穹顶，切断了那些字马的视线。

同时被切断的还有挂住他们的残肢链，所有残肢七零八落地掉落下来。

楚瑶光起身要躲，手臂却还连着安桃，后者整个人头朝下栽到地板

上，发出一声闷响，同时把她也拽倒了。

安桃痛得惊醒过来，只听楚瑶光指挥道："爬！"

两人手忙脚乱地爬了几步，总算是躲过了那些残肢。

安桃这才有余裕四下打量。

朱赤的墙壁，高耸的穹顶，星星点点的火炬，精雕细琢、装饰着金银与珍珠的大厅，还有那巨大火坛中熊熊燃烧的圣火。其实根本没必要打量，他完全知道这是何处，连一砖一柱都熟悉入骨。

这是他无数次梦回的祆祠。

"这办法果然妙啊。"安桃喃喃道。若想用言灵之力凭空造出如此庞大的祆祠，本该千难万难，毕竟建造总是不如毁灭容易。但借着此地本身的化梦为真之法，短短一句咒语，却有了四两拨千斤之效。

如此一来，他们双脚可以着地，还将那些孛马阻在了祠外。

"来吧，先把这个解开。"楚瑶光用唯一好用的那只手慢慢扯开了绑住他们的布料。

安桃坐了起来，握住自己脱臼的手脚，忍痛运力，伴着两声闷响将它们复了位。他又握住楚瑶光的手腕一推一拿，问："如何？"

"好像好了。"楚瑶光的手臂放下之后，正从麻木逐渐恢复知觉，那滋味并不好受。

安桃指了指地上那些残肢："林公子方才是突然卸力了吧。他知道我们得救了吗？"

"但愿吧。但愿没有耽搁他们太久。"

室内一时静谧，只能听见火苗噼啪，以及上方那些孛马模糊的号叫声。

安桃抬头看了看："它们还没放弃呢。"

"只要地洞里有活物，它们就不会离开的。"楚瑶光十分笃定地说。安桃眨了眨金眸，很想知道她这突如其来的笃定是从何而来。

"那么，我们便在此等着，直到他们取得沉香，让孛马自行消失吗？"

"不。"楚瑶光站了起来，"我们出去。"

安桃看了她一眼，提醒道："门外是地洞。"

楚瑶光的目光扫过这座祆祠。

它恢宏极了，色彩浓丽，光辉灿烂，其骄奢程度甚至比起永宁的皇宫也不遑多让。安桃对它的记忆一定清晰如昨，才能复原出每一件金银器具与琥珀酒杯。它们没有被束之高阁，而是随意地散落在各处，带着使用与磨损的痕迹。

显然，这祆祠是萨珊日薄西山时的最后一抹余晖。生存在这抹余晖里的遗民，依旧延续着贵族的生活，或许是出于骄傲，又或许是眷恋——正如安桃仍在用麝香与龙脑调味一样。

楚瑶光收回目光，问："能上屋顶吗？"

"能倒是能……我说过祆祠也是分前中后室的。这里是供圣火的后室，往那边走就是中室，中室一侧有楼梯可以上到屋顶。"

"屋顶应该能与外面的地面齐平了，从那边可以离开地洞。"

安桃匪夷所思道："但是地面上有字马。"

楚瑶光居然已经径直动身了，语声冷静："没错，我们需要字马。"

安桃："？"

安桃实在忍不住唤了一声："楚瑶光。"

"怎么？"楚瑶光转头问。

安桃定定地注视着她。他还记得她第一次进入鹤观佛窟时，那恨不得摸遍每一寸壁画的热切。这世界对她而言是一只巨大的粉黛蚌壳，美景、美人，每一种声色都必须细细体会。

然而眼前的楚瑶光，从他的祆祠穿行而过，眼神平静而又超然。

从他醒来开始，不对，从她示意他施咒开始，他突然就看不懂她了，也听不懂她了。

"你……"他斟酌着措辞，"你怎么了？好像换了个人似的。"

楚瑶光听出了他语声中的审慎，蓦地笑了一下："原来你先前就注意过她。"

"她？"

"我。"楚瑶光温和地笑道，"你挺了解我的。"

安桃不知该说什么。他再度望向楚瑶光的双目，那其中小动物似的机敏警觉已经不见踪影，取而代之的是某种他读不懂的东西。接着他意识到了，若他读不懂对方，那就是对方在阅读他。

"不必紧张，我只是……得到了一个答案。"楚瑶光用手势示意他跟上自己，安桃不由自主地就照办了。

然而他们没能离开后室。

从中室的甬道里，忽而传来了密集的脚步声。数十人……数百人……一千余名信徒鱼贯而入。

信徒

鹤觇其卅六

幸好，还有一个人可以为这些情绪负责。

不过片刻，祆祠后室已经挤满了人。

他们似乎一点都不疑惑自己为何在此，沉默着跪到了圣火坛前，依序朝火中投入香粉。这些人与安桃一样肤色略深，穿着绣有日轮与星辰的黑袍。千余人跪坐着，不像人群，更像是墓地。

不知由谁开始低低唱诵了起来："契约之主，荒原之王，带来光明与厮杀的神祇啊……"

火坛背面，安桃与楚瑶光靠坐在阴影中。

楚瑶光悄声问："怎么躲起来了？你不是他们的祆主吗？"

安桃从火坛边沿探出头去望了一眼。大部分家伙脸上一片模糊，好似随意捏就的面团。即便有五官，也已被记忆涂抹变形了。唯独几个孩子的面容格外清晰，跪在大人身侧，好奇地张望着。

安桃像被灼痛双眼般收回了视线，喉口干涩："不能被他们看见。"

"为什么？"

"轰"的一声巨响。

唱诵声戛然而止，信徒们倏然回头，望向祆祠大门的方向。巨响一声接着一声，沉重的大门开始颤动。

安桃苦笑道："因为我一不小心……梦到了那一日。"

寂静几秒后，人群沸腾了。

有人一跃而起，冲过去以身体挡住门。有人匍匐向圣火，高呼着蜜特拉的名字求祂护佑。还有人仓皇地问："祆主大人呢？祆主大人在哪里？"

一片嘈杂中，楚瑶光也不再压低声音："安桃，我们在一个地洞里，就连牽马都下不来。那门虽然在晃，但外面不可能真有敌军。"

"我知道，但这些人不会懂的。"

楚瑶光看了看他："其实也无须在意他们，他们只是梦境造物。我们趁乱冲去中室，只要爬上屋顶就行。"

"别——"安桃一把拉住她，神情晦暗，"过不去的。"

混乱愈演愈烈，人们呐喊的内容不知何时已经变了："祆主大人，救救我们，你为何不救我们？"

"他躲起来了！"

"他已经抛弃我们了，他是叛徒！"

火焰在声浪中颤动，光影拉扯着一张张模糊而狂热的脸。

"不对。"楚瑶光突然道。

安桃先前诉说的往事里，这些信徒明明只是在虔诚祷告，并未发狂。按照常理，他们也不该陡然间视他为叛徒。

所以，眼前这一幕不是真实发生过的事，而是安桃变形的梦。但安桃为何会将他们梦成这样？

楚瑶光直视着他："那一天，蜜特拉离去后，你做了什么？"

"我？"安桃面色惨然，遥远的火光在他的金眸中跃动，"我做了蜜特拉命令我做的事。"

当日，就在敌军破开大门的那一刻，他指挥信徒们从后门逃出祆祠。那时他还稚气未脱，身量未足，许多信徒将他当作孩子，护着他当先离开。但还有更多人不肯走，誓要留下来，守护圣火直到最后一息。

于是他对他们高呼，蜜特拉已经降下恩赐，后门外有援军，还有机关可以杀敌。

众人奔出后门，只见一片空空如也。

"援军呢？机关呢？"他们围着他问。

安桃并不回答，只说了一句："站远些。"

接着，他全身的图腾燃起灼灼金光，口中发出阵雷般可怖的声响。整座袄祠在他们的眼前开始震颤，崩塌，里面响起敌军的咒骂与哀号。

念完这道咒语，安桃虚弱到站立不稳，倒在了地上。

可平日对他呵护备至的信众不仅没有感激，反而大惊失色。他们揪住他的衣领，诘问他为何要毁掉袄祠。

那是他们最后的圣火，最后的家啊！他们宁愿死在里面，将生命献给蜜特拉！

安桃完全放弃挣扎，静静望着他们。就在那一日，他的故国已经覆灭，信仰也已崩塌。他只剩这些族人了。

但关于蜜特拉的真面目，他却一个字都不能对他们吐露，因为图腾中的誓言仍旧牢牢束缚着他。一旦让蜜特拉失去信徒，就等于是对祂不忠，自己马上会被焚为飞灰。

伴随着土石崩裂的动静，安桃耸了耸肩，笑道："你们想死，我却不想啊。比起圣火，当然是我的命重要。"

众人的怒火比他想象中更烈。最愤怒的那群人二话不说便朝着袄祠冲了回去，手中还拽着他们的孩子。

那几个幼童没有哭叫，安桃甚至怀疑，他们根本不理解眼前发生的事。这大约只是奇怪的一天，只是新鲜的游戏。他们茫然而好奇，跟着父母奔进了后门。

然后袄祠彻底倒塌下来，废土之中，再无声息。

其他孩子怔怔看着废墟，终于抽抽噎噎地哭了起来。

大人们则麻木地站在原地。

圣火已熄，敌军也暂时消失了，一切似乎已成定局。事到如今，他们还要以身殉葬吗？还要主动去找敌人同归于尽吗？方才澎湃的死意，悄然被疲惫与恐惧盖了过去。

幸好，还有一个人可以为这些情绪负责。

"是你，"他们转向安桃，"是你背叛了蜜特拉，也背叛了我们。"

一切憎恨有了指向。离他最近的数人大步走来，对他拳打脚踢。安桃蜷缩在原地护住内脏，毫不反抗。

另外数人扑了过来，替他拦住那些拳脚，喊道："快逃啊！"

安桃挣扎着爬起，跟跟跄跄地跑了起来。他越跑越快，终于将所有声响甩在了身后。他一边跑一边笑，狂风在耳边呼啸，也将眼眶吹得干燥发疼。

"我要的是活着的信徒。"——这是蜜特拉的命令。这句话的重点不在"活着"，而在"信徒"。

蜜特拉当然可以亲手毁掉祆祠，让信徒们感念祂的恩泽。但对于这些满心悲愤的遗民，这一点恩泽不够。他们见到祂的真身，必然会祈求更多，比如胜利，比如复国。即便祂用某种方式满足这一千余人，千余人的供养也满足不了祂。

所以祂索性反其道而行之，彻底将他们打入绝望的深渊。

觉者最喜欢富可敌国的信徒，其次是一无所有的信徒。一无所有之人的信仰，是世间最坚硬的武器。

自然，这武器还需要一次锤炼，那便是一次李代桃僵。祂让安桃扮演了一个贪生怕死的叛徒，背负了所有罪名。于是活下来的信徒既不会恨祂，也不会恨自己，只会心安理得地恨安桃。

当时，安桃只领悟到这一层。

逃离祆祠废墟之后，他开始思索自己要去哪里。祆祠是他唯一的家，如今他家园已毁，身无长物。

他听说过有些萨珊贵族逃去了大周等国，寻求到了庇护，在醉生梦死中度过余生。平民则没有这等好运，全部沦为流民与奴隶。

他没有想办法去大周，而是接近了一群七曜商队。商人阅人无数，一眼瞧出这少年的外貌与举止绝非等闲出身，当即将算盘打到了他的积蓄上。

安桃不动声色地与他们周旋，瞒下了自己的过往，却又主动替他们甄别宝物。后来，七曜人发现他的脸也很好用，便派他去与人杀价。

他将所有活计都做得比别人更好。他学他们的穿着打扮，学他们的吐字发音，甚至将名字也改成了"安桃"。他一边讨他们的欢心，一边暗中学习做生意。不过半年，他在商队中已经有了不可或缺的地位。

又过两年，他学到了所有经商的诀窍，离开商队，开始单干。

世上少了一个祆主，多了一个奸商。

珠玉宝石、雄鹰烈马，他卖过许多货，辗转过许多地方，赚了不少钱。但钱永远不够，因为每当遇到带着萨珊奴隶的商队，他便要将自己的族人赎出来。

他已经不记得赎过多少人了。那些族人不知他的来历，听他说要放他们自由，总会热泪盈眶，跪地称谢。

从他们口中，他听见了一个故事。

传说中，萨珊的最后一座祆祠倒塌，是因为最后一任祆主背叛了蜜特拉，致使契约之主抛弃了信徒。那些信徒痛不欲生，以肉身投入废墟中的圣火坛，终于让圣火重新燃烧，火中传出蜜特拉的声音："我原谅你们。"

从此，所有萨珊人将会永生永世诅咒那名祆主，同时将蜜特拉的名字传遍四方。除了宽恕，他们对祂再无所求。

这是一个悲壮的故事，一个凄美的传说。即便是买卖奴隶的七曜人都被它打动了。他们原就逢神便拜，如今也跟着拜起了蜜特拉。

而后，走南闯北的七曜人又将这故事带去了更远的地方，甚至连一些附离人都将蜜特拉的名字供在了泥师都旁边。

安桃对此不发一言，他也说不了什么。

至此，他终于领悟蜜特拉那道命令，是一个多么宏大的诡计。不愧是觉者，不愧是从上古长存至今的觉者。祂的确得到了很多很多活着的信徒。

经商途中，他有时会睡在大漠里，仰望浩瀚星河。在他小的时候，父母教过他如果迷路，用哪几颗星星就能找到家的方向。

星辰依旧不变，可它们如今指向一片虚无。

有一天，他照常赎出几名奴隶时，认出了他们的脸。他们是当日那些幸存的孩子，长大了几岁，又瘦又脏，双手布满老茧。

他掏出所有积蓄分给他们。其中一个瞎了一只眼的孩子将他的钱丢在地上，啐道："叛徒。"

"叛徒——"

梦中的大门还在抖动，祆祠内的脚步声凌乱来去，叫喊声愈发高亢。

一个孩子突然探头到火坛后，尖声问："祆主大人，你在这里做什么？"

刹那间，一大群人蜂拥而至。

安桃不由自主地颤抖起来。若不是退无可退，他早就拉着楚瑶光夺路而逃。他尽量不动嘴唇，急促道："我试着用言灵拖住他们，你快跑……"

"别犯傻了。"楚瑶光竟然笑着站了起来。安桃只得跟着站起，默立在她身边。

那群人停在一步之处，虎视眈眈地看着他们。

楚瑶光也转头看着安桃，目光中有一种温暖的悲怜："你并不怕他们，否则他们在你梦中就该是怪物。你也不恨他们，否则他们此时就该遭受折磨。"

安桃："……"

楚瑶光问："那么，是什么让你梦回这一天呢？在你心中梦中，挥之不去的是什么？"

人群中，一个孩童的声音怯生生地响起："祆主大人，你好像长高了。"

"是啊，"一个妇人笑道，"也长大了。"

"真好啊，真好啊……"许多人喃喃附和着。

"不许这样对他说话！"另一些人叫道，"他是叛徒，你们忘了吗！"

安桃紧闭上眼。

"安桃，这个梦是时候醒了。"楚瑶光轻声道，"你还有更长的路要走。"

"我……我安抚不了他们所有人。"

"不需要。你只需要将你做过的事，再做一遍。"

安桃倏然明白了楚瑶光的意思。他慢慢张开金眸，两行泪水从眼角滑落。

楚瑶光对他微笑："你能做到的，因为我已提前看见了。"

安桃深吸一口气，带着一丝哽咽朗声道："诸位——不必惊慌，蜜特拉已经降下恩赐。都跟我来，外面有机关可以杀敌。"

人群静默几秒，缓缓让开了一条通道。安桃从他们中间穿过，又一步一步朝着中室走去。

中室一侧果然有一道盘旋而上的楼梯，楼梯狭窄，坡度陡峭。朝上望去，是半球形的高耸穹顶。楼梯通向穹顶下方的一扇小门，是供人清洁屋顶时使用的。

楚瑶光抓住扶手，跟着安桃攀爬而上。

信徒们紧紧跟着他们，窃窃私语声不断，有怀疑，有恐惧，也有希冀。

"为什么要上屋顶？"

"他想带我们去哪里？"

"那上面什么都没有，哪里都不能去！他果然在骗我们！"

"可是，他是袄主大人啊，他会救我们的……"

安桃浑身颤抖，攀爬的脚步越来越快，终于像是承受不住一般，一把拉住楚瑶光，猛然冲刺起来。

他这一跑，身后的人群也立即疯狂来追，不知是想抓住叛徒，还是想抓住生机。

安桃迈开长腿，即便拽着一个人都脚步带风。而萨珊人却在盘旋的楼道里挤作一团，伸长手臂都够不到他的背影。

待到最前面的几个信徒晕头转向地攀到顶部，却见那扇小门已经大敞，天光倾泻而入。他们不假思索地穿过小门，又慌忙刹住脚步。

门外是一圈环绕穹顶的狭窄走道，为了不破坏袄祠的宏伟外观，这洒扫用的走道连栏杆都没有。

他们朝下望去，原以为会看见遥远的地面，以及成群的敌军，结果却瞬间呆滞。

地面距离他们不足两尺。这袄祠的大半部分，竟是埋在地下的。

但他们已经来不及追问个中情由了。因为地面上没有安桃，也没有敌军，只有……一群似马非马的怪物。

尖叫声。

孛马的嘶吼声。

长蛇破空声。

信徒倒地的闷响声。

更多尖叫声。

安桃躲在敞开的门扇与墙壁之间，麻木地听着。

孛马的巨头挤入小门，大杀四方。信徒们开始溃逃，人挤着人滚下楼梯，坠向地面。

"这只是一场梦。"在他身侧，楚瑶光提醒道。

安桃面如死灰："只是梦……但现实与梦境也相差无几。"

"怎么会呢？你在现实中救了大部分信徒。"

"我救不了他们，我只是把他们推进了蜜特拉设好的深渊。我的同胞们从生至死，都当着觉者的养料。但凡我那时早些领悟这一点……"安桃顿了顿，"不，其实领悟了也没有用。"

"当然有用了。"楚瑶光语气平静。

安桃苦笑道："你不明白，这图腾就是我的印黥。只要它还在，我就永远只能当蜜特拉的帮凶。我不能揭穿祂，不能背叛祂，更找不到消灭祂的力量……"

"那就继续找。"楚瑶光道，"觉者不过是一群贪天之功的东西，祂们没有那么可怕。蜜特拉的契约不仅束缚了你，也束缚了祂自己。祂不得不赋予你力量，却不知这力量最终会在今天救下我们。所以你瞧，世间不幸的根源并非贫穷，也非卑贱，而是无知。"

厮杀声中，安桃惊异地扭头望着楚瑶光，像是从未认识过眼前的少女。昏暗中，她的眼底像盛着星河。

"你已经开始领悟，就再也不会回头了。走下去，走出一条路来。"

沉默片刻，安桃用只有自己能听见的声音道："难怪你叫瑶光。"

那是一颗为迷失者指路的星辰。

楚瑶光问："什么？"

"没什么。我们何时出去？"

楚瑶光笑了："现在。"

说着她转身就走。

安桃又吃了一惊，连忙跟上。一离开藏身处，就见一个马屁股正对着自己。

安桃："……"

那匹孛马正站在楼梯顶端，专注地屠杀着下方的信徒们，丝毫没有发现身后的动静。

楚瑶光无声转头，冲着安桃做了个口型："骑——上——去。"

斗法

鹤觇其卅七

陆让那厮，想舍身成仁？

陆让停下了脚步。

他并不想停下，但等他拨开梦魂看清的时候，前方已经无路可走了。

拦在他们面前的是一面山壁。说是山壁，却没有山石的纹理，平平板板的，像一个潦草梦境的残渣。陆让之所以判定它为山壁，是因为那上面绘有壁画。

大部分颜色已经褪去，只剩一片模糊的坐佛轮廓。上方依稀可见重峦叠嶂的菱格、坐卧奔跃的鹿影——又是《佛说鹿母经》。

这竟然还是个佛窟，此地简直处处是佛窟。最初进白山的那群工匠，着实是勤勤恳恳。只是这次的佛窟太过庞大，且又缺失细节，恐怕不是凿出来的，而是他们梦出来的。

陆让突然笑了一下。自己竟还有余裕想这些有的没的，真是死到临头，反而轻松。

"怎么走到死路了？"在他身后，赵寅语气冰冷地问。

陆让看着山壁深吸一口气："许是走错了。"

"走错了？"赵寅二话不说，一刀结果了假林远，又伸手掐住假廖云觉的脖颈，将他提了起来，似是在端详。

陆让没有说话，甚至没有回头。这回再也骗不过去了，他心知肚明。

讽刺的是，自己终于当了一回英雄，却无人见证。玉容看不见，师门也看不见。不过，罢了……

陆让刚想到此处，就见眼角余光里有什么东西一闪。他微微偏头，只见无数梦魂之间，玉容正苍白着脸朝他挤来。

陆让心头一烫，冲她做口型道："别过来！"

玉容还在奋力赶来。陆让险些流下眼泪，拼命用眼神和口型示意："沉香，沉香！"

——沉香在那个方向，你快去取啊！

玉容只作不见。

身后传来假廖云觉的尸体落地声。赵寅似乎动了真火，沉声怒斥着什么，但陆让已经听不见了。他知道下一个就轮到自己了，又见玉容马上就要冲到面前，不由得放声喊道："不要！"

其实他想喊的还有很多，比如：你拿到沉香活下去，我这一事无成的人生，才算是没有白活。

但在电光石火之间他意识到，这或许也正是玉容想对他说的话。

就在赵寅的刀锋落下之前，玉容一把撞开陆让，将他推入了梦魂丛中。

这番变故，再加上玉容那副怪异的尊容，让赵寅停顿了一刹那。也只有一刹那，刹那之后他的刀锋狂劲不减，裹挟着厉风斜劈而去，这一刀竟是要连她带陆让一并斩杀——

却在半路陡然静止。

赵寅整条手臂青筋凸起，刀锋凝固在了半空，再未寸进。

他咬牙露出一个冷笑："逆子，你欠为父太多了。"

陆让反应了一下，愕然回头："……林远？"

一刻钟前，林远透过尸体的眼睛见到楚瑶光双腿着地，当即收回了无间觉。虽然不知道楚瑶光做了什么，但既然那头的危机暂时解除，当务之急自然是采香。

他们穿过浓雾和梦魂，瞧见了那处山洞。林远动了动鼻子："有

血味……"

李十一当先钻了进去，见里面的梦魂只是挨挨挤挤浑浑噩噩，并无敌意，这才回身招呼众人跟上。

一入洞口，所有气味愈发浓郁。林远的嘴险些跟不上鼻子，飞快低声道："沉香，血，陆让，好像还有别的什么。"

先来的陆让遇到了危险。这么说来，此地还有最后一道阻碍等着他们。

廖云觉没有耽搁，继续朝前走去。行在梦魂间，仿佛游在水底。四下很安静，只有轻不可闻、似有似无的呓语，也像水波在耳中涌动。

仅凭双眼很难判断方向。林远深深吸着气，眼前除了潮湿发霉的蜜色，还浮现出了代表血味的殷红——不知为何，这红色竟然细细地穿成了一条线，弯弯绕绕不断延伸。

林远循着那红线看去，只见不少梦魂半透明的身躯上蹭到了血迹。

"我懂了，"他悄声道，"这八成是陆让那厮留下的。"

是为了求救吗？

但他和廖云觉都没有转向，而是径直走向蜜色最浓处。他们一个凭嗅觉，一个凭感知，都知道沉香就在咫尺之遥了。林远甚至让神树人都离那红线的方向远些，以免节外生枝。

有神树人紧张地问："祭司大人，那生气者怎么办？"

林远没好气道："他遇险也是自找的。"

此时为了陆让耽搁时间，是最不明智的。就算那厮还有救，也得等到收起沉香，让这些魑魅魍魉消失后，才方便救他。

说来也怪，待他们走到蜜色最深处，那道红线居然也在这里蓦然而止。

林远有些狐疑地四下打量。地上有几滴干涸的血，此外别无他物。他更用力地嗅了嗅，忽然说："不对……红线不是在这里结束的，是在这里开始的。"

陆让明明已经走到了沉香跟前，为何红线却朝另一个方向去了？他已经抢走了一些沉香吗？还是运气太差，就这么错过了？

林远的鼻子已经给了他答案——都不是。因为除了陆让随身香囊的月白色，空气中还残存着极淡极淡的幽绿色。

那不是任何香的味道。那是八苦斋和神血的味道。

"赵寅。"林远先吐出了这两个字，才开始寻思这意味着什么。陆让在这里遇到了赵寅……他和赵寅一道朝错误的方向走了……他是在引开赵寅。

而用血留下一条线，恐怕也不是为了求救。陆让相信林远的鼻子能找到这条线，同时也知道林远不会去救他，这线恰恰是在告诉他们：别去那里，那里有危险。

林远大受震撼。

陆让居然预先替他们解决了最大的麻烦。陆让那厮，想舍身成仁？

他的思绪刚转到这里，廖云觉已经安排完了："我去取香，其他人跟林远去救陆让。"

林远反应过来，想提出异议，廖云觉却已经头也不回地走了。林远见他步履急促而虚浮，蓦然想起他的髓海已经用了几个时辰，怕是已经不堪重负了。

林远用嗅觉确认了一下，廖云觉的前方已经没有活物了。但想到那些邪门的梦境造物，他仍不放心，还是让其他人都跟着廖云觉，自己只带了李四去会一会赵寅。

就看一眼，他对自己说。没准陆让已经死了，自己看一眼就回来。

慢着，他想看一眼的话，根本不需要凑到近前啊。

林远脚步一停，站在原地闭上眼。

凡事就讲一个熟能生巧，这回他爬山已经顺畅多了。髓海中所剩无多的道力拖举着他轻盈向上，他只能盼望在它见底之前，自己能瞧见赵寅的身影。

他如愿了，但赵寅所在的高度超出赵卯甚多，竟是两倍有余。此时林远身躯渐沉，又开始艰难地流血攀登。他突然想到，这里是泥师都的道境，那么泥师都又能到多高的地方？

仰头望去，黑山如通天之柱，月光如铁，被铸在万古不动的黑岩上。不知为何，这一眼几乎让他的灵魂战栗起来。

林远晃了晃脑袋。不能被吓倒，无论是赵寅，还是泥师都，自己总

要一步一步上去，将他们踹下来。

浑身皮开肉绽的时候，他终于跟赵寅齐平了。而那奇高无比的身影默然站在原地，竟似乎没有注意到他。林远心中一喜，手中丝线猛然射出，一个攻其不备，直接掌管了对方的身躯。

"……林远？"透过赵寅俯视的双眼，他看见陆让魂不守舍地转过头来。

林远叱道："愣着干吗，拿刀杀我啊——"

他连这句话都没喊完，便只觉三魂七魄离体而出，被强行塞回了自己原本的身躯。

更恐怖的是，当他试图动弹时，却发现手脚已不听使唤。

从来只有他操控别人，如今才终于得知被操控是什么滋味。他只能眼睁睁地看着自己的躯体犹如傀儡，被隐形的丝线牵扯着朝前走去，直到来到赵寅面前。

赵寅那高塔般的身躯缓缓转过来，低头看着他，脸上竟似有喜色一闪而逝："好久不见，李四。"

这家伙……附体别人的时候，还能同时控制自己！

赵寅心平气和地道："我曾说过，你稍有异动，我便亲自来取你项上人头。"

林远用尽全力想要挣扎，却连手指都移动不了分毫。他又极力将意识闪回道境中，却见自己周身被丝线缠得死紧，而自己手中攥着的丝线却无力地垂下，够不到对方的一片衣角。

跟在他身后的李四察觉了异样，想要故技重施拖延时间："……你认错人了，他是个假人，我才是真的……"

林远很想叹一口气，教教李四怎么耍嘴皮，可惜有心无力。

赵寅笑了笑："是吗？让我看看……"

下一秒，林远惊恐地发现自己在回忆。往事一幕幕涌上脑海：折云宗的大火、李四的遗言、慈悲山的白雾……

这不是他在回忆，而是赵寅在搜刮他的记忆。"思其所思，忆其所忆"，原来是这个意思。

无间觉原来能这么用吗？

停下，快停下！他无声地尖叫着。自己脑子里有一些事情，绝对不能被赵寅知道，否则一切都完了！

幸好，回忆到了八苦斋就戛然而止，紧接着又跳到了今日。

"哦，原来你是林远。"赵寅点了点头，"你还把赵卯杀了。"

他看上去似乎并没有很愤怒："林远，我们附离人是不会哭的。有同伴死去，我们就用血祭奠他。"

话音刚落，他便一刀划向自己的脸，留下一条长长的血痕。

"这血，你也该流的。"

他说着，又是一记凌厉的刀风劈向林远的脸。

李四立即攻向他，赵寅却操控着林远的身躯直接朝李四撞去。李四不得不收手，赵寅大笑一声，让林远步步紧逼，招招拼命。

"就这点能耐吗？"他幽绿的眼底闪着兴奋而残忍的光，"这么弱，那就去死吧！"

香囊

鹤观其卅八

在这旋涡中心，唯见一人身躯单薄，僧袍飘荡。

鹤观内城，已是一片无间地狱。

国王、高僧、富商，乃至城门守卫，都成了血池中沉沦的孤魂野鬼。

分明没有刀剑加身，但周身骨肉如遭万蚁啃噬，耳中只闻阎罗狞笑连连。他们涕泗横流，以头抢地，甚而咬断舌头，只恨不能快些离开人间。

熏炉与烛台七零八落，细长的火舌蹿向众人，像小鬼挥鞭。狂风、烈火、哭号，缠结翻卷，肆虐于天地之间。

坛庭之上，阿耨多罗悬浮于半空阴云中。

祂的悉地觉覆盖全场，道力犹如奔雷滚滚而下。祂心中恨极，因为

祂并不想浪费这么多道力，也不想失去这么多信众。

都怪都广天司。对了，还有这个素尘——

素尘伏倒在佛头上。

又下雪了，大雪旋舞而至，被热风向上卷去。寒热相侵，他失去知觉的双手抓着佛的鬈发。

他距离阿耨多罗最近，承受的痛苦也就最多。可痛苦已经奈何不了他。他一眼都不看那觉者，而是俯视着下方惨烈的众生相。

他几乎发不出声音了，但极力撕裂嗓子，还是能扯出破碎的音节："跑啊——向外跑——"

阿耨多罗的悉地觉不可能扩展到无边无际，只要逃出一定范围，就能让祂鞭长莫及。

然而，底下这些人似乎痛得连求生欲都失去了。有人已经撞碎脑袋断了气，还有人本能地朝城门处爬行了几下，又败下阵来蜷成一团。无论素尘如何嘶吼，都没有人能坚持逃离。

阿耨多罗大笑起来，取乐似的隔空一挥手臂，素尘的身体便翻滚起来，直朝着佛头边缘滚去。

"你如此聪慧，难道与我辩法时不曾想到，无论输赢都只有一个结局？"

这是一个问句，所以如果素尘有空，他还会继续辩起来的。

但他的身下已然一空。

某个挣扎的香客一抬头，登时连惨叫都忘了，惊呼道："看哪！"

众人昂起头，只见素尘从百尺高空如落叶飘坠，口中还在嘶哑地喊着什么。

所有人静止了一瞬，就连风都稍停。无数目光紧紧追随着那道身影，像在等一场死亡宣告这末日的结局。他在喊什么？是呼救，是咒骂，还是佛号？

然后他们听清了，他在对他们喊着："跑出去……"

冷风呛入气管，素尘的声音戛然而止。迷离视线中，燃烧的地面迎面而来。

就在这时，他又听见有人在耳边道："坐稳了。"

一股柔和力道裹挟着他，竟让他缓了落势，在半空中调整了姿势。

等他意识回归，自己已然在结跏趺坐，安然从天而降。

阿耨多罗猛地暴怒，再度朝素尘隔空攻去。可都广天司把偷来的道力全聚在了这一瞬间，托举之力竟与这一攻之势悍然相撞，惊起长风万里。

坛庭摇撼，雪与火碎裂如星。

在这旋涡中心，唯见一人身躯单薄，僧袍飘荡。

没有语言能形容这道身影。高坐莲台的阿耨多罗、杳杳香雾间示现的神迹，都已不复存在，只有这人朝他们而来。他是来救他们的，非神，非佛，而是人在救他们。不，人救不了此等苦难，他也不会是人。

"真佛……"他们涕泪滂沱，五体投地，"真佛降世了!!"

就连素尘自己都在心想：莫不是佛祖来接我了？

他顾不得自己，抓住时机冲众人喊道："速去城外！诸相非相，这苦楚本无自性，莫为境所迷！"

这声音被金刚之力锤进了他们心底。他在让他们勘破迷障，是啊，是时候勘破迷障了，他一定能将他们带向解脱。

他们举起双臂，一尊新的神像拔地而起。他们挣扎着奔向他，追随他。

见此情景，阿耨多罗目眦欲裂，一掌朝着素尘劈去。

都广天司也在同时出手，却是直接将素尘抛进了人群中："走你。"

阿耨多罗的杀招已至，在触及素尘之前先落到了几个香客身上，那几人当场毙了命。

余人非但没有惊慌逃窜，反而疯了般朝素尘拥来，用身体与手臂将他团团挡住，拥着他朝城门奔去。不断有人死去，又不断有人顶上。

随后，就连城门守卫都爬起来加入了他们的队伍。第二重城门外的百姓几乎暴动，冲开城门进来接应。素尘感到无数只手拍在自己背上，人体的热度隔绝了风雪。他听见曲阿婆焦急颤抖的声音："护住他，护住他——"

信仰从灰烬中燃起，转瞬间已成燎原。

真佛来了，他们可以为他去死！

李十一跟在廖云觉身后。

梦魂已经稀薄到几不成形，最后融入了雾气中。就连他们脚下踩的也变成了雾气。梦与现实水乳交融，有形之物彻底消失。只有惨白、灰白与珍珠白的色块蠕动、荡漾，像混浊的羊水。

没有参照物可以辨认方向，或是判断时间。这般漫无止境的游弋，使人眼皮沉重。众人本就疲惫不堪，再加上阿耨多罗悉地觉的余波，脑中似乎只剩无谓的苦痛……

直到身周出现了树影。不是一棵，也不是两棵。参天树影连绵成了一片森林。

他们身后的神树人喜出望外，叫着"沉香"奔到近前，忽然惊呼一声，倒头便拜。那不是沉香树，而是乳香树。每一棵都与他们的神树别无二致，而且就在他们眼前同时开始凋零。

神树人不由得悲从中来，跪行过去抚树哀泣。

李十一道："起来。它们肯定不是真的……"话音未落，只见那些乳香树的枯枝舞动起来，如蟒蛇般卷向众人，登时将几人卷上了半空。

李十一面现冷色，一脚踹开一名即将被卷到的神树人，反手又是一掌扇向另一人："醒醒！"

显然，此处的沉香之法已经强大到无以复加，以至半梦半醒间都能改变现实。

神树人清醒过来，连忙互相解救。李十一定了定神，一针刺向自己的掌心。她现在最不需要的就是更多李四的鬼影。

她没有与巨树纠缠，而是转头去看廖云觉，却见他仍在蹒跚而行，身影几乎看不见了。

李十一飞奔过去，恰好看见他直直栽倒下去。

在这秘境里，有人在对抗八苦斋杀手，有人在对抗妖魔鬼怪，而廖云觉的对手从头至尾只有一个，便是自己脑中那一方小小的髓海。

讽刺的是，只要他不赢，所有人迟早都会输。

廖云觉从一个时辰之前便头痛欲裂，痛到他怀疑有什么在里面碎成了渣。但他未曾声张，因为声张也于事无补。

情况还算不错，至少他强行坚持到了这里。但现在，最后一丝道力用尽了。那一缕玄妙的感应瞬间消失，他像是忽然置身于无边海浪中。

四肢百骸失去了运转之力，他整个人直挺挺地撞向了空白地面。心脏还在挣动，像在越缩越小的笼中振翅的鸟。

明明只差最后一点点了。

这最后一点点距离，竟是天堑吗？

在阿耨多罗的影响下，廖云觉的头脑也不如平时清明。只是别人的痛苦会在此化梦为真，而他那压倒一切的麻木却是无形无迹。他就这般趴在原地闭上眼睛，隐隐觉得自己好像遗忘了什么。

是什么呢？

李十一奔了过来，伸手一探廖云觉的脉搏，当即举针刺向他几处要穴。

她的动作又快又稳，心中却清楚，此举只能吊住他一口气，他真正需要的是道力。可此时此地，哪儿还有道力给他？

行过一遍针，廖云觉勉强能动弹了，第一个动作却是抬手捂住了耳朵。

眼与耳一并失效，犹如沉入虚空。

一道回音在心头响起："师父是不是忘了找回嗅觉的事？"

啊，原来真的忘了，人本该是用鼻子寻香的。可后来，在他发现无须嗅觉也能感应筮予香的香料之后，这只鼻子卸下了赤子之责，仿佛就别无他用了。

好像……本不应如此作想的。

嗅觉这东西，要去哪里找呢……

思绪已经转不动了。

黑暗铺陈开去，像厚重的苔藓。黑暗摇晃起来，像绵长的夜风。一道格外黑的剪影对他道："云觉，母亲要走了。"

他们坐在辘辘行驶的马车中。夜色深重，对面的女人浸润在黑暗里，只能瞧见模糊的轮廓。

她轻声细语道："到了折云宗，好好照顾自己。你在世上无亲无故，

更需戒骄戒躁，从此勿念前事，安心当个制香师……"

这段遗言不是在这里交代的，因为徵阳公主病笃时不曾坐过马车。然而这一次，廖云觉终于听清她说了什么。

女人絮絮叮嘱着，他便安静地垂首听着。女人止住话头，苦笑道："真想看你再走一程啊……"

廖云觉沉默了一下，轻声道："后来我在折云宗过得很好，于香道也颇有进益。人间很美，有山月花虫，千般风味。我虽无法投身其中，但以香窥之，亦能自得其乐。"

女人将一双柔软泛凉的手放到他的膝上，道："那也很好。"

"可是再后来我才得知，这香道与母亲之死一样，都是为我谱好的命数。"

膝上的手微微颤抖。

"母亲，凡人由生到死，多为他人写就。"廖云觉望着她的黑影，再度问出那个问题，"母亲这一生走到尽头，此端与彼端可有差别？"

寂静持续着，他猜测她的唇齿仍在黑暗中无声地张合。

但女人的声音传了过来："你若只当过客，这一生实在长到可怕。人间烟火从远处俯瞰，不过是一群蝼蚁奔忙。"她忽而带上了一丝笑意，似羞赧又似缅怀，"可若走进去，便能看清一些面容……"

廖云觉实在不知有什么可看。他反倒觉得那一切远观尚有美感，若走到近处，便只见纤毫毕现的矫饰与死气。

徵阳公主的声音愈发杳然："云觉，人如横舟，总需一根牵绳。我与你父亲走后，这绳便松了。以后，你一定要找到另一根牵绳啊。"

牵绳？什么样的牵绳？

头痛再度袭来，马车摇晃声倏而远去。黑暗汹涌，似要将他彻底吞没。他下意识地伸出双手，似要抓住些什么。

然后它就出现了，细细地蜿蜒而来，缠住了他的手腕。他顺着它的牵引朝前走去，看不见，听不见，却仍能知晓它的存在。

清寂、宁定，是他最熟悉的白檀。

他又迈出一步，它变得宽和柔美，如春溪化开，归舟行棹。他再向前，一路繁花铺锦，辛烈醉人。太热闹了，热闹过头了。像蜂蝶乱飞，像锣鼓齐鸣，也像有人打翻了一大盒香丸，又蹲在地上一枚一枚地将其复归原位。他站在门边冷眼旁观，直到那孩子一个激灵转过头来，瞪着他倒退一步，像龇牙的狗。

于是他朝那孩子走去，轻声道："我来教你吧。"

那孩子咧嘴一笑，伸出小手用力拽住他的衣角，一把将他拽入了嬉笑怒骂的人间。

喜怒哀乐渐次生发，滂沱的杂音如暴雨般涌入现实。

"师父。"有人对他道，"师父腰间空荡荡的，我实在有些不习惯。进了鹤观不知会发生何事，佩上这香囊，我就能凭气味找到你。"

"好。里面是什么香？"他问。

"是我今日刚制成的，至于味道……我说不好，等师父髓海恢复后就知道了。"

廖云觉倏然张开眼。

李十一正在探他鼻息，见状一顿，接着就见他伸手解下了腰间的香囊，试探般嗅了嗅。

李十一看着这个动作，黑眸一瞬间不由得张大了。

这么巧吗？他的嗅觉在这个时候回来了？

廖云觉镇定地收起香囊，对她温声道："劳驾，扶我再朝……那个方向走一段。"

原初之梦

鹤观其卅九

冥冥之中，自有因果。

李四的身法快到了极致，却连赵寅三步之内都接近不了。

赵寅本人不与他打，只操控着林远往他刀口上撞。李四投鼠忌器，兜着圈子寻找破绽；赵寅却从中找到了乐子，双臂越舞越狂放，索性将林远朝山壁与地面抡去，仿佛他是一只破麻袋。

从未有人能像赵寅这般使用无间觉。他的意识均摊于自己和傀儡身上，稳定、蛮横、无懈可击，以至两者动作都丝毫不见滞碍。

林远撞得头破血流，赵寅的本体却狂笑起来。

李四心中一寒。自己面对赵寅本就毫无胜算，而本该并肩作战的林远，已经沦为了对方的工具……

这就是八苦斋最强者制造的绝望吗？

便在此时，一阵奇异的风声由远而近，像千万句呓语，又像千万声叹息。

周围恍惚来去的梦魂们忽然同时动了，仿佛鱼群有了共同的方向，直向着赵寅冲去。它们半透明的身躯不堪一击，却又源源不断，转瞬间就遮蔽了赵寅的视野。

李四诧异转头，恰好捕捉到梦魂丛中，陆让正执着玉容的手，对她紧张地说着什么。

这厮是何时爬到那边去的？李四和赵寅忙着打斗，竟都毫无察觉。

玉容的红唇也开开合合，似乎在将陆让的话语翻译给自己的同伴们。随着她的指挥，梦魂倏忽来去，如风似浪，不仅围住了赵寅，也围住了林远。如此一来，赵寅无论换到哪个身躯都看不清周遭，攻势登时减弱。

赵寅不再笑了。他站在原地，突然喝道："林远！你就这么没用吗？死得如此拖泥带水，倒不如给自己一个痛快！"

等一下，这话听上去为何有点怪？

李四暗忖道：以赵寅的身手，他早就能给林远一个痛快了吧？这般拖泥带水地折磨人，莫不是他的爱好？

还是说……八苦斋最强者，专杀叛徒的神仕，藏着什么别的心思？

想到此处，他干脆开口问："赵寅，你到底想要什么？"

"我？没有我，只有啼氏！啼氏要什么，我就要什么！"

好一条疯狗。李四摇了摇头，他就不该问。

廖云觉的脑中正在经历一场山崩。

这感觉难以形容。他干涸的髓海再度寸寸崩裂，但这一片荒土又自行生长，建构成了某种更庞大、更完整之物。非人的灵觉油尽灯枯，属于人的感知却破土而出。

李十一挽扶着他艰难前行，周围仍是云遮雾罩，他的脚掌却仿佛第一次踏在了土地上。他转了个向，调用着暌违已久的嗅觉。

沉香味。醇和，浓郁，多油。香味有些异化，原来林远所说的"发了霉"是这个意思。香味从前方来，也从上方来……

直到李十一刹住脚步，廖云觉才想起自己还有视觉。他抬眼望去，随即也站定不动了。

当然，当然会是如此。无怪乎喜湿喜热的沉香会出现在鹤觇。无怪乎壁画将这秘境记载为佛门净土。无怪乎他们此时仍置身于佛窟。

他们眼前供着一尊沉香巨佛。

这最初也是最后的佛像由整木雕成，木质堪称极品，色泽深邃，油光润泽。

与外面那些粗糙的半成品不同，它曾经精细完整过，如今依旧可见优美的轮廓。但它的五官几乎被磨平，双掌也只剩半截了。磨损处的木纹细腻发亮，并非暴力所致。它是被无数双手日复一日地摩挲成这样的。

直到现在，乳白色的雾气中依旧不时浮现人手的影子，仍在佛头与佛掌处细细抚摩。

廖云觉走到近前，目光自上而下掠过这尊佛像。它头戴王冠，身着袈裟，坐在一条盘曲的七头蛇身上。

这风格不属于大周，不属于西域，甚至也不属于佛教式微的婆罗门国。

"扶南……"廖云觉轻声道。

折云宗经常购入扶南国的沉香。那座边陲小国远在南海，据说骑在象背上作战。这些年来，在阿耨多罗的推波助澜下，许多扶南人皈依小乘佛教。同样因为阿耨多罗的努力，佛教立像成风，无数当地的香木被雕成了佛像。

但扶南不仅接纳了佛教，也接纳了婆罗门教，还将二者的神祇混为一体。唯独在那里，蛇神娜迦会被尊为佛陀的护法。

三百年前，上一任赤子秦怜君前去扶南采香，很可能让其他人也发现了这棵极品沉香树。虔诚的扶南人没有浪费材料。

后来，巨像被商队买下，运向了交通要冲鹤觇。再后来，阿耨多罗在鹤觇召开法会，却没料到廖云觉一行也追寻沉香而来。最终，素尘出现在了祂面前。

冥冥之中，自有因果。

只是，这佛像为何没能到达鹤觇，而是在白山造出了这方秘境呢？

廖云觉脑中闪过这些念头的同时，李十一已经钻入雾中，飞速查探了佛像周围，又回来道："没有危险，佛前供着十余件商人衣服，染血，破损，快化成灰了。还供着一具骸骨。"

第一句话倒是很好理解。廖云觉稍加思索，便有了猜测：商人死在了半路。沉香之法是化梦为真，而商队一路运货而来，迟早会发现怪象的。在白山，他们或许是做了噩梦，已致身死；又或许是争抢佛像，自相残杀。总之，商队覆灭于此，而佛像也就静静停留于此了。

后来，某些上白山造窟的工匠发现了它。他们应该实现了一些美梦，于是乐不思蜀，供起佛像，连带着供起了商人的遗物。这便是此方秘境的起源了。

但李十一的第二句话却是难懂。一具骸骨？商队不可能只有一人，一个人也运不动佛像。难道工匠让别的商人都入土为安了，唯独留下一具尸骨曝露于此？

廖云觉一边朝佛像走去，一边摸出坤灵侯。当务之急是收起沉香，其他事可以慢慢想。

"什么样的尸骨？"他只是顺口问道。

李十一指给他看："不是人骨，是鹿骨。一头幼鹿，似乎没有伤痕。"

在这永恒的一刹那间，仿佛陈旧画卷一展而开，万千因果洋洋洒洒，气脉贯通，回光寂照。廖云觉一眼望去，终于望见了故事的开端。

那始终若隐若现的违和感，那些微小的疑问，全部有了解释。

为何这里处处绘着《佛说鹿母经》？

为何秘境的最外围不是佛窟，而是让人感受不到草木气息的茂盛山林？

为何他们遇到的当地人都很少像人，而当地的动物却栩栩如生？

一切只因，这片秘境的创造者不是任何人，而是一头鹿。

鹤觋人说，这一带的鹿群在百年前就已被猎杀绝迹。而这头年幼的鹿，很可能失去了所有族群，形单影只地来到了遗失的佛像前。

它不懂什么是佛，只知道它很香。它也不懂什么是死，只觉得精疲力竭。它倒下了，嗅着浓重的沉香味，做了最后一个长长的梦。梦中有草木，有鹿群，有许多美丽而无害的兽类，还有——

陷阱与猎人。

小鹿不是死于人手，所以它不可能近距离地观察过人。它只见过同族掉入黑黑的地洞，从此彻底消失。地洞是最可怕的东西。

它还远远瞧见过一些似人又似马的剪影，明明迈动着四蹄，背上却生着巨大的脑袋——它将马的脖颈与猎人的身影视作了一体。那东西会发出人声，还会查看地洞。它们口中会射出蛇一般长长的东西，只要碰到一下，就一定会死去。

这便是此地的原初之梦，一头小鹿濒死的梦。

在这个梦之上，一层层新的梦境叠加了起来，贪婪者的梦，恐惧者的梦，最后叠出了一个怪异瑰丽的梦之国。做梦之人总会死去，梦之国的居民却在此长存。噩梦留在禁区，美梦开辟城池。马车横冲直撞，舞姬彻夜旋转。

在这国度的最深处，那些最下等的、无意识的梦魂无处可去，便凝聚在佛像周围，烟雾般的双手不断摩挲。

它们没有记忆，也不知自己在祈愿什么，却仍会祈愿下去。它们不知道，假使没有它们的动作，这佛像便只是一块形状怪异的枯木。

是它们赋予了它神性，而它永远沉默。垂目之佛凝视着一切，静美如鹿骨。

梦醒之时

鹤觇其四十

怎么会有人疯成这样?!

　　赵寅一挥手,将林远朝着梦魂丛中一通乱砸,动作已经敷衍起来。

　　果然,林远依旧丝毫不见挣扎,甚至连体内残存的道力都不曾波动,活像一具死尸。

　　对林远这般表现,赵寅方才还难以置信,如今却只余嗤笑。

　　他想起慈悲山的那夜,自己第一次瞧见碎尸背上的新图腾,当即便付之一炬。他想起赵部圆塔里,自己力排众议,将此人送出八苦斋去执行任务,顺带还送走了可能察觉异状的李十一。他又想起自己主动请缨,坚持与赵卯一同带队,一路追寻到这里。

　　赵寅冷硬的面颊抽动了一下。如此冒险,如此布置,自己几乎是拿命在赌,结果就赌出这么个玩意。

　　真想当死尸,那就成全他又如何?

　　荒谬的是,林远自己都放弃了,那些梦魂却还在拥来给他当垫背的。李四则不断变招来扰,仿佛想逼着赵寅先杀自己。

　　弱者抱团并不能打动赵寅,他只觉得碍眼。他索性开口劝道:"罢了吧,没有意义……"

　　声音突然一顿。

　　没有意义吗?

　　赵寅的视野被梦魂遮蔽了大半,但正因视野受限,反而激起了某种野兽般的警觉。对方如此死缠烂打,莫非在等待什么转机?

　　赵寅没有忘记廖云觉,但廖云觉若是采了香,只会使眼前这些东西灰飞烟灭。事到如今,哪里还有人能救他们……

这个念头刚刚转完，他便听见一声轻笑。

林远的轻笑。

一直被他牢牢控制的林远，居然自作主张笑了一声。赵寅一惊，立即收紧那无形的丝线，再度死死定住对方，这才暗叫一声侥幸。自己竟险些松懈，幸好反应够快……

下一秒，他听见了另一道动静。

越过梦魂的叹息，越过李四的刀风，马蹄声由远而近。

一匹似马非马的怪物朝他们狂冲而来。马背上除了它自己畸形的脑袋，还挤着两个人。

安桃全身的骨头都快被颠散了。孛马的脑袋不仅巨大，而且轮廓不时幻化，他张开双臂也抱不住，只能拼命抓着能抓住的一切。身后的楚瑶光环着他的腰，也跟着东倒西歪。

地洞里有活物未死，孛马就一定会赶去大开杀戒，因为小鹿见过的猎人便是如此。但是，孛马唯独不会攻击自己背上的东西，这也是小鹿的观察。

于是方才，趁着这匹孛马在袄祠里屠杀信徒，他俩悄悄爬上了马背。

这怪物果然没有反应。安桃大着胆子试图驭马，结果它根本不理会。安桃又用言灵之力说了一个"驾"字，这一回它动了，冲出袄祠便是一通乱跑。

两人正在琢磨怎么坐稳，孛马却突然自行决定了方向，提速狂奔起来。

两人挂在它身上一路颠簸至此，进了洞窟，便依稀听见打斗的动静。原来孛马是察觉了此地的异动。它风驰电掣循声而去，左右梦魂如水流分开，终于露出了前方的目标——林远、李四和赵寅。

安桃急忙开口："吁！"

岂料孛马的杀气竟超出了这一字的限制，马蹄刨着地，仍在艰难前冲。孛马仰起头，发出极似人类的声音："驾！"

安桃："？"

在这秘境里，没有人能受孛马一击，包括赵寅。

赵寅下意识便要飞身跃开，却发现牵动的是林远的身体。他又返去操控自己的身躯，结果这一跳，竟没能跳起来。

纹丝不动！

赵寅是真的惊了。这是如何发生的？他知道林远也会无间觉，所以一直将意志均摊在彼此身上，不给对方偷袭自己的机会。可这身躯怎么就不听使唤了？

接着他眼睁睁地感受着自己的嘴角翘起，吐出一句："老赵啊，还得练练。"

赵寅突然想起来了。一切就发生在刚才，林远发出轻笑的那一瞬间。

黑山道境里，少年依旧被五花大绑，垂下的手却并不老实。从他指缝里，有丝线一缕缕、一寸寸地朝着赵寅蜿蜒而去，不知何时，已经细细密密地攀上了对面的身影。

林远心知道力所剩无几，不足以与赵寅硬碰硬。所以最初突袭失败之后，他便选择赌一把，彻底装死让对方松懈下来。

必须等一个反扑的时机。他原以为至少要等到廖云觉采了香，带着神树人和李十一回来。他正担心自己撑不到那时，便嗅到了楚瑶光和安桃的味道。

这是最后的机会！

林远当机立断笑了一声，将赵寅的注意力全骗到自己身上。而就在赵寅收紧束缚的同时，他的丝线也猛然攥紧——那一瞬间，两人直接互换了身躯。

赵寅大怒，道境中的剪影暴涨，像要用骨肉撑开那些丝线。林远毫不怀疑他只消片刻就能成功，但问题是，他连片刻时间也没了。

孛马已经近在眼前。

赵寅眼看着那原本属于自己的壳子戳在原地，直视孛马，不动如山。他终于明白了林远的计划，发了狠地扑去要救自己的身体，李四却闪身挡了他的去路。

安桃再度念咒，终于止住了马蹄。孛马发狂般立起，将他和楚瑶光摔到了地上，又挣扎着张开口，黑洞洞的巨口正冲着前方几人。

生死关头，赵寅再无保留，李四竟连他的招数都未看清，就被一掌击飞，口喷鲜血。

赵寅转头，只见林远正拔腿迎着孛马奔去。

赵寅目眦欲裂。什么都来不及了。他即便追上林远，也只能让两具身体一起死。

"林远，你想同归于尽吗？"

林远狂笑道："好啊，那就同归于尽吧！！"

远处的喧嚣传不到佛像座前。廖云觉打开坤灵侯的子母扣，将它贴向细腻的沉香木。

朝上望去，端坐蛇身上的巨佛微微低头，仿佛在与他对视。它早已没有五官，人的梦境赋予了它第二张脸。而那似狰狞又似慈悲的轮廓，终于超越了原本的人面。如今它是野兽，也是花蕊。

巨佛坦然垂视着自己的终焉。

坤灵侯在廖云觉手中"咔嗒咔嗒"转动着，徐徐张开了内胆。

下一刻，沉香木开始融化。佛身坍塌下去，半截佛掌流淌而下，与萎缩的七头蛇融于一处。最后的轮廓消失了，它彻底归于一块背井离乡的无根之木。

沉香木被吸入坤灵侯，一路不断坍缩。木纹里释放出高亢的唱诵声、喃喃的哭求声，它们泅入空气，了然无痕。它抛却了鹿的舔舐、风的爱抚，最后将扶南的阳光与水汽也一并遗忘。

馥郁香气中，它超度了自己。

香气在坤灵侯中澎湃流转，廖云觉嗅到了沉香与乳香的味道。它们很快彼此交融，那一股变异的气息也就愈发浓烈。

廖云觉猛然闭住气。

但已经来不及了，两味香料的味道争先恐后地钻入他的鼻腔，直达髓海。他干涸的髓海感应到了道力，犹如久旱逢甘霖，不管不顾地汲取一空。

廖云觉的四肢百骸一阵振奋，迅速生出了气力。但紧接着，一股难以言喻的寒意攫住了他。

寒意并非来自身体，而是心中。有什么东西在朝他涌来，带着摧枯

拉朽的凛然之势。那是一种明悟，一种不能抗拒的觉知——但他知道自己不能细看，一旦洞察它，或是被它洞察，那么现有的一切必将全然崩塌，万劫不复……

廖云觉手一松，坤灵侯跌落下去。

李十一伸手欲接，廖云觉却一把拦住了她。李十一顿了顿，只觉得对方全身冷得像冰。

坤灵侯在地上滚了几滚，内胆终于自行闭合，隔绝了其中的气息。

"停战，停战！"赵寅大叫道。

林远充耳不闻，操控着他的身体跑得更欢了。这具身体如此高大，是最显眼的靶子。字马的巨口中，一条长蛇已然射出，裹挟着风声朝他飞去。

怎么会有人疯成这样?!

赵寅周身的血液都沸腾了。在这万万分之一刹那，他能做的选择已经不多。自己的身体是救不下来了，但只要他站着不动，下一条长蛇便会飞过来，了结林远的身体。如此一来，也算当场报了仇。

不过……

赵寅闭了闭眼。

不过，还是算了。

林远只听身后一声轻响，赵寅一个纵跃，躲远了。

与此同时，道境中的赵寅也一声不吭地松开了手，所有丝线颓然委地。最后时刻，他竟然将两具身躯都交给了林远。

震惊从林远心头一闪而逝。但他的动作远比思绪迟缓，更何况使唤的还是别人的身体。明明想要趴下躲避，却终究慢了半拍，那破空而来的长蛇已撞上了胸前的衣料——

然后，毫无预兆地，它淡化成雾气，又散成了青烟。

死寂。

全场死寂中，只有暴怒的字马还在挣扎。它像是感知到了什么，转身朝着沉香的方向冲去，但马蹄击地声越来越轻，身影也逐渐透明。

李四终于有所顿悟，转头环视了一圈梦魂，又低头看了看自己。

一切都开始缓缓消散。

长别

鹤觋其卅一

林远思前想后，还是喜欢当人。

梦魂们多数依旧茫然，也有明白了什么的，挨挨挤挤朝着洞窟外逃去。可想而知，此时外面定然也是一片兵荒马乱。

沉香已去，一场大梦将醒。

在他们不远处，宝儿和锦儿被无面的母亲搂在怀中，轻轻摇晃，似在哄睡。陆让与玉容说着话，神情似哭似笑。

李四看着自己开始透光的四肢，情绪并无起伏，甚至提醒了林远一句："先把身体换回来。"

林远回到了自己体内。他已经没有余力控制赵寅了，但见赵寅恢复自由后，依旧一动不动站在原地，高大的身躯突然显出一副老实的样子。接触到林远的目光，赵寅面无表情道："你们聊，我不着急。"

林远："？"

林远纵然对他有满肚子疑问，也只得暂时压下，因为眼前有更紧迫的事。

又一次，他要看着又一个李四死去。这一次，他们还是没什么说话的时间。

林远以为自己这回酝酿许久，总能表现好些。但是事与愿违，他张开口，无数语句争前恐后地朝外冲，最后全部堵在喉口。

原来准备再久也是一样，任何言语都轻飘如尘烟。

到头来他只憋出一句："这两日，多谢你了。"

李四笑道："应该是我多谢你，明知我是假的，还像兄弟一般与我玩闹。"

林远露出一个如出一辙的笑:"因为我想好好记住你。"

杀了李四后,他才开始认识他。

每一夜,一段破碎的记忆顺着梦境而来。拼命长大的李四、独自包扎伤口的李四、遥遥听着折云宗课堂的李四……无数碎片填入胸腔,他才发现那里原本有一个空洞。

碎片越填越满,逐渐沉重到他难以背负。无穷无尽的无咫境里,他是林远还是李四?是做梦者,还是梦中人?他是杀了李四,还是杀了自己?切肤之痛像一场隐秘的凌迟,他没说给任何人听。

直到在秘境,望着这个几乎活生生的李四,林远终于忍不了了。这一切难道没法停止吗?有的,只要他不去想、不去记,天明之后,梦便只是梦。

廖云觉却告诉他:斩断因缘际会,一生便只剩下安排好的事。

是啊,七岁那年到达永宁前,他曾经懵懂地体会过这句话。脚下大路像棋盘上笔直的线,往来过客皆与他无关。

林远思前想后,还是喜欢当人。

那就来吧,更多碎片也无妨,他会全部囵囵咽下,直到拼出一个完整的李四。他们将一体双生,一如最初。

"放心去吧,哥哥一定为你掀了八苦斋。"林远轻描淡写道。

站在一旁的赵寅眼皮跳了一下,但也只跳了一下。

李四笑着点点头:"我知道。你这样厉害,定会结束那里所有的苦难。以后,就不会有更多的我们诞生了。"

沉默几秒,林远努力保持语声平稳:"这条命,我不会白费。"

李四凝视着他,仍然与上次一样平静:"这我也知道,因为我们本为一体。"

突然,林远想通了其中关节——早在自己认识李四之前,他已做出了自己今日的选择。

在八苦斋的陋室中,在万箭穿心的无咫境中,在李部众人对"外面的人"的诅咒声中,李四早已选择将林远的碎片照单全收,似鸩毒,也似蜜酒。

这是比血脉更刻骨的联结。

他们之间似乎不再需要言语了。

　　李四的身影已经大半融入雾气之中。他转过头，朝某个方向望了望，依旧只能瞧见迷雾。林远知道他在等谁，只能安慰道："我会转告……"

脚步声。

李十一扶着廖云觉走了回来，林远连忙上前帮忙。

李四眼中燃起了一星火苗："十一。"

李十一不吭声。

李四露出一丝苦笑，又唤道："廖宗主。"

"叫什么廖宗主？"林远拖着廖云觉走到他面前，"叫师父，快。"

李四愣了愣，小心地问："可以吗？"

廖云觉容色微动，眼前浮现出孩童时的林远，又仿佛浮现出另一道相同的身影，小小的，拘谨而又黯然。

他抬手在李四头上摸了摸，手指穿过了残影："好。"

"师父。"李四声音有些颤抖，深深躬下身去，用几不可见的身躯行了一礼，"师父，我去了。"

一阵微风拂来，似要将他吹散。

李十一始终默不作声地看着，此时忽然开口："如果是他在这里……"

林远的心一抽。都到了这个时候，李十一依旧不认他是李四。

接着却听李十一哑声问："如果是他，会对我说什么？"

李四的脸已经氤氲不可见，不知为何，那粲然笑意仍透了出来："他会告诉你，向前走吧，别害怕。"

雾中传来最后的余音："前面还有很多好吃的，你都去尝尝啊。"

　　白雾铺天盖地，吞没一切。视野中一片茫茫，玉容、宝儿和锦儿都已不见。

最后消失的是洞窟本身。山壁上，百年间的工匠们为供奉神鹿而绘下的壁画，仍依稀泛着美丽的蓝色。

被猎人暂时放走的鹿母寻至两只幼鹿，舐其身体，而说偈言：

一切恩爱会，皆由因缘合。

合会有别离，无常难得久。

鹿母说罢离去赴死，幼鹿却悲泣呦呦，只愿追随母亲共死。猎人候于树下，见鹿群如此，忽感万物至情，终于还其自由。

最后一个菱格中，鹿影化为佛影，低首合十。

洞窟一点点地碎去，画中众生与重峦叠嶂一道化为齑粉。浓雾化开三千大千世界，人兽佛鬼的微尘毗邻而居，再不分彼此。

四下只剩活人的呼吸声。

陆让的手臂举在半空，迟迟不舍放下。

方才，他向玉容语无伦次地道着歉，玉容却盈盈一礼："陆公子，能获知真相，还能得英雄相伴一程，玉容此生已无憾了。"

陆让哭笑不得："英雄？我？这个词恐怕不是这么用的。"

"有何不可？"玉容扬声问，"我不知有几人一生无瑕，我是妓子，见不到的。陆公子做了英雄的事，于我便是英雄，难道只因有人更好，你的好便一文不值吗？世间不是只有一副模子，人更不是活在模子中！"

陆让张口结舌。

玉容说着他无论如何都意想不到的话："陆公子，往后天地更宽，你莫困住自己啊。"

陆让怔怔地望着她越来越模糊的影子，忽然道："这样说来，你保护了两个孩子，还救了我们，你也是英雄。"

玉容扑哧一笑，声音却有些怅然："我啊……真正的我是什么样呢……"

在那不可思议的一瞬间，或许是神思恍惚，或许是雾气作怪，陆让竟在她行将消失的脸上看见了另一张脸——未施脂粉，清秀倔强，双唇抿出坚定的线条。

陆让小心翼翼地抬起手，隔空抚上这张脸。对方机敏的眼睛直直望着他，又穿过他望向远方。

"真正的你……是一只高飞的鸟。"陆让哽咽道，"她一定已经去了自由之所，大放异彩，没有什么挡得住她身上的光。"

玉容笑着闭上眼，像要沉入一场好梦。陆让依稀听见一声自语般的喃喃："真想再听一遍那首《摘星辰》啊……"

"安桃——安桃！"陆让不管不顾地大叫起来。然而没等安桃摸出觱篥，她已彻底消失无痕。

没有人打破沉默。

陆让原地坐下，将脸埋进膝盖，不想让人瞧见自己的神情。他多虑了，此时每个人都低着头，沉浸在自己的思绪中。神树人似懂非懂地望着这一切，但即便是他们也不曾开口。

安桃还是轻轻吹奏起了觱篥。乐声逶迤摇曳，似要将亡魂接引向皎皎星河间。

雾气终有弥散之时。

不知过去多久，天光与寒风同时袭来。众人一个激灵，眯着眼朝四周望去。

没有洞窟，没有秘境，没有人烟。他们站在草木稀疏的白山上，大雪正纷纷落下。

气味纷至沓来——白雪、泥土、山风，还有湿润的草木。真实的植物香味钻入体内，道力登时自行周转起来，虽然稀薄，但林远知道身体的创伤已然开始修复。

他用眼神询问廖云觉，廖云觉也点了点头。林远松了口气，疲惫到只想倒头便睡。

慢着，他好像忘了什么。

林远倏然扭头瞪向赵寅。赵寅还保持着方才的站姿，与他大眼瞪小眼，几秒后问："忙完了？"

"……忙完了。"林远满腹狐疑地等着他的动作。

然后便见赵寅一把扯下衣襟，转过身去，亮出了背上的刺青。

可以看出他背心原本便有一个刺青——大约是狼目形状的，与赵子的一样。但是此刻，新的焦痕破坏了它，图案盖着图案，糊成了狰狞可怖的一团。

林远愣是什么都没辨认出来："这是什么意思？"

赵寅回身，目光又开始描摹他那双上挑的凤眼。林远被看得浑身发毛，索性道："你到底是何打算，不妨明说。"

虽然如今敌寡我众，但己方累的累伤的伤，对上此人未必有胜算。不过，林远想起赵寅迄今为止的表现，总觉得他似乎并无杀意。

他为何要抛下部众，独自等在洞窟？为何在几乎同归于尽之时，却默默放过了自己？

刚想到此处，便听赵寅沉声道："我只忠于啼氏。"

林远："……"

林远百思不得其解："然后呢？"

赵寅朝他单膝跪下："现在，你就是啼氏。"

林远："？"

赵寅根本不需要回应，自顾自地剖白道："先前种种，实为确认你的身份，如今身份既已明了，我便心安了。"

林远瞠目结舌半天，才发出质疑："我明明没有打败你，顶多算平手。"

"那已是赢了。"赵寅道，"属下是假借神血之力，啼氏却全凭自身使出了无间觉。"

等一下，怎么连称呼都已经变了！

"啼氏到底是什么？"

"是我们对狼神的尊称。"赵寅不假思索道。

"那不是泥师都吗？"林远指了指自己的鼻尖，"我怎会是狼神？"

"狼群中的最强者，自然便是狼神。新的狼神诞生了，旧的自然就该淘汰。"赵寅对答如流。

"不是……你这……"林远有很多关于自己的问题想问，但又觉得还得先摸清对方的底，"你有点原则行不行，我刚杀了赵卯啊！"

赵寅面不改色："杀就杀了，八苦斋根本没人喜欢他。"

林远："可你也听见了，我还要杀更多人，我要屠了八苦斋。"

赵寅沉默了一下："啼氏只管吩咐，属下定会赴汤蹈火，在所不辞。"

林远："……"

这不对劲，这绝对不对劲！

大场面

鹤觋其册二

这些护卫……长得真够邪门的。

这时来了新动静。

秘境消失后，真正的山林并不大，迷路在此的人登时全冒了出来。

于是局面尴尬：周军与八苦斋互相伏击几日，杀得七零八落，忽然站在同一座山头面面相觑。其间夹着那些掉队的神树人，还有几个在秘境里做了半辈子梦的鹤觋人。

鹤觋人正哭天抢地，忽见情势不对，闭了嘴转身便逃。

余人在错愕中静止了一阵，突然同时开始拔腿狂奔——目标只有一个，廖云觉。

八苦斋离得近，但人数少。赵部的人心里清楚，抢在被对方包抄之前，眼前就是最后的机会。

林木簌簌发抖，所有人都在玩命冲刺。

赵部的人抢先奔至近前，一见那道山岳般巍峨的身影，惊喜道："赵寅首领！"随即却发觉了异常。赵寅竟背对着廖云觉一行，面朝着他们，赫然是备战的姿态。

"首领？"他们难以置信道。

赵寅低下头，问林远："这些人如何处理？"

"我说如何你便如何吗？"林远乜斜着他，"那我说都杀了。"

赵寅二话不说，摸出半瓶神血吞了一口，双瞳绿光大盛。林远防备地退了半步，赵部的人则乱成一团。

越是熟悉赵寅的人，越不会生出半分战意。那些人有的浑身发颤，有的企图逃走，还有的绝望怒斥："赵寅，你疯了？不儿忽是狼神的使者，你身为神仕，竟敢叛……！"

一语未尽，赵部众人已被控制了躯壳。

下一秒，赵部所有人齐齐整整横刀于颈，死了个干脆利落。

赵寅看了看一地尸首，举刀又朝自己脸上划了一道，鲜血汩汩而下。他像是没有痛觉，浑不在意地转向林远："啼氏还有何吩咐？"

林远眨了眨眼，心跳仍有些过快。

他从未见过如此迅速彻底的倒戈。太彻底了，有悖人情，更像是演的了。

"不是吧，我说杀你还真杀？"林远做痛心疾首状，"那都是你兄弟啊！"

赵寅："……"

"罢了，人死了也没办法。"林远啧啧摇头，又不经意地问，"你还留着泥师都的神血呢？"

赵寅看了看手中的瓶子："以防万一。"

"我不喜欢那味道。"

"是。"赵寅反手便将瓶中神血倒得干干净净。

"……哎，怎么说一句就倒了？这孩子脾气真大。"

赵寅："……"

林远是真的挑不出理了，再挑下去，只能让赵寅自杀以证忠心了。

"要不然你问问我呢？"都广天司笑眯眯道。

林远木然道："来啦？太快了吧，怎么不等我们化为白骨再来？"

天司不以为忤："我知道你们会采到香的。现在假花假树一消失，此地的道力开始流转，我不就来了。"

"那请问上神，赵寅如何处理？"

"建议留着他，有大用哟。你现在的实力连泥师都的脚趾都够不着，要想亲手复仇，还得学很多东西。而小赵会全心全意辅佐你，对吧，小赵？"

林远一惊。天司说这话时居然没避着赵寅。

赵寅原本就知道天司的存在，闻言也不诧异，坚定地点了点头。

"他怎么就忠于我了？"

"别误会，他心里当然讨厌你啦。但他这人认死理，只忠于狼群中的最强者，而你偏偏会成为最强者。对吧，小赵？"

赵寅又坚定地点点头。

这当口，其余人马也聚集而来。林远心念电转，示意赵寅先藏进神树人之间。

周军还剩近百人。带队的首领年逾五十，面相宽厚，笑脸迎人。一照面竟是他先见礼："小将方承年，奉命保护廖宗主。"

这方承年本是潼丘的果毅都尉，官职是不小的，只是比不上薛淳英。当时潼丘收了急报，听说千牛军近乎全军覆没，又等不及永宁再传信了，事急从权，念在他为人稳当，才派他来顶了这个差。

方承年出发之后，才逐渐发现这差事的分量。如此立功之机，无异于天上掉馅饼！

他在潼丘耗了半生，自觉也该大器晚成了。岂料出师不利，被八苦斋骗进山里，愣是直到今日才见到廖云觉。

看对方这身心俱疲的模样，他心中就是咯噔一声。

不幸中的万幸是，对方毕竟还活着，因此这件事可大可小。方承年端正了态度，相当诚恳地道："途遇变故，还请廖宗主勿以为咎。"

廖云觉回了礼，温声道："我们路上添了些护卫，所幸也算有惊无险。行路多有意外，我不记事，方大人也不必介怀。"

好家伙，听听这话音，这便是稳当人遇上稳当人，稳当到一起去了。

方承年抬起眼，极其赞赏地瞧了瞧廖云觉的俊脸，目光又扫过他身后的人群，面色呆滞了一瞬。

这些护卫……长得真够邪门的。

赵寅站在人高马大的神树人间，仍旧高出一截，只能低头极力缩小身板。

方承年收回了目光，决定也当一个不记事的人。

只有一事却不得不问："我等赶到之前，这些附离人发生了何事，怎会一齐自戕？"

廖云觉叹息道："我们也正不解呢。"

"……啊？"方承年连忙指挥手下去搜尸，结果一无所获。

方承年觉得蹊跷，从廖云觉的脸上又瞧不出什么，只能硬着头皮分析："这些人身上太干净了，似是做惯了杀手行当。或许方才也是发现不敌，怕被俘获逼供……索性自戕，以保情报？"

"方大人说得在理。"廖云觉沉思着点头。

神树人看不懂此间博弈，正在欢庆重逢。

他们中的一名青年还抱着一只猴子。悟色瘦了不少，病恹恹地抓着人的衣襟。见到众人团聚，它那双大眼睛哀戚地四下转着，像在找人。

林远心念一动："素尘那边如何了？"

"哦，你们在白山上找个观景处，能看到大场面。"都广天司悠然道。

不久之前，鹤觐。

孙王妃俏脸煞白，带着人跟跟跄跄赶向外墙。

八苦斋打入西域诸国的棋子中，她本是爬到最高位的一枚。但现在，因为一个突然到来又突然离开的赤子，一切都完了。

先出岔子的是赵寅赵卯，孙王妃至今不知他们为何断了联系。那之后，活捉赤子就全靠她这个内应了。

她想扣下廖云觉，廖云觉却被那个黑心商人带了出去；她想调人去抓，斜刺里又杀出个找死的僧人。再后来，她自己中了悉地觉，竟兴高采烈地听起了辩法。直到阿耨多罗辩输，悉地觉一收，她才蓦然惊醒。

孙王妃抢在阿耨多罗爆发前逃了出来，听着身后的惨叫声，只剩一个念头：完了。

这个娄子是怎么捅到这么大的？

一晃眼，赤子已经离开了整整三日，哪还有希望追回？

但是慢着——她还真有一个希望。

孙王妃经营多年，还是收了些心腹的。他们多是土生土长的鹤觐人，如今被编入了大周驻军，却还记得当年附离统治的光景，深谙向背无常之道。

她向他们问出了城防部署，直奔防卫最薄弱的城门。

守卫们正聚在一处，由军医把脉。所有人都受了悉地觉波及，身心苦不堪言，全因军纪才守在门边不敢离开。城门尉勉强迎上前来："王妃要出去吗？这里现在不安全……"

孙王妃摆出一脸惊慌失措，尖声道："快，快去内城，佛会出变故了，王上还在里面！"

那城门尉眼眸微闪："什么变故？"

"我也说不清，那阿耨多罗觉者就像疯了一般，死了好多贵客……"孙王妃带了哭腔，"你怎么还不带人去平乱?!"

"王妃少安毋躁。内城有内城的侍卫，我等实在不该擅离职守啊。"

孙王妃多看了他一眼。对方是在躲懒，还是已经察觉了什么？

她搬出王室的名头又是一通数落，质问他担不担得起罪责。城门尉似乎终于被说动了，答应派人过去，结果却慢吞吞地点起了人头。

人头点到一半，城墙上的守卫大喊："报——烽燧燃起来了！"

苍白雪雾中，远方一道道黑烟迷离如鬼影。

守卫还在墙头极力数着，孙王妃却已知晓：都来了。附离大军已经兵分数路，直取王都而来。

总算有一件事没出岔子。

笄予香是个秘密，赤子也是。普通的附离大军不知道这些，他们照原计划杀过来，是因为他们本就对鹤觋志在必得。

毕竟，得鹤觋者得商路。当年附离称霸时，手握这座富得流油的小国，掐着西域命门，曾是何等辉煌！后来泥师都没落，附离亡国，鹤觋却忙不迭地向大周投了诚。这笔账，怎能忘记？

一朝复国，他们便急不可耐地攻来了。

城门尉忙道："关城门，通报镇守使！"

孙王妃目露凶光，将手背在身后比了个手势。软的不行来硬的，既然骗不开这些守卫，索性杀了他们，放附离大军长驱直入！

运气好的话，附离军甚至可以为她补上另一个娄子。这么多人铺出去搜寻，何愁找不到廖云觉？

可她这手势比下去，身后那些心腹竟全无反应。

　　孙王妃猛然回头。她带来的人全躺在了地上，取而代之的，是黑压压的一片周军。

　　这不是防卫最薄弱的城门吗？

　　孙王妃已知大事不妙，强作镇定问："这是何意？"

　　城门尉盯着她，似笑非笑道："意思就是不必白费力气了。"

　　话音刚落，遥远风雪中传来了厮杀声。

　　河谷里，山麓间，每一个拱卫都城的要塞中，千万兵马拥出，锃亮的明光铠堵住了所有要隘。周军策马横刀，杀声震天。

　　这些军营里何时屯驻了这么多人？佛会之前还绝对没有！

　　所以，对方也是临时赶来的，只不过早了附离军一步。

　　孙王妃的心沉到了谷底。周军能调兵防备，那便是早已预判了己方的行动。

　　"你们怎会知道？"她咬牙问。

　　"本来不知道。"城门尉笑道，"还好，我们得了示警。"

　　"谁？谁泄露的？"孙王妃目眦欲裂。但她永远不可能猜到答案了。这答案要追溯到神祠里的一把火、垂死狂笑的小头目，还有陆让血书的八个字：八苦已出，附离将至。

　　孙王妃那颗美丽的脑袋滚落于地。守卫们的脚步匆匆越过它，奔去关城门，架弓弩。

　　附离军来势汹汹，一心要杀个片甲不留，没想到敌方竟也一样。

　　每一路人马都在要隘处遭了阻截。周军利用地形设了深堑，伏击陷阱层出不穷。

　　早在开战之前，所有人都忽感不适，不知是伤是病还是毒。双方都怀疑是对方使了阴招，而这非但没能打压士气，反而让他们愈发狂躁。

　　将士的天性，便是化痛苦为杀意。

　　附离军几次冲锋无果，渐渐觉出不对来。对方那架势，竟像是恨不得在外围就将他们解决了。

　　便在此时，一面狼头纛高高舞起，绣线狼首似在寒风中怒号。附离军将领咆哮道："屈辱啊！他们打败我们，囚禁我们，奴役我们！我们曾卑躬屈膝，俯首称臣，他们却连战俘都不放过！"

此话一出，众人脸都恨绿了，跟着嗷嗷乱叫。

"屈辱啊！我们曾四分五裂，自相残杀，甚至背弃族群，拥戴大周人为可汗！"

"屈辱啊——"

"难道我们没有可汗？"那将领大吼，"狼神赐下了勇武的可汗，难道我们要辜负他？"

他一马当先，不要命般朝着周军撞去："死也不会！！"

哀兵必胜。发狂的附离军悍然冲开一条血路，踩着伏尸，朝鹤观都城拥来。

攻城战开始了。墙头长枪陌刀、箭矢巨石，墙下云梯挂绳、抛车大盾。两者之间，密密麻麻的人群像蚁群，踩着同伴的肢体攀爬又跌落。

附离军将领怒吼道："快找豁口！"

为何还没有打开城门？他不知道内应出了什么问题，只知道再不破城，待到外围的敌军列阵回防，他们就成了瓮中之鳖。

周军镇守使高高立于城门上，也在凛然下令："死守！"

人群叠了一层又一层，积雪被踩成了红泥——

阿耨多罗便是这时出现的。

祂像一团黑云，撵着另一团黑云。其景象之癫狂，甚至让城墙处的杀声都降了几分。

守城的周军先分了神，疑心又是城中奸细。镇守使百忙之中扭头一看，却见地上那一团是无数疯人环抱在一起，有平民，也有贵族，先头那个浑身淌血的……好像是鹤观王。

他们奔跑，翻滚，干呕，啼哭，一路甩下尸首若干，余人还在喊着"救命"云云。

镇守使连忙派人迎去，结果老国王挣扎着将一人推给周军，嘶声道："救下他……"

他推来的是昏迷的素尘。

周军下意识地举盾护住素尘，却还没弄清追杀他们的是什么东西。

紧接着，那"东西"来了。匪夷所思的痛苦当头罩下，地狱业火终于烧到了他们身上。

周军倒了一片，镇守使亦觉五脏六腑被恶鬼嚼成了渣。原来最大的奸细在这里。他痛得几乎滚下城墙，一刀杵在地上撑住了自己，咬牙切齿地指向半空："杀！"

周军早就被训练到即便神志不清，也要用最后一口气带走对方。后排的弓箭手听令转向，箭镞如蝗，飞向那团高高在上的阴影。

而附离军只当来了内应，还未及庆率，却也被悉地觉的洪流席卷进去。攀在云梯上的人纷纷坠下，那将领在马背上痉挛着，连着血喷出一句："灭了那魔鬼！"

唯识 | 鹤觋其卅三

千回百转，他仍旧不知哪一条是正道。

阿耨多罗方才即知大局已定。因为信徒们逃出了内城，一散便如鱼群入海，遍及整个鹤觋。鹤觋之外，还有无数将士。

这如何杀得完？

如此经营，如此付出，到头来竟是一败涂地。那一刻恨意超越了一切，阿耨多罗只想让素尘化为尸体，以泄心头之愤。

然而，那僧人周围的愚民竟纷纷以死相护。明明目睹过真正的神威，他们却宁愿信奉一具肉体凡胎。

阿耨多罗挥袖拂开飞来的箭矢，姿态甚至有几分优雅。只是那张平凡中年人似的面容已经彻底扭曲，状如恶鬼。所有箭矢同时转向，如暴雨般疾射向人群。

这一幕本该催生出莫大的恐惧，但很可惜，祂忘了自己此时降下的悉地觉并非"恐惧"。

周军与附离军杀红了眼，甚至达成了无言的默契——此神必弑，否则没有赢家！

"杀啊——"他们恨不能以肉身叠成高塔，攀向半空，将那觉者拽下地狱。

两军夹击之下，阿耨多罗的怒火终于被一盆凉水浇灭。

泄愤没有意义。凡人无法伤及祂，每一次反击，只会让道力消耗得更快。

眼见着城墙内外的攻击源源不断，祂最终选择了退走，如乌云翻滚，遁向远方荒原。

可是，去哪里呢？佛门没了祂的容身之所，不消说，西域其他小国也去不得了。祂要供养，要信徒，就得等待新的机会……

脑中回响起天司的嘲讽："祢还剩多少道力，还够祢寻到新的神教去避难吗？"

"都广天司！"阿耨多罗咆哮出声，"祢以为这便是我的末日吗？我绝不会败在这里，变成与祢一样的可怜虫！"

咆哮声在荒野中回荡，直到归于寂静，都没得到答复。

"都广天司——"祂疯狂地咒骂、挑衅，仍然只是徒劳。都广天司彻底无视了祂。

到此时，阿耨多罗终于开始颤抖。因为祂知道，一个全知者的沉默比任何言语更可怕。天司已经笃定了祂的结局，甚至不屑再浪费道力说一句话。

棋已收官，这沉默即盖棺论定。

"不行，不会……"阿耨多罗喃喃着，体内道力却自行乱窜，这具永生的身躯开始发出阵阵恶臭。

绝望淹没了祂，也加速了一切的到来。祂的七窍渗出脓水，皮肤如遭火燎，冒出无数细小的水疱。祂痛得满地打滚，水疱破了，变作密密麻麻的窟窿。祂知道，这些窟窿会越来越大，直到祂百孔千疮的肢体像烂肉一样流淌下去。

很久很久以前，在婆罗门教，在佛教，祂曾对匍匐在地的信众宣讲："一者衣染埃尘，二者花鬘萎悴，三者两腋汗出，四者臭气入身，五者不

乐本座。五衰相现，天人将堕。"

是了，这是觉者的结局。

等待祂的不是死亡，而是没有尽头的腐烂与堕落。

阿耨多罗挣扎着控制脖颈仰起头颅，这也是祂最后一次仰头。天光苍白，像一张面无表情的脸。

恍然间，也是在一片荒原上，一名青年朝祂恭敬行礼，讨教修行之道。又一片荒原上，一位老朽望着祂，怜悯道："是啊，祢会长存。"

自己会变成什么呢？凡人足底的虫豸？泥淖间浮沉的泡沫？抑或是一缕清灰，随风飘荡，最终落在哪座巨佛的掌中？

祂跌跌撞撞、歪歪斜斜朝前走去，慢慢变形的身影消失在了地平线上。

"当——当——"

鹤觋再次回荡起梵钟声，这一回宣告的不是佛会，而是战火。

阿耨多罗这一去，周军和附离军又能专心攻击对方了。只是两军都难免士气大减，似要被拖进漫长苦战中。

百姓早已躲进家里锁紧门窗，只有那些幸存者半身浴血，还在相顾失神。周军抬走了重伤的鹤觋王，又催他们速去避难。

众人互相搀扶着起身，忽见几名周军抬起素尘，便仿佛找到了主心骨，近乎无意识地跟了上去。

曲阿婆浑身作痛，随着人群重新进了第二重城门。

没有人驱赶她。在如此命运面前，人们似乎忘却了贵贱。他们一同跟进一座空宅，远方的厮杀声隐约可闻。

过了一阵，周军寻来了食水和药物。众人先为昏迷的素尘上药、喂水，然后才各自分了食物，狼吞虎咽起来。

曲阿婆坐在素尘旁边，周围的人们窃窃私语，议论着敌军会围城还是破城，如果破城要如何躲藏，如果围城又能支撑多久。有些贵客还想找机会逃回故国。

"若是早知这佛会是个骗局……"他们将脸埋进掌心。远道而来虔诚供奉，换回的不是福祉，而是一场接一场横祸，想来着实讽刺。

268

　　曲阿婆加入不进对话，自觉帮不上什么忙，便从怀中摸出林远给的辟秽香，寻了只香炉放入了几枚。

　　香味缓缓升腾。不知过去多久，响起了诵经声。众人围到了素尘身周，低声念着经。有人跪到地上亲吻他的手足。

　　素尘醒来时，看见的就是这幅景象——负伤的人们挤在一起，像一窝打湿翅膀的雏鸟。见他睁开眼，众人皆是欢欣鼓舞，你一言我一语地向他解释现状、嘘寒问暖。

　　素尘心中涌起一阵苦涩。他刚刚凭一己之力将阿耨多罗拉下了神坛，然后一如先前无数次，他开始质疑自己是对是错。

　　这些人固然不再因幻觉倾家荡产，却因真相死伤无数。

　　"素尘沙门，"曲阿婆小声唤他，"你真的是佛陀应身吗？"

　　素尘望着她，嗓子一紧。信徒们没有失去信仰，只是转而将他当作了支撑。接下来该如何呢？自陈身份吗？这群脆弱的人只会彻底陷入绝望。将错就错吗？他一介凡人，何德何能？

　　千回百转，他仍旧不知哪一条是正道。

　　曲阿婆又讷讷地问："阿耨多罗骗了我们，佛会上的涅槃是假的，对吗？所以，我的孩子也未曾真正涅槃，对吗？"

　　素尘沉默良久，点了点头。

　　曲阿婆眼中泛起泪光："那他们……去何处了呢？"

　　一切仿佛回到了原点。

　　然而漫漫长夜中，终究还是有什么变了。

　　素尘抬起眼来，哑声道："他们或许还未达涅槃彼岸，但也早已不在你梦中了。"

　　他的语气和缓笃定："曲阿婆，他们在广袤天地间轮回，为人、为鹿、为鸟，已经数度与你结缘。佛愿洪深，不遗一物。一切有情皆是你的儿女，沐浴过你的慈爱，也以儿女之心爱你。"

　　曲阿婆怔怔听着，忽然攥紧了怀中的香丸。

　　窗外雪光回照在素尘的面容上，通透如琉璃。他微笑道："否则我们为何会来到阿婆身边呢？"

　　曲阿婆的泪水夺眶而出。

过了许久，她才平静下来，紧紧握着素尘的手道："真好，真好……阿婆会永远为你们祈福，祈愿你们前路平安无忧。"

其他人纷纷附和。

满室人声间，素尘耳旁突然传来格外空灵的一声："该上路了。"

这一次他没再诧异，也没有询问对方是谁，只是双掌合十，平静道："今日多谢相救。"

所有人随之一静，微张着嘴敬畏地看着他自言自语。

"好说。"天司道，"虽然我已知晓你的决定，但该说的话还得说一遍：此时听我指路，还能离开鹤觋。若想跟上队伍，这就是最后的机会了哟。"

素尘笑了笑，摇头道："恐怕我的决定并无改变。"

他坦然直视着这一屋子人，仿佛能看见即将到来的饥饿、混乱、恐慌。

"贫僧能做的不多，但至少可以陪伴诸位这一程。贫僧制造不出欢喜，但或许可以带来安宁。诸位若不嫌弃，便暂且随我修行吧。"

何必再纠结于空谈呢？既然真佛已逝，既然没有人能指出一条尽善尽美之道，那么——

他只救眼前的野兽，只走脚下的路途。

或许会犯错，会有疏漏，但也无妨。因为世上还有千千万万个他，为人、为鹿、为鸟。在那吞噬万象又分娩万象的宏愿中，"我"越是恒河一沙，也就越是浩渺无极。

"我好像悟了。"素尘轻声道。

"哦？"耳边的声音应道。

"万法唯识，识外无境。"

"事情就是这样，所以他不来了。"天司总结道。

白山上，众人正站在高处望着远方发生的一切。

"他还托我带一句话，让你们先养着悟色，等鹤觋事了，他再找过来接猴。"

林远："……"

林远扭过头，跟神树人臂弯里的猴子面面相觑。他试探着伸手接过猴，悟色却吱吱叫了起来，又挠又扭，试图逃脱。

林远数次安抚无效，失去了耐心，冲它道："你师父不要你了，你完喽。"

悟色瞪大眼睛，突然尖叫起来，龇牙咧嘴想要打人。林远将它丢回给神树人，啧啧道："怎么长成这样了？"

"祭司大人，"那神树人向他请示，"养吗？"

"养，好好养，这不是一只猴，这是我们欠它师父的人情债。"

"人情债。"那人困惑地重复了一遍。有必要改名吗？

"廖宗主。"稳当人方承年牵着马走来，"我们在左近山间找回了大部分马匹和行李，那些附离人的马也能用。我还让人勘察了一番，方才山上那番打斗好像引来了附离军的斥候，还是尽早离开为佳。"

周军中另一人报告道："但山间要道此时都有两军交战，只能走小路离开。"

"无妨。"廖云觉道，"我知道离开的方向。"

方承年一愣："那……有劳廖宗主带路。"

实际指路的自然是都广天司。

林远落在队伍后面，一步三回头："鹤观怎么办？真就不管了吗？"

"管不了，这是医巫闾和泥师都在打仗，我发过誓不能插手。"

"我突然又觉得祢的作用不太大了。"

"怎么会呢，答应你们的事情不是已经办成了一件？"

林远反应了一下，脚步猛然停住，险些绊倒："祢是说——"

"是啊，"天司笑道，"你师父的嗅觉回来了。"

珍珑

鹤觇其册四

经天纬地，珍珑之局。不过，凡事皆有例外。

是岁冬，太阴、岁星犯紫微垣。

附离人仿佛在一夜间回来了，周人才蓦然惊觉，他们从未真正离开。沉沦数十年间，他们的部众分裂又重组，终于等来了一个气冲霄汉的大可汗。

传说，他是狼神泥师都之子，注定要带领附离终归巅峰。

如此威名之下，新可汗一举召集所有残部，叫嚣着要以敌人的尸骨垒起狼神的祭台。大军南下入寇数州，几路人马与周军鏖战，又有一路直奔鹤觇，所过之处血流成川。北线战况尚不明，西域诸国却已惶惶不可终日，有些小国甚至提前倒戈。

盛极一时的大周忽然狼烟四起。附离之外，还有更多更强大的敌人虎视眈眈，紧盯着这片沃土。

号称第一觉者的医巫闾，还护得住它吗？三百年的平衡，又要被打破了吗？

战报传入永宁时正值冬至。

皇宫深处的玄元观香雾缭绕，观门外是肃立的文武百官。这是每年举行的祭天仪式，但真正进入道观聆听"天意"的唯有一人而已。

玄元观内，一名女子匍匐在香炉前。她年事已高，身躯有些佝偻，头上的二十四梁通天冠仿佛要压折她的颈项。

"昭帝。"从她前方高处，传来一道威严的声音。

女人直起身来，老迈的脸庞开阔雍容，一抹倨傲之色凝在朱唇边，顿显乾坤尽在胸怀，且还能再怀抱一百年。

她虽然直了身子，却依旧闭着双目跪在原地，恭敬道："医巫闾上神。"

"附离战事，我已知悉。"

"他们宣称那大可汗是狼神之子。"昭帝低声道。

医巫闾尊者悠然道："泥师都算是下了血本。这也难怪，祂据守荒土，劫掠便是祂唯一的路。不过狼就是狼，祂放不下族群，便只会自速其亡。"

这话说得晦涩，听起来，祂对那死对头竟然甚为了解。昭帝微微昂起头，仔细辨认着祂的语气。医巫闾像是在自言自语："很多故事已经失传，还有更多故事会被遗忘。唯独永生者之间没有秘密……我记得祂，祂也记得我。"

昭帝吸了口气："还请上神启示，这一战大周有多少胜算？"

没有回应。女帝的询问声落在寂静中，仿佛荡起了圈圈涟漪。

她仍未睁眼，纹丝不动地等待着，直到那声音笑了一下："凡人果然健忘。太久不起战事，你竟也敢怀疑我的力量了。"

"万万不敢。"

"只要吾等护佑，你便不会输。"医巫闾有时自称"我"，有时自称"吾等"，因为大周人奉祂为道祖之使，诸天尊之法身。

祂话锋一转："倒是你，近来似乎不满足于吾等的护佑了？"

昭帝朱唇一勾，居然也笑了："唉，上神怎会不知我的苦衷？单是这一次战祸，便有无数道士说我违阴阳、逆天命呢。"

原来昭帝还是昭后时，早已于政事崭露头角，却迟迟坐不上那把龙椅。她要承天之命，道家的"天"却是乾道为阳。于是她转向了佛家，将菩萨女身称王的记载奉为圣佛经，进而自命当世弥勒，终于得了民心与天下。佛家笃信众生平等，她便借此抬高庶族、广开仕途。

如今，大周佛寺如云，永宁城中经声不断。

异教入周，并非第一次，医巫闾也一贯不甚在意。祂是觉者之首，唯一的"尊者"，不屑去做那些坑蒙拐骗争夺信徒的勾当。只要祂稳坐玄元观中，自有一代代帝王倾举国之力奉上供养。王权，即是神权。

只是，这一代帝王显然还欠些点拨。

医巫闾淡淡道："听说你还曾去请过阿耨多罗。"

昭帝垂在身侧的手指蜷了蜷。

"上神明鉴。"她轻柔道,"当时只是为了建那万佛窟……"

"你不愿再受吾等掣肘,便想抬袚来分庭抗礼。"医巫闾毫不留情地一语道破,"可你高看了袚,阿耨多罗没那个胆气。"

昭帝将尖尖的指甲刺入自己掌心,面上却露出一抹微笑:"什么都逃不过上神的眼睛。说到那万佛窟,倒也有一桩趣事。佛祖原貌早已不可考,我便想为阿耨多罗觉者造像,可袚没有来。后来佛窟建成,我去看时,却见那大佛方额广颐,顶着我的脸,正受万民朝拜呢。"

她笑得眉眼弯弯,依稀透出几分昔日艳色:"当时我便想,这世间千千万万尊大佛,像大周人,像胡人,像男人,像女人,究竟谁是真的,谁是假的?接着我又想通了——谁受香火,谁便是真的。"

"你也想当神?"医巫闾的声音带了讥嘲。

"我自然不是神。"昭帝恭谨低头,又朝香炉里添了些香丸,"我是上香之人。"

高华的香气涌流在大殿上,犹如山河气脉自八方奔腾而来。

昭帝轻声道:"听闻上古时民神杂处,万物皆为精怪,人人尽可通天。那时赐福的是神,降灾的是妖,爱憎全凭人一念。直到颛顼绝地天通,禁绝了大批民巫淫祀……"

医巫闾忽然沉默。

"是不是从那之后,神便在天上越升越高,而人却跪进了尘埃里?从此无论丰年歉年、胜仗败仗,都急不可耐地祭神供神,唯恐神明少吞了一口。还有谁记得,人不该畏神,神本该畏人?"

几息之后,医巫闾大笑数声:"好高的心气!事到如今,竟想凌驾于神灵之上?可你别忘了——"

一只陶土人偶在地上滚了几滚,停在她身前。

昭帝将眼帘撑开一线,只瞧了一眼,身形便僵住了。

"别忘了你的一切是如何来的。我需要供养,却未必是你的供养。王座会易主,但王座上永远有人。"

死一般的寂静再度笼罩了道观。

昭帝再度拜倒:"我自是忠于上神。"

短暂的交锋结束了，她败下阵来，却并不十分沮丧。第一觉者仍是第一觉者，自己只要还想坐稳江山，便必须与袘牢牢绑在一起。

"那么，你该尽全力护住廖云觉，别再派废物去办事。"

昭帝的神情复杂起来："那女人的外孙吗？不过是一介制香师，我派出的可是千牛……"

"还有，廖云觉迟早会去附离老巢采一味香料，届时全部周军须得配合他。他死，大周亦亡。"

昭帝的脸色更难看了。她试探着问："那筮予香，果真如此重要？"

得到的回答是："你该退下了。"

道观外，群臣仍候于寒烟之中。

"吱呀"一声，玄元观大门敞开，昭帝在群臣跪拜声中走了出来。候在门侧的宦官连忙上前挽住她："陛下要先休息吗？"

昭帝瞥了一眼那宦官苍白艳丽的脸，问："怎么，朕看起来很累？"

李相月扶着她登辇，柔声道："陛下春秋正盛，如日月当空，岂有晦暗之时？"

昭帝似笑非笑地合上眼。

直到步辇停在含元殿，昭帝入内接受朝贺时，李相月才听她轻轻地说了一句："可惜那空中别有日月啊。"

李相月心头一紧，背上竟渗出了一层冷汗。

昭帝像是看出他心中所想，拍了拍他："无妨，朕却最喜欢站在地上。"

含元殿中已经备好了纸笔，等她为佳节赐字。昭帝善书，众人也懂得投其所好。那宣纸铺得宽敞，却见她饱蘸浓墨，一笔从天拖到地，接着是第二笔。

女帝搁下笔，笑道："天覆地载，莫贵于人。"

那纸上一撇一捺，巍巍然独占峥嵘。

鹤觇城外。

一行人在秘境中已经整整三日未睡，到离开白山时，不少人竟在颠簸的马背上睡着了。幸而领路的廖云觉并不缺眠，在天司的指引下，带

着马队徐徐向北，绕过了几拨附离斥候。

日落时，所有人都赶不动路了，便寻了山谷隐蔽处准备过夜。

林远终于有机会将师父拉到一边，追问他恢复嗅觉的始末。

这个问题实在不好回答。当时发生的一切玄之又玄，直到此时，廖云觉的感官仍有些失常。他重新嗅到了草木的味道，但它们似乎比记忆中更加喧嚣，仿佛有气息之外的东西蠢蠢欲动。他几乎能听见气与水穿行于茎叶的声音，犹如大地的脉搏。

自己的髓海，恐怕不仅仅是复原了而已。

"师父？"林远等不到回答，有些疑惑。

廖云觉微笑道："我也不知为何，那时突然闻到了你送的香囊。"

林远眼睛一亮："竟是它帮了忙吗？"

"自然。白檀作为主香，少有人能做得如此热闹。"

林远忽觉眼眶酸涩。上一次听见师父的点评，是什么时候的事？

"那……那……"他极力收回泪意，"那是指香料放得太杂了？"

"也不尽然，甲香与母丁香加得天真率性，倒像是孩童赋诗，巧诈不如拙诚。有香方吗？"

林远哈哈一笑："没有，我都没当它是个香方，当时只想将暖一些的味道全塞进去，给师父补一补。"

廖云觉眨了眨眼，才跟上他的思路："确实是你的风格。不过较之以往，似乎精进了许多。"

"真的？"

"真的。"

人生所历悲欢离合，果然都会显于香中。香气厚重了，难得的是依旧直抒胸臆，独有一种坦率的热烈。

廖云觉并不明言。他希望林远始终如故，然而前路漫漫，期望一个人永远不变，有时也是一种残忍。

所以他只是道："以后，一定还会更好的。"

"肯定。对了，师父能为这香命名吗？"

廖云觉又沉吟了一下："就叫'归人'吧。"

林远心情大好，回来时步履轻快，连带着对赵寅都有几分好脸色。

赵寅刚刚搭好一顶帐篷，直挺挺地候在入口旁边。林远倒是不客气地钻了进去，李十一照旧跟着。赵寅没收到吩咐，便在帐外就地一坐。岂料林远的脑袋又冒了出来："你也进来。"

帐篷里多了个赵寅，顿显逼仄不堪。

林远盘腿坐着，开门见山道："我问三个问题，然后就睡觉。"

赵寅点头。

"第一，你怎么知道我会是新的狼神？"

赵寅指了指自己的背："啼氏留下了狼神之印。"

"但泥师都也能留印，而且我的力量还远远不及祂，你却已经笃定我能取而代之了。"

"是。"赵寅抬眼望着他，眼瞳深处有幽绿的光一闪而逝，"其中缘由，等到啼氏能用无间觉探取属下的记忆时，自然便会知晓。"

林远气笑了："你在给我设关卡？"

赵寅面无表情，一副任打任骂但绝不改口的模样。

这厮已经效忠，却还没有诚服。这也难怪，在他眼中林远显然还不够强，也还不够狠。

"好啊，这个挑战我接了。"林远决意不找都广天司作弊，非要靠自己取得这个答案。

况且冥冥中他总觉得，赵寅的记忆会指向八苦斋的隐秘，还有自己与李四的身世。天司早已用三言两语将他的大半人生轻轻带过，唯独这一段，他不想以同样的方式听见。

"第二个问题，既然狼神能换人，那如果以后又冒出一个……"

"属下立即换主。"赵寅毫不犹豫道。

"哦，你是有一份坚守的。"林远嘲讽道。

赵寅点头。

"第三个问题——"林远用余光看了看李十一，"你身上带了赤丹的解药吗？"

李十一偏头望来。一转眼，林远给的解药只剩三枚，她还能活不到四个月。

赵寅摇头："八苦斋取药都需经过钱部，会留下记录。属下倒是知道药方，但药材都是附离产的，此地配不到。"

林远的好心情已经消散得差不多了，皱眉思索起来。

附离必须尽快去，无论是为复仇、为救人，还是为采香。毕竟他十分确定，八苦斋那邪门的百里香也是筮予香的香料之一。

如今筮予香的九味香料到手了两味，廖云觉的嗅觉也恢复了，下一程是不是就该直捣泥师都老巢了？

可是，医巫闾还没来得及将泥师都打残，以自己目前的实力……

"你还没有准备好。"李十一冷声道，"我可以等，但八苦斋必须一击即中。"

赵寅道："不错，啼氏当初在八苦斋初次暴发时，泥师都恰巧不在慈悲山。属下设法掩饰，侥幸瞒了过去。但你最近不断施展无间觉，加上赵卯与我一死一逃，泥师都定然已有所察觉，也定然杀心大盛。此时去附离，无异于自投罗网。"

去，还是不去？

林远思前想后，叹了口气放弃了："看来还是得作弊。睡吧，明日烧香问天司。"

与此同时，另一顶帐篷里，陆让正神情复杂地看着安桃收拾行囊。

对方刚刚才告诉他，自己不会再与他们同行，天明时就要独自上路了。

"既然如此，为何不等大家醒来再辞行呢？"陆让问，"眼下素尘走了，队中缺一个翻译，说不定他们会出价留你。"

安桃手上动作一顿，笑道："我要价太高，就不为难诸位了。"

陆让总觉得这不是真心话，但安桃显然不愿多答。

陆让握了握拳，终于下定决心开口："那我有一事相求。"

"嗯？"

"你日后走南闯北的时候……能不能替我打听一下玉容的下落？"

他涨红了脸，像是辩白般抢先道："我知道数十年过去了，她已是老妪，又或许早已入土。我只想知道她当年有没有成功离开，后来又过得如何……"

安桃抬头看着他，应道："好。"

陆让松了口气："如果有消息，就寄信到折云宗。我知道你要价高，一定重谢。"

安桃的金眸弯了弯："我相信陆公子。"

帐篷外突然传来几声轻响，似有人在走动。

安桃掀帘朝外看了看，神情罕见地一滞。他犹豫了一下，才将行囊放到一边："陆公子早些休息吧，我先失陪一下。"

待他离开，陆让按捺不住好奇心探头望去，在火堆余烬中，隐约可见两道背影并肩而行。陆让瞧见安桃身边的娇小人影，不禁微微张大了嘴。看来在那秘境中，结下孽缘的不止自己一个。

天河澄澈无瑕，星光像被封在冰里。

几个守夜的周军听见动静，见是一对美貌男女漫步向营地边缘，便只是打一声呼哨，笑着摇摇头。

安桃沉默地拖着步子。在他身旁，楚瑶光神色安定："身体可有不适？"

安桃在秘境连续用了几次言灵，此刻连眸中的金色都黯淡了几分，想必身上的金纹也是一样。

"无妨。这道力以这种方式消耗，总胜过为蜜特拉办事。"

"还是不要强撑。幸而一切结束了，可以好好歇息一阵……"

"楚瑶光，我要走了。"安桃说得极轻极快。

他仰头呼出一口寒气："这段时日相处，我能隐约猜到你们的路通向何处，但那不是我要走的路。无论是敌是友，我都不愿与任何觉者有纠葛。素尘沙门的佛法十分可敬，但信仰也救不了我的族人。我想……我必须……"

寂静中，天际的瑶光星皓然高悬。安桃望着它，忽觉被抽干了浑身的力气。

自己身边第一次有人并行。

他们才刚刚认识彼此。

为何非要离开呢？晚些上路又如何呢？

这时一只手搭在了他的肩上，细微的暖意透过衣料，直抵血肉。安

桃转过头，终于粲然一笑。

夜已入了最深处。所有人离了秘境，终于可以尽情做梦，鼾声高低错落，此起彼伏。

廖云觉的梦中，却不再有垂死的母亲。

这甚至很难被称为一个梦——他似乎不是自己，也不做任何事，只是看着。

寒冷的洪水再度涌来，水中浮出万千人影，或坐或立，或奔或爬，他漠然观之，无喜无恶。但接着光影扭曲弯折，人影像花一般由内而外翻卷绽开，肉与骨一片片离析又融合，直到再也不像任何已知之物。

他不能闭目，因为他没有眼睛。荒诞的画面还在蠕动、变幻、重叠，令人头晕目眩，却又稍纵即逝，仿佛在嘲笑一切试图领悟它的企图。他看着，他也只能看着。

这深渊有何意义呢？它唯一的意义，似乎就是请他一跃而入。

成为它，便不必再理解它。

画面伸展，朝高处、远处、细处和久处，永不停息地伸展。他只会麻木地看下去，直到它将自身彻底包裹……

但这时他嗅到了气味。

甜美，而又狡诈，像一个巧夺天工的阴谋。

因为这气味，他想起了自己的嗅觉，继而又想起了自己有眼有耳，有鼻有舌。他想起那遗落在身后的人世间，自己尚有未竟之事。

廖云觉撑起眼帘，然后支起身来。他的确坐在营帐内，呼吸着带有香味的空气，然而这一刻，他却不确定自己醒没醒。

有人坐在他对面。

廖云觉注视着眼前之人，就这般不言不动地看了很久，面上依次闪过了太多情绪，可能已经超出了他此生总和。但是最终，在他开口时，语声已经重归平静："看来这会是一场长谈。"

岱屿，珍珑阁。

柔和乐声中，白衣神仕们依旧在安闲洒扫，数百枚黑白棋子依旧在空中飘浮。

忽然，轻微的棋子碰撞声让一名神仕抬起了头。待他看清棋局变化，不禁脱口唤道："神主——"

"我已知晓了。"白袍白发的身影浮现在他背后。

神仕躬身行礼，忍不住求问："为何会突增一子呢？"

都广天司淡淡道："因为它想来，便来了。"

全知之神是不会浪费道力下棋的，每一枚棋子都在自行其是。无论爱恨贪嗔，人总会被既定的目标所驱，看似徘徊游荡，实则自有轨迹。

而祂所做的，只是将它们布入同一局中。

经天纬地，珍珑之局。

不过，凡事皆有例外。

"有例外……才有趣味嘛。"

图书在版编目（CIP）数据

山海之灰．开篇：全 2 册 / 七英俊著 . -- 长沙：湖南文艺出版社，2025.8. --ISBN 978-7-5726-2574-9

Ⅰ. I247.5

中国国家版本馆 CIP 数据核字第 2025HL7735 号

上架建议：畅销·小说

SHAN HAI ZHI HUI.KAIPIAN：QUAN 2 CE
山海之灰．开篇：全 2 册

著　　者：七英俊
出 版 人：陈新文
责任编辑：张 璐
监　　制：毛闽峰　刘 霁
策 划 人：张馨心　陆俊文
策划编辑：张若琳
文案编辑：赵志华　孙 鹤
营销编辑：刘 珣　李春雪
营销支持：刘 洋　李 圆
封面设计：镇 朱
版式设计：李 洁
插图绘制：离 城　壹零腾OTEN　荒野游梦　雨松 yusong　绘了个弦
书法题字：镇 朱　陆连清　宴 舟
出　　版：湖南文艺出版社
　　　　　（长沙市雨花区东二环一段 508 号　邮编：410014）
网　　址：www.hnwy.net
印　　刷：三河市鑫金马印装有限公司
经　　销：新华书店
开　　本：640 mm × 915 mm　1/16
字　　数：651 千字
印　　张：39.75
版　　次：2025 年 8 月第 1 版
印　　次：2025 年 8 月第 1 次印刷
书　　号：ISBN 978-7-5726-2574-9
定　　价：86.80 元（全 2 册）

若有质量问题，请致电质量监督电话：010-59096394
团购电话：010-59320018